FLORIAN BUSCH
Die Porzellan-Erbin
Unruhige Zeiten

AF203905

GOLDMANN

Buch

Deutschland, 1866. Die kleine Porzellanmanufaktur Strehlow steht vor einer glorreichen Zukunft. Die junge Gräfin Thyra von Hardenstein ist die einzige Erbin des Patriarchen. Sie soll einst die Geschicke des Unternehmens lenken und den Traum ihres Vaters verwirklichen: Porzellan, das weiße Gold der fürstlichen Tafeln, für einfache Menschen erschwinglich zu machen. Doch dann kommt die hochschwangere Thyra bei einem tragischen Kutschunfall ums Leben. Entgegen jeder Erwartung kann ihr ungeborenes Kind gerettet werden. Sämtliche Hoffnungen liegen nun auf der jungen Sophie, die das Erbe antreten könnte, wenn sie alt genug ist. Doch auf dem Mädchen lastet ein dunkles Geheimnis ...

*Weitere Informationen zu Florian Busch
sowie zu lieferbaren Titeln des Autors
finden Sie am Ende des Buches.*

Florian Busch

Die Porzellan-Erbin

Unruhige Zeiten

Roman

GOLDMANN

Penguin Random House Verlagsgruppe FSC® N001967

3. Auflage
Deutsche Erstveröffentlichung April 2020
Copyright © 2020 by Stephan M. Rother
Copyright der deutschen Erstausgabe © 2020
by Wilhelm Goldmann Verlag, München,
in der Penguin Random House Verlagsgruppe GmbH,
Neumarkter Str. 28, 81673 München
Dieses Werk wurde vermittelt durch die
Montasser Medienagentur, München.
Gestaltung des Umschlags und der Umschlaginnenseiten:
UNO Werbeagentur, München
Umschlagmotiv: Frau: © Joanna Czogala / Trevillion Images
Haus: © Nikolina Petolas / Trevillion Images
Balkon: © Ilina Simeonava / Trevillion Images
Redaktion: Katharina Naumann
BH · Herstellung: ik
Satz: Uhl + Massopust, Aalen
Druck und Bindung: GGP Media GmbH, Pößneck
Printed in Germany
ISBN: 978-3-442-20593-6

www.goldmann-verlag.de

PROLOG – Sophie.
Wohldenbach 1953.

Es sind seltsame Dinge, an die die Menschen ihr Herz hängen: schöne Kleider und funkelnde Steine, edle Pferde und schnelle Automobile.

Manche dieser Leidenschaften können wir verstehen, manche teilen wir sogar, andere dagegen werden uns auf ewig ein Rätsel bleiben.

Doch das ist nicht das Seltsamste. Das Seltsamste ist, dass selbst derjenige, der sich ganz und gar einer solchen Leidenschaft hingibt, seine Mühe haben wird, das *Warum* zu erklären.

Die geschmeidig fließende Seide, das Schimmern des edlen Steins, die majestätische Eleganz des Rennpferds: Wenn sie doch allesamt die Herzen von Menschen höher schlagen lassen, warum kommt unserem eigenen Herzen gerade diese eine Sache so nahe? Wer nicht selbst gefangen ist von ihrer Schönheit, wird niemals vollständig ergründen können, was an ihr so Besonderes sein soll.

Ich kann mich an keine Zeit erinnern, in der ich Porzellan nicht geliebt hätte. Auf Anhieb könnte ich tausend Gründe nennen, die meine Faszination für das weiße Gold erklären. Porzellan war kostbarer als Gold, jahrhundertelang. Wer auch nur einige wenige Stücke sein eigen nennen wollte, war gezwungen, sein Leben aufs Spiel zu setzen auf der gefährlichen

Reise an den chinesischen Kaiserhof. Menschen töteten und starben für Porzellan, und die ersten, denen es hierzulande gelang, sein Geheimnis zu enträtseln, wurden bewundert und gefürchtet als Magier und Alchimisten.

Doch ist das die Antwort? Ganz zweifellos ist es eine Antwort. Doch ist es meine Antwort nach einem ganzen Leben, das auf so schwindelerregende Weise im Zeichen des weißen Goldes stand?

Es ist eine lange Geschichte, die Geschichte des Porzellans in dieser Familie. Eine Geschichte von Liebe und Hass, von hochfliegenden Träumen und von brennenden Leidenschaften. Eine Geschichte von Treue und Verrat und von bitterem Verzicht. Und da es sich um eine Geschichte handelt, in der sich die Dinge immer wieder anders verhalten werden, als sie zunächst erscheinen mögen, versteht es sich von selbst, dass sie nicht aus einem einzigen Blick erzählt werden kann.

Denn Porzellan verändert sein Gesicht, je nachdem, wie das Licht auf das kostbare Material fällt. Und um zu werden, was es ist, muss es durchs Feuer gehen. So ist es keine Überraschung, was manche behaupten: dass es von innen her leuchte. Porzellan ist hart wie Stein, und doch ist es zerbrechlich wie wenig anderes auf der Welt. Denn auch das ist ein Teil seines Geheimnisses: Der einzig sichere Beweis, dass ein Gegenstand wahrhaftig Porzellan ist, lässt sich nur an den Scherben führen, nachdem er zerbrochen ist.

Und ist es nicht genau das, was die Menschen in dieser Familie wieder und wieder haben erkennen müssen?

Heute bin ich die Einzige, die von all dem zu berichten weiß. Und es ist an der Zeit, diese Geschichte zu erzählen.

Doch dazu muss ich *vor* dem Anfang beginnen.

Gut Hohensandau
Sommer 1866

❧

»Und ich habe mich eben doch nicht getäuscht!«, verkündete Martha mit dem Brustton der Überzeugung. »Eine der Frauen aus der Küche hat ihn auch gesehen. Oder doch beinahe. Sie hat ihn gerochen, sagt sie. Selbst heute Morgen noch hat es nach Kampfer gerochen auf der hinteren Treppe. Über die haben sie ihn nämlich eingelassen. Schließlich sollte niemand mitbekommen, dass er da war. Aber ich habe es natürlich trotzdem mitbekommen.«

Ächzend richtete sie sich ein Stück auf und stützte die Hände auf die stattlichen Oberschenkel. »Und es war nicht der Arzt aus dem Dorf«, betonte sie. »Es war der Physicus aus der Stadt mit seinem hohen Zylinder.«

Theresa warf ihr nur einen knappen Blick zu. Mit einer geübten Bewegung ließ sie die Grabegabel in den feuchten Boden gleiten, tastete sich voran und zog das Werkzeug mit einer angedeuteten Drehung wieder zurück, sobald sie auf Widerstand stieß. Sie wechselte zu der kleinen Schaufel, um die Kartoffelknolle unter dem vertrockneten Kraut freizulegen.

»Und seine Kutsche hat die ganze Zeit auf ihn gewartet«, beharrte Martha in einem fast beleidigten Tonfall. »Mehr als eine Stunde lang muss er sich im Schlafgemach der Gräfin aufgehalten haben.«

Als hätte ihr jemand widersprochen, dachte Theresa. Als hätte überhaupt jemand ein Wort gesagt, mit Ausnahme ihrer üppigen Freundin. Zu ihrer Rechten stocherte Ilsa im Boden, tief über die dunkle Krume gebeugt, während die Frauen sich in den Furchen des Kartoffelackers Seite an Seite vorarbeiteten.

»Der Graf sei ganz krank vor Sorge, heißt es«, fuhr Martha mit versonnener Stimme fort. »Seit mehr als einer Woche hat er der Herrin keine Ausfahrt erlaubt, aus Furcht, dass ihr oder dem Kind etwas geschehen könnte.«

»Das Kind würde verhungern!«, zischte Ilsa unvermittelt. »Oder ihre Herrschaft selbst würde Hungers sterben, bevor sie es noch zur Welt gebracht hat! Wenn sie auf *dich* angewiesen wären.« Sie warf ihr über Theresas Rücken hinweg einen bösen Blick zu. Mittlerweile waren sie der schwatzhaften Martha bereits mehrere Pflanzreihen voraus.

Wieder schaute Theresa nur rasch über die Schulter, aber dann doch lange genug, um zu sehen, wie Martha voller Empörung den Mund öffnete und wieder schloss. Wie ein Fisch, der unversehens an Land gespült worden war.

Nur für einen Moment allerdings. Einen Atemzug später ging ein plötzlicher Ruck durch ihre Gestalt, und schon duckte auch sie sich wieder über die Kartoffelpflanzen – und zwar unmittelbar an der Seite ihrer Freundinnen. Sie musste mehrere Pflanzen ausgelassen haben. Im selben Augenblick sah Theresa auch den Grund dafür: In den Schatten der herrschaftlichen Gebäude war die stämmige Gestalt von Justus Brandt zu erkennen, der dem betagten Gutsverwalter seit dem Frühjahr zur Hand ging – und der sich Chancen auf dessen Nachfolge ausrechnete, wie man im Gesinde munkelte. Worin seine eigentlichen Aufgaben im Augenblick bestanden, war nicht ganz klar. Doch ob die Mägde nun in den Gemächern des Herrenhauses am Werk waren oder wie zu dieser Stunde im Küchengarten in Sichtweite der sonnengelben Giebel von Hohensandau: Kaum eine Minute ließ Brandt sie aus den Augen, jederzeit bereit, der Hausdame oder dem Verwalter auch die geringste Nachlässigkeit zuzutragen, bei der er sie ertappt hatte. Oder womöglich gar dem Grafen selbst, falls Ferdinand von Hardenstein in seiner ständigen Sorge um seine junge Gemahlin überhaupt ein Ohr für ihn hatte. Diese Sorge schien noch zu wachsen, je näher die Geburt des ersehnten Gutserben rückte.

Theresa seufzte und legte die Kartoffelknolle in dem geflochtenen Korb ab, den sie durch die Ackerreihen mit sich zog. Es war nicht so, dass der Klatsch aus dem Herrenhaus sie weniger interessiert hätte als Martha. Sonderlich viel Zerstreuung gab es nicht für die Männer und Frauen des Gesindes hier auf dem Gutshof im hintersten Winkel der abgelegenen Provinz. Außerdem aber fühlte sie tatsächlich mit Gräfin Thyra. Auf der jungen Frau lagen schließlich sämtliche Hoffnungen für den Fortbestand des Grafenhauses, seit sich der Gutsherr in vorgerücktem Alter doch noch entschlossen hatte, sich zu vermählen. Sosehr Ferdinand von Hardenstein aber auch hoffen und bangen mochte mit seiner um so vieles jüngeren Gemahlin: Die Schmerzen und Strapazen des Kindbetts würde sie ganz allein ertragen müssen, so wie eine jede Frau seit Anbeginn der Zeiten. Schmerzen und Strapazen, die Theresa vertraut waren, nachdem sie selbst bereits ein Kind zur Welt gebracht hatte.

Als sie sich nach der nächsten Knollenpflanze reckte, behielt sie die Schatten zu Füßen des herrschaftlichen Wohnhauses unauffällig im Blick. Im Moment konnte sie Brandt nicht entdecken, war sich aber sicher, dass er immer noch da war. Die Zeiten würden härter werden, wenn er in die Position des Verwalters aufrückte, daran gab es keinen Zweifel. Womöglich würden die Stunden im Küchengarten demnächst die einzige Gelegenheit darstellen, bei der die Mägde miteinander plaudern konnten, ohne dass jemand lauschte. Zumindest Ilsa und sie, dachte Theresa, waren immerhin in der Lage, währenddessen weiterzuarbeiten.

Und noch eine leuchtende, beinahe faustgroße Kartoffel, die sie mit einer geschickten Bewegung vom gröbsten Schmutz befreite, bevor sie ihre Beute im Korb ablegte. Erst jetzt, als sie auf den Knien ein Stück nach vorn rutschte, hob Theresa den Blick, blinzelte zum Himmel empor, und ganz kurz huschte ein Lächeln über ihr Gesicht: Die Sonne war nur noch wenige Fingerbreit entfernt von jenem Punkt über dem Zwiebelturm der kleinen Gutskapelle, an dem sie zu sehen war, wenn die kleinere der beiden Glocken zur Mittagsstunde schlug.

Dieser Schlag war es, dem Theresa entgegenfieberte. Von diesem Moment an würde die Arbeit auf Hohensandau ruhen, bis die Uhr das nächste Mal zur vollen Stunde schlug. Nicht allein bei den Mägden, die auf dem herrschaftlichen Hof ihre Pflichten versahen, sondern überall, so weit der Gutsbezirk nur reichte: auf den Pferdekoppeln jenseits der Wirtschaftsgebäude, in den Wäldern, wo auf Anweisung des Verwalters Holz geschlagen wurde, auf den Feldern zwischen den Dörfern. Um die Mitte des Vormittags hatte sich bereits ein Fuhrwerk mit Verpflegung zu den Männern dort draußen auf den Weg gemacht. Sogar ein mächtiges Bierfass hatte auf dem Karren geschaukelt. Ein solches Fass würde man nicht heranrollen für Theresa und ihre Freundinnen, aber dafür würden sie in der Küche einen Imbiss erhalten.

Theresa selbst würde allerdings darauf verzichten. Ihr Lächeln wurde breiter, als sie sich über die nächste Knollenpflanze beugte. Sie musste sich keine Sorgen machen, dass ihre Mittagsportion verkommen würde. Martha würde nicht eine Minute zögern, sie zusätzlich in sich hineinzustopfen. Für Theresa aber war diese Stunde der Höhepunkt ihres Tages. Es war ihre Stunde mit Wilhelm, dem Mann, den sie liebte und der sie im Angesicht Gottes und der Menschen zur Frau genommen hatte. Wilhelm Leuschenthal, dem sie bereits einen Sohn geschenkt hatte und mit dem sie doch noch immer keinen Hausstand hatte gründen können. Er tat, was er konnte, um an eine größere Kammer zu kommen als die winzige Abseite weit hinten im Wirtschaftsflügel des Herrenhauses, die er zurzeit bewohnte und die viel zu klein war für eine ganze Familie. Und sie wusste, dass ihm das eines Tages auch gelingen würde. Bis dahin aber ...

Der erste Glockenschlag. Beim zweiten war Theresa schon auf den Beinen, flinker als ihre Freundinnen. Rasch legte sie die letzte Knolle zu ihrer übrigen Ausbeute, klopfte sich den Staub vom Kittel und war bereits an der Pforte im Gartenzaun, als Martha sich gerade erst ächzend erhob und Ilsa mit eingezogenen Schultern dem Rand des Ackers entgegentrottete. Mit einem raschen Griff prüfte Theresa den Sitz der Haube, die ihr Haar bedeckte, und schon war sie am Seitenflügel des Herrenhauses vorbei und befand sich auf dem Pfad, der durch ein kleines Waldstück führte. Dies war der kürzeste Weg zum Mühlenbach und den Pferdekoppeln, wo Wilhelm den Schlag der Mittagsglocke ebenfalls gehört haben musste.

Ihr Herz klopfte. Auf dem Flur von Wilhelms Unterkunft war den ganzen Tag ein ständiges Kommen und Gehen. Sie selbst teilte sich eine Kammer mit Martha und Ilsa, in der auch der kleine Joachim schlief, der den Tag bei der alten Vera verbrachte. Die einstige Zofe der verstorbenen Gräfin hatte ein Auge auf die Kinder des Gesindes, bis sie alt genug waren, um sich auf dem Gut nützlich zu machen. Wenn Theresa mit dem Mann, den sie liebte, ungestört zusammen sein wollte, dann blieb ihnen beiden nur jene viel zu kurze Mittagsstunde. Doch es war Sommer, im Waldstück duftete es, und Wilhelm hatte ein Versteck ausgekundschaftet, einen geheimen Ort für sie beide, nicht weit vom Bachufer entfernt. Dort erhob sich ein Gemäuer, das an einen kleinen Tempel erinnerte, Teil des *Lustgartens*, den einer der Ahnen des Grafen zu seiner Zerstreuung hatte anlegen lassen. Seine Nachfahren hatten von solchen Zerstreuungen offenbar nicht viel gehalten, denn das Waldstück mit seinen exotischen Bäumen war heute verwildert und der Tempel verfallen. Wie man erzählte, sprach Gräfin Thyra zuweilen davon, all das irgendwann in Zukunft wieder herrichten zu lassen, doch noch waren keine Anstrengungen unternommen worden. Und bis es so weit war, gehörte der verborgene Tempel ihnen, Wilhelm und Theresa.

Ein *Lustgarten*, dachte sie, und ein Prickeln der Vorfreude stellte sich in ihrem Körper ein.

Licht und Schatten zauberten ein verspieltes Muster auf den weichen Waldboden. Hier und da schauten Wurzeln aus dem Erdreich hervor, und Theresa musste achtgeben, wohin sie die Füße setzte. Eine leichte Sommerbrise bewegte die Luft, ließ das Laub flüstern, und in den Schatten ...

Ein hartes Knacken drang an ihr Ohr.

Theresa fuhr zusammen. Ein dunkler Umriss lehnte am Stamm einer mächtigen Roteiche. *Wilhelm?* Nein, das konnte nicht Wilhelm sein. Sein Weg von der Pferdekoppel war weiter als die Strecke, die sie selbst vom Küchengarten her zurücklegen musste, und sie hatte das geheime Versteck noch gar nicht erreicht. Und es war nicht Wilhelms schlanke Gestalt mit den breiten Schultern eines Mannes, dessen Geschicklichkeit und Körperkraft es mit den wildesten jungen Pferden aufnehmen konnte. Dieser Mann war stämmig, untersetzt, bewegte sich bedächtig, doch gerade damit auf eine seltsam einschüchternde Art. Er löste sich aus den Schatten des Baumes.

»Die Leuschenthalerin«, stellte Justus Brandt fest.

Theresas Herz musste einen Schlag ausgesetzt haben. Jedenfalls fühlte es sich an, als begänne es plötzlich schmerzhaft von neuem zu schlagen.

Er ist nicht überrascht, mich zu sehen. Der Gedanke schoss ihr durch den Kopf. Er musste hier auf sie gewartet haben.

Theresa hatte bis zu diesem Tag kaum mehr als ein beiläufiges Wort mit der rechten Hand des Verwalters gewechselt. Im Frühjahr war Brandt dem Gesinde vorgestellt worden: ein entfernter Neffe des bisherigen Amtsinhabers, der sich bis dahin niemals auf Hohensandau hatte blicken lassen. Nun aber, da sein Onkel bald nicht mehr in der Lage sein würde, seine Aufgaben zu versehen und die stattliche Entlohnung entgegenzunehmen, die einem Bediensteten in seiner Position zukam, war er wie aus dem Nichts auf dem Gutshof aufgetaucht. Theresa hatte seitdem keinen Grund gesehen, von sich aus die Bekanntschaft des Mannes zu suchen. Niemand aus dem Gesinde hatte das getan. Dafür sorgte Brandt schon selbst, der alles und jeden misstrauisch beobachtete, ständig auf der Suche nach Fehlern und Versäumnissen, die er allesamt weitertrug.

Aber welchen Fehler sollte Theresa begangen haben? In der Mittagsstunde konnte sie tun, was sie wollte, wie jeder andere auch.

»Justus Brandt«, sagte sie mit einem höflichen Nicken, um einen ruhigen Tonfall bemüht. »Einen guten Weg, Herr Brandt.«

Brandt hatte ein düsteres Gesicht. Die dunklen Brauen über seiner Nase waren beinahe zusammengewachsen. Und doch war er nicht völlig unattraktiv, wenn sich eine Frau denn zu finster dreinblickenden Männern hingezogen fühlte, die aussahen, als ob sie mit dem Gürtel nachhalfen, wenn sie ihren Willen nicht bekamen. Einzig den unübersehbaren Bauchansatz fanden vermutlich die wenigsten Frauen anziehend, dachte Theresa. Wobei... Sie stutzte. Die Ausbuchtung unter seinem Gehrock war ihr noch niemals so deutlich aufgefallen.

Er trat auf den Pfad und beinahe verstellte er ihr den Weg. Sie würde noch immer an ihm vorbeischlüpfen können – wenn er das zuließ.

Langsam ließ er seine Hände in den Gehrock gleiten. So langsam, dass sie einen Blick auf die dichte Behaarung seiner Handrücken erhaschte.

»Ihr scheint es eilig zu haben, Leuschenthalerin«, bemerkte er. »Jedenfalls wüsste ich nicht, wie ich mir *das hier* sonst erklären sollte.«

Mit einem Ruck zog er beide Hände ins Freie, zwei große, glänzende Kartoffeln in der linken, eine mehr als faustgroße Knolle in der rechten.

»Natürlich verstehe ich mich nicht in demselben Maße auf Erdäpfel, wie mein geschätzter Onkel das tut«, fügte er hinzu. »Wer weiß? Womöglich habt Ihr diese Exemplare ja ganz bewusst in Eurer Ackerfurche zurückgelassen? Andererseits glaube ich mich zu erinnern, dass man erst zum Herbst hin neue Setzkartoffeln in den Boden legt. Und dass man dafür nicht so besonders schön gewachsene Knollen verwendet wie diese. Nun, ich fürchte, mir wird tatsächlich nichts anderes übrig bleiben, als unseren Verwalter zu befragen.«

Theresa starrte ihn an. Sie hatte mit derselben Sorgfalt

gearbeitet wie immer und war sich sicher, dass sie keine einzige Kartoffel übersehen hatte. Anders als Martha, wie ihr mit Erschrecken klar wurde. Martha, die einen plötzlichen Satz über mehrere Kartoffelpflanzen hinweg gemacht hatte, um zu den anderen beiden Mägden aufzuschließen, als sie Brandt in seinem Versteck im Schatten des Herrenhauses bemerkt hatte.

Ihre Gedanken überschlugen sich. Justus Brandt hatte genau beobachtet, ob einer von ihnen ein Fehler unterlief, wie er das immer tat. Und so musste er auch gesehen haben, dass Martha, nicht Theresa, mehrere Pflanzen ausgelassen hatte.

Unwillkürlich wich sie ein Stück zurück. Diesmal war er nicht direkt zum Verwalter gelaufen, um den Vorfall zu melden, wie er das sonst immer tat. Er hatte seinen ursprünglichen Beobachtungsposten aufgegeben, um ihr, Theresa, hier draußen aufzulauern. Doch was versprach er sich davon?

Bedächtig trat er einen weiteren Schritt auf sie zu, kam dann noch näher, so dass sie seinen Atem auf dem Gesicht spürte. Er roch nach saurer Milch.

»Ihr werdet doch nicht etwa in Angst sein, Leuschenthalerin?«, erkundigte er sich mit übertriebener Sorge. Die Augen unter den buschigen Brauen musterten sie von Kopf bis Fuß und verharrten einen Moment lang auf Höhe ihrer Brüste. »Ich kann Euch versichern, dass ich Euch nichts Böses will. Wie doch auch Ihr gewiss nicht wollt, dass irgendjemandem etwas Böses widerfährt. Weder mir noch ... noch irgendjemand anderem.«

Irgendjemand anderem? Von wem sprach er? Von Martha? Worauf wollte er hinaus?

Theresa schauderte. Sie hatte ein unangenehmes Gefühl im Magen. Der Tag war warm. Sie konnte spüren, wie ein Schweißtropfen über ihre bloße Haut rann. Bei der Arbeit hatte sie ihr Schultertuch gelöst, das den Ansatz ihrer Brüste bedeckte, und hier im Wald hatte sie die kühlende Brise auf der Haut genossen, bis sie Brandt in die Arme gelaufen war. Jetzt hätte sie sich die strenge Tracht einer Nonne gewünscht. Wenn sie auch Zweifel hatte, dass selbst diese einen solchen Mann zurückhalten würde.

Er rührte sich nicht. Sein Blick schien noch intensiver zu werden, drängender.

»Ihr vergesst Euch, Justus Brandt!«, flüsterte sie und wusste doch, dass sie stattdessen hätte schreien sollen. Das Herrenhaus war nicht fern. Mit Sicherheit würde irgendjemand sie hören, wenn sie schrie. *Wilhelm* würde sie hören, wenn er den Tempel schon erreicht hatte.

»Ach, ich könnte vieles vergessen.« Brandt sprach jetzt im Plauderton. »Ich könnte die Unachtsamkeit vergessen, mit der Ihr die Knollen im Acker zurückgelassen habt. Vorausgesetzt natürlich, dass Ihr mir mit derselben Freundlichkeit begegnet, die ich Euch damit zukommen lasse. Ihr seid eine hübsche Frau, Leuschenthalerin. Auch wenn Ihr schon ein Kind geboren habt. Eine so hübsche Frau ist leider immer in Gefahr ohne einen Beschützer, der sie ...«

»Ich habe einen Beschützer!« Ihre Stimme wurde lauter, bevor sie unvermittelt kippte. »Ich habe einen Ehemann!«

»Einen Mann, den vielleicht die Pferde fürchten. Aber gewiss nicht ...«

Ein Schatten am Rande ihres Gesichtsfelds. Es ging zu schnell, um es wirklich wahrzunehmen. Etwas Großes warf sich auf Justus Brandt, riss ihn zu Boden. Im nächsten Moment konnte Theresa erkennen, wie Wilhelm über dem Unhold hockte. Sein leinenes Hemd, schweißnass von einem Vormittag auf der Pferdekoppel, spannte sich über seinen Schultern, als er mit geballter Faust zum Schlag ausholte.

»Wilhelm, nein!« Endlich fand sie zu ihrer Stimme zurück. »Er hat mich nicht ...«

Sie wusste selbst nicht, wie sie den Satz vollenden wollte. *Er hat mich nicht angerührt?* Es hatten nur wenige Sekunden gefehlt. Und trotzdem: Brandt war jetzt schon die rechte Hand des Verwalters. Wäre Wilhelm nicht dazwischengegangen und hätte Brandt ihr tatsächlich Gewalt angetan: Sein Wort hätte gegen das ihre gestanden, wenn sie es gewagt hätte, vor den Herrschaften Klage gegen ihn zu erheben. Um nichts auf der Welt durfte Wilhelm sich einen solchen Mann zum Feind machen! Wenn es Ferdinand von Hardenstein in den Sinn kam, Justus Brandt tatsächlich zum Aufseher über das Gut zu bestellen, würde niemand mehr seinem Mutwillen Einhalt gebieten.

Sie atmete heftig. »Es ist nichts geschehen«, flüsterte sie, und im selben Moment kam ihr ein Gedanke. Rasch ging sie in die Knie und hob die Kartoffeln auf, die Brandt in seiner Überraschung hatte fallen lassen. »Herr Brandt war mir behilflich, die Knollen aufzusammeln, die mir aus den Taschen geglitten sind. Ich bin nicht mehr dazu gekommen, sie im Küchengarten im Korb abzulegen.«

Wilhelm hatte sich über die Schulter zu ihr umgewandt. Nach wie vor hockte er über Brandt, der sich schwach zu regen schien. Zumindest aber war der Mann bei Bewusstsein.

Ungeschickt kam sie wieder hoch. Etwas hilflos hielt sie die Knollen in den Händen. »Ich hatte es eilig«, sagte sie zu Wilhelm. »Auf dem Weg zu dir.« Sie versuchte ein Lächeln, war sich allerdings nicht sicher, ob es ihr besonders überzeugend gelang. Doch sie musste etwas tun. Wenn er ernsthaft auf den Mann am Boden losging und dieser sich an den Verwalter oder gar an den Grafen wandte: Sie mochte sich das Ergebnis überhaupt nicht vorstellen.

Wilhelm rührte sich nicht. Er sah sie an mit seinen Augen von der Farbe eines ruhigen Winterhimmels, so ganz anders als Justus Brandts düster lodernder Blick. Er war ihr Ehemann, und sie wusste, dass er ihre Lüge womöglich schon durchschaut hatte. Und dennoch betete sie, dass er verstehen und den Mann seines Weges gehen lassen würde.

Da schnellte Brandts Faust nach oben. Wilhelm fuhr herum, musste die Bewegung gerade noch bemerkt haben. Der Schlag, der nach seinem Kopf gezielt hatte, traf lediglich seine Schulter, brachte ihn aber ins Wanken, und im nächsten Augenblick war sein Widersacher frei, kam ächzend auf die Beine, den Blick auf Wilhelm gerichtet, als wollte er sich seinerseits auf Theresas Ehemann stürzen. Dann aber, im letzten Moment, zögerte er.

Denn schon hatte sich Wilhelm ebenfalls wieder gefangen. Ohne seinen Gegner aus den Augen zu lassen, tastete er nach seinem Gürtel, an dem eine Reitgerte hing. Gegen seine Tiere setzte er sie kaum jemals ein, wie Theresa wusste. Kein Tier aber war so bösartig wie Justus Brandt.

Wilhelms Gegner stand jetzt schwankend aufrecht. Sein Gehrock war staubbedeckt und über der Schulter zerrissen. Böse starrte er Theresa, dann ihren Ehemann an. »Rühr mich nie wieder an, Pferdeknecht!« In weitem Bogen spuckte er ihnen vor die Füße. Dann wandte er sich um und stolperte zwischen die Bäume davon.

Wilhelm spannte sich an, im Begriff, ihm zu folgen.

»Wilhelm, bitte ...« Theresa streckte die Hand aus.

Dann wurde ihr schwarz vor Augen. Und als sie wieder bei sich war, hielt Wilhelm sie aufrecht, und ihr Kopf lag an seiner Schulter. Sein Hemd war ebenfalls ein Stück aufgerissen. Ihre Wange berührte seine bloße Haut, warm nach dem kurzen

Ringen mit Brandt. Sein vertrauter Duft stieg ihr in die Nase: tröstlich und beschützend.

»Dir ist nichts geschehen?«, flüsterte sie. War es diese Schulter, die der Fausthieb getroffen hatte?

Er antwortete nicht. Sie spürte seine Hand, rau von der Arbeit mit den Pferden, doch mit unendlicher Zärtlichkeit strich sie über ihr Haar, von dem das Tuch zurückgeglitten war.

»Ich ...« Seine Stimme war heiser, als er sprach. »Ich hätte schneller sein müssen. Ich hätte nicht zulassen dürfen, dass er dich ...«

»Das hat er nicht.« Sie löste sich von seiner Schulter, sah ihn an. »Er hat mich nicht angerührt«, sagte sie. »Und er hat nichts Schlimmeres zu mir gesagt, als Frauen oft zu hören bekommen von dummen Männern.«

Sie konnte erkennen, wie er die Zähne zusammenbiss. Scharf traten die Kiefermuskeln hervor. »Keine Frau sollte sich solche Dinge anhören müssen«, sagte er. »Und am allerwenigsten meine Frau.«

Theresa hob die Hand, strich über seine erhitzte Wange. »Ich glaube nicht, dass ich es mir noch einmal werde anhören müssen – von ihm zumindest«, sagte sie. »Du sollst ihn nie wieder anrühren, hat er gesagt. Und er weiß genau, wie er vermeiden kann, dass das noch einmal geschieht. Er ist ein böser Mensch, aber ich glaube nicht, dass er auf diese Weise dumm ist.«

Er sah sie an, schüttelte den Kopf. »Nein«, sagte er nachdenklich. »Wahrscheinlich wird er sich von dir fernhalten, solange er befürchten muss, dass ich in der Nähe bin.«

»Und du bist immer in der Nähe.« Sie lächelte. »Und bald werden wir ein gemeinsames Heim haben, und dann werden wir ... Wilhelm?« Sie hielt inne.

Sah er sie tatsächlich an? Einen Moment lang wirkte er abwesend. Sein Blick ging an ihr vorbei zwischen die Bäume, wo sich der Pfad in den Schatten verlor. Zu ihrem Tempel, ihrem geheimen Versteck.

»Lass uns einige Schritte gehen«, bat er unvermittelt und griff nach ihrer Hand. »Ich möchte dir etwas erzählen.«

Überrascht zog sie die Augenbrauen hoch. Doch ihre Hand in seiner war ein gutes Gefühl, das Wissen, dass sie beisammen waren, dass alles in Ordnung war.

Sie folgten dem Pfad, spürten die Gegenwart des anderen. Das Plätschern des Mühlenbachs wurde jetzt lauter, bis sie zwischen den Bäumen hindurch die Sonne auf dem silbernen Wasser glitzern sahen.

Wilhelm wandte sich zu ihr um. Versonnen strich er ihr eine Haarsträhne aus dem Gesicht. »Wie schön du bist«, murmelte er. »Brandt ist ein Scheusal. Doch zumindest kann ich verstehen, dass er gerade dir nachgestellt hat und keiner deiner Freundinnen.« Er atmete durch. »Seine Herrschaft war heute auf der Koppel.«

»Der Graf?« Sie blinzelte, einen Moment verwirrt über den plötzlichen Themenwechsel.

Wilhelm nickte knapp. »Er hat Pferde ausgewählt für die Kutsche.«

»Dann will er der Gräfin wieder erlauben auszufahren?« Theresa fuhr sich über die Lippen. »Im Haus redet man von nichts anderem. Dass er ihr verboten hat, ihre Ausfahrten zu machen. Die Fahrten in ihrem Einspänner, die ihr doch immer so wichtig waren. Und dass es vielleicht Schwierigkeiten gibt mit der Schwangerschaft. Martha behauptet, sie hätte gestern Abend den Physicus aus der Stadt gesehen, den man heimlich in die Räume der Herrschaften geführt hätte. Die Köchin sagt ...«

»Es wäre besser, wenn sie den Mund halten würde!« Dieser Satz kam in einem Tonfall, der sie abrupt verstummen ließ. »Wenn sie alle weniger reden würden über...« Ein Nicken über die Schulter, halb in Richtung des Herrenhauses. »Frauen haben Kinder zur Welt gebracht, seit diese Welt erschaffen wurde. Und ich möchte nicht mit euch tauschen wollen. All das muss schwer genug sein, auch ohne dass eine solche Last auf euren Schultern ruht und jeder eurer Schritte und noch das geringste Anzeichen von Unwohlsein von hundert Augen beobachtet wird.«

Theresa hatte den Blick gesenkt. Sie wusste, wie wenig Wilhelm davon hielt, wenn sich die Mägde den Mund über die Grafenfamilie zerrissen. Jetzt sah sie ihn wieder an. »Seit dem Tod seines Vetters ist Graf Ferdinand der letzte Angehörige seines Geschlechts«, sagte sie leise. »Wenn er... Sollte er sterben, ohne einen Erben zu hinterlassen, wird Hohensandau an die Krone fallen. Jeder im Haus weiß das. Und die Krone wird kaum ein ganzes Heer von Dienern und Mägden auf einem Gutshof unterhalten, der nicht mehr bewohnt wird. Kannst du sie nicht verstehen? Was soll dann aus den Leuten werden? – Und außerdem sind sie wirklich in Sorge. Gräfin Thyra ist eine freundliche Frau, doch sie wirkt schmal, als wäre sie selbst noch ein Kind. Und so selten, wie sie ins Freie kommt...«

Wilhelm winkte schon ab. »Bitte entschuldige«, murmelte er. »Ich verstehe deine Freundinnen. Und mehr als alles andere ist es vermutlich seine Herrschaft selbst, der die Gräfin in Unruhe versetzt. Doch die Sorge um den Fortbestand seines Hauses wird dabei die geringste Rolle spielen. Oder zumindest ist sie nicht der einzige Grund. Ich kann mir nicht vorstellen, dass er noch auf den Gedanken gekommen wäre, sich zu vermählen, wenn er ihr nicht begegnet wäre, Thyra Strehlow. Einer Bürgerlichen, wenn auch aus begüterter Familie. Das Vermögen der Strehlows dürfte den Wert von Hohensandau weit in den Schatten stellen nach allem, was man hört.« Er sah Theresa jetzt an. »Und doch war es weder die Manufaktur ihres Vaters, noch war es der Gedanke an den Fortbestand des Grafengeschlechts, die zu dieser Ehe geführt haben. Diese Menschen verlieben sich, Theresa.« Er fasste ihre Hände fester. »Nicht anders, als wir das tun. Und eben das macht es so schwer.«

Wieder senkte sie den Blick. Wilhelm stand den Herrschaften viel näher als sie. Theresa war nur eine von mehreren Mägden, die hin und wieder auch zu Hilfsdiensten im Herrenhaus herangezogen wurden, vor allem aber auf dem Gelände des Gutshofs ihren Dienst verrichteten, im Küchengarten oder in den Ställen – je nachdem, wo gerade eine helfende Hand benötigt wurde. Die herrschaftlichen Gemächer jedenfalls bekam sie auf diese Weise eher selten zu sehen, wo die Gräfin von ihren Zofen umsorgt wurde und Ferdinand von Hardenstein sich mit seinen Wünschen an die Leibdiener wenden konnte.

Das Gestüt dagegen war die große Leidenschaft des Gutsherrn, selbst wenn sie in den letzten Jahren ein wenig in den Hintergrund gerückt war, seit er die Ehe mit Gräfin Thyra eingegangen war. Und auch für Wilhelm kamen die Pferde gleich nach seiner eigenen kleinen Familie. Natürlich trafen die beiden immer wieder aufeinander, und doch war ihr nicht klar gewesen, wie viel ihr Ehemann um die Gedanken wusste, die der Gutsherr in seinem Herzen bewegte.

»Das macht es ihm so schwer«, wiederholte Wilhelm leise. »Das macht es ihm so schwer, sie ziehen zu lassen.«

Theresa nickte stumm, stutzte dann plötzlich. »Sie ziehen zu lassen?«

»Ihre Herrschaft hat eine Nachricht erhalten«, sagte er. »Aus

Wohldenbach, von ihrer Familie. Der Schlagfluss hat ihren Vater niedergeworfen, und es scheint nicht klar, ob er die Krankheit wird überwinden können. Aus diesem Grund hat der Physicus sie gestern Nacht aufgesucht. Er hat seiner Herrschaft versichert, dass die Gräfin stark genug ist, die Reise auf sich zu nehmen.«

»Die Reise?« Sie starrte ihn an. »Nach Wohldenbach? Das ist mehr als eine Woche mit der Kutsche! Die Stadt liegt mehrere Provinzen entfernt, fast auf der anderen Seite des Landes! Und auf der Strecke ist es nicht weit zur Grenze, ausgerechnet jetzt, wo es heißt, dass es vielleicht Krieg gibt mit den Österreichern! Selbst wenn sie nicht schwanger wäre ...«

»Aber sie ist nun einmal schwanger«, sagte er leise. »Und für ihren Vater könnte es die letzte Chance sein, sein einziges Kind noch einmal zu sehen. – Graf Ferdinand wird sie nicht begleiten können. Angesichts der Kriegsgefahr werden überall in der Provinz die Truppen zusammengezogen. Die Hälfte unserer Knechte hat schon letzte Woche Anweisung erhalten, sich in der Provinzhauptstadt einzufinden, und auch seine Herrschaft selbst muss sich bereithalten, als erfahrener Offizier an die Spitze eines Regiments zu treten, falls der Kronprinz nach ihm schickt. Was bleibt ihm also anderes übrig? Einige der Männer, die auf dem Gut zurückgeblieben sind, hat er ausgewählt, das Gespann der Gräfin auf der Reise nach Wohldenbach zu eskortieren. Und wieder zurück. Ich denke, es versteht sich von selbst, dass der Erbe von Hohensandau hier auf dem Gutshof zur Welt kommen soll. Wenn es so weit ist. Wenn der Tag gekommen ist, den der Physicus berechnet hat.« Er sah sie an, und sein Blick schien sich zu verändern. Als zögen am ruhigen Winterhimmel Wolken auf. »Es ist der Wunsch seiner Herrschaft, dass ich diese Eskorte anführe.«

»*Du?*« Sie verstummte. War der Gedanke so abwegig? Wenn die Eskorte mit der gräflichen Kutsche mithalten sollte, würde sie zu Pferde unterwegs sein. Und wer verstand sich besser auf Pferde als ihr Ehemann? Doch Wilhelm trug zwar eine besondere Verantwortung auf der Koppel, aber ohne nachzudenken fielen ihr mehr als ein halbes Dutzend Männer ein, die auf Hohensandau eine höhere Stellung bekleideten und besser entlohnt wurden als er. Und zweifellos auch größere Räumlichkeiten bewohnten.

Wilhelm schwieg. Er schaute in die Ferne. »Solange ich in der Nähe bin, wird Brandt sich von dir fernhalten«, murmelte er schließlich. »Doch wenn ich die Gräfin begleite und vielleicht wochenlang fort bin ...«

»Ich habe keine Angst vor Justus Brandt«, sagte Theresa mit fester Stimme. »Jetzt, wo ich weiß, dass ich auf ihn achtgeben muss, kann ich ihm aus dem Weg gehen. Ich bin jedenfalls keine Frau, die eine Eskorte braucht.«

Sie hielt inne. Was, wenn sie sich das viel zu einfach vorstellte? Hielt ihre Arbeit sie doch die meiste Zeit des Tages in unmittelbarer Nähe des Herrenhauses fest: auf dem Hühnerhof, im Schuppen, in dem das Brennholz lagerte, im Küchengarten oder vielleicht noch auf den Wiesen, wo die Mägde die frisch gewaschenen Laken in die Sonne hängten. Und all das wusste Brandt natürlich. Er wusste, wo sie zu finden war. War es überhaupt möglich zu verhindern, dass ihre Pfade sich kreuzten, wenn er es darauf anlegte?

Sie schob den Gedanken beiseite. Sie wollte Wilhelm das Herz nicht noch schwerer machen, wenn der Graf seine Anweisungen doch schon erteilt hatte. »Aber ich werde keine Ruhe haben«, sagte sie leise. »Wenn ich weiß, dass du irgendwo dort draußen unterwegs bist und es womöglich Krieg gibt.«

Wilhelm schien ihr kurzes Zögern nicht bemerkt zu haben. »Mir wird nichts geschehen. Wenn es zu Kämpfen kommt, werden sie jenseits der Grenze stattfinden. Die Armee des Kronprinzen wird in den Pässen ihre Stellungen einnehmen, unmittelbar an der Grenze zu den böhmischen Kronlanden der Österreicher. Und die Österreicher werden nicht so dumm sein, gegen sie vorzugehen, solange sie sich in einer so stark befestigten Position befindet. Nein, es wird keine Gefahr bestehen. Nicht hier, auf unserer Seite, auf der preußischen Seite der Grenze. Aber der Wunsch seiner Herrschaft könnte für uns beide eine große Bedeutung haben. Er zeigt mir, dass er ein großes Vertrauen in mich setzt. Wenn ich mich bewähre, würde sich einiges …« Er hielt inne, zögerte einen Moment, sprach dann langsamer weiter. »Dann würde sich alles für uns ändern.«

Sie spürte, wie ihre Kehle eng wurde. »Alles? Ein größeres Quartier? Groß genug für uns beide und Joachim, und …« Sie legte sich die Hand auf den Leib. Sie war noch nicht ganz so weit wie die Gräfin, und Wilhelm war bisher der Einzige, der wusste, dass unter ihrem Herzen erneut ein Leben heranwuchs. Vielleicht vermutete auch Ilsa bereits etwas, doch Theresas Freundin war kein Mensch, der sie mit solchen Vermutungen bedrängt hätte.

Wilhelm legte seine Hand auf die ihre und das werdende Leben. Er sah ihr in die Augen. »Wir kennen uns seit dem Tag, an dem du nach Hohensandau kamst, um deine Stelle anzutreten, die dir deine Tante verschafft hatte nach dem Tod deiner Eltern«, sagte er. »Ich erinnere mich nur zu gut, wie es war an jenem ersten Tag. Du lehntest am Zaun um die Koppel, neben dir der alte Verwalter. Ich hatte mir an diesem Tag einen Wallach vorgenommen, einen etwas schwierigen Kauz, der sich seit Wochen dem Sattel verweigerte, doch von diesem Moment an hatte ich nur noch Augen für dich und für sonst nichts auf der Welt. Von eben diesem ersten Augenblick an wusste ich, dass du die Frau bist, die ich heiraten möchte und von der ich mir wünsche, dass sie meine Kinder zur Welt bringt. Ich weiß, dass alle Frauen ihre Geheimnisse haben«, sagte er und zögerte dann für mehrere Atemzüge. »Doch wir sind seit drei Jahren verheiratet, und ich glaube, dass ich so ziemlich alles über dich weiß, und das …« Er zögerte. »Das ist umgekehrt nicht der Fall.«

Überrascht sah sie ihn an. Wovon sprach er? Doch er schien zu warten. Zu warten, dass sie ihm erzählte, was sie umgekehrt über ihn wusste.

Sie streichelte ihm mit den Fingerspitzen über die Wange, spürte den Anflug von Bartstoppeln auf seiner Haut. »Ich weiß, dass du auf dem Gut geboren bist«, sagte sie, hielt dann inne. Etwas leiser: »Ich weiß, dass deine Eltern nicht verheiratet waren und dass deine Mutter dir den Namen deines Vaters niemals nennen konnte. Weil sie keine Gelegenheit dazu hatte. Weil sie bei deiner Geburt gestorben ist.«

Einen Moment lang hielt sie inne. Er war ganz ruhig, genau wie damals, als er ihr diese Geschichte – *seine* Geschichte – zum allerersten Mal erzählt hatte. Während ihr selbst jedes seiner Worte ins Herz geschnitten hatte.

»Unter gewöhnlichen Umständen wäre eine Frau, die unverheiratet ein Kind trägt, gar nicht erst als Hausmagd geduldet worden«, sagte sie leise. »Aber Graf Ferdinand hat deine Mutter besonders geschätzt, wie es heißt, und deshalb war es ihr erlaubt worden zu bleiben. Genau wie man es dir erlaubte, nachdem sie dich zur Welt gebracht hatte. Und mit Sicherheit wird seine Herrschaft das nicht bereut haben. Schließlich gibt es damit heute jemanden auf Hohensandau, der die Pferde mindestens so liebt wie er.« Sie schenkte ihm ein Lächeln. »Ich weiß, dass du der Mann bist, vor dem selbst der wildeste Jährling auf der Koppel am Ende seinen Widerstand aufgibt. Weil er weiß, dass es genau so sein soll und ihm überhaupt nichts Besseres passieren kann, nichts Besseres als du. Ganz so wie ich es weiß. Als ich dich das erste Mal bei den Pferden sah, wie du ruhig auf diesen Wallach zugegangen bist, der halb wahnsinnig war vor Angst: Da wusste ich, dass du der Mann bist, den ich heiraten und dessen Kinder ich zur Welt bringen will.«

Theresa sah ihm ins Gesicht, und er erwiderte ihr Lächeln.

Sie sah, wie seine Brust unter dem aufgerissenen Hemd sich hob und senkte. Im Licht, das durch das belaubte Geäst fiel, schimmerte dort ein Anflug hellen Flaums auf seiner sonnengebräunten Haut, und für einen Atemzug überfiel sie das Verlangen, nun doch bei ihm zu liegen in der verborgenen Zuflucht ihres Tempels. Der Wunsch, seinen Körper zu spüren und den Duft seiner Leidenschaft zu atmen, ganz bei ihm zu sein.

Doch da war noch immer seine Ankündigung: etwas über ihn, von dem sie nichts wusste. War es eine Ahnung in ihr? Eine Ahnung, dass das, was er zu berichten hatte, wichtig sein konnte für ihrer beider Leben, wichtiger noch als seine bevorstehende Reise?

»Was du sagst, ist die Wahrheit«, sagte er. »Es ist die Geschichte, wie ich sie dir erzählt habe. Wie sie dir jeder Mensch auf Hohensandau erzählen könnte. Und doch ist es nicht die Wahrheit. Denn tatsächlich hatte meine Mutter niemals Gelegenheit, mir den Namen meines Vaters zu nennen – aber ich habe ihn trotzdem erfahren. Ich habe ihn erfahren, weil er selbst sich mir zu erkennen gegeben hat, sobald ich das Alter erreichte, in dem ein Kind diese Dinge begreifen kann.«

»Dein Vater?« Verblüfft holte sie Luft. »Du kennst den Namen deines Vaters, bist ihm begegnet? Ist er noch am Leben?«

Er nickte. »Mein Vater …« Er zögerte. »Mein Vater ist Ferdinand von Hardenstein.«

Theresa war wie erstarrt. Hatte sie es geahnt, irgendwo in einem Winkel ihres Herzens? War ihr der Gedanke erst vor wenigen Momenten gekommen, oder war er schon weit länger da?

War er womöglich jedes Mal da gewesen, wenn sie beobachtet hatte, wie seine Herrschaft an die Einfassung der Koppel trat, voller Stolz das übermütige Spiel der jungen Pferde verfolgte – oder die gewandten Bewegungen, mit denen es diesem jungen Mann mit seiner blonden Mähne gelang, sie geduldig an Sattel und Zügel und Zaumzeug zu gewöhnen? – Seinem *Sohn*?

Das Haar seiner Herrschaft hatte einen dunklen Ton, selbst wenn sich inzwischen immer mehr Grau unter diese Farbe zu mischen begann. Während Wilhelm blond war. *Die Haare muss er von seiner Mutter geerbt haben*, ging es ihr durch den Kopf, doch in Wahrheit war da nicht mehr als ein Brausen, als sie zu erfassen versuchte, was seine Eröffnung bedeutete.

»Natürlich ist es völlig ausgeschlossen, dass ich jemals seine Güter oder gar seinen Titel erbe«, erklärte Wilhelm ruhig. »Aber er wollte, dass ich hier auf Hohensandau aufwachse. Ich sollte ein Leben führen, wie er selbst es sich gewünscht hätte, wenn ihm seine Aufgaben denn die Zeit gelassen hätten. Seine Aufgaben als Herr des Gutes, seine Verpflichtungen gegenüber der Krone. Für mich wünschte er sich ein Leben bei den Pferden. Darüber hinaus hat er mir keinerlei Vergünstigungen gewährt, vielleicht um keine Hoffnungen in mir zu wecken, dass sein könnte, was doch nicht sein kann nach den Gesetzen der

Krone für den außerhalb der Ehe gezeugten Sohn einer Dienstmagd. Und ich bin ihm dankbar dafür.«

Theresa starrte ihn an. Sie dachte nicht an sich. Auf der Stelle allerdings dachte sie an den kleinen Joachim und an das Kind, das in ihrem Leib heranwuchs. Ein Kind, von dem sie aus irgendeinem Grund wusste, dass es ein Mädchen war. Ihre Kinder mussten sich ein mit Stroh gestopftes Lager mit der Mutter teilen. Der Vater dieser Kinder, der Sohn seiner Herrschaft, war gezwungen, in einer Abseite zu hausen, die kleiner war als die Räucherkammer.

»*Dankbar?*«, fragte sie ungläubig.

»Dankbar«, wiederholte er. »Weil er mich gelehrt hat, was Vertrauen bedeutet. Denn niemand lernt das schneller als ein Mensch, der mit Pferden arbeitet. Die Pferde müssen begreifen, dass sie sich voll auf dich verlassen können, und irgendwann musst du deinen ganzen Mut zusammennehmen und beschließen, umgekehrt dasselbe zu tun. An der Grenze sammeln sich die Truppen. Die Reiter vertrauen ihren Pferden ihr Leben an, wenn sie in den Pulverdampf der Schlacht reiten. – Er werde mich nicht besser und nicht schlechter behandeln als jeden anderen auf dem Hof, hat seine Herrschaft gesagt. Aber er werde mir eine Chance geben, mich zu bewähren. Wenn er feststelle, dass die Pferde mir vertrauen, dann werde auch er selbst das tun. Und wenn ich auch hier seinen Erwartungen gerecht werde, wird er mir eine Aufgabe übertragen, für die nur ein Mann in Frage kommt, auf dessen Handeln er sich voll und ganz verlassen kann. Was für eine Aufgabe das sein wird, hat er mir nicht verraten. Doch wie es aussieht, ist nun der Augenblick gekommen, in dem er mich auf die entscheidende Probe stellt. Er setzt mich an die Spitze der Eskorte.«

»Vielleicht spielt es auch eine Rolle, dass ihre Herrschaft ihm nun einen Erben schenken wird«, murmelte Theresa. »Oder eine Erbin. Jedenfalls ein Kind, das ehelich zur Welt kommt. So dass du nicht länger auf den Gedanken kommen kannst, er könnte dir trotz allem das Gut und seinen Titel hinterlassen. – Aber wenn er dir die Führung der Eskorte anvertraut, das Leben seiner Gemahlin und des ungeborenen Kindes, was hat er dann erst bei deiner Rückkehr mit dir vor, wenn er mit dir zufrieden ist?«

Sie brach ab. Da war ein Gedanke. Er schien unglaublich im ersten Moment.

»Was, wenn es *das* ist?«, flüsterte sie. »Seine Herrschaft hat die Fünfzig hinter sich gelassen. Er kann sich nicht darauf verlassen, dass er lange genug leben wird, bis das Kind herangewachsen ist und die Verantwortung für Hohensandau übernimmt, falls es ein Sohn ist. Oder jemanden heiratet, der sich darauf versteht, ein Gut zu bewirtschaften, falls die Gräfin eine Tochter zur Welt bringt. *Du* könntest der Verwalter werden, anstelle von Justus Brandt. Mit noch viel weiter gehenden Aufgaben, als der Verwalter sie heute versieht. Hast du nicht schon die Gespräche mit dem Geschäftsträger aus Sturmberg geführt, wegen der Stuten für ihre Zucht?«

»Das habe ich«, erwiderte Wilhelm zögernd. »Und wir haben die Stuten für einen Preis verkaufen können, der in Ordnung war. Ich hatte einen guten Eindruck von dem Mann. Man wird sie dort anständig behandeln. Und ja, seine Herrschaft vertraut mir, was mein Urteil über den Wert der Tiere angeht. Doch ist das nicht nur ein Bruchteil der Aufgaben, die ein Gutsverwalter zu versehen hat?«

»Mit Sicherheit gibt es da noch eine ganze Menge.« Sie umfasste seine Finger mit beiden Händen. »Aber dann wirst du es dir eben aneignen, so wie du auch gelernt hast, den Wert der Pferde einzuschätzen. Der Verwalter hat ein eigenes kleines *Haus* auf dem Wirtschaftshof, mit einer Wohnstube und einer Schlafkammer und einer zweiten noch dazu, falls seine Frau ihm Kinder schenkt. – Seine Herrschaft, dein... dein Vater weiß, dass du nun selbst eine Familie hast. *Das* ist das besondere Vertrauen, von dem er gesprochen hat: Die Position des Verwalters, die er nicht einfach irgendjemandem übertragen kann, wenn er damit rechnen muss, dass er nicht mehr am Leben ist, wenn sein Erbe das Gut in die eigenen Hände nimmt.«

»Der Verwalter.« Wilhelm schien dem Klang des Wortes hinterherzuhorchen. Sein Blick ging in das Dickicht des verwilderten Lustgartens, hinter dem die sonnengelben Giebel des Gutes nicht zu erkennen waren.

Theresas Finger hielten seine Hand, die breit und kräftig war und doch von einer unglaublichen Zärtlichkeit. Nie wieder wollte sie ihn loslassen, und doch würde sie ihn freigeben, damit er seine Mission erfüllen und den letzten Beweis liefern konnte, dass er Ferdinand von Hardensteins Vertrauen wert war. Wie schnell würden die Wochen der Trennung dahinfliegen, wenn an ihrem Ende das gemeinsame Leben mit ihrer kleinen Familie auf sie wartete, das sie sich beide so sehr wünschten! Endlich würde Gut Hohensandau auch für sie ein wahres Zuhause werden.

Ganz kurz nur streifte Theresas Blick den verfallenen Bau ihrer Zuflucht, den einzigen Ort, an dem sie bis zu diesem Tag hatten beieinander sein können.

Was sie nicht sah, war der Schatten, der sich dort verbarg. Ein gedrungener Umriss kauerte hinter den Trümmern der geborstenen Säulen. Der Beobachter war für sie unsichtbar in seinem Versteck, und er war doch so nahe, dass er jedes ihrer Worte hatte verfolgen können.

Wohldenbach
Sommer 1866

»*Paragraph zweiundzwanzig.*« Wilhelm schloss die Augen. »*In Ansehung der Wiederkehr der Vorfälle sind die Einnahmen und Ausgaben erstens jährliche, zweitens sind es bestimmte in längern oder kürzern als Jahrestermin wiederkehrende und drittens ... drittens sind es ...*«

Er presste die Hände gegen die Schläfen. Sein Schädel dröhnte, als hätte eine böse Macht ihn in einen Schraubstock gespannt. Das grelle Licht der Petroleumlampe schien sich durch seine Augenlider zu bohren.

Sein Nacken und sein Hinterkopf pochten. Wie lange war es her, dass er sich von der Stelle gerührt hatte? Drei Stunden oder eher schon vier? *Genau so muss es sich anfühlen, wenn man allmählich den Verstand verliert*, dachte Wilhelm.

Zwei Wochen waren vergangen seit dem Aufbruch nach Wohldenbach, und bis jetzt hatte er das Vertrauen seines Vaters zumindest nicht enttäuscht.

Er war erschrocken, als Thyra von Hardenstein die Kutsche bestiegen hatte, auf den Arm ihres Gemahls gestützt. Sie hatte schmal gewirkt, geradezu ausgezehrt, die fortgeschrittene Schwangerschaft kaum sichtbar unter dem schweren Stoff des dunklen Mantelkleides, das ihre Blässe noch hervorhob. Und doch hatte der Physicus sie für reisefähig erklärt – was immer er sich dabei gedacht haben mochte. Die Konsequenzen würde jedenfalls nicht der gelehrte Mediziner aus der Provinzhauptstadt zu tragen haben, falls er sich denn getäuscht hatte. Sondern die Gräfin, wenn sich ihr Zustand unterwegs verschlechterte. Und Wilhelm selbst, dem die Sorge um die Gemahlin seines Vaters nun anvertraut war.

Quälend langsam, Stunde um Stunde, war das Gespann über die Chaussee gerumpelt, durch belebte Städte und über offenes Land, an breiten Flüssen entlang und immer wieder durch dunkle Gebirgstäler und steile Anhöhen empor, über Provinzgrenzen hinweg, Wohldenbach entgegen. Wilhelm hatte beunruhigt den Gerüchten gelauscht, die sie unterwegs erreichten. Gerüchten über die Vorgänge an der Grenze, wo sich das Aufgebot Preußens und die Verbände der feindlichen Österreicher argwöhnisch belauerten.

Immer aufs Neue hatte er darum gekämpft, die Gräfin nicht mit seiner Sorge zu belästigen, indem er sich noch einmal und noch einmal erkundigte, ob ihr auch wohl sei. Wie hätte ihr auch wohl sein können, wenn sie damit rechnen musste, dass sie an das Sterbebett ihres Vaters eilte?

Am Ende war all das bedeutungslos. Friedrich Strehlow selbst hatte seine Tochter auf der Treppe seines stolzen Bürgerhauses empfangen, auf einen Stock gestützt und dennoch sichtbar auf dem Wege der Besserung, ganz begeistert von der Aussicht, Zeit mit seiner Tochter verbringen zu dürfen, die er seit Monaten nicht gesehen hatte.

Zwei Wochen waren sie nun bereits in Wohldenbach. Wilhelm gönnte Vater und Tochter diese Zeit, doch Theresa und er waren noch niemals so lange voneinander getrennt gewesen. Zwei Mal hatten ihn seit seiner Ankunft Briefe von ihr erreicht, geheimnisvoll nach der Lavendelessenz duftend, die

Emma, die Näherin des Gutes, für die Frauen des Gesindes anmischte. Theresa wusste, dass er diesen Duft an ihr liebte. Zwei Mal hatte er ihr geantwortet und war doch nicht in der Lage gewesen, wirklich zum Ausdruck zu bringen, wie sehr seine kleine Familie und das Leben auf Hohensandau ihm fehlten. Mit welch verwirrenden Gefühlen er den Zeiten entgegensah, die sie vielleicht in Zukunft auf dem Gutshof erwarteten, wenn Theresa recht hatte mit ihren Schlussfolgerungen.

Der Verwalter. Der greise Strehlow hatte ihn wie einen Gast in seinem Haus willkommen geheißen. Jedenfalls nicht wie den bloßen Anführer der Eskorte seiner Tochter. Vermutlich war er nur erleichtert über Thyras wohlbehaltene Ankunft. Vater und Tochter hatten sich unendlich viel zu erzählen, wie es schien. Immer wieder unternahmen sie Fahrten in die Manufaktur ihrer Familie außerhalb der Mauern von Wohldenbach, in die *Fabrik*, wie Friedrich Strehlow es ausdrückte. Wilhelm selbst solle sich währenddessen einfach wie zu Hause fühlen, hatte der alte Mann noch angefügt. Die Worte hatten geklungen wie eine Anweisung.

»*Wie zu Hause*«, murmelte Wilhelm. Zu Hause kümmerte er sich auf der Koppel um die Pferde, hatte von morgens bis abends tausend Dinge zu erledigen, die seine Aufgaben auf dem Gestüt mit sich brachten. Ständig hatte er dabei ein schlechtes Gewissen, weil ihm so wenig Zeit blieb für Theresa und den kleinen Jungen. Im Strehlow'schen Haus dagegen gab es schlicht nichts zu tun für ihn. Die Köchin starrte ihn an wie einen Eindringling, wenn er auch nur den Versuch unternahm, seine Teetasse in die Küche zurückzubringen. Er beneidete die Damen und Herren aus besseren Kreisen nicht darum, dass sie auf Schritt und Tritt von Menschen umgeben waren, die versuchten, ihnen jeden Wunsch von den Augen abzulesen. Jetzt, da er es am eigenen Leibe erlebte, war es noch viel, viel schlimmer.

Am Ende war er in die Bibliothek des Hauses geflüchtet. Offenbar hatten die Diener und Zofen Anweisung, das Erkerzimmer mit den deckenhohen dunklen Bücherschränken nicht ohne Aufforderung zu betreten. Erst hier war ihm dann klar geworden, dass seine Flucht ihn an den einzig richtigen Ort geführt hatte. Hier konnte er sich auf die Aufgaben vorbereiten, die bei seiner Rückkehr womöglich auf ihn zukamen. Zwei behagliche Lehnsessel standen vor der Feuerstelle. Ein niedriger Tisch lud dazu ein, ein Buch dort abzulegen.

Handbuch des Kassen- und Rechnungswesens für Herrschafts- und Rittergutsverwaltungen. Wilhelm hatte sein Glück kaum fassen können, als er auf das Werk gestoßen war – bis er das Handbuch aus dem Regal gezogen und festgestellt hatte, dass es Hunderte eng bedruckte Seiten besaß und viel zu schwer war, um es in der Hand zu halten – und dabei war es nur der erste Teil eines umfangreichen, mehrbändigen Werkes. Längst schwirrte ihm der Kopf angesichts des Inhalts: die unterschiedlichen Posten für Saatgut und Dünger, die Milch-, Vieh- und Weidewirtschaft, die Vorratshaltung, Steuern und Abgaben, die Instandhaltung der Gebäude und die Entlohnung der Gutsbediensteten, die ein Verwalter zu bedenken und gegeneinander abzuwägen hatte. Konnte er sich überhaupt vorstellen, auf Hohensandau eine solche Position einzunehmen? Wie sehr musste sich ein solches Dasein unterscheiden vom Leben bei den Pferden auf der Koppel, das sein Vater sich für ihn gewünscht hatte?

»Bis jetzt jedenfalls«, flüsterte er. »Jetzt wünscht er sich etwas anderes.«

Und hatte er nicht allen Grund, Ferdinand von Hardenstein diesen Wunsch zu erfüllen? War es nicht so, dass Wilhelm dem Gutsherrn etwas schuldete, nachdem er weder seine Mutter fortgeschickt noch ihn selbst in eins der Waisenhäuser der Stadt gegeben hatte? Der Herr von Hohensandau hatte sein Vertrauen in Wilhelm gesetzt, und dieses Vertrauen durfte er so wenig enttäuschen wie das Vertrauen, das Theresa und der kleine Joachim in ihn setzten: dass er für sie da war in einer Welt, die von mehr als nur einem einzigen Justus Brandt bewohnt wurde. *Ein eigenes kleines Haus auf dem Wirtschaftshof, mit einer Wohnstube und einer Schlafkammer und einer zweiten noch dazu, falls seine Frau ihm Kinder schenkt.* War es das nicht wert?

Paragraph zweiundzwanzig. Einnahmen und Ausgaben in Ansehung der Wiederkehr der Vorfälle. Er war sich nicht sicher, ob er nicht zwischendurch eingenickt war.

»Erstens sind es jährliche«, murmelte er. »Zweitens sind es in längern oder kürzern als Jahrestermin wiederkehrende. Und drittens.« Er hielt inne. »Drittens ...«

»Drittens sind es solche, die nicht bestimmt in einem jeden Jahre vorkommen.«

Wilhelm schreckte hoch.

»Jedoch bleiben sie selten aus«, vollendete Thyra von Hardenstein.

Er starrte sie an. Sie saß in einem dunklen Hauskleid im anderen der beiden behaglichen Lehnsessel, eine Decke über die Knie gebreitet. Das *Handbuch des Kassen- und Rechnungswesens* hatte sie auf ihre Seite des Tisches gezogen.

Er musste tatsächlich eingenickt sein. Die Hausdiener betraten die Bibliothek nicht ohne Aufforderung. Die Tochter des Hausherrn war ihrer Schwangerschaft zum Trotz offenbar völlig geräuschlos in den Raum geschlüpft. Wie lange sie ihm schon beim Schlafen zugesehen hatte, konnte er nicht sagen.

»Mein Vater hatte Euch vorgeschlagen, Euch ein Buch nach Eurem Geschmack zu suchen«, bemerkte sie. »Irgendwie glaube ich, dass er eher Abenteuerromane im Sinn hatte.«

»Ich …« Wilhelm brach ab. »Der Schrank war nicht verschlossen«, sagte er schwach.

Sie musterte ihn eingehend. »Warum sollte er verschlossen sein? Die Schränke in diesem Raum waren niemals verschlossen, weder für mich, als ich ein Kind war, noch für die Gäste des Hauses. – Zugegeben: In den ersten Jahren standen die Bücher, die ich besser nicht lesen sollte, sehr weit oben in den Regalen.«

Ein Lächeln huschte über ihr Gesicht, doch im selben Moment wurde Wilhelm bewusst, wie müde sie aussah, müder noch als bei ihrem Aufbruch aus Hohensandau. Zugleich war die zunehmende Veränderung ihres Körpers jetzt sichtbar. *Weil sie kein Korsett trägt*, fuhr ihm durch den Kopf. Eine Frau aus ihren Kreisen ohne Mieder und Krinoline! Theresa hatte immer wieder erwähnt, dass das etwas war, worum sie die Frauen der besseren Gesellschaft mit Sicherheit nicht beneidete: dass sie sogar in den Wochen vor der Geburt eines Kindes noch gezwungen waren, ihren Körper in die enge Schnürung zu pressen wie in eine Ritterrüstung.

Er biss sich auf die Lippen. Sich jetzt nach ihrem Befinden zu erkundigen war sicher keine gute Idee. Ob es der richtige Moment war, sich zu erheben, ihr eine gute Nacht zu wünschen und sich zurückzuziehen?

Sie betrachtete ihn immer noch. Warum war er sich so sicher, dass sie das eine oder andere erriet, was ihm gerade durch den Kopf ging?

Sie beugte sich vor, und ihre Finger strichen über die Seiten des *Handbuchs*. »Allerdings hättet Ihr nicht bis nach Wohldenbach reisen müssen für ein Exemplar dieses Buches«, bemerkte sie. »Mein Gemahl – seine Herrschaft – hat dasselbe Werk in seinem Bücherschrank. Ich habe mich schon immer gefragt, ob er es wohl von vorn bis hinten gelesen hat. Mit Sicherheit hat er es nicht auswendig gelernt wie Ihr.«

»Ich ...«

»Verzeiht, wenn ich Euch erneut unterbreche.« Ihre Stimme war leise und freundlich, aber sie war die Gräfin Hardenstein, die Herrschaft auf Hohensandau. Sie konnte ihn unterbrechen, sooft sie wollte, auch ohne ihn um Verzeihung zu bitten. »Mir ist klar, dass Ihr auf Hohensandau keine Möglichkeit hattet, dieses Buch zu lesen. Den Domestiken dort wird kein Zugang zu den Bücherschränken gewährt. Nicht dass es in diesem Haus hier anders wäre, meinen langjährigen Bemühungen zum Trotz. Mein Vater hat mich einen Sturkopf genannt, weil ich immer wieder darauf beharrte.« Ein ganz kurzes Lächeln, bevor sie wieder ernst wurde. »Umso wichtiger aber wäre es gewesen, dass ich mit meinem Gemahl rede, damit sich das zumindest auf Hohensandau ändert. – Seit bald zwei Jahren sind wir vermählt«, fügte sie leiser hinzu. »Seit bald zwei Jahren lebe ich auf dem Gutshof. Und wie langsam geht es voran. Es ist eine andere Welt auf Hohensandau. Anders als hier, weit stärker, als ich das für möglich gehalten hätte. Und dennoch: Was wichtig ist, das muss auch möglich sein. Wenn man es wirklich will.« Ihre Hand schloss sich zur Faust. »Wenn man es wirklich, wirklich will, dann *muss* es ...« Sie brach ab, für einen Moment wie überrascht, legte dann die Hand an ihren Leib. Er sah, wie sich ihr Gesicht verzog.

»Eure Herrschaft?« Seine Stimme war heiser. »Ist Euch nicht wohl?«

Sie hob die Finger, ein Zeichen, dass er sich keine Sorgen

machen sollte. »Ich … Ich denke, es geht den Umständen entsprechend«, antwortete sie schließlich. »Es regt sich. – Ihr habt einen kleinen Sohn, Wilhelm Leuschenthal, habe ich recht? War es bei Eurer Frau nicht ähnlich in den letzten Wochen vor der Geburt?«

Wilhelm nickte. »Das war es«, sagte er. »Das Kind sei sehr lebhaft nach ihrem Empfinden. Doch ihr fehle natürlich der Vergleich.« Er schluckte beklommen. Das hier war nicht die Art und Weise, in der eine Frau mit einem Mann über das werdende Leben in ihrem Leib sprach. Nicht auf Hohensandau jedenfalls, und diese Frau war die Gemahlin seines Dienstherrn. Dass sie obendrein die Gemahlin seines *Vaters* war, konnte sie nicht wissen. Er hingegen war verantwortlich für die Pferde auf der Koppel, im Augenblick zufällig der Anführer ihrer Eskorte und konnte sich nicht daran erinnern, je ein längeres Gespräch mit ihr geführt zu haben, schon gar nicht ein so *persönliches*. Wie hätte das auch geschehen sollen auf dem Gutshof, wo Herrschaften und Gesinde in zwei unterschiedlichen Welten lebten mit ihren Tag für Tag immer gleichen, doch streng voneinander getrennten Abläufen?

»Ich denke, da hat Eure Frau ganz recht, Wilhelm Leuschenthal«, sagte die Gräfin. Wieder huschte ein Lächeln über ihr Gesicht. »Doch was die Bibliothek anbetrifft und die Bücherschränke: Wenn ich bedenke, welchen Wert mein Gemahl darauf legt, dass die Kinder der Knechte und Mägde lesen und schreiben lernen. Ist es da nicht blanker Unsinn, wenn ihnen der einzige Ort verschlossen bleibt, an dem es auf Hohensandau Bücher gibt? Dass sie ihr Wissen nur einsetzen können, um sich in der Gutskapelle durch das Gesangbuch zu blättern?«

Er starrte sie an. *Blanker Unsinn*. Das hatte sie tatsächlich gesagt. *Blanker Unsinn*, den seine Herrschaft verfügt hatte. Ihm wurde beinahe schwindlig, wenn er sich vorstellte, was sie womöglich alles verändern würde auf Hohensandau, wenn sie die Gelegenheit dazu erhielt.

Sie legte die Hände auf das *Handbuch*. »Mir kam es vor, als fühltet Ihr Euch *ertappt*, weil ich gesehen habe, dass Ihr in diesem Buch lest. – Glaubt Ihr, ich hätte etwas dagegen einzuwenden, dass Ihr ein solches Werk studiert? Dass mein Gemahl etwas dagegen einzuwenden hätte, wenn Ihr Euch ein größeres Wissen aneignet über die Verwaltung eines Gutshofs?«

»Ich …« Wieder musste er schlucken. Was sollte er antworten? Er hatte nichts als Theresas Vermutungen. Und selbst für den Fall, dass sein Vater tatsächlich darüber nachdachte, ihm eine Aufgabe mit größerer Verantwortung zukommen zu lassen, konnte er nicht wissen, was die Gräfin davon hielt. *Jetzt* wäre er fast dankbar gewesen, wenn sie ihn unterbrochen hätte. Doch natürlich tat sie es genau diesmal nicht.

»Meine Verantwortung sind die Pferde auf der Koppel«, sagte er zögernd. »In den vergangenen Monaten hat seine Herrschaft mich allerdings hin und wieder nach meiner Einschätzung gefragt, wenn Stuten oder Hengste verkauft werden sollten. Oder was ich davon hielte, wenn wir uns mit der Zucht in eine bestimmte Richtung bewegen würden. Ich hatte gehofft, in diesem Buch etwas zu erfahren, mit dem ich noch besser …«

»Ihr seid nicht dumm, Wilhelm Leuschenthal.« Abrupt fiel sie ihm wieder ins Wort. »Es gibt keinen Grund, aus dem irgendjemand ein dümmerer Mann sein sollte als andere, nur weil er nicht als Sohn eines Edelherrn geboren wurde, sondern als Sohn eines Knechts.«

Er war sich nicht sicher, ob er ein Zusammenzucken vollkommen unterdrücken konnte. Dass sie ihn bei der Lektüre ertappt hatte, war die eine Sache. Doch sie trug gerade ihr erstes Kind. Wie würde sie reagieren, wenn ihr klar wurde, dass ihr der uneheliche Sohn ihres Gemahls gegenübersaß? Niemals durfte sie das erfahren.

Doch sie schien nichts bemerkt zu haben. So seltsam das erschien, da sie ihn doch so genau beobachtete. »Und was mich selbst anbetrifft, bin ich im Übrigen auch nicht dümmer als andere Leute«, fuhr sie fort, »nur weil ich zufällig nicht als Mann, sondern als Frau auf die Welt gekommen bin. Dass Ihr aus diesem Buch nichts über die Pferdezucht lernen werdet, sollte weder mir noch Euch entgangen sein.«

Wilhelm sah starr auf das Buch, vermied ihren Blick. Natürlich waren Frauen nicht dümmer als Männer. Theresa war mit Sicherheit nicht dümmer als er. Und dass ein Handbuch, das sich mit Steuern und Abgaben befasste, bei der Pferdezucht keine Hilfe sein würde, war offensichtlich.

»Zufällig weiß ich, dass mein Gemahl Euch schätzt, Wilhelm Leuschenthal«, fuhr sie fort. »Dass er ein beachtliches Vertrauen in Euch setzt.« Jetzt klang ihre Stimme wieder ruhiger, doch allein dieses Wort, *Vertrauen*, genügte, dass sich die Härchen auf Wilhelms Armen aufstellten. »Wie könnte es auch anders sein«, murmelte sie. »Wenn er seine Pferde in Eure Obhut gibt. – Ferdinand von Hardenstein pflegt seine Entscheidungen sorgfältig zu prüfen. Er denkt lange darüber nach, was sie für ihn, aber auch für andere bedeuten könnten. Und mit Sicherheit ist er kein Mann, der ...« Jetzt zögerte sie, senkte die Stimme. »Er ist kein Mann, der besonders freigiebig umgeht mit seinem Vertrauen. Das ist es, was mir als Allererstes an ihm aufgefallen ist bei unserer ersten Begegnung. Er ist kein leichtfertiger Mann, sondern jemand, der alles sehr genau abwägt. Er ist ein ... ein *bemerkenswerter* Mann. Seit dieser ersten Begegnung gab es nichts, das ich mir stärker gewünscht hätte als dieses eine: eines Tages dieses Vertrauens wert zu sein.«

Sie verstummte. Vielleicht war ihr gerade klar geworden, wen sie selbst in diesem Augenblick ins Vertrauen zog: einen Pferdeknecht. Doch sie sah lediglich kurz auf ihre Hände, die nun wieder in ihrem Schoß ruhten, dann schaute sie erneut hoch zu Wilhelm.

»Sein Vertrauen ist eine Auszeichnung«, sagte sie. »Und das bedeutet eben *nicht*, dass Ihr blind genau das tun müsstet, wovon Ihr annehmt, dass er es in diesem Moment für das Beste halten würde. Wenn er das erwartete, wärt Ihr eher sein Sklave und nicht etwa jemand, dem er vertraut. Dem er vertraut, so wie er…« Wieder das kurze Lächeln, doch diesmal wirkte es ernster, nachdenklicher und doch nicht ohne einen Anflug klammheimlicher schelmischer Freude, die für einen Moment in ihren Augen aufblitzte, als sie weitersprach. »So wie er inzwischen tatsächlich gelernt hat, mir zu vertrauen. Mit Sicherheit hat er bemerkt, wie rasch der Physicus sich verabschiedet hat, nachdem er verkündet hatte, dass ich die Fahrt nach Wohldenbach ohne jede Gefahr auf mich nehmen könnte.«

»Dem Physicus vertraut er eher nicht?«, murmelte Wilhelm.

»Er vertraut darauf, dass der Physicus den Wunsch hat, den Grafen und die Gräfin Hardenstein weiterhin zu seinen Patienten zu zählen«, stellte sie fest. »Und dass er es sich entsprechend sehr gut überlegen wird, der Herrin von Hohensandau eine Reise zu untersagen, auf die sie offenkundig großen Wert legt. Vor allem aber vertraut Ferdinand von Hardenstein darauf, dass *ich* das Leben unseres Kindes nicht leichtfertig aufs Spiel setzen werde – so wichtig es mir auch war, meinen Vater noch einmal zu sehen.« Sie hielt inne, blickte ihm nun direkt in die Augen. »Mir ist klar, dass Ihr in Sorge wart während der Reise. Doch ich hätte sie nicht angetreten, wenn ich für möglich gehalten hätte, dass sie eine Gefahr für das Kind darstellt. Mein Vater wäre im Übrigen der Letzte gewesen, der das gewollt hätte, und nichts macht mich glücklicher, als nun zu sehen, dass es ihm besser geht.«

Es kam ihm vor, als ob sie eine Winzigkeit in sich zusammensank, übermannt von der Müdigkeit, der Erschöpfung des Tages. Doch noch einmal straffte sie sich. »Und so wenig Ferdinand von Hardenstein meine Entscheidung in Frage gestellt hat, so wenig hätte er etwas dagegen einzuwenden, wenn Ihr Euch mit dem *Handbuch* befasst. Was kann er sich Besseres wünschen als einen Mann, dem er vertraut, und der in Zukunft an anderer, noch wichtigerer Stelle auf Hohensandau seinen Dienst verrichten kann?«

Die Gräfin schlug die Decke von ihren Knien beiseite. Auf die Armlehnen des Sessels gestützt hievte sie sich umständlich in die Höhe. Wilhelm erhob sich ebenfalls und widerstand mit Mühe der Versuchung, ihr behilflich zu sein. Er war allein mit der Gemahlin seines Dienstherrn. Es war ausgeschlossen, dass er sich Thyra ohne Aufforderung näherte.

»Aber die Dinge werden sich verändern«, sagte sie und blieb auf dem Weg zur Tür noch einmal stehen. »Es ist bereits auf dem Weg. Das Kind, das ich trage, ist mehr als nur der Erbe von Hohensandau. Das Kind meines Gemahls wird ein Hardenstein, als mein eigenes Kind aber wird es ebenso ein Strehlow sein. Und was das bedeutet, das müsst Ihr wissen, bevor Ihr entscheidet, welche Bücher Ihr auswendig lernt. Um neun Uhr morgen Vormittag werden mein Vater und ich noch einmal die Fabrik aufsuchen. Und es wäre mir eine Freude, wenn Ihr uns dorthin begleiten würdet.« Sie wandte sich zum Gehen. »Ich wünsche Euch eine gute Nacht, Wilhelm Leuschenthal.«

»Sehr … sehr gerne werde ich Euch begleiten, Eure Herrschaft«, versicherte er. »Eine gute Nacht, Eure Herrschaft.«

Wilhelm starrte auf die Tür, die sich hinter ihr geschlossen hatte. Etwas unsicher auf den Beinen kehrte er kurz darauf in das saubere Zimmer zurück, das ihm für die Dauer seines Aufenthalts im Strehlowschen Haus zur Verfügung stand. Es war um einiges größer als die Kammer, die er auf Hohensandau bewohnte.

Doch hatte er ernsthaft damit gerechnet, in dieser Nacht Schlaf zu finden? Bis der Morgen graute, saß er über einem Brief an Theresa, in dem er von den Ereignissen des vergangenen Abends berichtete. Wie war es einzuschätzen, wenn nun auch ihre Herrschaft ihn so offensichtlich darin unterstützte, sich zusätzliches Wissen anzueignen, um … *nicht* die Position des Verwalters auf Hohensandau einzunehmen? *Die Dinge werden sich verändern.* Was hatte sie damit zum Ausdruck bringen wollen? Das Kind würde auch ein Strehlow sein – was bedeutete das?

Porzellan.

Natürlich hatte Wilhelm gewusst, wie die Familie der Gräfin zu ihrem sagenhaften Reichtum gelangt war. Doch hätte ihn irgendetwas auf *das hier* vorbereiten können?

Wie ein eigenes Stadtviertel erstreckten sich die Produktionsstätten der Strehlow'schen Werke vor den Toren der Stadt. Ein Viertel, aus dem nicht die geschmückten Türme von Kirchen in den Himmel ragten, sondern die mächtigen Schlote von Brennöfen. Und nicht Kirchenschiffe schlossen sich im Schatten dieser Bauten an, gefüllt mit den Scharen der Gläubigen, sondern gewaltige Fabrikationshallen, in denen Hunderte von Menschen ihre Aufgaben versahen. Wie die unterschiedlichen Teile eines Körpers, dachte er, die doch ein einziger mächtiger Wille lenkte.

Die Gräfin und ihr Vater waren ihm mehrere Schritte voraus, als sie die Fertigungshalle durchquerten. Mit gedämpften Stimmen unterhielten sie sich, während Wilhelm immer wieder staunend stehen blieb. Hier wurde den noch ungebrannten Porzellanrohlingen Form gegeben. Ein Geruch nach frischer Erde lag in der Luft, und es war warm wie kurz vor Beginn eines Gewitterregens. Männer und, wie er überrascht feststellte, einige Frauen beugten sich über hüfthohe Arbeitstische und legten bei ihren jeweiligen Werkstücken Hand an. Hier entstand ein Becher auf der rasch rotierenden Töpferscheibe, da wurde mit Hilfe einer filigran ausgestanzten Schablone der Rand einer Schüssel mit einem Muster versehen, und dort drüben glättete eine ältere Dame mit geschickter Hand die Stelle, an der der Ausguss einer Teekanne am Bauch des Gefäßes ansetzte.

Wilhelm wollte seinen Weg bereits fortsetzen, als er aus dem Augenwinkel eine Bewegung sah. Neugierig blieb er stehen.

Da ging ein jüngerer Mann langsam auf jene Dame zu, die sich die Teekanne vorgenommen hatte. Am Rand ihres Werktisches blieb er stehen. Mit sichtbarem Respekt wartete er ab, bis sie nach einigen Sekunden von ihrer Arbeit aufblickte. Erst dann richtete er zögernd einige Worte an sie, Worte, die Wilhelm über die Geräuschkulisse hinweg nicht verstehen konnte. Deutlich aber konnte er beobachten, wie die Dame das ungebrannte Stück musterte, das der Junge ihr etwas unschlüssig präsentierte. Einen kurzen Moment nur zögerte sie, kniff die Lider zusammen, bevor sie mit Daumen und Zeigefinger eine Geste beschrieb, dann die Kuppen kurz aufeinandertippte. Für Wilhelm war nichts davon zu deuten. Der junge Porzellanarbeiter dagegen schien augenblicklich aufzuatmen. Mit einem dankbaren Nicken entfernte er sich mit seinem Werkstück an seinen eigenen Arbeitstisch.

Eine geheimnisvolle Welt, die Strehlow'schen Werke. Eine Welt mit ihren ganz eigenen undurchschaubaren Abläufen. Unzählige solcher Szenen hatte Wilhelm bereits beobachtet, und doch waren sie kaum mehr als Ausschnitte des gesamten gewaltigen Kosmos der Porzellanmanufaktur, der Porzellan*fabrik*. Am stärksten hatte ihn dabei ein Gebäude beeindruckt, das sich in einem etwas abgesonderten Bereich erhob. Darin wurden die einzelnen Stücke in die Öfen gegeben. Einen vollen Tag mussten sie in der sengenden Hitze zubringen, bei unvorstellbaren Temperaturen, wie er erfahren hatte. Dieser Produktionsschritt wurde als *Glühbrand* bezeichnet. Doch erst wenn man die Porzellanschätze aus dieser Hölle wieder hervorgeholt hatte, war daran zu denken, sie mit einem Dekor und einer Glasur zu versehen, die ein zweiter Brennvorgang, der *Glattbrand*, dann versiegelte. Erschrocken war er zurückgewichen, als sich die schweren Türen der Brennkammern geöffnet hatten, war auf eine Woge sengenden Feuers gefasst gewesen, die nach ihm greifen würde. Der Arbeiter am Ofen aber hatte gelacht und sich bemüht, ihn zu beruhigen: Man warte geduldig ab, bis die Glut im Innern abgekühlt sei, bevor man die Türen öffne. Schon aus Rücksicht auf das kostbare Brenngut sei das notwendig. Wilhelm hatte verstehend genickt und sich bemüht, nicht allzu deutlich auf die angesengten Augenbrauen des Mannes zu starren.

»*Das weiße Gold.*«

Der Vater der Gräfin riss ihn aus seinen Gedanken. Der alte Mann war stehen geblieben, auf seinen Stock gestützt. Thyra hielt sich eng an seiner Seite, bereit, rasch zuzufassen, sollte er ins Straucheln geraten. Sie selbst wirkte aufrechter heute, dachte Wilhelm. Und das konnte nicht allein am Korsett liegen, das ihren Körper unter dem strengen Kostüm heute zu einer geraden Haltung zwang. Es war, als ginge eine bestimmte Stärke von ihr aus. Eine Strehlow: Dies war der Ort, an dem sie verwurzelt war. Ein Ort der Geheimnisse, die ihre Familie hütete.

»Das weiße Gold«, wiederholte Friedrich Strehlow und winkte Wilhelm heran. Der Stolz auf seiner Miene war unverkennbar. »Noch mein Großvater hat es so genannt, das Porzellan, mit dessen Besitz sich nur die Mächtigen schmückten. Wobei es in Wahrheit natürlich *kostbarer* war als Gold in der alten Zeit, als sich einzig die Chinesen auf die Herstellung verstanden. Nur einzelne Stücke fanden damals den Weg nach Europa, auf tosenden Wellen quer über den Indischen Ozean und um die Südspitze Afrikas herum bis auf die Märkte Antwerpens und Amsterdams.« Eine fahrige Bewegung sollte vermutlich den Kurs der Schiffe andeuten, doch der rechte Arm schien dem alten Mann nur noch unzuverlässig zu gehorchen.

»Auf jener Route, der der Schiffsverkehr bis in unsere Tage folgt«, fügte er an. »Und wohl auch weiter folgen wird, den unwahrscheinlichen Fall einmal ausgenommen, dass die Franzosen ihren Kanal bei Suez doch noch vollenden.« Er räusperte sich, sichtlich in Erzähllaune, und fuhr fort: »Mit dem Unterschied, dass jene Fahrten ein ganz anderes Wagnis darstellten. Die Segler mit ihrer kostbaren Fracht waren bis zum letzten Augenblick ein Spielzeug der Wogen, bis sie in ihrem Zielhafen anlegten, wo bereits die Agenten der Fürsten und Könige warteten. Bereit, einander im Preis zu überbieten für ihre geheimnisvolle Fracht. Wer keine Krone auf dem Haupt trug, konnte sich ohnehin den Gedanken sparen, jemals auch nur eine Scherbe des weißen Goldes sein Eigen zu nennen. Die Fürstenhäuser dagegen: Wie hätten sie ihre Geltung eindrucksvoller unter Beweis stellen können als durch den Besitz einiger Stücke jener sagenumwobenen Materie, die man zunächst kaum einzuordnen wusste? Eine Form von Keramik zweifellos, dessen waren sich die Menschen schnell sicher, aber sie hatte wenig gemein mit irgendeiner anderen Keramik der Welt, mit glasiertem Ton, mit Majolika oder selbst den wertvollen Fayencen aus Frankreich, aus Delft und Italien.« Beinahe geflüstert: »*Porzellan.*«

Wilhelm schwieg. Weißes Gold, alte Chinesen und gekrönte Häupter. Und doch kreiste in seinem Kopf vor allem ein ganz anderer Gedanke: *Das Kind, das ich trage, ist mehr als nur der Erbe von Hohensandau*, hatte die Gräfin gesagt. *Und was das bedeutet, das müsst Ihr wissen, bevor Ihr entscheidet, welche Bücher Ihr auswendig lernt.* Ja, er begann zu begreifen, wovon sie gesprochen hatte. Es war ein gewaltiges Erbe, dem das noch ungeborene Kind entgegensah. Und es war eine fremdartige, eine beinahe einschüchternde Welt, die er an diesem Morgen zu sehen bekam. Aber warum übernahm der Vater ihrer Herrschaft persönlich die Aufgabe, ihn mit dieser Welt vertraut zu machen? Ihn, einen Pferdeknecht auf Hohensandau.

»Porzellan«, wiederholte der alte Mann mit einem andächtigen Flüstern. »Kostbarer als Gold. Mitten im Krieg tauschten prunksüchtige Fürsten ganze Regimenter ihrer tapfersten Dragoner gegen ein paar chinesische Vasen ein. – Konnte es überraschen, dass sie alles daransetzten, die geheime Rezeptur der Chinesen zu ergründen, das Mysterium der Brennvorgänge? Dass sie nur zu gern bereit waren, sich dafür mit zwielichtigen Existenzen einzulassen? Mit selbsternannten Magiern und Alchimisten, die behaupteten, das Geheimnis zu besitzen?

Männern wie dem Vater meines Urgroßvaters?« Ein schiefes Lächeln huschte über das Gesicht des alten Mannes. Sowenig er den Arm unter Kontrolle hatte, so wenig gelang es ihm, die Mundwinkel gleichmäßig zu heben. »Wobei das in seinem Fall eine gute Entscheidung war«, sagte er leise. »Weil er zu den Ersten gehörte, die erkannt hatten, welche Rolle die weiße Tonerde in der Rezeptur spielt, das *Kaolin*, das wir bis heute aus weiter Ferne heranführen. Ein Wissen, wertvoll wie ein Königreich. Doch was war schon ein Königreich ... gegen ein solches Geheimnis, damals.«

Er wandte sich um. In einem niedrigen Regal nahe dem Ende der Halle reihten sich unterschiedliche bereits gebrannte, aber noch unglasierte Stücke. Wenige Schritte entfernt stand ein ausladender Tisch, auf dem sich Dokumente und Produktionsbücher stapelten. Der Platz für jenen Mitarbeiter, dem die Aufsicht über die Fertigung unterstand, dachte Wilhelm. Nur dass dessen Stuhl im Augenblick leer war und er bisher auch niemanden hatte entdecken können, der den Eindruck eines so wichtigen Mannes machte. Möglicherweise war seine Anwesenheit schlicht nicht nötig an einem Tag, an dem der Herr über die Gesamtheit der Anlagen zugegen war.

»All das hat sich in unserer Zeit verändert«, fuhr Strehlow fort. »Längst werden keine Kriege mehr geführt um den Besitz von Porzellan. Ein wohlsituierter Bürger kann heute die Kosten für ein solches Stück aufbringen. Ein Kolonialwarenhändler beispielsweise, der mit seinem Geschäft zu Wohlstand gelangt ist.« Vorsichtig nahm er eine zierliche Vase aus einem Regal, so zart, dass sie vielleicht eine einzelne Rose aufnehmen konnte, ohne aus der Balance zu geraten. »Dieses Stück hier könnte er an einen Ehrenplatz in seiner Stube stellen, sich an seiner Schönheit erfreuen und hätte Teil an jenem Geheimnis, dem Geheimnis der Könige.« Behutsam hielt er die Vase zwischen den Fingern, wie ein Vogeljunges, zerbrechlich und vielleicht gerade eben flügge geworden. »Seht Ihr es?«, fragte er beinahe andächtig. »Das ist das reinste Weiß, das wir erzeugen können. Beinahe scheint es von innen her zu leuchten.«

Sachte nahm er ein anderes Gefäß hervor. »Oder stellt Euch die Ehefrau jenes Mannes vor, eine wohlhabende Bürgersfrau. Zum Sonntag trinkt sie Schluck für Schluck ihrer bittersüßen Trinkschokolade aus diesem fein bemalten Tässchen, hauchdünn, das Blumenmuster nach alter chinesischer Tradition mit feinem Pinsel aufgebracht, bevor der zweite Brand die Glasur versiegelt. Seht Ihr die Form des Henkels?« Mit der Fingerspitze strich er über die Wölbung. »Das angedeutete Löwenhaupt geht auf Vorbilder in der Architektur zurück, die wiederum aus der ägyptischen Kunst übernommen wurden, zu Zeiten des ersten Napoleon. Mein Großvater hat diese Formen studiert und mit eigener Hand die ersten Entwürfe angefertigt. Manches wird heute in derselben Weise ausgeformt wie vor bald einhundertfünfzig Jahren, anderes haben unsere Meister erst in unseren Tagen ersonnen. Was ihnen aber allen gemein ist …« Vorsichtig drehte er das Tässchen und gewährte Wilhelm einen Blick auf die Unterseite. »Jedes Stück wird am Boden mit der Strehlow'schen Marke versehen«, erklärte er. »Dem Buchstaben S in Kobaltblau, senkrecht von einem Pfeil durchbohrt und unter der Glasur geschützt. Seit die Strehlows in Wohldenbach Porzellan produzieren, seit weit über einhundert Jahren.«

Strehlow verstummte. Dankbar ließ er sich auf dem Stuhl nieder, auf dem ansonsten offenbar der Aufseher über die Arbeiten Platz nahm. Er musterte seinen Gast mit unübersehbarer Genugtuung – seinen Gast, der noch immer nicht begriff, warum der Inhaber der Werke ihn in all diese Dinge einweihte. Und der doch keinen Grund erkennen konnte, sein Staunen zu verbergen.

»Den Rest mag Euch meine Tochter berichten«, sagte der alte Mann leise.

Thyra neigte das Haupt, hielt aber einen Moment inne, als sich aus der Halle jemand näherte: jene ältere Dame, die Wilhelm bereits beobachtet hatte, als der jüngere Mann sich an sie um Hilfe gewandt hatte.

Mit einem höflichen Nicken begrüßte sie Wilhelm und die Gräfin, bevor sie sich zu Friedrich Strehlow beugte, offenbar im Begriff, ihm zur Stärkung einen Schluck Tee zu kredenzen. Ganz kurz war Wilhelm dabei die ebenmäßig glasierte Tasse ganz nahe, die nicht allein im Boden, sondern auch am elegant gewölbten Bauch des Gefäßes mit dem Zeichen der Strehlows geschmückt war. Augenscheinlich eine besondere Anfertigung, dachte er, für den Inhaber.

Einen Moment lang musterte Strehlow das Stück mit kritischem Blick, bevor er der Dame ein anerkennendes Lächeln schenkte.

»Absolut ebenmäßig«, murmelte er. »Von schmaler, zierlicher Eleganz und doch in der Lage, ein kräftiges, wärmendes Schlücklein aufzunehmen. – Hervorragend, Brigitta. Eben das, was mir vorschwebte. – Danke.« Genießerisch führte er die Tasse mit der dampfenden Flüssigkeit an die Lippen.

Die Gräfin wartete ab, bis die Frau mit Namen Brigitta sich wieder entfernt hatte. Erst dann begann sie: »So weit die Geschichte des Porzellans bis zu dieser Stunde. So weit die Geschichte der Strehlow'schen Werke. Doch wie ich Euch sagte, Wilhelm Leuschenthal, wird das Kind, das ich trage, ein Hardenstein und ebenso ein Strehlow sein. Indem aber aus beiden eins wird …« Sie wandte sich ebenfalls zu dem Regal um, griff nach einem eher schlichten Becher, der wie zufällig ein Stück von den Prunkgefäßen entfernt auf dem untersten Regalboden stand. »Indem aus beiden eins wird, wird es zu etwas Drittem, etwas Neuem.« Geschickt drehte sie das Bechergefäß um die eigene Achse, so dass Wilhelm auch hier den Boden sehen konnte.

Er kniff die Augen zusammen: In kostbarem Kobaltblau leuchtete das S der Strehlows, durchbohrt von einem aufwärts gerichteten Pfeil. Die Enden des Buchstabens schienen sich in knospende Triebe zu verzweigen. Zusätzlich aber gab es eine weitere, waagerechte Linie, die das S und den Pfeil durchschnitt. Zur Linken wie zur Rechten wuchs sie aus zwei in der Mitte leicht einwärts geschwungenen Bögen hervor, die ebenfalls Blüten- und Blattschmuck trugen. Dieses Rankenwerk aber wucherte in sämtliche Richtungen. Mit den Trieben, die dem S entsprossen, vereinigte es sich zu einer verspielten Form. Blieb nur noch die Frage, was das Ganze darstellen sollte. – Überrascht sog Wilhelm den Atem ein.

»Ein zweiter Buchstabe«, flüsterte er. »Ein S wie Strehlow. Und dazu ein H. Ein H wie Hardenstein auf Hohensandau!«

»Wir werden mehr als ein neues Kapitel in der Geschichte der Strehlow'schen Werke schreiben«, sagte die Gräfin leise. »Strehlow und Hardenstein, Hardenstein und Strehlow. – Mein Kind wird beides sein, und damit werden wir ein neues Buch in der Geschichte des weißen Goldes aufschlagen, und das ist der Grund, aus dem ich Euch gebeten habe, meinen Vater und mich an diesem Tag zu begleiten. Hier in den Strehlow'schen Werken werden wir weiterhin all jene alten, ehrwürdigen Formen produzieren, die seit mehr als einem Jahrhundert an diesem Ort entstehen. *Strehlow von Hardenstein* aber, eine neue

Marke, ein neues Unternehmen, wird noch weit mehr tun als das. Über Generationen hinweg war Porzellan ein Privileg der Könige. Heute können reiche Bürger einzelne Stücke ihr Eigen nennen, und doch ist der Weg damit noch nicht zu Ende. – Stellt Euch vor, Wilhelm Leuschenthal, Ihr selbst hättet einen eigenen kleinen Haushalt, ein eigenes Heim mit Eurer Familie.«

»Das ...« Er biss sich auf die Unterlippe. *Ein eigenes Heim? Den ganzen Tag stelle ich mir nichts anderes vor.* »Das wäre ...«

Doch sie hob die Hand. Sie war noch nicht fertig. Und anders als am Vorabend hatten ihre Worte nicht jenes halb Spielerische, mit dem sie sich bemüht hatte, seine Reaktion einzuschätzen. Jetzt blieb ihre Miene ernst. »Stellt Euch vor, wie Ihr mit Eurer Familie am Mittagstisch sitzt!«, forderte sie ihn auf. »Am Sonntag, wenn die Arbeit ruht. Und Euer Mahl liegt nicht etwa auf billigen Tellern aus Holz oder Ton, oh nein. Euer Mittagstisch ist mit *Porzellan* gedeckt, ganz wie Ihr es hier in meiner Hand seht, vielleicht sogar mit einem feinen Dekor versehen. All das vermögen nämlich die Maschinen, die in den letzten Jahren in diesen Hallen Einzug halten. Sie produzieren günstiger als die Männer und Frauen, die bisher diese Arbeit verrichten müssen. Und damit wird es uns möglich sein, das weiße Gold zu einem Preis anzubieten, der auch für Menschen wie Euch erschwinglich ist. Für Menschen, die irgendwo in der Stadt oder auf dem Land ihrer ganz gewöhnlichen Arbeit nachgehen. Menschen wie jene, deren Hände genau dieses Porzellan produzieren.«

Ihre Augen glänzten. Mit jedem Wort war sie schneller geworden, lauter, mitgerissen von der eigenen Begeisterung, um erst am Ende die Stimme wieder zu senken. Die Männer und Frauen an den Arbeitstischen gaben sich zwar alle Mühe, so zu tun, als wären sie ganz in ihre Tätigkeit vertieft, doch mit Sicherheit spitzten sie die Ohren, was Vater und Tochter mit diesem ungewöhnlichen Gast zu besprechen hatten.

Diesem Gast, der jetzt selbst ganz gebannt war von der Vorstellung, die Thyra in seinen Kopf gepflanzt hatte. Das weiße Gold für ganz einfache Leute, Leute wie ihn? Er glaubte vor sich zu sehen, wie Theresa die zart geformte Bechertasse an die Lippen führte, und in seiner Vorstellung sah sie dabei tatsächlich aus wie eine Königin, wenn auch nur die Königin des kleinen Häuschens, das der Verwalter des Gutshofs mit seiner Familie bewohnte. Das weiße Gold, bezahlbar für Menschen, wie sie hier in der Fabrik arbeiteten und die mit Sicherheit kaum größere Summen nach Hause brachten als die Bediensteten auf Hohensandau. *Wenn nicht die neuen Maschinen die Arbeit erledigen, für die sie bisher bezahlt wurden. Dann werden sie überhaupt nichts mehr verdienen. Und sich auch kein Porzellan leisten können,* dachte er. Doch schon war der Gedanke wieder verflogen, und er fragte sich, ob womöglich *das* der Grund war, aus dem Thyra und ihr Vater ihn in alle diese Pläne einweihten: Weil sie wissen wollten, was *er* von diesen Plänen hielt, wenn das neue Porzellan doch für Menschen wie ihn geschaffen wurde. Denn er war nun eindeutig ein einfacher Mann.

»Das ist ...« Er räusperte sich. »Das ist zweifellos ein sehr eindrucksvolles Bild«, murmelte er. »Ich kann mir vorstellen, dass das vielen Leuten – einfachen Leuten – gefallen würde, wenn sie damit selbst ein wenig leben könnten wie Herrschaften.« Eilig angefügt: »In dieser Beziehung.«

Thyra musterte ihn. Und jetzt war er sich nicht ganz sicher, ob sie nicht doch wieder amüsiert eine Augenbraue hochzog.

Aber es war ihr Vater, der sich nun erneut an Wilhelm wandte. Die Teetasse hatte er abgesetzt, in Ermangelung einer anderen Gelegenheit auf dem Regalboden mit den unglasierten Musterstücken.

»Welche Frage kommt Euch da in den Sinn?«, wollte er wissen. Allerdings ohne Wilhelm die Gelegenheit zur Antwort zu geben. »Wenn es doch möglich ist, die Stücke so günstig herzustellen, warum haben wir dann nur so wenige dieser Musterexemplare vorzuweisen?«, fragte er. »Wie kann es sein, dass wir die Produktion nicht längst schon aufgenommen haben? Aus welchem Grund hat das weiße Gold nicht längst Einzug gehalten in den Heimen der einfachen Leute, wenn der Fertigungsprozess doch so simpel erscheint?« Eine winzige Pause, bevor er tief Atem holte. »Weil es eine Sache ist, eine große Menge an Waren zu produzieren. Aber eine ganz andere, diese Waren auszuliefern. Unwegsame Gebirge durchziehen das preußische Königreich und seine Nachbarstaaten, und mitten in dieser Gegend liegt Wohldenbach. Ihr habt unsere Straßen gesehen, wie sie sich umständlich durch die Täler winden, dann wieder Steigungen überwinden müssen, dass Ihr schon mit der Kutsche Schwierigkeiten hattet, wie man mir erzählte. Mit einer Kutsche, die nichts als meine Tochter und ihre Zofe beförderte, zwei zerbrechliche Frauenspersonen!«

Nicht zu vergessen die schrankgroßen Koffer mit der Garderobe dieser beiden Frauenspersonen, dachte Wilhelm. Doch das sagte er nicht laut. Denn natürlich hatte Strehlow recht.

»Wenn wir nun den Auftrag eines Prinzen aus königlichem Geblüt erhalten, den Auftrag für ein repräsentatives Service mit Tafelaufsatz und dem Wappen der Familie auf jeder einzelnen Fingerschale, dann stellt die beschwerliche Wegstrecke kein eigentliches Hindernis dar«, erklärte der alte Mann. »Einem solchen Kunden wird es auf den einzelnen Taler nicht ankommen, und er wird ohnehin mit einer Lieferzeit von Monaten rechnen, wenn nicht mit noch weit längeren Zeiträumen. Was aber, wenn Strehlow von Hardenstein nicht ein einzelnes Service anfertigt? Wenn stattdessen Tausende und Abertausende von Tellern, von Tassen, von Kannen, von Zuckerdosen an den Grossisten geliefert werden müssen, der die Güter dann im Handel verteilt? Wenn wir nicht von Fristen reden, die sich in Monaten bemessen, sondern von Wochenfristen, sobald die Konkurrenz ebenfalls auf den Markt drängt: Meissen, Haldensleben, Fürstenberg. Oder gar Teutschentorf.« Düster fuhr er fort: »Teutschentorf, dem es zu Zeiten meines Vaters gelungen ist, uns als Hoflieferant zu verdrängen. Der alles tun wird, um uns auszustechen auf diesem neuen Markt und den Strehlow'schen Werken den Todesstoß zu versetzen, wenn wir uns ohne ausreichendes Vertriebssystem an ein solches Unternehmen wagen. Nein, nicht an Wochenfristen werden wir dann denken müssen! Was, wenn wir...«

Thyra streckte die Hand aus, versuchte sie beschwichtigend auf den Arm des alten Herrn zu legen, der sich sichtbar aufregte, mit jedem Wort mehr. Und der sich nicht bremsen ließ, ihre Finger ungeduldig von seinem Ärmel wischte.

»Was, wenn wir in Fristen von Tagen denken müssen?«, fragte er. »Wenn wir unseren Gewinn aus einem Verkauf nicht in Talern und Gulden und Groschen und Mark, sondern in Kreuzern und Pfennigen berechnen müssen, und dieser Gewinn überhaupt erst aus der großen Zahl der Stücke zustande kommt? Welche Rolle wird die Wegstrecke über die Berge dann spielen?«

»Das...« Wilhelm schluckte. Ihm war nicht entgangen, wie die Bediensteten im Strehlow'schen Haus tuschelten. Unter keinen Umständen dürfe der alte Herr sich übermäßig aufregen. Das könne verhängnisvolle Folgen haben so kurz nach seinem schweren Anfall. »Das würde Euch zwingen, den Händlern höhere Preise abzuverlangen, nehme ich an«, sagte er leise. »Und diese würden den Unterschied an jene Kunden weitergeben, für die Ihr die neue Art von Porzellan doch ersonnen habt, so dass sie …«

»Die Kosten für den Transport würden den Aufwand für die Herstellung um ein Mehrfaches übersteigen«, unterbrach Strehlow ihn. »Für den Becher, den meine Tochter in der Hand hält, müsste man nahezu denselben Preis verlangen wie für das exquisite Tässchen, aus dem die Frau des Kolonialwarenhändlers ihre Chocolat genießt. Niemand würde für ein solches Stück einen derartigen Preis bezahlen. Und für Menschen wie Euch bliebe das weiße Gold weiter unerschwinglich. Es ist völlig ausgeschlossen, dass wir solche Stücke hier in Wohldenbach produzieren.«

Betroffen sah Wilhelm zu Boden. Wie lange dieser alte Mann diese Gedanken wohl schon hin und her bewegt hatte? Nur um nun am Ende seiner Grübeleien und so sichtbar gegen Ende seines Lebens erkennen zu müssen, dass er seine Absichten niemals würde in die Tat umsetzen können?

Allmählich fragte sich Wilhelm, ob er nicht die ganze Zeit schon etwas Entscheidendes übersah. Immer stärker hatte er das Gefühl, als wenn ihm nichts als ein einziger, entscheidender Baustein fehlte, um zu erkennen … Ja, was zu erkennen? Was gerade *er* mit alldem zu tun haben sollte?

»Es gibt nur einen Weg.« Die Stimme des alten Mannes war rau. »Wenn die Straßenverhältnisse es unmöglich machen, dass wir in Wohldenbach produzieren, dann müssen wir anderswo produzieren. An einem Ort mit besserem Anschluss an das System der königlichen Chausseen.« Eine Pause. »An einem Ort mit Anschluss an die Eisenbahn.«

Ruckartig hob Wilhelm den Kopf. »Keine Stunde von Hohensandau wird eine neue Trasse der Eisenbahn entlangführen«, sagte er. »Eine Strecke, die die östlichen Provinzen enger an Berlin binden soll.«

In diesem Moment glaubte er beobachten zu können, wie ein Funke in den Augen des alten Mannes aufglomm. »Aus eben diesem Grund«, sagte Friedrich Strehlow langsam, »aus eben diesem Grund bin ich vor einigen Jahren mit Grundbesitzern in Eurer Gegend in Verhandlungen getreten: um ein geeignetes Gelände in der Nähe der künftigen Trasse zu erwerben. Und im Zuge eben dieser Verhandlungen habe ich die Bekanntschaft Eures Gutsherrn gemacht, zu dessen umfangreichen Besitztümern eine Reihe von Parzellen zählt, die sich in einzigartiger Weise anbieten würden für die Anlage einer Porzellanfabrik. Feldspat und Quarz lassen sich vor Ort gewinnen, Kaolin weit umstandsloser heranführen, als das in Wohldenbach der Fall ist. Und was den Brennstoff anbetrifft, gehörten die Gruben in jenem Gebiet zu den ersten, in denen man überhaupt mit der Förderung von Kohle begonnen hat ...«

»Aber ...«, setzte Wilhelm an. Ihm wurde schwindelig, als er zu ahnen begann, worauf die Worte des alten Mannes hinausliefen.

»Ich höre.« Das klang nicht sehr freundlich.

»Der ... der Brennstoff. – Es stimmt, dass man früher Kohle abgebaut hat im Hinterland von Hohensandau. Und in den Bergen am Rande des Gutsbezirks auch Eisenerz, an der Grenze zu den böhmischen Kronlanden. Aber diese Gruben sind vor Jahrzehnten geschlossen worden. In den Tagen des Großvaters seiner Herrschaft schon. Was wir in Hohensandau und den Dörfern des Gutsbezirks an Brennstoff brauchen, wird in den Meilern der Köhler gewonnen. Auf dem Wirtschaftshof legen wir Torfsoden auf die Flammen beim Mälzen der Gerste. Wenn Ihr heute ...«

»Wenn *Ihr* heute noch denkt wie zu Zeiten der Großväter«, fiel ihm Strehlow brüsk ins Wort, »dann ist es kaum verwunderlich, wenn die neue Zeit an Eurer Provinz vorübergeht. Eine Zeit, an die sie aber Anschluss wird finden *müssen* – spätestens jetzt, mit dem Anschluss an die Eisenbahn. Entfernungen verändern sich in dieser neuen Zeit, Wilhelm Leuschenthal. Und mit den Entfernungen verändert sich der Wert von Dingen. Gut möglich, dass sich der Betrieb jener Gruben in den Tagen der Großväter nicht lohnte, als Eure Gegend ein abgelegener Winkel der Welt war, in dem man mit der Kohle kaum etwas anzufangen wusste. Genau das aber wird anders werden, nun, da man die Bedeutung dieser Kohle, wertvoller Steinkohle, erst richtig erkennt. All das wird sich ändern mit dem Bau der Eisenbahn, und es wird sich noch einmal ändern, wenn sie erst ihren Betrieb aufnimmt. Wer immer das als Erster erkennt, wird ein Vermögen machen, wenn er beginnt, die Gruben auf seinem Grund und Boden auszubeuten. Was unsere Fabrik anbetrifft, würde sie kaum einen Bruchteil der Kohle benötigen, die eine ergiebige Mine zu fördern vermag, und dennoch würde uns schon eine so geringe Menge einen zusätzlichen Vorteil verschaffen im Wettbewerb mit Teutschentorf, solange es ihm nicht gelingt, einen vergleichbaren Standort zu finden. – Sämtliche Voraussetzungen sind gegeben auf den Ländereien der Grafen Hardenstein: die Materialien für unseren Werkstoff, das Brenngut für die Feuerung. An einem schnell fließenden Bach würde eine Massemühle entstehen, die das noch körnige Gemisch des Porzellanschlickers für die Verarbeitung aufbereitet. Die künftige Eisenbahntrasse verläuft nur wenige Meilen entfernt. Ein zusätzlicher Haltepunkt sollte kein Problem darstellen. Und natürlich habe ich auch an anderen Orten die Gegebenheiten geprüft, nur um am Ende doch immer wieder dorthin zurückzukehren mit meinen Plänen: nach Hohensandau.« Er atmete tief durch. »Nach Hohensandau, wo die Voraussetzungen perfekt sind. Was den Erwerb von Grund und Boden anbetraf, ging ich davon aus, dass es sich um eine reine Formsache handeln würde. Schließlich war ich bereit, für ein paar Wiesen und Äcker einen absurd hohen Preis zu bezahlen, und Ferdinand von Hardenstein hat auch überhaupt kein Geheimnis daraus gemacht, dass er mein Angebot als ausgesprochen großzügig empfand. Und dennoch ... *dennoch* ...«

Die Stimme des alten Mannes war immer heftiger geworden. Seine Finger krampften sich um den Griff des Gehstocks.

»Dennoch wollte er nicht verkaufen?«, fragte Wilhelm rasch.

»Nein.« Knapp. »Das wollte er nicht. Als ob er mein Geld nicht haben wollte! Als wären ein paar sumpfige Wiesen auf seinem Anwesen ihm wichtiger! Hundertfache Bedenken, ob eine so große Produktionsstätte nicht eine *Belästigung* bedeuten würde für seine Gutsbediensteten und Dorfbewohner. Ob nicht die Gefahr bestünde, dass sie eine Stelle in den Porzellanwerken antreten würden, statt weiterhin brav ihre Felder zu bewirtschaften oder ihre Kraft auf dem Gestüt einzubringen, wie sie es seit den Zeiten seiner Urahnen getan haben! Als ob meine Planungen nicht die Anlage einer eigenen Siedlung für die künftigen Fabrikarbeiter bereits vorgesehen hätten, für Menschen aus Wohldenbach oder woher auch immer, für geeignete Leute auf der Suche nach einer Tätigkeit, so dass ich auf seine Bauern und Pferdezüchter getrost verzichten könnte! Was dann auch wieder das Ungünstigste war, was ich nur hätte sagen können. Ob die umliegenden Dörfer so viele zusätzliche Menschen denn überhaupt ernähren könnten! Er schien sich nicht im Klaren zu sein, in welchem Maße die Eisenbahn ohnehin über kurz oder lang den gesamten Landstrich verändern wird, ganz gleich, ob wir unsere Planungen umsetzen oder eben nicht. Ich habe kaum gewagt, ihn *darauf* hinzuweisen. Wer weiß, ob er nicht auf die Idee gekommen wäre, auch noch die Pläne der Eisenbahngesellschaft zu hintertreiben!«

»Am Ende habe *ich* mit Ferdinand von Hardenstein gesprochen.« Thyras Stimme war ganz leise, doch ihr Vater schwieg sofort. »Und wie ich Euch sagte, Wilhelm Leuschenthal: Mein Gemahl ist ein bemerkenswerter Mann. Er ist jemand, der seine Entscheidungen zu überdenken vermag.«

»Mit dem Ergebnis, dass es sich am Ende als überflüssig erwies, das Gelände zu *kaufen*«, murmelte Strehlow. »Weil Ferdinand von Hardenstein zwar nicht an meinem Geschäftsvorschlag Gefallen fand. Wohl aber an meiner Tochter. Und sie an ihm. – Meinem Enkelkind wird dereinst *alles* gehören: Gut Hohensandau, die Strehlow'schen Werke in Wohldenbach – und unsere neue Produktionsstätte, eine Meile vom Gutshof entfernt am Hohensandauer Mühlenbach.«

Wilhelm schwieg. Eine Porzellanfabrik auf den Ländereien von Hohensandau! Der Gutshof existierte seit Jahrhunderten, schon oft musste er sich verändert haben. Die wehrhafte mittelalterliche Burg in einer Schleife des Mühlenbachs hatte sich in einen protzigen Bau mit Lustgärten und künstlich angelegten Tempelruinen verwandelt. Und aus diesem wiederum war die heutige freundlich sonnengelbe Anlage des Herrenhauses hervorgegangen. Doch wie gering nahmen sich diese Veränderungen aus, wenn nun in einer solchen Nähe eine Fabrik entstehen sollte, mit dampfenden Schloten, zischenden und ächzenden Maschinen, dem Rumpeln der Massemühlen Tag und Nacht. Mit all den Menschen, die aus der Fremde auf die

Ländereien der Hardensteins kommen würden, weil sie für den Betrieb einer solchen Fabrik notwendig waren. Was würden die Veränderungen für Hohensandau und seine Bewohner bedeuten? Für ihn selbst, der niemals eine andere Heimat gekannt hatte als den Gutshof? Für Theresa, die zumindest ihre Jahre als Erwachsene dort verbracht hatte?

Wilhelm hatte das Gelände am Mühlenbach vor Augen, ein Stück den Wasserlauf abwärts vom Lustgarten her, durch ein bewirtschaftetes Waldstück vom Herrenhaus getrennt. Einige der Parzellen wurden als Weideland genutzt – allerdings nicht als Koppel für die Pferde. Denn nein, niemals hätte Ferdinand von Hardenstein die Koppeln hergegeben. Wobei … Für seine Gemahlin? Wenn es Thyras Wunsch gewesen wäre? Er musste an die Worte denken, die er selbst zu Theresa gesagt hatte. *Diese Menschen verlieben sich.* Ja, er wusste, wie sehr sein Vater sich gegen jede Art von Veränderungen sträubte. Der alte Strehlow hätte Summen bieten können, die er sich überhaupt nicht auszumalen vermochte, und der Herr von Hohensandau hätte dennoch nicht verkauft, damit man ihm eine Porzellanfabrik vor die Tür stellte. Wozu aber war ein Mann bereit für die Frau, die er liebte? Männer stürzten sich in waghalsige Abenteuer, um die Aufmerksamkeit ihrer Angebeteten zu erringen. Wilhelm selbst hatte sich in das *Handbuch* vertieft, Paragraph zweiundzwanzig: *In Ansehung der Wiederkehr der Vorfälle …*

Wilhelm straffte sich. »*Darum*«, flüsterte er und sah zur Gemahlin seines Vaters. »Darum wolltet Ihr, dass ich die Fabrik sehe, bevor ich mich weiter mit dem Handbuch der Rittergutsverwaltung auseinandersetze. Hohensandau wird …«

»Hohensandau wird bleiben, was es immer gewesen ist«, versetzte Thyra von Hardenstein ernst. »Das Heim der Hardensteins und aller Menschen, die dort leben: im Herrenhaus wie in den Kammern der Bediensteten.« Sie lächelte. »Natürlich auch dann, wenn sie in Wahrheit einen großen Teil ihrer Zeit auf den Koppeln der Pferde zubringen, denn Hohensandau wird weiterhin auch die Heimat der Pferde bleiben. Zugleich aber wird es mehr sein, als es bisher war, wenn die Menschen, die dort zu Hause sind, nicht allein Hardensteins, sondern ebenso Strehlows sind. Hohensandau wird auch die Heimat des Porzellans sein, des weißen Goldes.«

»*Eine* Heimat des Porzellans.« Friedrich Strehlow stieß mit seinem Gehstock auf den Boden. »Seit einhundertzweiunddreißig Jahren hat es Strehlows und Strehlow'sches Porzellan und Strehlow'sche Werke in Wohldenbach gegeben. Was nach meinem Tod geschehen wird, weiß ich nicht, aber ich für meinen Teil denke jedenfalls nicht daran, Wohldenbach zu verlassen.« Ein Blick zu Wilhelm. »Was indessen auch bedeuten wird, dass ich Eurem Gutsherrn nicht werde zur Seite stehen können, wenn unsere Dependance in Hohensandau entsteht, nun, da die Verantwortlichen auf dem Landratsamt und der Gouverneur in der Provinzhauptstadt endlich ihre Einwilligung gegeben haben und der Bau noch in diesem Herbst beginnen kann. Währenddessen wird sich die noch vorhandene Lücke in der Trasse der *Neuen Provinciellen Eisenbahn* schließen, schneller als Ihr hinsehen könnt. Das Erz wird in einer Geschwindigkeit aus den Gruben zu Tage gefördert wie niemals zuvor, und die Eisengießereien schießen im Osten und im Westen des Königreichs wie Pilze aus dem Boden. An Material für den Gleisbau wird es nicht mangeln. Zumal, wenn Eure Worte zutreffen« – wieder dieses Funkeln in den Augen des alten Mannes – »und sich in den Bergen jenseits von Hohensandau nicht nur Kohle, sondern obendrein Vorräte von Erz verbergen. Doch eben damit stehen wir vor der entscheidenden Frage: Die Baumaßnahmen an der neuen Fabrik, die Auswahl und Anwerbung versierter Arbeiter, wenn die Produktion einmal anläuft, und schließlich die Fertigung und der Vertrieb der Ware – in wessen Händen werden all diese Prozesse zusammenlaufen? Meine Tochter wird natürlich dort sein, doch meine Tochter ...«

»... ist sehr offensichtlich eine Frau«, vollendete Thyra in einem Tonfall, der deutlich machte, dass Vater und Tochter diese Fragen schon mehrfach miteinander erörtert haben mussten. »Die Amtsleute in Wohldenbach und unsere langjährigen Kunden und Lieferanten mögen es gewohnt sein, der Erbin der Werke zu begegnen, als stände Friedrich Strehlow selbst vor ihnen«, erklärte sie. »Doch hier in den Werken ist es auch denkbar, dass jemand wie Brigitta die Aufsicht über einen ganzen Zweig der Fertigung übernimmt.«

Ein Nicken zu der grauhaarigen Dame, die längst wieder an ihren Tisch zurückgekehrt war. Sie prüfte mit skeptischem Blick eine Terrine, die einer der Beschäftigten ihr mit etwas schuldbewusster Miene gereicht hatte. Selbst Wilhelm konnte erkennen, dass sich einer der beiden filigran gearbeiteten Henkel verzogen hatte. Noch Stunden hätte er vergeblich nach dem Leiter der Werkhalle Ausschau halten können, begriff er. Weil dieser Leiter eine *Frau* war.

»In Hohensandau ist all das nicht der Fall«, fuhr Thyra leise fort und zog seine Aufmerksamkeit wieder ganz auf sich. »Und ich habe Zweifel, dass man sich so schnell daran gewöhnen wird«, murmelte die Gräfin. »Mit *mir* zu reden bei Angelegenheiten der Strehlow von Hardenstein'schen Werke. In Hohensandau, doch ganz genauso auch bei den Händlern, mit denen wir in Verbindung treten müssen, damit sie unsere neuartige Ware an eine neuartige Schar von Käufern vertreiben.«

Sie sprach jetzt ganz leise. »Frauen haben andere Aufgaben zu versehen als Männer. Auf dem Gutshof und ebenso, wie ich vermute, nahezu überall im Rest der Welt.« Sie räusperte sich. »Vielleicht, eines Tages, mag sich das ändern, doch bis dahin und heute, in unserer Zeit...« Sie sah ihn an.

Stumm schüttelte Wilhelm den Kopf. Die Thyra von Hardenstein, die hier vor ihm stand, aufrecht und ihrer Rolle gewiss, war eine andere Frau als die Gemahlin des Gutsherrn, die wochenlang ihre Gemächer nicht verließ. Ja, inzwischen war ihm klar, dass sie die eigentliche Urheberin des gesamten kühnen Plans war. Und wer sie hier in Wohldenbach beobachtete, mochte glauben, dass sie einfach nur zugreifen musste, und schon würden ihre ehrgeizigen Wünsche Wirklichkeit werden.

Und dennoch blieb sie eine Frau. Dennoch würde sie ihre Absichten nicht weiter auf diese Weise verfolgen können, sobald sie nach Hohensandau zurückkehrte, wo die Menschen in einer völlig anderen Zeit zu leben schienen: die Herrschaften selbst, doch das Gesinde nicht weniger, das selbstverständlich davon ausging, dass eine Frau einen Beschützer benötigte. Was sich Menschen wie Justus Brandt dann zunutze machen konnten, um ihre schmutzigen Ziele zu erreichen. Und war nicht auch Wilhelms Vater selbst ein Mensch, der als ein Mann seines Standes ganz in diesem Denken lebte? Wenn auch ohne die Hintergedanken, die der finstere Neffe des Verwalters hegte. Die Händler, an die man herantreten würde, um die einfachen Leute mit der aufregenden neuen Idee des Strehlow von Hardenstein'schen Porzellans zu erreichen: Auch sie würden die Einschätzung teilen, dass der Platz einer Frau im Heim ihrer Familie war – und einzig dort. Es schien undenkbar, dass die Gemahlin des Herrn von Hohensandau die Geschicke einer Porzellanfabrik in die eigenen Hände nahm. Ihre Finger lagen auf dem eng geschnürten Korsett, unter dem kaum eine Spur ihrer Schwangerschaft sichtbar war. Wilhelm wusste, dass nicht mehr viel Zeit blieb bis zur Geburt des Kindes. *Wir müssen uns auf den Rückweg machen*, dachte er. *Bald. Aber auf dem Gutshof werden ihr die Hände gebunden sein.*

Thyra musste Wilhelms Gedanken gefolgt sein. Ernst neigte sie den Kopf. Resigniert aber wirkte die Geste nicht. *Weil sie ihre Entscheidung freiwillig getroffen hat*, dachte Wilhelm. Sein Vater und die Gräfin: Im Grunde hatten sie beide ganz ähnlich gehandelt. *Diese Menschen verlieben sich.* Beide hatten etwas aufgegeben, das ihnen lieb und teuer gewesen war – aber dafür hatten sie *einander* bekommen. Ferdinand von Hardenstein hatte akzeptiert, dass der Gutshof seiner Väter sich verändern würde, wenn am Rande der Ländereien das Porzellanwerk entstand. Und Thyra hatte akzeptiert, dass sie ein völlig anderes Leben führen würde, als es ihr aus Wohldenbach vertraut war. Ein Leben, in dem es ihr nicht möglich sein würde, offen auf die Führung der Geschäfte Einfluss zu nehmen.

»Mein Gemahl ist erfahren in den Angelegenheiten eines großen Gutsbesitzes«, sagte sie und sah Wilhelm dabei direkt an. »Doch die Leitung einer Produktionsstätte, überhaupt die Welt der Fabriken und dazu der Umgang mit den Grossisten, die ihm am Ende seine Ware abnehmen sollen: Diese Welt ist ihm neu und unvertraut. Und selbst wenn er bereit wäre, sich auf diese Welt einzulassen: Er ist kein Jüngling mehr. – Natürlich werden wir Mitarbeiter aus Wohldenbach nach Hohensandau entsenden, Beschäftigte der Fabrik, die sich auf die Einzelheiten der Herstellungsprozesse verstehen – für den Anfang. Doch diese werden seiner Herrschaft in ihrem Denken fremd sein, und sie werden sich einzig auf die Fertigung des weißen Goldes verstehen, nicht aber auf die Aufgaben, die entstehen, wenn es gilt, das neue Porzellan in den Handel zu bringen. Ferdinand von Hardenstein wird dankbar sein, Wilhelm Leuschenthal, für die Unterstützung eines Mannes, dem er Vertrauen entgegenbringt in den Zeiten, die sich nun rasch verändern werden. Auf den Koppeln und in der Verwaltung des Gutshofs.« Sie betrachtete ihn. »Und ebenso in der Führung und Verwaltung der Strehlow von Hardenstein'schen Werke.«

Gut Hohensandau
Sommer 1866

Es war Morgen. Und ein jeder Morgen war ein bisschen wie eine Geburt, dachte Theresa. Wie der Beginn eines neuen Lebens voller unbekannter, ungeahnter Möglichkeiten.

Einen Moment lang blieb sie stehen, die Finger ihres kleinen Jungen in den ihren. Sie liebte diese Tage, die längsten Tage des Jahres, wenn sie den kleinen Joachim leise weckte, kaum dass der erste Schimmer von Helligkeit in die Kammer drang, die sie mit ihrem Sohn und ihren beiden Freundinnen teilte. Lautlos schlichen sie dann ins Freie, um den Morgen zu begrüßen. So lautlos zumindest, wie das zu bewerkstelligen war mit einem Zweijährigen.

Theresas Haar war schon züchtig unter ihrer Haube verborgen. Sie hatte ihr Kleid angelegt, darunter das Mieder, so fest geschnürt, wie das ohne ein zweites Paar Hände möglich war. Ihre Brust und Schultern schützte ein Tuch vor der klammen Kühle des Morgens. Sie genoss das feuchte Kitzeln des Grases unter ihren bloßen Füßen, genoss es mit jeder Faser ihres Seins, und nicht anders würde sie wenige Schritte entfernt den bereits von der Sonne gestreichelten weichen Sand genießen, nach dem sich die Schatten des Herrenhauses vergeblich streckten. Der Duft des Morgens lag über dem weiten Hügelland von Hohensandau. Anders als Wilhelm war sie nicht hier draußen aufgewachsen. Die ersten Jahre ihres Lebens hatte sie in der Provinzhauptstadt verbracht. Umso mehr aber hatte sie das Leben auf dem Gutshof lieben gelernt, das Leben mit ihrer kleinen Familie.

Ihre Lider schlossen sich, als sie die ersten wärmenden Strahlen der Sonne spürte wie eine Liebkosung auf ihrem Gesicht. Sie wusste, dass ihr Sohn zu ihr emporblickte, mit aller Skepsis, zu der ein Zweijähriger nur in der Lage war. Wie man nur *freiwillig* barfuß laufen konnte! Joachim selbst besaß keine Schuhe, so wenig wie irgendeines der Kinder aus den Familien der Bediensteten von Hohensandau, solange sie noch nicht am Arbeitsleben auf dem Gutshof teilnahmen. Der erste Weg, nachdem sie aus der Kammer ins Freie geschlüpft waren, führte ihn regelmäßig in das nahe gelegene Gebüsch, wo er sein kleines Geschäft seit einigen Wochen stolz im Stehen verrichtete. Ihr großer kleiner Sohn, dessen Abenteuer sie ihrem Ehemann in ihren Briefen schilderte.

Wie jedes Mal zu dieser Stunde gingen ihre Gedanken zu Wilhelm, und sie fragte sich, was er wohl gerade tat. Er würde noch im Schlaf liegen, vermutete sie. Theresa wusste, dass die Herrschaften im Gutshaus ihr weiches Brot und ihren bitteren Kaffee oft erst um neun Uhr am Vormittag zu sich nahmen. Bei wohlhabenden Stadtleuten wie den Strehlows würde sich das ähnlich verhalten, nahm sie an. Außerdem würde Wilhelm den Schlaf vermutlich nötig haben. Im jüngsten seiner Briefe hatte er ihr berichtet, dass er in den letzten Tagen bis spät in der Nacht ein Handbuch studierte, voller Hinweise und Ratschläge, die ihm möglicherweise einmal bei der Gutsarbeit behilflich sein würden. Vielleicht konnte er ein solches kleines Büchlein später mit sich führen, stellte sie sich vor, um es bei den Entscheidungen zu befragen, die seine künftige Tätigkeit ihm abverlangen würde – immer vorausgesetzt, dass er das Vertrauen nicht enttäuschte, das der Gutsherr in ihn setzte. In einen Pferdeknecht, dachte sie, von dem einzig der Herr von Hohensandau, Wilhelm selbst und nun auch Theresa wussten, dass er der Sohn seiner Herrschaft war.

Jeden Tag musste sie dagegen ankämpfen, dass die Bilder ihrer Zukunft schon allzu deutlich vor ihre Augen traten: eine behagliche Stube für ihre kleine Familie, eine Schlafkammer, die Lager bezogen mit sauberem Leinen, eine Tür, die sie hinter sich und dem Mann, den sie liebte, würde schließen können. Selbst wenn es nicht das Häuschen des Gutsverwalters werden sollte. Ein gemeinsames Heim für Wilhelm und sie selbst und die Kinder: Das war schon alles, was sie sich erträumte, und doch wagte sie selbst diesem Traum noch immer nicht Raum zu geben. Die Enttäuschung, falls sie sich trotz allem geirrt haben sollte, würde sonst übermächtig werden. *Doch ich täusche mich nicht,* dachte sie. *Ich spüre, dass ich mich nicht täusche!*

Schließlich atmete sie tief ein, öffnete die Augen und lächelte ihrem Sohn freundlich auffordernd zu. Einen Moment lang schien Joachim zu zögern, bevor er nickte, voller Ernst, wenn auch ohne Begeisterung. Die alte Vera pflegte sich bereits vor der Dämmerung zu erheben, um die Kinder der Melkerinnen in Empfang zu nehmen, die ihrerseits beim ersten Licht voller Ungeduld von den Tieren erwartet wurden. Die alte Frau machte immer wieder ein großes Aufhebens um die Zahl der Mädchen und Jungen, die sie den ganzen Tag über im Auge behalten sollte. Dabei bezweifelte Theresa, dass die Anzahl überhaupt eine Rolle spielte, zumal sich die Kinder doch miteinander beschäftigen konnten, auch ohne dass jemand ständig auf sie achtgab. Wo war der Unterschied, wenn ihr kleiner Junge sich schon zu den anderen gesellte?

Sie umrundeten den Seitenflügel des Herrenhauses, um das Altenteil der früheren gräflichen Zofe anzusteuern. Es handelte sich um zwei kleinere Räume zu ebener Erde, auf den Wirtschaftshof ausgerichtet. Ein halbes Dutzend Jungen und Mädchen saß an diesem Morgen vor der Tür am Boden und hantierte mit Stroh und Schnur aus grobem Flachs, die die Kinder zu Puppen binden sollten, um ihre Fingerfertigkeit zu üben. Vera, in derselben strengen dunklen Tracht wie an jedem Tag, schaute von einer Stickarbeit auf und sah Theresa und ihrem Sohn säuerlich entgegen.

»Früh wie an einem jeden Morgen, Leuschenthalerin.« Finster setzte sie hinzu: »Und am Abend eine der Letzten, die mich von ihrem Kind befreit.«

»Einen herrlichen guten Morgen auch Euch, Frau Vera!« Theresa lächelte die alte Dame an. »Joachim wächst schnell«, sagte sie aufmunternd und legte die Hand auf das strohblonde Haar des Kleinen. »Ehe Ihr es Euch verseht, wird er Euch ein wenig zur Hand gehen können.«

»Der Himmel bewahre, dass es dazu kommt!« Die alte Frau schien kurz davor, sich zu bekreuzigen. Und sie warf wahrhaftig einen sichernden Blick zur offen stehenden Tür ihres Heims. »Ich will dem Herrgott schon danken, wenn er nicht wieder davonläuft, sobald ich einen Augenblick nicht hinsehe«, brummte sie. »Oder nein, *Ihr* solltet dem Allmächtigen danken, Leuschenthalerin! Euch muss klar sein, dass ich nicht ein volles Dutzend Kinder sich selbst überlassen kann, um einem einzigen ungezogenen Rüpel bis zur Koppel hinterherzulaufen.«

»Joachim vermisst seinen Vater«, sagte Theresa leise. *Genau wie ich*, dachte sie. »Und er liebt die Pferde, wie mein Ehemann es tut.«

Ein Schnauben. »Ein Wunder, dass er noch nicht auf allen vieren läuft wie sie.«

»Er hat sich entschuldigt«, verteidigte Theresa ihren Sohn jetzt mit einer gewissen Schärfe. Sie zögerte kurz, als sie einen Blick auf den etwas wirren blonden Schopf warf. »Wie er mir berichtet hat.«

Ein Brummen. »Das lernen die Kinder bei mir: Sich für ihre Verfehlungen zu entschuldigen. Anni, die Tochter von Emma der Näherin, musste lediglich ein dringendes Geschäft verrichten und hat mir zur Entschuldigung einen großen Strauß duftender Wildblumen mitgebracht!«

Den sie hoffentlich ein Stück von der Stelle entfernt gepflückt hat, an der sie ihr Geschäft verrichtet hat, dachte Theresa.

»Euer Sohn ...« Die alte Frau hob die Stimme, als spräche sie etwas Unappetitliches aus: »Euer Sohn hat mir einen *lebendigen Frosch* von der Koppel mitgebracht!«

Theresa biss sich auf die Innenseite der Wangen, um ein Lachen zu unterdrücken. Rasch ging sie in die Knie, gab dem kleinen Jungen einen Kuss auf die Stirn. »Ich werde versuchen, heute etwas früher wieder da zu sein«, versprach sie. »Und bis dahin wirst du Frau Vera keine Sorgen bereiten!«

Joachim blinzelte, sah zu ihr auf. Er war kein Kind, das viele Worte machte. Allerdings wusste Theresa, dass er sehr wohl jedes Wort verstand. Auch jedes Wort, das sie mit der alten Frau sprach. Und sie war sich keineswegs sicher, ob ihm nicht klar gewesen war, dass Vera sein Geschenk so überhaupt nicht würde zu schätzen wissen.

Auch jetzt schwieg er, sah sie weiter an und neigte dann den Kopf. Es war unglaublich, wie ähnlich er seinem Vater war in solchen Augenblicken. Wenn das kleine Haupt sich senkte und ...

Mit Mühe unterdrückte sie ein Keuchen.

Es war genau diese Bewegung. Theresa hatte sie hundert Mal gesehen und begriff doch erst in diesem Moment, dass es gar nicht so sehr ihr Ehemann war, an den sie dabei denken musste. Es war dieselbe Geste, die so typisch für *Ferdinand von Hardenstein* war! Jedes Mal, wenn sein Kutscher sich erkundigte, ob er das Gespann jetzt zur Ausfahrt bereitmachen solle. Jedes Mal, wenn der Hausdiener nachfragte, ob seine Herrschaft gewillt sei, im Salon einen Gast zu empfangen.

Wie gebannt starrte Theresa den kleinen Jungen an. Als ob sie ihren eigenen Sohn zum ersten Mal wirklich sah.

Die gesamte Haltung des kleinen Jungen. Joachims Händchen lag an genau derselben Stelle auf seinem verschossenen Kittel, an der Ferdinand von Hardenstein die Finger zwischen den goldenen Knöpfen der brokatbestickten Weste einzuhaken pflegte. Und es lag genau derselbe Ausdruck auf seinem Gesicht, genau dieselbe tiefe Nachdenklichkeit. Theresa konnte kaum fassen, wie ihr die Ähnlichkeit bis zu diesem Moment hatte entgehen können. Wie sie überhaupt irgendjemandem entgehen konnte.

Ihr Sohn war ein neunzig Zentimeter großer Ferdinand von Hardenstein. Ein Abbild des Herrn von Hohensandau, der sein... sein *Großvater* war, Wilhelms Vater, der Vater seines Vaters!

Sie riss sich los von dem Bild. »Ich werde mich bemühen, Euch heute Abend so schnell wie möglich von ihm zu erlösen«, sagte sie rasch an die alte Frau gewandt.

Sichtbar ungnädig nickte Vera, im Begriff, sich von neuem ihrer Stickarbeit zuzuwenden, als sie mit einem Mal stutzte und die jüngere Frau aus zusammengekniffenen Lidern genauer ansah. Theresa erschrak. Konnte die alte Zofe ihre Gedanken gelesen, ihr Geheimnis erkannt haben?

Schon wanderte der Blick der Alten weiter, wanderte zu Joachim, der einstweilen keine Anstalten machte, sich seinen Spielgefährten anzuschließen. Er stand kerzengerade aufrecht und beobachtete die Mädchen und Jungen, wie ein Gutsherr, der die dienstbaren Geister seines Gehöfts beaufsichtigte.

Theresas Gesicht schien zu glühen. Oder war sie im Gegenteil bleich wie ein Laken? Sie sagte kein Wort mehr. Auf dem Fuß machte sie kehrt und verschwand mit eiligen Schritten quer über den Wirtschaftshof. Erst als der wuchtige Bau der Pferdeställe sie dem Blick der alten Frau entzogen hatte, wurde sie langsamer. Mit pochendem Herzen stützte sie sich gegen die Wand des Gebäudes, nahe dem Wassertrog, der für die Tiere bereitstand. Und aus irgendeinem Grund beging sie den Fehler, einen Blick in diesen Trog zu werfen.

Sie schrak zurück. Sie war tatsächlich kreidebleich. *Als hätte ich ein Gespenst gesehen. Nur dass der Gutsherr natürlich noch lebte. Und jeder, der ihn ansieht und Joachim dazu, muss die Wahrheit erkennen. Vera muss sie erkennen, hat vielleicht gerade schon erkannt, was so lange ein Geheimnis war: dass mein Sohn der Enkel …*

Mit einem Mal überschlugen sich die Gedanken in ihrem Kopf. Was, wenn es noch viel schlimmer war! Wilhelm selbst hatte keine besondere Ähnlichkeit mit dem Grafen. Nur deshalb vermutlich hatte die Wahrheit so lange ein Geheimnis bleiben können. Doch wenn der kleine Joachim nun so sehr dem Gutsherrn glich …

Ihre Kehle schnürte sich zusammen. Würde man ihren kleinen Sohn da überhaupt für den *Enkel* Ferdinands von Hardenstein halten?

»Oder nicht viel eher für seinen *Sohn*?«, flüsterte Theresa. Was, wenn der Gräfin selbst die Ähnlichkeit ins Auge fiel? Was sollte Theresa tun, wenn Thyra von Hardenstein sie zur Rede stellte? Würde sie nicht gezwungen sein, ihr die Wahrheit zu sagen? Schon um sich selbst zu schützen?

»Nein«, wisperte sie. »Auf keinen Fall darf ich das tun.« Unmöglich konnte sie der Herrin von Hohensandau erklären, dass nicht der kleine Joachim der Sohn seiner Herrschaft war. Sondern Wilhelm.

Denn natürlich lag es in den Händen Ferdinand von Hardensteins, wer nun welche Aufgaben auf dem Gut versah. Doch jeder Mensch wusste, wie sehr er seiner Gemahlin zugetan war. Der außerhalb der Ehe empfangene Sohn ihres Gemahls: Würde die Herrin des Gutes einen solchen Mann auf Hohensandau dulden? Würde sie ihn als *Verwalter* dulden?

Theresa war unfähig, sich zu rühren. Mit einem Mal erschien ihr die Zukunft ungewisser als je zuvor. Ihre kleine Familie hatte nichts zu befürchten – exakt so lange, wie der Gräfin die Wahrheit verborgen blieb. *Der Gräfin*, dachte Theresa, *und allen anderen Menschen auf Hohensandau.* Wenn irgendjemand Thyras Misstrauen weckte, waren die Würfel gefallen. Und wem das zuzutrauen war … Ihr Gedankengang stockte. Reglos verharrte sie.

Es war einer jener Momente, die sie fürchtete, aus Gründen, über die sie jetzt nicht nachdenken wollte. Die sie nicht einschätzen konnte, weil sie nicht wusste, was es war, das sie in solchen Augenblicken in Angst versetzte. War es eine bloße Eingebung? Hatte sie eine Bewegung wahrgenommen, am äußersten Rand ihres Gesichtsfelds? Doch warum schien dann ein Schauer auf ihren Rücken zu treten? Sie *wusste*, dass sie nichts gesehen haben konnte. Und doch, ganz langsam drehte sie sich um.

Er lehnte am Durchgang zu den Koppeln. Dort, wo gleich hinter der Sattelkammer eine Allee junger Birken begann.

Noch immer hatte sich die Sonne erst wenige Zoll über den Horizont erhoben, und die schlanken Umrisse der Bäume warfen lange Schatten. Er lehnte nahe dem Gatter, mit dem sich der Zugang zur vordersten Weide verschließen ließ. Scheinbar nachdenklich kaute er auf einem Grashalm: Justus Brandt.

Die borstigen Brauen überwölbten seine Augen wie düstere Gewitterwolken, und doch glaubte sie zwischen seinen Lidern ein Glitzern wahrzunehmen: aufmerksam, *mehr* als aufmerksam. Sein Gehrock hatte keinen Riss mehr. Entweder hatte er ihn geflickt, oder aber er besaß einen zweiten. Davon abgesehen sah er ganz genauso aus wie an jenem Tag, an dem er im Verborgenen auf Theresa gelauert hatte.

Er stand keine zwanzig Schritte entfernt, und Theresa konnte beim besten Willen nicht sagen, ob er bereits dort gewesen war, als sie den Wirtschaftshof überquert hatte, über den Wirtschaftshof *geflüchtet* war. Er beobachtete sie. Ohne offensichtliche Feindseligkeit, doch sehr aufmerksam. Und sie hätte schwören können, dass es ihre Brüste waren, denen er ganz besonders Aufmerksamkeit schenkte. Obwohl sie das Tuch in der Kühle des Morgens bis an den Hals geschlossen hatte.

Wie kann er es wagen! Ihr erster Gedanke. *Wie kann er es wagen, das schon wieder zu tun?*

Was immer er tat, dachte sie. *Mich beobachten.* Und wieder gab es nichts, was er ihr hätte vorwerfen können, weder vergessene Kartoffeln noch sonst etwas. Die Stunde, in der sie ihre Arbeit aufnehmen musste, war noch gar nicht gekommen. Konnte er sich ernsthaft einbilden, sie ein zweites Mal in die Enge treiben, dasselbe widerwärtige Spiel noch einmal aufführen zu können, mit nichts in der Hand?

Hatte er tatsächlich nichts in der Hand?

Joachim ... seine Ähnlichkeit mit dem Grafen ... Wenn Brandt gesehen hatte, wie Theresa aufgelöst über den Hof gestolpert war …

»Nein«, flüsterte sie. »Unmöglich!«

Doch war sie sich wirklich vollständig sicher? Das Schlimmste war, dass sie sich eben *nicht* sicher war. Und gerade das brachte sie auf.

Böse erwiderte sie seinen Blick, aber er machte keine Anstalten wegzuschauen. Er sah sie an, spuckte den Grashalm jetzt aus. Er kam keinen Schritt näher, beobachtete sie aber weiter. Wissend. Auf eine schwer zu beschreibende Weise *wissend*. Wie ein Jäger, dem das Wild bereits in die Falle gegangen ist.

Brüsk wandte sie sich ab. Sie würde schlicht nicht zulassen, dass er noch einmal Macht über sie gewann. Aber sie würde auch nicht davonlaufen. Theresa zwang sich zu ruhigen Schritten, als sie sich an der Sattelkammer vorbei in Richtung auf den entgegengesetzten Seitenflügel des Herrenhauses wandte. Sie glaubte die Blicke des Mannes auf ihrem Rücken zu spüren, glaubte sie auch dann noch zu spüren, als sie längst aus seinem Blick verschwunden sein musste. Mehr und mehr Bewohner des Gutshofs erhoben sich zu dieser Stunde von ihren Lagern. Bald würden sie ins Freie kommen. Nein, er würde ihr nicht folgen unter den Augen all dieser Menschen. Mit aller Kraft versuchte sie sich das einzureden. Er würde es nicht wagen, sich ihr zu nähern mit seinen Zudringlichkeiten, solange irgendjemand Zeuge werden konnte.

Sie vermied es, sich umzublicken, nur um womöglich festzustellen, dass er sich trotz allem an ihre Fersen geheftet hatte, ein dunkler Umriss mit wiegenden, bedächtigen Schritten. Bis sie dann doch unvermittelt stehen blieb, herumfuhr – und der Platz zwischen dem Herrenhaus und den Futterscheunen menschenleer war mit Ausnahme eines betagten Futterknechts, der gerade mit erleichtertem Gesichtsausdruck aus den Büschen ins Freie schlurfte und dabei die Bänder seiner Hose schloss.

Sekundenlang verharrte Theresa, starrte auf das friedliche Bild, ohne den etwas verwirrten Blick zur Kenntnis zu nehmen, den der Futterknecht in ihre Richtung warf. Erst dann setzte sie ihren Weg fort, und schon fragte sie sich, was von dem, was sie glaubte, gesehen zu haben, tatsächlich da gewesen war. Was, wenn das meiste davon einzig in ihrem Kopf stattgefunden hatte?

Wenige Schritte vor ihr zeichnete sich der Zwiebelturm der Gutskapelle vor dem Morgenhimmel ab, die Fassade im selben sonnigen Gelb wie das Herrenhaus. Wie eine Zuflucht, dachte sie. Das freundliche Gotteshäuschen stand zu jeder Stunde des Tages Menschen in ihren Nöten offen, ja, selbst mitten in der Nacht. Doch nein, sie brauchte keine Zuflucht. Sie war nicht länger auf der Flucht.

Schwer atmete sie ein, wieder aus. Wilhelm war fort, doch in wenigen Wochen, ja, schon in wenigen Tagen vielleicht würde er zurück sein und bis dahin …

»Ich bin keine Frau, die eine Eskorte braucht«, flüsterte sie. »Ich werde mich nicht in Angst und Schrecken versetzen lassen von Gespenstern.«

In der Küche des Herrenhauses wartete in einer halben Stunde die Frühstücksmahlzeit auf sie, die sie gemeinsam mit Martha und Ilsa einnehmen würde. Niemand, dachte sie, auch kein Justus Brandt, würde es schaffen, dass sie auch nur um einen Deut vom Verlauf ihres Tages abwich. Und ihr blieb noch ausreichend Zeit für den Besuch, der seit Wilhelms Abreise zu einem Teil ihres Morgens geworden war.

Entschlossen wandte sie sich dem freundlichen Kirchenbau zu, dann bog sie nach links ab, noch bevor sie die Tür erreichte. Ein kiesgestreuter Pfad schlängelte sich um die Kapelle herum und führte auf ein geducktes marmornes Gebäude auf der Rückseite zu, dessen Zugang ein schmiedeeisernes Gitter verschloss. Die Stäbe umrankten in aufwendigen Schnörkeln den Buchstaben H: *Hardenstein*.

Dunkler Efeu rankte am Mauerwerk des gräflichen Mausoleums empor und erreichte doch nicht die Verzierungen, mit denen die Steinmetzen den niedrigen Giebel versehen hatten: das verschnörkelte H, das sich mit dem Greifenwappen der Herren über Hohensandau abwechselte. Übermenschlich schlanke, trauernde Engelsfiguren waren aus dem Stein getrieben, dazwischen eine Sanduhr, die auf das erbarmungslose Verrinnen der Zeit hinweisen sollte, wohl auch ein Kreuz, um die Hoffnung auf Erlösung zum Ausdruck zu bringen. Mächtiger aber wuchsen Totenschädel aus dem Gesims, mit düster starrenden Augenhöhlen, erschreckend und einschüchternd. Denn der Tod war unentrinnbar, wie der Pfarrer predigte, wenn er in der Kapelle die Kanzel bestieg. Vor dem Tod waren alle Menschen gleich, und sie taten gut daran, sich an seine Allgegenwart zu erinnern. Theresas wegen wären die Schädel nicht nötig gewesen an einem Ort, an dem sich solche Gedanken doch von selbst einstellten. Zumal die Geschichte ja sowieso nicht stimmte, weil selbst vor dem Tod eben *nicht* alle gleich waren.

Wie die Herrschaften die besten Räume des Gutshauses bewohnten, nahmen sie auch in der Kapelle auf ihren logenartigen Sitzen Platz, hoch über den Männern und Frauen des Gesindes. Und noch ihre zu Staub zerfallenden Leiber schliefen nun in diesem abgesonderten, düsteren Totenhaus, dachte Theresa fröstelnd. Während die Gräber des Gesindes den Bau in respektvollem Abstand umgaben.

Unmittelbar vor dem Mausoleum teilte sich der Weg. Theresa hielt sich links, an einer neuen Verzweigung wiederum links. Schließlich wurde sie langsamer, bis sie vor einem schlichten hellen Stein stehen blieb, den ein Dickicht wilder Rosen überwölbte, die ihren betäubenden Duft in den frühen Morgen entließen. Dieser Anblick war um so vieles schöner als jeder kunstvolle Schmuck, den die Werkzeuge der Steinmetzen hätten fertigen können.

LEONOR

Der Name war in stolzen Buchstaben aus dem Stein getrieben, schlank und aufrecht und dennoch schlicht und klar dabei und ohne überflüssige Verzierungen. *Leonor.* Mehr nicht. Keine Lebensdaten, kein Hinweis, wer die Frau gewesen war, deren Überreste hier im Boden ruhten. Eleonora Maria Leuschenthal, das war ihr vollständiger Name gewesen. Ein ungewöhnlicher Name, wie Theresa fand, für eine Angehörige ihres Standes. Doch musste sie, Wilhelms Mutter, nicht auch eine ungewöhnliche Frau gewesen sein?

Sie war bei seiner Geburt gestorben, so dass er selbst keine Erinnerung an sie besaß. Natürlich aber lebten Menschen auf dem Gutshof, die sie gekannt hatten. Die alte Vera gehörte ganz zweifellos zu ihnen, wobei Theresa niemals in den Sinn gekommen wäre, ausgerechnet mit der verbitterten einstigen Zofe ein Gespräch über die Mutter ihres Mannes anzuknüpfen. Wenn aber einer der älteren Bewohner Hohensandaus Eleonora Leuschenthal erwähnte, geschah das stets mit hörbarem Respekt, mit einer Achtung, die nicht recht passen wollte zu einem jungen Mädchen, wie es sie überall zu geben schien auf den Landgütern des Adels, nach allem, was die Leute erzählten. Junge Mädchen, die sich ihrem Gutsherrn hingaben in der Hoffnung auf goldenen Tand, hübsche Kleider oder dereinst vielleicht auf einen Platz als Zofe seiner rechtmäßigen Gemahlin.

»Du musst ganz anders gewesen sein«, murmelte Theresa, reckte sich nach den Blütentrauben des Rosenbuschs und brach eine der duftenden Blüten ab, die sie auf den Stein legte, bevor sie einen Schritt zurücktrat. »Ich frage mich, ob ...« Sie schüttelte den Kopf. »Wenn du noch am Leben wärst: Ob wir dann hätten Freundinnen sein können. – Denn du kannst nicht gewesen sein, wie solche Frauen sind. Das ist undenkbar. Ich weiß nicht, warum ich mir so sicher bin, aber ... ich *bin* mir sicher. Wie sonst hättest du so einen Sohn haben können? Wenn irgendjemand es wagen würde, schlecht über dich zu reden: Ich würde ihn zurechtweisen, auch ohne zu wissen, was damals geschehen ist.« Leiser setzte sie hinzu: »Was nichts daran ändert, dass es mir trotzdem lieber wäre, wenn ich es wüsste. Wie es geschehen konnte, dass ihr beide zueinanderkamt, wo doch an eine Ehe nicht zu denken war. Wobei der Pfarrer sagt, dass die Schuld geringer ist, wenn keiner von beiden verheiratet ist«, erinnerte sie sich. »Und das war keiner von euch. Doch ich frage mich, ob selbst das ...« Sie brach ab. Wieder schüttelte sie den Kopf.

Was mochte Eleonora Leuschenthal für ein Mensch gewesen sein? Wie mochte sie ausgesehen haben? Natürlich gab es kein Porträt, das Wilhelm ihr hätte zeigen können. Wer malte schon Porträts einer Dienstmagd? Sie musste blond gewesen sein wie ihr Sohn, zumal seine Herrschaft so eindeutig nicht blond war. Und von freundlichem Wesen? Sicherlich, wenn Ferdinand von Hardenstein Zuneigung für sie empfunden hatte. Doch was mochte es gewesen sein, das ihn zu ihr gezogen hatte? Und sie zu ihm?

»*Diese Menschen verlieben sich*«, sagte sie leise. »*Nicht anders, als wir das tun.* Ich wünschte mir ... Ich wünschte mir, du hättest deinen Enkel sehen können. Er ist seinem Vater so ähnlich. Und nicht nur ihm allein. Wie er sich heute ...«

Diesmal war es kein Rascheln im Gebüsch. Diesmal war es kein Umriss einer Gestalt, die sich unter den Bäumen verbarg. Noch immer stand die Sonne dicht über dem Horizont, fand lediglich in einem schmalen Streifen einen Weg an der Kapelle vorbei auf den winzigen Gutsfriedhof und tauchte den Grabstein Eleonora Leuschenthals und die Pracht des Rosenstocks in ihr frühes Licht. Und in eben diesem Licht war unvermittelt ein langer Schatten sichtbar geworden, der Schatten einer Männergestalt, nahezu gleichauf mit Theresas Schatten. Der Mann musste links von ihr stehen, knapp hinter ihr, keine zwei Schritte entfernt.

Ihr Herz blieb stehen. Diesmal spürte sie es ganz deutlich, bevor es holpernd wieder zu schlagen begann.

Die Gedanken rasten durch ihren Kopf. *Jetzt, da sich die Leute erheben, um sich an ihre Arbeit zu begeben, hätte er es niemals wagen können, sich mir dort zu nähern. Es sind zu viele Menschen auf dem Gutshof unterwegs. Was aber habe ich daraufhin getan? Der Friedhof ist der einzige Ort auf Hohensandau, an den sich mit Sicherheit keine Menschenseele verirren wird, so früh am Morgen, beinahe noch mitten in der Nacht!*

Unvermittelt ergriff ein Gefühl von Theresa Besitz. Ein Gefühl, das keine Angst war, sondern *Wut*, rote, flammende Wut. Wut auf Brandt, der sich weigerte, seine bösartigen Spiele einzustellen, entschlossen schien, sie nun zum Äußersten zu treiben. Wut, die sich womöglich noch stärker auf sie selbst richtete, wie sie so unglaublich dumm hatte sein können, zu dieser Stunde den menschenleeren Friedhof aufzusuchen, nach allem, was zuvor geschehen war. *Aber soll ich für den Rest meines Lebens jeden Augenblick darüber nachgrübeln, wohin ich gefahrlos gehen kann?*

Sie holte tief Luft. Einen Moment lang glaubte sie, sie würde nicht sprechen können in ihrem ohnmächtigen, hilflosen Zorn, aber nein, sie war in der Lage dazu.

»Packt – Euch – davon!«, zischte sie. Ihr Puls schlug in der Kehle, doch sie sprach weiter, mit leiser, aber vernehmlicher Stimme. Einer Stimme, bei der es ihr selbst kalt den Rücken herunterlief. »Ich lege keinen Wert auf Euren *Schutz*, und ich will ihn nicht«, flüsterte sie. »Wenn Ihr mich weiterhin bedrängt, dann ist das Gewalt, und mit Gewalt werde ich darauf antworten. Ich werde beißen und kratzen. Und ja, Ihr seid stärker als ich, und Ihr könnt mir sonst was antun. Ihr könnt mich töten, und ich werde Euch nicht daran hindern können. Aber ich schwöre Euch, wenn Ihr fertig seid mit … mit dem, was Ihr tun wollt, dann wird Eure eigene Mutter Euch nicht wiedererkennen!«

Der Schatten regte sich nicht.

»Aber die anderen …«, flüsterte sie. »Die Leute auf dem Gutshof, die werden Euch wiedererkennen – als den Mann, der es getan hat. Denn ich werde reden. Oder wenn Ihr …« Einen Moment lang stockte sie. »Wenn sie meinen Körper finden. Oder wenn die Leuschenthalerin mit einem Mal verschwunden ist, Euch aber die Male meiner Zähne und Fingernägel zeichnen. Dann werden sie wissen, wer es gewesen ist. Sie werden wissen, dass Ihr es wart.«

Nach wie vor regte der Schatten sich nicht. Aber Theresas Wut war stärker als die schwindelerregende Angst in ihr. Und diese Wut gab ihr Kraft.

»Ich gebe Euch eine Chance«, flüsterte sie. »Eine einzige Chance: Ihr werdet Euch jetzt umdrehen und verschwinden. Ihr verschwindet vom Friedhof. Und Ihr verschwindet von Gut Hohensandau. Und ich werde hierbleiben. Noch bis die Uhr zur vollen Stunde schlägt, werde ich hier an diesem Grab bleiben, aber dann werde ich zum Herrenhaus zurückkehren. Und sollte ich auch nur noch eine Stiefelspitze von Euch zu sehen bekommen: Ich schwöre Euch, ich werde zu seiner Herrschaft gehen. Beim Leben meines …« Ihre Hand legte sich auf ihren Leib. »Beim Leben meiner Kinder: Ich schwöre Euch, ich werde zu ihm gehen. Und seine Herrschaft ist kein dummer Mann. Er wird mir glauben, wenn ich vor ihm stehe. Und ich sage Euch, er wird Euch …«

Der Schatten bewegte sich.

Der Schatten wurde *länger*, als er zu Theresa aufschloss.

Forschend sah ihr Ferdinand von Hardenstein ins Gesicht. »Welcher Mann auch immer es wagen sollte, sich Euch unziemlich zu nähern, Theresa Leuschenthal; er hätte genau das zu befürchten, was Ihr geschildert habt – und Schlimmeres. Die königlichen Gesetze haben dem Adel viel von seiner einstigen Macht genommen.« Leiser setzte er hinzu: »Zum nicht geringen Bedauern vieler meiner Standesgenossen. – Den Tod und harte Leibesstrafen über einen Missetäter zu verhängen, das ist uns nicht länger gestattet. Und dennoch bin ich mit den königlichen Amtsträgern gut bekannt, ja, sogar mit dem Gouverneur in der Provinzhauptstadt. Ihr seid eine Angehörige des Gesindes von Hohensandau. Und schon damit steht Ihr unter meinem Schutz. Und Ihr seid … Ihr seid noch einmal mehr als das. Ich werde nicht zulassen, dass Euch irgendjemand etwas antut.« Er zögerte kurz, sah sie dann direkt an. »Ihr könnt darauf *vertrauen*, dass ein Mann, der sich Euch in dieser Weise nähern sollte, seiner harten und schmerzhaften Strafe nicht entgehen wird.«

Theresa war zu keiner Silbe in der Lage. Ihre Wangen glühten. Da stand er vor ihr, das Gesicht mit dem streng geschnittenen grauen Bart im Schatten eines breitkrempigen Hutes, einen aschefarbenen Reitrock über der Brokatweste mit den goldenen Knöpfen. Seine Finger hielten eine Reitgerte. Er musste auf dem Weg zur Sattelkammer gewesen sein. Zuweilen nutzte er die ersten, kühlen Stunden des Tages zu einem Ausritt. Oder zu einem Besuch auf dem Friedhof, dachte sie. Offenbar.

Mit was für Worten hatte sie diesen Mann, ihren Gutsherrn, überschüttet? Selbst wenn er zweifellos rasch begriffen hatte, dass ihre Drohungen nicht ihm galten. Doch seine verständnisvollen Worte machten es eher noch schlimmer. Sie wollte im Erdboden versinken. *Es wäre nicht der schlechteste Ort dafür*, huschte ein Gedanke durch ihren Kopf. *Hier auf dem Friedhof.*

Er trat einen Schritt an ihr vorbei an den Rand der Grabstätte, legte die Hände ineinander, und obwohl sie sein Gesicht nun nicht mehr sehen konnte, wusste sie, dass er ein lautloses Gebet sprach. Dann sah sie, wie seine Haltung sich straffte.

»Wisst Ihr, warum es den Adel überhaupt gibt, Theresa Leuschenthal?«, erkundigte er sich, ohne sich zu ihr umzuwenden.

»Ich … Ich bin mir nicht sicher, ob ich die Frage richtig verstehe, Eure Herrschaft.«

»Natürlich seht ihr, wie wir leben«, sagte er. »Ihr seht das weiche weiße Brot, den aromatischen, dampfenden Kaffee und die bittersüße Chocolat von jenseits des Meeres. Ihr seht die Möbel aus kostbaren Hölzern mit ihrer Zier aus Elfenbein, und ihr seht das weiße Gold auf unseren Tischen. Ihr seht uns auf stolzen Rossen bei der Jagd, und wenn wir auf Reisen gehen, können die Ausmaße unserer Kutschen es mit der Größe eurer Schlafkammern aufnehmen. Und wenn ihr gar … ihr, die einfachen Leute … wenn ihr gar in der Hauptstadt lebt, dann seht ihr die königlichen Paläste mit dem Schmuck ihrer Fassaden und den Ehrenformationen der Gardisten, die zackig auf und ab marschieren, während sich die Menschen in den ärmeren

Vierteln der Stadt nach Einbruch der Dunkelheit nicht hinaus auf die Straße trauen.«

Unvermittelt drehte er sich zu ihr um. »Doch das ist es nicht, wozu der Adel da ist. Wozu er ...« Ein Zögern. »Wozu er *geschaffen* wurde in Zeiten, die wilder und unsicherer waren als die unseren. Zeiten, in denen die Menschen in ganz anderer Weise bedrängt wurden. Durch wilde Tiere, durch Überfälle aus den Wäldern, durch Fehden, an denen sie keinen Anteil hatten und denen sie dennoch zum Opfer fielen. Die Menschen waren diesen Gefahren ausgeliefert«, erklärte er. »Sie waren Bäuerinnen und Bauern, Knechte und Mägde. Oder sie waren Geistliche, Mönche, Nonnen, Priester. Und keiner von ihnen führte eine Waffe, mit der er sich gegen diese Gefahren hätte zur Wehr setzen können. Denn eben *das* war die Aufgabe der ritterlichen Krieger. Das war die Aufgabe des Adels. Ein Mann von Adel schwor einen doppelten Eid: seinem König und Kaiser zu dienen und dabei zugleich all jene mit seinen Waffen zu beschützen, die dazu selbst nicht in der Lage waren. Und die Menschen konnten darauf vertrauen, dass er diesen Schwur erfüllte. Ganz so, wie sie darauf vertrauen konnten, dass die Bauern ihre Felder bestellten, damit alle genug zu essen hatten, oder dass die Geistlichen ...« Er zögerte. »Jedenfalls wird man darauf gehofft haben, dass sie sich auf ihr Handwerk verstanden und wussten, was sie redeten«, murmelte er schließlich. Er warf einen kurzen Blick zurück zur Gutskapelle. »Der Adel hielt seinen Eid in Ehren. Von Ausnahmen abgesehen, wenn nicht alle Bücher lügen.«

Ferdinand von Hardenstein sah sie an. »Heute haben sich die Zeiten geändert«, sagte er nachdenklich. »Und doch existiert der Adel noch immer. Und auch in unserer Zeit gibt es Soldaten, die ihre Waffen führen. Bei weitem nicht alle sind sie von Adel, doch sie ziehen in den Krieg, um die Waffenlosen zu beschützen, und die ganze Welt bewundert sie für ihren Mut. Ich selbst habe die Kriegsakademie in der Hauptstadt besucht, wo man mich den Umgang mit den Waffen lehrte und die Kunst, Regimenter von Soldaten in den Kampf zu führen, und nur zu bald schon könnte es sein, dass eben das von neuem von mir gefordert wird, nun, da der Krieg bereits begonnen hat«, sagte er leise. »Im Westen für den Anfang, wo Österreichs Verbündete einen Teil unserer Armeeabteilungen binden. Und doch weiß jeder, dass die Entscheidung hier im Osten fallen wird. – Möglich, dass der Kronprinz auch nach mir rufen wird. Ich gehörte zu seinen Lehrern, als ich selbst Jahre später an der Akademie lehrte. Auf jeden Fall werde ich mich bereithalten müssen. Bereit, mit einem Aufgebot die Pässe im Gebirge zu besetzen und zu verhindern, dass die Österreicher auch nur eine Handbreit preußischer Erde betreten. Bereit, auf sie hernieder zu stoßen, wenn die Stunde gekommen ist, die Kämpfe im Westen beendet sind oder sie den Fehler machen sollten, sich hervorzuwagen aus ihren befestigten Stellungen im Herzen ihrer böhmischen Kronlande. – Doch ist das mutig, Theresa Leuschenthal?«

Sie kniff die Augen zusammen. »Ich denke schon«, murmelte sie. »Ihr werdet bewaffnet sein, Ihr und Eure Männer, aber Ihr setzt auch selbst Euer Leben aufs Spiel.«

»Und das tun die Unbewaffneten nicht?«

Sie sah ihn an. Konnte sie in diesem Moment eine Ähnlichkeit mit Wilhelm erkennen? Mit ihrem kleinen Sohn?

»Was wird geschehen, wenn ich mich irre?«, wollte er wissen. »Wenn die Österreicher einen Angriff auf die Pässe unternehmen, aus einer Richtung, auf die wir nicht vorbereitet sind? Wenn es uns am Ende doch nicht gelingt, die Grenze zu halten? Dann werden sie bis ins Herz der Provinz vordringen und irgendwann bis nach Hohensandau. Und ihr, das Gesinde wie die Menschen im Herrenhaus – ihr werdet keine Waffen haben, um euch ihrer zu erwehren. Ihr wäret ihnen ausgeliefert. Einzig ihre eigenen Offiziere könnten sie daran hindern, die Pferde von den Koppeln zu entführen, Feuer an die Scheunen mit den Vorräten zu legen, und was sie mit Euch, den Frauen, täten, wäre ihrer Willkür überlassen. – Haben die Soldaten die schwerste Last des Krieges zu tragen? Oder doch eher Ihr, die Frauen, die keine Waffen besitzen, um sich gegen jene zur Wehr zu setzen, deren Kraft der ihren überlegen ist?« Für einen Moment schien er nachzudenken. »Und das gilt nicht im Krieg allein«, sagte er leise. »Sind Frauen nicht überhaupt im Krieg, vom Augenblick ihrer Geburt an? Ist es nicht weit eher ihr Mut, den wir bewundern sollten?«

Er hielt inne, schien nachzudenken. Dann, noch einmal aufmerksamer als zuvor, musterte er sie, so dass Theresa spürte, dass sie in diesen Augenblicken einer Prüfung unterzogen wurde. Bis er schließlich knapp mit dem Kopf nickte auf jene Weise, zu der einzig Ferdinand von Hardenstein in der Lage war. *Abgesehen von meinem Ehemann*, dachte Theresa. *Und meinem zweijährigen Sohn.*

»Es ist unübersehbar, dass Ihr die Wahrheit kennt«, sagte der Gutsherr und wies auf den Stein. »Und Ihr seid dieser Frau nicht unähnlich, Theresa Leuschenthal. Nicht so sehr, was Euer Äußeres anbetrifft. Ihr Haar war heller als das Eure. Es hatte die Farbe von Gold, und sie … sie wies nicht Eure Rundungen auf.« Den letzten Satz fügte er sehr rasch an. »Doch sie war eine mutige Frau.« Er streckte die Hand aus nach dem Rosenstock, löste vorsichtig eines der zarten Kunstwerke, die den Zweigen entsprossen, und legte es auf die Oberseite des Steins neben die

Blüte, die Theresa dort abgelegt hatte. »Und doch reicht auch der größte Mut oft nicht aus in einer Welt, in der die Waffen so ungleich verteilt sind. Dann muss eine Frau darauf vertrauen, dass jener Mann für sie eintritt, von dem sie das mit allem Recht dieser Welt erwarten kann.« Er atmete tief durch. »Und das habe ich nicht getan.«

»Ihr …«

Er sah ihr in die Augen. »Nein, sie starb nicht im Krieg. Sie starb nicht unter den Händen feindlicher Soldaten, die ihr Gewalt antaten. – Sie starb, weil sie meinen Sohn trug. Sie starb, weil ich nicht an ihrer Seite war, als ihre Zeit gekommen war. Weil niemand sonst zugegen war, der den Willen besaß, ihr beizustehen. Mein …« Er hielt inne. »Mein Vater war der Einzige, der die Wahrheit kannte. Er und meine Mutter. Und die Zofe meiner Mutter, wie ich vermute.«

Die alte Vera. Theresa spürte, wie sie ein Schauer überkam. Also wusste die alte Frau tatsächlich etwas.

»Ich habe sie nicht aus freien Stücken ins Vertrauen gezogen. Keinen von ihnen.« Entschieden schüttelte er den Kopf. Es schien ihm wichtig zu sein, dass das klar war. »Niemals hätte ich das getan. Ich wusste, wie sie dachten, gerade mein Vater. Doch es war der Sommer, in dem der alte König starb und in dem sein Nachfolger, der Bruder unserer jetzigen Majestät, die Familien des Adels zur Huldigung in die Hauptstadt rief. Und mein Vater litt bereits an der Krankheit, die in jenem Sommer umging. Der Husten schüttelte ihn, und wenn es auch noch nicht ernst um ihn zu stehen schien, hatte er dennoch beschlossen, dass ich an seiner Stelle reisen sollte. Sagt es mir, Theresa Leuschenthal: Wie hätte ich mich weigern können als Erbe von Hohensandau, als ein Mann von Adel, seinem königlichen Herrn, seinem Vater und den Wehr-

und Waffenlosen – ihnen allen gleichermaßen zum Dienst verpflichtet?«

Ein Mann von Adel. Ein Mann, der geschworen hatte, jene zu schützen, die sich selbst nicht schützen konnten. Die Antwort lag Theresa auf der Zunge: Für wen hätte das mehr gegolten als für die Frau, die sein Kind trug? Und doch: Natürlich schuldeten die Hardensteins dem König Gehorsam, nach dessen Willen sie Hohensandau besaßen. Einer von ihnen hatte gehen *müssen*, wenn der König bei der Huldigung ihre Anwesenheit verlangte. Und wenn der alte Graf nun erkrankt war ...

»Sie ...«, murmelte der Gutsherr. »Leonor ... Eleonora: Damit stand fest, dass ich sie verlassen musste, für mehrere Wochen, die eine Reise nach Berlin zu jener Zeit in Anspruch nahm. Was blieb mir also übrig, als meinem Vater die Wahrheit zu sagen, obwohl ich doch schon ahnte, wie er einer solchen Nachricht begegnen würde? Er war ein Mann, dem Anstand über alles ging, ganz anders als manchem Gutsherrn in unserer eigenen Zeit. Dass er eine Magd in seinem Gesinde dulden würde, die das Kind seines Sohnes unter dem Herzen trug, das war ...« Ein Kopfschütteln. »Undenkbar«, murmelte er. »Genauso undenkbar, wie es erschien, diesem Mann die Stirn zu bieten, und sei es als sein eigener Sohn. Und doch widersprach ich ihm. Zum ersten Mal in meinem Leben. Oder nein, es war kein Widerspruch, doch ich gab ihm zu verstehen, dass die Tat, für die er Leonor verurteilte mit seinen harten Worten ... Dass diese Tat im selben Maße doch auch meine Tat gewesen war, wenn sie nicht gar ...«

Er hielt inne. Theresa konnte beobachten, wie seine Augen sich schlossen, seine Lippen sich aufeinanderpressten, bevor er weitersprach.

»Wenn sie nicht sogar *meine* Tat gewesen war«, sagte er

schließlich. »*Meine* Schuld, wenn man von Schuld denn reden will, wo man von Liebe reden sollte. Was nun allerdings das Letzte gewesen wäre, was ich meinem Vater gegenüber hätte erwähnen dürfen.«

Für mehrere Atemzüge verstummte er dieses Mal, bevor er fortfuhr. »Aber etwas anderes machte ich ihm deutlich. Ja, er besaß jedes Recht, Leonor vom Gutshof zu weisen für das, was sie getan hatte. Was *wir* getan hatten. Ganz offen gestand ich das ein. In Schimpf und Schande konnte er sie davonjagen. Die alten Gesetze gaben ihm jede Möglichkeit dazu, und selbst nach den neuen Verfügungen des Königs ist es weiterhin möglich, wenn sich denn eine Tat wie die unsere anführen lässt. – Doch wenn er das täte, so machte ich ihm klar ...« Ein schwerer Atemzug. »Wenn er Leonor vom Hof weisen sollte – dann würde ich ihr Schicksal teilen. Dann würde ich sie begleiten, so dass er nicht allein eine fleißige und zuverlässige Magd verlieren würde, sondern obendrein seinen Sohn, den Erben von Hohensandau. – Und da, in diesem Moment erst, fuhr er aus seinem Lehnstuhl in die Höhe, den man an die Fenster der herrschaftlichen Gemächer gerückt hatte, weil man sich davon Linderung erhoffte für seinen quälenden Husten. Da erst bekam ich seinen Zorn in aller Heftigkeit zu spüren. Denn da erst wurde ihm klar, wie ernst mir meine Worte waren und dass er alles tun konnte, *alles* ... Und dass er doch nichts ändern würde an meinem Entschluss, mit nichts von dem, was er mir entgegenschleuderte in seiner Erregung. Blässe und Röte wechselten sich in seinem Gesicht ab, das die Spuren der Krankheit zeichneten, und er drohte mir, dass ich jedes Anrecht auf den Gutshof verwirken würde, auf das Gestüt und die Grafenwürde, wenn ich denn mit Leonor ginge.«

Und noch einmal war Ferdinand von Hardenstein gezwungen innezuhalten. Als schwankte er selbst unter der Wut einer Krankheit, während die Bilder der Vergangenheit vor seine Augen traten.

»So dass wir ...«, setzte er an, schüttelte den Kopf. »So dass wir am Ende zu einer Vereinbarung fanden, zu einem Mittelweg, bei dem uns klar war, wie sehr er beide Seiten schmerzen musste aus denkbar unterschiedlichen Gründen: Leonor würde bleiben – doch sie würde als das bleiben, was sie immer gewesen war. Als bloße Dienstmagd.« Er seufzte. »Doch war nicht schon damit viel gewonnen? So jedenfalls sagte ich mir. Zumindest würde sie in unruhigen Zeiten unter dem Schutz des Grafen Hardenstein stehen, wie alle Angehörigen des Gesindes von Hohensandau. Im Gegenzug hatte ich ihm mein Wort zu geben, ihm künftig in allen Dingen gehorsam zu sein. Und sein erster Befehl an mich lautete, dass niemand davon erfahren durfte, wer der Vater von Leonors Kind war, solange einer von uns lebte. Was hätte ich mehr tun können? – Ausgenommen natürlich, auf Hohensandau und meinen Titel zu verzichten. Einen Titel, der mir wenig wert war – damals.« Einen Moment lang noch leiser. »Damals, als ich noch so wenig davon begriffen hatte, was es wirklich bedeutet, Verantwortung zu tragen für die Menschen auf dem Gutshof, ja selbst für die Tiere auf der Koppel. Als ich noch so wenig davon begriffen hatte, was es bedeuten würde, der Herr über Hohensandau zu sein. Und doch noch nicht einmal in der Lage war, der Verantwortung gerecht zu werden, die ich doch als die meine erkannt hatte: der Verantwortung für sie, für Leonor.«

Theresa senkte den Blick. Die Verbitterung in seinen Worten war kaum zu ertragen, und sie kannte das Ende der Geschichte. Sie wollte es nicht sehen, wollte nicht sehen, wie Tränen in die Augen dieses stolzen Mannes traten.

»Kaum dass ich den Gutshof verlassen hatte, um dem Ruf des Königs zu folgen, begann auch Leonor zu husten«, flüsterte er. »Mein Vater war kein Unmensch. Er gestand ihr zu, dass sie nicht länger die Arbeit auf dem Feld verrichten musste. Wie er es einem jeden Knecht und einer jeder anderen Magd genauso zugestanden hätte. Denn er hielt sein Wort, und sie blieb eine Angehörige des Gesindes. Dem Physicus aus der Stadt aber, der jeden Tag nach Hohensandau kam, um nach ihm und meiner Mutter zu sehen, verbot er streng, sich ihrer anzunehmen. Und meine Mutter und ihre Zofe unternahmen nichts, um sich über seine Befehle hinwegzusetzen. Die Gesundheit der Herrschaften oblag der Sorge des Physicus, der an der Universität studiert hatte. Für das Gesinde gab es den Dorfarzt, der sein Handwerk von seinem Vater gelernt hatte.«

»Aber ...« Theresa befeuchtete die Lippen. Sie zwang sich, den Blick zu heben. »Wenn sie dem Physicus gesagt hätte, dass sie Euer Kind trägt, hätte er dann nicht ...«

Hardenstein stieß ein Lachen aus, mit einer Bitterkeit, dass sie darum kämpfen musste, sich nicht abzuwenden.

»Ob der Physicus dann nach ihr gesehen hätte?«, sprach er ihre Frage aus. »Mit ziemlicher Sicherheit hätte er das getan, sobald er erfahren hätte, dass es mein Kind war, das in ihrem Leib heranwuchs. Ich war der Erbe von Hohensandau und mein Vater dem Tod schon näher als dem Leben. – Aber das hätte bedeutet, den Physicus ins Vertrauen zu ziehen. Und was hätte mein Vater getan, wenn er nun doch wieder gesund geworden wäre und davon erfahren hätte? Zudem war sie nicht die Einzige in den Quartieren der Knechte und Mägde, die von der Krankheit gepackt worden war. Hätte sie die Hilfe des kundigen Arztes annehmen und die anderen ihrem Schicksal überlassen sollen? Sie war keine Frau, die so etwas getan hätte. Sie war eine mutige Frau. Und sie hat mir vertraut. Hätte ich selbst ihren Mut besessen, den Mut, ein solches Vertrauen zu rechtfertigen: Sie könnte heute noch am Leben sein. Wie wenig hätte ich dafür tun müssen! Wäre ich fortgegangen mit ihr: Die Krankheit hätte sie niemals befallen. Und wäre sie dennoch erkrankt, hätte ich mich eben auf die Suche nach einem Arzt begeben, der ihr hätte helfen können.«

»Aber das ist doch blanker Unsinn!«

Bestürzt brach sie ab. Doch die Worte waren schon heraus.

Ferdinand von Hardenstein starrte sie an. Zornig? Einen Moment lang war sie sich nicht sicher. Eine Dienstmagd, die sich einen solchen Ton herausnahm, diesmal nicht an einen schattenhaften Fremden gerichtet, sondern ganz eindeutig an seine Adresse? Doch da war kein Zorn in seinem Blick. In diesem Moment war da nichts als Verblüffung.

Verblüffung, die Theresa selbst nicht weniger fühlte angesichts ihrer eigenen plötzlichen Kühnheit. Und doch: Wie er mit jedem Satz den Stab über seinem eigenen Haupte brach, sich Dolche ins Herz rammte mit seinen Vorwürfen an sich selbst: Sie konnte nicht schweigen. Es war unerträglich. Gerade weil er sich so sehr bemüht hatte, das Richtige zu tun.

»Aber es *ist* Unsinn, was Ihr redet!«, stieß sie hervor. »Nichts von alledem könnt Ihr wissen! Sie kann die Krankheit längst in sich getragen haben, als Ihr Hohensandau verlassen habt! Und wenn Ihr mit ihr davongelaufen wärt, Euren Namen und Euer Erbe verloren hättet, wie hättet Ihr da einen Arzt bezahlen wollen, der ihr hätte helfen können? *Nichts* könnt Ihr wissen!«

»Nein.« Das Wort kam mit harter Stimme. »Nichts davon kann ich wissen, Theresa Leuschenthal. Aber was am Ende geschehen ist, das weiß ich. Am Ende hat sie unser Kind in einem Schuppen hinter der Sattelkammer zur Welt gebracht. Und dort starb sie, noch ehe der Junge seinen ersten Schrei tat, wie es heißt. Und weder der Dorfarzt noch die Mägde konnten ihr helfen. In diesem Schuppen«, flüsterte er. »In diesem Schuppen, den ich niederreißen ließ am selben Tag, an dem ich aus Berlin zurückkehrte. An jenem Tag, an dem ich erfuhr, dass ich nun der Herr von Hohensandau war, nachdem mein Vater der Krankheit zum Opfer gefallen war, genau wie Leonor vor ihm. – Leonor, die starb, weil ich vergessen hatte, was es bedeutet, ein Mann von Adel zu sein. Nein, ich konnte nicht wissen, was geschehen würde. Doch es *ist* geschehen. Also hätte ich auch damit rechnen müssen, *dass* es geschehen könnte.«

Er schwieg. Es war unnötig, dass er weitersprach. Der Rest der Geschichte stand Theresa vor Augen, als hätte er sie Wort für Wort erzählt.

Wie er sein Versprechen gebrochen hatte, das er seinem Vater gegeben hatte, der in seiner Krankheit darniederlag. Denn nichts anderes hatte er getan, als er Wilhelm das Geheimnis seiner Herkunft anvertraut hatte. So viele Dinge wurden jetzt deutlich: warum er Wilhelm so bewusst für ein ganz anderes Leben ausersehen hatte, ein Leben bei den Pferden. Hatte sein Sohn doch lernen sollen, was Vertrauen bedeutete. Vertrauen, das andere Menschen eines Tages in ihn setzen würden. Mit eigenen Augen hatte er sehen sollen, wie diese Menschen lebten, zu denen auch er als Sohn einer Dienstmagd gehörte. Und doch musste Ferdinand von Hardenstein ihn schon damals zu anderen, zu höheren Dingen ausersehen haben. *Als Verwalter*, dachte sie. Eines Tages. Sie war sich sicherer denn je, dass genau darin der Plan des Grafen bestehen musste. Wilhelm sollte lernen, nicht dieselben Fehler zu begehen, die sein Vater sich selbst anlastete, und sie fragte sich, was es bedeuten musste, bei einem Mann in die Lehre zu gehen, der solche Ansprüche an sich selbst stellte.

Sie musterte ihn unauffällig, diesen untersetzten Mann mit eisgrauem Bart, dem sie nur mit Mühe in die Augen sehen konnte. Augen, die Wilhelms Augen waren, wie ihr jetzt erst aufging. Auch dort das Grau eines Winterhimmels, eines Himmels allerdings, von dem die Wolken nie wieder vollständig weichen würden. Augen, die nun von neuem unverwandt den Grabstein anschauten: *Leonor*. Eleonora Maria Leuschenthal. Theresas Anwesenheit schien er beinahe vergessen zu haben.

Leonor war gestorben, dachte sie. Sie war gestorben, weil sie sein Kind trug, und bis zum Tag seines eigenen Todes würde er sich die Schuld dafür anlasten. War es da ein Wunder, dass er so lange gezögert hatte, sich zu vermählen?

Und doch hatte sich der Gutsherr der Wahrheit nicht für alle Zeit verschließen können. Eine nach der anderen waren die Seitenlinien des Grafenhauses erloschen, und irgendwann musste ihm klar geworden sein, was das bedeutete. Dass es keinen Hardenstein mehr gab, der ihm auf Hohensandau hätte nachfolgen können. Was nach seinem eigenen Tod geschehen würde, war damit vorgezeichnet: Der Gutshof würde an die Krone fallen. Die Landwirtschaft, vielleicht sogar das Gestüt würden fortbestehen, doch die Diener im Herrenhaus, die Mägde: Sie alle würden dann ihre Heimat verlieren, und wie hätte er das zulassen können, er, ein Mann von Adel. Auch die Männer und Frauen des Gesindes hatte er schützen müssen, ganz gleich, was sein eigenes Herz ihm befahl. Eine Ehe, einen anderen Weg hatte es nicht gegeben, das Grafengeschlecht am Leben zu erhalten.

Und dennoch war das noch nicht alles. Ferdinand von Hardenstein war kein Mann, der sich selbst etwas vorlog und sich einredete, dass einzig und allein sein Pflichtgefühl sein Handeln leitete, wo etwas ganz anderes im Spiel war. Und es war unübersehbar, wie sehr er die Gräfin liebte. Wie schwer musste es ihm gefallen sein, sich nicht allein eine Ehe, sondern überdies eine neue *Liebe* zu erlauben?

Ein Mann, der erlebt hat, was dieser Mann erlebt hat. Der jeden Tag leben muss mit dieser Schuld, von der ihn niemand wird freisprechen können. Und der am Ende doch noch gelernt hat, von neuem zu lieben.

Thyra von Hardenstein: Wie sehr muss er diese Frau lieben? Wie schwer muss es ihm gefallen sein, sie gehen zu lassen, nun, da sie sein Kind trägt?

Wohldenbach
Sommer 1866

»Wie auf Euren eigenen Augapfel werdet Ihr auf Eure Fracht
achtgeben!«, wies Friedrich Strehlow den Anführer der Eskorte
an. »Sobald Ihr fern am Horizont auch nur den Umriss eines
Fuhrwerks entdeckt, werdet Ihr der Kutsche den Befehl zum
Halt geben! Und Euren Männern ebenso für den Fall der Fälle.
Die königlichen Straßen sind breit genug, dass zwei Gespanne
einander passieren können. So heißt es zumindest«, fügte er
düster hinzu. »Doch darauf werdet Ihr Euch nicht verlassen.
Ihr geht nicht den Hauch eines Risikos ein! In aller Ruhe werdet Ihr abwarten, bis das andere Gefährt vorüber ist!«

Wilhelm nickte stumm. Wahrscheinlicher erschien ihm, dass
der entgegenkommende Verkehr den Rand der Piste ansteuern
würde, um das gräfliche Gespann passieren zu lassen. Schließlich war die Karosse wahrhaft gewaltig, selbst für ein herrschaftliches Gefährt: ein stolzer Vierspänner, der mehr als ein
halbes Dutzend Fahrgäste hätte beherbergen können. Die Fenster ließen sich mit schweren Vorhängen verschließen, so dass
weder Fahrtwind noch Straßenstaub ins Innere gelangten. Die
Radachsen lagerten auf einer weichen Federung, um zu verhindern, dass die Insassen durchgeschüttelt wurden, wenn das
Gespann einen unbefestigten Straßenabschnitt passierte. Und
auf dem Dach war mehr als ausreichend Platz für die *Fracht*.

Es handelte sich um ein Überraschungsgeschenk, wie Wilhelm erfahren hatte. Ein Geschenk, von dem die Gräfin bis zu diesem Morgen nichts geahnt hatte – bis die dienstbaren Geister ihres Vaters es in sorgfältiger Polsterung auf dem Kutschdach verstaut hatten. Tassen und Teller, Milchkännchen und Zuckerdöschen, Saucieren, Eierbecher, Fingerschälchen: einhundertachtundsechzig Teile insgesamt. Und die Wandung eines jeden einzelnen Stückes schmückten die Buchstaben S und H, die sich in ihrem verwirrenden Rankenmuster wie Liebende umeinanderschlangen. Vom morgendlichen Kaffee bis zum abendlichen Schlaftrunk würde die Marke der Strehlow von Hardenstein'schen Werke von nun an in den herrschaftlichen Gemächern auf Hohensandau gegenwärtig sein.

Thyra von Hardensteins Eskorte war eben dabei, sich im Hof um die Kutsche zu sammeln. Es waren wackere Männer, die nach den Maßstäben eines Gutshofs durchaus wichtige Aufgaben versahen. Aus genau diesem Grund musste Ferdinand von Hardenstein sie ausgewählt haben, vermutete Wilhelm, als er auf der Suche gewesen war nach Männern für einen irgendwie standesgemäßen Geleitzug, der die Kutsche mit seiner Gemahlin begleiten würde. Was nichts daran änderte, dass sie Gutsbedienstete blieben, biedere Knechte aus Hohensandau, sowenig man ihnen das auf den ersten Blick auch ansah in ihren dunklen Reitmänteln, deren Knöpfe das Greifenwappen der Hardensteins zierte. Tatsächlich machten sie auf den Pferden auch eine passable Figur, und Wilhelm hatte sich entschlossen, den bedauernden Ausdruck in diesem oder jenem Gesicht nicht weiter zur Kenntnis zu nehmen. Seit dem Tag ihrer Ankunft hatten diese Männer wochenlang Zeit gehabt, die Tavernen von Wohldenbach zu erforschen, was sie weidlich ausgenutzt hatten. Er selbst hatte währenddessen begonnen, sich den Kopf über Werken zum Wesen des weißen Goldes zu zermartern, hatte über Leitfäden zur Führung einer industriellen Fertigungsstätte gebrütet, allesamt Bücher, die Thyra in der Bibliothek ihres Vaters für ihn ausgewählt hatte. In zwei mächtigen Satteltaschen lagen sie nun über der Kruppe seines Reittiers, eines Braunen aus der Zucht von Hohensandau.

»Jede noch so geringe Erschütterung werdet Ihr vermeiden!«, schärfte der Vater der Gräfin ihm nochmals ein und musterte skeptisch die Kutsche. »Ich muss kaum betonen, dass ich mein ganzes Vertrauen in Euch setze.«

Nein, das war nicht notwendig. Und selbst wenn der alte Mann es nicht aussprach: Natürlich hatte er nicht allein den Schatz aus Porzellan im Kopf. Bei aller Verehrung, die man in seiner Familie dem weißen Gold auch entgegenbrachte.

Thyra hatte bereits gemeinsam mit ihrer Zofe auf den Polstern im Innern der Kutsche Platz genommen. Inzwischen hätte keine Schnürung der Welt mehr darüber hinwegtäuschen können, dass der Tag der Geburt heranrückte. Die Zeit zum Aufbruch drängte. Beinahe eine volle Woche war noch einmal ins Land gegangen seit dem Besuch in der Porzellanfabrik. Und das Datum, das der Physicus berechnet hatte, rückte näher und näher.

»Ihr solltet Euch jetzt auf den Weg machen«, murmelte Strehlow schließlich und warf einen Blick zum Himmel. »Das schöne Wetter wird nicht mehr lange anhalten. In den Bergen kann die Witterung ohne jede Vorwarnung umschlagen, und Ihr werdet mehr als ein Gebirge zu überwinden haben auf Eurer Reise. Und seht in Gottes Namen zu, dass Ihr diesem vermaledeiten Krieg aus dem Weg geht! Dass die Westarmee so schnell den Sieg davongetragen hat, bedeutet überhaupt nichts. Die Kräfte ihrer Gegner waren schwach und zersplittert. Im

Osten wird die Entscheidung fallen, zwischen der Armee des Kronprinzen und den Österreichern selbst, sobald sich eine der beiden Seiten zum Vormarsch entschließt.« Er atmete tief durch. »Und im Osten liegt Hohensandau. – Ihr werdet Euch umhören, Wilhelm Leuschenthal! Über den Fortgang des Krieges. Über ... über jedes Gerücht, das darauf hindeutet, dass die Österreicher ihre Stellungen verlassen haben.«

»Das werde ich«, versprach Wilhelm. Er versuchte ein Lächeln: aufmunternd, nur nicht zu forsch für einen Pferdeknecht gegenüber dem Vater seiner Dienstherrin. »Und sobald mir ein solches Gerücht zu Ohren kommt, werden wir einen sicheren Ort aufsuchen, wo immer wir uns auch gerade befinden. Ihr solltet nicht zu sehr in Sorge sein. Wenn wir derselben Route folgen wie auf der Hinreise, wird sie uns fast ausschließlich durch alte preußische Provinzen führen. Selbst das Gebiet unserer eigenen Verbündeten werden wir höchstens hin und wieder berühren.«

»Soweit ihnen zu trauen ist«, sagte Strehlow noch einmal finsterer. »Und die Grenze zu den Sachsen ist nahe auf dieser Route, die sich an der Seite der Österreicher den größten Gewinn aus diesem Krieg versprechen. Ja, sogar die Grenze zu den böhmischen Kronlanden der Österreicher selbst liegt nicht in weiter Ferne. Falls es Eure Gewohnheit ist, am Abend ein Gebet zu sprechen, könnte es sich als sinnvoll erweisen, das in Eure Bitten einzuschließen: dass sie sich Zeit lassen mit ihrem Krieg, bis Ihr wohlbehalten auf dem Gutshof eingetroffen seid.« Er trat einen halben Schritt zur Seite und hob die linke Hand zum Gruß, jene Hand, die ihm noch zuverlässig gehorchte.

Möglich, dass es diese so alltägliche Geste war, die den mächtigen Inhaber der Strehlow'schen Werke binnen Sekunden wieder zu einem kleinen, alten, kranken Mann schrumpfen ließ, der nicht recht in der Lage war, der Sorge Ausdruck zu verleihen, die in Wahrheit auf seinem Herzen lastete. Reglos schaute er dem Gefährt mit seiner einzigen Tochter nach, als der Kutscher den Zugtieren nun das Zeichen zum Aufbruch gab. Ein kleiner, alter Mann, umgeben von seinen Dienern und den Mägden seines Hauses, die der Gräfin zum Abschied mit ihren Küchentüchern winkten. Mit einem schneeweißen Taschentuch erwiderte Thyra den Gruß an ihren Vater und sein Gesinde.

Doch sie wirkte müde an diesem Morgen, dachte Wilhelm, als er der Kutsche hinaus auf die Straße folgte, um dort seinen Platz an der Spitze der Eskorte einzunehmen. *Dabei hat die Reise noch gar nicht begonnen.* Und sie würden nun mehr als eine Woche auf den Chausseen quer durch das Königreich zubringen müssen.

Dumpf hallte das Klappern der Kutschräder von den Häuserfassaden wider. Kinder liefen auf der Straße zusammen und bestaunten das herrschaftliche Gespann, zeigten mit dem Finger auf das gräfliche Wappen, das in Blattgold das kostbare Holz der Kutsche zierte. Bis an die Tore der Stadt folgte ihnen der Strom der Bewunderer, blieb erst zurück, als die uniformierten Posten der Reisegruppe den Weg freigaben. Wilhelm entging nicht, dass sich die Zahl dieser Posten gegenüber dem Tag ihrer Ankunft verdoppelt hatte. Er fröstelte. Der Krieg war wahrhaftig nahe.

Und doch: Als sie einmal auf der freien Landstraße unterwegs waren, wirkte alles ruhig und friedlich. Selbst Strehlows düstere Vorhersagen über einen Umschlag der Witterung schienen sich nicht zu bewahrheiten. Unter einem freundlichen Himmel folgten die Reisenden der königlichen Chaussee, die zwischen bewaldeten Höhen dem offenen Land entgegenführte. Wenn ihnen tatsächlich ein Fuhrwerk begegnete, erwies es sich als überflüssig, am Straßenrand abzuwarten, bis der entgegenkommende Verkehr vorüber war. In der Straßenmitte blieb zu jedem Zeitpunkt mindestens ein halber Meter freien Pflasters.

Und doch hielt Wilhelm aufmerksam die Augen offen. *Vertrauen.* Ferdinand von Hardenstein hatte sein Vertrauen in Wilhelm gesetzt, und der Vater der Gräfin nun ebenso. Nein, Wilhelm war sich noch nicht sicher, was er von dem Angebot halten sollte, auf das der Besuch in den Strehlow'schen Werkstätten hinausgelaufen war. Bereits die Würde des Gutsverwalters würde eine Herausforderung bedeuten, und doch hatte er beinahe schon begonnen, sich mit dem Gedanken anzufreunden. Schließlich hatte er sein gesamtes Leben auf dem Gutshof verbracht, und den Inhalt des *Handbuchs* hätte er nach und nach für sich übersetzen können. Aber eine Position in der künftigen Porzellanfabrik? Eine Position von einer solchen Bedeutung? Auch sie würde ein eigenes Heim für seine kleine Familie mit sich bringen, ein Heim auf Hohensandau, wenn in einer solchen Nähe die neue Fabrik entstand. Doch es war zu früh für eine Entscheidung von einer solchen Tragweite, solange er nicht mit Theresa gesprochen hatte, die die Veränderung genauso betreffen würde wie ihn selbst. Noch hatte er ihr nichts berichtet von dem, was unter Umständen auf sie beide und die kleine Familie zukam. Er wollte ihr in die Augen sehen, wenn er ihr die mögliche Zukunft enthüllte.

Acht Tage. So lange hatten sie auf der Hinreise gebraucht, um den Weg nach Wohldenbach zurückzulegen. Acht Tage, und er würde seine Ehefrau und seinen kleinen Sohn wieder in die Arme schließen. In seinem letzten Brief hatte er die bevorstehende Abreise angekündigt, war sich allerdings nicht sicher, wie zuverlässig die Post noch befördert wurde in Zeiten des Krieges. Wilhelm ertappte sich bei einem stillen Lächeln, als er sich vorstellte, wie Theresa vielleicht gerade im Küchengarten bei der Arbeit sein würde, wenn sie eintrafen. Wie sie die Hände vor den Mund schlagen würde, wenn er an der Spitze der Eskorte in die Zufahrt ritt.

Er würde seine Aufgabe erfüllen. Er würde Thyra von Hardenstein nach Hause bringen, so schnell und so sicher wie möglich.

Mit jedem Tag stellte er fest, wie er in seine Aufgabe hineinwuchs. An den Abenden musste er für ein angemessenes Quartier sorgen. Auf der Hinreise hatte er sich die Abfolge der Ortschaften eingeprägt, überdies aber hatte Ferdinand von Hardenstein ihm eine Reihe von Landkarten übergeben, die schon er selbst von Rechts wegen überhaupt nicht hätte besitzen dürfen, wie er Wilhelm anvertraut hatte. Schließlich sei er gegenwärtig nicht mehr als ein Offizier der Reserve. Immerhin war es Wilhelm auf diese Weise möglich abzuschätzen, in welchem Ort er sich rechtzeitig vor Einbruch der Dunkelheit nach einer Unterkunft umsehen musste. Mittlerweile besaß er bereits eine gewisse Übung darin, mit den Wirten zu verhandeln – behagliche Zimmer für die Gräfin und ihre Zofe, warme Plätze in den Ställen für ihn selbst und die Männer der Eskorte.

Jeden Morgen bemühte er sich, zumindest einige kurze Worte mit Thyra zu wechseln, ebenso während der Mittagsrast, und am Abend noch einmal, wenn es sich irgendwie einrichten ließ. Unter den Augen und Ohren ihrer Begleiter war keine Unterhaltung wie an jenem Abend in der Bibliothek möglich, aber wenigstens konnte er sich so davon überzeugen, dass es ihr gut ging, soweit die Umstände das zuließen.

Zum Abend wirkte sie zunehmend stiller, erschöpft von der Reise, da Wilhelm den Tag über nur selten eine Rast erlaubte. Wenn sie tatsächlich einmal anhielten, nutzte er den Aufenthalt, um sich in den Kutschstationen und Siedlungen am Wege über den Verlauf des Krieges umzuhören. Die Dörfer summten wie Bienenstöcke vor Gerüchten und Vermutungen, und jeder Mensch schien seine Worte loswerden zu wollen über die ungewisse Situation. Offenbar hatten die Menschen vor allen Dingen *Angst*. Die österreichische Armee galt als eine der stärksten des Kontinents. Die Grenze war nicht fern in dieser Gegend, wie der Vater der Gräfin völlig zu Recht angemerkt hatte. Und es war bekannt, dass der Kronprinz und sein königlicher Vater die preußischen Armeen aufgeteilt hatten, um die Gebirgspässe im Osten zu sichern und gleichzeitig im Westen gegen die schwächeren Verbände von Österreichs Verbündeten losschlagen zu können. Was, wenn die Österreicher selbst sich genau das zunutze machten und überraschend in der Mitte zum Angriff übergingen, wo derzeit ihr letzter und stärkster Verbündeter, der König von Sachsen, die Stellung hielt? *Dann würden sie genau in diese Richtung marschieren*, dachte Wilhelm. *Und wir würden ihnen direkt in die Arme laufen.* Die Österreicher würden entzückt sein, wenn sie das Wappen des einflussreichen Grafen Hardenstein auf der Kutsche erblickten, die ihnen so unverhofft in die Hände fiel.

Gewiss war all das unwahrscheinlich. Wahrscheinlicher würden ihre Widersacher in der Sicherheit ihrer Stellungen verharren, zumal ihre Verbündeten im Westen doch schon geschlagen waren. Aber so rechtschaffen müde sich Wilhelm an den Abenden auch fühlte nach einem langen Tag im Sattel: Es fiel ihm schwer, in den Schlaf zu finden. Und selbst wenn es ihm am Ende gelang, die Augen zu schließen, kam es immer wieder vor, dass er plötzlich hochschreckte, in die Nacht hineinhorchte, nach Säbelklirren und fernem Kanonendonner lauschte. Doch da war nichts, nichts als das Schnarchen der Männer seiner Eskorte.

Am dritten Tag erreichten die Reisenden offenes Gelände. Beinahe schnurgerade zog sich die Chaussee nun den nächsten, noch fernen Gipfeln entgegen, gesäumt vom vollen Laub der Alleebäume, das in der Sommerwärme allmählich verstaubte. Unverwandt richtete Wilhelm seinen Blick auf die blauen Schatten der Berge am Horizont. Er war sich bewusst, dass ihnen dort der schwierigste und gefährlichste Abschnitt der Reise bevorstand. Dennoch war er entschlossen, auf dem ebenen Grund so schnell wie möglich voranzukommen. Am Mittag erreichten sie ein freundliches, ummauertes Städtchen, doch mehr als eine halbe Stunde Rast auf dem Marktplatz wollte er den Reitern und den Damen in der Kutsche nicht gewähren.

Thyra und ihre Begleiterin beschlossen gleichwohl, sich auf dem belebten Platz die Füße zu vertreten. Während Wilhelm den Sitz der Verschnürung auf dem Kutschdach prüfte, beobachtete er aus dem Augenwinkel, wie die beiden Damen und die Männer der Eskorte ein Gasthaus ansteuerten. Gewiss nicht allein in der Absicht, einen raschen Imbiss einzunehmen, dachte er. Wann immer die Kutsche Halt machte, bestand die erste Handlung der Zofe darin, ein Stück von der Straße entfernt den Porzellantopf zu entleeren, der den Damen während der Fahrt für ihre Notdurft zur Verfügung stand. Zumal für eine Schwangere waren die Einrichtungen im Hof eines Gasthauses mit Sicherheit vorzuziehen.

»Wil ... Wilhelm?«

Er wandte sich um. Die Gräfin selbst eilte wieder heran,

quer über den Platz, die Röcke gerafft in beinahe schon unziemlicher Weise. Ihre Gesellschafterin und die beiden Männer der Eskorte folgten auf dem Fuße, doch für sie hatte Wilhelm keine Augen. Auf der Stelle erkannte er die Blässe in Thyras Gesicht, das hektische Rot auf ihren Wangen. Hastig kletterte er am Heck der Kutsche hinab, wo eine Folge von Trittflächen den Auf- und Abstieg erleichterte.

»Eure Herrschaft?« Sein Blick wies die Knechte an zurückzubleiben. »Ist Euch nicht wohl, Eure Herrschaft?«, fragte er leise.

»Ich ...« Sie schüttelte den Kopf. »Mir geht es gut, aber die Leute im Gasthaus ...« Sie atmete heftig. »Es hat begonnen«, flüsterte sie und, eilig angefügt angesichts seiner Miene: »Nein ... Nein, nicht die ... Nicht das Kind. – Der Krieg. Er hat auch im Osten begonnen. *Weit* im Osten. Die Österreicher marschieren auf die Grenze zu, aber noch viel weiter östlich, als alle vermutet haben. Weit jenseits von Hohensandau, wenn die Armee des Kronprinzen ihnen dort entgegentreten sollte. Das könnte bedeuten ...«

»Dann könnten wir wahrhaftig Glück haben«, murmelte Wilhelm. Sein Herz hatte sich überschlagen – und eine Sekunde lang hatte er vergessen, dass es ihre Herrschaft war, die er mitten im Satz unterbrach. Mit einem Nicken deutete er eine Entschuldigung an, sprach aber eilig weiter. »Dann wäre der Weg für uns frei. Wenn die Entscheidung so weit im Osten fällt, sind die Armeen der Österreicher dort gebunden. Dann ist es zu spät für sie, hier in der Mitte einen Vorstoß zu unternehmen, und uns würde der Krieg überhaupt nicht berühren, bis die Streitkräfte im Osten aufeinanderstoßen und die Schlacht geschlagen ist. Es sei denn ...«

Fragend sah sie ihn an.

Er zögerte. »Wann sind die Österreicher aufgebrochen?«, fragte er. »Weiß man das?«

Die Gräfin schien einen Augenblick nachzudenken. »Gestern«, sagte sie schließlich. »Oder vorgestern. Beides wird erzählt. Aber dass sie aufgebrochen sind, steht fest.«

»Dann wird man es am selben Tag auch bei unserer Armee im Westen erfahren haben«, murmelte er nachdenklich. »Gestern oder vorgestern also. Im Zeitalter des Telegraphen gibt es keine Verzögerungen mehr bei der Übermittlung von Nachrichten, und mit Sicherheit hat der Kronprinz Männer in den böhmischen Kronlanden, die heimlich an ihn und seinen Kriegsrat berichten. Und er wird diese Nachrichten weitergeben an die Armee im Westen. – Und jetzt müssen wir *rechnen*, Eure Herrschaft: Der Kampf im Westen ist entschieden, die Armeeeinheiten dort stehen frei, und man wird nun einen Versuch unternehmen, die Österreicher in die Zange zu nehmen. Zu dieser Stunde wird die Westarmee bereits aufgebrochen sein. Sie wird das Gebiet durchqueren müssen, das sie in den letzten Wochen in ihre Hand bringen konnte, und anschließend das Königreich Sachsen, das sie zur Stunde noch nicht unterworfen hat – und dann müssen die Truppen über die Berge. Genau über jene Berge, die auch wir als Nächstes passieren müssen. Und davor müssen wir uns in Acht nehmen. Wenn wir dort auf sie treffen oder sie auf uns …«

»Aber diese Soldaten sind Preußen«, wandte Thyra ein. »Was hätten wir von ihnen zu fürchten? Es sind unsere eigenen Männer.«

»Ja.« Wilhelm nickte, schüttelte dann aber den Kopf. »Oder nein. – Ja, gewiss sind sie Preußen. Sie stehen auf unserer Seite, und uns droht keine Gefahr von ihnen. Doch Tausende und Abertausende von Fußsoldaten, von Reitern mit ihren Pferden, von Artillerie, die sie in ihrem Gefolge führen: Die Passstraßen sind viel schmaler als die Chausseen hier im flachen Land und in den Wohldenbacher Bergen. Wo immer wir auf sie stoßen würden: Wir müssten ihnen die Straße freigeben. Es gibt dort nur eine Hand voll Straßen, die die Kutsche überhaupt befahren kann. Sobald wir die Chaussee verlassen müssten, könnten wir weder vor noch zurück. Wir wären gefangen, mitten in der Wildnis womöglich. Und bis ein so großes Aufgebot das Gebirge passiert hätte ...«

Wilhelm vollendete den Satz nicht. Er sah, wie sie die Hand auf ihren Leib legte.

»Doch ich kann mir nicht vorstellen, dass sie so schnell sein werden«, sagte er rasch. »Die Entfernung wäre innerhalb von drei oder vier Tagen zu bewältigen, doch es ist undenkbar, dass sie vor uns auf der Passstraße eintreffen, solange die stärksten Verbündeten der Österreicher zwischen ihnen und dem Gebirge stehen: die Sachsen. Ihnen wird die Armee sich zuerst stellen müssen. Es gibt keinen anderen Weg für sie. Und das wird uns Zeit verschaffen. – Es kann gelingen«, setzte er hinzu. »Wenn wir schnell sind. Wenn wir in den nächsten beiden Tagen das Gebirge überwinden, können wir zwischen der Armee aus dem Westen und den Österreichern hindurchschlüpfen. Wenn wir ... wenn wir uns dazu entschließen.«

»Wir hätten eine andere Möglichkeit?«

Er holte Atem. »Wir könnten versuchen, das Gebirge in einem weiten Bogen zu umfahren«, erklärte er. »Auch dann würden wir auf die Armee stoßen, hätten aber die Möglichkeit auf andere Wege auszuweichen. – Sehr langsam und vorsichtig.« Mit einem Blick auf die verschnürte Fracht. Auch um nicht auf ihren Leib zu blicken.

»Wie lange würden wir auf diesem neuen Weg brauchen?«

Er schüttelte den Kopf. »Zu lange, als dass wir vor dem Tag, den der Physicus errechnet hat, in Hohensandau sein könnten. – Doch die Ebene ist fruchtbares Land und dicht besiedelt. In jeder Stadt gibt es Ärzte und kundige Frauen, die Euch beistehen können, wenn das Kind kommt. Wir könnten sogar hierbleiben, hier in der Stadt.« Mit einer Handbewegung wies er auf den belebten Marktplatz, an dessen Fronten mehrere gepflegte Gasthöfe sichtbar waren. »Ihr könntet das Kind ungestört zur Welt bringen, und dann, wenn der ganze Spuk vorüber ist, könnten wir in aller Ruhe das letzte Stück nach Hohensandau zurücklegen, auf welcher Route es uns auch in den Sinn kommt.«

Sie sah ihn ernst an. Die hektischen Flecken auf ihren Wangen waren verschwunden, die Blässe aber war geblieben. »Dann ist es Eure Entscheidung«, sagte sie ruhig und ohne ihn aus den Augen zu lassen. »Ihr seid es, den mein Gemahl zum Anführer der Eskorte bestimmt hat, und daran hat sich nichts geändert. Ihr kennt den Wunsch seiner Herrschaft: dass der Erbe von Hohensandau auf dem Gutshof zur Welt kommt. Und das ist auch mein Wunsch, wenn es denn möglich ist. Ob die neue Situation eine Veränderung bedeutet, das kann ich nicht beurteilen. Niemand, auch ich nicht, kann Euch diese Entscheidung von den Schultern nehmen, Wilhelm Leuschenthal. Wenn Ihr der Überzeugung seid, dass die Gefahr unter diesen Umständen zu groß ist... Wie Ihr auch entscheidet: Ich werde keinen Widerspruch erheben.«

»Ich...« Er zögerte. Sein Blick ging nach Osten, wo die Berge hinter einem doppeltürmigen Kirchenbau verschwanden, dann nach Norden und Westen: Irgendwo aus dieser Richtung näherte sich in der Ferne die preußische Westarmee, die aber zunächst mit den Sachsen fertigwerden musste. Er musste sich schnell entscheiden, gleichzeitig musste er sämtliche Faktoren einbeziehen: das Marschtempo der preußischen Armee, das Gelände, das sie würde durchqueren müssen, vor allem aber den Widerstand, der von den Sachsen zu erwarten war. Am Ende, gewiss, würden sie unterliegen, doch schließlich schützten sie mit ihren Waffen ihre eigene Heimat und würden heftige Gegenwehr leisten. Auf der anderen Seite wiederum musste er die Geschwindigkeit in Rechnung stellen, mit der die Eskorte selbst vorankommen würde mit der schweren Karosse im Gefolge.

Einen Gedanken nur drängte er beinahe mit Gewalt beiseite: Was die Entscheidung für ihn selbst bedeuten würde, wenn sie entweder hierblieben oder den Umweg um die Berge herum auf sich nahmen, um dann abzuwarten, bis Thyra ihr Kind zur Welt gebracht hatte und imstande sein würde, die Weiterreise anzutreten. Denn dann würde es noch länger dauern, bis er wieder bei Theresa und dem kleinen Joachim war. Wahrscheinlich würde er damit nicht an der Seite seiner Ehefrau sein, wenn sein eigenes Kind zur Welt kam, seine kleine Tochter, wie Theresa vermutete. Doch das durfte keine Rolle spielen. *Vertrauen.* Wie hätte Ferdinand von Hardenstein entschieden, wäre er jetzt an Wilhelms Stelle gewesen?

Er biss sich auf die Unterlippe. »Die Berge«, sagte er. »Der Erbe von Hohensandau soll seine ersten Atemzüge auf dem Gutshof tun, wie es Euer und seiner Herrschaft Wunsch ist.«

Thyra neigte das Haupt. Eine Geste zu ihrer Zofe, und schon war sie auf dem Weg zur Kutsche. Erst am Einstieg stützte sie sich auf den Arm ihrer Begleiterin. »Dann sind wir bereit«, sagte sie. »Sobald Eure Männer bereit sind.«

Binnen Minuten saßen sie wieder im Sattel, und Wilhelm führte den Zug zum östlichen Tor des Städtchens hinaus. Sie mussten schneller sein als auf der Hinreise. Schneller als in den Tagen seit dem Aufbruch aus Wohldenbach. Noch zu Beginn ihrer Rast hatte er die Möglichkeit ausgeschlossen, den Fuß der Berge schon an diesem Abend zu erreichen. Nun bestand genau darin seine Absicht, während er die Eskorte unermüdlich vorantrieb und die Gipfel sich deutlicher und deutlicher aus dem Dunst schälten. Als sich die letzten Strahlen der Sonne schließlich in einem düsteren Rot auf die Flanken der steinernen Riesen legten, ritten sie in die Siedlung hinein, die er als Quartier ausersehen hatte.

Es war eine bescheidenere Unterkunft als in den Tagen zuvor, und die Nacht war kürzer. Mit dem ersten Licht brachen sie schon wieder auf, folgten dem Lauf der Chaussee, die sich am Flussufer höher und höher emporwand in eine steinerne Welt. Wilhelms Finger umklammerten die Zügel seines Braunen. *Die Kutsche*, dachte er und blickte über die Schulter zurück. Das schwere Gespann hatte die größten Schwierigkeiten mit der ansteigenden Route. An ihm musste der Zug sich orientieren. Er glaubte zu erkennen, wie dem Mann auf dem Kutschbock der Schweiß auf der Stirn stand, während er die Zugtiere vorantrieb.

Ein einziges Mal begegneten ihnen an diesem Tag Fuhrwerke, die sich auf dem Weg in die Gegenrichtung befanden. Schon aber waren die Straßen um einiges schmaler als zuvor, und diesmal ließ Wilhelm seinen Zug an einer günstigen Stelle Halt machen, um die schwerfälligen, mit Erz beladenen Karren passieren zu lassen. Die Berge waren eine bitterarme Gegend, dünn besiedelt von jeher. Zugleich aber schätzten die Menschen hier ihre besonderen Freiheiten mehr als alles andere – die Freiheiten, die sie sich erkämpft hatten und mit jedem Tag von neuem erkämpften, wenn sie in ihre finsteren Stollen stiegen, um die Reichtümer der Tiefe ans Tageslicht zu befördern. Denn daran waren die uralten Rechte und Privilegien der Bergleute geknüpft, die allein dem König untertan waren. Er sah die zerfurchten Gesichter der Männer, die den Transport begleiteten und vermutlich froh waren, dass sie an diesem Tag nicht in ihre Schächte und Gruben einfahren mussten. Ein beklemmendes Dasein, dachte er, immer von neuem in der Dunkelheit unter Tage gefangen zu sein, begraben unter Tonnen und Abertonnen von Gestein.

Als sie am Abend endlich an der Herberge auf der Passhöhe Halt machten, stellte er fest, dass zwei ihrer Zugtiere lahmten. Sie führten genau zwei Ersatzpferde mit, die allerdings noch nicht so gut daran gewöhnt waren, in der Deichsel zu laufen. Der Kutscher würde von nun an zu noch größerer Vorsicht gezwungen sein. Wilhelm rang dem Wirt das beste Zimmer für Thyra und ihre Begleiterin ab, indem er all seine Überredungskünste aufbot und einen erheblichen Teil der Münzen dazulegte, die Ferdinand von Hardenstein ihm mit auf den Weg gegeben hatte. Es handelte sich um die Schlafkammer des Wirtspaares selbst. Dass selbst sie den Ansprüchen, die eine schwangere Gräfin stellen konnte, kaum genügen würde, verstand sich von allein. Und doch wusste er, dass Thyra keine Klage erheben würde.

Mit dem ersten Tageslicht waren sie wieder auf dem Weg, noch langsamer als zuvor. Der entscheidende Wegpunkt war noch eine halbe Tagesreise entfernt, wenn Wilhelm die Karten richtig gedeutet hatte: eine Gabelung der Chaussee, an der es rechter Hand auf die österreichische Seite der Berge hinabging. Das war jener Weg, den die preußische Westarmee nehmen würde, wenn sie die Aufgebote des sächsischen Königs niedergekämpft hatte. Die Reisenden aus Hohensandau, den

Bewaffneten mehrere Tage voraus, würden an derselben Stelle den Weg zur Linken einschlagen müssen, über eine endlose Reihe von Serpentinen hinab in eine Stadt mit Namen Altwasser am Rande des ebenen Landes, einer Gegend, die fast schon zur heimatlichen Provinz gehörte. Dort würden sie sicher sein. Und von dort aus war Hohensandau in zwei weiteren Tagen zu erreichen.

Wilhelm wusste, dass er keine Ruhe finden würde, bis sie nicht zumindest diese Weggabelung erreicht hatten. Und doch ging es einstweilen noch nicht einmal abwärts. Die Straße schlängelte sich auf Saumpfaden an den Hängen der höher aufragenden Gipfel entlang. Ein Stück voran war jetzt eine der weit verstreuten ärmlichen Siedlungen zu erkennen, die die Straße hin und wieder berührten.

»Wilhelm!«

Einer seiner Männer trieb sein Pferd nach vorn, schloss zu Wilhelm auf. Gerbert, ein Kahlkopf, der als einer von wenigen unter seinen Begleitern nicht zu den Knechten auf den Pferdekoppeln gehörte, sondern daheim auf Hohensandau als Vorarbeiter bei einer Schar der gräflichen Holzfäller seinen Dienst versah. Hier draußen war er Wilhelms Führung unterstellt wie alle anderen Gutsknechte auch. Sorgfältig gab Gerbert acht, dem Abgrund nicht zu nahe zu kommen, der zu ihrer Rechten gähnte, nur wenige Fußbreit vom Rand der Pflasterung entfernt. Jetzt nickte er über die Schulter, dass Wilhelm einen Moment lang Sorge überkam, es könnte etwas mit Thyra sein.

Doch Gerbert wies nicht auf die Kutsche. Er wies auf einen Abschnitt des Weges eine halbe Meile in ihrem Rücken, wo die Straße aus einem Hohlweg kam.

Sie war nicht leer. Menschen bewegten sich dort, Menschen zu Pferde, Seite an Seite in doppelten Reihen, die Uniformröcke in einer Schattierung von blau. Preußische Uniformen, die Reittiere in martialischem Tritt, die gesamte Kolonne starrend von Säbeln und Zündnadelgewehren. Die Reiter bewegten sich in dieselbe Richtung, in die auch der Weg des Zugs aus Hohensandau führte. Es war keine Frage, dass sie die schwere Kutsche und ihre Begleiter in kürzester Zeit einholen und die Reisenden gezwungen sein würden, ihnen die Straße freizugeben. Wie erstarrt blickte Wilhelm auf das Bild, auf Dutzende von Reitern. Und er wusste, dass es noch mehr waren, weit mehr. *Eine ganze Armee*, dachte er. Und ihr Ziel war ebenfalls die Weggabelung, noch Stunden entfernt, an der die Straße hinab in die österreichischen Kronlande führte. Denn worum sollte es sich sonst handeln als um die preußische Westarmee, die sich auf dem Marsch befand, um gemeinsam mit der Armee des Kronprinzen die Österreicher in die Zange zu nehmen?

»Aber das ist unmöglich«, flüsterte Wilhelm. »Sie können unmöglich schon hier sein.« Er brach ab, schüttelte den Kopf. »Schneller!«, gab er Anweisung. »Wir müssen das Dorf erreichen. Dort ist die Straße breit genug, dass sie an uns vorbeikönnen.«

Er trieb den Braunen vorwärts. Seine Gedanken überschlugen sich, während das Pferd voranstürmte, verwischte Flecken von Grün und Grau vorüberhuschten und er schließlich in die Siedlung sprengte. Kein Mensch war hier zu sehen, und den Grund glaubte er zu ahnen: die Einberufungen. Auch auf Hohensandau waren Schreiben eingetroffen, an jene Knechte gerichtet, die ihre Ausbildung beim preußischen Militär absolviert hatten. Schreiben, die die Männer zu den Waffen riefen, nun, da die Stunde des Krieges gekommen war. Und dort auf dem Gutshof hatten sich die Betreffenden dann auch längst auf den Weg begeben. Die Bewohner dieses Bergdorfs dagegen mussten darauf gebaut haben, niemand würde sich die Mühe machen, sie in einer so abgelegenen Gegend aufzuspüren. Zwar nahte das Aufgebot nicht ihretwegen, doch welches Schicksal Deserteure erwartete, war allgemein bekannt. Wenn man sie nur zufällig entdeckte, bedeutete das keinen Unterschied.

Mit pochendem Herzen wartete Wilhelm, dass seine Begleiter zu ihm aufschlossen, brachte sein Pferd dann an das Fenster der Kutsche, um Thyra über die neue Situation zu unterrichten. Sie lauschte. Sie war blass, doch ihr Gesichtsausdruck blieb unverändert.

Einige knappe Worte nur, mit denen er den Gutsknechten Anweisung gab, bei der Karosse zu wachen, wo der winzige Dorfplatz gerade ausreichend Raum bot. Er selbst lenkte den Braunen an den Rand der Straße. Angespannt sah er den Reitern entgegen, der Armee aus dem Westen. Er musste sich keine Mühe geben, die Banner und Feldzeichen zu deuten. Er hatte sich in seinen Berechnungen getäuscht, wie auch immer es möglich war, dass er sich so hatte täuschen können. Wie lange würde es dauern, bis ein solches Aufgebot die schmale Straße passiert hatte? Was würde das für ihren Zug, für Thyra bedeuten?

Wilhelm zwang sich, nicht darüber nachzudenken. Er wusste, dass es noch viel schlimmer kommen konnte. Dem Militär kamen seit Verhängung des Kriegsrechts neue Befugnisse zu, und mit Sicherheit hatten die Einheiten aus dem Westen bereits Verluste erlitten – an Menschen und an Tieren. Was, wenn die Offiziere beschlossen, ihre Reihen mit den Männern seiner Eskorte zu füllen? Männern, die keine Schreiben des Militärs erhalten hatten und dennoch zumindest als Trossknechte Dienst leisten konnten, und zwar mit den Pferden aus der

Zucht von Hohensandau. Das wäre das Ende. Unmöglich, den Weg zu Fuß fortzusetzen angesichts von Thyras Zustand, und von Anfang an war Wilhelm bewusst gewesen, dass genau hier die größte Gefahr lauern würde, wenn der Krieg einmal offen ausbrach. Ferdinand von Hardenstein hatte ihm ein versiegeltes Schreiben mit auf den Weg gegeben, dazu die Anweisung, es dem kommandierenden Offizier auszuhändigen, falls es zu einer solchen Situation kommen sollte. Doch was konnte sein Vater geschrieben haben, das den Anführer einer Reiterschwadron daran hindern würde, die Hand auf die Männer und ihre Pferde zu legen?

Er rührte sich nicht, als die ersten Reihen in das Dorf fegten. Im Trab passierten die Rosse die Siedlung, dass der Straßenstaub aufwirbelte. Wie Donner hallte der Hufschlag in Wilhelms Ohren. Preußische Kavalleristen, Dragoner, wie er jetzt erkannte. Die Waffenröcke waren hellblau, die Koppel weiß. Auf dem Haupt trugen sie jene Helme mit aufgesetzter Spitze, die im Rest der Welt als Pickelhauben bekannt waren und die Vorstellung der Menschen vom preußischen Militär prägten.

Diese Männer waren die Nachfolger der stolzen Ritter vergangener Jahrhunderte, dachte Wilhelm. Voller Verachtung sahen sie auf alles herab, was keine Uniform trug. Und doch war da noch mehr in diesem Augenblick. Diese Einheiten hatten ihre ersten Schlachten bereits geschlagen. Hier klaffte ein hässlicher Riss in einem Uniformrock, mit grober Nadel geflickt, die Ränder dunkel von getrocknetem Blut, dort trug ein Reiter den Arm in einer Schlinge, einen verschmutzten Verband um die rechte Hand gewunden, während er die Zügel des Rosses mit der linken führte.

Finstere Gesichter. Kerzengerade aber hielten die Reiter sich im Sattel aufrecht, ihren Verletzungen zum Trotz. Dies waren Männer, die ihr gesamtes Leben dem Krieg geweiht hatten, erfahrene Berufssoldaten. Und die Kämpfe im Westen waren kaum mehr gewesen als ein Vorspiel, das der eigentlichen Entscheidung vorausging. Unter keinen Umständen würden sie diese Entscheidung von einem Feldbett im Lazarett aus verfolgen. Denn jetzt stand alles auf dem Spiel für die Aufgebote der verfeindeten Mächte. Jedes Manöver konnte über Sieg oder Niederlage entscheiden, über Leben oder Tod im Ringen um die Vorherrschaft im Herzen des Kontinents, das die Mächtigen ihren Völkern und Armeen aufgezwungen hatten. Und nun näherten sich die Bewaffneten der Grenze, hinter der im Herzen seiner böhmischen Kronlande ihr grimmigster Gegner lauerte.

Wilhelms Kehle war eng. *Der Krieg hat uns eingeholt.*

Jetzt entstand eine schmale Lücke im Zug, bevor eine Gruppe von Offizieren ins Dorf sprengte. Schulterklappen und Abzeichen an der Brust der Uniformen gaben Aufschluss über ihren Rang. In ihrem Rücken wurden bereits neue Reihen von Reitern sichtbar.

Einer der Offiziere wurde auf die Wartenden aufmerksam. Knapp richtete er das Wort an seinen Nebenmann und löste sich aus der Formation. Langsam hielt er auf Wilhelm zu: Ein Gesicht, aus dem Wachsamkeit sprach, umrahmt von Kinn- und Backenbart, die Haare unsichtbar unter dem schweren Helm, ein Monokel im linken Auge. Seine Rechte lag auf dem Griff eines mächtigen Säbels. Misstrauen trat auf seine Züge, als er die Kutsche mit dem gräflichen Wappen und die Gutsknechte musterte.

Wilhelm brachte seinen Braunen ein weiteres Stück nach vorn. »Wilhelm Leuschenthal von Gut Hohensandau«, erklärte er. »Wir geleiten die Gräfin Hardenstein zurück auf den Hof ihres Gemahls.«

Aus der Manteltasche brachte er den Brief seines Vaters zum Vorschein, beobachtete, wie der Uniformierte ihn mit einem Stirnrunzeln entgegennahm, das Schreiben öffnete, sich in die Lektüre vertiefte. Er schien sich Zeit zu nehmen, zog einige Male die Augenbrauen hoch, sagte aber kein Wort.

Bis er das Schreiben sinken ließ. »Bemerkenswert«, murmelte er. »Aber dann doch wieder durchaus – nachvollziehbar?« Es klang wie ein Vorschlag.

Wilhelm rührte sich nicht. Sein Vater hatte den Umschlag versiegelt. Er wusste nicht, was Ferdinand von Hardenstein geschrieben hatte.

Der Offizier hob die Schultern. »Euer Gutsherr berichtet, warum die Männer Eures Geleits ihrem Dienst für das Vaterland nicht nachkommen können«, erklärte er. »Zu dem sie, zugegeben, auch lediglich in der Landwehr verpflichtet wären und nicht als regulär ausgebildete Soldaten. Und als umsichtiger Mann hat er sich dies vom zuständigen Amtmann in der Provinzhauptstadt beurkunden lassen, der sämtliche Namen säuberlich aufgelistet und den kompletten Vorgang am Ende mit dem Amtsstempel bestätigt hat. Und zwar bereits im vergangenen Frühjahr, wie ich soeben feststelle. Mit einer bemerkenswerten Voraussicht und jedenfalls lange, bevor irgendjemand damit gerechnet hatte, dass ein Konflikt mit den Österreichern unmittelbar bevorstehen könnte.« Ein kurzer Blick, den Wilhelm nicht zu deuten wusste. »Selbst in der Armeeführung nicht. – Wobei die Landwehr bis heute nicht in allen Provinzen zum Dienst gerufen wurde. Und es steht zu bezweifeln, dass das überhaupt geschehen wird, solange die Kämpfe jenseits der Grenze stattfinden. Allerdings steht es mir frei, solche Männer in Dienst zu nehmen, wo immer ich die Notwendigkeit erkenne. Und in diesem Moment können wir jeden Mann gebrauchen, um unsere Geschütze irgendwie über die Pässe zu bekommen.«

Wilhelm hielt den Atem an. Es war, wie er befürchtet hatte. Wenn der Offizier darauf bestand, dass sich die Gutsknechte seinem Aufgebot anschlossen: Nichts und niemand würde ihn daran hindern können. Am wenigsten ein Schreiben Ferdinand von Hardensteins, das auch noch ausdrücklich darauf hinwies, dass Wilhelms Begleiter jederzeit verpflichtet werden konnten.

Der Uniformierte sah ihn an. »Nach den Worten Eures Gutsherrn stehen die Männer Eures Geleitzugs allerdings nicht zur Verfügung«, fuhr er fort. »Er sieht sich nicht in der Lage, auch nur auf einen Einzigen von ihnen zu verzichten angesichts der bevorstehenden Ernte. Unsere Fouragiere, schreibt er, die Fouragiere der Armee, könnten jeden Tag auf seinem Gutshof eintreffen und ihren Anspruch auf den Anteil der Erträge geltend machen, der der Armee in Kriegszeiten zusteht, um die Verpflegung auf dem Marsch zu gewährleisten. Gerade weil er einzig das Interesse Preußens im Blick habe, gebiete ihm seine patriotische Pflicht, der Ernte absoluten Vorrang zu geben. – Bemerkenswert, wie gesagt, und durchaus plausibel. Was mich bei alldem erstaunt, ist vor allem das eine.« Unvermittelt veränderte sich sein Blick. »Wenn die Feldarbeit dieser Männer doch von einer solchen Bedeutung ist für das Überleben des preußischen Königreichs – was tun sie dann jetzt gerade *hier*, als Geleit einer Kutsche?«

Wilhelm spürte, wie ihm die Kehle noch enger wurde.

Sein Gegenüber musterte ihn scharf. »Und warum, so frage ich mich weiterhin, findet sich unter all den Namen auf der Liste des Amtmanns ein bestimmter Name *nicht*? – Der Eure nämlich, Wilhelm Leuschenthal. Wie kann das sein, wenn doch alle Dienstpflichtigen auf dieser Liste erfasst sind?« Der Blick des Mannes war nur noch als lauernd zu bezeichnen. »Alle Dienstpflichtigen der *Landwehr*.« Der Satz kam wie ein Peitschenhieb. »Nicht aber jene, die das Los am Tag ihrer Musterung zum *regulären Dienst* bestimmt hat. Männer, die auf Kosten des preußischen Staates eine jahrelange Ausbildung durchlaufen haben, damit sie in der Stunde der Not für König und Vaterland zur Waffe greifen. Männer, die sich bereits vor Wochen in ihrer Provinzhauptstadt haben einfinden müssen, und für die das Gesetz nur eine Bezeichnung kennt, wenn sie diesem Befehl nicht nachgekommen sind.«

Deserteure. Der Mann musste das Wort nicht aussprechen. Wilhelms Finger fühlten sich taub an, als er ein zweites Mal in die Tasche des Reisemantels griff und ein weiteres Dokument zum Vorschein brachte. Ein Dokument, das sich winzig und bedeutungslos anfühlte, doppelt ineinandergefaltet.

»Ich gehöre zu genau diesen Männern«, hörte er sich sagen. »Den Männern, auf die an jenem Tag das Los gefallen ist und die zum Dienst verpflichtet wurden. – Doch ich habe meine Ausbildung niemals angetreten, weil wir ...« Er holte Luft, streckte dem Uniformierten das Schriftstück entgegen. »Weil wir eine andere Möglichkeit gefunden haben.«

Seine Hände waren eiskalt, als der Mann das Dokument aus seinen Fingern nahm. Mit angehaltenem Atem hielt er die Augen auf den Offizier gerichtet, konnte beobachten, wie sich das Monokel Winzigkeit um Winzigkeit in die Höhe bewegte, als dieser zu lesen begann. Er schien eine Ewigkeit zu benötigen für das knappe Schriftstück, den überschaubaren Sachverhalt.

Wilhelm konnte nicht behaupten, dass das Ganze nicht sein *Wunsch* gewesen war. Schließlich hatte seine Musterung in jenem Jahr stattgefunden, in dem Theresa nach Hohensandau gekommen war. Dem Jahr also, in dem er sich zum ersten Mal hatte vorstellen können, dass es in seinem Leben noch mehr geben könnte als die Koppel mit den Pferden. Dass es eine Ehefrau geben könnte, eine eigene kleine Familie. Dann aber, als er sich zum festgesetzten Datum zur Musterung in der Provinzhauptstadt eingefunden hatte, zusammen mit mehreren anderen Knechten aus Hohensandau: Wilhelm war erstarrt, unfähig, sich zu regen, als der Offizier *seinen Namen* verkündet hatte unter den Namen derer, auf die das Los gefallen war. Am ersten Tag des übernächsten Kalendermonats würde er seine Ausbildung antreten müssen, in einer Kaserne am Rande der Nachbarprovinz, Tagesreisen entfernt von Hohensandau.

Wie betäubt war Wilhelm auf den Gutshof zurückgekehrt. Mit stockender Stimme hatte er als Allererstes Theresa davon berichtet, nur um sich gleich darauf und noch immer wie in einem Albtraum gefangen in das Arbeitszimmer des Gutsherrn zu begeben. Mit klopfendem Herzen hatte er dem Herrn von Hohensandau mitgeteilt, dass dieser sich für Wilhelms Aufgaben auf der Koppel nach jemand anderem werde umsehen müssen. Und Ferdinand von Hardenstein hatte geschwiegen. Minutenlang hatte er kein Wort gesagt, bis er erklärt hatte, dass er nachdenken müsse. Nachdenken, ob das preußische Militär in der gleichen Weise geeignet wäre, Wilhelm die Bedeutung von Vertrauen zu lehren wie die Koppel mit den Pferden. Nachdenken, was es für Hohensandau bedeuten würde, auf ihn und seine Arbeit auf dem Gestüt zu verzichten.

Was genau daraufhin geschehen war, würde Wilhelm vermutlich niemals erfahren. Es musste zwei Tage später gewesen sein, als Otto ihn am Rande der Weiden angesprochen hatte. Otto, der Ehemann von Emma der Näherin, der sich mit Gelegenheitsarbeiten auf dem Gutshof durchschlug. Otto war gemeinsam mit Wilhelm zur Musterung vorstellig geworden, mit dem Unterschied, dass ihn das Los am Ende verschont hatte, mit dem man diejenigen Männer des jeweiligen Jahrgangs auswählte, die ihren Dienst auch tatsächlich verrichten mussten. Die preußische Armee hatte eine feste Größe, die es unmöglich machte, all jenen die aufwendige militärische Schulung zukommen zu lassen, die theoretisch dazu verpflichtet gewesen wären. Gut gelaunt beinahe hatte Otto sich erkundigt, was Wilhelm davon halten würde, wenn er seine Ausbildung überhaupt nicht antreten müsste, dem Losentscheid zum Trotz. Wenn stattdessen er, Otto, das für ihn übernehmen würde. Wilhelm hatte ihn angestarrt, hatte an einen Scherz geglaubt im ersten Moment, doch nein: Auf dem Hof erledige er ja doch nur unwichtige Arbeiten, hatte Otto erklärt. Die auch noch schlecht bezahlt würden. Die Ausbildung bei der Armee sei auf jeden Fall mal *etwas anderes*. Wilhelms Einwände, dass es in Preußen überhaupt nicht zugelassen sei, seinen Wehrdienst durch einen Ersatzmann leisten zu lassen, selbst für reiche Männer nicht, die diesen Stellvertreter für seine Mühe entlohnen konnten … Ach, da werde sich schon eine Lösung finden, hatte Otto die Einwände beiseitegeschoben.

Wilhelm konnte nur mutmaßen, wie diese Lösung ausgesehen hatte. Ferdinand von Hardenstein zumindest war jedes Mal schwer beschäftigt gewesen, wenn er ihn auf diesen Vorgang angesprochen hatte. Otto dagegen hatte irgendwann einen auf seinen eigenen Namen ausgestellten Bescheid hervorgezaubert und war an seinen Dienstort verschwunden, um seine Ausbildung zu absolvieren. Und mehr als einmal hatte sich Wilhelm in den folgenden Monaten und Jahren gewundert, dass Emma, seine Frau, sich ausgerechnet in dieser schweren Zeit mal eine silberne Haarspange, dann wieder ein feines seidenes Schultertuch hatte zulegen können. Und immer wieder jene schmalen Bänder aus buntem Samt, mit denen sie ihren schlanken Hals schmückte. Auf Fragen hatte sie genauso wenig geantwortet wie Otto selbst nach seiner Rückkehr. Mit einem breiten Grinsen hatte er Wilhelm jenes Dokument übergeben, nach dem dessen Ausbildung nunmehr als abgeleistet galt – durch Otto. Otto, der seine Gelegenheitsarbeiten nicht wieder hatte aufnehmen müssen auf dem Gutshof, sondern stattdessen eine recht behagliche Stelle bei der Aufsicht über das Milchvieh übernommen hatte. Und der sich dann auch vor einigen Wochen in die Provinzhauptstadt begeben hatte, als die Schreiben mit den Einberufungen auf Hohensandau eingetroffen waren – zusammen mit den übrigen wehrpflichtigen Gutsknechten, die ihren Dienst bei der Armee des Kronprinzen aufnehmen würden.

Der gesamte Hergang der Ereignisse war natürlich nicht auf dem knappen Schriftstück festgehalten. Dennoch konnte Wilhelm beobachten, wie der Offizier das Papier nun mit genau derselben nachdenklichen Miene wieder ineinanderfaltete, mit der er auch den Brief des Gutsherrn wieder hatte in den Umschlag gleiten lassen. Wortlos gab er das Dokument an Wilhelm zurück, betrachtete ihn sekundenlang kühl, bis er schließlich den Kopf schüttelte.

»Ich werde nicht behaupten, ein solches Papier schon einmal gesehen zu haben«, erklärte er. »Doch wenn es einen Menschen gibt, dem ich zutrauen würde, ein solches Dokument zu ersinnen und es tatsächlich zu beschaffen, mit dem Signum des Kronprinzen persönlich versehen, dann ist es Ferdinand von Hardenstein.«

Verblüfft sah Wilhelm ihn an. »Ihr kennt…«

»Oberst Johann von Gottleben.« Wohl automatisch nahm

der Offizier Haltung an, nicht zu deutlich allerdings. Schließlich hatte er einen Zivilisten vor sich. »Es gab zwei Sorten von Ausbildern an der Kriegsakademie in Berlin, wo man diejenigen jungen Dienstgrade auf ihre künftige Verantwortung vorbereitet, bei denen man sich eine Laufbahn im Offizierskorps vorstellen kann. Dienstgrade, zu denen auch ich selbst gehörte, als ich jenes Alter erreichte. – Zwei Sorten von Ausbildern gab es also unter den Lehrern dort: auf der einen Seite altgediente Veteranen. Schlachtengestählte Haudegen, die der Meinung waren, dass der Krieg vor allem ein Kampf ums Überleben ist, mit aufgepflanztem Bajonett in Eis und Schnee und strömendem Regen. Ein halbes Dutzend Kameraden meines Jahrgangs, die unter diesen Männern gedient haben, ist an der Schwindsucht gestorben. Und auf der anderen Seite gab es jene gelehrten Herrschaften, für die der Krieg eine Wissenschaft und eine mathematische Herausforderung darstellte, mit Winkeln und Berechnungen auf einer Landkarte. Wir waren davon überzeugt, dass sie in ihrem gesamten Leben noch keinen leibhaftigen Pferde- oder Frauenhintern zu sehen bekommen hatten. – Und es gab Ferdinand von Hardenstein, der seit dem Tag seiner Geburt noch nichts getan hat, was er nicht gründlich abgewogen hätte. Und der dabei doch immer zuerst an die Menschen gedacht hat, an jeden, den es irgendwie betreffen könnte, wenn er eine Anweisung erteilt. Und der am Ende Erfolg damit hatte, ganz gleich, was es war. Etwa wenn wir gegen die Schüler der anderen Ausbilder zum Manöver antraten.« Er betrachtete Wilhelm von oben bis unten. »Wenn Ferdinand von Hardenstein eine solche Mühe darauf verwandt hat, Euch den Dienst an der Waffe zu ersparen, dann hat er das mit Sicherheit nicht ohne besonderen Grund getan.«

Er schien noch etwas anfügen zu wollen, doch unvermittelt

veränderte sich etwas an seiner Haltung, dem Ausdruck auf seinem Gesicht. Seine Brauen zogen sich zusammen. »Ich denke, ich verstehe.« Er schüttelte den Kopf. »Unübersehbar, wer Ihr seid. *Was* Ihr seid.«

Wilhelm spürte seine Kehle eng werden. Der Puls rauschte in seinen Ohren. Dieser Mann – Johann von Gottleben – hatte es auf Anhieb erkannt? Erkannt, dass er Ferdinand von Hardensteins Sohn war? Wilhelm selbst hatte sich Dutzende von Malen in die Gemächer der Herrschaften geschlichen, um sich im Spiegel zu betrachten, nachdem der Gutsherr ihm anvertraut hatte, dass er sein Vater war. Immer von neuem hatte er sich gemustert, das blonde, zerzauste Haar, die offenen Züge, die ihm entgegenblickten. Er hatte nicht die Idee einer Ähnlichkeit feststellen können. Doch dieser Mann …

Er ist älter als ich, schoss ihm durch den Kopf. *Als Ferdinand von Hardenstein ihn an der Akademie unterrichtet hat, muss er selbst noch ein junger Mann gewesen sein. Und seine Herrschaft hatte Ähnlichkeit – mit mir? Ich habe Ähnlichkeit mit ihm – damals?*

Doch Gottleben winkte bereits ab. »Jedenfalls werde ich darauf verzichten, Euch aufzufordern, mir die Männer Eurer Eskorte oder Eure Pferde auszuliefern, um die Schwadron zu verstärken. Was immer Ferdinand von Hardenstein sich dabei gedacht haben mag, seine Gemahlin in diesen Zeiten …« Er schüttelte den Kopf. »Aber es fällt mir ja schon schwer, mir vorzustellen, dass er sich überhaupt vermählt hat, und dass er gar …«

Es war der zweite Satz kurz hintereinander, den er nicht vollendete. Doch so überdeutlich, wie er sein Gegenüber noch einmal in Augenschein nahm, konnte Wilhelm sich vorstellen, was ihm jetzt durch den Kopf ging. *Dass er sich nicht nur vermählt hat, sondern obendrein außerhalb der Ehe einen Sohn gezeugt hat.*

Gottleben zögerte, sah dann an ihm vorbei zum Gespann aus Hohensandau. »Zugleich ist es aber ausgeschlossen, dass Ihr auf die Chaussee zurückkehrt. Undenkbar, dass die Armee ihren Vormarsch verzögert wegen einer Kutsche, und sei es auch die Kutsche mit der Gemahlin Ferdinand von Hardensteins. – Das Aufgebot der Sachsen hat sich abgesetzt. Die Truppen haben sich zurückgezogen, ohne dass auch nur ein Schuss gefallen ist. Den Befehlshabern muss klar geworden sein, dass sie uns nicht würden aufhalten können. Und auf diese Weise verhindern sie zumindest, dass es in ihrem eigenen Land zu Kämpfen kommt. Vermutlich werden sie stattdessen versuchen, mit den Österreichern Fühlung aufzunehmen. Nur deswegen sind wir bereits hier. Einen Teil der Divisionen hat unsere Armeeführung sogar in der Eisenbahn transportieren lassen, soweit die Trasse in diesen Tagen existiert. Wenn wir in dieser Situation schnell sind, dann kann das über den Ausgang des gesamten Krieges entscheiden.«

Nur deswegen sind wir bereits hier. Wilhelm glaubte förmlich zu spüren, wie Blässe auf seine Züge trat. Unerklärlich, wie die preußische Westarmee die Berge so rasch hatte erreichen können? So einfach war die Lösung!

War ihm das Erschrecken anzumerken? In diesem Moment schien der Offizier nicht auf ihn zu achten.

»Meine Schwadron wird dieses Dorf in Kürze passiert haben«, fuhr Gottleben fort, eiliger jetzt. »Aber andere Einheiten folgen ihr auf dem Fuße. Mit Sicherheit werden sich dabei irgendwann Lücken ergeben, so dass Ihr auf die Chaussee zurückkehren könntet. Doch immer von neuem würde man Euch dort einholen, und ein um das andere Mal wärt Ihr gezwungen, die Straße zu räumen. Und an anderen Stellen wird es schwieriger werden und gefährlicher, die Chaussee zu verlassen. Auf jeden Fall aber würde es Tage dauern, bis Ihr die Abzweigung erreicht, an der sich die Straße in die böhmischen Kronlande und die Route in Eure Heimatprovinz trennen.« Er blickte über die Schulter. Seine Reiter schienen die Szene nicht zur Kenntnis zu nehmen. »Vor allem aber wird Euch kaum entgangen sein, dass ich nicht die Abzeichen eines Generals trage. So dass ich nur für mich selbst sprechen kann und für die Teile des Regiments, die mir unmittelbar anvertraut sind, wenn ich darauf verzichte, Eure Männer und ihre Pferde in den Dienst zu zwingen. Mit jeder Einheit wird sich diese Gefahr ein weiteres Mal ergeben, und das bedeutet, dass Ihr auch nicht hierbleiben könnt. Ihr müsst weiter, Wilhelm Leuschenthal, doch die Chaussee kommt nicht in Frage.«

»Aber ...«

»Die Armee verfügt über ein Kartenwerk, aus dem ...«

Der Offizier brach ab, kniff die Augen zusammen. Hitze schoss Wilhelm in die Wangen. Es war unmöglich: Wie im Himmel konnte der Mann auch *das* erkannt haben? Dass er selbst Exemplare jener Karten mit sich führte, die ausschließlich dem Militär vorbehalten waren? Eindeutig: Gottleben besaß einen sicheren Blick. Wie man ihn von einem preußischen Offizier erwarten konnte.

Wieder schaute der Mann über die Schulter, unruhig jetzt, zum Eingang des Dorfes, wo eben die letzten Reihen seiner Männer in die Siedlung sprengten.

»Die Passstraße hat erst der Bruder seiner Majestät anlegen lassen«, sagte er rasch. »Vorher muss es andere Routen über die Berge gegeben haben, und mit Sicherheit führt eine von ihnen auch nach Altwasser. – Dort.« Ein Nicken über die Häuser des Dorfes hinweg, wo das Gelände schroff anstieg. Wilhelm konnte kaum mehr als Trampelpfade ausmachen, mit einer

Ausnahme vielleicht. »Seht zu, dass Ihr aus dem Dorf und von der Chaussee verschwindet. Wenn Ihr außer Sichtweite seid, müsst Ihr versuchen, Euch auf der Karte zu orientieren und die alte Straße zu finden, die Straße nach Altwasser. Einen besseren Rat habe ich nicht für Euch. Dieser Rat aber ist dringend.«

»Ich ...« Wilhelm fuhr sich über die Lippen. Thyra war schwanger! Tage, höchstens Wochen trennten sie von der Geburt ihres Kindes!

Ungeduldig sah Gottleben ihn an.

Wilhelm schwieg. Was hätte der Offizier noch tun können? *Ich bin der Anführer der Eskorte*, dachte Wilhelm. *Ich habe sie in die Berge geführt und keinen Gedanken daran verschwendet, wie nahe die Armee schon sein könnte. Es ist meine Verantwortung.*

»Ich danke Euch, Oberst von Gottleben«, sagte er. »Ich werde seiner Herrschaft Eure Grüße überbringen.«

»Überbringt ihm seine Gemahlin.« Ein Verziehen der Mundwinkel, das beinahe eine Grimasse war. Ganz kurz nahm der Offizier Haltung an. »Und jetzt brecht auf, Wilhelm Leuschenthal, bevor die zweite Schwadron heran ist!«

Im Gebirge zwischen Wohldenbach und Altwasser –
Sommer 1866

Wilhelm hielt sich in der Deckung.

Die Höhlung in einem Winkel der Felsformation bot einen gewissen Schutz. Doch dass die Schatten ihn tatsächlich unsichtbar machen würden vor den Augen von Verfolgern, das konnte er nur hoffen. Ein letztes Mal zögerte er, bevor er sich mit pochendem Herzen nach vorn beugte, nicht einen Zoll weiter als notwendig. Voller Anspannung spähte er hinab in das zerklüftete Gelände.

Es waren keine Verfolger zu entdecken. *Zumindest das*, dachte er. Erleichtert stieß er die Luft aus.

Die steile Piste hinter den Häusern des Dorfes hatte sich wahrhaftig als passierbar erwiesen, sogar für das schwerfällige Gespann. Ein schroffer, felsiger Grat verbarg die Kutsche und ihre Eskorte nun vor neugierigen Blicken aus Richtung der Chaussee. Lediglich Wilhelm selbst hatte sich noch einmal auf seinen Aussichtsposten begeben.

Nein, es war niemand zu entdecken, der sich an ihre Fährte geheftet hätte. Trotzdem war die Aussicht ernüchternd. Denn die Gefahr war noch längst nicht vorüber.

Die Reihen der Bewaffneten nahmen kein Ende. Gleich einem Lindwurm in Blau und Grau schoben sie sich auf den Saumpfaden des Gebirges empor. Die Spitze bildeten nach wie vor die Schwadronen der Kavalleristen. Eine um die andere sprengten sie über das Pflaster, passierten die Häuserzeile des Dorfes. Das Hämmern eisenbeschlagener Pferdehufe brach sich an den Flanken der Gipfel. Gespenstisch wurde das Geräusch von den fernen Hängen zurückgeworfen. Es war, als wären die Reiter überall. Und wieder und wieder konnte Wilhelm beobachten, wie die Uniformierten die Köpfe hoben und die bizarren Felsgebilde oberhalb der Ansiedlung misstrauisch beäugten. Immer von neuem glaubte er zu spüren, wie ihre Blicke über sein Versteck glitten. Ohne ihn zu bemerken. *Bisher.*

Diese Männer waren nicht seine Feinde. Ein um das andere Mal musste er sich das ins Bewusstsein rufen. Nicht nach ihm hielten sie Ausschau, nicht nach einem friedlichen Gespann auf dem Weg zu einem Gutshof in einem beschaulichen Winkel der benachbarten Provinz. Gegnerischen Spähern galt ihre Sorge. Einem Hinterhalt, den die Österreicher womöglich für sie vorbereitet hatten, so nahe an der Grenze.

Doch würde das einen Unterschied bedeuten, wenn sie ihn und seine Begleiter hier oben entdeckten? In diesem Krieg kam alles auf Schnelligkeit an, auf überraschende militärische Manöver, die über seinen Ausgang entscheiden konnten. Und die nächsten Offiziere würden nicht bei Ferdinand von Hardenstein an der Kriegsakademie in die Lehre gegangen sein. Wenn sie die Eskorte einmal entdeckt hatten … Wenn sie die Pferde einforderten, die sie so dringend gebrauchen konnten beim Marsch über die Berge mit ihrem schweren Kriegsgerät … Wenn sie darauf bestanden, seine Männer in den Dienst zu zwingen … Eilig verließ er seinen Beobachtungsposten. Wenige Schritte nur, und auch er selbst war hinter den Felsgebilden unsichtbar.

Er hatte keinen Krieg zu gewinnen. Von seinem Handeln hing nicht die Zukunft ganzer Nationen ab. Und doch würde es nicht allein über sein eigenes Wohlergehen entscheiden, sondern zudem über das Schicksal der Gräfin und ihres ungeborenen Kindes, ja, selbst der Männer im Geleitzug. War all das von geringerer Bedeutung? Er hatte einen Fehler begangen. Er hatte die Kutsche und ihre Begleiter in die Berge geführt, obwohl er die Möglichkeit hätte in Betracht ziehen müssen, dass die Westarmee schneller sein könnte als erwartet. Unter keinen Umständen durfte er sich einen zweiten Fehler erlauben.

Die Kutsche wartete auf einem abschüssigen Plateau. Ihre Räder hatten die Gutsknechte mit Gesteinsbrocken gesichert, die Vorhänge vor den Fenstern waren geschlossen. Mit einigen raschen Worten nur hatte Wilhelm der Gräfin Nachricht gegeben, dass sie nun trotz allem gezwungen sein würden, auf eine unbefestigte Piste auszuweichen. Und für den steilen Anstieg war es den Frauen gelungen, sich in den Polstern so gut wie möglich auf die Strapazen einzurichten. Noch bevor er seinen Aussichtsposten bezogen hatte, hatte Wilhelm sich überzeugt, dass sie das Manöver unbeschadet überstanden hatten. Doch was war dieser kurze Abschnitt verglichen mit der Strecke, die noch vor ihnen lag, wenn er die Anweisung erteilte, den Weg durch das unwirtliche Gelände fortzusetzen, bis sie irgendwo auf die Alte Straße stießen?

Erwartungsvoll blickten die Männer der Eskorte ihm entgegen.

»Also, die … die Kutsche rollt nicht mehr weg«, stellte Gerbert das Offensichtliche fest. »Die Leute aus dem Dorf haben wir nirgends entdecken können. Wahrscheinlich haben sie sich versteckt, denke ich, nachdem sie die Reiter gesehen haben. – Das könnten wir auch so machen, oder? Hierbleiben, hier oben? Bis die Armee verschwunden ist?«

Wilhelm zögerte, im Begriff, den Vorschlag auf der Stelle in

Bausch und Bogen zurückzuweisen. Doch eben damit konnte er den nächsten Fehler begehen: Indem er nicht alle Möglichkeiten abwog. Die Zeit drängte. Und doch waren sie hier oben für den Augenblick in Sicherheit, außer Sicht aus Richtung der Chaussee. Was Gerbert gerade vorgeschlagen hatte, war tatsächlich eine Möglichkeit. Sogar die *sicherste* Möglichkeit.

Doch in der Nacht würde es bitterkalt werden auf dem Grat des Felsens, der sommerlichen Jahreszeit zum Trotz. Und die Männer besaßen zwar ihre Feldflaschen, mit Wasser gefüllt, um während des Ritts die trockenen Kehlen zu befeuchten, aber das war auch alles. Sie hatten jeden Abend auf eine Mahlzeit zählen können in ihrer jeweiligen Herberge, so dass sie keinerlei Vorräte mitführten, auch in der Kutsche nicht. Auf dem Dach reiste ein einhundertachtundsechzigteiliges Porzellanservice, nur besaßen sie nichts, womit sie die Teller aus weißem Gold hätten belegen können.

Und nichts davon ist das Entscheidende, dachte Wilhelm. *Das Entscheidende ist, dass kein Physicus der Welt mit Sicherheit voraussehen kann, ob ein Kind nicht ein oder zwei Wochen früher auf die Welt kommt, als er das errechnet hat. Und sei es hier. Hier draußen.*

Sie mussten weiter. Und nicht dem Vorarbeiter der Holzfäller oder einem der anderen Gutsknechte, sondern ihm, Wilhelm Leuschenthal, hatte Ferdinand von Hardenstein die Verantwortung für die Sicherheit seiner Gemahlin und die Führung des Geleitzugs anvertraut.

»Wir werden Oberst von Gottlebens Rat befolgen«, sagte er ruhig, nicht allein an Gerbert, sondern an sämtliche Männer der Eskorte gerichtet. »Die Wege über das Gebirge sind auf meinen Karten verzeichnet, auch kleinere Pfade. Die Straße nach Altwasser befindet sich nördlich von uns. Sie kann nicht weit sein. – Diesen Weg werden wir einschlagen.«

Gerbert blinzelte kurz, doch das war alles. Auf einigen Gesichtern sah Wilhelm einen Anflug von Enttäuschung. Widerspruch sah er keinen. Knapp gab er Anweisung, alles für den Aufbruch bereitzumachen, die Pferde auf dem felsigen Grund am Zügel zu führen, bis sie die Alte Straße erreichten. Einer der Gutsknechte würde das jeweilige Wegstück vor ihnen erkunden. Wilhelm schärfte ihm ein, jedes Risiko zu vermeiden und sich keinesfalls aus Sichtweite des Zuges zu entfernen.

Die Riemen seines Braunen drückte er Gerbert in die Hand, zusätzlich zu dem Leder, an dem der Glatzkopf sein eigenes Ross führte. Wilhelm selbst trat an die Zugtiere des Gespanns, legte seine Hände auf den Zaum des unerfahrensten der Pferde, nahe der Trense. *Vertrauen.* Heute würde sich erweisen, wie eng die Bande waren, die er zu den Tieren geknüpft hatte.

»Geradeaus!«, gab er dem Kundschafter Order. Ein paar hundert Schritte ließ er dem Mann Vorsprung, bevor der Zug sich ebenfalls auf den Weg machte. Wilhelm selbst ging bei den Zugpferden an der Spitze, dem unbefestigten Pfad folgend, einer ausgetretenen Piste, die tiefer in die raue Welt der Gipfel führte.

Er hatte die Karte bereits hervorgeholt. In seinem Versteck hatte er lediglich einen raschen Blick auf die Darstellung werfen können, war sich aber sicher, dass er die richtige Route im Auge hatte, ein Stück nördlich der königlichen Chaussee. *Die Alte Straße.* Sie war in einem kräftigeren dunklen Strich gezeichnet als die übrigen Wege abseits der gepflasterten Strecke, und doch runzelte er jetzt die Stirn. Ganz gleich, wie gut jene Route ausgebaut sein mochte: Die Herausforderung würde darin bestehen, sie überhaupt zu erreichen. Ein kurzes Stück voran, und der Pfad, dem sie folgten, verzweigte sich in unterschiedlichste Richtungen. Zu einem wahren Knäuel von

Wegen schienen sich diese Linien auf der Karte zu verschlingen, einem Knäuel mit unzähligen losen Enden, die sich im Nichts verloren, am Rande von Abgründen, in ausweglosen Senken, irgendwo in der Wildnis des Gebirges. Doch es musste möglich sein! Es musste möglich sein, den richtigen Weg durch dieses Gewirr zu finden, auf die Alte Straße und dann hinab nach Altwasser am äußersten Rand des Blattes. Nach Hohensandau. Nach Hause.

Die folgenden Stunden waren ein Albtraum.

Die Route führte nicht länger über sorgfältig verlegtes Pflaster. Genauso wenig rollte die Kutsche über ein Sand- oder Lehmbett aus festgefahrener Erde wie auf den Dorfstraßen der Ebene. Stattdessen schrammten die Räder des Gespanns über schrundiges Gestein, so dass Wilhelm jedes Mal von neuem die Luft anhielt, wenn sie an einer Unebenheit blockierten, dann mit einem harten Ruck das Hindernis überwanden. Die Vorhänge vor den Fenstern blieben geschlossen. Aus dem Innern war kein Laut zu vernehmen.

Um sie her war das Ocker und Grau verwitterten Sandsteins, der zur Rechten wie zur Linken in bizarren Formationen in die Höhe wuchs, uralten Wächtern der halb vergessenen Pässe gleich. Moose und Flechten klammerten sich an das spröde Gestein, während zu Füßen der Reisenden der Blick über niedrigere, bewaldete Höhenzüge weit in die Ferne ging. Aus einer unsichtbaren Senke stieg der Rauch von Herdfeuern in die Luft, zum Greifen nah, doch Wilhelm war klar, wie in den Bergen die Entfernungen täuschen konnten. Auf seiner Karte war in dieser Richtung keine Ansiedlung verzeichnet, und welcher Pfad auch immer dorthin führen mochte: Es war ohnehin nicht die Route, der sie folgen mussten.

Die Strecke zog sich an einem klaftertiefen Abgrund entlang, passierte einen Bergsattel. Kurz darauf tauchte sie schon wieder durch eine Enge im felsigen Gelände, eben breit genug für das Gespann. Beruhigend flüsterte Wilhelm den Pferden zu, die sich beim ersten Versuch weigerten, den Hohlweg zu betreten. Der Pfad führte abwärts, dann abrupt steil in die Höhe, dann wieder gabelte er sich – auf eine Weise, die er mit dem Kartenbild nicht übereinbringen konnte. Eindeutig war jedoch keiner dieser Wege darauf ausgelegt, eine Kutsche zu tragen. Erschreckend langsam nur kamen sie voran, während die Piste schmaler und schmaler wurde und Wilhelm sich minutenlang nicht länger sicher war, ob sie überhaupt noch einem Pfad folgten und nicht etwa einer natürlichen Formation des Gesteins. Was, wenn die Strecke mit einem Mal unpassierbar war, nur noch leere Luft zu ihren Füßen und keine Möglichkeit, die Kutsche zu wenden?

Kaum einen Moment ließ er die Augen von der Gestalt des Kundschafters. Hin und wieder wandte sich der Mann über die Schulter zu ihm um, und nach bestem Gewissen gab Wilhelm ihm dann ein Zeichen, in welcher Richtung sie sich halten mussten, bevor sie ihren Weg fortsetzten, mit äußerster Vorsicht, in quälender Langsamkeit.

Natürlich gab es an diesem Tag keine Mittagsrast. Doch selbst als der Abend sich über die Gipfel senkte und die Schatten begannen, die Täler zu füllen, war noch immer nichts zu entdecken von der Alten Straße. Nichts war zu sehen als zerklüftete Hänge, die den Horizont begrenzten. In einer felsigen Senke ein Stück vor ihnen lauerte schon die Dunkelheit.

Schweren Herzens gab Wilhelm den Befehl, an einer windgeschützten Stelle für die Nacht zu halten. Niemand widersprach, niemand fragte auch nur nach, wie weit sie an diesem Tag gekommen waren. Mit leisem Murmeln legten sich die

Männer auf dem harten Boden zur Ruhe, über ihnen die Sterne.

Wilhelm dagegen verharrte in einer sitzenden Haltung, die Beine übereinandergeschlagen. Im schwindenden Licht betrachtete er die in ihre Decken gerollten Bündel am Boden, die von der felsigen Umgebung kaum noch zu unterscheiden waren. Seine Herrschaft hatte ihn zum Anführer der Eskorte bestimmt, und deshalb folgten ihm diese Männer und vertrauten darauf, dass er den Weg schon kennen würde. *Weil auch das dazugehört*, dachte Wilhelm. Diese Männer waren Gutsknechte auf Hohensandau, die niemals etwas anderes gekannt hatten, als die Arbeiten zu erledigen, die ihnen angewiesen wurden. Selbst wenn sie von Fall zu Fall daheim auf dem Gutshof vielleicht ebenfalls eine gewisse Verantwortung trugen. So wie Gerbert bei den Holzfällern, wenn es galt, die Bäume auszuwählen, die reif für den Schlag waren. Mit dem Unterschied, dass der Glatzkopf sich jederzeit rückversichern konnte, was zu tun war, wenn unvorhergesehene Umstände eintraten. Sei es beim Gutsverwalter, sei es bei seiner Herrschaft selbst.

Wilhelm konnte das nicht in diesen Tagen. Er allein musste die Entscheidungen treffen. Unmöglich konnte er den Vorarbeiter der Holzknechte oder einen der anderen ins Vertrauen ziehen, um seine eigene Unsicherheit mit ihm zu teilen. Das würde den Mann in Unruhe, in Verunsicherung stürzen. Was, wenn sie auf die anderen Knechte übergriff? Verunsicherung führte zu Fehlern. Fehler aber konnten zur tödlichen Gefahr werden auf den Pfaden des Gebirges. Es gab nur einen Menschen, mit dem er reden konnte.

Leise erhob er sich und näherte sich der Kutsche. Er hatte das Gefährt ein Stück abseits postiert, in einer flachen Mulde. Zumindest diese Winzigkeit an Zurückgezogenheit hatte er den beiden Frauen gewähren wollen, wenn sie gezwungen sein würden, sich in dieser Nacht auf den Polstern zum Schlaf zu betten. Vorsichtig klopfte er – doch sofort war die Zofe am Fenster, wisperte ihm zu, dass ihre Herrin sehr erschöpft gewesen sei nach den Strapazen dieses Tages. Aber auch äußerst gefasst. Dass sie sich zur Ruhe begeben hätte. – Sie würden doch gewiss am nächsten Tag Altwasser erreichen?

Wilhelm erwiderte, dass er sich da sehr sicher wäre, und versuchte sich einzureden, dass das streng genommen kein *Versprechen* war. Was nichts daran änderte, dass das Mädchen es zweifellos als ein solches betrachten musste.

In seinem Kopf drehte es sich, als er sich selbst einen Platz auf dem harten Untergrund suchte. Versprechen, die sich an andere unerfüllte Versprechen knüpften. Und in diesem unentwirrbaren Knäuel von Versprechen er selbst. Er, Wilhelm Leuschenthal, der nun, zum ersten Mal an diesem Tag, wirklich mit sich allein war und an die Menschen denken konnte, die auf dem Gutshof auf ihn warteten. An Theresa. An den kleinen Joachim. An das kleine Mädchen, das im Leib seiner Mutter schlief und noch nichts wissen konnte von Kriegen, die Familien entzweirissen und zentnerschwere Pflichten auf die Schultern von Menschen legten.

Er hatte fest damit gerechnet, in dieser Nacht keinen Schlaf zu finden. Doch dann, als ihn Gerbert an der Schulter rüttelte und er die Augen aufschlug, war es heller Morgen – und der kahlköpfige Holzknecht deutete den Hang hinab in die Senke, jenen Taleinschnitt, der bereits im Schatten gelegen hatte, als sie am Abend Halt gemacht hatten.

Die Straße! Sie war überwuchert von Gestrüpp, doch deutlich waren darin die tief in den Boden gekerbten Spuren von Wagenrädern auszumachen. Es war unübersehbar: Zumindest von den Bergbewohnern wurde diese Route noch immer benutzt.

Wilhelm war so schnell auf den Beinen, dass ihm einen Moment lang schwindlig wurde. Und dennoch nahm er Gerberts hilfreich angebotene Hand kaum zur Kenntnis. Mit pochendem Herzen war er auf dem Weg zur Kutsche, klopfte... »Eure Herrschaft!«

Wieder war es die Zofe, die den schweren Vorhang öffnete. Und schon ihr Gesichtsausdruck machte klar, dass etwas nicht in Ordnung war. Trotzdem atmete Wilhelm auf, als Thyra aus den Schatten zum Vorschein kam. Doch nur für einen Moment.

Ihre Augen lagen in den Höhlen, als hätte sie die gesamte Nacht hindurch nicht eine Sekunde Schlaf gefunden. Ihre Lippen waren aufeinandergepresst. Ihre Haut hatte die Farbe weißen Marmors, wirkte zugleich beinahe durchscheinend. In einem fahlen Blau zeichneten sich die Adern in ihren Schläfen ab.

Wilhelm brachte kein Wort über die Lippen.

»Wir werden die Fahrt fortsetzen«, sagte sie. Ihr Blick fixierte ihn, und ihre Stimme klang beherrscht. Aber er sah, mit welcher Mühe sie Atem holte. »Ich fühle mich etwas unpässlich heute Morgen, doch wir werden...«

»Ihr seid krank!« Endlich brachte er einen Ton hervor. »Oder... Mein Gott, das Kind! Ihr habt Schmerzen!«

»Die habe ich. Sie kommen und gehen, doch sie sind zu ertragen. — Wenn es nicht Eure Absicht ist, das Kind hier und jetzt auf die Welt zu holen, schlage ich vor, dass wir die Fahrt fortsetzen.« Sie schwieg. Schon dieser Satz schien sie erschöpft zu haben. »Vielleicht ist es nichts als die Höhe, und es gibt sich wieder, wenn wir flacheres Gelände erreichen«, fügte sie leiser hinzu. Sie holte Atem. »Und alles andere...«

Alles andere liegt in Gottes Hand, dachte Wilhelm.

Es war ein Gefühl wie eine Faust, die sich in seinem Innern schloss, eisig und erstickend.

Der Weg zur Straße hinab nahm nur Minuten in Anspruch. Die Pferde ließen sich willig führen, und doch spürte Wilhelm ihre Unruhe, und er wusste, dass sie nichts anderes war als ein Echo seiner eigenen Anspannung, die den empfindsamen Tieren unmöglich entgehen konnte. Nur eine Winzigkeit atmete er auf, als sie die Piste erreichten und die Männer in den Sattel steigen konnten. Wilhelm selbst setzte sich auf dem Braunen an die Spitze, und von diesem Moment an trieb er die Gruppe mitleidlos voran, zog dabei immer wieder die Karte zu Rate, ohne den Ritt zu unterbrechen.

Sie hatten die Route an genau jenem Punkt erreicht, auf den seine Berechnungen gezielt hatten: Den Hauptkamm des Gebirges hatte sie an dieser Stelle bereits überwunden. Am Beginn einer trockenen Senke machte sie sich auf den langen Weg zurück zur Chaussee, die die Straße ein Stück oberhalb von Altwasser erreichen würde, in den Ausläufern des Gebirges. Auf dem Kartenblatt wirkte die Linie, als hätte der Vermessungsbeamte beim Einzeichnen unentwegt gezittert, doch dafür schien sie auf gesamter Länge dem Verlauf eines Tals zu folgen, so dass gefährliche Steigungen nicht länger zu befürchten waren. Und bei alldem verlief sie nahezu parallel zur Richtung der königlichen Pflasterstraße. Wilhelm hatte nachgemessen. Zwei Mal die Spanne zwischen seinem Daumen und der Spitze des kleinen Fingers, wenn er sie auf die Karte legte: Das war die Strecke von diesem Punkt bis in die kleine Stadt zu Füßen der Berge. Und dann hatte er verglichen: Nahezu dieselbe Entfernung hatten sie zwei Tage zuvor zurückgelegt, vom Fuß des Gebirges bis zu der Herberge am Pass, in der sie die letzte Nacht unter einem festen Dach verbracht hatten. Mit dem Unterschied, dass es auf jener Strecke immer wieder steil aufwärts gegangen war. Und dennoch war es ihnen gelungen, sie an einem einzigen Tag zu bewältigen. Es *musste* auch hier möglich sein!

Aber bei jener Straße hatte es sich um die königliche Chaussee gehandelt. Jetzt folgten sie einer halb überwucherten *ehemaligen* Straße, und immer wieder kamen sie an Stellen, an denen das dornige Gestrüpp dann doch kniehoch stand. Die Reitpferde konnten den Hindernissen ohne große Mühe aus dem Weg gehen. Die Zugtiere dagegen waren in ihrer starren Deichsel gefangen und gezwungen, den tief in den Boden gegrabenen Spuren früherer Fuhrwerke zu folgen. Gepeinigt wieherten die Tiere auf, wenn die Stachelzweige über ihre Beine strichen. Der Kutscher hatte Mühe, sie zum Weitergehen zu bewegen.

Um einiges schwieriger noch waren indessen Abschnitte zu bewältigen, in denen sich Gestein aus der Felswand gelöst hatte und auf meterlange Strecken den Boden bedeckte wie ein Teppich aus scharfkantigem Geröll. Die gröberen Fuhrwerke der Bergbewohner mochten solche Stellen passieren können. Wenn dagegen der Zug aus Hohensandau an einen derartigen Punkt gelangte, ließ Wilhelm die Männer absteigen, und gemeinsam mühten sie sich, das schwere Gefährt ein Stück in die Höhe zu wuchten oder doch das Gewicht auf den Achsen und Speichen zu verringern, während die Kutsche das Hindernis überwand. Es waren jene Momente, in denen Wilhelm kaum zu atmen wagte. Jeden Augenblick war er auf das trockene Geräusch gefasst, mit dem ein Rad oder eine Achse brach.

Bisher war dieses Geräusch ausgeblieben, und doch stand ihm der Schweiß auf der Stirn, wenn er wieder in den Sattel stieg, und das war weder allein der Anspannung zuzuschreiben noch der Last des mächtigen Gefährts, an dessen Rahmen sie sich Splitter in die Finger rissen, wenn sie gemeinsam zupackten. Es war die Wärme. Die Wärme, die schon zu dieser Stunde des Morgens in der Luft lag, obwohl es in den Schluchten des Gebirges doch hätte kühler sein müssen. Ein brütend heißer Tag schien sich anzukündigen, und trotz allem durften sie nicht langsamer werden. Absteigen, die Kutsche über eine versperrte Stelle wuchten und zurück in den Sattel. Und jedes dieser Manöver kostete Zeit, verzweifelte, kostbare Zeit.

Wir werden es nicht schaffen. Die Stunden strichen dahin. Und öfter und öfter, lauter und lauter dröhnte der Gedanke durch seinen Kopf. Sie würden es nicht schaffen. Nicht mehr an diesem Tag, nicht vor Einbruch der Dunkelheit. Und was das bedeuten würde angesichts von Thyras Zustand…

Er hatte einen Fehler gemacht, den zweiten unverzeihlichen Fehler. Unter gar keinen Umständen hätte er Gottlebens Anweisung Folge leisten und den Versuch unternehmen dürfen, sich auf ungewissen Pfaden mit dem Gespann und den Männern der Eskorte quer durch die Wildnis zu schlagen. Dem Offizier war dabei kein Vorwurf zu machen. Er hatte nichts gewusst von Thyras Schwangerschaft. Aber Wilhelm hatte davon gewusst. Wären sie im Bergdorf geblieben: möglich, dass die Armee ihnen die Pferde genommen hätte. Möglich, dass sie auch die Männer selbst in den Dienst gezwungen hätte. Doch selbstverständlich wurde jede Kompanie der preußischen Armee von Wundärzten begleitet, ja, von einem ganzen Lazarett, das binnen kurzem im Rücken der Kämpfenden errichtet werden konnte. Möglicherweise wären es keine Ärzte gewesen, die Erfahrung darin besaßen, eine Frau bei der Geburt eines Kindes zu unterstützen, aber doch Männer, die sich auf die Heilkunst verstanden.

Wilhelm hatte versagt, zum zweiten Mal versagt. Und niemand war da, um Thyra beizustehen, wenn die Stunde kam. Niemand als die Zofe, deren Gesicht an diesem Morgen dieselbe Farbe aufgewiesen hatte wie das der Gräfin.

Ganz unübersehbar hatte sie noch niemals Anteil gehabt, wenn ein Kind zur Welt gekommen war. Immer wieder schoben sich stattdessen Bilder vor Wilhelms Augen, wie er selbst sich voller Hektik um die Frau seines Vaters bemühte, wenn das Kind unvermittelt auf die Welt drängte, meilenweit entfernt von einer menschlichen Siedlung. Auf dem Gestüt hatte er immerhin Dutzende von Fohlen auf die Welt geholt. *Fohlen!* Er wusste zweifellos besser Bescheid, was zu tun war, als jeder andere Mann im Zug aus Hohensandau. Doch das würde nicht genügen. Er hatte die Blässe der Gräfin gesehen. Ein Arzt musste sich ihrer annehmen oder doch zumindest eine der kundigen Frauen, in deren Hände sich die Gebärenden begaben.

Mit Sicherheit gab es solche Frauen in Altwasser. Und mit Sicherheit gab es dort auch einen Arzt. Doch spätestens um die Mittagsstunde war Wilhelm klar, dass sie die Stadt unter gar keinen Umständen noch an diesem Tag erreichen würden. Die alte Fernstraße zog sich jetzt an einem raschen Gebirgsfluss entlang, der irgendwo links von ihnen vor sich hin murmelte, am Grunde einer halb überwucherten, schluchtartigen Vertiefung. Weit gewaltiger und steiler aber ragten die Hänge zu beiden Seiten des Zuges in die Höhe. Was auf Wilhelms Karte aussah, als hätte die Hand des Vermessungsbeamten beim Verzeichnen der Route unablässig gezittert, stellte den tatsächlichen Verlauf der Alten Straße dar, die nicht etwa eine gerade Linie beschrieb, sondern jeder der engen Windungen des Bergstroms wie eine Gefangene folgte. Als er eine Landmarke wiedererkannte und seine Finger auf der Karte anlegte, hatten sie innerhalb eines halben Tages gerade drei Fingerbreit geschafft. Drei Fingerbreit von zwei vollen Handspannen! Sie würden *Tage* brauchen bis Altwasser!

Weiter strichen die Stunden dahin. Mit der reinen Kraft seines Willens versuchte er die Reiter zu bewegen, die Geschwindigkeit zu erhöhen, und spürte doch, dass es keinen Sinn hatte. Die Kutsche, dachte er. Das Gespann musste die Geschwindigkeit bestimmen mit seinen Zugtieren, die zu unerfahren waren für eine solche Aufgabe.

Er zog die Mütze vom Kopf und wischte sich den Schweiß von der Stirn. Blankes Wasser stand ihm auf der Haut. Nach wie vor ritt er dem Zug voraus, nun auf ebenerem Boden als am Beginn der Piste. Als ob irgendjemand diesen Teil der Route in Ordnung hielt, wer das inmitten der Wildnis auch sein mochte. Die Stellen, an denen Schutt und Geröll den Weg versperrt hatten, lagen offenbar hinter ihnen. Er hätte aufatmen können — wäre er denn zum Atmen in der Lage gewesen. Noch am Mittag hatte die Sonne stechend vom Himmel gebrannt. Seitdem aber hatte sich ein unfassbares Grau über die Straße gesenkt, beinahe unmerklich am Anfang. Und doch waren die höher und höher ansteigenden Hänge inzwischen nur noch mit Mühe überhaupt zu erkennen, und das Flussbett in der Tiefe hatte der Dunst längst vollständig verschluckt. Die Luft war mit winzigen Tröpfchen gefüllt, die jeden Atemzug zur Qual machten. Myriaden von Insekten umschwirrten die Kutsche und die Gutsknechte samt ihren Reittieren.

Schmerz bohrte sich durch Wilhelms Kopf. Bleierne Schwäche drohte von den Männern und ihren Rossen Besitz zu ergreifen. Er spürte sie selbst, doch unbarmherzig jagte er Mensch und Tier vorwärts. Ausgeschlossen, ihnen eine Pause zu gönnen.

Sie mussten weiter. Selbst wenn es hoffnungslos war. Er hatte einige kryptische Markierungen auf der Karte ausgemacht. Auch sie befanden sich noch ein gehöriges Stück vor ihnen, obendrein aber ein Stück abseits der Alten Straße und noch dazu auf der anderen Seite der tief ins Gelände gekerbten Schlucht des Bergstroms. Und davon abgesehen war er sich nicht sicher, ob er sie überhaupt richtig deutete. Es konnte sich schlicht um Schmutz auf der Karte handeln. Oder doch um ein Dorf wie jenes, in dem sie die Chaussee verlassen hatten? Abgeschnitten vom Netz der großen Straßen und sich selbst überlassen, aber doch eine von Menschen bewohnte Siedlung? Selbst wenn das so war: Wilhelm hatte ausreichend Geschichten gehört über das Volk in abgelegenen Dörfern. Hilfe konnten sie sich von den halbwilden Bewohnern der Berge nicht versprechen. Eher das genaue Gegenteil.

Wir können froh sein, wenn sie uns nicht bemerken, dachte er. Sie würden weiterreiten, und sei es bis in die Dunkelheit hinein. Ihm war bewusst, dass jede Erschütterung eine Qual sein musste für die Gemahlin seines Vaters, und er konnte nur beten, dass die Zofe sich an seine Anweisungen halten würde. Dass sie ihm Bescheid geben würde, wenn sich der Zustand der Gräfin veränderte. Dass das Porzellan auf dem Kutschdach ganz genauso durchgeschüttelt wurde, war ihm im Übrigen nicht weniger bewusst. Was allerdings das Letzte war, an das er jetzt einen Gedanken verschwendete. Altwasser! Wenn es nach ihm ging, konnte das weiße Gold zur Hölle fahren, wenn sie die Stadt nur rechtzeitig erreichten. Rechtzeitig für Thyra.

Die Dimensionen des schluchtartigen Tals waren nicht mehr auszumachen. Wilhelm spürte eher, als dass er es zu erkennen vermochte, dass die Strecke in eine mächtige Klamm eingetreten war. Tief unter ihnen tosten und gurgelten die Fluten des

Wildbachs. Die Straße klammerte sich an eine nahezu senkrechte Felswand. Immer wieder war jetzt zu sehen, wo man sie mit schweren Werkzeugen in den Stein geschlagen hatte – vor Generationen, als noch Reisende diesem Weg gefolgt waren. In der Tiefe war nichts als unbestimmtes Grau, und irgendwo über ihnen ragten die Gipfel auf, mächtig und Ehrfurcht gebietend und unsichtbar. Als wollten sie die verlassene Straße und das verlorene Grüppchen der Reisenden unter dem Gewicht ihrer Massen zermalmen.

Immer wieder bemühte sich Wilhelm, das Grau mit den Blicken zu durchdringen. Die Tagesstunde war unmöglich abzuschätzen. Es wurde düsterer und düsterer, doch es *konnte* noch nicht der Abend sein. Die Gräfin führte eine Taschenuhr in der Kutsche bei sich, aber Wilhelm betete, dass Thyra in diesen Stunden auf den Polstern ein wenig Ruhe fand. Er wollte sie nicht mit Fragen aufstören, deren Antwort doch keinen Unterschied bedeuten würde. Die eisenbeschlagenen Räder holperten über den steinigen Untergrund. Auch diese Geräusche schien der Dunst zu verschlucken wie alles Übrige, das Gebrüll des Gebirgsflusses ausgenommen.

»Herr … Wilhelm …« Die Stimme war so leise, dass auch sie beinahe in der Luft versickerte.

Sofort zügelte er den Braunen. Das farblose Gesicht der Zofe sah aus dem Kutschfenster ins Freie.

»Ihre Herrschaft …« Unruhig fuhr sich das Mädchen mit der Zungenspitze über die Lippen. »Sie möchte mit Euch reden.«

Knapp nickte er dem Mann auf dem Kutschbock zu. Die Zugtiere kamen zum Stehen. Eilig stieg Wilhelm aus dem Sattel, drückte die Zügel des Braunen Gerbert von neuem in die Hand. Eine knappe Anweisung an den Kutscher, auf der Stelle wieder Fahrt aufzunehmen. Keine Minute durften sie verlieren.

Er öffnete den Schlag des Gefährts und glitt in die Polster, im selben Moment, in dem das Gespann wieder anruckte.

Für einen Augenblick glaubte er nicht atmen zu können. Die Luft im Freien war gesättigt mit Wasser. Im Innern der Kutsche aber lagerte eine erstickende, brütende Schwüle, herrschte ein süßlicher, ein unangenehmer Geruch, der ...

Der Atem stockte in seiner Kehle. Halb liegend, halb sitzend hing die Gestalt der Gräfin auf dem Polster entgegen der Fahrtrichtung. Ihre Röcke waren in Unordnung, doch was er im ersten Augenblick für Schatten des Faltenwurfs gehalten hatte, war dunkle Feuchtigkeit. Der Geruch – ging von *ihr* aus.

»Das ...« Thyras Stimme war ein Flüstern. »Das könnte geschehen, hat der Physicus gesagt. Wenn die Geburt beginnt.«

Wilhelm starrte sie an. Er wusste, was das Platzen der Fruchtblase bedeutete. Eine halbe Stunde, dachte er, länger war es danach nicht mehr aufzuhalten – bei einer tragenden Stute. Doch gleichgültig: Selbst im unsteten Licht sah er den aschefarbenen Ton auf Thyras Gesicht und erkannte, mit welcher Mühe sie versuchte, ihn mit den Augen zu fixieren. Ohne zu fragen, griff er nach ihren Fingern. Ihre Haut schien zu brennen.

Ausgeschlossen, dachte er. Sie war zu schwach. Sie fieberte. Ihre zierliche Statur hätte die Geburt selbst unter idealen Umständen schwierig gemacht, und er wusste gerade eben genug über die Hebammenkunst, um sich darüber klar zu sein, dass die vorzeitig geplatzte Fruchtblase einer Gebärenden ein besorgniserregendes Zeichen darstellte. Sie konnte das Kind nicht jetzt zur Welt bringen. Nicht hier in der Kutsche, nicht mit der Zofe und ihm als einzigem Beistand.

»Wann ist das passiert?«, fragte er heiser.

»Ich…« Sie war kaum zu verstehen. »Ich bin mir nicht sicher. Irgendwann gegen Mittag. Es kam nicht… plötzlich. Wie bei… Euren Pferden.«

»Ihr müsst versuchen…«

»Wilhelm!« Ihre Finger krampften sich um seine Hand. *Wie eine Ertrinkende*, schoss ihm durch den Kopf. »Ihr… Ihr müsst mir etwas versprechen«, flüsterte sie. »Das Kind… Wenn Ihr irgendeine Möglichkeit seht, eine Möglichkeit, zumindest das Kind zu retten, dann müsst Ihr…«

»Alle beide werdet Ihr es schaffen!« Rasch schnitt er ihr das Wort ab. »Ihr und das Kind. Es gibt ein Dorf, womöglich gar einen Marktflecken, keine Stunde von hier.« Die Angaben hatte er sich soeben aus den Fingern gesogen. Die Zeichen auf der Karte konnten *alles* bedeuten, doch das spielte in diesem Moment keine Rolle, solange Thyra nur nicht aufgab. »Ihr werdet bis dorthin durchhalten«, schärfte er ihr ein. »Dort wird es einen Arzt geben, und…«

»Ihr werdet Euch um dieses Kind kümmern!«, unterbrach sie ihn. Die Zofe war ihr behilflich, sich auf dem Polster in eine aufrechtere Haltung zu bringen, während die Kutsche einen unruhigen Abschnitt zurücklegte. »Ihr werdet Euch um dieses Kind kümmern, als wäre es von Eurem… Eurem eigenen Blut!«, befahl Thyra, und er musste sich auf die Lippen beißen, um eine verräterische Reaktion zu unterdrücken. Das Kind *war* von seinem Blut: sein Bruder, seine Schwester von seines Vaters Seite her. »Schwört mir, dass Ihr Euch um das Kleine kümmert«, wisperte sie. »Wenn Ihr irgendeinen Weg findet, dass es am Leben bleibt. Dann… Dann dürft Ihr keinen Augenblick zögern. Dann dürft Ihr auf mich keine Rücksicht nehmen, aber dann müsst Ihr… Ihr und Eure Frau…«

»Auf keinen Fall werden wir das tun! Weil Ihr nämlich selbst

Euer Kind aufziehen werdet. Ich werde nicht zulassen, dass Ihr ...«

Sie bäumte sich auf, auf die Zofe gestützt. »Schwört es, Wilhelm!«

»Ich schwöre es.« Er holte Luft. »Aber Ihr werdet ...«

»Wenn wir es beide nicht schaffen ...« Ihre Stimme wurde zum Flüstern. Er war gezwungen, sich zu ihr vorzubeugen, spürte die Hitze des Fiebers, als er sein Ohr ihren Lippen näherte. »Wenn wir es beide nicht schaffen«, wisperte sie. »Ich und das Kind, wenn wir es beide nicht schaffen. Dann müsst Ihr Euch um seine ... seine Herrschaft ... Dann müsst Ihr für *ihn* da sein. Für meinen Gemahl. Für Ferdinand.«

Eine eisige Kälte hatte von ihm Besitz ergriffen. *Vertrauen.* Er hatte Ferdinand von Hardenstein sein Wort gegeben: Seine Gemahlin. Sein ungeborenes Kind. Die Vorstellung, zurückzukehren und *beide* verloren zu haben ... Es schnürte ihm die Kehle zusammen. Und nun legte sie die Last dieser neuen Pflicht, dieses neuen, unglaublichen Vertrauens auf seine Schultern?

»Er hat niemanden«, flüsterte sie. »Niemanden, der seinem Herzen so nahe ist – wie Ihr. Ihr müsst für ihn da sein. Nicht allein für den Gutshof. Nicht allein für die neue Fabrik. Wenn ich ... und das Kind ...«

Er setzte zu einer Antwort an. »Aber ...«

»Glaubt Ihr denn ...« Ihre Stimme war jetzt so leise, dass vermutlich selbst die Zofe die Worte nicht länger verstehen konnte. »Glaubt Ihr denn, ich wüsste nichts davon?«, wisperte sie. »Von Leonor? Glaubt Ihr denn, er hätte ein Geheimnis daraus gemacht – vor mir? Ihr seid sein Sohn, Wilhelm, und nicht in Eurem Blut allein. Ihr seid es in Eurem Denken, Eurem Handeln und ... Wie könnte irgendjemand das nicht im ersten Augenblick ...« Sie brach ab. Ihre Finger gruben sich in den Stoff seines Mantels. »... erkennen?«, hauchte sie. »Ich gab ihm mein Wort, Euch nicht zu eröffnen, dass ich davon wusste, doch niemals wäre ich auf den Gedanken verfallen, dass Ihr nicht ... nicht erkennen würdet, dass ich alles weiß.«

Wilhelm war nicht in der Lage zu sprechen. Sie *wusste.*

»Er hat nur Euch«, flüsterte sie. »Ihr dürft ihn nicht im Stich lassen, ganz gleich was geschieht. Bitte, Ihr ... Wilhelm, Ihr müsst schwören ...«

»Ich schwöre.« Seine Stimme klang fremd in seinen Ohren. Er holte Luft. »Ich schwöre, was Ihr nur wollt, aber Ihr müsst es schaffen, Eure ...« Ein Atemzug. »Thyra. Ihr müsst es schaffen, Ihr und das Kind!«

»Wilhelm!«

Von draußen. Gerbert, dem er die Zügel des Braunen übergeben hatte. Gleichzeitig war unruhiges Wiehern zu vernehmen und im nächsten Moment ein dumpfes Krachen, das an den Felsen widerhallte.

Das schöne Wetter wird nicht mehr lange anhalten. Die Worte des alten Strehlow bei ihrem Aufbruch aus Wohldenbach klangen wie ein Echo in seinem Kopf. *In den Bergen kann die Witterung ohne jede Vorwarnung umschlagen.*

Das Unwetter. Das Unwetter, das den gesamten Tag in der Luft gelegen hatte.

Heftig holte er Atem. Mit allem, was er wusste, konnte er Thyra keine Hilfe sein. Sie war schwach, sie fieberte. Wenn sie versuchten, das Kind hier in der Kutsche auf die Welt zu holen, würde es das Todesurteil für alle beide bedeuten. Er hatte Zweifel, dass selbst ein studierter Physicus noch in der Lage sein würde, die Mutter *und* das Kind zu retten. Doch er wusste, dass erfahrenen Ärzten eine bestimmte Schnitttechnik zur Verfügung stand, um das Kind aus dem Leib einer Schwangeren zu befreien, deren Schwäche eine natürliche Geburt nicht mehr zuließ. Häufig starben diese Kinder dennoch nach kurzer Zeit, doch zumindest hatten sie eine Chance. Die Mutter allerdings war fast unweigerlich dem Tode geweiht. Und dennoch: Er hoffte, klammerte sich an eine verzweifelte Hoffnung.

Er klopfte gegen das Holz: Ein Zeichen an den Kutscher, der die Zugtiere zum Stehen brachte. Wilhelm öffnete den Schlag des Wagens. Noch einmal drückte er Thyras Finger. »Ihr *müsst* es schaffen.«

Ihre Lider flatterten. Sie antwortete nicht mehr.

Mit einem Schritt war er im Freien. Das Firmament war ein brodelnder Kessel aus düsterem Gewölk, doch seltsamerweise schien der Dunst sich jetzt zu lichten. Der Verlauf der Hänge war wieder ansatzweise zu erahnen. Unmittelbar über ihnen ragte die Wucht eines Gipfels auf, massiger, gewaltiger, *bedrohlicher* als alles, was er bisher in den Bergen gesehen hatte, und zugleich hatte er den Eindruck, als ob sich das Tal unmittelbar vor ihnen verengte. Einen Moment lang glaubte er tatsächlich, die Stelle von der Karte her wiederzuerkennen. Waren sie jenem Fleck wahrhaftig nahe, jenem Fleck, der ein Dorf sein konnte, nur ein oder zwei Stunden noch entfernt, auf der anderen Seite des Flusses? Er wusste, dass sie dort keine Hilfe zu erwarten hatten. Und er wusste, dass Thyra diese Zeit nicht blieb. Doch noch viel weniger blieb auch nur ein Augenblick für etwas anderes als für eine letzte, verzweifelte Hoffnung. Noch viel weniger blieb Zeit für Zweifel.

Er schwang sich auf den Rücken des Braunen. Der Himmel unter dem grauen Gewölk hatte eine bedrohliche, beinahe schweflige Färbung angenommen. Wetterleuchten zuckte über den Gipfeln, binnen Sekunden gefolgt vom dumpfen Rumpeln des Donners. Gehetzt blickte er an den Hängen empor, jenseits des Flusses mit verkrüppeltem Buschwerk bewachsen. In den Schatten mochte sich der Einschnitt eines schmaleren Stichtals verbergen. Direkt über ihnen aber ragte der titanische Felsen senkrecht in die Höhe, nahezu kahl.

»So schnell wir können!«, gab er dem Kutscher Anweisung und drückte dem Braunen die Knie in die Seiten. Er würde sichernd vorausreiten. Wenn er eine Gefahr entdeckte, musste er den Zug zum Stehen bringen, und sei es um der Männer seiner Eskorte willen. Für Mutter und Kind würde es ohnehin das Ende bedeuten, wenn die Strecke blockiert war.

Der Braune war unruhig. *Alle* Reittiere waren unruhig. Zwanzig Pferdelängen oder mehr war Wilhelm seinen Begleitern nun voraus und glaubte dennoch das Fluchen des Kutschers zu hören, wann immer der Donner schwieg. Ein metallischer Geruch lag in der Luft. Bizarr gegabelte Blitze zuckten vom Himmel, schlugen in die Hänge, das Rumpeln und Krachen verwandelte sich in ein einziges anhaltendes Tosen, Fluten von Regen nicht unähnlich. Wilhelm mochte sich nicht vorstellen, in einem solchen Gelände von einem Wolkenbruch überrascht zu werden, betete dennoch darum, dass er kommen würde. Blitz und Donner zogen dem Regen voraus. Mit den ersten Tropfen würde die schlimmste Gewalt des Gewitters …

Ein Geräusch, das anders war.

Ein Bersten, dabei aber ein *trockener* Laut, beinahe, als ob man einen Zweig entzweibrach.

Das Donnern, das im selben Augenblick einsetzte, war lauter, gewaltiger, tödlicher als alles zuvor. Wilhelms Blick zuckte nach oben, wo nichts mehr war als eine Wand aus Schwärze, die sich hoch über ihm, hinter ihm aus dem Hang gelöst hatte.

Oberhalb der Kutsche mit den Männern der Eskorte.

»Thyra!«, schrie er. Und dann, im letzten Moment, als er begriff, dass der Steinschlag auch ihn selbst nicht verschonen würde. »Theresa!«

Der Schlag war seltsam dumpf, doch er löschte sein Bewusstsein auf der Stelle aus.

Erzberg
Sommer 1866

Luisa fluchte.

Sie hatte einen Heidenrespekt vor Gewittern, Jesusmaria-undjosef. Wer sein ganzes Leben in den Bergen zugebracht hatte, bald siebzig Jahre in ihrem Fall, der wusste, dass sie wesentlich übler hausen konnten als so ziemlich alles andere da draußen. Selbst im Schnee konnte man zumindest aufpassen, wo man die Füße hinsetzte, wenn man denn vermeiden wollte, eine Lawine loszutreten. Und wenn er bis zur Hüfte reichte, wie es schon mal vorkam im Winter in Erzberg.

Im Gewitter dagegen blieb nichts, als sich in der eigenen Hütte zu verkriechen, die Decke über den Kopf zu ziehen und zu hoffen, dass es ganz schnell vorbeiging. Und sich im Anschluss dann auf den Weg zur Kapelle der Muttergottes zu machen, unten an der Dorfkirche, ein Kerzlein im Gepäck, zum Dankeschön, dass man wieder einmal überlebt hatte. Zur Vorsicht stellte man vielleicht noch ein Schälchen Milch an die Einmündung des Teufelsstollens drüben an den Hängen des Vaters Berg, dem Vernehmen nach dem Einstieg in die Heimat der Unterirdischen. Man konnte nie wissen.

Doch auf jeden Fall später, wenn alles vorbei war.

Die alte Frau kauerte in einem Winkel ihres Lagers, die Decke bis über die Ohren gezogen. Mit einem Auge beobachtete sie, wie das Zucken der Blitze in willkürlichen Abständen das Innere der Hütte taghell erleuchtete. Bündel von Petersilie hingen zum Trocknen von den Deckenbalken, Beifuß und Rosmarin warfen bizarre Schatten gegen die Wände. Das Eisenkraut war beinahe aufgebraucht, kam ihr in den Sinn. Sie musste sich dringend wieder auf die Suche machen. Aber später. Später, wenn alles vorbei war.

Regen schlug gegen das Schindeldach, das der alte Martin ihr im letzten Jahr erneuert hatte, wenige Wochen nur, bevor der Berg ihn geholt hatte. *Bitte für seine Seele, heilige Barbara.* Sturm und Donner ließen die Hütte erbeben. Luisa wusste, dass sie nicht mehr besonders gut hörte, und in der Regel war sie auch gar nicht unglücklich darüber. Die Leute redeten ohnehin viel zu viel unten im Dorf. Meist war es kein großer Verlust, wenn man nicht alles mitbekam. Doch sie hätte schwören können, dass noch kein Sturm in bald siebzig Jahren mit einer solchen Wut gebrüllt, in einer derartigen Raserei wie mit Fäusten auf die Bretter ihrer Behausung eingedroschen hatte, fluchend und schimpfend wie …

»Mach zur Hölle die Tür auf, Luisa, wenn du nicht …«

Die alte Frau fuhr in die Höhe. Wenn das der Sturm war, dann brüllte er mit der Stimme von Jakob, Martins Sohn. Und er musste sich exakt die Tür ihres Heims ausgesucht haben, um mit voller Gewalt gegen das Holz zu hämmern. Die Decke vor der Brust zusammengerafft, humpelte sie der Brettertür entgegen, machte sich mit steifen Fingern am Riegel zu schaffen. Eben kam ihr noch der Gedanke, dass der Sturm tatsächlich auf der Talseite der Behausung stand, dort, wo die Tür war – als diese Tür aufflog, entweder unter der Gewalt des Unwetters, oder aber weil sich Jakob in diesem Moment mit seinem ganzen Gewicht dagegengeworfen hatte.

Ein schmerzhafter Stoß traf ihre Schulter. Im nächsten Moment lagen sie alle beide am Boden, und Jakobs Bart kratzte über ihr Gesicht. Er roch wie ein nasser Hund.

»So stürmisch hat zuletzt mein Ehemann diese Hütte betreten«, murmelte sie. »Irgendwann vor deiner Geburt.«

»Luisa!« Jakob ruckte in die Höhe. Er war selbst kein junger Mann mehr, sein Bart von grauen Strähnen durchzogen. *Und ich habe ihn auf die Welt geholt*, fuhr ihr durch den Kopf. Doch sie war sofort bei der Sache. Sie wusste, was es sein musste, das ihn inmitten einer solchen Heimsuchung zu ihrer Hütte trieb.

»Frida«, sagte sie knapp, kam mühsam auf die Beine, auf seinen Arm gestützt. »Das Kind kommt.«

Seine Brauen zogen sich zusammen. Einen Moment lang ein Ausdruck, den sie nicht einordnen konnte. Dann ein einziges Wort: »*Auch.*«

Augenblicke später waren sie im Freien. Luisa hatte nach ihrem Mantel gegriffen, nach dem leinenen Säcklein, in dem sie die Kräuter und Salben verwahrte, die sie brauchen würde, wenn sie überraschend zu einer Entbindung gerufen wurde, Nadeln aus Stahl und Bein, Fäden aus Schafsdarm und zwei saubere Klingen von unterschiedlicher Form für den blutigsten Teil ihrer Arbeit.

»*Auch*?«, fragte sie gegen den Sturm und streckte ungeschickt den linken Arm aus, um auf dem zerklüfteten Hang die Balance zu halten. Ihr Mantel war binnen Atemzügen durchnässt. »Was ist geschehen? Fridas Stunde ist nahe, aber die Webersfrau kann unmöglich schon so weit sein!«

Jakob schien sich einen Moment zu sammeln. Das Gestein war glitschig vom Regen. Er leuchtete mit einer Grubenlampe den Weg, so gut das eben möglich war. Ein Wunder, dass das Licht in dem gläsernen Zylinder noch nicht erloschen war unter der Gewalt der Böen, die den Hang emporfauchten. »Es ist nicht die Webersfrau«, antwortete er schließlich. »Joseph hat vorhin draußen gestanden, vor seiner Hütte. Kurz nachdem das Gewitter begonnen hat. – Er sagt, es sei nicht die Stunde für Männer, wenn eine Frau ein Kind zur Welt bringt. Außerdem hatte seine Base versprochen, nach Frida zu sehen.«

Versprochen, dachte Luisa, als sie sich auf Jakobs Arm stützte. Er hielt sie fest, während sie die Füße auf die stufenartigen Vertiefungen setzte, die hinunter auf die Dorfstraße führten. *Doch offenbar ist sie nicht gekommen – weil sie ihren Verstand nämlich beisammen hat in diesem Sturm. Anders als Joseph, der sich lieber von den Schindeln des eigenen Dachs erschlagen lässt, als seiner schwangeren Frau beizustehen.* Was sie selbst anbetraf, hatte sie sich noch von keinem Sturm oder Schnee zurückhalten lassen, eine Frau durch die gefährlichen Stunden zu begleiten, in denen ihr Kind auf die Welt drängte. Nicht einmal in jenem Frühjahr, als sie bei der Kräutersuche gestürzt war und das Wundfieber wochenlang in ihrem Körper gewütet hatte.

»Joseph hat etwas gesehen da draußen«, presste Jakob hervor. Der Sturm fasste nach ihnen, und Regen peitschte in ihre Gesichter, so dass sie sekundenlang Mühe hatten, auch nur auf den Beinen zu bleiben. »Er hat eine *Kutsche* gesehen, drüben, auf der anderen Seite des Flusses. Was auch immer sie dort verloren hatte, auf der Straße. *Unserer* Straße. Und wie auch immer sie dort hingekommen ist, weil sie nämlich ...« Ein heftiges Kopfschütteln. »Weil sie nämlich *flussabwärts* gefahren ist. Weil sie aus dem Gebirge kam, aus Richtung des Hauptkamms. Eine Kutsche und sechs oder sieben Reiter dazu – wie ein Geleitzug. Einer von ihnen ist ein Stück vorausgeritten. Es war hell wie am Mittag im Licht der Blitze, und ...«

Im selben Moment zuckte ein neuer Blitz vom Himmel,

der Donner jetzt mit einiger Verzögerung. Was das Gewitter anbetraf, war das Schlimmste vorüber, doch Regen und Sturm waren erst im Begriff, zu ihrer größten Wut zu erwachen.

Schon war Jakob mehrere Schritte weiter, und Luisa hatte Mühe, ihm zu folgen – in doppelter Hinsicht. *Eine Kutsche.* Eine Kutsche, die *flussabwärts* gefahren war. Das ergab keinen Sinn. Noch als Luisa eine junge Frau gewesen war, war die Straße der wichtigste Weg über die Berge gewesen, bis der König seine neue Straße gebaut hatte, die gepflasterte Chaussee. Als ein paar Jahre später ein Steinschlag den Pass blockiert hatte, an dem die alte Straße über den Hauptkamm des Gebirges führte, hatte es sich einfach nicht gelohnt, die Trümmer beiseitezuräumen. Jedenfalls für den König nicht. Was interessierte es einen König schließlich, welche Umwege die Leute aus Erzberg auf sich nehmen mussten, solange seine Armeen und die feinen Herrschaften in ihren Kutschen auf der behaglichen Chaussee reisen konnten?

Und genau das müssen sie getan haben, dachte Luisa. *Die Leute mit der Kutsche. Natürlich haben sie die Chaussee genommen. Jeder Mensch nimmt heute die Chaussee. Aber dann, nachdem sie den Hauptkamm schon hinter sich hatten, müssen sie auf einen der kleinen Wege gewechselt sein, die hinüber zu unserer Straße führen.* Nichts anderes ergab einen Sinn. Warum auch immer sie die Chaussee verlassen hatten. Wie auch immer sie den Weg hinüber zur Alten Straße bewältigt hatten über die felsigen Fußpfade mit ihrem sperrigen Gespann. Irgendwie musste es ihnen gelungen sein.

»Jedenfalls hat Joseph alles genau beobachten können.« Endlich blieb Jakob stehen, wenn auch nur für einen Moment, als sie die weniger steile Dorfstraße erreichten. Noch war der Schutz der ersten geduckten Gebäude ein Stück entfernt. »Eine

Kutsche, sechs oder sieben Reiter. Ein herrschaftliches Gespann, zweifellos, mit einer Eskorte zu seinem Schutz. Und ganz gleich, wie die Leute hergekommen sind: Den schlimmsten Teil der Strecke hatten sie damit hinter sich und auch am Vater Berg waren sie fast schon vorbei. Da würden sie den Rest wohl auch noch schaffen, wird Joseph gedacht haben. So weit es dahinter auch noch ist zurück zur Chaussee und nach Altwasser. – Er wollte eben schon ins Haus zurück, weil es wirklich immer schlimmer wurde draußen. Doch in diesem Moment war ein Geräusch zu hören und ... So was hätte er noch nie gehört, sagt er, und ich schwöre dir, Luisa: Selbst ich habe es hören können. In meiner Hütte, obwohl Karl und die Mädchen gebrüllt haben, als wäre der Leibhaftige hinter ihnen her, wenn die Blitze vom Himmel fuhren, der Donner das Tal erschütterte und der Wind am Dach rüttelte, beim Heiligen Bartholomäus. Selbst Minna hat sie nicht beruhigen können, und du kennst meine Frau. Wenn ich die Wahl hätte, mich im Freien dem Gewitter auszusetzen oder aber einer Minna, die weiß, was sie will ...« Er schüttelte den Kopf. »Und dann war Dunkelheit, und beim nächsten Blitzschlag ...«

Im selben Moment kam der nächste Blitzschlag. Luisa hatte ihn bereits erwartet, hielt den Blick auf jene Stelle geheftet, an der hinter dem Ausgang des Seitentals und über den Gebirgsstrom hinweg der Vater Berg zu sehen sein musste, wenn das Unwetter die Nacht zum nächsten Mal erhellte.

Doch da war nichts mehr. Ein Stück entfernt waren kahle Hänge und Grate auszumachen, doch die vertrauten Umrisse des Vaters Berg mit seinen Stollen: Da war nichts mehr im sekundenkurzen Aufblitzen. Da war eine tiefe Dunkelheit, ein klaffender Riss im Fels, wo sich der Gipfel zwischen seinen niedrigeren Brüdern erhoben hatte. Es brauchte zwei Atemzüge, bis Luisa begriff, was sie soeben gesehen hatte: Wo das Tal sich linker Hand fortsetzte, weiter den Windungen des Flusses folgend und der gepflasterten Chaussee des Königs entgegen, hatte sich die Flanke des steinernen Riesen in ein Meer von Schutt und Geröll verwandelt. Mitsamt der Alten Straße, die Hunderte von Fuß über dem Tal an der Flanke des Felsmassivs gethront hatte, wo nun nichts mehr war als leere Luft. Erbarmungslos hatte der Bergsturz sie in die Tiefe gerissen. Der Grund der Senke war ein Trümmerfeld, durch das sich der Bergstrom seinen Weg zu bahnen suchte, angeschwollen von den Regenmassen, die über den Gipfeln herniedergingen.

»Jesus, Maria und Josef«, flüsterte Luisa. »Heilige Barbara und Heilige Anna.« Halb unbewusst presste sie den Nagel ihres Daumens in die Handfläche, eine uralte Geste, die die Unterirdischen freundlich stimmen sollte für die Geister der Bergleute, die in den Stollen eines jähen Todes starben.

Jakob war bereits mehrere Schritte die Dorfstraße hinabgeeilt. Luisa spürte die Kälte nicht mehr nur allein auf ihrer Haut. Sie kam von innen. Eilig machte sie sich daran, ihn einzuholen. »Es sah noch nicht aus wie jetzt«, brachte er hervor. »Es war noch im Gange. Es ist *jetzt* noch im Gange. Der Donner hat einen Teil des Hangs gesprengt, dass er die Straße unter sich begraben hat, das war der Anfang. Doch mit dem Regen löst sich immer mehr Gestein, stürzt in die Tiefe und reißt alles mit sich, was sich noch an der Flanke des Berges hält. Wir haben *zuschauen können*, wie es immer weiterging, als Joseph uns aus den Häusern geholt hat. Es war Wahnsinn, hinüberzugehen auf die andere Seite, doch er war sich wirklich sicher, dass er die Kutsche gesehen hatte. Und immerhin.« Ein kurzes Innehalten. »Er ist eben Joseph, der Sohn vom alten Roger. – Also sind wir hinüber, Joseph und ich und die anderen, Herwart und Florian, und zum Glück stand die Steinbrücke noch. – Also da stand sie noch, als wir auf die andere Seite sind, die Schönfelser Seite, die Seite mit der Straße. Dem Heiligen Johann Nepomuk sei Preis und Ehre, habe ich gedacht ...«

»*Was habt ihr auf der anderen Seite gefunden?*« Scharf schnitt Luisa ihm das Wort ab. Sie schätzte es sehr, sich des Beistands der Heiligen zu versichern und ihnen natürlich auch für ihre Unterstützung zu danken, wenn sie ihn tatsächlich gewährten. Wenn denn genügend Zeit blieb. Da Jakob sie ins Unwetter hinausgejagt hatte, blieb diese Zeit ganz offensichtlich nicht.

»Tote«, murmelte er. »Tote haben wir gefunden, eine ganze Handvoll. Halb unter den Steinen begraben. – Einer war noch am Leben, einer von den Reitern. Ein Glatzkopf. Redete von der Kutsche, immer nur von der Kutsche, doch dann, mitten im Satz ... Es war vorbei, bevor wir recht nach seinen Wunden sehen konnten. Wir konnten nichts mehr für ihn tun, als ihm die Hände ineinanderzulegen, wie es Brauch ist, doch es war unmöglich, einen der Toten zu bergen, als es immer schneller ging, immer neues Geröll sich vom Abhang löste. Unsere Hoffnung war die Kutsche. Wenn irgendjemand noch am Leben sein konnte ...«

Luisa nickte stumm. Sie war alt genug, um sich an eine Zeit zu erinnern, in der die Dorfbewohner es als Ärgernis empfunden hatten, wenn jemand ein solches Unglück überlebte. Zumal dann, wenn es ein Handelszug war, den das Unheil getroffen hatte. Nein, die Männer hatten es gar nicht geschätzt, wenn jemand mit dem Leben davonkam. Weil es dann nämlich schwieriger war, das Gepäck und die Ladung der Karren für sich selbst zu beanspruchen. In noch früherer Zeit hätten sie vermutlich sogar nachgeholfen, damit es niemanden gab, der ihrem Anrecht widersprechen konnte. Aber diese Zeit war unwiderruflich vorbei, dachte sie. Und in diesem Punkt war sie bereit, wahrhaftig allen Heiligen zu danken, ganz gleich, wie die Stunde auch drängte.

»Doch von der Kutsche waren kaum mehr als einzelne Bretter übrig«, sagte Jakob. Es war nun nicht mehr nötig, gegen den Sturm anzubrüllen. Luisa hatte zu ihm aufgeschlossen, die Hütten des Dorfes schützten sie nun vor der vollen Wucht des Unwetters. »Kein einheimisches Holz, so viel war zu erkennen. Also nicht nur keins aus der Gegend, sondern welches, das ich überhaupt noch nicht gesehen habe. Dunkel lackiert, mit Schnitzereien und goldenen Verzierungen. Ein Gefährt von reichen Herrschaften. Inzwischen ist alles dort unten begraben. Da kommt der Leibhaftige nicht mehr ran. – Vom Kutscher war keine Spur zu sehen. Ein junges Mädchen: tot, vermutlich auf der Stelle. Und das war alles, während wir spürten, dass der Hang im Begriff war, von neuem in Bewegung zu geraten. Wir wollten uns zurückziehen, doch Joseph hat das nicht erlaubt. Feine Damen reisten niemals allein, hat er behauptet. Nicht ohne eine Begleiterin. Wir haben ihm gesagt, dass es Wahnsinn ist, auch nur noch einen Augenblick da oben abzuwarten, aber er war einfach nicht aufzuhalten. Und dann, im selben Moment, in dem uns klar wurde, dass da tatsächlich etwas schimmerte zwischen den Steinen… In diesem Moment kam der Berg wieder ins Rutschen, und…« Er stockte. »Joseph ist verletzt«, sagte er dann leise. »Ich weiß nicht, wie schwer. Wir haben es gerade noch geschafft, zurück auf unsere Seite der Schlucht zu kommen, bevor die ganze Last des Berges in die Tiefe gesackt ist, direkt in unserem Rücken. Und die Brücke mitgerissen hat wie ein Spielzeug von Kindern. Wir haben ihn hergebracht. Ihn – und die Frau.«

Jakob verstummte.

Josephs und Fridas Behausung tauchte vor ihnen auf. Sie wirkte etwas stattlicher als die übrigen Hütten des Dorfes. Soweit die Überlieferung der Bewohner von Erzberg zurückreichte, wurde der älteste Sohn aus Josephs Familie selbstverständlich als ihr Oberhaupt angesehen. So wie Joseph selbst, als Sohn des alten Roger. Als *Schichtmeister*, wie der Titel lautete, der bei jedem Thronwechsel feierlich vom König bestätigt wurde und weit mehr bedeutete, als dass der Amtsträger die Schicht anführte, wenn die Männer in die Stollen stiegen. Mit aufmerksamem Auge gab der Schichtmeister Acht, dass sich kein Gutsherr, kein königlicher Beamter in die Angelegenheiten von Erzberg einmischte, ihnen Dienste und Abgaben abverlangte, wie es anderswo, in den Dörfern der Ebene, tagtäglich geschah. Und der Schichtmeister war es, der mit seinem Leben für diese Rechte einstand.

Natürlich war ein solches Amt mit besonderem Ansehen verbunden – und mit gewissen handfesten Vorteilen. Doch dass es gegenüber den Dorfbewohnern eine besondere Verpflichtung bedeutete, verstand sich ebenfalls von selbst. Wenn Frida einen Sohn zur Welt brachte, würde ganz Erzberg dieses Ereignis feiern. Auf Josephs Kosten. Schon deshalb beteten sämtliche Bewohner für das Wohlergehen von Mutter und Kind.

Und in dieser Nacht, der Nacht des Sturms, war es so weit. Es war nicht das erste Mal, dass ein Kind mit dem Unwetter kam. Die Aufregung und Unruhe bei einem Gewitter schien den natürlichen Geburtsvorgang zu beschleunigen. Schon mehrfach hatte Luisa durch Hagel und Regen hinab ins Dorf zu einer Entbindung hasten müssen.

Und trotzdem: auch. Jakobs Bemerkung ließ nur einen einzigen Schluss zu. Die Frau aus der Kutsche...

Bevor sie eine weitere Frage stellen konnte, hatte er die beiden Stufen erklommen, zog die Tür von Josephs Behausung auf und hielt sie fest, damit Luisa ins Innere schlüpfen konnte.

Frida stand mitten im Raum, die Hände in die Hüften gestützt. Sie tat, wozu Luisa ihr geraten hatte. Wenn eine Gebärende Unruhe verspürte, sollte sie ein wenig auf und ab gehen, falls sie die Kraft dazu besaß. Manche Frauen schien das ein wenig zu entspannen, und nicht selten trug es dazu bei, dass der eigentliche Vorgang der Entbindung anschließend schneller vor sich ging. Noch wichtiger war allerdings, dass die Frauen auf diese Weise das Gefühl hatten, selbst etwas tun zu können, anstatt bang das Unausweichliche zu erwarten.

Luisas Blick fiel auf Joseph. Er sah fürchterlich aus. Das Gesicht vor Schmerzen verzerrt, hing er in seinem Lehnstuhl, einer prächtigen Schnitzarbeit, die man ins Freie trug, wenn der Dorfrat unter Leitung des Schichtmeisters zusammenkam. Lumpen waren um Josephs rechte Schulter gewunden, auf denen sich bereits ein dunkler Fleck ausgebreitet hatte.

Die zierliche Frau auf dem Lager dagegen erinnerte an eine kostbare Puppe: so blass, so zerbrechlich. Bis zum Hals war sie in eine Decke gehüllt. Luisa bekam fast jeden Tag Schwangere zu sehen, aber selten hatte sie erlebt, dass eine Frau tatsächlich wirkte, als hätte sie sich lediglich ein dickes Kissen unter die Decke gestopft.

Mit wenigen Schritten war sie bei der Fremden, ließ sich auf der Kante des Lagers nieder. Die Unbekannte regte sich nicht, und Luisa kniff die Augen zusammen, als sie im ersten Moment keine Atmung erkennen konnte. Doch als sie die Finger auf die Kehle der Schwangeren legte, spürte sie den Puls, flatternd, jagend – und schwach. *Nicht tot*, dachte sie. *Doch in tiefer Bewusstlosigkeit.* Eine schöne Frau mit tatsächlich puppenhaft ebenmäßigen Zügen. Den Zügen eines Menschen, der sich niemals mit seiner Hände Arbeit sein tägliches Brot hatte verdienen müssen.

Luisa konnte nicht anders, als solche Menschen zu verachten. Sie hatte Jahre erlebt, in denen ganze Familien hatten hungern müssen, obwohl die Väter bereits in zusätzlichen Schichten in den Berg einfuhren, die Mütter in den meisten Fällen ebenso – selbst dann, wenn sie Kinder trugen. Mehr als eines dieser Würmchen war in diesen Jahren tot auf die Welt gekommen, während die Überlebenden vom fünften Jahr an begonnen hatten, ihre Eltern zu begleiten, um in der Tiefe die Klappen zu öffnen und wieder zu schließen, den komplizierten Mechanismus in Gang zu setzen, der die Grube belüftete. Wie konnte es sein, dass wirklich alle ihr Letztes gaben, um etwas zum Überleben der Familie beizusteuern, und dass es dennoch nicht ausreichte, um dem Hunger zu entkommen? All das, während Menschen wie diese Unbekannte ihre Tage müßig vertändelten.

Und doch ließ da etwas nicht zu, dass Luisas aufwallender Zorn die Oberhand gewann. Auch diese Frau war eine Gebärende, die monatelang die Last eines Kindes getragen hatte. Und nun würde sie dieses Kind niemals sehen. Wie hätte Luisa etwas anderes verspüren können als Trauer? Die rechte Schläfe der Besinnungslosen war blutverkrustet, aber nein, die Frau war schon viel zu weit fort. Luisa glaubte nicht, dass sie Schmerzen wahrnahm.

Vorsichtig schlug sie die Decke beiseite. Das Kleid einer Edelfrau, vom Fruchtwasser durchnässt. Luisa stand im Begriff, die Hände unter die Stoffbahnen gleiten zu lassen, zögerte dann.

»Joseph?«, fragte sie. »Kannst du laufen?«

»Ich bin mir …« Er brach ab, als ihn ein krampfhaftes Husten schüttelte. Leiser, mit belegter Stimme. »Ich bin mir nicht sicher, ob ich meinen rechten Arm noch einmal werde benutzen können, aber die Beine sind in Ordnung. Wenn Jakob mir hilft, wird es gehen.«

»Dann solltet ihr in seine Hütte gehen. Das hier ist keine Stunde für Männer. – Gebt Branntwein auf die Verletzung. Ich werde nach dir sehen, sobald ich Gelegenheit habe.«

Und das dürfte eine Weile dauern, dachte sie. *Wie es auch nicht anders sein kann. Denn ich bin keine Ärztin. Meine Aufgabe sind die Gebärenden und die Kinder, die sie zur Welt bringen. Und wenn ich mich dieser Frau und dieses Kindes jetzt nicht annehme, können wir auch gleich damit beginnen, ihnen die Sterbegebete zu sprechen.*

Und dennoch: Erzberg besaß seit Jahren keinen Wundarzt mehr. Der Hufschmied drüben in Teufelsjoch verstand sich auf die Krankheiten des Viehs. Und ebenso auf die Gebrechen der Menschen, wie er zumindest behauptete. Eine verrenkte Hüfte bleibe schließlich eine verrenkte Hüfte. Aber Teufelsjoch befand sich auf der anderen Seite des Flusses und war für den Rest der Nacht mit Sicherheit unerreichbar, nachdem die Brücke nun irgendwo unter den Trümmern begraben war. Für weit längere Zeit noch, wie Luisa vermutete. Und hier im Dorf war sie diejenige, die noch immer am meisten von Heilkunst verstand.

Sie atmete tief durch. »Gib acht, dass er sich nicht hinlegt«, wandte sie sich an Jakob. »Er wird nicht lange aufrecht stehen können, aber er sollte sitzen. Und gib mir Bescheid, wenn sein Husten schlimmer wird oder das Atmen ihm Mühe bereitet.«

Ein Ächzen, als Joseph sich erhob. Luisa hörte die schweren Schritte, mit denen die beiden Männer sich zur Tür begaben. Für einen Moment fauchte der Sturm in den Raum, dann sperrte das massive Holz das Unwetter aus.

Luisas Augen waren geschlossen, als sie die Handfläche auf den Leib der Schwangeren legte. Sie spürte ein Korsett, doch die Schnürung war bereits geöffnet. Und unter ihren Fingern war Bewegung: Es war eindeutig. Das Kind war am Leben. Für die Mutter aber war die tiefe Bewusstlosigkeit eine Gnade. Sie würde nicht wieder erwachen.

»Frida?«, fragte die alte Frau. »Deine Wehen sind da, richtig? Doch sie kommen noch in größeren Abständen? – Glaubst du, du hast noch Zeit?«

»Ich …«, setzte Frida in angespanntem Tonfall an. »Ich denke schon.«

»Dann solltest du jetzt besser nicht hinsehen«, murmelte Luisa, während sie zur Sicherheit die Finger zwischen die Beine der Schwangeren führte. Ein Kopfschütteln. Selbst wäre die Fremde bei Besinnung gewesen: unwahrscheinlich, dass sie das Kind auf natürliche Weise hätte zur Welt bringen können.

»Heilige Margareta von Antiochia«, murmelte die alte Frau, als sie nach ihrem Säcklein griff, mit steifen Fingern die gekrümmte Klinge hervorholte und sie am Leib der Schwangeren ansetzte.

Gut Hohensandau
Sommer 1866

Regen prasselt vom Himmel. Seit Stunden will er nicht enden. An vereinzelten Stellen nur findet das Licht eines fahlen Mondes einen Weg durch das dichte Gewölk und bricht sich gespenstisch auf dem feuchten Schutt der Trümmerstätte, schwarz wie der erstarrte Auswurf eines feurigen Berges.

Unruhig wälzte sich Theresa auf die andere Seite.

Der Sturm hat seine größte Gewalt verausgabt. Hier unten ist er kaum noch zu spüren. Weit oben nur, zwischen den bizarren Klippen spröden Gesteins, faucht sein Zorn noch immer durch die feuchtklamme Luft.

In einem langen, vorsichtigen Zug nähern sich Gestalten über das Geröll hinweg. Einige von ihnen tragen Fackeln. Zuckendes Licht lässt hier einen Helm mit aufgesetzter Spitze sichtbar werden, dort einen silbernen Uniformknopf mit dem eingravierten Adler des preußischen Königreichs.

Theresas Zähne schlugen aufeinander. Ihre Haut war wie Eis. Als wäre sie wahrhaftig gegenwärtig an jenem Ort, der sich so wahrhaftig anfühlte in der Wirklichkeit ihres Traums. Als wäre sie dort: in den Köpfen jener Uniformierten. In ihren Gedanken.

Mit zögernden Schritten suchen sich die Soldaten einen Weg über die Trümmer. Verwünschungen liegen auf ihren Lippen, fast lautlos allerdings, Schritte entfernt nicht mehr hörbar. Wissen sie doch nur zu genau, wie wenig ihr Oberst Flüche schätzt. Wenn er selbst das Ziel dieser Flüche ist, gilt das noch stärker. Ganz gleich, wie angebracht sie sein mögen. Ihm nämlich ist es zu verdanken, dass sie nun hier sind.

Seit dem vergangenen Abend sind die Pässe an der Chaussee hoffnungslos verstopft. Keinen Schritt geht es mehr voran für die Reihen der Infanteristen und Kavalleristen, für die Artilleristen mit den schweren Geschützen der Westarmee. Der strategische Vorteil, den sie erzielt haben durch den kampflosen Rückzug der Sachsen: Er ist im Begriff verloren zu gehen – wenn es denn nicht gelingt, einen anderen Weg über die Berge zu finden, eine andere Straße. Die Alte Straße, wie sie in den Karten der Armeeführung verzeichnet ist. Wenn man dieser Straße folgen könnte, halbwegs bis nach Altwasser, um dann auf der Chaussee den Weg zurück in die Berge einzuschlagen und sich hinab in die böhmischen Kronlande zu wenden, wo die Österreicher sich sicher glauben vor einem Angriff aus der bewussten Richtung ... Es wäre ein strategisches Meisterstück. Wer immer den Beweis erbringen könnte, dass jene Route tatsächlich möglich ist für das gesamte schwerfällige Aufgebot: Ruhm und Ehre wären ihm gewiss. Ganze Generationen junger Offiziere würden davon zu hören bekommen an der Kriegsakademie.

Das jedenfalls hat der Oberst seinen Männern verkündet, als er sie am Morgen um sich versammelt hat. Wobei er mit der größten Eröffnung bis zum Schluss gewartet hat: Ihnen nämlich, den Reitern der ersten Schwadron, sei der Auftrag erteilt worden, jenen Weg zu erforschen. Auf seine persönliche Fürsprache hin. Unsterblichen Ruhm gelte es zu erringen, anstatt die Zeit sinnlos im Feldlager zu verschwenden, das man notgedrungen in den Bergen aufgeschlagen hat, abseits der Chaussee.

Ruhm und Ehre, wiederholen die Männer düster in ihren Gedanken. Ruhm und Ehre, was sie selbst anbetrifft. Für den Oberst dagegen die schmucken Generalsepauletten an der Uniformjacke, auf die er es so lange schon abgesehen hat. Wovon er natürlich kein Wort erwähnt hat.

Aber auch so ist ihnen klar, dass es allein sein Ehrgeiz ist, der sie hier-
hergeführt hat. Der sie beinahe das Leben gekostet hat im strömenden
Regen, im Sturm und der Nacht und der Kälte.

Ein leises Wimmern stieg aus Theresas Kehle auf. Da war
etwas Beängstigendes an diesem Traum. Etwas, das weit hinausging über die düsteren Gedanken in den Köpfen der Soldaten, über ihren verwirrenden Auftrag an jenem gespenstischen
Ort. Die Muskeln spannten sich an im Körper der Schlafenden, unwillkürlich, viel zu schnell und wie im Krampf. Sie war
gefangen in diesen Bildern, unfähig, sich aus eigener Kraft aus
der Umklammerung zu befreien. Und ihr Kampf ging beinahe
ohne jedes Geräusch vor sich. Zu leise, um eine ihrer Freundinnen in der Kammer der Dienstmägde auf Hohensandau aus
dem Schlaf zu reißen.

Strapazen liegen hinter den Reitern der Schwadron. In einem Ge-
wirr von Gebirgspfaden haben sie sich vorangetastet, Schritt für Schritt,
ihre Pferde am Zügel führend. Nur um am Ende zu erkennen, dass ein
ungünstigerer Zeitpunkt kaum möglich gewesen wäre, den Fuß auf die
Alte Straße zu setzen. Sie haben zusehen können, wie sich der Him-
mel verdüstert hat über der tief in die Wildnis der Gipfel gekerbten
schluchtartigen Senke. Innerhalb von Minuten hat sich das Grau am
Firmament zu finsterem Gewölk geballt – und dann hat es begonnen,
als wäre das Ende der Welt gekommen.

Unter Mühen nur hat sich der Oberst bewegen lassen, in einem ge-
schützten Winkel der Klamm Halt zu machen, während flussabwärts
Blitz und Donner wüteten. Und kaum dass die übelste Gewalt der
Heimsuchung vorbei gewesen ist, als er auch schon den Befehl zum
Weitermarsch erteilt hat.

Und nun stolpern sie über das Trümmerfeld in der Tiefe, wo sich
inmitten von Steinen und Schutt der Wildbach einen neuen Weg bahnt,
schwarzes Wasser tückisch um ihre Knöchel strudelt. Nun, da doch klar

sein muss, dass sie vergeblich gekommen sind. Dass die Alte Straße nicht in Frage kommt für die Aufgebote aus dem Westen mit ihrem schweren Gerät. Wie könnte die Armee eine Straße passieren, wo gar keine Straße mehr ist?

Und doch will der Oberst von einer Umkehr nichts wissen. Als hätte er nicht begriffen, was es bedeutet, wenn ihr Unternehmen so unübersehbar gescheitert ist: dass der ersehnte Generalsrang in weite Ferne gerückt ist.

Wobei tatsächlich etwas seltsam ist mit dem Oberst. Beinahe, als ob sein brennender Ehrgeiz nicht länger eine Rolle spielt, seit sich das Bild der Zerstörung aus dem Dunst geschält hat. Er hat auf die Verwüstungen gestarrt, sekundenlang, mit einem Ausdruck auf dem Gesicht, den keiner von ihnen recht hat einordnen können. Und dann hat er ihnen mit knappen Worten Anweisungen erteilt. Anweisungen, nach Opfern zu suchen. Nach Verletzten. Nach Reisenden, die es womöglich an diesen Ort verschlagen hat. Verschlagen auf eine Straße, die doch seit Jahrzehnten niemand mehr benutzt als ein paar Wilde aus den Bergen! Hier unten in der Tiefe sollen sie Ausschau halten, genauso aber auch jenseits der Schutthalde, wo die Gewalt des Bergsturzes nicht mehr ausgereicht hat, die Piste in die Tiefe zu reißen. Übersät von Geröll klammert sie sich an dieser Stelle weiter in den Hang, und wie Glühwürmchen irren die Fackeln einer Handvoll ihrer Gefährten nun dort oben umher, in schwindelerregender Höhe, Hunderte von Fuß über den Häuptern ihrer Waffenbrüder, auf der Suche nach – was? Wenn tatsächlich jemand auf der Straße unterwegs gewesen ist, den Soldaten voraus … Wie könnte irgendetwas noch am Leben sein an dieser Stätte des Todes?

Theresas Atem ging keuchend. Unter den wärmenden Decken schmiegte sich der kleine Joachim an seine Mutter. Der Junge spürte ihre Unruhe, regte sich im Schlaf, doch noch immer gelang es keinem von ihnen, durchzubrechen an das Licht des Bewusstseins.

Ein überraschter Ruf hallt über die Trümmerstätte. Die Solda-
ten blicken auf. Einer ihrer Kameraden, die über den Schutt hinweg
den Hang erklommen haben: Sie sehen, wie er hektisch seine Fackel
schwenkt, während abgerissene Fetzen seiner Stimme zu ihnen in die
Tiefe dringen. Dort ist etwas! Ein Mensch, unter dem Geröll begraben!

Verdutzt sehen die Männer einander an, während der Oberst bereits
an ihnen vorbeieilt, in fliegender Hast an den geborstenen Felsen in die
Höhe klimmt, zu den Fackeln, an die Seite seiner Gefolgsmänner.

Und dann sind sie bei ihm, sehen, worauf die Kameraden gestoßen
sind, und einen Moment lang beobachten sie sprachlos, wie der Oberst
keine Rücksicht mehr nimmt auf seinen tadellos gepflegten Offiziers-
rock. Wie er selbst mit Hand anlegt an den zentnerschweren Trümmern
des Gesteins, sich schwer in den Schutt stemmt.

Bevor sie sich einen Ruck geben. Und jetzt allesamt mit hektischen
Fingern helfen. Einen mannsgroßen Geröllbrocken wuchten sie zur
Seite, unter dem ein Arm sichtbar wird, ein Bein, jetzt der Körper eines
Mannes, ein Stück entfernt nun auch der Kadaver eines Pferdes. Doch,
nein, unmöglich. Dieser Mann kann nicht am Leben sein.

Da ist der andere Arm, der linke. Er ist in einem unnatürlichen
Winkel abgeknickt. Da ist der Kopf, das Gesicht totenblass unter
dem zerzausten blonden Haar, aber dieser Unbekannte sieht ... Ja,
er sieht, denn seine Augen sind geöffnet. Er muss seine Retter sehen,
muss sie wahrnehmen, wenn er am Leben ist, und doch blicken die
Augen reglos in die Dunkelheit, bis sich einer der Soldaten über ihn
beugt, das Licht der Fackel nahe an sein Gesicht führt, und nun: Tritt
Leben in seinen Blick? Regen sich diese Augen? Augen vom Grau eines
Wintertages.

Theresa fuhr in die Höhe. Ihr Puls ging rasend, schien von
den Wänden der Schlafkammer widerzuhallen. Sie spürte
eine Bewegung an ihrem Körper, Joachim, der blinzelnd zu
ihr aufsah. Abwesend legte sie die Hand auf seinen nachtwir-

ren Schopf, registrierte, wie der kleine Junge zurückglitt in die Umarmung seiner Träume.

Anders als sie.

Es musste mitten in der Nacht sein. Vor den Fensterläden zeigte sich keine Spur der Dämmerung. Mit zitternden Gliedern erhob sie sich, hielt einen Moment lang inne, um die Decke über den Körper des schlafenden Jungen zu breiten, bevor sie mit bebenden Fingern nach ihrem Kleid tastete. Kein Gedanke daran, jetzt nach dem Mieder zu suchen, dem feste Fasern von Hanf seinen engen Sitz verliehen. Sie hätte es doch nur mit Marthas oder Ilsas Unterstützung vollständig schließen können.

Die Kälte des rohen Dielenbodens nahm sie nicht wahr. Blind setzte sie einen Fuß vor den anderen, legte den vertrauten Weg zur Tür zurück, schlüpfte lautlos hindurch, passierte den schmalen Korridor, von dem weitere Kammern abzweigten für andere Angehörige des Gesindes. Sie stolperte hinaus ins Freie, hinaus in die Nacht.

Ihr Atem ging stoßweise. Krampfhaft beugte sie sich nach vorn, als ein saurer Geschmack in ihrer Kehle aufstieg. Sie hatte niemals über morgendliche Übelkeit geklagt, weder als Joachim in ihrem Leib herangewachsen war, noch jetzt, während der neuen Schwangerschaft. Doch das hier war nicht die Schwangerschaft. Sie wusste, dass es nicht die Schwangerschaft war. Es war – der Traum?

»Es war kein Traum«, flüsterte sie, und die Worte schienen die Finsternis ringsum zu füllen. Sie hielt inne, lauschte.

Da war ein Rascheln im Gebüsch, kleine Jäger der Nacht, im Unterholz auf der Suche nach Beute. Da war von ferne der Ruf einer Eule. Von den Ställen her klang das schläfrige Muhen der Melkkühe. Ein fahler Mond stand am Himmel wie in den Bildern, die sie vor ihrem Erwachen gesehen hatte, und linker Hand war das Mauerwerk des Herrenhauses auszumachen. Am Portal der Anlage flackerte eine Leuchte, um späten Besuchern den Weg zu weisen, der Gräfin zumal, sollte die Kutsche samt ihrer Eskorte während der Nachtstunden unangekündigt aus Wohldenbach zurückkehren.

Die Eskorte. – Wilhelm. Wilhelm mit seinen Augen vom Grau eines Wintertages. Wilhelm, den sie vor Minuten *gesehen* hatte, reglos dahingestreckt auf zerklüftetem Gestein.

Theresa schlang die Arme um ihren Körper, begann in der Dunkelheit auf und ab zu gehen in der Hoffnung, dass mit dem Blut die Wärme den Weg zurück in ihre Glieder finden würde. Wilhelm. Sie blieb stehen. »*Wir sind seit drei Jahren verheiratet*«, flüsterte sie. »*Und ich glaube, dass ich so ziemlich alles über dich weiß. – Und das ist umgekehrt nicht der Fall.*« Seine Worte an jenem Tag, an dem Justus Brandt ihr zwischen den Bäumen des Lustgartens aufgelauert hatte. An jenem Tag, an dem sie sein, Wilhelms, Geheimnis erfahren hatte, während er geglaubt hatte, alles zu wissen, was man über Theresa nur wissen konnte.

Doch das war nicht die Wahrheit.

Es stimmte, dass von ihrer Familie nur noch ihre Tante am Leben war. Sie war mit der hageren Agathe bekannt, die auf Hohensandau ihren Dienst als Hausdame versah. Dieser Bekanntschaft verdankte Theresa ihre Stellung auf dem Gutshof. Ihre Eltern waren tot, ihr Vater war im selben Sommer und an derselben Krankheit gestorben, die auch Leonor, Eleonora Leuschenthal, das Leben gekostet hatte. Wilhelm hatte Theresa weniger als ein halbes Jahr voraus.

Ihre Mutter dagegen war erst in Theresas zwölftem Jahr ins Grab gesunken. Anders als an ihren Vater besaß Theresa also sehr deutliche Erinnerungen. Ihre Mutter war Wäscherin ge-

wesen oder war doch mit ebendiesem Beruf in den Amts-
büchern der Provinzhauptstadt geführt worden. In Wahrheit
nämlich hatte sie ihr Geld auf ganz andere Weise verdient, auf
eine Weise, die ein Amtsschreiber unter keinen Umständen in
seinen Büchern vermerkt hätte.

Theresa erinnerte sich, wie zuweilen Kutschen in den Hof
des Hauses gebogen waren, in dessen Obergeschoss sie eine
Wohnung mit ihrer Mutter geteilt hatte. Prunkvolle Karossen,
ihre Fenster dunkel verhängt. Jedes Mal war es so abgelaufen:
Im Hof hatten die Kutschen gewartet, von der Straße aus unsichtbar, während ein einzelner Herr oder eine einzelne Dame
mit eiligen Schritten die freie Fläche überquert und das Haus
betreten hatte. An der Tür hatte Theresas Mutter ihren Gast
dann höflich in Empfang genommen. Und gemeinsam hatten
sich die beiden sodann in die Stube zurückgezogen, die Theresa während der folgenden Stunde nicht hatte betreten dürfen.
Bis die Besucherin oder der Besucher ebenso eilig wieder verschwunden und das Geräusch der Kutschräder auf dem Straßenpflaster verhallt war.

Ein Geheimnis. Und wie jedes Kind hatte Theresa Geheimnisse geliebt. Natürlich hatte sie Fragen gestellt, hatte immer
wieder nachgebohrt, was es mit diesen Besuchern denn wohl
auf sich hätte. Bis die Mutter – ein einziges Mal nur – geantwortet hatte.

Ich sehe für diese Leute. Und als das Mädchen sie verständnislos angestarrt hatte: *Ich kann sehen, was die meisten anderen Leute
nicht sehen können.*

Das war alles gewesen. Aus dem Mund ihrer Mutter hatte
sich das gar nicht nach einem so großen Geheimnis angehört.
Blieb die Frage, warum die vermögenden Gäste dann alles dafür
taten, nicht beobachtet zu werden, wenn sie die so unschein-

bare Wohnung aufsuchten. Warum die Vorhänge vor den Stubenfenstern geschlossen wurden, lediglich Kerzen den Raum erhellten, während ihre Mutter für diese Leute *sah*. Und noch etwas war bemerkenswert gewesen: Die entsetzte Abwehr ihrer Mutter, als Theresa sich ganz unschuldig erkundigt hatte, ob sie denn nicht auch einmal für ihre Tochter *sehen* könnte. Strikt hatte die Mutter sich geweigert, dergleichen auch nur zu versuchen. Was das Mädchen nicht recht hatte verstehen können. Denn war das Tagewerk ihrer Mutter nicht eine gute Sache? Verdiente sie auf diese Weise nicht den Lebensunterhalt für sie alle beide, auf weit weniger mühevolle Weise als die Mütter und Väter der Nachbarsfamilien? Und hatte sie nicht selbst einmal erwähnt, dass dem Sohn des Nachbarn die Gabe für den Umgang mit Leder förmlich *in die Wiege gelegt* worden war? Womit sie hatte zum Ausdruck bringen wollen, dass er womöglich etwas vom Können seines Vaters, eines Kürschners, geerbt haben könnte. Was, wenn auf dieselbe Weise etwas von der besonderen Gabe ihrer Mutter auf Theresa übergegangen war?

Danke dem Herrgott. Das Gesicht ihrer Mutter war blass gewesen wie ein frisches Laken. *Danke ihm, dass es nicht möglich ist, diese Dinge zu erben.*

Nie wieder hatte sie sich danach auf ein Gespräch über diesen Gegenstand eingelassen. Theresa besaß die Gabe nicht und sollte sich glücklich schätzen, sie nicht zu besitzen. Nur – war das tatsächlich so?

War es nicht so, dass sie manches Mal mehr zu sehen, mehr zu *wissen* schien als andere Leute? Ohne sich recht erklären zu können, woher dieses Wissen stammte?

Hin und wieder war es nicht mehr als ein kurzes Erschauern, gefolgt von einer plötzlichen unvermittelten *Gewissheit*.

Etwa so wie an jenem Morgen, als sie auf eine schwer zu beschreibende Weise *gespürt* hatte, dass sie nicht allein war dort am Pferdetrog am Rande des Wirtschaftshofs, nachdem sie sich eilig von Veras Altenteil entfernt hatte. Sie hatte aufgeblickt – und dort hatte er gestanden, im Weg zu den Koppeln gelehnt: Justus Brandt, den Blick unverwandt auf Theresa gerichtet.

Es waren Eingebungen, wie Theresa sie wieder und wieder erlebte. Eingebungen, wie sie doch ein jeder Mensch kennen musste. So jedenfalls hatte sie lange Zeit vermutet. Dazu aber gab es anderes. Anderes, das deutlicher war: Wie oft war es vorgekommen, dass sie sich aus einem Impuls heraus an Wilhelm gewandt hatte, am Abend, wenn sie mit den anderen Angehörigen des Gesindes beim Mahl beisammensaßen? Dass sie sich erkundigt hatte, ob er denn noch einmal nach der Stute gesehen hätte, die doch heute noch fohlen würde. Wilhelm hatte sie dann lediglich auf eine etwas merkwürdige Weise angeblickt, war aber, ohne zu zögern, hinaus auf die Koppel gegangen – und hatte ihr bei seiner Rückkehr mitgeteilt, dass er das Fohlen soeben glücklich und gesund auf die Welt geholt hätte. Sein Gesichtsausdruck war in diesen Momenten niemals recht zu deuten gewesen, und er hatte besonders leise gesprochen, so dass niemand als Theresa selbst die Worte hatte hören können. Und mindestens zwei Mal hatte er darauf bestanden, dass er ihr ganz gewiss nichts davon erzählt hatte, dass bei einer der Stuten die Geburt innerhalb der nächsten Tage bevorstand. Nein, sie hatten den Gedanken niemals vertieft. Und welche Antwort hätte Theresa ihm auch geben können als *Ich habe es einfach gewusst.*

Wilhelm. War es möglich, dass sie auch jetzt *gesehen* hatte? Dass tatsächlich eine Spur von der Gabe ihrer Mutter auf sie übergegangen war? Dass die Bilder, die ihr Traum ihr gezeigt hatte und die doch um so vieles deutlicher gewesen waren als ein gewöhnlicher Traum – dass diese Bilder die *Wahrheit* waren? Dass sich das, was sie gesehen hatte, tatsächlich zugetragen hatte, in ebenjenen Augenblicken womöglich, in eben dieser Nacht – und doch Tage der Reise entfernt?

Der Weg nach Wohldenbach führte durch die Berge. Die Stadt selbst lag hoch im Gebirge, wie Theresa wusste, und in einem seiner Briefe hatte Wilhelm ihr von den gewundenen Passstraßen berichtet, auf denen Gespann und Eskorte den Weg in die Heimat der Gräfin zurückgelegt hatten. War es nicht möglich, dass sich lediglich die Erinnerung an diese Schilderung in ihre Traumbilder gestohlen hatte?

Doch es war kein Traum gewesen! Zu deutlich konnte sie sich der Bilder entsinnen, standen Details der Uniformen vor ihrem Auge, die die Soldaten getragen hatten. Sie wusste, dass es Dragoner gewesen waren, die Koppel weiß auf dem hellen Blau der Uniformröcke. Sie erinnerte sich an das Gesicht des Obersten. Im linken Auge hatte er ein Monokel getragen, und alle Farbe war aus seinen Zügen gewichen, als Wilhelms Körper unter den Trümmern zum Vorschein gekommen war.

Wilhelm. Das konnte nicht sein! Das *durfte* nicht sein! Nicht jetzt, in diesem Moment, da alles, wonach sie sich so lange gesehnt hatten, zum Greifen nahe schien: ein eigenes Heim für ihre kleine Familie, für Wilhelm selbst die ganze Wertschätzung seines Vaters, die er sich so sehr verdient hatte. *Wilhelm.* Sein Gesicht hatte so friedlich gewirkt in jenen Bildern. So friedlich und so müde zugleich, erschöpft von der Verantwortung, die um so vieles schwerer wiegen musste, nun, da die Wogen des Krieges über dem Land an der Grenze zusammenschlugen. Der Verantwortung an der Spitze der Eskorte, mit der sein Vater ihn betraut hatte, den Sohn der Frau, die er geliebt hatte. Der Verantwortung für Thyra in ihrer Kutsche.

Aber in den Bildern war keine Kutsche gewesen! Und wenn da keine Kutsche gewesen war – wie konnten diese Bilder dann die Wahrheit sein?

Ruhelos nahm sie ihren einsamen Marsch von neuem auf: vom Zaun um den Küchengarten bis zu der niedrigen Tür im Wirtschaftstrakt, hinter der sich die Kammern des Gesindes verbargen. Noch immer stand keine Ahnung der Morgendämmerung am Himmel.

Sie erinnerte sich an die Gedanken der Soldaten, sie waren so deutlich gewesen wie die Gedanken in ihrem eigenen Kopf. Wilhelm hatten die Männer weit oben am Hang geborgen, wo sich die Straße noch immer in den Felsen klammerte, zuvor aber hatten sie die gesamte gewaltige Trümmerfläche abgesucht, wo der Berg in die grausige, strömende Tiefe gebrochen war. Auf Befehl ihres Obersten, der *geahnt* zu haben schien, dass Reisende in jener so abgelegenen Gegend unterwegs gewesen sein könnten. Da konnte noch mehr sein. Da konnten weitere Opfer sein, auf ewig unter dem Schutt begraben.

»Die Gräfin in ihrer Kutsche«, flüsterte sie. »Die Gutsknechte.«

Das durfte nicht sein! Das durfte nicht geschehen sein!

Und wieder blieb sie stehen. Da war etwas. Eine Erinnerung in ihrem Kopf.

Nein, ich konnte nicht wissen, was geschehen würde. Die Stimme Ferdinand von Hardensteins. Düster schien sie die Worte zu raunen. *Doch es ist geschehen. Also hätte ich auch damit rechnen müssen, dass es geschehen könnte.*

»Nein«, wisperte Theresa. »Das ist blanker Unsinn. – Dinge geschehen eben. Ob man das will oder nicht. Wer sie verhindern wollte, der würde alles nur noch schlimmer machen.«

Diesmal war es nicht mehr als ein Aufblitzen, ein Vorbeihuschen wie ein Anflug von Schwindel. Bloße Bruchstücke eines Bildes, die sich zu keiner vollständigen Darstellung fügen wollten. Da war die Kutsche der Gräfin, und da war ihre Herrschaft selbst – und Wilhelm, unverletzt, im freundlichen Mittagslicht auf dem Marktplatz eines ummauerten Städtchens. Die Stirn ihres Ehemannes lag in grüblerischen Falten, und sie wusste, dass er um eine Entscheidung rang, die ihm niemand, auch die Gräfin nicht, von den Schultern nehmen konnte.

Und sie wusste, ja, sie *wusste*, dass dieser Moment eine Wahrheit war. Dass er etwas zeigte, das sich *vorher* ereignet haben musste, vor den Bildern auf der Trümmerstätte inmitten der Berge.

»Er hatte eine Wahl«, flüsterte sie. »Was immer geschehen ist: *Er hatte eine Wahl.*«

Sie fröstelte, schlang die Arme um ihre Brust, doch nichts schien die Kälte in ihrem Körper vertreiben zu können. »Aber selbst wenn man eine Wahl hat. Selbst wenn man verhindern kann, dass etwas geschieht – dann wird eben etwas anderes geschehen. Was, wenn das etwas ist, vor dem man noch größere Furcht hat?«

Nein, es war nicht kalt. Eine Erinnerung an die Wärme des Sommertags war über der freien Fläche zu Füßen des Herrenhauses gefangen. Doch sie lauschte den Worten nach – und da war Kälte. *Gespenster.* Es waren Gespenster in der Luft in dieser Nacht. Regungslos blickte sie hinaus in die Dunkelheit, die über dem Gutshof lagerte wie eine erstickende Decke.

»Ich bin umgeben von Gespenstern«, flüsterte sie, und ohne dass sie es herbeigerufen hätte, trat ein anderes Bild vor ihre Augen, ein Bild aus ihrer eigenen Erinnerung: der Morgen, an dem ihr die geisterhafte Ähnlichkeit aufgegangen war, die der kleine Joachim mit seinem Großvater besaß. Der Morgen, an dem sie den Blick Justus Brandts auf sich gespürt hatte, auch seine düstere Gestalt gleich einer geisterhaften Erscheinung, die sich wie aus dem Nichts manifestiert hatte.

Theresa aber hatte nicht abweichen wollen vom Ablauf ihres Morgens. Grimmig hatte sie beschlossen, sich nicht von Gespenstern ängstigen zu lassen. Und wie zum Beweis hatte sie stattdessen ebenjenen Ort betreten, den sie jedes Mal aufsuchte zu dieser Stunde des Tages. Jenen Ort, an dem die Toten wahrhaft gegenwärtig waren: den Gutsfriedhof mit Leonors Grabstätte.

Und dort hatte er unvermittelt in ihrem Rücken gestanden: nicht Brandt, sondern seine Herrschaft, der ihr mit ruhigen Worten erklärt hatte, was er mit einem Mann zu tun gedächte, der es wagen würde, sie in dieser Weise zu bedrängen. Um ihr von seinen eigenen Gespenstern zu berichten, den Schatten der Vergangenheit, die auf seinem Herzen lasteten. Von Leonors Tod, den er sich selbst anlastete. Nur eines hatte er nicht getan.

»Er hat mit keinem Wort gefragt, von wem ich mich verfolgt fühlte«, flüsterte sie.

In jenem Moment hatte sie das Ausbleiben dieser Frage kaum zur Kenntnis genommen. Obgleich sie sich sicher war, dass sie Brandt nicht erwähnt hatte in den scharfen Worten, die sie an den Unsichtbaren gerichtet hatte. Und trotzdem hatte Ferdinand von Hardenstein mit keiner Silbe gefragt, wer es denn nun war, der ihr so hartnäckig nachstellte.

Weil er etwas ganz anderes im Kopf gehabt hatte? Weil er *Leonor* im Kopf gehabt hatte? Weil die Begegnung einzig *Theresa selbst* als Zufall erschienen war. Während sie für Ferdinand von Hardenstein etwas ganz anderes gewesen war. Weil er sich an diesem Morgen bereits vorgenommen hatte, dort an Leonors Grab mit ihr zu sprechen, am Grab der Frau, die er geliebt hatte. Dass sie das Grab zu dieser Stunde aufsuchte, konnte er schon Tage zuvor beobachtet haben. Was, wenn genau diese Besuche ihn bewogen hatten, das Gespräch mit ihr zu suchen? – Um sie auf die Probe zu stellen? Sich ein Bild zu machen, wie sie reagierte, wenn er ihr die gesamte Geschichte anvertraute? Ihr, die doch die Ehefrau von Leonors Sohn war, dem künftigen Verwalter.

Leonor, dachte sie. *Leonor, Leonor, Leonor.* Wie war es möglich, dass die Toten eine solche Macht besaßen auf Hohensandau? Dass sie einen solchen Einfluss nahmen auf die Geschicke der Lebenden?

»Wilhelm«, flüsterte sie. Sein totenblasses Gesicht. Sein Körper begraben unter den Trümmern eines Steinschlags.

Sie legte die Hände auf den Leib und das werdende Leben. Mit aller Macht bemühte sie sich, ihre Gedanken auf andere Pfade zu lenken. Irgendwohin. Zu ihrem kleinen Sohn und seinen Streichen. Zu den Stapeln von Leinen, die zu waschen und zu walken man den Mägden für den folgenden Tag aufgetragen hatte. Zu ihrer Freundin Ilsa, der ein hohler Zahn Schmerzen bereitete und die sich doch noch nicht überwunden hatte, den Schmied aufzusuchen, einige Dörfer entfernt, damit er sie von dem Übeltäter befreite mit einem seiner brachialen Werkzeuge. Alles war recht, um dieses totenblasse Gesicht aus ihren Gedanken zu vertreiben. Doch es wollte ihr nicht gelingen.

Ihr Blick ging nach Westen, wo er bei Tageslicht zwischen dem Türrahmen der Kapelle und der Schulter des Berges über das hügelige Land frei war.

Für diesen Augenblick war es vollständig still. Nacht lag über den unsichtbaren Gipfeln der Berge. In der Ferne stand ein Wetterleuchten über dem westlichen Himmel.

Erzberg
Sommer 1866

⌒

Es war ein schreckliches Gefühl, hilflos danebenzustehen, wenn ein Mensch starb. Doch es war ein Gefühl, das Luisa hätte vertraut sein sollen.

Sie hatte Frauen sterben sehen. Frauen, denen sie die Nacht hindurch die Hand gehalten hatte in verzweifelter, doch am Ende vergeblicher Hoffnung. Sie hatte Säuglinge sterben sehen, kaum dass sie ihre ersten Atemzüge getan hatten. Viele, *zu* viele Male. Und so oft es auch geschehen war: Niemals würde sie sich an das Gefühl gewöhnen, wenn sich das, was eben noch ein erstickter Schrei, ein rasselndes Ringen um Luft gewesen war, in Stille verwandelte. Totenstille.

Für Luisa war es ein Gefühl der Niederlage. Es war ein Gefühl des Versagens, jedes Mal von neuem, wenn ein Mensch starb, gleichgültig ob Mutter, ob Kind. Immer war da die Ahnung, dass sie auf irgendeine Weise doch noch mehr hätte tun können.

Und ganz so war es auch in dieser Nacht.

Es war nicht die Fremde aus der Kutsche. Die Frau war bereits tot, und Luisa konnte nicht sagen, wann genau sie gestorben war. Sie hatte die gekrümmte Klinge angesetzt zu jenem Schnitt, der einem Menschen den sicheren Tod bringen würde und einem anderen Menschen die vage Hoffnung auf

Überleben. Sie hatte das Kind hervorgeholt, einen Jungen, hatte mit einer raschen Bewegung die Nabelschnur durchtrennt. Das Neugeborene hatte seinen ersten Schrei getan, und nun lag es zwischen wärmenden Decken in unruhigem Schlaf. Denn nein, es war auch nicht dieser kleine Junge, der mit dem Tode rang. Zu Luisas Überraschung war er ein kräftiges Kind. Sie gab ihm alle Chancen, gesund heranzuwachsen.

Als sie sich wieder über die Fremde gebeugt hatte, hatten Puls und Atmung bereits ausgesetzt, ohne dass die Frau noch einmal erwacht war. Luisa war beinahe dankbar gewesen, dass sie sich nicht länger an ihren sterblichen Leib geklammert hatte, den sie mit der gebogenen Klinge auf so grauenhafte Weise zerfetzt hatte. Sie hatte den Körper der Toten verhüllt, ihn ächzend vom Lager gehoben und einstweilen in einem ruhigen Winkel der Stube abgelegt. Man würde die Unbekannte am Rande des Kirchhofs der Erde anvertrauen. In den Jahren, in denen der Verkehr über die Alte Straße geflossen war, war dort eine Reihe nicht gekennzeichneter, halb vergessener Grabstätten entstanden. Grabstätten, die die Leiber jener Fremden aufgenommen hatten, denen die Gefahren der Route zum Verhängnis geworden waren.

Luisa warf einen Blick zur Seite. Nein, es war auch nicht Frida, deren Leben sich dem Ende zuneigte. Frida war stark. Natürlich bedeutete jede Geburt eine Gefahr für Mutter und Kind, aber Luisa war nun hier, um ihr beizustehen. Die Wehen hatten eingesetzt, aber noch immer kamen sie in großen Abständen, und dazwischen war die junge Frau imstande, sich auf ihrem Lager aufzurichten, bis eine neue Welle von Schmerzen sie zurück auf die Kissen zwang.

An die Seite ihres Ehemanns. An die Seite Josephs, dessen Lebenslicht flackerte und doch nicht erlöschen wollte.

Minuten nur, nachdem Luisa das Kind der Fremden zwischen den Decken abgelegt hatte, war an der Tür ein heftiges Klopfen zu vernehmen gewesen. Jakob war in die Hütte gestürmt, und er war kreidebleich gewesen, seine Worte hatten sich überschlagen. Joseph gehe es schlechter! Blut sei auf seine Lippen getreten, und der Husten wolle nicht wieder aufhören!

Luisa hatte genickt, den Fortgang von Fridas Wehen noch einmal geprüft und schließlich entschieden, dass sie es verantworten konnte, die Gebärende für einen Augenblick allein zu lassen. Gerade in dieser Nacht war Joseph so unendlich viel zu verdanken. Er hatte es nicht verdient, dass sie ihn seinem Schicksal überantwortete. Doch als sie den Verletzten gesehen hatte, war ihr auf der Stelle klar gewesen, dass sie nichts für ihn würde tun können. Mit Jakobs Unterstützung hatte sie ihn in die Behausung des Schichtmeisters von Erzberg zurückgebracht. Und dort lag er nun, in einer halb sitzenden Position, den Oberkörper gegen die Kopfseite des Lagers gebettet. Das Atmen wurde ihm damit für den Augenblick erleichtert, doch Luisa war bewusst, dass sich selbst auf diese Weise das Unausweichliche lediglich hinauszögern ließ.

Sie lauschte auf den Sturm, der noch immer über die Hänge fauchte. Jakob war in seine eigene Hütte zurückgekehrt, zu Minna, seiner Ehefrau, zu seinen Töchtern und dem kleinen Karl, seinem Stammhalter, die sich noch immer vor dem Unwetter ängstigten. Luisa hatte es nicht gewagt, ihm über Josephs Zustand die Wahrheit zu sagen. Mit Sicherheit hätte Jakob sich gewünscht, den Sterbenden bis zu seinem letzten Atemzug zu begleiten. Und genauso hätte Joseph selbst seinen alten Freund in seinen letzten Stunden an seiner Seite haben wollen. Und trotzdem: Wie hätte Luisa allein an die beiden Männer denken dürfen, wenn da doch Frida war, deren Kind in dieser Nacht auf die Welt drängte. Welchen Albtraum musste es für die Schwangere bereits bedeuten, den eigenen sterbenden Ehemann in der Kammer zu wissen, wenn die Stunde der Geburt nahte? Einen anderen Mann nun noch dazu? Nein, dachte Luisa. Sie hatte die richtige Entscheidung getroffen.

»Ich werde es nicht schaffen.«

Sie schreckte zusammen. Josephs Stimme war heiser, mühsam nur hatte er die Worte hervorgebracht. Doch er klang gefasst.

Frida war in einen Dämmerschlaf geglitten, erschöpft von der Wut der Wehen. Jetzt versuchte sie sich in den Kissen aufzurichten. »Das ist Unsinn, Joseph! Das darfst du nicht sagen! Das darfst du nicht einmal denken!« Flehend wandte sie sich an Luisa: »Bitte, sag ihm, dass das Unsinn ist! Dass er leben wird für unser Kind, unseren Sohn, bis er herangewachsen ist und ...«

»Die Schmerzen ...« Joseph musste abbrechen, zu Atem kommen. »Die Schmerzen halten sich in Grenzen«, sagte er. »Doch ich spüre es. Spüre, dass mir jeder Atemzug schwerer fällt als der vorangegangene. Es ist wie in den Stollen, auf der untersten Sohle, wenn die Jungen an den Lüftungsklappen erschöpft sind und ihren Dienst nicht mehr richtig versehen können. Und doch ganz anders. Da ist etwas verletzt – hier drin.« Schwer hob er die Hand, deutete auf seine Brust. »Nein, es tut nicht besonders weh, aber du kannst es nicht aufhalten.« Er blickte die alte Frau an. »So ist es doch, Luisa? Sag mir die Wahrheit!«

Luisas Finger schlossen sich, öffneten sich wieder. Die Wahrheit. Wie sie diese Bitte kannte! Wie sie diese Bitte *fürchtete*! Immer wieder forderten Frauen die Wahrheit ein, wenn sie spürten, dass ihre Schwangerschaft nicht den erwarteten Verlauf nahm. Und jedes Mal von neuem hatte Luisa zu entscheiden, ob sie der Schwangeren diese Wahrheit tatsächlich zumuten konnte, wenn sie über unerträglichen Schwindel klagte, einen schmerzenden Kopf, ihre Beine zu schwellen begannen, eine Last sich auf ihre Brust zu legen schien, während das Kind in ihrem Leib heranwuchs. Sie wusste um einige Kräuter, mit denen sich der Druck des Blutes in den Gefäßen des Körpers senken ließ – zu einem gewissen Grade. Doch wenn sie sich beinahe sicher war, dass die Schwangere die Geburt nicht überstehen würde?

Josephs Zustand ließ keinen Zweifel zu. Sie musterte ihn. Eine Grubenlampe erhellte die Nische mit dem Schlaflager.

»Ich fürchte, du hast es richtig erkannt«, sagte sie leise. »Mit deiner Schulter könnte ich dir helfen, doch als das Gestein auf dich niederstürzte, muss etwas deine Lunge verletzt haben. Manchmal gehen solche Wunden nach außen. Dann kann man sie verschließen, und es kommt vor, dass der Verletzte überlebt, wenn nicht das Feuer des Wundbrands nach ihm greift. Doch hier muss die Stelle im Innern liegen, eine Rippe vielleicht, die das Gewebe der Lunge durchstoßen hat. Selbst der kundigste Wundarzt…« Sie schüttelte den Kopf. »Der Versuch, an diese Stelle zu gelangen, würde dir Verletzungen zufügen, die dich innerhalb von Augenblicken dahinraffen würden.«

»Du musst etwas tun!« Fridas Stimme überschlug sich. »Du musst es *versuchen*, Luisa! Unser Sohn, wenn er auf der Welt ist: Wie soll er heranwachsen ohne Vater? Wovon sollen wir leben? Wie sollen er und ich ohne Vater, ohne Joseph…«

»Wie lange?« Josephs Stimme blieb ruhig.

Luisa schloss die Augen. »Einige Stunden vielleicht, wenn du es vermeidest, dich niederzulegen. Doch den Sonnenaufgang wirst du nicht mehr sehen. – Und die Schmerzen werden kommen.« Ihre Finger bebten, als sie sich nach dem Säcklein mit ihren Kräutern streckten. »Ich habe einen Rest von einer bestimmten Sorte Schlafmohn. Es muss Jahre her sein, dass ich ihn bei einem fahrenden Händler eingetauscht habe gegen ein seltenes Kraut, das nur hier in den Bergen zu finden ist. Ich habe den Wirkstoff zu einem starken Sud verarbeitet, um ihm eine längere Haltbarkeit zu verleihen. Ich gehe davon aus, dass er unvermindert wirksam ist. Den Schwangeren kann ich nichts davon geben, wenn ihre Stunde naht.« Unbehaglich hob sie die Schultern. »Das Gebräu nimmt zuverlässig die Schmerzen. Doch wenn das Kind kommt, braucht eine Frau nicht allein ihre gesamte Kraft. Auch ihr Geist muss dann mit jedem Augenblick gegenwärtig sein, um den Vorgang zu unterstützen. Dein Körper aber ist jetzt schon aufs Äußerste geschwächt. Wenn ich dir davon geben würde...« Sie holte Luft. »Das Ende würde schneller kommen. Aber vergleichsweise sanft.«

»Das kannst du nicht tun!« Frida streckte sich nach ihr, unternahm einen Versuch, Luisa das Säcklein zu entreißen.

Schwach hob Joseph die Hand. »Wenn ich nichts von diesem Trank zu mir nehme: Werde ich dann lange genug am Leben bleiben, dass ich unseren Sohn sehen kann?«

Luisa zögerte. Wie wollte er wissen, dass es ein Sohn sein würde?

Er deutete ihren Gesichtsausdruck richtig. »Es *muss* ein Sohn sein.« Knapp. »Kann ich bis dahin am Leben bleiben?«

Luisa warf einen Blick zu Frida, die die Zähne zusammenbiss, als eine neue Wehe ihren Körper schüttelte. Sachte legte sie eine Hand auf den Leib der jungen Frau. »Lass es zu«, sagte sie leise. »Kämpfe nicht dagegen an.« An Joseph gewandt: »Möglicherweise«, sagte sie. »Doch du wirst Schmerzen haben.«

Sein Gesicht verzog sich. »Dann will ich meinen Sohn sehen.«
Schwer hob sich seine Brust. »Ich wähle die Schmerzen.«

»Es muss doch irgendetwas geben!« Tränen standen in Fridas
Augen, als sie sich aus der Gewalt der Wehe freikämpfte. »Wie
sollen wir ...«

»Hör mir zu, Frida!« Josephs Stimme klang angestrengt. Ein
Hustenanfall schüttelte ihn, und die krampfhaften Laute hielten
an, endlos scheinbar, bis der Verletzte in der Lage war fortzufahren. »Einige wenige Jahre nur, und der Junge wird alt genug
sein, dass er in den Berg einfahren kann. Seit dem Winter hat
der Amtmann einen seiner Büttel dort an den Toren der Grube.
Einen Mann, der achtgeben soll, dass die Kinder nicht jünger
sind als acht oder neun, wenn sie in die Stollen steigen, doch
wenn es Jungen sind, sieht er nicht genauer hin. Denn natürlich muss ihm ... natürlich muss ihm klar sein, wie sehr man
auf die Arbeit dieser Jungen angewiesen ist, wenn die Schächte
in die Tiefe wachsen. Diese Jungen sind ...« Wieder zwangen
seine Lungen ihn sekundenlang zum Innehalten. Nichts als sein
schwerer Atem war zu hören, bis er mit heiserer Stimme von
neuem ansetzte. »Die Jungen sind die Allerersten«, flüsterte er.
»Lange vor den erwachsenen Bergmännern können sie sich in
Winkel der Grube zwängen, in denen sich möglicherweise un-
erforschte Lager von Erz verbergen. Gefährliche Winkel, die
noch nicht gestützt werden durch die Streben der Stollen, doch
entsprechend großzügig werden diese Jungen entlohnt. Wenn
er einmal so weit ist, unser Sohn ... Wenn er solche Arbeiten
aufnehmen kann in den Minen: Es wird nicht lange dauern, bis
er in der Lage sein wird, euch beide durchzubringen. – Und
bis dahin müssen deine Kräfte reichen. Und wenn du dich eine
Zeit lang selbst zur Arbeit in den Stollen verpflichten musst, so
ungern das auch gesehen wird bei einer Frau.«

»Du ...« Die Tränen drohten die Stimme der Schwangeren zu ersticken. »Du weißt, dass eine Frau sich noch so schinden kann: Man wird ihr niemals die Summe zugestehen, die man einem Mann für ganz genau dieselbe Tätigkeit zubilligt. Oder auch nur einem Jungen, sogar dann, wenn er nicht selbst in die Verzweigungen der Stollen kriecht, sondern nichts als die Klappen bedient am Hauptschacht, an den Lüftungsschleusen. Niemals werden wir auf diese Weise ...«

»Dann wird das Dorf ...« Unruhig tastete Joseph umher im Versuch, sich aufrechter zu setzen. »Dann wird das Dorf euch helfen. In den ersten Jahren, solange der Junge noch nichts beitragen kann. Die Leute wissen, dass er eines Tages ihr Schichtmeister sein wird, wenn er herangewachsen ist, der Sohn von Joseph, dem Sohn des alten Roger. Sowenig sie selbst auch besitzen: Sie werden mit euch teilen, mit ihrem künftigen Schichtmeister und seiner Mutter. Niemals würden sie zulassen, dass Josephs ... Josephs Sohn ...«

Erschöpft brach er ab, und diesmal fand er nicht die Kraft, seine Worte fortzusetzen. Sekundenlang war nichts zu hören als das Schluchzen der Schwangeren, bis der Laut sich veränderte, als eine neue Wehe nach Frida packte.

Luisa hielt ihre Hand, gab halblaute Anweisungen – *Atmen. In die Wehe atmen* – während sie Josephs Worte in ihren Gedanken bewegte. Ja, die Männer und Frauen würden dem Sohn ihres Schichtmeisters beistehen. Aus Menschlichkeit. Aus alter Freundschaft zu Joseph und seiner Ehefrau. Vor allem aber, weil die Männer aus seiner Familie eben immer ihre Anführer gewesen waren und sie überhaupt nicht auf die Idee kommen würden, in Frage zu stellen, dass jener neugeborene Junge eines Tages ihr Schichtmeister sein würde. Wenn das Kind dagegen ein Mädchen war ... Nein, die Dorfbewohner waren keine

Unmenschen. Doch sie alle hatten schwere Zeiten gesehen, und Luisa wusste, dass in den vergangenen Jahren Menschen an Schwäche und Krankheit gestorben waren, weil sie nicht genug zu essen hatten. In Erzberg war es eben nicht anders als an jedem anderen Ort der Welt, und die Männer und Frauen dachten zuerst an sich selbst und an ihre eigenen Familien. Ein Junge. Es *musste* ein Junge sein, den Frida zur Welt brachte, das künftige Oberhaupt des Dorfes in der langen Reihe seiner Väter und Vätersväter. Ein Sohn, kräftig und entschlossen wie Joseph selbst und der alte Roger vor ihm. Ein Sohn, der eines Tages in die Minen fahren würde als Anführer seiner Schicht. Ein Sohn, der verhindern würde, dass seine Mutter ins Elend sank.

Frida hatte sich aufgerichtet, befreit aus der Umklammerung der Wehe, doch mit sanften Worten drückte Luisa sie zurück in die Kissen. Vorsichtig prüfte sie die Geburtsöffnung, die sich zögernd zu weiten begann.

Eine Stunde später war Luisas Gesicht von Schweiß bedeckt. Noch immer fauchte der Wind um die Behausung, doch sie nahm ihn kaum mehr zur Kenntnis. Die Geburt hatte eingesetzt. Minutenlang hatte sie eine Steißlage des Kindes befürchtet, dann aufgeatmet, als der Verdacht sich als unbegründet erwies. Und dennoch forderte der Vorgang nicht allein Fridas, sondern auch ihre eigene gesamte Kraft, alle Geschicklichkeit ihrer Hände, die ihr nicht länger mit der Selbstverständlichkeit ihrer jüngeren Jahre gehorchten, obwohl Luisa sie zur Vorbereitung sorgfältig mit Rosmarinöl massiert hatte, im Bemühen, die knotigen Versteifungen zu lösen.

Auf Joseph durfte sie nicht länger achten. Seine Lippen hatten sich bläulich verfärbt, sein Atem ging gurgelnd und rasselnd. Das Rasseln hatte Luisa häufig bei Frauen gehört, die sich der Schwelle des Todes näherten, wenn der Körper der entzündlichen Prozesse nicht länger Herr werden konnte, die sich zuweilen im Gefolge einer schweren Geburt einstellten. Es schien den Sterbenden keine zusätzliche Pein zu bereiten. Das tiefe Gurgeln dagegen, mit dem sich Josephs Lungen mit Blut füllten, war nicht allein schrecklich anzuhören. Luisa wusste, dass er Schmerzen litt, jeder Atemzug ein Kampf war gegen die Angst vor dem Ersticken, wissend, dass er diesen Kampf am Ende verlieren würde. Und trotzdem klammerte er sich weiter an sein Leben, entschlossen, seinen Sohn zu sehen.

Verbissen mühte sich Luisa, dem Kind den Weg ins Leben zu zeigen. Es war der einzige Weg, den Vater dieses Kindes von seinen Qualen zu erlösen.

Schließlich aber atmete sie auf. Der kleine Kopf wurde sichtbar, und von nun an war es eine Sache weniger Sekunden: Sie tastete nach den Schultern, bekam sie zu fassen, versuchte eben noch den natürlichen Ablauf zu unterstützen, während sich Frida mit einer letzten Anstrengung aufbäumte – und dann lag das Neugeborene in Luisas Armen. Sie gab ihm einen sachten Schlag auf den Rücken, hörte mit Genugtuung den kräftigen Schrei, kappte die Nabelschnur, ohne für diesen Moment recht hinzusehen, und …

»*Ist es* …« Joseph wäre kaum zu verstehen gewesen, hätte Luisa nicht gewusst, welche einzige Frage ihn am Leben hielt. »*Ist … es ein Junge?*«

Luisa hielt inne, gewann dann einige Sekunden, indem sie ein Tuch heranzog und alles für die Nachgeburt vorbereitete. Sie würde die Plazenta sorgfältig prüfen müssen. – *Plazenta*: jenes Wort, mit dem der Physicus in Altwasser den Mutterkuchen bezeichnete. Die Gefahr für ein Fieber im Kindbett stieg gewaltig, wenn die Plazenta nicht vollständig abgestoßen wurde.

Ist es ein Junge? Alles in Luisa schrie nach einer Lüge, einer kurzen, gnädigen Lüge. Doch sie wusste, dass der Vater das Kind würde sehen wollen. Sie wusste, dass es keinen Sinn hatte, ihm etwas anderes zu sagen – als die Wahrheit.

Sie atmete tief durch. »Frida hat dir eine wunderschöne Tochter geschenkt, Joseph«, sagte sie leise. »Eine wunderschöne und gesunde Tochter.«

Stille trat ein, abgesehen vom rasselnden Atem des Verletzten. Sie alle schwiegen, selbst das kleine Mädchen schwieg, während Luisa es notdürftig säuberte, bevor sie es rasch in wärmende Tücher hüllte und seiner Mutter an den Leib legte. Frida fasste zu, doch Luisa erkannte ihre Anspannung, ihre Abwehr, als sie ihre Tochter in Empfang nahm.

Ein Mädchen. Was hätte Luisa der Mutter und dem Vater erzählen können! Wie glücklich konnten sie sich schätzen über die Geburt dieses kräftigen und gesunden kleinen Mädchens! Und doch, in diesem Moment …

Sie sah hin und her zwischen den beiden – den dreien: der erschöpften Mutter, dem sterbenden Vater, dem eben zur Welt gekommenen kleinen Mädchen. Ein Mädchen würde *nicht* in die Stollen einfahren. Nicht wenn sich das irgendwie vermeiden ließ. Und selbst wenn es dazu kam: Ein Mädchen würde *nicht* in einigen Jahren ausreichend Geld nach Hause bringen, um seine Mutter vor dem Elend zu bewahren. Und natürlich war es ausgeschlossen, dass ein Mädchen jemals das Amt des Schichtmeisters von Erzberg versah. Die Bewohner des Dorfes würden mit den alten Traditionen brechen, nach denen die Würde einzig einem Angehörigen von Josephs Familie zukam, weitergegeben vom Vater an seinen Sohn. Sie würden einen anderen aus ihrem Kreis für dieses Amt bestimmen, Jakob vielleicht oder Florian, dessen Mutter Josephs Base gewesen war.

Und das wird erst der Anfang sein, dachte die alte Frau. Ein Mädchen würde irgendwann den Wunsch haben zu heiraten, wenn es denn am Leben blieb ohne Vater und Ernährer. Und selbstverständlich würde man dann erwarten, dass es eine Mitgift in die Ehe brachte, die sich sehen lassen konnte. Die Arbeit der Männer unter Tage war voller Gefahren. Kein Jahr verging, in dem der Berg nicht einen oder mehrere von ihnen zu sich holte. Den Überlebenden stand daheim in Erzberg eine bedeutend höhere Zahl junger Frauen gegenüber, unter denen sie ihre Wahl treffen konnten. Welcher Mann würde seinen Blick da auf die mittellose Tochter einer verwitweten Mutter richten – und stammte sie auch aus jener Sippe, die so viele Jahre lang den Schichtmeister gestellt hatte?

Es geschah wie von selbst, dass Luisas Blick zur Seite glitt. Ans Fußende des Alkoven, wo der kleine Junge, der Sohn der Fremden, zwischen den Decken schlief.

Sie wussten nichts über diese Fremde. Nichts, als dass sie und ihr Kind offensichtlich einer wohlhabenden Familie angehörten. Ihre Kutsche hatte man aus kostbaren Hölzern gezimmert. Das vom Fruchtwasser durchtränkte Kleid hätte einer Königstochter Ehre gemacht. Doch das Einzige, was die Retter ansonsten hatten bergen können, waren Scherben gewesen, Scherben kostbarer Keramik, wie Luisa sie erst ein einziges Mal in ihrem Leben zu Gesicht bekommen hatte, als einer der wohlhabenden Bürger sie nach Altwasser hatte rufen lassen, damit sie seiner Gemahlin bei der Entbindung beistand. In einem hölzernen Bottich ruhte das Vermächtnis der Fremden nun neben dem Leib der Toten, auf einigen der Scherben waren Fragmente eines verschlungenen Dekors erkennbar. *Weißes Gold.* Was waren das für verrückte reiche Leute, die mit Koffern voller Porzellan durch die Lande reisten?

»Verrückte reiche Leute, die nicht darauf angewiesen sind, dass ihnen ein Sohn geboren wird«, flüsterte Luisa. »Weil sie auch so überleben werden.«

Wieder war es still. So still, dass ihr Blick einen Moment lang erschrocken zu Joseph jagte. Doch nein, er lebte. Seine Lippen schienen sich zitternd zu bewegen, als er versuchte, einen Satz hervorzubringen.

»Du ...« Das war Fridas Stimme. Schon ihr Tonfall machte klar, dass sie Luisas Gedanken gefolgt sein musste. »Du meinst, dass wir ...«

Abrupt brach sie ab, und Luisa sah, wie sich ihre Augenbrauen überrascht in die Höhe bewegten. Ohne jede Hilfe hatte das kleine Mädchen die Brüste seiner Mutter entdeckt. Einen Moment lang trat Anspannung auf Fridas Züge, als die winzigen zahnlosen Kiefer sich fordernd um die schmerzhaft geschwollenen Milchdrüsen schlossen. Dann, ganz langsam, entspannten sie sich.

Und Luisa staunte. Sie wusste, wie man in der Stadt verfuhr. Sofort nach der Entbindung wurden die Säuglinge von ihren Müttern getrennt. Zunächst wurden die Kleinen sorgfältig gebadet, anschließend in einen komplizierten Kokon aus mehreren Schichten Tuch gewickelt, in dem sie sich kaum bewegen konnten. Und beides dauerte seine Zeit, bevor man sie zum ersten Stillen an die Brust der Mutter legte.

Niemals hatte Luisa diesem Verfahren sonderlich viel abgewinnen können. Sie selbst hatte die Erfahrung gemacht, dass der Milchfluss ohne solche Verzögerungen rascher in Gang kam. Als ob gerade die Anstrengung der Geburt den Körper der Mutter darauf vorbereitete, dem Neugeborenen Nahrung zu geben, sobald es den Weg an ihre Brüste fand.

Doch selbst dann! Weniger als der vierte Teil einer Stunde

war vergangen, seit dieses Kind auf die Welt gekommen war. Die meisten Säuglinge brauchten die doppelte Zeit, um sich von den Strapazen des Geburtsvorgangs zu erholen.

Ein Kind mit einem erstaunlich ausgeprägten Willen, dachte sie. *Aber es bleibt doch ein Mädchen.*

»Du ...« Frida unternahm einen neuen Versuch zu sprechen. Sie sah das kleine Mädchen mit jenem ehrfürchtigen Staunen an, das in diesen ersten Momenten so oft in die Augen junger Mütter trat. In Fridas Blick allerdings mischte sich ein Ausdruck, der sonst dort nicht zu sehen war: Unsicherheit, Zweifel und – Scheu.

»Du denkst, dass wir ... dass wir die Kinder *vertauschen* könnten?«, brachte sie endlich hervor. »Wenn die Leute im Dorf erfahren wollen, ob ich ihnen ihren neuen Schichtmeister geboren habe, und ich sage ihnen ...« Wieder brach sie ab. Ihr Blick hob sich, richtete sich auf das Bündel, das Luisa am Fußende des Bettes abgelegt hatte. »Wenn ich behaupten würde, dass ich nicht dieses Mädchen zur Welt gebracht hätte, sondern den ... den kleinen Jungen? Dann würdest du meine Worte bestätigen? Du würdest mir nicht widersprechen?«

Luisas Brauen zogen sich zusammen. Sie musterte die junge Mutter, musterte das Kind an ihrer Brust, dann das andere Kind, das Kind in den Decken. Es gab Leute, die behaupteten, alle Neugeborenen sähen gleich aus. Wenn ein Mensch ihnen hätte erklären können, dass das eine lächerliche Behauptung war, dann war es Luisa. Und doch: Beide Kinder hatten blaue Augen – wie die meisten Säuglinge. Auf dem Kopf des Jungen spross ein zarter Flaum, wie es zuweilen bei Neugeborenen vorkam. Dunkles Haar. Doch das musste nichts bedeuten. Diese Haare würde er verlieren, und andere würden nachwachsen, die jede nur denkbare Farbe besitzen konnten, wenn der

Junge selbst heranwuchs. Und zudem hatte Luisa ein Muttermal auf seinem Allerwertesten entdeckt. Ein Muttermal allerdings, das seine Mutter nicht besessen hatte.

Aber das war auch alles. Irgendeine Art von Familienähnlichkeit war bei keinem der Kinder zu erkennen. Keinerlei Ähnlichkeit mit Frida und Joseph und keinerlei Ähnlichkeit mit der toten Fremden.

»Wer außer uns dreien hier kann wissen, dass es sich anders verhält?«, fragte Luisa leise, zögerte dann. »Wer außer Jakob?«, murmelte sie. »Wobei ich bezweifle, dass er das Kind auch nur zur Kenntnis genommen hat. Und dass es ein Junge ist ...«

Sie musterte das Bündel. *Nein*, dachte sie. Der Sohn der Fremden war fast unsichtbar inmitten der Tücher. Vom Anblick des rosigen, zerknitterten Gesichtleins her, das aus dem Stoff hervorsah: Wie sollte ein Mensch beurteilen, ob dieses Neugeborene ein Junge oder ein Mädchen war?

Ernst sah sie die junge Frau an. »*Wenn* wir das tun ...«, begann sie. »Wenn wir dieses Kind als das deine ausgeben: Dann dürfte niemals irgendjemand erfahren, was sich heute Nacht in dieser Hütte in Wahrheit zugetragen hat. Jakob nicht, deine engsten Freundinnen nicht. Niemand. Der Junge würde als dein Sohn aufwachsen, als der künftige Schichtmeister von Erzberg. Und was Joseph gesagt hat ...«

Nur kurz sah sie in Josephs Richtung, bevor ihr Blick zu Frida zurückkehrte. Seine Miene war verzerrt im Ringen um Luft, sein Gesicht hatte einen aschenen Ton angenommen. Ihr war klar, dass er nun nicht mehr lange Zeit hatte. Aber auch sein Blick wandte sich mal zu seiner kleinen Tochter, mal zum Kind der Fremden am unteren Ende des Bettes. Luisa spürte, dass er jedem ihrer Worte folgte.

»Mit Sicherheit schätzt Joseph die Leute im Dorf richtig

ein«, sagte sie an Frida gerichtet. »Ihre Unterstützung wäre euch gewiss, bis der Junge so weit wäre, in seine Würde einzutreten.«

Die Miene der jungen Mutter war nicht zu deuten, als sie den kleinen Jungen betrachtete. Dann, ganz langsam, senkte sich ihr Blick zu dem kleinen Mädchen an ihrer Brust.

»Und sie?«, flüsterte Frida.

Luisa hob die Schultern. »Im Augenblick gibt es keine andere Frau im Dorf, die Milch hat. Es wird dir gar nichts anderes übrig bleiben, als sie in Pflege zu nehmen, dieses arme, fremde, mutterlose Kind. Und dass die Nahrung in deinen Brüsten für beide Kinder reichen wird, steht nicht in Frage. Nichts anderes tun schließlich die meisten Ammen: Sie nähren ihr eigenes Kind und ein zweites, fremdes, dazu. Wer in Erzberg sollte dagegen Protest erheben?« Sie hielt inne. Tief holte sie Atem. »Wen überhaupt ginge es etwas an? Wen ginge es an – als die Familie der toten Frau?«

Frida hatte den Blick wieder auf das kleine Mädchen gesenkt. Ruckartig sah sie auf. »Du denkst...«

Luisa blickte in die Dunkelheit, die den größten Teil der Kammer verhüllte. Der Leib der Fremden war nicht mehr als ein undeutlicher Schatten, der sich schemenhaft im Halblicht abhob.

»Ich bin mir nicht sicher, was ich denken soll«, murmelte sie. »Diese Frau hat ein Kind getragen. Mit Sicherheit hatte sie eine Familie, wohlhabend wie sie selbst. Eine Familie, die vielleicht in ebendiesem Moment bereits ihrer Ankunft harrt und irgendwann begreifen wird, dass etwas geschehen sein muss, wenn sie ihr Ziel nicht erreicht. Und die sich daraufhin an den königlichen Amtmann wenden könnte, unten in Altwasser. Doch der Krieg hat begonnen, wie es heißt. Und das Unwetter hat mit Sicherheit an vielen Orten Schäden angerichtet. Ob der Amtmann da seine Büttel entbehren kann, damit sie sich auf die Suche nach einer vermissten Kutsche begeben? Im Moment möchte ich wirklich nicht in seiner Haut stecken. Und selbst wenn er die Büttel losschickt und sie sich überhaupt hierher, auf die Alte Straße, verirren: Dann werden sie auf den Vater Berg stoßen. Auf das, was von ihm übrig ist, nachdem er in die Tiefe gebrochen ist. Das Trümmerfeld, in das sich das Tal des Flusses verwandelt hat: Sollte das nicht ausreichen, um das Schicksal der Reisenden zu klären? Und wenn die Königin dort verschüttet worden wäre: Niemand wäre in der Lage, ein solches Meer von Geröll beiseitezuräumen.«

»Sie ...« Fridas Stimme war ein Flüstern. »Der Amtmann. Damit wird er es auf sich beruhen lassen?«

»Das weiß ich nicht.« Wieder schüttelte Luisa den Kopf. »Vielleicht ja, vielleicht auch nicht. Möglich, dass seine Männer sich trotzdem bemühen, Erkundigungen einzuziehen. Wobei ich nicht wüsste, was sie sich davon versprechen sollten hier in Erzberg. Die Alte Straße verlief entlang des Stromes, mit jeder einzelnen seiner Windungen – aber eben auf der *anderen* Seite des Flusses, an den Hängen des Vaters Berg, und auf jener Seite liegen Schönfels und Teufelsjoch. *Dort* in den Dörfern könnten sie fragen, ob man etwas über die Reisenden weiß, womöglich gar den Versuch unternommen hat, ihnen zu Hilfe zu kommen. Doch in Erzberg? Um die Straße zu erreichen, stand uns nur die Brücke zur Verfügung, und die Brücke ist unter den Steinen begraben wie alles andere. Wie sollten die Büttel wissen, dass sie standgehalten hat, bis Joseph und die anderen zur Unglücksstelle vordringen konnten? – Nur bedeutet das leider keinen Unterschied.« Schwer holte sie Atem. »Wir können es nicht wissen. Wir können nicht wissen, ob nicht trotz allem jemand nach Erzberg kommt und anfängt, Fragen zu stellen. Und wie sollten wir die Leute dann daran hindern, ihm Antwort zu geben? Dass man eine schwangere Frau in diese Hütte gebracht hat, wird im ganzen Dorf die Runde machen, sobald das Unwetter vorüber ist. Warum sollten die Leute etwas anderes tun, als jeden, der fragt, zu dieser Tür zu schicken?« Sie nickte zu der hölzernen Konstruktion, die noch immer unter der Gewalt des Windes erzitterte. »So *muss* es nicht geschehen. Aber so *kann* es geschehen. Und dann wird es bei dir liegen, Frida, einzig bei dir. Dann wirst du ihm eines der Kinder ausliefern müssen.«

Luisa wusste, dass ihre Worte hart waren. Dass sie die junge Frau noch einmal zusätzlich quälte in dieser schrecklichen Nacht. Doch so deutlich sich der verzweifelte Plan vor ihrer aller Augen abzeichnete: Er hatte nur dann einen Sinn, wenn Frida die Kraft besaß, ihn auch durchzuhalten.

»Du wirst lediglich die Wahl haben, *welches* Kind du auslieferst«, sagte Luisa ernst. »Eines der beiden werden wir dem Dorf als das deine präsentieren, morgen, wenn der Tag anbricht. Wenn du dich für den Jungen entscheidest, würde er als dein Sohn aufwachsen, als der künftige Schichtmeister. Und ihr hättet dann keinen Hunger zu fürchten in den Jahren, die kommen werden. Doch der Preis dafür könnte sein, dass du deine eigene Tochter hergeben müsstest, um sie wahrscheinlich niemals wiederzusehen. – Wärst du dazu bereit?«

»Ich ...« Fridas Lippen zitterten, ihr Gesicht war weiß wie der Tod. Luisa musste den Blick abwenden. Zu groß war plötzlich die Ähnlichkeit mit dem Sterbenden an ihrer Seite.

»Du musst ...« Joseph presste die Worte hervor, Silbe um Silbe, mit einer allerletzten Anstrengung. »Du ... du musst einen Sohn ...« Ein dünner Blutsfaden begann aus seinem Mund zu sickern.

Luisa dachte nicht länger nach. Sie griff nach ihrem Säcklein und gab die letzten Tropfen Mohnsaft auf ein sauberes Stück Stoff. Fragend sah sie die junge Frau auf dem Lager an.

Frida atmete tief ein. Ihr Blick ging zu dem kleinen Mädchen, das jetzt ein herzzerreißendes winziges Schmatzen von sich gab, dabei aber gierig weitertrank. Dann löste sie sich und wandte sich der Gestalt des Jungen zu, versteckt zwischen den Decken. Die junge Mutter nickte, ganz knapp und wie unter Schmerzen. Ihre Finger legten sich um die Hand ihres Mannes, schlossen sich. »Unser Sohn«, flüsterte sie.

Luisa glaubte zu spüren, wie sich eine zentnerschwere Last von ihren Schultern löste. Sie beugte sich vor, nahm den kleinen Jungen auf und legte ihn ebenfalls an Fridas Brust. Wie um den Pakt zu besiegeln, den sie drei in dieser Nacht geschlossen hatten. In dieser Nacht, deren Ende nur zwei von ihnen erleben würden.

Sachte führte sie den Flicken an die Lippen des Sterbenden. Seine Lider flatterten, als die bittere Substanz auf seine Zunge sickerte.

Zwischen Altwasser und Hohensandau
Sommer 1866

Wilhelm lief. An den Vormittagen lief er, der aufgehenden Sonne entgegen. Die Chausseen waren verstopft mit den schwerfälligen Kolonnen der Armee, auch hier in der Ebene, wo sich das Gebirge nur als ferner Schatten über dem Horizont abzeichnete. Er mied die großen Straßen, aber er gab doch acht, dass sie in Sichtweite blieben. Sie konnten zur Orientierung dienen, während er unbefestigten Pfaden folgte. Der Provinzhauptstadt entgegen und dem Weg nach Hohensandau.

Er lief, so weit er konnte, an diesen Vormittagen, bevor das Pochen in seinem Arm ihn zwang, den Marsch zu unterbrechen. Bevor er kraftlos an einer schattigen Stelle niedersank, falls denn irgendwo Schatten zu finden war inmitten der in der Julihitze dampfenden Felder. Meist kündigte sich dann bereits die Kühle des Abends an, wenn die Schmerzen auf ein erträgliches Maß zurückgegangen waren und er in der Lage war, seinen Weg fortzusetzen, allein und doch nicht allein. Denn die Gespenster waren mit jedem Schritt an seiner Seite. Und hin und wieder kam es vor, dass sie zu ihm sprachen.

Ihr seid es, den mein Gemahl zum Anführer der Eskorte bestimmt hat.

Der Tonfall der Gräfin war ruhig und bedächtig. Ganz wie er an jenem Abend in der Bibliothek gewesen war. Wie er noch auf dem Marktplatz des freundlichen ummauerten Städtchens gewesen war, als sie erkannt hatten, dass sich die Armee aus dem Westen nun in ihre Richtung auf den Marsch begeben würde. Als es an Wilhelm gewesen war, die Entscheidung zu treffen, welchen Weg sie einschlagen wollten.

Niemand kann Euch diese Entscheidung von den Schultern nehmen, Wilhelm Leuschenthal.

Wilhelm sah nicht hin, doch er wusste, dass Thyras Antlitz von Blut überströmt war.

Genau wie die Züge Gerberts, der ebenfalls zuweilen die Schritte an seine Seite lenkte, und dessen Schädel eine geradezu lächerliche Form angenommen hatte unter der tonnenschweren Last des Gesteins. Der Gutsknecht plauderte drauflos auf seine etwas tölpelige, aber doch nachdenkliche Art. Und Wilhelm, der in einem Winkel seines Geistes wusste, dass keiner seiner Weggefährten wirklich da war, antwortete ihnen dennoch. Denn wer, wenn nicht er, hätte die Entscheidung treffen können, welcher Route sie nun folgen mussten? In wen, wenn nicht in ihn, hatte Ferdinand von Hardenstein sein Vertrauen gesetzt, dass er sie sicher nach Hohensandau zurückbringen würde?

Er besaß wenig Erinnerung an die Tage, die unmittelbar auf die Nacht des Unwetters gefolgt waren. Da waren Gestalten gewesen, besorgte Gesichter. Gesichter von Männern in Uniformen und irgendwann dann andere Gesichter, Frauengesichter im düsteren Habit von Nonnen. Doch das waren nicht mehr als Momente gewesen, bevor er zurückgesunken war in die Arme des Fiebers.

Er hatte die Schmerzen natürlich gespürt. Er war sich bewusst gewesen, dass er in Schwäche und Krankheit darniederlag und im Dämmer der Hitze, die von seinem Körper Besitz ergriffen hatte. Und er hatte gewusst, dass etwas geschehen sein musste, etwas, das sein Leben auf alle Zeit verändern würde. Dass Menschen gestorben waren und dass er die Schuld daran trug: eine Mutter, ihr Kind... Doch war es Thyra gewesen und das Ungeborene in ihrem Leib? Sollte es gar Theresa gewesen sein und mit ihr seine eigene kleine Tochter, die sie unter dem Herzen getragen hatte? Die Träume, die ihn heimsuchten, im Wachen wie im unruhigen Schlaf, schienen mal in diese, mal in jene Richtung zu deuten.

Fünf Tage und Nächte hatte er in der Umarmung des Fiebers zugebracht, wie er später erfahren hatte. In den ersten beiden Nächten hatte man kaum gewagt, darauf zu hoffen, dass er auch nur den folgenden Morgen erleben würde. Die Nonnen hatten kurz davorgestanden, einen ihrer Priester zu rufen, der ihm die Sakramente spenden würde. Doch als die Glut der Krankheit dann eines Morgens plötzlich fort gewesen war, hatten die frommen Schwestern dem Frieden erst recht nicht trauen mögen.

Sie hatten ihre Oberin verständigt, die an Wilhelms Lager getreten war in ihrer dunklen Tracht wie eine Trauernde. Prüfend hatte sie ihn gemustert mit jenem ruhigen, beherrschten Blick, wie er Klosterfrauen eigen war. Und schließlich, auf seine Bitte hin, hatte sie sich bereit erklärt, ihm Antwort zu geben, wo er Fragen hatte. Ihm zu berichten, was sie wusste.

Dass ihn zwei Männer hergebracht hätten, Männer in den Uniformen des preußischen Militärs. Dragoner, wenn sie sich recht erinnere, ein Offizier und einer seiner Untergebenen. Dass man ihn an der Alten Straße aufgefunden habe, wo in der Nacht des Unwetters ein gewaltiger Bergsturz niedergegangen sei. Nein, nur ihn allein. Die Soldaten hätten vermutet, dass er Begleiter gehabt haben könnte, doch der Vater Berg sei in jener Nacht in die Tiefe gebrochen und die Straße mit ihm. Wilhelm habe man hart am Rand der Abbruchkante aus den Trümmern bergen können, in schwindelerregender Höhe über den Massen von Schutt, die nun das Tal füllten. Wer immer ihn jedoch begleitet hatte, musste dort unten den Tod gefunden haben. Und unter dem Geröll nach Opfern zu suchen – das wäre dem Versuch gleichgekommen, das Gebirge selbst abzutragen, Stein um Stein. Er selbst sei am Leben nach dem Willen des Herrn. Der höher sei als alle Vernunft. Nur das könne sie ihm sagen und ihn in ihre Gebete einschließen. Sie hatte kurz gezögert und ihm dann einen Umschlag ausgehändigt, unbeschriftet, verschlossen mit einem schlichten wächsernen Siegel. Diesen Brief hätten die Soldaten für ihn zurückgelassen.

Wilhelm hatte gewartet, bis die fromme Frau den Raum verlassen hatte. Erst dann hatte er das Schreiben geöffnet. Es hatte nur wenige Sätze umfasst.

Ich wünschte, ich hätte Euch etwas anderes mitzuteilen.

Die gesamte Schwadron hat bis in den Morgen hinein nach ihnen gesucht. Mit wachsender Mühsal, in wachsender Verzweiflung. Doch am Ende hat sie vergeblich gesucht. Niemand ist mit dem Leben davongekommen als Ihr allein.

Der Amtmann hier in der Stadt hat bereits einen Bericht erhalten. Er wird nicht unglücklich sein, dass er seine Beamten nun nicht in die Berge schicken muss, um in Zeiten des Krieges nach dem Verbleib der Kutsche zu forschen.

Eurem Gutsherrn dagegen werdet Ihr selbst die Nachricht überbringen müssen. Die Post kommt nicht mehr durch in solchen Zeiten, und ich kann in dieser Stunde keinen Mann entbehren, um ihn als Boten auf den Gutshof zu senden.

Darunter ein Signum: G.

G., hatten Wilhelms Lippen geformt. Die Uniformen preußischer Dragoner: Oberst Johann von Gottleben.

Einen letzten Satz hatte Gottleben angefügt: *Verdammt Euch nicht, ehe er Euch nicht verdammt.*

Wilhelm war auf seinem Lager zurückgeblieben für den Rest des Tages, hatte stumm gegen die Balken der Decke gestarrt, nun, da er die Wahrheit kannte. Thyra. Das Kind. Die Männer der Eskorte.

Verdammt Euch nicht, ehe er Euch nicht verdammt. Gottleben besaß einen sicheren Blick, in der Tat. Wie man ihn von einem preußischen Offizier erwarten konnte. Und mit ziemlicher Sicherheit musste ihm klar gewesen sein, dass Wilhelm nicht in der Lage sein würde, sich an seinen Rat zu halten.

Am nächsten Morgen hatte er die Nonnen gebeten, ihn zu seinen Habseligkeiten zu führen, falls es denn gelungen war, zumindest diese zu bergen.

Natürlich hatte er die Sorge gesehen, die sofort auf die Mienen der Frauen getreten war. Er wolle aufbrechen? Er sei krank, noch immer! Sein linker Arm sei nutzlos, die Wunde längst nicht verheilt! Die Oberin selbst hatte einen Versuch unternommen, ihn umzustimmen, ihn zurückzuhalten. Doch der Krieg war da, und nicht fern von hier würde sich das Ringen entscheiden mit Opfern unbekannter Zahl, Verletzten auf beiden Seiten. Ihr musste nur allzu bewusst gewesen sein, wie dringend die Nonnen bald schon sämtliche Betten ihres Klosterspitals brauchen würden.

Und so hatten die Schwestern ihm die Satteltaschen ausgehändigt, die man vom Kadaver des treuen Braunen geschnallt hatte. Wilhelm hatte sie sich nun selbst auf die Schultern heben müssen mit dem Gewicht der Werke aus der Strehlow'schen Bibliothek. Bis an die Klosterpforte hatte die Oberin ihn begleitet. Sie war stehen geblieben, und schließlich, nach einem letzten Zögern, hatte sie die Finger in die Falten ihres Habits gleiten lassen. Und ohne den Blick von ihm zu lösen, hatte sie etwas zum Vorschein gebracht: eine Porzellanscherbe, schimmernd und kostbar, und doch beinahe boshaft von innen her leuchtend. Sie sei in seiner Nähe gefunden worden. Schon fast an der Stelle, an der die Straße in die Tiefe gebrochen sei. Man sei sich nicht sicher gewesen, ob sie überhaupt mit Wilhelm in Verbindung stehe…

Doch, hatte er leise gesagt. Das sei der Fall. Es war eine Scherbe, auf der sich die Buchstaben S und H zum Zeichen der Strehlow von Hardenstein'schen Werke vereinten: das Erbe jenes Kindes, das nicht hatte leben dürfen – durch sein Verschulden. Das S war in erheblichen Abschnitten sichtbar, doch lediglich die rechte der beiden nach innen gewölbten Streben des H war zu erkennen wie die Sichel eines zunehmenden Mondes, aus der allerlei Ranken hervorwuchsen. Der Rest war abgesplittert und musste Thyra in ihr Grab unter den Trümmern begleitet haben.

Wilhelm hatte das Stück in seinem Reitrock verstaut, der nach dem Unglück selbst deutlich mitgenommen aussah. Unmittelbar über seinem Herzen. Und dann war er aufgebrochen. Die frommen Schwestern hatten ihm trockenen Zwieback mit auf die Reise gegeben, als Proviant für die Wanderschaft, die ihn noch einmal quer durch eine und eine halbe Provinz des preußischen Königreichs führen würde. Sie hatten ihm eine Feldflasche mit Wasser gereicht. Und sie hatten ihm versichert, dass ihre Gebete ihn begleiten würden. Möge der Herrgott das Fieber von ihm fernhalten.

Wie es aussah, hatte der Allmächtige ihre Bitten nicht erhört, dachte Wilhelm. Es war der dritte oder vierte Tag seiner Reise. Vollkommen sicher war er sich nicht. Als er an diesem Mittag unter dem Geäst einer einzeln stehenden Ulme rastete, begriff er, dass das Fieber zurückgekommen war. Und beinahe begrüßte er es wie einen weiteren alten Gefährten, der unvermittelt am Wegesrand erschienen war, bereit, sich zu den Gespenstern zu gesellen und das letzte Stück der Reise mit ihm zu gehen, einer langen, gemächlichen Reise.

Denn er hatte keine Eile mehr. Natürlich musste Ferdinand von Hardenstein die Wahrheit erfahren. Er musste erfahren, dass der Pferdeknecht, dem er sein Vertrauen geschenkt hatte, versagt hatte. Und doch spürte Wilhelm seine Schwäche, die tiefe Erschöpfung, die das Wundlager zurückgelassen hatte. Eine Erschöpfung, die ihn zwang, mit seinen Kräften hauszuhalten, nicht um seiner selbst willen, sondern weil es einfach noch nicht vorbei war. Ferdinand von Hardenstein hatte sein Vertrauen in ihn gesetzt, und Wilhelm hatte dieses Vertrauen enttäuscht. Und seine Scham war grenzenlos. Doch er besaß nicht das Recht, sich in einen Straßengraben zu legen und auf den Tod zu warten, sosehr ihm auch danach zumute war.

Ächzend versuchte er sich in die Höhe zu stemmen. Das Geäst des Baumes schien sich um ihn zu drehen, als er mühsam auf die Beine kam. Schatten haschten nach dem Rand seines Gesichtsfelds. Die Wunde in seinem Oberarm pulsierte, als er seinen Weg fortsetzte, die Sonne jetzt, am Nachmittag, auf seinem ungeschützten Nacken, von dem sich die Haut schälte, ohne dass er es recht zur Kenntnis nahm. Hin und wieder führte er die Feldflasche an den Mund. Er hatte Gelegenheit, sie an Brunnen und Wasserläufen von neuem zu füllen, doch der brennende Durst in seiner Kehle wollte nicht weichen, während er einen Schritt vor den anderen setzte auf seiner endlosen Reise.

Zuweilen kam er in den folgenden Tagen durch Dörfer. Dann konnte es geschehen, dass ihm jemand voller Mitleid eine Kelle Wasser reichte, einen Kanten altbackenen Brotes wie einem Bettler. Und obgleich er Wasser und Zwieback in den schweren Taschen mit sich führte, war er nicht in der Lage, sich der großherzigen Geste zu verschließen, mit der die Dorfbewohner das Wenige, das sie besaßen, mit ihm teilten, einer wahrhaft verdammten Seele. Wobei es genauso vorkam, dass die Leute ihn davonjagten, sobald er zwischen ihren Häusern sichtbar wurde. Dass sie ihre Hunde auf ihn hetzten und ihn zu einem weiten Umweg zwangen. Und er konnte sie nicht dafür verurteilen.

Denn der Krieg zog über das Land, und die Straßen waren unsicher. Wenn er sich in den Nächten unter den Bäumen am Waldrand oder in einer aufgegebenen Scheune zum Schlaf legte, dann sah er den Widerschein von Feuern am Himmel fern über den Bergen, und er fragte sich, auf welcher Seite der Grenze die Dörfer wohl gerade in Flammen aufgingen. Er wusste, dass er bei diesem Anblick Entsetzen hätte verspüren sollen. Menschen kämpften um ihr Leben dort draußen, während andere Menschen die Fackel an ihre Habseligkeiten legten. Mächtige Staaten rangen um die Vorherrschaft in der Mitte des Kontinents: Preußen und Österreich und beider Verbündete. Wilhelm wusste, dass er Zeuge dramatischer Ereignisse wurde, Ereignisse, die Auswirkungen auf das Leben so vieler Menschen haben würden. Auf Theresas Leben, das Leben des kleinen Joachim, ja selbst auf das Leben jenes Kindes in Theresas Leib, das noch gar nicht geboren war – und auch auf sein eigenes Leben, sowenig er sich vorstellen konnte, wie dieses Leben weitergehen sollte nach allem, was geschehen war. Und doch schien ihn nichts davon zu betreffen. Er hatte keinen Anteil daran.

Und weiter schleppte er sich voran. Über Mittag rastete er, in den kühleren Morgen- und Abendstunden setzte er stolpernd einen Fuß vor den anderen. Erst sehr viel später sollte er Berechnungen anstellen. Berechnungen, aus denen ihm klar wurde, dass er für eine Strecke, die selbst die Eskorte mit Thyras behaglicher Kutsche binnen weniger Tage zurückgelegt hatte, nun mehr als zwei Wochen gebraucht hatte. Zwei Wochen für eineinhalb Provinzen. Zwei Wochen für das letzte Stück des Weges nach Hohensandau. An einem schwülen Vormittag stellte er fest, dass er seine Schritte über die Zufahrt zum Gutshof lenkte. Für einen Atemzug blieb er stehen, unter der Hitze des Fiebers schwankend wie ein Blatt im Wind.

Die Torflügel der Gutseinfahrt standen offen. Doch Wilhelm bemerkte, dass eine Riegelvorrichtung angebracht worden war, die dort in friedlicheren Zeiten nicht existiert hatte. Über den kiesgestreuten Vorplatz hinweg war der sonnengelbe Giebel des Herrenhauses sichtbar, linker Hand das schattige Dunkel des verwilderten Lustgartens, rechter Hand das Zwiebeltürmchen der Gutskapelle. Ein Stückchen seitlich versetzt war hinter der niedrigen Umzäunung der Küchengarten auszumachen. Eine einzelne Gestalt beugte sich mit einem Jätwerkzeug zwischen die Rankgerüste der Bohnengewächse.

Theresa.

Ein Zittern durchfuhr seinen Körper. Er war sich nicht sicher, ob ein Geräusch von sich gab, doch in diesem Moment wandte die Frau sich um – und es war nicht Theresa. Es war ihre Freundin Ilsa. Die stille, zuweilen mürrische Ilsa, deren Liebster vor Jahren unter den Hufen der Pferde gestorben war, als er sich an eine Stute gewagt hatte, die längst noch nicht so weit gewesen war, den Sattel zu akzeptieren. Wilhelm hätte es ihm sagen können, hätte der Junge ihn denn ins Vertrauen gezogen, anstatt sich allein auf die Koppel zu schleichen, um seinen Mut zu beweisen.

Ilsas Haltung versteifte sich. Jetzt hatte sie Wilhelm entdeckt. Zum Schutz vor der Sonne legte sie eine Hand über die Augen, verfolgte misstrauisch, wie er mit unsicheren Schritten näher kam.

»Wer seid Ihr?« Ein Blick, der ihm Einhalt gebot, ihn von oben bis unten musterte. Wie zur Abwehr hob sie die Jätharke. »Ich kenne Euch nicht. Was wollt Ihr hier? Wir haben nichts abzugeben. Wir stehen selbst vor dem Hunger, wenn wir nicht haushalten mit unseren Vorräten! Die Armee hat ihren Anteil eingezogen, und mit dem, was übrig ist, können wir kaum ...«

Sie brach ab. Ihr Blick veränderte sich, und ihre Lippen schlossen sich, öffneten sich wieder. Wilhelm konnte erkennen, wie sie tonlos seinen Namen formten.

Doch im selben Augenblick registrierte er eine Bewegung in ihrem Rücken. Die mächtige Tür des Herrenhauses hatte sich geöffnet, und eine Gestalt trat auf die oberste Stufe der großzügigen Freitreppe, gefolgt von einer zweiten.

Ferdinand von Hardenstein – und der greise Aufseher über den Gutshof, der tatsächlich noch hinfälliger geworden war, seit Wilhelm ihn zum letzten Mal gesehen hatte. Schwer stützte sich der Alte auf einen Stock, während er eine Geste in Richtung der Vorratsscheunen beschrieb, anschließend auf das Waldstück jenseits des Herrenhauses deutete und dabei etwas zu erklären schien.

Wilhelm glaubte seinen Augen nicht zu trauen. Doch das Bild blieb dasselbe. Ferdinand von Hardenstein hielt sich eng an der Seite des Alten, beinahe, als müsste er sich bereithalten, seinen Amtsträger zu stützen, sollten diesen unvermittelt die Kräfte verlassen.

Wie konnte das angehen?, fuhr Wilhelm durch den Kopf. Wie konnte es angehen, dass er den Greis noch immer nicht abgelöst hatte von seinem verantwortungsvollen Posten, um ihn auf sein Altenteil zu senden? Konnte es einen anderen Grund geben als jenen, der so offensichtlich war?

Ein Schwindel griff nach Wilhelm Leuschenthal, als die Wahrheit in sein Bewusstsein drang.

Ferdinand von Hardenstein hatte gewartet. Denn, ja, es mochte wohl sein, dass Thyra und der alte Strehlow ihre ganz eigenen Pläne geschmiedet hatten. Pläne, mit denen sie Wilhelm konfrontiert hatten bei seinem Besuch in der Fabrik.

Doch sein Vater: Nein, niemals konnte die Gräfin ihn in dieses Vorhaben eingeweiht haben. Keine Sekunde lang wäre Ferdinand von Hardenstein auf den Gedanken verfallen, seinem Sohn eine Stellung in einer Porzellanfabrik aufzunötigen. Heftig begann Wilhelms Herz zu pochen, stolperte, setzte von neuem an. Sein Vater wusste es, so viel besser als jeder andere, wofür das Herz seines Sohnes tatsächlich schlug. Für das Gestüt, für die Pferde auf der Koppel. Für Hohensandau, seine Heimat und das Heim seiner kleinen Familie.

Der Verwalter. Ferdinand von Hardenstein hatte auf Wilhelms Rückkehr gewartet, um ihm, seinem Sohn, die Aufgaben des Gutsverwalters zu übertragen. Einem Mann, dem er vertrauen konnte.

Bis zu diesem Augenblick.

Der Herr des Gutes war zum Ausritt gekleidet, den breitkrempigen Hut auf dem Kopf, den aschefarbenen Reitmantel über der brokatbesetzten Weste. Die Reitgerte hing an seiner Hüfte. Er sah genau in Wilhelms Richtung, schien die Worte, die der Verwalter an ihn richtete, nicht mehr wahrzunehmen. Der Fiebernde spürte es: Anders als Ilsa erkannte sein Vater ihn augenblicklich. Und es war unübersehbar, in welchem Zustand Wilhelm sich befand.

Gut Hohensandau
Sommer 1866

⎁

»Und *das* hat sich der Verwalter dann beim besten Willen nicht erklären können.« Martha hob die Schultern tatsächlich etwas ungleichmäßig, die rechte ein Stück höher als die linke. Als gäbe sie sich besondere Mühe, die ratlose Geste des alten Mannes möglichst naturgetreu wiederzugeben. Und wie zum Beweis: Genau *so* hat das ausgesehen. Genau *so* ist es gewesen.

Dass sie die Geschichte auch nur vom Hörensagen kannte, machte dabei natürlich keinen Unterschied, dachte Theresa.

»Weil er ja dachte, dass das Ganze eine besonders gute Idee gewesen wäre«, fuhr Martha fort, ohne auch nur Luft zu holen, während die beiden Freundinnen den Wirtschaftsflügel des Gutshauses umrundeten. »Also, dass er den vierten Teil der Kartoffelknollen ganz hinten im Brennholzschuppen hat verstecken lassen. Genau so viele, dass die Fouragiere des Kronprinzen nicht auf die Idee kommen konnten, dass sie nicht die ganze Ernte zu sehen kriegen, wenn sie den Anteil einziehen, der der Armee zukommt. Und genau dort, wo sie erst gar nicht nachschauen würden, ob sie irgendwas gebrauchen können. Was will der Kronprinz mit Brennholz – im Juli? Sie sind einfach am Schuppen vorbeigelaufen, gleich da drüben.« Ein Nicken in die bewusste Richtung. »Jedenfalls haben sie ihren Anteil aufgeladen, haben eine Quittung ausgestellt für die Rechnungsbücher seiner Herrschaft, und dann waren sie fort. Als der Verwalter die Knechte dann aber losschickte, um die Kartoffeln jetzt wieder in den Keller bringen zu lassen, wo sie hingehören ... Na?«

»Da waren sie verschwunden«, murmelte Theresa.

Es war nicht so, dass sie die große, überraschende Wendung umständlich hätte erraten müssen. Im Gegenteil: Martha hatte ihre Geschichte mit dieser überraschenden Wendung *begonnen*. Wie sie das jedes Mal tat. Schließlich wollte sie sichergehen, dass man ihr auch zuhörte. Nur machte genau das ihre Geschichten leider nicht spannender. Theresa brachte es einfach nicht übers Herz, ihre Freundin auf diese Schwäche aufmerksam zu machen, und wenn sie ehrlich war ...

... wenn sie ehrlich war, hörte sie kaum richtig hin. Bereits seit Tagen stellte sie immer wieder fest, dass sie nicht recht bei der Sache war – ganz gleich, ob nun Martha auf sie einredete oder ob es um Arbeiten ging, die ihnen die Hausdame aufgetragen hatte, die hagere Agathe. Theresas Traum, das Gesicht in diesem Traum ... Wilhelms Gesicht, seine Augen, die starr geradeaus blickten. Die Augen eines Toten? Die Augen eines Mannes, dem die stürzenden Trümmer des Gesteins den Verstand geraubt hatten an jener düsteren Stätte? Es *musste* ein Traum gewesen sein, nichts als ein Traum! Und doch war Theresa nicht in der Lage, ihre Gedanken auf etwas anderes zu richten. Es *musste* etwas geben, irgendeine Form von Beweis, dass sie in jenem bedrückenden Irrgebilde ganz unmöglich die Wahrheit gesehen haben konnte.

In seinem letzten Brief hatte Wilhelm angekündigt, dass der Vater der Gräfin seine Gäste zum Aufbruch drängte. Und war das nicht mehr als nachvollziehbar?, dachte Theresa. Schließlich musste es längst schon höchste Zeit sein. Natürlich war ihr der genaue Termin nicht bekannt, den der Physicus für die Geburt von Thyras Kind errechnet hatte, doch wenn sie sich erinnerte, seit wann auf dem Gutshof über die Schwangerschaft der Gräfin gemunkelt wurde: Unmöglich konnte dieser Tag noch weit in der Ferne liegen. Und dennoch war in Wilhelms Schreiben noch immer nicht von einem Datum für die Abreise die Rede gewesen, und es war Wochen her, dass dieses Schreiben eingetroffen war! Keine einzige Zeile war seitdem mehr aus Wohldenbach gekommen, auch kein Brief, den etwa seine Herrschaft von seiner Gemahlin erhalten hätte, wie der Leibdiener des Grafen Theresa flüsternd bestätigt hatte. Was dann auch wieder nicht viel bedeuten musste. Womöglich waren die Postrouten inzwischen ohnehin durch den Krieg unterbrochen. Müde schüttelte sie den Kopf. Der Vater ihrer Kinder konnte sich noch immer in Wohldenbach aufhalten. Oder er war in diesem Augenblick unterwegs mit der Eskorte und der Kutsche der Gräfin. Oder aber der Traum war eben doch kein Traum gewesen, sondern ... *Nein!* Sie wollte einfach nicht über diese Möglichkeit nachdenken. Und konnte doch nicht anders.

»Unglaublich, oder?«, fragte ihre Freundin, und für diesen Moment war Theresa geradezu dankbar, dass Martha sie in die Wirklichkeit zurückholte. »Unheimlich beinahe«, fügte die üppige Dienstmagd an. Wobei die Bemerkung so gar nichts Unheimliches an sich hatte, wie sie die Worte betonte. Eher klang sie gut gelaunt, vielleicht sogar mit einem kleinen Kitzel der Aufregung, als ginge es wirklich nur um eine unterhaltsame Geschichte, während die verschwundenen Kartoffeln doch tatsächlich einen herben Verlust für den Gutshof und seine Bewohner darstellten. »Und wenn nicht ... He!«

Martha stolperte, konnte sich gerade noch fangen. Einer der Küchenjungen hatte sich von hinten genähert, war an ihr vorbeigehuscht und bereits verschwunden – in Richtung auf die Zufahrt des Gutshauses. Theresa hatte ihn selbst erst im letzten Moment bemerkt, halb in ihrem Rücken.

»Die Köchin sollte dem Jungen die Ohren langziehen!«, murmelte Martha böse. Nur um übergangslos wieder anzusetzen. »Jedenfalls konnte sich niemand erklären, wo die Kartoffeln geblieben waren. Hatten die Fouragiere sie womöglich doch gefunden und sie einfach mit aufgeladen? Dann hätten sie sie nicht quittiert. Und so was machen preußische Fouragiere nicht. Und wie hätte das überhaupt geschehen sollen? Der Verwalter hat sie den ganzen Morgen begleitet an dem Tag, an dem sie hier waren.« Ein Zögern. »Und so gut sieht er dann doch noch, dass er ...«

Mit einem dumpfen Laut brach sie ab. Schon wieder war jemand hastig in ihrem Rücken herangekommen: Emma, die Näherin, ohne ein Wort zu sagen, doch heftig atmend dabei, aufgeregt, so dass Theresa zu erkennen glaubte, wie der Puls unter dem schmalen Band aus lindgrünem Samt pochte, das an diesem Tag ihren schlanken Hals schmückte. Doch schon im nächsten Moment war auch Emma vorüber, die die kleine Anni an der Hand hinter sich herzerrte. Jetzt mehrere weitere Frauen, allesamt auf dem Weg zum Vorplatz des Gutshauses.

»Was ist denn da nur los?«, murmelte Martha und reckte den Hals.

Einen Moment lang war Theresa beinahe darauf gefasst, dass sie sich wortlos den Leuten anschließen würde, die Rocksäume gerafft. Voller Angst, irgendetwas zu verpassen, das sie doch tagelang würde herumerzählen können, wenn sie jetzt jede Einzelheit mitbekam. So aber war Theresas redselige Freundin nicht. Wenn sie eine Geschichte anfing, dann wurde diese Geschichte auch zu Ende erzählt.

Und tatsächlich: »Wahrscheinlich hätten sie es nie herausbekommen«, griff Martha ihren Bericht wieder auf, während die Freundinnen ihren Weg fortsetzten, nun beide ebenfalls etwas schneller. »Der Verwalter und seine Männer. Weil sie alle nur darauf geachtet haben, was an dem Morgen passiert ist, an dem die Fouragiere ihren Anteil abgeholt haben. Und nicht in der Nacht davor. – Aber da haben sie ihre Rechnung ohne den Wirt gemacht. *Sie*: der lahme Henning von den Waldarbeitern und Jaroslaw, du weißt schon, der Pole. Der Hilfskutscher. Genauer gesagt haben sie ihre Rechnung ohne unseren Herrn Brandt gemacht.«

Theresa zog die Augenbrauen hoch. Sie kannte Henning und Jaroslaw. Von beiden war nicht viel zu erwarten – zumindest nicht viel Gutes. Einen *unseren Herrn Brandt* aber kannte sie nicht. Jedenfalls war er nicht *ihr* Herr Brandt. Doch hatte Marthas Blick nicht sogar einen Moment lang einen ganz merkwürdigen Ausdruck angenommen, als sie Brandt erwähnte? Theresa war sich nicht sicher. Und jetzt war es schon vorbei.

»Herr Brandt hat sie beobachtet«, vollendete Martha nun eilig. »Kurz nach Mitternacht in der Nacht, bevor die Fouragiere kamen: Henning und Jaroslaw haben die Kartoffeln in den Wald geschleppt, ein ganzes Stück weit weg sogar, hinter die Koppel mit den Jährlingen. Aber dann doch wieder nicht *zu* weit weg. Weil sie ja schwer waren. Sie haben sie in einer Grube versenkt, die sie mit Zweigen getarnt haben, und jetzt behaupten sie, dass sie das nur getan hätten, weil sie die Knollen noch besser hätten verstecken wollen. Falls die Fouragiere nämlich auch den Brennholzschuppen durchsuchen würden. – Aber das glaubt Herr Brandt ihnen nicht. Und auch sein Onkel glaubt ihnen nicht. Schließlich weiß jeder, dass die Armee im Moment gewaltige Summen zahlt für alles, was über die

Anteile hinausgeht, zu denen die Höfe verpflichtet sind nach dem Gesetz des Königs. – Was mit den beiden geschieht, muss am Ende seine Herrschaft entscheiden. Aber seine Herrschaft hat sich noch nicht entschieden, heißt es. Er wird alles genau abwägen wollen, so, wie er eben ist. Aber es wäre doch ein Unding, wenn sie womöglich wieder ungestraft davonkämen, nur weil Henning seine Töchter hat und Jaroslaw ...« Sie brach ab. Geräusche waren zu hören, ein lautstarkes Murmeln vom Platz an der Hofzufahrt. »Was zum Himmel ist da los?«, fragte Theresas Freundin.

Männer und Frauen des Gesindes drängten sich an der Engstelle zwischen dem Seitenflügel des Herrenhauses und der Umzäunung des Küchengartens, wo man den Platz an der Zufahrt im Blick hatte, ohne ihn aber bereits zu betreten. Köpfe reckten sich, und über diese Köpfe hinweg war die Gestalt des Grafen zu erkennen, oben auf der Treppe vor dem Portal des Gutshauses, zum Ausritt gekleidet, aber reglos. An der Seite seiner Herrschaft stand der Verwalter, der sein Gewicht ein wenig verlagerte, während er sich auf den Stock gestützt nach vorn beugte, um ebenfalls besser verfolgen zu können, was sich auf dem Vorplatz tat. Ein Flüstern stieg aus der Menge auf, das an das Summen eines Bienenstocks denken ließ. Doch worauf immer die Augen all der Menschen gerichtet waren: Für die Freundinnen war es unsichtbar.

Nun wusste Martha nicht deswegen so gut Bescheid über sämtliche Vorgänge auf dem Gutshof, weil sie sich überall hinten anstellte und anderen den Vortritt ließ. In Sekundenschnelle hatte sie zu der Gruppe aufgeschlossen, schob eine Schulter nach vorn, dann ihre gesamte üppige Front, was einen Gutsarbeiter bewog, sich zu ihr umzusehen. Und schon war sie an dem Mann vorbei.

»He!« Emma bedachte sie mit einem ungehaltenen Blick, als Martha versuchte, sich auch an ihr vorbeizuquetschen. »Ich will hier auch was sehen!« Sie brach ab, im selben Moment, in dem ihr Blick nicht nur auf Martha, sondern ebenso auf Theresa fiel. Sie schien zu zögern, dann, mit einem Ausdruck, den Theresa beim besten Willen nicht zu deuten wusste, trat sie ein Stück zur Seite, nickte. Nickte in ihre Richtung.

Und plötzlich war da ein Druck in Theresas Brust. Ein Gefühl, als bekäme sie keine Luft. Als wäre sie nicht in der Lage, auch nur noch einen Schritt nach vorn zu setzen.

Doch Emma wartete, nickte erneut, beinahe … befehlend.

Im selben Moment fuhr Martha herum. »Theresa …«

Aber in diesem Moment war Theresa fast schon bei ihr. Mehrere Männer und Frauen hatten sich umgedreht, hatten sie gesehen und waren ebenfalls ein Stück zurückgewichen, gaben ihr den Weg frei, schienen geradezu eine Gasse zu bilden.

Da war Ilsa, an der Umfriedung des Küchengartens, reglos wie der Gutsherr und sein Verwalter, eine Jätharke in der Hand, als hätte sie vergessen, was sie mit dem Werkzeug anfangen sollte.

Und da war Wilhelm.

Natürlich war es Wilhelm. Theresa hätte ihren Mann unter Tausenden erkannt, auch jetzt, da er sich auf eine so erschreckende, eine so unglaubliche Weise verändert hatte: auf einen rohen Ast gestützt wie ein Pilger auf seinen Stab, die Kleidung in Fetzen wie ein Vagabund. Ein verschmutzter Verband war um seine Schulter gewunden, mit dunklem Blut verkrustet. Seine Haut hatte jede Farbe verloren, das Haar klebte ihm feucht an den Schläfen. Seine Wangen waren eingefallen. Die Augen leuchteten im Fieber. Im Staub zu seinen Füßen lag eine schwere, abgetragene Ledertasche.

»Die Dragoner…« Unter äußerster Mühe nur schien er die Worte hervorzubringen. Und er schien etwas fortzusetzen, das er bereits berichtet hatte. »Sie haben weitergesucht dort auf den Trümmern, in verzweifelter Hast. Weil sie nun… Weil sie nun wussten, dass die schlimmsten Befürchtungen zutrafen, die ihr Oberst gehegt hatte. – Sie haben gesucht, überall. In der Tiefe, wo der Schutt sich türmte und der Wildstrom sich einen neuen Weg suchte. An den Hängen, wo sich die Reste der Straße immer noch ins Gestein klammerten. Alles haben sie getan. Alles, was sie nur konnten. Überall haben sie gesucht, bis in den Morgen hinein, als wieder Licht am Himmel stand… Nach der Kutsche, nach… irgendetwas…« Er schüttelte den Kopf. Unendlich müde. Seine Finger zitterten, als er sich an seiner zerlumpten Kleidung zu schaffen machte.

»Wilhelm«, flüsterte Theresa. Er schien sie nicht zu hören. »Wil…«

»Still!« Martha an ihrer Seite, mit einem Zischen. »Siehst du nicht, dass er allein ist?«

Er ist allein. Theresa wusste, dass nicht die volle Bedeutung der Worte zu ihr durchdrang, aber vielleicht ja doch der entscheidende Teil. *Er ist allein.* Wilhelm, Wilhelm Leuschenthal, der sie zu seiner Frau genommen hatte. Und sie ihn zu ihrem Ehemann. Der Vater ihrer Kinder. *Er ist nicht allein.* Die Gedanken huschten durch ihren Kopf, ohne dass sie in diesem Moment in der Lage gewesen wäre, sich zu rühren. *Er kann nicht allein sein. Er hat eine Frau. Er hat einen Sohn. Bald wird er eine Tochter haben.*

»Er *kann* nicht allein sein«, flüsterte sie.

»Aber er *ist* allein«, wisperte Martha. »Es hat ein Unglück gegeben, im Gebirge. Die Gräfin und ihr Kind, die Männer der Eskorte: Sie sind alle…«

Irgendwo aus den Reihen des Gesindes stieg ein leises Weinen auf. Ein Geräusch, das sich rasch verstärkte. *Sie sind alle tot.* Martha musste den Satz nicht vollenden. Die Männer des Geleitzugs, Männer vom Hof. Viele von ihnen hatten Familien gehabt, die ebenfalls auf Hohensandau lebten.

»Wilhelm.« Diesmal war sie sich nicht sicher, ob sie den Namen laut aussprach.

Er hielt inne in seinen fahrigen Bewegungen, zog etwas aus den Lumpen hervor. »Das hier …« Die Worte schienen ihn die letzte Kraft zu kosten. Ein Gegenstand, handtellergroß, schneeweiß, beinahe überirdisch leuchtend. »Das hier ist alles, was sie gefunden haben: das S und das H, Strehlow und Hardenstein – vereint zu etwas Drittem. Etwas Neuem.«

Er streckte den Arm aus, das schneeweiße Etwas auf der offenen Handfläche. Wie ein Mensch aus grauer Vorzeit, fuhr Theresa durch den Kopf, ein Wilder aus den Wäldern. Und sah er nicht auch fast so aus in seinen abgerissenen Lumpen? Ein Wilder aus der alten Zeit, der mit allem, was er besitzt, mit Muschelschalen und rundgespülten Kieseln versucht, seine rachsüchtigen Götter um Vergebung zu bitten.

»Wilhelm!« Diesmal etwas lauter, und diesmal, nur für einen Augenblick, sah er in ihre Richtung. Doch nein, er schien sie nicht wahrzunehmen.

»Sei still!«, zischte Martha. »Ich habe seine Herrschaft noch niemals so erlebt.«

Der Gutsherr regte sich noch immer nicht, oder doch, jetzt bewegte er sich: Wie ein mechanischer Apparat, ein künstliches Geschöpf aus Riemen und Zahnrädern und stählernen Federn, das einen Schritt vor den anderen setzte, die Treppe hinab, wo der Gutsverwalter in der Tür verharrte, unfähig, ihm zu folgen, solange ihm niemand den Arm zur Stütze lieh.

Einen Schritt vor den anderen bewegte sich Ferdinand von Hardenstein seinem Sohn entgegen, langsam, mit der Präzision eines Uhrwerks.

Wilhelm! Theresa wollte zu ihm, doch sie kam keinen Schritt weit. Martha hielt sie fest, redete auf sie ein, sich *nicht auch ins Unglück zu stürzen.* Was Unsinn war, blanker Unsinn, wenn das Unglück den Mann, den sie liebte, doch bereits getroffen hatte und sie schließlich eins waren. *Diese Menschen verlieben sich. Nicht anders, als wir das tun.* Sie wusste nicht, wo der Gedanke herkam, gerade jetzt.

Zwei Schritte vor ihrem Ehemann blieb der Gutsherr stehen. Dann hob er mit leiser Stimme zu sprechen an, ohne jede Betonung, ganz allmählich lauter werdend.

»Wir, Ferdinand, von Gottes Gnaden Graf von Hardenstein, Herr zu Hardenstein und Hohensandau, verstoßen dich und verbannen dich, treiben dich aus aus Unserem Land, so weit es Unserem Wort gehorcht in Dörfern und Weilern und Höfen, auf Straßen und Wegen, in Wiesen und Wäldern und Feldern. Wir ...« Er holte tief Luft. »Wir brechen den Stab über dich. Und Wir bestimmen, dass ein jeder, der dich künftig antrifft auf Unserem Land, vom Sonnenuntergang des heutigen Tages an, dich ungestraft erschlagen mag als einen Rechtlosen und Vogelfreien. Und ...« Mühsam rang er um den nächsten Atemzug. »Und wenn du glaubst, *Lumpenjunge,* dass mir irgendetwas von dem, was ich gerade gesagt habe, nicht länger zukäme nach den neuen Gesetzen des Königs, seines Bruders oder seines Vaters, dann sei versichert: Wann immer ich es will ... Wann immer es mir nur in den Sinn kommt ... Nicht mehr als eine Unterschrift wird es mich kosten und den Abdruck meines Siegels, und ich werde Papiere und Dokumente in meiner Hand halten, die ein jedes meiner Worte bestätigen auf königlichen Befehl. Wer immer dich antrifft, nicht allein auf meinem Grund und Boden, sondern überall ... überall in der Provinz, der soll dich totschlagen wie einen tollen Hund, und ich will ihm die Hand reichen und ihm meinen Dank aussprechen, dass er der Gerechtigkeit ...«

»Wilhelm!« Endlich war es Theresa gelungen, sich loszureißen. Bestürzt wollte Martha nach ihr greifen, doch sie entzog sich ihrer Freundin, stolperte auf ihren Ehemann zu. »Herr!«, brachte sie hervor, an Ferdinand von Hardenstein gerichtet. »Bitte! Das dürft Ihr nicht tun! Er ... Was auch immer geschehen ist: Nichts davon kann mit seinem Willen, mit seiner Absicht geschehen sein! – Erinnert Euch! Erinnert Euch, wie wenig Ihr selbst damals ahnen konntet, als Leonor ...«

»*Du!*« Der Gutsherr fuhr herum. Sein Blick traf sie mit einem derartigen Hass, dass sie Mühe hatte, sich auf den Beinen zu halten. »Du! – *Wage es!* Wage es noch einmal, auch nur diesen Namen in den Mund zu nehmen, und ich schwöre dir: An seiner Seite wirst du ...« Er hielt inne, starrte sie an, doch dann, plötzlich, veränderte sich etwas, und er zögerte. »Nein«, flüsterte er. »Ich habe Euch bereits einen Schwur geleistet. Und ich werde meinen Schwur nicht noch einmal brechen.«

Klangen diese Sätze ruhiger? Theresas Herz überschlug sich. Sollte er ein Einsehen haben?

Doch dann traf sein Blick sie von neuem, und es lag ein Ausdruck darin, dass es ihr den Magen umdrehte. Schon aber wandte er sich ab, wandte sich Wilhelm zu, der jetzt – erst jetzt – den Arm sinken ließ. Der Gegenstand in seiner Hand fiel in den Staub. Es war ... eine Porzellanscherbe.

»Diese Frau steht unter meinem Schutz«, verkündete Ferdinand von Hardenstein an seinen Sohn gerichtet. »Wie eine jede Angehörige meines Gesindes. Und ich gebe dir mein Wort: An nichts wird es ihr mangeln, das eine Dienstmagd auf Hohensandau sich nur wünschen kann. Sie wird nicht hungern und sie wird nicht frieren. Unter einem festen Dach wird sie ihr Haupt zur Ruhe betten, wenn die Nacht anbricht. In einer sauberen Kammer wird sie sich niederlegen an der Seite ihrer Gefährtinnen. Sie wird ein *Zuhause* haben. – Und nun überlege, *Lumpenjunge*, was du ihr bieten könntest, verfemt und vogelfrei in den Grenzen der Provinz. Und außerhalb davon mit einem Wisch, der bezeugt, dass ein anderer für dich den Kriegsdienst hat verrichten müssen für König und Vaterland! – Glaube mir!« Jetzt flüsterte er beinahe. »Mein Arm reicht weit. – Überlege, ob du das tragen willst: Sie mit dir ins Elend zu reißen, wenn sie ihr Auskommen haben kann auf Hohensandau – und ihre Kinder mit ihr. – Du aber ...« Unvermittelt hob er die Reitgerte, war mit zwei Schritten bei Wilhelm. »Pack dich davon und ...«

Wilhelm stolperte zurück. Theresa versuchte, sich dem Gutsherrn in den Weg zu werfen, aber im selben Moment fiel eine andere Gestalt Ferdinand von Hardenstein in den Arm, dass Theresa zwei Mal hinsehen musste, doch das Bild das gleiche blieb: Es war wahrhaftig Justus Brandt, der drängend, beruhigend auf den Grafen einredete, andere Männer jetzt an seiner Seite.

Wilhelm bewegte sich noch immer rückwärts, brach in die Knie, kam mühsam wieder in die Höhe, strauchelte erneut, taumelte der Einfahrt entgegen.

»Wilhelm!« Theresa war bei ihm, stützte ihn, als er langsam zu Boden glitt. Sie spürte das Glühen seiner Haut, und auf der Stelle wusste sie, dass es unmöglich war für einen Mann in seinem Zustand, die Grenzen des Gutsbezirks bis Sonnenuntergang zu erreichen, mehrere Dörfer weit, die die Landstraße passierte.

Verfemt. Geächtet. Vogelfrei. Ferdinand von Hardenstein musste klar sein, dass er damit das Todesurteil über seinen Sohn verhängt hatte. Er *musste* es wissen, ganz gleich in welchem Zustand er selbst sich befand.

Sie sank zu Boden, bettete den Kopf ihres Ehemanns in ihren Schoß. Der Verband war beiseitegeglitten, und ihr Atem stockte, als sie die brandige Wunde sah, in die sich Schulter und Oberarm verwandelt hatten. Seine Augen waren geschlossen, sein Puls ging stolpernd, so dass sie kaum begreifen konnte, wie er einen so langen Weg hatte zurücklegen können, zu Fuß, in seinem Zustand, nur um jetzt ... Ihre Gedanken hielten inne. Wäre es das Schlimmste?, dachte sie. Wenn sie bedachte, was ihn nun erwartete nach dem Willen seines Vaters? Wäre es das Schlimmste, wenn es gleich hier zu Ende war, an diesem Ort, der sein Zuhause gewesen war, auf Hohensandau?

Nein! Sie *durfte* nicht zulassen, dass der Mann, den sie liebte, starb. Nicht allein um seinetwillen. Und noch viel weniger um ihrer selbst willen. Was sie beide anbetraf, ging immer auch den kleinen Joachim an, immer auch das ungeborene Kind in ihrem Leib. Was sollte aus den Kindern werden, wenn ihr Vater auf eine Weise sein Ende fand, wie Ferdinand von Hardenstein es angekündigt hatte, erschlagen wie ein räudiger Hund und im Straßengraben liegen gelassen? Wenn sie für eines dankbar war, dann dafür, dass ihr kleiner Sohn nicht Zeuge dieser Szene geworden war.

Sie saß am Boden. Wilhelm blickte aus ihrem Schoß zu ihr auf, unfähig zu sprechen, doch sie war sich sicher, dass er sie erkannte. Selbst in diesem Moment lag da etwas auf diesen so erschreckend veränderten Zügen, das dort unmöglich hätte zu finden sein dürfen: Glück. Glück, dass er wieder bei ihr war.

Das Gesinde hatte begonnen, sich zu zerstreuen. Ilsa und,

kurz zögernd, Martha traten zu ihnen, schweigend und tief betroffen. Zeit verging. Und mit jeder Minute schwand der letzte Hauch einer Chance, dass Wilhelm das Land der Hardensteins noch vor Sonnenuntergang würde verlassen können.

Ein Geräusch: Pferdehufe. Dazu das Knirschen schwerer Räder auf dem Kies.

»Mama?« Ein kurzes Innehalten. Zögernd, ungläubig. »*Papa?*«

Theresas Blick zuckte hoch. Joachim saß auf dem Bock einer schweren Kutsche. Der *alten* Kutsche aus der Zeit des Vaters des gegenwärtigen Herrn von Hohensandau, die in der Remise vor sich hin staubte, solange Theresa zurückdenken konnte. Das Gefährt, mit dem das Grafenpaar zuletzt gereist war, hatte Thyra ins Grab begleitet, wenn sie alles richtig verstanden hatte.

Natürlich war ihr kleiner Sohn nicht allein. Neben ihm saß die Frau, die zu dieser Stunde auf die Kinder des Gesindes hätte achtgeben sollen: die alte Vera. Und neben dieser Jaroslaw, der polnische Hilfskutscher, der sich jetzt mit seiner schlaksigen Gestalt vom Bock gleiten ließ. Er machte Anstalten, Wilhelm aufzuhelfen, und griff nach der abgewetzten Satteltasche, die noch immer am Boden lag.

»Was ...« Theresa kam nicht weiter.

Die betagte Zofe musterte sie, keinen Deut freundlicher als gewöhnlich. »Vor sechsundzwanzig Jahren hätte es in meiner Macht gestanden, das Leben eines Menschen zu retten. Doch dazu hätte ich dem Willen meiner Herrschaft zuwiderhandeln müssen – und ich bin nicht der Meinung, dass uns das zusteht. Uns, dem Gesinde. Es gibt die Welt der Herrschaften, und es gibt die Welt all derer, die ihnen dienen. Und zwischen diesen Welten gibt es feste Grenzen. Dass Ferdinand von

Hardenstein und Eleonora Leuschenthal glaubten, für sie besäßen diese Grenzen keine Geltung, eben das hat alles Unglück heraufbeschworen, bis in unsere Tage hinein. Ein Mensch ist von Adel oder er ist es eben nicht. – Doch ich will in der Hölle brennen, wenn ich denselben Fehler ein zweites Mal begehe. Der Allmächtige vergebe mir meine Worte.«

Theresa starrte erst sie, dann Jaroslaw an, der im Begriff stand, Wilhelm in die Kutsche zu helfen. »Ihr wollt sagen ...«

»Ich will sagen, dass meine Base ein Spital leitet – auf der österreichischen Seite der Grenze. Nach allem, was man hört, hat es eine Schlacht gegeben, bei Sadowa in der Nähe von Königgrätz in den böhmischen Kronlanden. Und offenbar sind unsere Armeen eben noch rechtzeitig eingetroffen, um die Entscheidung zu Gunsten der preußischen Waffen zu wenden: der Kronprinz und sein Aufgebot von Osten her, und von Westen ...« Sie schüttelte den Kopf. »Das tut jetzt wenig zur Sache, denke ich. Die Schlacht ist geschlagen, und die Österreicher haben sie verloren. Was allerdings keinen großen Unterschied bedeuten wird, weil es in diesem Krieg ohnehin niemals darum ging, einander einzelne Provinzen abzunehmen. Es ging immer nur um die Vorherrschaft, und dieser Streit ist jetzt entschieden. So dass es nunmehr rasch sehr ruhig werden wird, wie ich doch annehmen möchte. Was Euer Ehemann zweifellos gut gebrauchen kann. Und Jaroslaw ist auf der anderen Seite der Grenze vermutlich ebenfalls besser aufgehoben.«

Theresa war es noch immer nicht gelungen, sich zu fassen. »Und Ihr?«

Jetzt war es die alte Frau, die sie anstarrte, im nächsten Augenblick eilig vom Bock stieg, unterstützt von dem polnischen Hilfskutscher.

»Was habt Ihr erwartet?«, schnarrte die ehemalige Zofe.

»Ich bleibe selbstredend hier. Seid versichert, dass ich Euren Besuchen mit auch nicht einer Idee größerer Freude entgegensehe als in der Vergangenheit. Ganz zu schweigen von diesem schrecklichen Kind. – Doch ein Menschenleben ist ein Menschenleben.«

Ein Nicken zu Jaroslaw, der eilig wieder auf den Kutschbock stieg und nach der Peitsche griff.

»Wilhelm!« Theresa eilte an das Fenster der Kutsche. Er saß in den Polstern. Sein Kopf war auf die Brust gesunken. Doch er lebte. Sie wusste, dass er lebte und am Leben bleiben würde.

Ganz langsam hob er den Blick und seine Lippen formten ihren Namen. Doch kein Laut war zu hören.

Jaroslaw ließ die Peitsche knallen – in der Luft, ohne dass die derbe Lederschnur mit den Rücken der Zugpferde in Berührung kam. Die eine oder andere Gaunerei war dem schlitzohrigen Polen zuzutrauen, doch niemals hatte Theresa erlebt, dass er die Tiere schlecht behandelt hätte. Und schließlich wusste er, dass sie auch so verstanden.

Die Kutsche ruckte an. Theresa machte einen Schritt, einen zweiten, wie in einem Versuch, mit dem Gefährt mitzuhalten, und wusste doch, dass es keinen Sinn hatte. Sie blieb stehen, spürte, wie der kleine Joachim nach ihren Fingern tastete, schloss sie um sein Händchen. Wie betäubt sah sie der Kutsche nach, bis sie durch das Tor in der Hofeinfahrt verschwunden und das Rumpeln der Räder auf dem Lehm der Landstraße verhallt war.

Als sie sich schließlich umwandte, war die betagte Zofe ebenfalls fort, zurückgekehrt in die Kammern ihres Altenteils, wie Theresa vermutete. Um das Urteil zu erwarten, das der Herr von Hohensandau nunmehr über *sie* fällen würde, nachdem sie so offensichtlich seinem Willen zuwidergehandelt hatte?

Nein. *Es gibt die Welt der Herrschaften,* dachte Theresa. *Und es gibt die Welt all derer, die ihnen dienen.* Und doch musste diese alte Frau Ferdinand von Hardenstein schon gekannt haben, als er noch in der Wiege gelegen hatte. Theresa konnte sich nicht vorstellen, dass der Gutsherr die einstige Vertraute seiner Mutter wegen der verschwundenen alten Kutsche bestrafen würde. Nicht wenn ganz andere Dinge eine Rolle spielten. Wenn sie eine Entscheidung getroffen hatte, die ihr Gewissen ihr befohlen hatte. Wenn sie die letzte und einzige Chance ergriffen hatte, einen Fehler wiedergutzumachen, der ein halbes Leben lang auf ihrer Seele gelastet hatte – sowenig er diese Entscheidung auch billigen mochte.

Denn er hätte sie doch niemals billigen können?, dachte Theresa. Wie wäre das denkbar gewesen, wenn er Wilhelm doch verdammt hatte zu einer Strafe, die dem Tod gleichkam?

Sie blickte zum Herrenhaus, und einen Moment lang glaubte sie hinter den Vorhängen, die die Gemächer der Herrschaften verbargen, eine Bewegung wahrzunehmen. Als wäre jemand rasch vom Fenster zurückgetreten, um nicht gesehen zu werden.

Sie stand auf dem Vorplatz des Gutshofs, allein. Allein mit ihrem kleinen Jungen. Ihre Freundinnen hielten für den Augenblick Abstand, und sie war ihnen dankbar dafür.

Unvermittelt kam ihr ein Gedanke, und sie senkte den Blick, setzte langsam einen Fuß vor den anderen, die Augen auf den Boden gerichtet. Die Porzellanscherbe, die Scherbe weißen Goldes, die Wilhelm seiner Herrschaft hatte übergeben wollen als das Einzige, was von seiner Gemahlin, seinem ungeborenen Kind geblieben war.

Von ihr war keine Spur mehr zu sehen.

Einen Monat später: Gut Hohensandau
Sommer 1866

Die folgenden Wochen schienen in einem Nebel zu versinken, in einem fahlen Dunst, mit dem sich ein Schweigen über den Gutshof legte.

Die Welt hielt inne. Nicht anders fühlte es sich an. Es war ein Innehalten, das vom gesamten Kosmos des weitläufigen Anwesens Besitz ergriffen hatte, von den herrschaftlichen Gemächern bis in die schmucklosen Kammern des Gesindes hinein. Von allem, was Theresa umgab.

Wilhelm war fort. Endgültig und auf alle Zeiten fort.

Nicht in Wochen. Nicht in Monaten. *Nie wieder* würde er nach Hohensandau zurückkehren, auf die Ländereien der Grafen Hardenstein, ja, in die angestammte Provinz, so weit ihre Grenzen nur reichten. In seine Heimat, sein Zuhause. Wo ein Urteil über seinem Haupt schwebte, das ihm den Tod verhieß.

Theresas kleine Familie gab es nicht mehr.

Und dennoch, dachte sie. *Er ist am Leben.* Und das war eine Gnade, wenn sie an Ferdinand von Hardenstein dachte, dem seine Gemahlin auf eine so schreckliche Weise entrissen worden war. Wenn sie an jene Frauen dachte, deren Ehemänner unter den Trümmern des Gesteins begraben worden waren. An deren Kinder wiederum, die ihre Väter verloren hatten. Wilhelm war fort. Doch er lebte, und man würde sich seiner annehmen, sobald er das Spital auf der anderen Seite der Grenze erreichte. Man würde ihn gesundpflegen, und dann, irgendwann, würde er eine Möglichkeit finden, ihr Nachricht zu geben.

Ja, ganz gewiss würde es so geschehen. Sie würde erfahren, wie es ihm erging, selbst wenn sie … Der Gedanke blieb unvorstellbar: Selbst wenn sie ihn niemals wiedersehen würde, ihren Ehemann, den Vater ihrer Kinder.

Der Nebel umgab sie. Wie eine Schlafwandlerin setzte sie einen Fuß vor den anderen, wenn sie den Hof überquerte, gefangen zwischen Wachen und Schlummer. Als ob sie *sich selbst* träumte, sich wie eine Fremde von außen betrachtete: eine blasse Gestalt, die langsam im Dunst dahinschwand.

Und die doch nicht zulassen durfte, dass eben das geschah. Die ganz im Gegenteil vollständig *hier* sein musste, zumal doch alles, was ihr widerfahren war, nicht nur für sie allein und für Wilhelm im fernen Exil Bedeutung hatte, sondern für ihre Kinder ganz genauso, für den kleinen Joachim und das ungeborene Mädchen in ihrem Leib, denen niemand etwas vorwerfen konnte: Dass sie das Vertrauen enttäuscht hätten, das man in sie gesetzt hatte. Dass sie jemanden zum Mann genommen hätten im Angesicht Gottes und der Menschen, jemanden, der dieses Vertrauen enttäuscht hatte. Es sei denn, man hätte sie zur Rechenschaft ziehen wollen, dass sie als diejenigen zur Welt gekommen waren, die sie nun einmal waren …

An diesem Punkt verwirrten sich ihre Sinne. Und auch das durfte sie nicht zulassen. Sie *musste* bei Sinnen bleiben. Sie *musste* nach einem Weg suchen, auf dem es irgendwie weitergehen konnte für sie und ihre Kinder, für Wilhelm in der Ferne. Aber sie konnte diesen Weg nicht erkennen.

Sie selbst durfte auf Hohensandau bleiben. So hatte Ferdinand von Hardenstein entschieden, und es war keine Frage, dass Theresa ihre Pflichten auch weiterhin mit aller Kraft erfüllte, aller Kraft, die sie nur aufbringen konnte. Ohne wirklich wahrzunehmen, was um sie her geschah: die Getreideernte, die man in die Scheunen brachte, als das Korn mit dem Sommer reifte. Die Bewohner des Gutshofs, die Knechte und Mägde waren kaum mehr als flüchtige Schatten.

Theresa versah ihre Arbeiten. Sie nahm ihre Mahlzeiten ein an der Seite ihrer Gefährtinnen, allerdings ohne sich an den Gesprächen zu beteiligen, die man während des Essens an den Tischen des Gesindes führte. Sie lauschte am Abend ihrem kleinen Sohn, wenn er von den Abenteuern seines Tages erzählte, während sie darum kämpfte, sich nichts anmerken zu lassen von der tiefen Erschöpfung, die sich ihrer bemächtigt hatte.

Sie hatte versucht, Joachim zu erklären, warum sein Vater sich schon wieder auf eine weite Reise begeben hatte. Dass dies der Befehl seiner Herrschaft gewesen war, dem er sich nicht hatte verweigern dürfen, und dass dieser Befehl ganz gewiss nichts... *Nein!* Theresa hatte gespürt, wie sie blass geworden war, als der kleine Junge stockend etwas hervorgebracht hatte. *Nein, beim lieben Gott!* Ganz gewiss habe Wilhelms plötzliche Abreise nichts mit dem Frosch zu tun, den Joachim Frau Vera überreicht hatte. Wobei es trotzdem nicht schaden könne, wenn er auf solche Geschenke in Zukunft verzichten würde, wie sie vorsichtig angemerkt hatte.

Doch wie musste sich all das für ihren kleinen Jungen anfühlen? Wie begegneten ihm die anderen Kinder, wenn seine Mutter ihn in die Obhut der alten Zofe gab? Sie wagte es nicht, ihn um eine Antwort zu bedrängen. Zu viel hatten diese kleinen Schultern schon jetzt zu tragen. Und doch war sie sich im selben Moment nicht sicher, ob sie nicht gerade damit den größten Fehler überhaupt beging, nun, da er sie um so vieles stärker brauchte denn je.

Die Tage gingen dahin.

Spürte sie zuweilen die besorgten Blicke ihrer Freundinnen auf sich, wenn Martha und Ilsa glaubten, dass sie nicht in ihre Richtung sah? Bildete sie sich lediglich ein, dass die Hausdame ihr nur noch leichte und beiläufige Pflichten auferlegte? Die hagere Agathe führte ein ruhiges und gewissenhaftes, zugleich aber durchaus strenges Regiment über das Hofgesinde. Niemals war sie zu derlei Zugeständnissen bereit gewesen, wenn eine der Mägde ein Kind unter dem Herzen getragen hatte, solange nicht offensichtliche Gefahr bestand für das Leben der Mutter oder des Ungeborenen.

Doch Theresa war sich nicht sicher. Nichts war sicher. Alles schien sich im Nebel aufzulösen.

Irgendwann stellte sie fest, dass sie auf ihrem Schlafplatz lag, einer schlichten Strohschütte in jener Kammer, die sie mit ihren Freundinnen teilte. Und dass sie nicht wusste, wie sie dorthin gekommen war. Ein dumpfer Schmerz hämmerte hinter ihren Schläfen, Schweiß stand ihr auf der Stirn, und im selben Moment wurde ihr bewusst, dass ihr Körper bis zum Hals unter einem Berg von wärmenden Decken verschwand. Und es war mitten am Tag, wie das Licht bewies, das durch das offene Fenster fiel. Licht, das sich nun veränderte, als sich jemand hastig über sie beugte.

Ilsa. Ihre Freundin Ilsa, die sie einen Moment lang mit Sorge, dann mit Erleichterung betrachtete, bevor sie ein feuchtes Tuch auf Theresas Stirn platzierte. Und übergangslos begann, sie mit Vorwürfen zu überschütten.

Was sie sich dabei nur gedacht habe! Was im Himmel habe Theresa dazu getrieben, in ihrem Zustand die allerhinterste der Koppeln aufzusuchen, auf die sich oft den ganzen Tag kein Mensch verirrte! Die Knechte, die sie dort gefunden hatten, hätten sie für tot gehalten, als sie auf ihren Körper gestoßen waren, reglos zusammengesunken im feuchten Gras! So lange jedenfalls, bis sie festgestellt hatten, dass ihr Leib im Fieber glühte. Was sei ihr nur in den Sinn gekommen…

Fieber. Theresa hatte keine Erinnerung, dass sie sich auf die hintersten Koppeln begeben hätte. Und doch waren es jene Koppeln, auf die sich Wilhelm oft mit den jungen Pferden zurückgezogen hatte, um sie mit dem Sattel vertraut zu machen, fernab vom Trubel des Wirtschaftshofs und der Ablenkung durch die Gegenwart ihrer Artgenossen. So dass es durchaus möglich schien, dass Theresa ihre Schritte tatsächlich dorthin gelenkt hatte in der verzweifelten Hoffnung, ihm irgendwie nahe zu sein. Allerdings ohne dabei einem bewussten Entschluss zu folgen, sondern im…

Fieber. Dieses Wort allein drang zu ihr durch. *Das* also war das Gefühl, der Schwindel hinter ihrer Stirn, die merkwürdige, in diesem Augenblick beinahe angenehme Leichtigkeit.

Fieber. Und schon spürte sie, wie sie aufs Neue in die Arme der Hitze davontrieb. Eben war noch Zeit für einen einzigen raschen Gedanken: dass es doch beinahe etwas Tröstliches hatte. Wenn sie ihrem Ehemann schon nicht in die Verbannung hatte folgen können, so konnte sie ihm zumindest *dorthin* folgen: in die Welt des Fiebers, das den Mann, den sie liebte, gepackt hatte, und nun auch Theresa selbst.

Von dem, was in den folgenden Tagen geschah, sollten ihr nicht mehr als Fetzen im Gedächtnis bleiben. Die Nacht, in der ihr kleines Mädchen zur Welt kam: Nur einzelne Bilder konnte sie sich später vor Augen rufen.

Sie erinnerte sich an die Gesichter ihrer Freundinnen, Gesichter, auf denen die Sorge stand. Sie erinnerte sich, wie die sonst so ruhige Ilsa Flüche von sich gab, als sie sich Seite an Seite mit der Gutshebamme über ihren Schoß beugte, während die Stunden der Dunkelheit dahinschlichen. Bis mit einem Mal die Tür aufflog und der Physicus in den Raum stürmte, ohne auch nur seinen Reitmantel abzulegen. Lediglich den hohen Zylinderhut zog er hastig vom Kopf, eilte an Theresas Lager, und mit der Kälte des frühen Morgens drang der durchdringende Geruch nach Kampfer in die Kammer der Dienstmägde.

Als ihre kleine Tochter dann aber an ihrer Schulter lag, erschien ihr alles wie die selbstverständlichste Sache der Welt. Voller Staunen betrachtete sie das rosige Gesichtchen, die winzigen Fingerchen, die sich zu Fäusten ballten in der neuen fremdartigen Umgebung. Dorthe. Theresa hatte immer gewusst, dass dieses Mal ein Mädchen in ihrem Leib heranwuchs. Schon vor Monaten waren Wilhelm und sie übereingekommen, dass sie die Kleine auf den Namen von Theresas Tante taufen lassen würden, der Schwester ihres lange verstorbenen Vaters, die ihr die Stelle auf Hohensandau einst verschafft hatte, und der sie es verdankten, dass sie einander überhaupt begegnet waren.

Dorthe war auf der Welt, ihr wunderschönes kleines Mädchen. Sie genoss den sauberen Duft der Kleinen und das Gefühl ihrer Nähe, rückte ein Stück zur Seite, damit Joachim zu ihnen auf das Lager klettern konnte, um seine kleine Schwester zu bestaunen. Es hätte ein Augenblick des Glücks sein können, wenn da nicht der Nebel gewesen wäre.

Er ist immer noch da, dachte Theresa. Und es war, als würde er sich nie wieder heben.

★ ★ ★

Es war in der folgenden Nacht, dass das Fieber mit seiner ganzen Gewalt über Theresa hereinbrach. *Wundfieber. Kindbettfieber.* Welche Krankheit auch immer sie ergriffen hatte: Nun konnte sie spüren, wie das Fieber sie vollends packte, wie es sich einnistete in ihrem geburtswunden Schoß, und es war ein Schmerz, der sich kaum beschreiben ließ, noch vernichtender als die Geburtswehen selbst. Als ob ihr Körper *zerreißen* wollte. Schon das Gewicht der Decken schien mehr, als sie ertragen konnte. Und woher dieses Wissen auch stammte, vielleicht von jener verirrten Spur der Gabe, die von ihrer Mutter auf sie übergegangen war: Sie war sich vollkommen im Klaren, was all das bedeutete. Ganz gleich, ob sie die Krankheit überstehen sollte: Joachim und die kleine Dorthe, dabei würde es bleiben. Das Fieber war im Begriff, unwiderruflich etwas in ihrem Innern zu zerstören. Sie würde keinem weiteren Kind mehr das Leben schenken. Wobei ihr selbst in ihrer Schwäche der gesamte bittere Hohn des Gedankens bewusst war: Wie sollte das denn auch geschehen mit einem Ehemann auf der anderen Seite der Grenze, am anderen Ende der Welt?

Die Tage schienen miteinander zu verschmelzen. Morgens gab es einige Stunden, in denen sie sich etwas kräftiger fühlte und für eine Weile aus dem Ozean ihrer Schwäche emportauchte. Stunden, in denen ihr ihre Freundinnen die kleine Dorthe auf die Brust legten, ihr zugleich aber streng untersagten, das Kind zu nähren. Eine Anweisung, der Theresa gehorchte, obwohl sie doch wusste, dass Säuglinge, denen man stattdessen Kuhmilch zu trinken gab, zu Koliken neigten. Und dennoch war eine andere Sorge noch stärker in ihr: dass die Milch aus ihren Brüsten den Keim der Krankheit auch in den Körper ihres kleinen Mädchens pflanzen könnte. Noch vor dem Mittag kehrte diese Krankheit mit ihrer ganzen betäubenden Macht zurück und hielt sie in ihrem glühenden Griff bis in die Stunden der Nacht hinein.

Mal war Ilsa an Theresas Seite, um ihr unter beruhigenden Worten die Stirn zu kühlen, wenn sie sich im Fieber auf dunklen Pfaden verlor. Ebenso häufig allerdings nahm Martha den Platz am Krankenlager ein und gab sich alle Mühe, ihre Freundin mit kleinen Geschichten über das tägliche Geschehen auf dem Gutshof aufzumuntern, redselig wie eh und je. Was vielleicht deshalb nicht recht gelingen wollte, weil regelmäßig Justus Brandt im Mittelpunkt dieser Geschichten stand.

Wie aufopferungsvoll er sich doch um seinen Onkel bemühte, den greisen Verwalter! Wahrhaftig wie ein Vater musste er ihm geworden sein in den wenigen Monaten, die er selbst auf Hohensandau weilte. Voller Fürsorge lege er den Arm um die Schultern des alten Mannes, wenn dieser die Treppen des Herrenhauses emporsteige, um dem Gutsherrn seine Aufwartung zu machen. Während jeder andere gegenwärtig abgewiesen werde an den Türen zu den Gemächern seiner Herrschaft, wie Martha bedeutungsvoll anfügte. Und argwöhnisch beinahe gäbe Herr Brandt im Anschluss acht, dass die Knechte und Mägde Abstand hielten, wenn sie ihren Verwalter um Neuigkeiten bestürmten, sobald Onkel und Neffe wieder ins Freie traten.

»Weil sie doch wissen wollen, was jetzt wird«, erklärte Martha. »Aus Hohensandau. Aber auch aus ihnen selbst natürlich, nun, da sich so viele Dinge ändern werden, nachdem die Männer der Eskorte nicht mehr da sind, die ja alle wichtige Aufgaben auf dem Gutshof hatten, Gerbert und die anderen.«

Theresas Augen waren geschlossen, während ihr fiebergeschüttelter Verstand sich bemühte, den Worten ihrer Freundin zu folgen. *Wichtige Aufgaben?* Gerbert hatte die Bäume ausgewählt, an die die Waldarbeiter die Axt legen sollten. Die Anzahl der Stämme, die geschlagen werden sollten, hatte der Verwalter immer schon im Voraus festgelegt.

»Aufgaben, die zumindest ziemlich gut entlohnt werden«, präzisierte Martha. »Und nicht allein in klingender Münze. Wusstest du, dass Gerbert sich im letzten Herbst in dem gro-ßen alten Schuppen hat einrichten dürfen, am Waldrand beim Heidenstein? – Genau da könnte jetzt sein Nachfolger einzie-hen mit seiner Familie. Wenn er eine Familie hat. Schließlich ist es ein ziemlich geräumiger Schuppen. Aber dazu müsste seine Herrschaft die Nachfolger für die einzelnen Posten erst einmal bestimmen. Und dann mit Sicherheit auch jemanden für die wichtigste Stellung überhaupt, nachdem ja nun klar ist …« Sie zuckte mit den Achseln. »Zu Herbstbeginn findet in der Pro-vinzhauptstadt der große Pferdemarkt statt. Sämtliche Gestüte der Umgebung werden ihre stolzesten Jährlinge dort vorstel-len, und was Hohensandau anbetrifft, wäre es die Aufgabe des Verwalters, die Delegation vom Gutshof anzuführen. Und der Onkel von Herrn Brandt wird jedenfalls nichts und niemanden mehr anführen, wenn er schon Schwierigkeiten hat, die Treppe hochzukommen. Also wird seine Herrschaft auch hier jeman-den auswählen müssen, der das Amt künftig versehen wird.«

Müde öffnete Theresa die Lider. Mit aller Macht bemühte sie sich, das Gesicht ihrer Freundin mit den Augen zu fixieren, doch wieder und wieder schienen sich Marthas Züge unter ihren Blicken aufzulösen. »Aber er hat noch niemanden aus-gewählt?«, fragte sie. Für einen Moment erschrak sie, als sie hörte, wie verwaschen ihre Stimme klang.

Ernst schüttelte Martha den Kopf. »Kein Wort lässt er ver-lauten. – Jedenfalls kommt nichts davon an unten auf dem Hof. Er sitzt in seinen Räumen oben im Herrenhaus. Düster vor sich hin brütend über seinem Schreibpult, wie man erzählt. Worüber auch immer. Das weiß niemand, da er ja mit niemandem spricht. Nicht einmal den Pfarrer hat er vorgelassen, der mit ihm beten wollte für das Andenken seiner Gemahlin. In den ersten Tagen soll er gar jede Speise von sich gewiesen haben. Und seine Gemächer verlässt er überhaupt nicht mehr seit dem Tag, an dem er vom Tod ihrer Herrschaft erfahren hat.«

Theresa konnte spüren, wie sich ein Frösteln in ihr Herz senkte. Das Antlitz des Grafen trat vor ihre Augen, ohne dass sie die Lider auch nur schließen musste. Seine harten, beinahe abweisenden Züge mit dem eisgrauen, streng geschnittenen Bart. Seine Augen vom Grau eines Wintertages, die in einem solchen Maße Wilhelms Augen waren und doch so überhaupt keine Ähnlichkeit besaßen, von Wolken umschattet seit so vielen Jahren. Seit jenem Tag, an dem er die erste große Liebe seines Lebens verloren und es niemanden gegeben hatte, dem er die Schuld für ihren Tod hätte anlasten können. Niemanden als ihn selbst.

Und sie musste an ihre Begegnung an Leonors Grab denken, als er ihr seine Seele geöffnet hatte, der Ehefrau von Leonors Sohn. – *Weil es in diesem Moment etwas gab, das uns verbunden hat,* dachte sie. *Weil wir auf jemanden gewartet haben in dieser Stunde zwischen Nacht und Morgen, auf die Rückkehr jenes einen Menschen, der uns mehr bedeutete als alles andere auf der Welt.*

Auf seine Gemahlin. Auf Theresas Ehemann. Als Wilhelm dann aber zurückgekehrt war, allein… *Wir beide haben diesen Menschen verloren. Und doch kann ich mich damit trösten, dass Wilhelm zumindest noch am Leben ist, weit weg zwar, aber was sich irgendwann in einer fernen, unabsehbaren Zukunft ereignen wird, das kann ich so wenig mit Sicherheit sagen, wie Ferdinand von Hardenstein dazu in der Lage ist.*

Während er selbst überhaupt nichts mehr hatte. Keinen Schimmer einer noch so fernen, noch so schwachen Hoffnung. Konnte es da verwundern, dass er die Nähe der Menschen mied? *Nur den Verwalter lässt er vor. Und dessen Neffen offenbar.* – Weil es trotz allem weitergehen musste, dachte sie. Weil er trotz allem der Herr des Gutes war.

Wie musste er sich fühlen in diesen Tagen! *Wenn ich nur etwas tun könnte!* Sie wusste, dass das eine fast lächerliche Vorstellung war. *Wenn ich auch nur in der Lage wäre, meine Pflichten zu versehen auf dem Hof, wie er das von mir erwarten kann!* Wie von jedem Menschen auf Hohensandau. Tief holte sie Atem, sah in Richtung ihrer Freundin. Ob Martha etwas spürte von ihrer Erschütterung?

Für einen Augenblick hatte die redselige Dienstmagd innegehalten. Die Tür und das winzige Fenster der Kammer standen während der Stunden des Tages offen, damit der Atem des Fiebers aus dem Raum entweichen konnte. Und in Richtung Tür warf Martha nun einen misstrauischen Blick – hinaus auf den Korridor, der an den Quartieren weiterer Angehöriger des Gesindes vorbei bis an den Durchgang ins Freie führte. In diesem Moment war er leer, wie immer zu dieser Stunde des Tages. Die Gutsbediensteten waren bei der Arbeit.

Auch Martha schien das in diesem Augenblick klar zu werden. »Jedenfalls haben die Leute begriffen, dass seine Herrschaft ihnen so schnell keine Auskunft geben wird«, setzte sie wieder an. »Also warten sie auf den einzigen Menschen, der ihnen vielleicht trotzdem etwas sagen kann: auf den Verwalter. Und auf Herrn Brandt, der seinem Onkel den Arm zur Stütze leiht und gleichzeitig aufpasst, dass sie keine Gelegenheit erhalten, ihn ungebührlich zu bedrängen und seine Kräfte zu überfordern. – Nur hören sie trotzdem nicht auf mit ihren Fragen, dort vor den Türen der herrschaftlichen Gemächer. Und was soll er da machen, als sich selbst in die Pflicht zu nehmen und ihnen Antwort zu geben, um dem alten Mann auch diese Last von den Schultern zu nehmen? Obwohl er es doch gar nicht schätzt, so im Mittelpunkt zu stehen. Oder sich womöglich irgendwie wichtig zu tun.« Leiser: »Wie er mir anvertraut hat. – Wobei er nun wirklich …« Für einen Moment löste sich ihr Blick von Theresa. »Wobei er nun wirklich ein stattlicher Anblick ist, in seinem dunklen Gehrock und mit einem breitkrempigen Hut auf dem Scheitel, wie auch seine Herrschaft selbst ihn manchmal aufsetzt. Wie er ganz oben auf der Treppe stehen bleibt vor der Tür des Herrenhauses, sein Onkel direkt hinter ihm. Damit die Leute hören können, was er zu verkünden hat, während sie in geziemendem Abstand warten, unten zu seinen Füßen auf dem Vorplatz des Herrenhauses.«

»Und was …« In die Kissen und Decken gestützt versuchte Theresa sich aufrechter zu setzen, bereute es im selben Augenblick, als auf der Stelle der Schwindel nach ihr griff. »Und was hat er zu verkünden?«, murmelte sie. »Wenn seine Herrschaft doch nichts verlauten lässt?«

Martha blinzelte. »Also …« Sie hob die Schultern. »Eigentlich nicht ganz so viel. Weil er und sein Onkel dem Grafen nämlich Verschwiegenheit zugesichert haben. So dass sie nicht darüber reden dürfen, wenn er sie ins Vertrauen gezogen hat über seine Pläne. Wenn es so weit wäre, würde seine Herrschaft dem Gesinde schon mitteilen, wie er sich entschieden hätte. Oder der Verwalter würde das an seiner Stelle übernehmen.« Ein Zögern. »Oder dann wahrscheinlich auch eher Herr Brandt, denke ich. An der Stelle des Verwalters. – Und dann kann man schon sehen, wie die Leute unruhig werden, wenn er sich genauer ansieht, wer da alles vor dem Herrenhaus gewartet hat mitten am Tage. Du weißt ja, wie gut er Namen und Gesichter im Gedächtnis behält und ganz genau weiß, wer jetzt gerade welche Aufgaben zu erledigen hätte auf dem Gutshof. Und wie er einen dann manchmal ansieht, das ist ...« Ein Innehalten. Marthas Handflächen strichen über ihre Unterarme, als müsste sie eine Gänsehaut vertreiben. Aufgeregt, aber auf eine seltsam *wohlige* Art aufgeregt. »Dass man fast schon weiche Knie bekommt«, setzte sie hinzu, wie zu sich selbst, bevor sie zu ihrem gewohnten atemlosen Tonfall zurückkehrte. »Jedenfalls weiß er ganz genau, was die Leute in diesem Moment denn *eigentlich* zu tun hätten: ob denn Bertha nicht an der Reihe wäre bei ihrer Schicht in der Räucherkammer. Und der lahme Henning beim Flicken der Fischernetze. Das soll er nämlich zusätzlich machen zu seinen bisherigen Arbeiten bei den Holzfällern und Waldarbeitern. Um zu beweisen, dass er würdig ist, weiterhin auf dem Hof seinen Dienst zu tun. Damit er hierbleiben darf mit seinen Töchtern, trotz der Sache mit den verschwundenen Kartoffeln.«

Sie atmete tief durch. »Und da haben die Leute es dann plötzlich ganz eilig, vom Vorplatz zu verschwinden. Fast als hätten sie ein bisschen Angst vor Herrn Brandt. Zumindest sagen sie kein Wort mehr, bevor sie nicht ganz sicher sind, dass er nicht mehr in Hörweite ist, sondern irgendwo zwischen den Bäumen verschwunden, um seinem Onkel die Tür zum Häuschen des Verwalters aufzuhalten. Und sie wieder zu schließen. Also von innen. Und ...«

Und Martha redete weiter. Wie ein Wasserfall, dachte Theresa. Dass das Gesinde vorsichtig bleibe bei allem, was Herrn Brandt anbetraf. Dass es dennoch des ewig wiederholten Spiels allmählich müde zu werden begann. Dass unter den Bediensteten ein Murren erwacht war. Ein Murren, das anfangs kaum hörbar gewesen war, nun aber lauter und lauter wurde, je länger sich die Auswahl der Männer hinzog, welche die Posten besetzen sollten, von denen sich Theresa kein rechtes Bild machen konnte. Ein Murren, das am Anfang vielleicht noch Herrn Brandt gegolten hatte, der seine Verschwiegenheit so wichtig nahm, sich nun aber immer mehr auf seine Herrschaft selbst verlagerte. Die älteren Angehörigen des Gesindes konnten sich nur zu gut erinnern, wie er *früher* gewesen war. Wie er sich ganz anders verhalten hatte, wenn ein Schicksalsschlag über Hohensandau hereingebrochen war. Als tückischer Hagel die Getreideernte zu Boden gewalzt, eine tödliche Seuche die stolze Zucht des Gestüts um ein Haar vernichtet hatte: War er da etwa verstummt und hatte sich in seine Gemächer zurückgezogen? Im Gegenteil: Wenn so etwas geschehen war, hatte er sich erst recht in seine Pflichten gestürzt, mit einer Verbissenheit, die die Bediensteten beinahe hatte schaudern lassen. Damals. Ausgerechnet jetzt aber schob er die nötigen Entschlüsse vor sich her. Ausgerechnet jetzt, da doch mehr als eine Familie des Gesindes in drangvoller Enge lebte, während der Schuppen oben am Heidenstein einfach so leer stand.

Theresa schloss die Augen. Längst war sie wieder in die Kissen gesunken.

Als wäre es Jahre her, dass die Gräfin und ihre Begleiter gestorben waren, und nicht erst wenige Wochen. *Hagelschlag und Viehseuchen?* War den Leuten nicht klar, dass dies ein völlig anderer Augenblick war? Dass ihr Gutsherr ganz einfach Zeit brauchte? Wie war es möglich, dass sie sich um irgendwelche Stellungen den Kopf zerbrachen, anstatt zu begreifen, was Thyras Tod in Wahrheit bedeutete – für seine Herrschaft, zugleich aber für alle Menschen auf Hohensandau?

Nun war er wieder ganz allein, dieser Mann, der es tatsächlich gewagt hatte, noch einmal zu lieben, so viele Jahre nach Leonors Tod. Der nun auch diese zweite große Liebe seines Lebens verloren hatte und mit ihr jenes Kind, das sie ihm geschenkt hätte. Jetzt gab es niemanden mehr, der ihm als Herr über den Gutshof nachfolgen konnte. In dem Moment, in dem er die Augen schloss, würde die Krone ihre Hand auf Hohensandau legen.

Und da sorgten sich die Leute um irgendwelche Posten? Leute, die Hohensandau ihre Heimat nannten. Wie viele von ihnen würden dort noch gebraucht werden, wenn das stolze Gestüt der Hardensteins zu einem bloßen königlichen Wirtschaftsbetrieb herabsank?

Mit neuer Macht ergriff die Krankheit an diesem Nachmittag von Theresa Besitz. Eine Krankheit, die weit mehr als ein bloßes Leiden ihres Körpers war, wie sie längst begriffen hatte.

Weiter und weiter schien sich die Kranke in diesen Tagen von der wirklichen Welt zu entfernen. Von Martha und Ilsa und den Bewohnern des Gutshofs. Von der Welt der lebenden Menschen. Ein Stück weiter jenen Gefilden entgegen, aus denen es keine Rückkehr gab.

Wann immer sie ausreichend bei sich war, sah sie die Sorge auf den Gesichtern ihrer Freundinnen. Wenn dort nicht schiere *Angst* geschrieben stand. Und Theresa wusste nicht zu sagen, warum sie zwar imstande war, über diese Dinge nachzudenken, zugleich aber selbst keine Angst verspürte angesichts ihrer Schwäche, die mit jedem Tag zuzunehmen schien. Nein, keine Angst um sich selbst.

Erst wenn sie ihr kleines Mädchen betrachtete, begannen sich ihre Augen mit Tränen zu füllen. Wenn der kleine Joachim mit jedem Abend stiller wurde und sich unter den Decken an ihren fiebernden Körper schmiegte. Sie *musste* leben für ihre Kinder.

Und doch spürte sie, wie sie leichter und leichter zu werden schien, einem welken Blatt gleich, das die warme Nachmittagsbrise aus der stickigen Enge der Kammer durch das geöffnete Fenster davontragen konnte.

Nahe der Grenze
Herbst 1866

Die beiden Wanderer kamen an diesem Nachmittag gut voran – für ihre Verhältnisse.

Sie hatten die felsige Wildnis hinter sich gelassen, durch die in dieser Gegend die Grenze verlief. Stattdessen war die Piste nunmehr in eine *waldige* Wildnis eingetreten. Und dennoch: Wirkte der ausgetretene Pfad nicht breiter als in den Tagen zuvor, als er eher einer Kletterstrecke für Bergziegen geglichen hatte? In sanften Kehren führte er abwärts, und schon begannen sich erste Eichen und Buchen unter das tiefe Grün der Nadelhölzer zu mischen, letztes gelbes Laub an den Zweigen. Mit klopfendem Herzen reckte Wilhelm den Hals. Unter keinen Umständen wollte er den Moment verpassen, in dem die Wipfel der Bäume zum ersten Mal den Blick auf herbstliche Felder freigeben würden, noch Tage entfernt zwar, undeutlich und verschwommen, aber doch vertrauter, *heimatlicher*. Als wenn die Wanderer denn tatsächlich …

Sein rechter Fuß rutschte ab. Eine Unebenheit im Boden, eine Baumwurzel, die tückisch aus dem Sand aufragte. Wilhelm stolperte, versuchte sich zu fangen, brachte ungeschickt das linke Bein nach vorn, *wusste*, dass es ihn nicht halten würde.

Das Bein knickte weg, im selben Augenblick, in dem in seinem Rücken ein besorgter Ruf zu hören war. Der Boden kam auf ihn zu, und im nächsten Moment schien sich eine Lanze von Schmerz durch seine Wange, seine Schulter, seinen gesamten Leib zu bohren. Grelles Licht tanzte vor seinen Augen, wollte ihm die Luft zum Atmen nehmen.

»Wilhelm!« Rasche Schritte. »Freund Wilhelm?« Eine Hand, die sich ihm durch die pulsierenden Kreise verzehrender Flammen entgegenstreckte.

Wilhelm machte keine Anstalten, nach ihr zu greifen. Er presste die Lider aufeinander.

Ich habe nicht auf den Weg geachtet. Ich bin unvorsichtig geworden.

Scham überfiel ihn. Eine Scham, die selbst die Wellen von Schmerz in den Hintergrund drängte, die durch seinen Körper fluteten, quälend langsam schwächer wurden, während er mühsam zu Atem kam.

Seine rechte Hand, jene Hand, die ihm weiterhin gehorchte, hatte sich zur Faust geballt. Er öffnete sie, stützte sich schwer auf den Boden, kam auf die Knie, dann schwankend auf die Beine. Sein Mantel war mit Staub bedeckt. Er griff sich an die Wange. Blut war an seinen Fingern, als er die Hand zurückzog.

Jaroslaw stand drei Schritte entfernt. Wilhelm hätte ihm den Ausdruck der Besorgnis aus dem Gesicht schlagen können in seiner ohnmächtigen Wut, seiner Wut auf sich selbst.

Brüsk wandte er sich ab, um weiter dem Weg zu folgen, greisenhaft langsam und vorsichtig, einen Fuß vor den anderen, den Blick am Boden bei jedem Schritt.

Es ging doch besser! Es war doch besser gegangen, seit sie die steinige Einöde hinter sich gelassen hatten! Er hatte gelernt, auf seine Füße zu achten, vor allem aber jene eine bestimmte übervorsichtige Bewegung zu vermeiden, wenn er den linken Fuß aufsetzte. Ein verkrampftes, unnatürliches Manöver, das einen Sturz förmlich herausforderte, obwohl es doch gerade in der

Hoffnung geschah, dass der Schmerz bei diesem einen Schritt eben nicht durch die gesamte linke Hälfte seines Körpers schießen würde.

Aber es war nicht möglich, dem Schmerz zu entkommen. Was ihm blieb, war lediglich, das Zusammenzucken zu unterdrücken, ruhig atmend weiterzugehen und das peinigende, bohrende Brennen hinzunehmen, das doch mit jeder Minute gegenwärtig war, mal stärker, mal schwächer. Den Schmerz in seiner Schulter, seinem Arm, den die Base der alten Vera mit äußerster Not hatte retten können in ihrem Spital jenseites der Grenze.

Voller Abscheu hatte Wilhelm diesen Arm betrachtet, als das Fieber zum zweiten Mal – und diesmal endgültig – von ihm gewichen war: ein verkrümmtes, gerötetes Anhängsel, das sich mit gespenstischem Eigenleben gegen seine Hüfte presste. Wenn er sich voll darauf konzentrierte, war er in der Lage, die Finger langsam zu strecken. Um den Preis, dass eine Woge versengenden Feuers ihm den Schweiß auf die Stirn trieb.

Er müsse Geduld haben, hatte die alte Frau ihn gemahnt, wenn sie nach ihm gesehen hatte. Tag für Tag solle er sich in der Bewegung üben, solange er die Schmerzen gerade eben ertrug, falls er den Hauch einer Chance wahren wollte, dass ihm der Arm eines Tages wieder eine gewisse Hilfe sein würde.

Die Vorsteherin des Spitals war ganz anders als ihre Base auf Hohensandau. Voller Freundlichkeit hatte sie ihn und seinen Begleiter aufgenommen. Wenn sie ihn in den Übungen und Bewegungen unterwiesen hatte, war ein ernsterer Ton in ihre Stimme getreten, niemals jedoch Mitleid, und Mitleid hätte er auch nicht ertragen in diesem Moment.

Er war ein Krüppel. Nie wieder würde er Theresa an sich drücken, ihr das Gefühl geben, dass sie nichts und niemanden zu fürchten hatte, solange er nur bei ihr war. Nie wieder würde er den kleinen Joachim auf den Arm heben, ihn in die Luft werfen und den fröhlich glucksenden kleinen Jungen wieder auffangen. Doch dass er das noch einmal erleben würde, war ohnehin ausgeschlossen.

Nie wieder werde ich ein Pferd an den Sattel gewöhnen.

»Du denkst immer noch, dass das eine gute Idee ist, was wir hier machen, Freund Wilhelm?«

Jaroslaws Stimme riss ihn aus den Gedanken.

Wilhelm hob den Kopf, gab ein Knurren von sich und ließ sich mehrere Atemzüge Zeit mit der Antwort, während sie weiter Seite an Seite voranschritten und sein Körper sich mühsam von den Folgen des Sturzes erholte.

»Ja, das denke ich«, brummte er schließlich. »Immer noch. Wenn dir selbst allerdings Zweifel gekommen sind, Freund Jaroslaw: Es ist keine zwei Tage her, dass du jede Gelegenheit hattest, einen anderen Weg einzuschlagen. In dem Moment, in dem wir den Grenzstein passiert haben.«

»Als wir uns hinter den Felsen vor der Patrouille versteckt haben?«

»Ich glaube nach wie vor, dass es einfach Soldaten auf dem Rückmarsch waren, nun, da der Krieg vorbei ist. Die Vorräte, mit denen die Fouragiere die Truppen ausgestattet haben, werden allmählich zur Neige gehen nach Monaten der Kämpfe. Sie werden auf der Jagd gewesen sein. Was nichts daran ändert, dass es besser war, wenn wir ihnen nicht in die Arme gelaufen sind.«

Für einen Moment musste er abbrechen, als sich an einer Stelle doch noch einmal ein Abschnitt des zerklüfteten Gesteins durch den Sandboden bohrte und er gezwungen war, die Füße mit besonderer Sorgfalt aufzusetzen. *Atmen.* Wie eine beschwörende Stimme. *Einen Schritt vor den anderen und ruhig dabei weiteratmen.*

»Aber ja«, setzte er schließlich wieder an. »Ganz genau. – Wenn dir Zweifel gekommen sind, hättest du einfach auf der österreichischen Seite bleiben können, wo du dir keine Sorgen machen müsstest, dass seine Herrschaft wegen der Kartoffeln nach dir suchen lässt. Oder wegen der alten Kutsche mitsamt ihren Pferden, die wir im Spital gelassen haben. Du hättest in deine Heimat zurückkehren können, in dein Dorf, aus dem du ursprünglich kommst. Glücklich und zufrieden bis an dein seliges Ende.«

»Ach, weißt du, Freund Wilhelm?« Ein Seufzen. »Das ist ja alles nicht so leicht, wenn du Pole bist. Die Leute in meinem Dorf haben mich doch inzwischen sowieso alle vergessen, so lange, wie das alles her ist. Und Heimat ist das eigentlich auch nicht so richtig, weil sie Polen doch vor über siebzig Jahren aufgeteilt haben, die Preußen und die Russen und die Österreicher ...« Er zuckte die Achseln. »Dann kannst du dir sowieso nur aussuchen, ob du nun ein polnischer Preuße sein willst oder ein polnischer Russe oder ein polnischer Österreicher. Und dann kannst du auch gleich hierbleiben. Dann bist du eigentlich überall zu Hause?«

Wilhelm biss sich auf die Zunge. Sein Weggefährte hatte die Angewohnheit, die Stimme am Ende eines Satzes zu heben. Jeder Satz schien sich so in eine Frage zu verwandeln – die natürlich auf eine Antwort wartete. Die schlimmsten Fragen waren zweifellos diejenigen, die man nicht beantworten konnte, ohne ein schlechtes Gewissen zu bekommen.

Ich habe zumindest eine Heimat, dachte er. *Selbst wenn sie unerreichbar ist.*

Er kämpfte dagegen an, den Blick nach links zu wenden.

In den letzten Tagen hatten sie immer wieder Stellen passiert, an denen der Pfad sich unvermittelt geteilt, ein Stichweg sich im Schatten der Bäume verloren hatte. Und sowenig ihm die Wildnis auch vertraut war, hatte er doch bereits Landmarken ausgemacht. Da waren Bergformationen am Horizont. Umrisse, Hügellinien.

Er hätte die Entfernungen nicht auf die Meile genau bestimmen können. Doch er wusste, wo sie sich gegenwärtig befanden, in welcher Gegend am Rande der heimatlichen Provinz, auch ohne dass das Gelände in den Karten verzeichnet war, die sein Vater ihm in einem früheren Leben anvertraut hatte. Wenn sie einem jener abzweigenden Pfade folgten, über die Anhöhen hinweg, und gleichzeitig achtgaben, dass die höchsten Gipfel weiterhin in ihrem Rücken blieben, dann würden sie ganz von selbst auf eines der Rinnsale stoßen, die sich weiter talabwärts zum Hohensandauer Mühlenbach vereinigten. Und dann, irgendwann, vorbei an den gräflichen Waldungen, an den aufgegebenen Stollen aus der Zeit des Großvaters seiner Herrschaft, an den Obstgärten ... *auf den Gutshof.* Eine Woche vielleicht in seinem gegenwärtigen Zustand. Eine Woche, und er konnte von neuem in der Hofeinfahrt stehen, in Sichtweite der sonnengelben Giebel von Hohensandau.

So nahe, dachte er. *Und so unerreichbar.*

Er holte Atem. »Ich weiß nicht, ob es eine gute Idee war«, sagte er leise. »Herzukommen. Aber ich weiß, dass ich keine Wahl hatte, nachdem ich erfahren hatte, dass meine kleine Tochter auf der Welt ist. Nachdem ich es nicht von meiner Ehefrau erfahren habe, sondern aus einem Schreiben, das Frau Vera an ihre Base gerichtet hat, die Mutter Oberin, und in dem sie versichert, dass Mutter und Kind die Geburt unbeschadet überstanden haben, und trotzdem ...«

Wilhelm presste die Lippen aufeinander. Ihm war bewusst, dass seine Sorgen sehr wahrscheinlich unbegründet waren. Noch immer wurde die Post über die Grenze hinweg nur äußerst unzuverlässig befördert. Und mit Sicherheit gingen unter diesen Umständen sogar Briefe verloren. Außerdem kannte er Theresa und wusste, wie ernst sie ihre Pflichten auf dem Gutshof nahm. *Gerade jetzt wird sie sie ernst nehmen.* Sie würde einen Augenblick abpassen müssen, der ihr überhaupt Zeit ließ zum Schreiben angesichts der Verantwortung für zwei kleine Kinder, die nun auf ihren Schultern lastete. *Und dennoch sind es fast zwei Wochen.* Noch am Tage der Geburt von Wilhelms kleiner Tochter hatte die ehemalige Zofe ihr Schreiben aufgesetzt. Volle zwölf Tage dagegen hatte es von da an bis in das Spital auf der anderen Seite der Grenze benötigt. Zwölf Tage, in denen sich auf Hohensandau sonst was ereignet haben konnte.

Natürlich hätte Wilhelm sich in seinem Schreiben an Theresa nach allem erkundigen können. Einem Schreiben, das er bereits begonnen hatte, bevor der Brief der alten Vera eingetroffen war. Doch was, wenn es ähnlich lange auf dem Weg gewesen wäre? Und bis dann eine Antwort eintraf? Was, wenn *keine* Antwort eintraf?

Bis zum folgenden Morgen hatte Wilhelm ausgeharrt. Als dann aber noch immer kein Brief von seiner Ehefrau im Stapel der Umschläge zu finden gewesen war, die das Klosterspital mit seinen Bewohnerinnen auch an diesem Tag erreicht hatten: Wilhelm war aufgebrochen. Und Jaroslaw hatte darauf bestanden, ihn zu begleiten, sosehr ihn Wilhelm auch beschworen hatte, sich die Sache zumindest in Ruhe durch den Kopf gehen zu lassen und die Gefahren zu bedenken, denen der einstige Hilfskutscher sich aussetzte, wenn sie die Grenze überschritten. Ferdinand von Hardenstein war schließlich ein gewissenhafter Mann, der ein gutes Gedächtnis besaß. Und was Wilhelms Gefährten anbetraf, kam zu einer äußerst undurchsichtigen Geschichte über eine größere Anzahl verschwundener Kartoffeln, die man dem Hilfskutscher offenbar anlastete, nun auch noch die verschwundene Kutsche, mit der sie den Gutshof verlassen hatten. Dass der Herr über Hohensandau all das würde auf sich beruhen lassen, war kaum zu erwarten.

Jaroslaw aber hatte ihn mit großen Augen angesehen: Hast *du* dir die Sache denn in Ruhe durch den Kopf gehen lassen? – Was hätte Wilhelm da erwidern sollen?

»Ich konnte nicht im Spital bleiben.« Seine Stimme war nun so leise, dass er nicht sicher war, ob die Worte überhaupt bei Jaroslaw ankamen. »Zurückkehren aber ... Zurückkehren aber *darf* ich nicht nach Hohensandau, nachdem ich eine solche Schuld auf mich geladen habe. Ich hätte auf die Gräfin achtgeben sollen und auf die Männer der Eskorte, und durch meine Schuld sind sie alle gestorben. Ich habe das Vertrauen seiner Herrschaft enttäuscht. Und dafür hat er mich vom Gutshof verbannt, und dazu besitzt er jedes Recht. Und dieses Urteil habe ich akzeptiert. Hohensandau ist nicht länger mein Zuhause. – Aber worauf es ankommt, ist, dass Theresa und die Kinder haben bleiben dürfen. Dass sie unter seinem Schutz stehen, weder hungern noch frieren müssen, immer ein Dach über dem Kopf haben werden. Der Graf hat mir sein Wort darauf gegeben. Denn genau das ist die Strafe, die er auf meine Schultern gelegt hat: nicht dass er mich verbannt hat. Sondern dass sie bleiben durften.«

»Das ist deine Strafe? Dass er deine Frau und deine Kinder beschützen wird?«

»Das ist meine Strafe. Denn ich selbst werde sie nie wieder

beschützen können mit ...« Sein Gesicht verzog sich angewidert, als er den verkrüppelten Arm ein Stück anhob. »Mit dem hier. Und mit einem seltsamen Schreiben, angeblich mit der Unterschrift des Kronprinzen am Ende, das alles ist, was ich einem künftigen Dienstherrn vorlegen kann, wenn er mich befragt, was ich während des Krieges getan habe. Wonach jeder Dienstherr fragen wird in den kommenden Jahren. So dass es ausgeschlossen ist, dass ich ihnen irgendwo ein Leben bieten könnte, wie die Geborgenheit des Gutshofs es verspricht. – Das ist meine Strafe, Freund Jaroslaw. Weil ich das Vertrauen seiner Herrschaft enttäuscht habe. Weil er durch mein Verschulden seine Frau und sein Kind verloren hat. Welche Strafe wäre da passender? Welche Strafe wäre verdienter – als dass er auch mir nun meine Familie nimmt?«

Wilhelm blieb stehen. Unverwandt betrachtete er die Umrisse der fernen Hügellinie, vertraut und unvertraut zugleich. Spiegelverkehrt, dachte er. Wenn man vom Gutshof aus den Blick schweifen ließ, erhoben sich die höheren Gipfel auf der rechten Seite. Nun strebten sie zur Linken in die Höhe, dicht bewaldete Hänge, auf denen eine ferne Abendsonne spielte. Es war ein Gelände, das zum Wandern einlud. Und das am Ende doch unüberwindlich bleiben würde.

»Sie sind in Sicherheit«, sagte er leise und stellte fest, dass der Satz wie ein Gebet klang. »Sie dürfen bleiben – solange ich mich vom Gutshof fernhalte.«

»Das hat seine Herrschaft so gesagt?« Jaroslaw war ebenfalls stehen geblieben und räusperte sich vorsichtig. »Frau Vera hat mir gesagt ... Also dass er gesagt hätte ... Dass man dich erschlagen sollte, wenn du es noch einmal wagen solltest, einen Fuß auf seine Ländereien zu setzen. Deine Frau und deine Kinder aber, die dürften auf jeden Fall bleiben?«

»Niemand wird mich erschlagen«, sagte Wilhelm. »Aber seine Herrschaft kann darauf vertrauen, dass ich verstanden habe: Er hat mir meine Familie genommen. Solange ich das akzeptiere, kann ich im Gegenzug darauf vertrauen, dass auch er sich an sein Wort gebunden fühlen wird: für ihre Sicherheit zu bürgen. Auf Hohensandau.« Er stieß den Atem aus. »Hohensandau wird ihr Zuhause sein, solange es nur nicht *mein* Zuhause ist. Es ist eine Frage... Es ist eine Frage des Vertrauens«, sagte er leise.

»Aber...« Der ehemalige Hilfskutscher öffnete den Mund.

Aber hat er dich nicht gerade verbannt, weil er dir nicht vertrauen konnte?

Wilhelm war klar, welche Frage Jaroslaw auf der Zunge lag. Ein Blick in seine Richtung genügte allerdings, dass er den Mund hielt.

Schweigend gingen sie eine Weile nebeneinander her, bis sein Gefährte es wieder wagte, eine Frage zu stellen. »Nun hat seine Herrschaft dich aber nicht nur vom Gutshof verbannt«, bemerkte er vorsichtig. »Sondern aus der gesamten Provinz?«

»So ist es.« Wilhelm nickte knapp. So hart, dass einen Moment lang der Schmerz durch seine Schulter schoss. »Ich bin aus der gesamten Provinz verbannt. Was bedeutet, dass die Amtsträger seiner Herrschaft noch meine geringste Sorge sein müssten. Sondern dass man die königlichen Beamten unterrichten wird, damit sie das Urteil vollstrecken, wenn ich einen Fuß über jene sehr viel weiter gesteckten Grenzen setze. Wenn dieses Urteil rechtskräftig wird und die königliche Verwaltung es bestätigt hat. Und seine Herrschaft hat mir sein Wort gegeben, dass er es sich nach Belieben bestätigen lassen könnte. Vom Amtmann, vom Gouverneur, von seiner Majestät selbst, wann immer er den Wunsch habe.«

Und an diesem Punkt zögerte er. *Aber bin ich damit verurteilt?*, dachte er. *Oder bin ich nicht verurteilt?* Der Gutsherr selbst besaß nach den neuen Gesetzen nicht länger die Macht, ein Todesurteil zu verhängen. Oder aber einen Mann zu ächten, was einem Todesurteil gleichkam. Nur war der Kronprinz persönlich Ferdinand von Hardensteins Schüler gewesen an der Kriegsakademie. Wenn der Graf ihn nun bat, auf ein entsprechendes Urteil hinzuwirken: Würde er sich da verweigern? Nein, mit Sicherheit würde er die Bitte erfüllen. Doch bedeutete das, dass Wilhelms Vater überhaupt eine solche Bitte an ihn richten würde? *Wann immer ich es will ... Wann immer es mir nur in den Sinn kommt ...* Was, wenn Ferdinand von Hardenstein sich mit seinen Worten ganz bewusst einen Ausweg offen gehalten hatte?

Was, wenn er darauf verzichtet, sich an den Kronprinzen zu wenden, dachte Wilhelm. *Solange ich mich nur von Hohensandau selbst fernhalte.* Nur wie hätte er all das Jaroslaw erklären sollen? Dass das Ganze trotz allem eine Frage des Vertrauens, ja, der Ehre war? Sie hatten die Grenze überschritten. Einzig das war von Bedeutung.

Sie schritten nun wieder stumm nebeneinander her. »In jenem Augenblick, in dem wir den Grenzstein passiert haben, abseits der Zollstelle, haben wir uns über das Urteil seiner Herrschaft hinweggesetzt«, stellte er fest. »Seit jenem Moment könnte die Strafe vollstreckt werden. – Aber selbst ein Ferdinand von Hardenstein kann seine Augen nicht überall haben, um mich zur Rechenschaft zu ziehen – oder auch dich für deine Vergehen. Sowenig sich das nun vergleichen lässt: der Tod seiner Gemahlin auf der einen Seite, und auf der anderen Seite die Kartoffeln, die du ...«

Ein Räuspern ließ Wilhelm verstummen.

»Ach weißt du, Freund Wilhelm ...« Etwas unglücklich sah sein Gefährte ihn an. »Ich hatte ja schon überlegt, ob ich dir das überhaupt alles erzählen sollte, wie das jetzt genau gewesen ist mit den Kartoffeln.«

Wilhelm nickte. »Aber dann hast du es doch getan. Und diese Ehrlichkeit war ein feiner Zug von dir, jetzt, da das Schicksal uns nun einmal zu Gefährten gemacht hat. Dass du mir erzählt hast, wie ihr die Kartoffeln in den Wald geschleppt habt, Henning und du, um sie der Armee zu verkaufen.«

Schweigen. Dann: »Also.« Der einstige Hilfskutscher zögerte. »Ja. Schon. Das habe ich dir erzählt. Weil es eben das ist, was auf dem Hof geredet wird. – Es ist nur so ...« Noch einmal ein Innehalten. »Das stimmt eben nicht. Also ... Also nicht ganz?«

Unwillkürlich wurde Wilhelm langsamer. »Ihr habt die Kartoffeln überhaupt nicht gestohlen?«

»Natürlich haben wir sie gestohlen!« Einen Moment lang wirkte sein Gefährte beinahe gekränkt, dass jemand es wagte, seine Tat in Zweifel zu ziehen. »Oder ... Jedenfalls haben wir sie in den Wald gebracht«, erklärte er. »Ob wir sie jetzt eigentlich stehlen sollten, war nicht ganz klar. Bei Herrn Brandt hat sich das immer angehört, als ob auch sein Onkel irgendwie Bescheid wüsste.«

»*Brandt?*« Abrupt blieb Wilhelm stehen. »*Justus Brandt?*«, fragte er mit Schärfe in der Stimme.

»Eigentlich gehörten die Kartoffeln ja sowieso der Armee, hat er gesagt.« Jaroslaw war ebenfalls stehen geblieben, hob die Schultern. »Und das stimmt ja auch. Zumindest zum Teil gehörten sie der Armee. Wenn wir sie den Fouragieren jetzt verkaufen würden, wäre dann nicht allen Seiten geholfen? Die Armee hätte die Kartoffeln, der Gutshof keinen Verlust, und wir hätten den Gewinn. Also wir, Henning und ich, und Herr

Brandt, weil der Gedanke ja von ihm stammte. Oder eben sein Onkel und die Gutsverwaltung.«

»Justus Brandt hat euch *angestiftet*, die Kartoffeln zu stehlen?«

Wieder schwieg der Hilfskutscher für einen Moment. »Nicht eigentlich angestiftet«, schränkte er schließlich ein. »Aber er sprach davon, dass die Gelegenheit doch günstig wäre, weil sie doch gerade im Brennholzschuppen lagen. Und der ist nicht verschlossen – anders als der Kartoffelkeller. Und dass die Fouragiere ohnehin in der Gegend wären und gar nicht so genau nachfragen würden, wo die Knollen herkämen, nachdem der Krieg jetzt begonnen hatte. Als wir dann aber gerade dabei waren, sie im Wald unter den Tannenästen zu verstecken, die Henning bei den Holzfällern besorgt hat ... Plötzlich stand er hinter uns, sein Onkel war an seiner Seite und zwei von den Knechten auch noch, mit Knüppeln in der Hand. Falls wir versuchen sollten wegzulaufen, haben sie gesagt. Was hätten wir da machen sollen?«

»Was ihr hättet machen sollen?« Wilhelm fuhr auf. »Ihr hättet sagen sollen, wie es in Wahrheit gewesen ist!«

»Und wem hätten wir das sagen sollen, Freund Wilhelm? Herrn Brandt, der alles eingefädelt hatte? Seinem Onkel, nachdem sie uns auf frischer Tat ertappt hatten? Hätten wir da auf seinen Neffen zeigen sollen, der wie ein Sohn für ihn ist? Hätte uns irgendjemand geglaubt, einem Hilfskutscher und einem hinkenden Holzfäller?« Auch Jaroslaws Ton war heftiger geworden. Jetzt senkte er die Stimme. »Und selbst wenn sie uns geglaubt hätten: Was hätte es geändert, wenn man nicht nur uns bestraft hätte, sondern Herrn Brandt noch dazu?« Er schüttelte den Kopf. »Nein«, murmelte er. »Das ist alles nicht so einfach, wenn du Pole bist.«

Was auch immer *das* nun wieder mit dem Rest zu tun hatte, dachte Wilhelm. Doch er glaubte es zu ahnen. Nein, niemand hätte den beiden geglaubt, nachdem man sie bei ihrer Tat gestellt hatte.

»Justus Brandt«, flüsterte er. »Ich könnte schwören, dass ich gesehen habe, wie er seiner Herrschaft in den Arm gefallen ist, als der Graf mit der Reitgerte auf mich loswollte.« Er schüttelte den Kopf. »Doch schließlich war das ohne Gefahr für ihn«, murmelte er. »Nachdem ihm klar sein musste, dass *ich* nun keine Gefahr mehr darstelle. Und er wird dieses Spiel gewinnen. Nun gibt es niemanden mehr, der ihm auf Hohensandau Einhalt gebieten wird. Ein Grund mehr, dass wir nicht dorthin zurückkehren können.«

Jaroslaw nickte unglücklich, hob dann aber doch wieder die Schultern. »Aber du weißt ja, was ich gesagt habe: Wenn du Pole bist, bist du eigentlich überall zu Hause. Wenn wir in die Provinz zurückgehen, dann ist das in Ordnung. Wenn du denkst, wir bekommen es hin, dass der Graf nichts davon erfährt. Es ist eine hübsche Gegend dort: Das Essen ist gut, und die Frauen sind schön?«

Wilhelm war eben dabei, darüber nachzudenken, was es für *seine* Frau bedeuten würde, wenn es niemanden mehr gab, der sich Justus Brandt in den Weg stellte. Er verzichtete darauf, Jaroslaws Frage zu beantworten.

»Das werden wir hinbekommen«, sagte er stattdessen. »Um uns zu bestrafen, müsste seine Herrschaft wissen, dass wir hier sind. Solange wir vom Gutshof Abstand halten und nirgendwo unsere Papiere zeigen, ist es unwahrscheinlich, dass er Nachricht erhält.«

»Das wird aber schwierig werden, Freund Wilhelm: Arbeit zu finden, wenn wir unsere Papiere nicht zeigen dürfen?«

»Das wird es.«

Mit düsterer Miene setzte sich Wilhelm wieder in Bewegung, ruckte an der Satteltasche, die er an einem ledernen Gurt über der rechten Schulter schleppte. Es war die Tasche mit den Werken aus der Strehlow'schen Bibliothek, den eng bedruckten Bänden und Folianten, die Thyra für ihn ausgewählt hatte – vor einem halben Leben, wie es ihm vorkam. Die Last schien eine Spur aus Feuer in sein Fleisch zu brennen, über den Nacken hinweg bis in das nutzlose Anhängsel hinein, das sein linker Arm war. Doch niemals wäre ihm in den Sinn gekommen, die Tasche zurückzulassen, weder im Klosterspital noch sonst wo.

»Ja, es wird schwierig werden, Freund Jaroslaw«, sagte er. »Schwierig, eine Beschäftigung zu finden. Wir beide verstehen uns auf die Arbeit mit Pferden, und wie nahe würde es liegen, auf Sturmberg vorstellig zu werden oder auf einem der anderen Höfe, die mit Hohensandau im Wettbewerb stehen.« Leiser. »Falls man denn dort auf der Suche ist nach einem Hilfskutscher – und einem einarmigen Mann, der die Jährlinge zureitet.« Ein Laut kam über seine Lippen, ein Laut, der nicht einmal in seinen eigenen Ohren nach einem Lachen klang. »Doch unsere Namen und Gesichter sind den Menschen dort vertraut«, murmelte er. »Auf sämtlichen Gestüten in der Provinz. Und eben deshalb ist es ausgeschlossen, uns dort nach einer Stellung umzusehen, wenn wir verhindern wollen, dass seine Herrschaft davon erfährt. – Aber es ist nicht hoffnungslos, *irgendetwas* zu finden. Es ist Monate her, seit der Krieg begonnen hat und Männer ihre Arbeit verlassen mussten, um bei der Armee ihren Dienst abzuleisten. Und nicht alle von ihnen werden zurückkehren. Die Dienstherren und Direktoren werden zu einigem bereit sein, um ihre Stellen von neuem zu besetzen. Und dass wir keine Papiere besitzen, wird sie nicht schrecken. Viel eher wird es ihnen eine Freude sein.« Düsterer fügte er hinzu: »Wie könnte ein Mann, der keinen Ausweis vorlegen kann, auf einem Lohn bestehen, wie ihn diejenigen erhalten, die dazu in der Lage sind? Einem Lohn, von dem eine Familie leben könnte.«

Und wieder gingen sie wortlos für eine Weile nebeneinander her. Eine erhebliche Weile.

»Also ...« Vorsichtig begann Jaroslaw schließlich wieder die Unterhaltung. »Also für mich ist das ja alles in Ordnung, wie gesagt, aber verstehe ich *dich* jetzt richtig?« Fragend legte er den Kopf etwas schräg. »Du hältst dich also von Hohensandau fern und von deiner Familie, wie seine Herrschaft das verlangt hat. Weil du die Strafe fürchten musst, die dich sonst erwartet – worin sie auch bestehen mag. In die Provinz aber kehrst du trotzdem zurück. Obwohl er dir das ebenfalls verboten hat und du damit rechnen musst, dass du dafür ganz genauso bestraft wirst, falls er es trotz allem erfährt. Mit dem Unterschied natürlich, dass du deine Frau und deine Kinder auf diese Weise nicht zu sehen bekommen wirst, um die du so sehr in Sorge bist. Den einzigen Vorteil also, den du dir versprechen könntest, wenn du sein Verbot übertrittst. Und das tust du, um dir eine Arbeit zu suchen für einen Lohn, bei dem es ausgeschlossen ist, dass du deine Familie jemals zu dir holen kannst. – Kannst du mir sagen, warum du das alles tust?«

Wilhelm schloss die Augen. *Weil es näher ist*, dachte er. *Weil ich womöglich sogar Justus Brandt irgendwie auf die Finger werde sehen können, was offenbar notwendig ist. Weil ich mir jeden Tag diese verfluchten Berge werde ansehen können – von der falschen Seite aus. Weil Theresa und ich nicht durch Hunderte von Meilen, sondern nur durch wenige Wegstunden voneinander getrennt sein werden, wenn es tatsäch-*

*lich in der Nähe eine Beschäftigung gibt, am Fuße der Berge. Weil ich
zumindest erfahren werde, was vorgeht auf Hohensandau. Was es ist,
das dazu führt, dass sie mir nicht selbst über die Geburt unseres Kindes berichtet. — Weil ich in meinem verrückten Kopf doch irgendwie
hoffe, dass es eine Möglichkeit geben wird ... Botschaften auszutau-
schen, schneller als auf eine Entfernung, bei der es Wochen dauert, bis
ein Schreiben eintrifft. Dass ich vielleicht doch irgendwie erleben werde,
wie meine Kinder heranwachsen und vielleicht, irgendwann ...*

Seine Hände schlossen sich zu Fäusten, die rechte wie die
linke. Selbst der Schmerz aber, der augenblicklich durch seinen
Körper zuckte, konnte die Gedanken nicht zum Einhalt bringen. *Ergab irgendetwas davon überhaupt einen Sinn? Wünschte*
er sich einfach nur, dass es einen Sinn ergab, wenn er zurückkehrte, um doch nicht zurückzukehren? Konnte er Jaroslaws
Frage beantworten?

»Nein«, sagte er leise. »Das kann ich nicht.«

Der Hilfskutscher nickte verstehend. »Deine Tasche ist
schwer, Freund Wilhelm?«

Welch eine Frage! Jaroslaw selbst hatte seine Habseligkeiten
in einem Beutel verstaut, den er auf dem Rücken trug. Wilhelm bezweifelte, dass Bücher darunter waren.

Er gab keine Antwort.

»Sie ist schwerer als meine«, stellte der ehemalige Hilfskutscher fest. »Soll ich sie eine Weile für dich tragen?«

Gut Hohensandau
Herbst 1866

Da waren Geräusche.

Widerwillig nahm Theresa sie zur Kenntnis. Sie hatte an einem fernen, freundlichen Ort geweilt, einem Ort, an dem keine versengende Hitze, kein brennender, erstickender Durst sie quälte. Einem Ort, von dem sie nicht erneut hatte auf ihr schweißnasses Lager zurückkehren wollen, in die Ausdünstungen der Kammer, in die Welt der Krankheit, der Schwäche und der Schmerzen.

»... *schon seit Tagen keine feste Nahrung mehr zu sich genommen ...*«

»... *selbst von der guten Bouillon, die die Köchin für die Tafel seiner Herrschaft zubereitet!*«

Da waren gedämpfte Stimmen. Da war Ilsas Stimme, ihre Unruhe unüberhörbar, und selbst bei Martha wollte sich der gewohnte gut gelaunte Ton nicht einstellen. Und da war eine weitere Stimme.

»... *auch nichts daran ändern!*« Dann etwas Unverständliches. »... *nicht erwarten, dass ich auch nur ir-gend-et-was garantieren kann bei einer Patientin, die schon gar nicht mehr bei sich ist!*«

Und diese Stimme klang bedeutend harscher. Eine Stimme ...

Mühsam zwang sie ihre Lider auf, und wie durch einen Schleier sah sie ein Gesicht vor sich: das Gesicht des Physicus aus der Provinzhauptstadt. Er beugte sich über sie, hatte den hohen Zylinderhut bereits abgesetzt und musterte die Patientin mit der gesamten zur Schau getragenen Selbstgewissheit des gelehrten Mediziners. Zugleich aber glaubte sie in all ihrer Schwäche noch etwas anderes wahrzunehmen, etwas, das er ihr *nicht* zeigen wollte: Unbehagen, Unsicherheit.

Er ist nicht freiwillig hier. Mit einem Mal war der Gedanke in ihrem Kopf. *Weil er selbst nicht weiß, wie er der Krankheit beikommen soll?*

Er murmelte vor sich hin. Er griff nach ihrer Hand, zählte den Pulsschlag. Er legte die Finger auf ihre glühende Stirn. Schließlich bat er sie, ihm ihre Zunge zu zeigen, und Theresa gehorchte, was er mit einem knappen Nicken quittierte. Mit einem Brummen, das alles bedeuten konnte. Dann aber wich er fast abergläubisch von ihrem Lager zurück, so weit es die Enge der Kammer zuließ, und forderte Ilsa auf, den Unterleib der Kranken zu betasten, um ihm ihre Beobachtungen mitzuteilen.

Theresa zuckte zusammen, als die Finger ihrer Freundin ihre Haut berührten. Als bestünden Ilsas Hände aus blankem Eis.

Undeutlich konnte sie beobachten, wie der Mediziner schließlich nach seiner schweren ledernen Tasche griff. Mit sichtbarem Widerwillen holte er ein winziges Flakon hervor. »Chinarinde«, murmelte er, »zu Pulver zermahlen.« Eine ausgesprochen kostspielige Substanz, die er sonst ausschließlich den Herrschaften unter seinen Patienten verordne. Selbst das im Übrigen nur, wenn sie ausdrücklich nach jenem Mittel verlangten, bei dem es sich nämlich obendrein um eine Substanz handle, die sich in der Vergangenheit vor allem bei Wechselfieber bewährt habe. Und er glaube nicht, dass diese Kranke an Wechselfieber leide, das in den Breiten von Hohensandau schlicht nicht heimisch sei. – Wenn überhaupt, dann sei stattdessen an kalte Umschläge zu denken. Wenn es denn nach *ihm* ginge. Oder an eine Wanne mit eisigem Wasser noch besser, in die man die Kranke mehrmals am Tag tauchen möge, um die Hitze aus dem fiebernden Körper zu vertreiben.

Doch wenn man denn nicht bereit sei, sich auf seine fachliche Einschätzung zu verlassen... Diese Bemerkung kam in einem hörbar pikierten Tonfall. Wenn seine Herrschaft ihm stattdessen *Anweisungen* zukommen lasse... Anweisungen, an dieser Dienstmagd eine ebenso kostspielige wie neuartige, eine ebenso umstrittene wie womöglich gar *gefährliche* Therapie zu erproben... Nun: *Er* sei es ja nicht, der seine Barschaft verschleudere angesichts einer so vagen Aussicht auf Erfolg.

Im selben Moment allerdings hatte er bereits eine Messerspitze des Pulvers in einem Becher mit verdünntem Wein gelöst, seiner vorwurfsvollen Worte zum Trotz, und ihn der Kranken an die Lippen gesetzt.

Theresa hatte Mühe, bei dem widerwärtig bitteren Geschmack nicht zu würgen. Ihre Augen tränten, als sie erschöpft zurück in die Kissen sank und verfolgte, wie sich der Heilkundige erhob und das Fläschchen mit dem Rest der Chinarinde Ilsa reichte. Er griff nach seiner Tasche, brachte einen Gruß über die Lippen und war mit raschen Schritten aus dem Raum verschwunden.

Theresa wollte den Blick gerade wieder abwenden, als sie mit einem Mal verharrte. *Joachim?* Sie musste zwei Mal hinsehen, weil sie im ersten Moment glaubte, ihr vom Fieber getrübter Blick hätte ihr einen Streich gespielt. Doch es war tatsächlich ihr kleiner Junge, der jetzt im Türrahmen sichtbar wurde. Dabei sollte er sich zu dieser Stunde, am hellen Morgen, doch am entgegengesetzten Ende des Gutshofs aufhalten, in der Obhut der alten Vera.

Ilsa hatte sich ebenfalls zur Tür umgedreht, zog aber lediglich eine Augenbraue hoch, als der kleine Junge an das Lager seiner Mutter trat, erst mit einer gewissen Scheu, bevor er sich ein Herz zu fassen schien und etwas aus seinem Kittel hervornestelte.

»Ein Schneckenhaus«, erklärte er. Auf der nicht sehr sauberen Handfläche streckte er Theresa das Stück entgegen. »Für dich.«

Theresa kniff die Augen zusammen. Ein Schneckenhaus, in der Tat. Und irgendetwas war ungewöhnlich an diesem Schneckenhaus mit seinen perlweiß schimmernden Windungen. Ohne dass sie auf der Stelle hätte sagen können, was sie zum Stutzen brachte. Bis sie verblüfft in ihrer Betrachtung innehielt. Dieses Schneckenhaus war tatsächlich vollkommen ungewöhnlich! Es war *entgegen dem Uhrzeigersinn* gewunden!

»Ich ...« Sie hielt das Geschenk in ihrer Hand. »So etwas habe ich noch nie ...«

Joachim musterte sie lediglich mit jenem so ernsthaften Blick, den er nun manchmal aufsetzte. Jenem Blick, der so sehr an seinen Großvater erinnerte, den Herrn des Gutes. Und der so gar nicht passen wollte zu einem Zweijährigen.

Es handle sich um ein *Zauberschneckenhaus*, erklärte er ihr flüsternd. Sie solle es unter ihr Kopfkissen legen, bevor sie einschlief. Dann werde sich das Fieber darin verkriechen.

Theresa sah zu ihrem kleinen Sohn, sah auf sein Geschenk, versuchte Kraft zu sammeln, um sich angemessen für die großzügige Gabe zu bedanken.

Aber sie kam nicht mehr dazu. Vielleicht war es das Fieber, vielleicht war es ganz etwas anderes, doch mit einem Mal überkam sie eine betäubende Müdigkeit. Eine Müdigkeit, der sie sich nicht erwehren konnte.

Und sie schlief. Und falls sie träumte, so hatte sie anschließend keine Erinnerung an die Bilder, die während des Schlummers zu ihr kamen. Irgendwann schlug sie die Augen auf und tastete nach dem Nachtgeschirr, das eine hilfreiche Hand ihr bereits entgegenstreckte. Und eben stellte sie noch fest, dass es draußen vor dem Fenster der Kammer dunkel war, bevor sie von neuem in den Schlaf sank und erst wieder erwachte, als jemand ihr einen Becher mit dem bitteren Trank des Physicus an die Lippen setzte. Und diesmal war es hell vor dem Fenster, und bei ihrem nächsten Erwachen war es schon wieder dunkel. Und dann aufs Neue hell, und als Theresa diesmal die Augen aufschlug, im Vormittagslicht, und ihr klar wurde, dass seit den Besuchen des Mediziners und ihres kleinen Jungen achtundvierzig Stunden vergangen sein mussten, achtundvierzig Stunden, in denen sie immer nur für Momente die Lider geöffnet hatte: Da spürte sie, dass das Fieber nachgelassen hatte. Dass es noch nicht fort war – das nicht –, aber dass sie sich kräftiger fühlte, es wagen konnte, sich im Bett aufzusetzen, unter Ilsas misstrauischem Blick.

Es geht mir besser! Wahrhaftig besser!

Die Chinarinde. Oder das Zauberschneckenhaus, das ihre Hand noch immer umklammerte, wie sie feststellte, als sie die Finger öffnete. Eines von beiden schien einen Einfluss zu besitzen auf ihre Krankheit! Noch um die Mittagsstunde war sie in der Lage zu einem Gespräch mit ihrer Freundin, zu einer Uhrzeit, zu der das Fieber sie sonst schon wieder ganz in seinen Bann geschlagen hatte.

Und in den folgenden Tagen beschleunigte sich der Vorgang. Während der Nachmittagsstunden stellten sich Hitze und Schwäche nach wie vor ein, und doch geschah das nicht länger mit jener vernichtenden Macht wie in den zurückliegenden Tagen. Und die Stunden, in denen Theresa frei war von Fieber, begannen sich bald bis in den Abend zu dehnen, während sie in den Nächten in einen tiefen und traumlosen Schlaf sank, bis weit in den Morgen hinein.

Tatsächlich schlief sie auch an jenem Morgen, an dem der Physicus die Kranke wahrhaftig ein drittes Mal aufsuchte. Wie genau das Gespräch ihrer Freundinnen mit dem gelehrten Mediziner ablief, sollte sie daher niemals erfahren. Ob Martha und Ilsa ihm vom Geschenk des kleinen Joachim berichteten. Und ob er bereit war, dem Zauberschneckenhaus an der Besserung von Theresas Zustand einen Beitrag zuzubilligen. Anders als der Chinarinde.

Wichtig war einzig und allein, dass ihr von nun an endlich erlaubt war, die kleine Dorthe zu stillen. Nichts hätte wirksamer dafür sorgen können, dass sie weiter zu Kräften kam. In den folgenden Tagen begann sich der Schmerz aus ihrem Unterleib zurückzuziehen, bis er zu einem dumpfen Pochen verblasste, das sie noch für einige Monate begleiten sollte.

Kann das sein?, dachte sie an den Abenden, wenn sie ihr kleines Mädchen betrachtete, das satt und zufrieden in seiner Wiege eingeschlummert war. *Kann es sein, dass ich die Krankheit wahrhaftig überwunden habe?* Was, wenn das tatsächlich so war, nachdem sie doch fast schon ihren Frieden gemacht hatte mit der Tatsache, dass ihr Weg an dieser Stelle zu Ende war? Es war ein ungewohnter Gedanke: Wenn sie nun tatsächlich gesund werden und leben würde – was sollte dann werden?

Manchmal, wenn sie dann selbst dem Schlaf entgegenglitt, stellte sie sich vor, wie sie dort auf Wilhelm treffen würde. In ihren Träumen. Es war der einzige Weg, ihm nahe zu sein.

Am Rande der Wildnis
Herbst 1866

Unvermittelt blieben Wilhelm und sein Reisegefährte stehen.

Dichtes Laub hatte in den vergangenen Tagen ihren Weg begleitet, uralte Buchen, die ihre knorrigen Äste weit über den unbefestigten Pfad streckten. Kaum mehr als ein schmaler Streifen Himmel war über ihren Köpfen zu sehen gewesen.

Hier aber endete das Waldstück wie mit dem Messer abgeschnitten. Als wären sie durch eine Tür ins Freie getreten.

Vormittagslicht lag über einem hügeligen Landstrich, der sich irgendwo zu ihren Füßen in einer weiten, offenen Ebene verlor: herbstliche, mit Hecken umfriedete Felder, die sich hier und da mit saftigen Weideflächen abwechselten, durchzogen von glitzernden Wasserläufen. Der Anblick wollte Wilhelm ins Herz schneiden. Von hier aus hätten sie Hohensandau wahrhaftig sehen können, hätte nicht jener so vertraute, zugleich so unvertraute bewaldete Umriss das Sichtfeld begrenzt, jene Hügellinie, die nun bedeutend näher gerückt war und hinter der sich all das verbergen musste: das Herrenhaus mit seinen sonnengelben Giebeln, das Grün der Koppeln, das freundliche bestellte Land in seiner fruchtbaren Mulde an den Ufern des Mühlenbachs. *Theresa*, dachte er. Und seine Kinder. So nahe und doch unerreichbar. Der Preis, den er zu zahlen hatte für die Sicherheit seiner kleinen Familie.

Und doch hatte er sich bereits über das Urteil seines Vaters hinweggesetzt. Und doch hatte er das Verbot, das der Herr von Hohensandau über ihn verhängt hatte, schon lange übertreten. Vor ihnen lag das Herz der heimatlichen Provinz.

Die Piste, der sie durch den Wald gefolgt waren, mündete ein Stück entfernt in eine breite Chaussee. Schnurgerade führte sie dem tiefer gelegenen Land entgegen, flankiert durch eine doppelte Reihe von Alleebäumen, rank und schlank, wie unter militärischem Drill in eine strenge und aufrechte Form gezwungen. Sie hätten nicht weniger Ähnlichkeit haben können mit den freundlich verästelten Buchen unter ihrem schirmenden Blätterdach. *Wie Wachtposten*, dachte Wilhelm. *Wachtposten, denen niemand entgeht, der den Schutz des Waldes verlässt und es wagt, einen Schritt auf diese Straße zu setzen.* Er spürte, wie sich eine Gänsehaut auf seinen Unterarmen aufrichtete.

Es war mehrere Tage her, dass Jaroslaw angeboten hatte, sich die Tasche mit Wilhelms Habseligkeiten zusätzlich auf die Schultern zu laden. Und dennoch waren sie nur langsam vorangekommen, weit langsamer, als sie erhofft und erwartet hatten. Und bis zu diesem Augenblick waren sie kaum einem Menschen begegnet in dem waldigen, dünn besiedelten Gebiet.

Ein einziges Mal nur waren sie auf eine Hand voll Köhler gestoßen, durchaus gastfreundliche Männer auf ihre Weise. Nach kurzem Zögern hatten sie sich bereit erklärt, ihre Hütte für diese Nacht mit den Reisenden zu teilen, wenn diese denn im Austausch Neuigkeiten aus der Welt da draußen zu bieten hätten, vor allem über die Ereignisse des großen Krieges, der jenseits der Grenze tobte. Woraufhin es sich wie von selbst ergeben hatte, dass vor allem Jaroslaw erzählt hatte, wortreich und ausführlich und ungeachtet der Tatsache, dass die Gefährten selbst eher wenig mitbekommen hatten von dem schicksalhaften Ringen, nachdem sie die vergangenen Wochen in einem beschaulichen Klosterspital zugebracht hatten. Was der Hilfskutscher allerdings mühelos hatte ausgleichen können mit seinem Einfallsreichtum.

Wilhelm hatte währenddessen stumm in der Nähe des Feuers gesessen. Unauffällig hatte er die bärtigen Gesichter gemustert, auf denen der Widerschein der Flammen spielte. Schweigsame Gesellen waren diese Männer, die vermutlich gar nicht auf die Idee kamen, das harte und eintönige Leben irgendwie in Frage zu stellen, das sie hier draußen in der Einsamkeit ihrer Wälder führten.

Und wie von selbst war er ins Grübeln gekommen. War an einem solchen Ort die Gefahr nicht gering, dass zufällig jemand des Weges kam, der sich an einen einstigen Hilfskutscher und an einen Pferdeknecht erinnerte, die irgendwann in der Vergangenheit auf Gut Hohensandau ihren Dienst geleistet hatten? Wenn die Köhler sich nicht auf dem Pfad gezeigt hätten, wären auch die Gefährten selbst nichtsahnend an ihrer Bleibe vorbeigelaufen, einem niedrigen, mit Grassoden bedeckten Verschlag. Und so tief im Wald sich die Behausung auch verbarg: Es konnte von dort nicht weit sein bis nach Hohensandau, das ebenfalls an den ausgedehnten Forsten Anteil hatte. Solange man sich von den gefährlichen Gebirgspfaden nicht schrecken ließ.

Was, wenn das die Lösung war? Konnte er sich vorstellen, selbst so zu leben wie jene Männer? *Dort* zu leben, ihr Leben zu teilen? Wären nur nicht beide Arme nötig gewesen für die Tätigkeit eines Köhlers, für den Schlag und die sachgerechte Lagerung des Holzes, die komplizierte Schichtung in den Meilern, um es unter Ausschluss von Luft langsam zu Kohle verschwelen zu lassen. Was auf nahezu alle Tätigkeiten zutraf, bei denen ein Mann von seiner Hände Arbeit lebte.

Und andere Arbeiten gibt es nicht in der Wildnis, dachte er.

Schweigend blickte er die Phalanx der Alleebäume hinab, die einer Anzahl niedriger Gebäude entgegenführte. Sie schienen sich am tiefsten Punkt des abfallenden Geländes aneinanderzukauern, noch etliche Stunden des Weges entfernt.

Großendamm. Auf der Stelle war ihm der Name der Ansiedlung geläufig. Von Hohensandau aus war sie zügig zu erreichen, wenn man im Sattel reiste. Und dennoch hatte er niemals auch nur eine Rast eingelegt in Großendamm, das wenige Jahre zuvor noch nicht einmal ein richtiges Dorf gewesen war. Was nicht bedeutete, dass es sich heute als richtiges Dorf bezeichnen ließ.

Wilhelm wusste, dass es sich bei jenen langgestreckten Bauten um unansehnliche, in kürzester Zeit aus grobem Bretterwerk errichtete Baracken handelte, die mehr als zweihundert Männern Obdach geboten hatten, als er sie im vergangenen Frühjahr passiert hatte. Aus der Distanz waren solche Details unsichtbar. Einzig der gewaltige aufgemauerte Schornstein, um den sich die roh gezimmerten Unterkünfte drängten, war kaum zu übersehen. Eine Qualmwolke quoll aus dem Schlot hervor und zerfaserte hoch über dem flachen Gelände in der Abendluft. Die behelfsmäßigen Unterkünfte hatten Großendamm innerhalb weniger Monate auf ein Mehrfaches seiner Größe wachsen lassen, ohne den Ort doch in ein Dorf zu verwandeln. Weil nichts davon Bestand haben würde. Weil die schuppenartigen Bauten verschwinden würden, womöglich sogar der Schlot ihrer Werkstätten, sobald die Männer, die die Quartiere jetzt bewohnten, ihre Arbeit erledigt hatten.

Die Arbeit an jener Eisenbahntrasse, die eines Tages dort

unten verlaufen würde. Und bei der es sich nicht um irgendeine Strecke handelte, sondern um jene Trasse, mit der alles begonnen hatte. Sie war es, die den Anstoß gegeben hatte zu den Plänen eines alten Mannes, ein halbes Königreich entfernt in seiner Porzellanfabrik zu Wohldenbach.

Von hier aus würde sich das weiße Gold der Strehlow von Hardenstein'schen Werke dereinst auf den Weg machen: Porzellan, das auch für ganz einfache Leute erschwinglich sein sollte, für Menschen wie Wilhelm und seine kleine Familie. Auf der Stelle hatte Friedrich Strehlow die strategische Bedeutung der künftigen Eisenbahnlinie erkannt. Und im Zuge seiner Nachforschungen war er auf die Ländereien von Hohensandau gestoßen, die sich anboten für den Bau einer Dependance. Dass nicht etwa ein Geschäftsvertrag das ehrgeizige Unternehmen besiegeln würde, sondern eine Vermählung, das hatte er zu diesem Zeitpunkt nicht ahnen können, und doch: *Meinem Enkelkind wird dereinst alles gehören.* Es war, als hallten die Worte des alten Mannes in Wilhelms Ohren wider. *Gut Hohensandau, die Strehlow'schen Werke in Wohldenbach – und unsere neue Produktionsstätte, eine Meile vom Gutshof entfernt am Hohensandauer Mühlenbach.*

Der Ausgangspunkt aber war die künftige Eisenbahnstrecke gewesen, mit deren Bau man vor mehreren Jahren begonnen hatte, aus beiden Richtungen zugleich: von den Grenzbahnhöfen her wie aus den angestammten Provinzen des Königreichs. Und seitdem wuchsen die blinden Enden einander Meile um Meile entgegen. Aus Richtung Grenze waren die Konstrukteure und ihre Mannschaften in diesen Tagen bis nach Großendamm gelangt. In einen Abschnitt, in dem der trügerische Untergrund sie über längere Zeit festhalten würde.

»Wäre es nicht ein Hohn?«, flüsterte Wilhelm. »Mit der

Eisenbahntrasse hat es begonnen. Wäre es nicht ein bitterer Hohn, wenn es hier – damit – für uns enden würde?«

Er spürte den Blick seines Begleiters auf sich, doch Wilhelm hatte ihm seine Pläne bereits erläutert. Vermutlich reimte Jaroslaw sich zusammen, was ihm im Kopf herumging.

Wenn es in der Wildnis keine Arbeit gab für einen Mann mit einem nutzlosen Arm, dann mussten sie sich anderswo umsehen. Und in der Welt der Eisenbahnen wimmelte es von verwirrenden Maschinen, von Kesseln, Transmissionen und rotierenden Achsen. Musste es dort nicht auch Hebel und Vorrichtungen geben, die sich mit nur einer Hand bedienen ließen? Schon jetzt, beim Bau der Strecke?

Nur konnte von Abgeschiedenheit nicht die Rede sein, wo sich Hunderte von Männern in der Barackensiedlung drängten. Und waren sie damit nicht wieder am Anfang? Würde man die Gefährten dort nicht erkennen?

Nicht, wenn Wilhelm richtiglag mit seinen Schlussfolgerungen: Die Arbeit beim Bau der Gleisanlagen galt als harte Tätigkeit. Schwere Lasten mussten Tag für Tag bei Wind und Wetter bewegt werden. Die wenigsten Männer, die eine solche Arbeit versahen, erreichten ein hohes Alter, so dass man sie nicht selten gleich durch Sträflinge verrichten ließ. Auf jeden Fall aber zog sie nicht die braven Bauern- und Handwerkersöhne aus den Dörfern der begüterten Provinz an, die sich Hoffnung auf ein angenehmeres Auskommen machen konnten. Einheimische, denen die Erscheinung der beiden Wanderer hätte vertraut sein können.

Nein. Wer sich beim Bau der Eisenbahn verdingte, der nahm diese Arbeit nicht aus Neigung auf, sondern aus dem nackten Zwang der Umstände heraus. Weil es in seiner eigenen Heimat nicht mehr möglich war, eine Tätigkeit zu finden, von der sich ein Leben fristen ließ. Es musste sich um Männer handeln wie Wilhelm und seinen Gefährten, von weit her herbeigewandert in der Hoffnung auf eine Beschäftigung. Auf eine Arbeit, bei der sie dann auch wenig Widerspruch erheben konnten gegen das eintönige Tagewerk und die knauserige Entlohnung. Und bei alledem hatten diese Männer nicht einmal Gelegenheit, ihren hart erarbeiteten Lohn auch nur auszugeben. Quälend langsam bewegte sich die Baustelle voran entlang des künftigen Schienenstrangs. Und oft genug fernab der belebten Städte. Ganz so wie hier in Großendamm.

Bestand da die Gefahr, dass Ferdinand von Hardenstein von ihrem Aufenthalt auf dieser Seite der Grenze etwas erfuhr? Was, wenn es nicht allein in der Wildnis möglich war, vor den Blicken des Herrn über Hohensandau unsichtbar zu werden? Sondern an einem solchen Ort ganz genauso inmitten der Verzweifelten, der armen Teufel, der Ausgestoßenen?

Für die meisten Leute sah ein Arbeiter aus wie der andere. Wer würde sich da die Mühe machen, sich einen von ihnen genauer anzuschauen, ihn gar nach Woher und Wohin zu fragen?

Wir werden nicht die Einzigen sein, dachte Wilhelm. *Nicht die Einzigen, die keine Papiere vorlegen können, wenn wir bei den Vertretern der Eisenbahngesellschaft vorstellig werden.*

Gut Hohensandau
Herbst 1866

Am Morgen des Tages, an dem ihr kleines Mädchen drei Wochen alt wurde, öffnete Theresa die Lider und wusste, dass das Fieber vollständig fort war. Dass es auch nicht zurückkehren würde.

Sie lag auf dem Rücken, die Decke säuberlich über ihren Körper gebreitet. Als hätte sie sich überhaupt nicht geregt im Schlaf der Genesung. Vorsichtig drehte sie den Kopf. In den letzten Tagen war es Ilsa gewesen, die des Morgens an ihrem Lager Wache gehalten hatte, konzentriert über eine Stickarbeit gebeugt, während sie sich hin und wieder mit der Kranken unterhalten hatte. Und tatsächlich hielt sie den Rahmen mit ihrem Werkstück auch an diesem Morgen in der Hand – und schien ihn doch nicht recht zur Kenntnis zu nehmen. Der niedrige Schemel neben dem Krankenlager war leer. Sie hatte sich erhoben, wandte Theresa den Rücken zu und blickte aus dem Fenster. Reglos.

Theresas Brauen zogen sich zusammen.

Seit ihrem ersten Tag auf dem Gutshof teilte sie sich eine Kammer mit ihren Freundinnen. Und so unterschiedlich die beiden auch sein mochten, waren sie ihr doch vertraut wie Schwestern. Auf der einen Seite Martha, die ihr Herz auf der Zunge trug und kaum zu bremsen war, wenn sie in ihre Plaudereien verfiel. Und auf der anderen Seite die ernsthaftere Ilsa, bei der es immer wieder vorkam, dass sie plötzlich still wurde, wenn ihre Gedanken sich vielleicht zu ihrem verstorbenen Liebsten bewegten. Still wie in diesem Augenblick?

Das ist es nicht.

Theresa konnte nicht sagen, warum sie sich so sicher war. Etwas war anders, nicht mehr als ein Detail an Ilsas Haltung womöglich, das Kreuz vor Anspannung durchgestreckt. Irgendetwas ging ihr im Kopf herum. Etwas anderes als Ereignisse aus fernen Tagen.

Für mehrere Atemzüge verharrte Theresa, bevor sie sich bemerkbar machte, sich unter den Decken streckte, ein gedämpftes Gähnen von sich gab.

Ilsa zuckte nicht zusammen. Im Gegenteil: Es war, als hätte sie trotz allem mit einem Ohr auf Theresas Atemzüge gelauscht. Ruhig wandte sie sich um, betrachtete ihre Freundin prüfend, erkundigte sich, wie Theresa geschlafen habe. Um ihr zunächst das Nachtgeschirr zu reichen und anschließend einen Becher mit verdünntem Wein, in den ein letzter Rest vom Pulver des Physicus gemischt war. Aufmerksam gab sie acht, dass Theresa das bittere Gebräu auch wirklich bis zur Neige leerte. Erst dann griff sie nach einer Schüssel mit duftender Hafergrütze, die von einem Tuch bedeckt auf die Schlafende gewartet hatte, wies Theresa aber energisch an, langsam und vorsichtig zu essen. Als spräche sie mit einem Kind.

Und plötzlich war sich Theresa nicht länger sicher: War nicht alles wie immer? War da tatsächlich etwas gewesen mit ihrer Freundin? Sie gab sich alle Mühe, die andere nicht allzu offensichtlich zu mustern, während sie ihrerseits bei jedem Bissen unter Beobachtung stand.

Schließlich gab ihre Freundin ein zufriedenes Brummen von

sich und nahm ihr die Schüssel ab. Theresa hatte keinen Krümel übrig gelassen.

»Wie es aussieht, bist du tatsächlich auf dem Wege der Besserung«, stellte Ilsa fest.

»Ich will nicht behaupten, dass ich schon wieder Bäume ausreißen könnte.« Theresa versuchte ein Lächeln. »Aber ich könnte mit Unkräutern anfangen.«

»Nun, warum nicht?« Einen Moment lang schien sich ihre Freundin auf die aufgeräumte Bemerkung einzulassen, bevor ihre Miene unvermittelt strenger wurde. »Wobei du noch eine ganze Weile Zeit haben wirst, darüber nachzudenken. So lange nämlich, bis du wieder gesund bist. *Wirklich* gesund. Und nicht nur frei vom Fieber. – Wir waren wirklich in Sorge um dich«, setzte sie weicher hinzu. »Und wir haben aufgeatmet, als es dir endlich besser ging. Aber du musst dich erholen, tatsächlich wieder zu Kräften kommen, bevor an Aufstehen und Arbeiten auch nur zu denken ist.«

»Ich …«, setzte Theresa an, verstummte dann. Für einen Augenblick war da ein beunruhigender Gedanke: Was, wenn es *das* war, was Ilsa in Unruhe gestürzt hatte? Dass Theresas Genesung vielleicht doch noch keine ausgemachte Sache war?

Unsinn! Sie unterdrückte den Impuls, sich zu schütteln. Wenn überhaupt, dann musste Ilsa über einem Plan gesonnen haben, wie sie Theresa weiter in der Krankenstube festhalten konnte. Bis sie den Grad an Genesung erreicht hatte, der ihrer gewissenhaften Freundin vorschwebte.

Sie wird mich schlecht am Lager festbinden können, dachte Theresa finster. Sie hatte Pflichten zu erfüllen auf Hohensandau. Aus diesem Grund hatte Ferdinand von Hardenstein ihr erlaubt zu bleiben. *Als Dienstmagd*, dachte sie. Nicht anders als Leonor vor so vielen Jahren, zu Zeiten seines Vaters. Mit dem Unterschied, dass Leonor unter den Händen des Dorfarztes gestorben war. Während sich um Theresa der Physicus bemüht hatte – auf persönliche Anweisung des Gutsherrn hin, der obendrein dafür gesorgt hatte, dass der Heilkundige sie mit kostspieliger Medizin therapierte. All das in einer Zeit, in der der Graf doch selbst wie gelähmt war in seiner Trauer. Mit jedem Recht der Welt konnte er erwarten, dass sie sich wieder ihren Pflichten widmete, sobald ihre Kräfte das zuließen, statt sich gemächlich zu erholen. Sich darauf zu verlassen, dass ihre Freundinnen die Aufgaben schon irgendwie erledigen würden.

Theresa holte Atem, gab sich alle Mühe, ihrer Stimme einen ruhigen und vernünftigen Ton zu verleihen.

»Ich müsste ja nicht auf der Stelle wieder den gesamten Tag meinen Dienst aufnehmen«, schlug sie vor. »Und es ist doch nicht allein, dass ich selbst nun seit Wochen bei den Arbeiten ausfalle. Müsst ihr beide nicht ganz genauso fehlen, du und Martha? Wenn die Hausdame die Aufgaben verteilt, während eine von euch reihum an meiner Seite Wache hält?«

»Jeweils nur für einige Stunden.« Einen Moment lang schien Ilsa den Gedanken abzuwägen. »Und nicht allein mit Agathes Einwilligung, sondern auf ihren ausdrücklichen Wunsch hin«, fügte sie leiser hinzu.

»Dann ...«, setzte Theresa an.

»Ich bin mir sicher, dass es uns gelingen wird, auch unter diesen Umständen für eine Weile die Stellung zu halten«, sagte Ilsa knapp. »So wie es jedes Mal geschieht, wenn eine der Dienstmägde erkrankt und ihre Aufgaben unter den übrigen aufgeteilt werden. Du wirst kaum vergessen haben, wie du im Melkstall ausgeholfen hast, nachdem Rosamunda von ihrem Schemel gestürzt war, als eine der Kühe plötzlich bockte und ihre Schulter wochenlang nicht heilen wollte.«

Theresa biss sich auf die Lippen. Mit Sicherheit würde sie die ungewohnte Arbeit nicht vergessen, die mächtige, beinahe beunruhigende Gegenwart der Melkkühe, denen sie an ihren empfindlichsten Stellen hatte zu Leibe rücken müssen.

»Und seine Herrschaft hat schließlich ausdrücklich bestätigt, dass du weiterhin zu uns gehörst«, fügte auch Ilsa jetzt an. »Deinen Dienst jedenfalls wirst du erst dann wieder aufnehmen, wenn der Physicus ihm mitteilt, dass du vollkommen genesen bist.«

Theresa biss die Zähne zusammen. »Wenn er ihn denn empfängt«, presste sie hervor. »Um sich das anzuhören.«

Ilsa hob eine Augenbraue. »Warum sollte er das nicht tun?«

»Er...« Theresa fuhr sich über die Lippen, plötzlich unsicher.

War da einen Moment lang eine steile senkrechte Falte auf der Stirn ihrer Freundin entstanden?

Schon war der Eindruck wieder fort, doch hatte Theresa es nicht deutlich gesehen? Ein kurzes, unwillkürliches Zucken, beinahe... *misstrauisch*?

Eine Gänsehaut legte sich auf ihren Nacken. Was, wenn nicht ihr eigener Zustand Anlass zur Sorge gab, sondern das Befinden Ferdinand von Hardensteins? Wenn *das* Ilsas Grübeln ausgelöst hatte?

»Mir...« Theresa fuhr sich über die Lippen. »Mir ist bewusst, wie sehr der Tod seiner Gemahlin seine Herrschaft getroffen hat«, begann sie vorsichtig. »Und wäre es mir nicht bewusst, so bin ich doch nicht...« Sie stockte, nahm einen tiefen Atemzug. »So bin ich doch nicht völlig ahnungslos«, sagte sie. »Martha hat mir das ein oder andere erzählt. – Wie viel sich nun verändern wird auf Hohensandau. Wie viel sich jetzt schon verändert hat, weil seine Herrschaft die Räume im Herrenhaus nicht verlassen hat seit... seit dem Tag, als Wilhelm hier war«, sagte sie leise. »Und dass er niemanden vorlässt, oder... fast niemanden.«

Ilsa musterte sie. Sehr aufmerksam jetzt. »Den Physicus wird er vorlassen«, entgegnete sie schließlich knapp, ohne den Blick von Theresa zu lösen. »Und was Martha dir ansonsten erzählt haben mag...« Sie schüttelte den Kopf und murmelte: »Wenn sie nur einmal den Mund halten könnte!«

»Sie...«

»Sie hat dir von dem Auflauf erzählt, richtig?« Ilsa fiel ihr ins Wort. »Dem Auflauf, den das Gesinde vor dem Herrenhaus veranstaltet? Dass die Leute wissen wollen, wer künftig die Bäume aussuchen darf, die im Wald geschlagen werden? Wer auf dem Bock sitzen darf, wenn das Gespann mit dem Essen für die Arbeiter auf die Felder rollt? Als wäre das die wichtigste Pflicht seiner Herrschaft: Irgendwelche Posten zu verteilen! – Und dass sie sich nun beschweren, weil er sich noch nicht entschieden hat.«

Theresa runzelte die Stirn. »Stimmt das nicht?«

Eine wegwerfende Handbewegung. »Wir haben Erntezeit. Ist dir eine Zeit des Jahres bekannt, zu der es mehr zu tun gibt auf Hohensandau? Und doch arbeitet der Gutshof nicht schlechter als in den vergangenen Jahren. Auch ohne dass irgendwelche Ämter oder Aufgaben besetzt worden wären, damit irgendjemand eine Münze mehr bekommt. Oder in einen Schuppen ziehen kann, den jahrelang niemand haben wollte, weil man sommers wie winters hinab zu den Koppeln oder hinüber auf den Wirtschaftshof eine halbe Meile zu laufen hat. Seine Herrschaft hat keinen Grund, sich darüber jetzt den Kopf zu zerbrechen. Und du im Übrigen noch viel weniger in deinem Zustand.«

»Martha meinte ...«

»Martha meint eine ganze Menge.« Wieder schnitt ihre Freundin ihr das Wort ab. »Eine Menge meint sie zu wissen, nachdem sie ja so ausführlich mit Justus Brandt spricht.« Düsterer setzte sie hinzu: »Wenn sie tatsächlich nur mit ihm *spricht*. – Und Brandt tut alles, um seine eigene Bedeutung in den Vordergrund zu spielen, wenn er sich als Stimme seiner Herrschaft ausgibt. Wobei es da draußen auch mehr als genug Leute gibt, die bereit sind, sich auf dieses Spiel einzulassen. Versprechen sie sich doch Vorteile davon, falls er tatsächlich mit einer einflussreichen Position betraut wird. Vermutlich würden sie es nicht einmal glauben, wenn man ihnen erzählte, dass Brandt im Vorzimmer warten muss, während seine Herrschaft einzig den Verwalter zu sich bittet.«

Theresa riss die Augen auf. »Er selbst wird gar nicht vorgelassen?«

Ein knappes Nicken. »Niemand wird vorgelassen, bis auf den Verwalter. Denn wem vertraut seine Herrschaft wohl mehr als dem alten Mann, der ihm sein Leben lang gedient hat? Mit Sicherheit glaubt er ihm einen Gefallen zu schulden, wenn es die Posten zu besetzen gilt. Brandt allerdings scheint nicht sein Favorit zu sein für eine der hervorgehobenen Stellungen. Warum sonst sollte er so lange zögern? – Doch irgendjemandem wird er die Aufsicht über den Gutshof übertragen müssen«, murmelte sie. »Wenn der Verwalter ihm seinen Neffen vorschlägt, dann wird sich der Graf nicht verweigern.«

Theresa zögerte. »Und woher weißt *du* das alles?«

»Ich weiß es, weil ich nicht mit Brandt spreche. Sondern mit dem Leibdiener seiner Herrschaft, der offenbar zu den wenigen Menschen gehört, die sich nicht um irgendwelche Posten oder eine größere Unterkunft den Kopf zerbrechen, sondern um den Zustand des Grafen und die Zukunft von Hohensandau. Und der tatsächlich mehr weiß als ein Justus Brandt oder …«

Ilsa brach ab. Sekunden vergingen, bevor sie von neuem ansetzte.

»Die Dinge werden sich verändern, sagt Martha?«, fragte sie. »Damit könnte sie recht haben. Allerdings aus anderen Gründen, als sie annimmt.«

Nun schwieg sie ganz, schwieg für mehrere Atemzüge, ohne den forschenden Blick von Theresa zu wenden.

Und Theresa hielt den Atem an. *Das ist es!* Was auch immer es war, das Ilsa ins Grübeln gebracht hatte. Was sie mit sich hatte ausmachen wollen, bevor Theresa erwachte. Und was sie nach wie vor zögern ließ. *Weil sie sich noch immer nicht sicher ist,* dachte Theresa. *Nicht sicher, ob sie es mir nun anvertrauen soll. Ob sie mir ihre Gedanken zumuten will, um nicht allein zu sein mit ihrer Grübelei.*

Für einen Moment noch hielt Ilsa den Blick ihrer Freundin fest, dann schien sie ihre Entscheidung zu treffen.

»Der Tod der Gräfin hat etwas zerbrochen in Ferdinand von Hardenstein«, sagte sie und seufzte. »Es steht in den Sternen, ob er noch einmal der Mann sein wird, als den wir ihn kannten. Das aber bedeutet nicht, dass seine Pflichten für ihn keine Rolle mehr spielen. Das Gegenteil ist der Fall. Er denkt an nichts anderes mehr als an seine Pflichten. Die Hälfte der Kartoffelernte hat er verkaufen lassen im Tausch gegen süßen Wein für den Winter, und nun steht er im Austausch mit den Pächtern auf Stolzenfels und Sturmberg wegen der Hengste dort, die er für die Zucht auf dem Gestüt nach Hohensandau holen will.« Leiser setzte sie hinzu: »Nun, da im Kampf gegen die Österreicher mit Sicherheit nicht nur Soldaten auf dem Schlachtfeld geblieben sind, sondern genauso ihre Pferde. Hohensandau wird seine Zucht beträchtlich ausweiten müssen angesichts der verstärkten Nachfrage, die von der Armee zu erwarten ist. Sowenig davon beim Gesinde im Moment auch noch zu spüren ist. Und doch sind es genau diese Vorkehrungen seiner Herrschaft, die den Leuten in den nächsten Jahren ihre Arbeit und ihr Auskommen sichern werden.«

Ilsa hielt inne, warf einen Blick über die Schulter. Auf dieselbe Weise, wie Martha das einige Tage zuvor getan hatte, in Richtung des Korridors, der auch an diesem Morgen leer war.

»Und doch sind das nicht die einzigen Pflichten, die seine Herrschaft im Augenblick beschäftigen. Wenn wir uns das früher auch kaum vorstellen konnten: dass es überhaupt noch andere Dinge für ihn geben könnte als das Gestüt und den Gutshof, von seiner Gemahlin einmal abgesehen.« Sie atmete tief durch. »Und doch scheint eben das der Fall zu sein. – Nach dem Sieg über die Österreicher schweigen die Waffen, so dass die Postverbindungen wieder geöffnet haben. Und seitdem wird der Posthalter jeden Tag mit Briefen an seine Herrschaft vorstellig. Mit Schreiben, die dem Grafen Beileid aussprechen, nachdem man vom Tod seiner Gemahlin erfahren hat. Und doch noch ganz anderen Schreiben dazu, die nahezu jeden zweiten Tag eintreffen.« Sie machte eine bedeutsame Pause. »Schreiben aus Wohldenbach.«

»Aus …« Theresa kniff die Augen zusammen. Einen Moment lang begriff sie nicht, aber dann, auf einen Schlag: »Wohldenbach«, flüsterte sie. »Der alte Herr Strehlow! Der Vater der Gräfin.«

Plötzlich war die Kälte wieder da. Die Kälte, von der sie seit Tagen nichts mehr gespürt hatte, als das Fieber langsam von ihr gewichen war. Nicht allein seine Herrschaft hatte den wichtigsten Menschen in seinem Leben verloren. Auch der alte Herr

Strehlow musste längst erfahren haben, dass jener eine Mensch gestorben war, der ihm mehr bedeutet haben musste als alles andere auf der Welt: seine einzige Tochter, sein einziges Kind. Und *ihr* ungeborenes Kind dazu, sein einziger Erbe.

Zwei Männer, beide in vorgerücktem Alter. Und beide nunmehr ohne einen Erben und Nachfolger, in dessen Hände sie die Verantwortung legen konnten, die auf ihren eigenen Schultern lastete: die Verantwortung für Hohensandau und seine Menschen – wie auch für die Geschicke der stolzen Manufakturen in Wohldenbach, der Heimat des weißen Goldes.

»Mein Gott«, wisperte sie. »Was müssen das für Briefe sein, die die beiden austauschen? Wenn sie doch ganz genau dasselbe vor Augen haben müssen und keine Hoffnung mehr, sondern nur noch Verzweiflung oder ... Anklage womöglich, der eine an den anderen. Warum der alte Mann seine Tochter nicht stärker gedrängt hat, sich auf die Rückreise zu begeben, solange noch Zeit war. Warum seine Herrschaft die Gräfin einer Eskorte anvertraut hat, die sie am Ende nicht beschützen konnte. Warum er Wilhelm ...«

»*Halt!*« Ilsa hob die Hand. »Hör mir zu! Die Briefe schreibt nicht der alte Herr Strehlow.«

Theresa verstummte, blinzelte. Doch sie sagte kein Wort mehr.

Ilsa holte Atem. »Die Briefe schreibt nicht der alte Herr Strehlow«, wiederholte sie. »Und dennoch scheinen sie besondere Bedeutung zu haben für seine Herrschaft. – Die Beileidsschreiben liest er kaum richtig durch. Die Briefe aus Wohldenbach dagegen holt er eigenhändig aus ihren Kuverts. Dem Leibdiener ist es verboten, die Siegel zu brechen oder die Umschläge zu öffnen, wie er es sonst immer tut bei der herrschaftlichen Korrespondenz.« Sie senkte die Stimme. »In diesem Fall behält seine Herrschaft selbst sich diese Aufgabe vor, bevor er beginnt, die Briefe zu studieren. Und immer wieder hält er dann im Lesen inne, als müsste er über den Inhalt nachdenken, bis er plötzlich aufsteht und sich in sein Kabinett im hintersten Teil der Gemächer begibt, zu dem nur er selbst den Schlüssel besitzt. Dort holt er Pläne und Bücher hervor, über denen er dann noch einmal stundenlang brütet. Und selbst dann geht er noch nicht zu Bett, sondern macht sich daran, eine ausführliche Erwiderung zu schreiben, während schon die Dämmerung an den Himmel tritt. Damit der Posthalter die Antwort gleich am folgenden Morgen an sich nehmen und auf den Weg bringen kann.« Sie atmete kurz durch. »Und der Leibdiener bekommt keine Zeile davon zu sehen. Weder von den Schreiben aus Wohldenbach noch von den Antworten, die Ferdinand von Hardenstein verfasst. Lediglich auf die Kuverts kann er einen Blick werfen, wenn die Briefe eintreffen, mit der Adresse des Gutshofs auf dem Umschlag – in einer dunkelvioletten Frauenschrift.«

»In einer …« Theresa starrte sie an. In einer *Frauenschrift*?

Ilsa setzte sich neu zurecht auf ihrem Stuhl. Etwas unsicher, wie beklommen beinahe. »Ich will nicht behaupten, dass das nicht auch mein eigener erster Gedanke war«, gestand sie ein. »Doch mit Sicherheit ist seine Herrschaft kaum in der Verfassung für einen … einen solchen Briefwechsel. Mit wem auch immer er solche Schreiben austauschen sollte in der Heimatstadt seiner Gemahlin, die er gerade verloren hat. – Und würdest du Pläne und Bücher befragen, bevor du einen Liebesbrief beantwortest?«

Theresa schüttelte den Kopf.

Ilsa nickte knapp. »Doch was, wenn es eine ganz andere Erklärung gibt?«, fragte sie. »Du erinnerst dich, was die Reise der Gräfin nach Wohldenbach überhaupt erst veranlasst hat? – Der Schlagfluss hatte ihren Vater niedergeworfen.« Aufmerksam musterte sie Theresa. »Dir ist bekannt, wie sich der Schlagfluss äußert, wenn er einen Menschen ereilt?«

Theresa kniff die Lider zusammen. »Die Mutter seiner Herrschaft, die alte Gräfin, hat der Schlagfluss getroffen im Winter des Jahres, in dem sie dann gestorben ist«, antwortete sie leise. »Ihr rechtes Bein wollte sie nicht länger tragen. So dass seine Herrschaft Räder unter einen der Stühle aus dem Salon hat montieren lassen. – Frau Vera sollte sie auf der Gutseinfahrt umherschieben, damit sie die milde Luft des Frühlings genießen konnte, aber das ...« Ein Kopfschütteln. »Aber die alte Gräfin war zu ungeschickt, zu geschwächt von ihrer Krankheit. Sie konnte sich nicht halten auf dem hohen Stuhl, ist immer wieder aus der Balance geraten. Sie sind gestürzt, alle beide, und ...« Verblüfft brach sie ab. »Nicht allein ihr rechtes Bein wollte ihr nicht mehr gehorchen«, flüsterte sie. »Sondern die gesamte rechte Seite ihres Körpers. Undenkbar, dass sie in der Lage gewesen wäre, einen Brief zu schreiben.«

Ilsa nickte, mit einem geradezu grimmigen Ausdruck auf dem Gesicht. »Eben das war auch der Gedanke des Leibdieners – und mein Gedanke. Dass der alte Herr Strehlow ebenfalls nicht länger dazu in der Lage ist nach seinem Anfall. Dass er gezwungen sein könnte, sich einer Hilfe zu bedienen, wenn er Briefe versenden will. Dass jemand anderer sie in seinem Auftrag niederschreibt ...« Jetzt mit Zweifel in der Stimme. »Eine Frau. Eine Dienstmagd vielleicht in seinem Hause, die sich aus irgendeinem Grunde besonders gut auf das Schreiben versteht, oder sonst jemand. Wie könnten wir das wissen, wenn schon niemand weiß, in welcher Weise der Schlagfluss den Vater der Gräfin überhaupt getroffen hat? Seine Herrschaft selbst vermutlich ausgenommen.« Wieder hielt sie inne, und schwer holte sie Atem. Ihr Gesichtsausdruck machte deutlich, mit welchem Widerwillen sie fortfuhr. »Es sei denn, *du* weißt es. – Von Wilhelm.«

Theresa starrte sie an, sekundenlang, während die Wahrheit in ihr Bewusstsein sickerte.

Das war der Grund, aus dem Ilsa sie ins Vertrauen zog, ihrer Sorge zum Trotz um den Zustand der kaum Genesenen. Weil Ilsa und der gräfliche Leibdiener nicht mit ihren Grübeleien und Vermutungen weiterkamen, wenn Theresa ihnen nicht half.

Theresa, der auf der Stelle bewusst war, welche Bedeutung der gesamte Vorgang in Wahrheit hatte. Ferdinand von Hardenstein war der Herr des Gutes. An seinem Lebensfaden hing das Schicksal sämtlicher Menschen auf Hohensandau, nun, da es keinen Erben gab. Alles, was ihn umtrieb, war wichtig. Was ihn tatsächlich festhielt in seinen Gemächern: Es konnte Auswirkungen haben auf alle Menschen, die auf dem Anwesen lebten.

Sie zögerte. *Wilhelms Briefe aus Wohldenbach.*

»Ob der Anfall den alten Herr Strehlow in dieser Weise geschwächt hat?«, fragte sie. »Ja«, sagte sie nach einem Augenblick, schüttelte dann den Kopf. »Und nein. – Die Krankheit war ihm anzumerken, so habe ich Wilhelm verstanden. Auf einen Stock musste er sich stützen. Mit Hilfe dieses Stocks aber ist er durch sämtliche Hallen der Strehlow'schen Werke geschritten, als er und seine Tochter Wilhelm durch die Manufaktur geführt haben. Und außerdem hat er dort offenbar mehrere empfindliche Stücke des weißen Goldes zur Hand genommen. – Hätte er das getan, wenn er hätte fürchten müssen, dass seine Finger ihm nicht mehr recht gehorchen?«

Ilsa kniff die Augen zusammen, schüttelte dann knapp den Kopf.

»Doch das muss nichts bedeuten«, sagte Theresa leise. »Der alte Herr war noch immer schwach – und ein Mensch, den einmal der Schlagfluss getroffen hat, ist ständig in Gefahr, einen zweiten Anfall zu erleiden, selbst wenn er sich zunächst ein wenig zu erholen scheint. So wie es bei der alten Gräfin geschehen ist, im folgenden Herbst, als sie am Morgen einfach nicht wieder erwachte. Wenn es dem alten Herrn Strehlow nun genauso ergangen ist, mit dem Unterschied, dass ihn dann auch der zweite Anfall nicht dahingerafft hat, sondern dass er ...« Sie schüttelte den Kopf. »Wenn er *jetzt* die Fähigkeit zu schreiben verloren hat ...«

»Aber das können wir doch genauso wenig wissen!« Ilsa klang fast ungehalten.

Doch Theresa hob die Hand. »Nein«, sagte sie. »Das können wir genauso wenig wissen. Aber wäre es ein Wunder, wenn die Krankheit zurückgekommen wäre, nachdem er erfahren hat, was auf der Reise geschehen ist? Dass er seine Tochter verloren hat? Und ihr ungeborenes Kind? – Selbst wenn er damals hätte schreiben können, als die Gräfin und Wilhelm in Wohldenbach zu Gast waren. Das bedeutet nicht, dass er jetzt noch in der Lage dazu ist. Und wenn er ...«

Sie brach ab, hielt inne, als ihr unvermittelt etwas in den Kopf kam. »Eine Frauenschrift?«, murmelte sie.

Mit düsterer Miene nickte Ilsa.

»Da war tatsächlich eine Frau«, sagte Theresa langsam. »Eine Frau, von der Wilhelm in einem seiner Briefe etwas schrieb. Nur dass er ihr nicht im Strehlow'schen Haus begegnet ist, sondern in der Strehlow'schen Fabrik. – Die Dinge dort müssen ganz anders aussehen als hier auf Hohensandau. Die Aufgaben, mit denen Männer betraut werden, und diejenigen, die den Frauen zukommen: als wenn es keinen rechten Unterschied gäbe. Schon ihre Herrschaft selbst hat ihren Vater offenbar seit längerer Zeit in der Leitung der Werkstätten unterstützt. Aber darüber hinaus war da noch eine andere Frau, eine ältere Dame, die der alte Herr Strehlow besonders zu schätzen schien. Die eine Stellung einnahm in der Halle mit der Fertigung ...«

»Eine *Frau* als Vorarbeiter?« Theresa sah, wie Ilsa zweifelnd die Augenbrauen hochzog.

»Nein«, entgegnete sie. »Als Leiterin der gesamten Fertigung in jener Halle. Der Vater der Gräfin habe mit ihr gesprochen, ganz wie seine Herrschaft hier auf Hohensandau mit dem Verwalter spricht. In Wohldenbach ist so etwas offenbar möglich. – Eine Frau ...« Für einen Moment wollte die Erinnerung nicht kommen. »*Brigitta*«, sagte sie schließlich. »Kann das sein? Wilhelm hat von einer Brigitta geschrieben, der ein ganzer Zweig der Fertigung untersteht. Wenn sie dort mit derartigen Aufgaben betraut wird, würde der alte Herr Strehlow ihr da nicht auch bei anderen Dingen vertrauen? Bei Briefen an Ferdinand von Hardenstein? – *Brigitta*. Einen anderen Namen hat Wilhelm nicht genannt.« Fragend sah sie Ilsa an.

Sehr offensichtlich waren die Zweifel ihrer Freundin nicht verflogen. Knapp hob Ilsa die Schultern. »Die Schrift stammt von einer Frau.« Fast unwirsch. »Einer Frau, die sich violetter Tinte bedient. Und das nicht allein auf dem Kuvert des Schreibens, sondern ebenso auf den Briefbögen selbst, ohne dass der Leibdiener die Möglichkeit hatte, dort auch nur ein Wort zu entziffern. – Die Umschläge tragen einen Stempel des königlichen Postamts in Wohldenbach. Nicht aber den Namen des Absenders.« Sie zögerte und fügte hinzu: »Und seine eigenen Schreiben steckt seine Herrschaft in ein zusätzliches Kuvert, das er versiegelt, bevor er es an den Leibdiener übergibt. Es darf erst auf der Poststelle in der Provinzhauptstadt geöffnet werden, so dass man auch erst dort den Namen des Empfängers zu Gesicht bekommt. Das ist alles. Alles, was wir über diese Briefe wissen können.«

Ernüchtert senkte Theresa den Blick. Sie war sich sicher gewesen, dass alles einen Sinn ergab. Und vermutlich würden sie auch irgendwann erfahren, wie die Dinge zusammengehörten, doch jetzt, für diesen Augenblick ...

Was habe ich auch erwartet? Was überhaupt würde es ändern, wenn sie beweisen konnte, dass es tatsächlich eine Frau mit Namen Brigitta war, der der alte Herr Strehlow die Schreiben an Ferdinand von Hardenstein diktierte? Dem Inhalt der Briefe wären sie trotzdem keinen Schritt näher, und trotzdem ...

Alles ist von Bedeutung. Alles, was helfen kann.

Alles, was ihr nur irgendwie die Gelegenheit verschaffen konnte, Anteil zu nehmen an dem, was Ferdinand von Hardenstein in einem solchen Maße umtrieb. Alles, was ihr die Möglichkeit eröffnete, ihm irgendwie zur Seite zu stehen. *Dem Mann, der mir Wilhelm genommen hat.* Und der doch ein Anrecht besaß auf ihre Unterstützung, weil sie in seiner Schuld stand in so vielfältiger Weise. Und Joachim ... Und die kleine Dorthe ... Sie spürte, wie sich ihre Gedanken zu verwirren begannen.

»Über *diese* Briefe können wir nichts wissen«, bemerkte Ilsa.

Theresa blickte auf. Das zweite Wort des Satzes hatte ihre Freundin in besonderer Weise betont. »Und genauso wenig über die Antwortschreiben seiner Herrschaft«, fuhr ihre Freundin fort. »Die allerdings nicht die einzigen Schreiben sind, welche Ferdinand von Hardenstein in diesen Tagen mit eigener Hand verfasst. Immer wieder legt er sie zur Seite, um eine

Reihe gedruckter Bögen auf dem Schreibpult zu sich heranzuziehen, die er mit kurzen Notizen und Anmerkungen füllt,
wo sie Raum für Eintragungen lassen. Bögen, die *nicht* in ein
zusätzliches Kuvert gegeben werden, bevor er sie auf die Reise
schickt – aus welchem Grund auch immer. Vielleicht weil es
sich beim Adressaten um eine amtliche Behörde handelt. Um
das Katasteramt nämlich, wo die königlichen Landvermesser
auf ihren Karten festhalten, welchem Grundherrn in der Provinz welche Besitzungen gehören und zu welchen Zwecken sie
genutzt werden: als Felder, als Wald- oder Weideland oder um
dort Wohngebäude zu errichten, Werkstätten und Geschäfts-
häuser in der Stadt. Und an dieser Stelle – möglicherweise –
schließt sich der Kreis.«

Verwirrt saß Theresa zwischen ihren Decken und versuchte
den Worten ihrer Freundin zu folgen. Das Katasteramt? Landvermesser?

»Die Schreiben selbst lässt seine Herrschaft augenblicklich
in die Taschen seiner Weste gleiten, sobald er sich auch nur für
eine Minute vom Schreibpult entfernt«, erklärte Ilsa. »Mit den
Plänen und Karten aber sieht das anders aus. Einmal, als der
Graf den Raum kurz verlassen hat, hatte der Leibdiener Gelegenheit, einen Blick auf diese Unterlagen zu werfen. Und
eindeutig war zu erkennen, dass die Karten einige Parzellen
des Gutes hier in Hohensandau zeigen. Parzellen, auf die sich
der Schriftverkehr mit der Landvermessung beziehen dürfte.
Das Gelände dient als Weideland und liegt ein Stück den Mühlenbach abwärts, zu beiden Seiten des Gewässers. Nur dass ich
nicht wüsste, was an diesem Stück Land so Besonderes sein
sollte, dass man es erneut vermessen müsste. Es sei denn, es
sollte kein Weideland bleiben, auf das eine Steuer zu entrichten
ist wie für Weideland vorgeschrieben. Es sei denn ...«

»Es sei denn, alles gehörte zusammen«, murmelte Theresa. »Die Pläne und die Schreiben an das Katasteramt. Und die anderen Schreiben, die Schreiben aus der Strehlow'schen Fabrik in Wohldenbach. – Aber eine Porzellanfabrik ...« Sie schüttelte den Kopf. »Wilhelm hat unendlich viel geschrieben über die Erden und Gesteine, die man zum Grundstoff des weißen Goldes vermengt. Über das *Kaolin*. – Aber gewinnt man solche Stoffe nicht in Minen und Stollen? Alles, was die Hardensteins einmal besaßen, waren die Erz- und Kohleminen – und die haben sie nicht am Mühlenbach angelegt, sondern oben in den Bergen. Schon der Großvater seiner Herrschaft hat sie wieder schließen lassen. Was wollen die Strehlow'schen Werke mit *Weiden* anfangen? Und *hier*. Hier in Hohensandau. Wohldenbach liegt am anderen Ende des Königreichs!«

»Offensichtlich wissen wir nicht, was man in Wohldenbach damit anfangen sollte.« Mit ernster Miene sah Ilsa sie an. »Aber wenn der Zustand von Gräfin Thyras Vater sich weiter verschlechtert: Wer würde dann künftig die Verantwortung auch für die Strehlow'schen Werke tragen?«

Theresa erstarrte. Ihr Atem stockte. Jetzt, mit einem Mal...

Die Dinge werden sich verändern, sagt Martha? Damit könnte sie recht haben. Allerdings aus anderen Gründen, als sie annimmt.

Jetzt begriff sie. Und sie konnte sich nicht erklären, wie sie so blind hatte sein können.

»Seine Herrschaft!«, flüsterte sie. »Der Erbe wäre seine Herrschaft. Einfach weil niemand sonst mehr da ist, nachdem er selbst gerade seine Gemahlin verloren hat und sein ungeborenes Kind. – Und wie sollte er die Verantwortung in Wohldenbach wahrnehmen, wenn weiterhin die Pflichten als Herr von Hohensandau auf seinen Schultern lasten, wo es ebenfalls keinen Nachfolger gibt. Wenn er aber das Gut nicht

nach Wohldenbach verpflanzen kann, dann bleibt ihm nur ...«
Ein Schwindel ergriff sie. Schwer musste sie zu Atem kommen.

»Du hattest recht«, brachte sie schließlich hervor. »Seine Herrschaft hat überhaupt keinen anderen Gedanken als den Gedanken an seine Pflichten. Nur dass seine Pflichten sich nun verändert haben oder sich doch bald schon verändern werden. Dass sie noch einmal größer werden, so unendlich viel größer. – Aber wie hätte er ahnen können ...«

Sie schüttelte sich. Nein, nicht allein den Kopf. Ihr gesamter Körper schien sich zu schütteln in einem unwillkürlichen Erschauern, so dass Ilsa sofort wieder unruhig die Brauen zusammenzog. Aber, nein, es war nicht das Fieber, das zurückgekehrt war.

»Er trägt die Verantwortung für den Gutshof und seine Menschen«, flüsterte Theresa. »Was muss es bedeuten für ihn, wenn nun diese neue Last noch dazukommt? Die Verantwortung für die Strehlow'schen Werke, für all die Menschen, die dort in Lohn und Brot stehen? So dass er nicht einmal Zeit hat zur Trauer? Ist dir nicht klar, was das für ihn heißen muss? Und all das, während ich im Bett liege und ihr euch zusätzlich mit meinen Pflichten abrackert? Nun, da auch noch die Männer der Eskorte fehlen und mit Sicherheit der ganze Hof bereits zusätzliche Schichten leistet. Wenn ich ...«

Die Augen ihrer Freundin verengten sich. »Dafür ist seine Herrschaft der Herr des Gutes. Während du eine Dienstmagd bist. Eine Dienstmagd, die gerade ein Kind zur Welt gebracht und wochenlang im Fieber gelegen hat.«

»Ich ...«

»Seine Herrschaft trägt die Verantwortung für das alles hier.« Ilsa ließ sie nicht aus den Augen. »Und, ja, demnächst vielleicht für noch viel mehr. – Du dagegen trägst die Verantwortung für zwei kleine Kinder. Er bewohnt die besten Räume im Herrenhaus. Und du teilst dir diese Kammer hier mit Martha und mir und deinen beiden Kleinen. Diese Kammer, die du hüten wirst, bis der Physicus bereit ist, seiner Herrschaft Brief und Siegel zu geben, dass du vollständig genesen bist.« Für einen Moment noch fixierte ihr Blick die Kranke, dann stieß sie die Luft aus. »Falls dir das ein Trost ist, werde ich mit Agathe reden. Immerhin geht es dir besser, und es ist richtig, dass es zusätzliche Umstände bedeutet, wenn auch Martha und ich nicht den gesamten Tag zur Verfügung stehen. Ich denke, dass es nicht länger notwendig ist, reihum an deinem Lager zu wachen. Ich werde ihr sagen, dass wir unsere Pflichten morgen wieder vollständig aufnehmen können.«

Theresa sagte kein Wort mehr. Ilsa konnte nicht entgehen, was sie von diesem Vorschlag zur Güte hielt. Doch Theresa war klar, dass sie zu diesem Zeitpunkt nichts erreichen würde, das darüber hinausging. Während ihr selbst ganz andere Gedanken durch den Kopf gingen, ganz gleich, was ihre Freundin redete. *Was kann ich nur tun?* Sie *konnte* ihre Tage schlicht nicht länger untätig auf ihrem Lager zubringen.

Doch sie hatte gar keine Gelegenheit, recht darüber nachzudenken.

Es waren nur wenige Minuten vergangen, als Martha in die Kammer stürmte, die Wangen gerötet, aufgeregt atmend. *Endlich!* Eben habe Herr Brandt es verkündet! Endlich habe seine Herrschaft eine Entscheidung getroffen über die Zukunft des Gutes, und eben ihn, Justus Brandt, habe er zum neuen Verwalter von Hohensandau bestellt! Herrn Brandt, in dessen Händen es nun obendrein liege, die übrigen Amtsträger auszuwählen. Und eine seiner ersten Amtshandlungen… Eine

Kunstpause. Eine seiner ersten Amtshandlungen habe darin bestanden, niemand anderen als *sie*, Martha, zur neuen Aufseherin im Stall mit den Legehennen zu bestimmen! Eine Aufgabe, für die nur jemand in Frage gekommen sei, dem er wirklich voll und ganz vertrauen könne, wie er insgeheim angefügt hatte, als sonst niemand mehr in Hörweite gewesen war. Umfasse ihre Verantwortung künftig doch sowohl die Legehennen als auch die Eier der Legehennen als auch die beiden Mägde, die den Legehennen Futter gaben und morgens nach den Eiern suchten. Wobei Theresa nicht recht klar war, worin unter diesen Umständen die Pflichten bestanden, denen ihre Freundin persönlich nachkommen würde.

Aber sie gönnte Martha ihre Freude. Und so sonderbar es auch erschien: Selbst Justus Brandt gönnte sie seine neue Position. Schließlich musste ein Verwalter seine Augen tatsächlich überall haben. War er da im Grunde nicht genau der richtige Mann? Und er hatte versucht, den Grafen zurückzuhalten, als er mit der Reitgerte auf Wilhelm losgegangen war. Sollte nicht ein jeder Mensch in der Lage sein, aus seinen Fehlern zu lernen, vielleicht gerade dann, wenn er vor neue, größere Aufgaben gestellt wurde?

Doch wollte sie sich in diesem Moment den Kopf zerbrechen über Justus Brandt?

Wilhelm. In diesem Moment waren ihre Gedanken ganz bei ihm. Bei dem Traum, den sie beide einen Sommer lang geträumt hatten. *Der Verwalter.* Ein Traum, von dem ihre Freundinnen nichts wissen konnten. Nichts davon, dass dies der Augenblick war, auf den sie beide so sehr gehofft hatten: das Häuschen des Aufsehers über Gut Hohensandau, fast unsichtbar im Schatten der Bäume am Rande des Wirtschaftshofs. Ein eigenes Heim für Wilhelm und sie und Joachim und die kleine

Dorthe. Mit einer Wohnstube und einer Schlafkammer und einer zweiten noch dazu für die Kinder.

Doch Wilhelm ist fort, dachte sie. *Und ich bin eine Dienstmagd. Eine Dienstmagd, die gesund ist, und das ist alles, worauf es ankommt.*

Und anders als seine Herrschaft hatte sie *nicht* den Menschen verloren, den sie liebte. Wilhelm war weit weg, aber er war am Leben.

Und sie hatte auch ihr ungeborenes Kind nicht verloren. Nun, da sie Dorthe an ihre Brust legen konnte, wurde das kleine Mädchen mit jedem Tag kräftiger.

Ferdinand von Hardenstein dagegen hatte alle beide verloren: seine Gemahlin, die er über alles geliebt hatte, und das Kind, das sie unter dem Herzen getragen hatte.

Und trotzdem tat er weiter seine Pflicht. Wie man das von ihm erwarten konnte, einem Mann von Adel. Seine Pflicht für die Menschen auf Hohensandau und für die Menschen in den Strehlow'schen Werken künftig noch dazu. Denn genau dazu war der Adel *erfunden* worden, wie Ferdinand von Hardenstein Theresa gegenüber betont hatte: um denjenigen beizustehen, die sich sonst nicht behaupten konnten, wehr- und waffenlos in einer feindseligen Welt. Und sei es Theresa selbst mit ihren Kindern. Und seien es die Ehefrau und die Kinder jenes Mannes, den er verantwortlich machte für den Tod seiner Gemahlin und seines ungeborenen Erben. Selbst ihnen gewährte er weiterhin Zuflucht auf Hohensandau.

Weil er gar nicht anders konnte als ein Mann, für den seine Pflichten von einer solchen Bedeutung waren. Weil jener heilige ritterliche Eid nichts anderes zuließ, den er irgendwann einmal geleistet hatte. Oder möglicherweise auch nur einer seiner fernen Vorfahren. Seine Ehre.

All das, was für Theresa selbst nun *keine* Rolle spielen sollte?

Bin ich so viel weniger als ein Ferdinand von Hardenstein? Beinahe hätte sie diesen Satz laut ausgesprochen. *Haben die Ehre und das Pflichtgefühl einer Theresa Leuschenthal einen um so vieles geringeren Wert?*

Großendamm
Herbst 1866

Großendamm war zu riechen, lange bevor sie es erreichten.

Die Strecke über die Chaussee war weiter gewesen, als sie aus der Ferne erschienen war. Oder der Tag war schneller vorangeschritten, der Abend schneller hereingebrochen, als sie erwartet hatten. Jedenfalls legte sich bereits die Dämmerung zwischen die Baracken und verhüllte deren größte Schäbigkeit, als Wilhelm und sein Begleiter sich der Eisenbahnbaustelle näherten.

Eben hallte der Klang einer schweren Glocke über die düstere Szenerie: das Zeichen an die Arbeiter mit ihren groben Werkzeugen, ihr Tagewerk für den Abend einzustellen. Eine Anzahl gewaltiger, rußgeschwärzter Kessel reihte sich auf einem kasernenhofartigen Platz zwischen den Unterkünften, und in dichten Wolken stieg Essensdampf in die Höhe. Noch Hunderte von Metern entfernt lag der Geruch einer fettigen, halb vergorenen Suppe in der Luft und schien alles mit einem schmierigen Film zu überziehen.

Wilhelms Magen rebellierte. Und er fragte sich, was sie tun sollten, wenn es für diesen Abend bereits zu spät war, bei den Offiziellen vorzusprechen in der Hoffnung auf eine Beschäftigung. Sie würden unter freiem Himmel kampieren müssen, nicht zum ersten Mal seit ihrem Aufbruch aus dem Klosterspital. Zudem aber mit leerem Bauch. Nach all den Verzögerungen der vergangenen Tage waren ihre Vorräte aufgebraucht, die sie gegen ihre letzten Münzen bei den Köhlern eingetauscht hatten. *Durch meine Schuld*, dachte Wilhelm. *Auch dies durch meine Schuld.*

Nein, er war kein weiteres Mal gestürzt an diesem Tag. Aber die schier endlose Strecke über das harte, steinerne Pflaster der Chaussee hatte ausgereicht, seinen Arm von neuem in ein pochendes, verkrümmtes Anhängsel zu verwandeln. Farbige Kreise flackerten in Wellen von Schmerz und Schwäche vor seinen Augen. Jeden Meter des Weges hatte er das Gefühl gehabt, sich auf schwankendem Boden zu bewegen. Drei oder vier Mal hatte Jaroslaw die Schritte an seine Seite gelenkt: ein wortloses Angebot, ihn zu stützen, falls seine Beine ihm nicht länger gehorchen sollten. Mit einem scharfen Blick hatte Wilhelm ihn abgewiesen. *Welche Arbeiten auch immer uns erwarten auf der Baustelle*, dachte er. *Sie werden härter werden als ein strammer Spaziergang.*

Am Rande der Baustelle blieben die beiden Wanderer stehen. Ein Schauer überkam Wilhelm, als er das aufgewühlte Gelände betrachtete, das sich gleich einer brandigen Wunde durch die abendliche Landschaft zog. Wo immer die Werkzeuge der Arbeiter angesetzt hatten, lag das nackte Erdreich frei, das in der Dämmerung grau und wie verkohlt wirkte. Trübes Wasser schwappte in einem Graben zu seinen Füßen, während sich jenseits davon Aufschüttungen von bleichem Kies erhoben. Hier türmten sich Stapel von Arbeitsgerät und aufeinandergeschichteten klobigen Bahnschwellen, dort ragten skelettartige Gerüste gespenstisch in die zunehmende Düsternis. Ein Stück entfernt hatte man Pflöcke in den Boden getrieben, zwischen denen sich Leinen spannten: eine schnurgerade Reihe, die ins Nichts zu führen schien. Hätte er nicht gewusst, welchem Zweck all diese Vorkehrungen dienten: Unmöglich hätte er sagen können, ob an diesem Ort etwas Neues entstand oder im Gegenteil etwas abgebrochen wurde.

Noch immer hallte das Glockensignal von den fernen Bergen wider, während Wilhelm ein tiefes Ächzen zu vernehmen glaubte, aus Dutzenden Kehlen zugleich, als die Arbeiter ihre Werkzeuge zu Boden sinken ließen: grobe Hacken, Spaten und Schippen. Genau hier würden in wenigen Jahren mächtige Lokomotiven über die stählernen Schienenstränge donnern mit aller mechanischen Präzision ihrer Feuerbüchsen, Kolbenstangen und Dampfzylinder. Den Weg dorthin aber bereitete ihnen die Muskelkraft erschöpfter Arbeiter. Dampfgetriebene Maschinen waren nirgendwo zu entdecken, fauchende und pochende Walzen und Hämmer, die den Männern die schwersten Lasten hätten von den Schultern nehmen können. Keine jener neuartigen technischen Apparaturen war zu sehen, von denen doch beständig in den illustrierten Blättern zu lesen war, die ihren Weg bis in die Gesindekammern auf Hohensandau fanden. Apparaturen, dachte Wilhelm, die selbst ein Mann hätte bedienen können, dem nur eine Hand zur Verfügung stand.

Gebeugte Gestalten machten sich auf den Weg in ihre Quartiere, die sehnigen Leiber staub- und schmutzverkrustet, die farblosen Hemden und Hosen fadenscheinig und zerlumpt. Bei einem Teil der Männer schauten die bloßen Zehen aus dem schäbigen Schuhwerk hervor. Schon beim Hinsehen spürte Wilhelm, wie ihn in der klammen Kälte ein Frösteln überkam. Einige der Arbeiter passierten ihn in nur wenigen Schritten Abstand. Nichts als tiefe Müdigkeit sprach aus den erloschenen Augen. Eine Gleichgültigkeit beinahe, dass die Schufterei zumindest für den heutigen Tag vorüber war.

Nur zu gut glaubte er mit einem Mal zu verstehen, warum

man in einem solchen Maße Gefangene einsetzte für die Arbeit an den Baustellen der Eisenbahn: weil diese Orte Gefängnisse *waren*.

Am Rande der Erschöpfung wankten die Männer einer aufgeschütteten Rampe entgegen, die auf einen brückenartigen Übergang mündete. Er bestand aus schweren hölzernen Eisenbahnbohlen, unter denen es steil in die Tiefe ging, und diese Konstruktion hatte man eindeutig nicht für die Arbeiter allein errichtet. Die Chaussee selbst führte über die improvisierte Brücke hinweg, die wichtigste Straße überhaupt hier am Rande der Provinz. Ein Nadelöhr auf der Route in die Provinzhauptstadt mit ihren Märkten und Handwerkern, mit ihren Tausenden um Tausenden von Menschen.

»Eine... Brücke?« Jaroslaw war an Wilhelms Seite getreten. Er reckte den Hals. Selten war es so deutlich gewesen: der Klang einer Frage, wo keine Frage hingehörte. »Hier gab es niemals eine Brücke?«

Wilhelm fuhr sich über die Lippen, kämpfte gegen seine Schwäche, während er die Konstruktion betrachtete.

»Jedenfalls bis vor ein paar Monaten nicht«, murmelte er. »Noch im Frühjahr nicht, als ich durch Großendamm kam mit den Pferden für den Pächter in Sturmberg. Weil es kein Hindernis gab, das die Chaussee auf einer Brücke hätte überwinden müssen. Anders als heute. Die Lokomotiven der Eisenbahn sind auch dem schnellsten Reitpferd überlegen beim Rennen um die Wette. Zugleich aber haben sie Schwierigkeiten, mit dem Gewicht ihres schweren Stahls Hänge und Steigungen zu überwinden. Das ist der Grund, aus denen man über die Täler hinweg Brücken für sie schlägt oder mit mächtigen Tunneln ganze Berge durchbohrt. Anders als hier.« Er hob den gesunden Arm, beschrieb einen weiten Bogen über die Brücke bis weit auf die linke Seite. »Hier haben die Arbeiter ein Stück der Anhöhe selbst weggegraben, auf der sich in den Sümpfen Großendamm erhebt. So dass beinahe eine künstliche Schlucht entstanden ist, ein Einschnitt, in dem die Eisenbahntrasse verlaufen wird. Erst irgendwo dort drüben wird sie wieder ins Freie treten, um auf den Damm zu münden quer durch die Sümpfe, und dahinter ...«

»Auf den Damm.« Ein beinahe andächtiges Flüstern. »Den Damm von Großendamm.« Zumindest das war keine Frage.

Wilhelm nickte müde. »Auf diesem Damm wird sie die feuchten Wiesen durchqueren. Die Eisenbahngesellschaft hat ihre Ingenieure vorausgeschickt. Seine Herrschaft hat mir im vergangenen Winter davon erzählt. Sie sollten die Beschaffenheit der Aufschüttung prüfen, und offenbar waren sie zufrieden. Der Damm wird das Gleisbett tragen können.« Er schüttelte den Kopf. »Erstaunlich genug, wenn man bedenkt, dass er fast jedes Jahr erneuert werden muss. — Und dahinter geht es durch einen neuen Einschnitt und dann über das Tal des Mühlenbachs hinweg, hoch über dem Niveau des umgebenden Geländes. Und dort, nicht weit von Hohensandau, wird man das auch mit einem Damm nicht ausgleichen können, sondern gezwungen sein, eine Brücke zu errichten. Eine richtige Brücke, keinen bloßen Überweg aus Bohlen, wie er hier über die Trasse selbst führt, sondern eine Brücke aus Stahl und Stein, die sich über das gesamte Tal spannt, und das wird Monate dauern, wenn nicht gar ...«

Er verstummte. *Wenn nicht eine noch längere Zeit*, dachte er. Nun, da bald der Winter vor der Tür stand. Eine Zeit, die die Bahnarbeiter in der Enge ihrer Quartiere zubringen würden, um auf der Baustelle Hand anzulegen, wann immer es in Eis und Schnee und sintflutartigem Regen möglich war.

Hier draußen, Stunden nur entfernt von Hohensandau.

Es wird sich anfühlen, als wäre ich gar nicht wirklich weg. Als wäre ich einfach nur für einige Stunden fortgeritten.

Wieder und wieder versuchte er sich das einzureden, ohne dass es sich dadurch überzeugender anhörte. *Und doch werde ich es wissen. Werde ich spüren, dass sie nicht weit weg sind.* Er würde den Menschen nahe sein, die er auf dem Gutshof zurückgelassen hatte. Und wie von selbst flogen seine Gedanken zu ihnen.

In diesem Moment würde man auch auf dem Gutshof die Arbeiten des Tages abschließen. Und in dem großen, ebenerdigen Raum neben der Küche würde sich das Gesinde an den langen Tischen versammeln, ausgenommen die beiden Dienstmägde, die an diesem Abend an der Reihe waren, seiner Herrschaft die Abendmahlzeit aufzutragen. Theresa würde an der Seite ihrer Freundinnen sitzen, den kleinen Joachim auf den Knien. Und wann immer der kleine Junge für einen Moment innehielt bei den Berichten über seine aufregenden Erlebnisse an diesem Tag, würde sie die Gelegenheit nutzen, ihm einen Happen Brot in den Mund zu schieben. Würde sie ihn ermahnen, sorgfältig zu kauen und herunterzuschlucken, bevor er weitererzählte. Und auch das kleine Mädchen würde dort sein, *Dorthe*, Wilhelms kleine Tochter. Die Kleine würde an der Brust ihrer Mutter schlafen. Oder aber einen unglaublichen Rabatz veranstalten, dachte er, wobei ganz kurz ein müdes Lächeln über seine Lippen huschte. Einen Krawall, dass die Knechte und Mägde an der Tafel ihr eigenes Wort nicht mehr verstehen konnten.

Wenn denn tatsächlich alles in Ordnung ist, dachte er. *Wenn ich mir denn tatsächlich grundlos Sorgen mache. Wenn ein Brief von Theresa selbst womöglich längst auf dem Weg war, als wir aus dem Kloster-*

spital aufgebrochen sind. Oder sie einfach nicht früher dazu gekommen ist, mir zu schreiben.

So oder so: Umso wichtiger war es da, dass Wilhelm eine Möglichkeit fand, ihr beizustehen! Und sei es in bloßen Briefen und Botschaften. *In der Nähe*, dachte er. *Zumindest in der Nähe.* Und die Gleisbaustelle war die größte, vielleicht die einzige Chance, im Umkreis mehrerer Tagesreisen rund um den Gutshof unerkannt irgendwo unterzukommen. Die einzige Möglichkeit, gleichzeitig zumindest für seinen eigenen Unterhalt auch noch ausreichend Münzen zu verdienen. Wenn nur alles in Ordnung war mit seiner kleinen Familie! Und so *musste* es sein. Es *konnte* nicht anders sein. Worte, die er seit Tagen wiederholte wie ein Stoßgebet.

Seine Blicke folgten den müden Reihen der Arbeiter. Mit langsamen Schritten passierten sie den behelfsmäßigen Überweg, auf die dampfenden Kessel und ihre schäbigen Quartiere zu. Und im selben Moment entdeckte er, dass einige von ihnen Pferde am Zügel führten. In Wahrheit hatten sie also doch eine Hilfe bei den schwersten Lasten auf ihrer Baustelle: nicht dampfende Maschinen zwar, wohl aber kräftige, breitschultrige Zugtiere, die sie ins Geschirr spannen konnten, um die unförmigsten Gerätschaften an unterschiedliche Punkte des Geländes zu befördern. Eine Erleichterung für die Menschen, dachte er. Eine Quälerei aber für die Tiere, deren elegante Leiber nicht geschaffen waren für eine solche sich ewig wiederholende Plackerei.

Wilhelm runzelte die Stirn, als er sah, wie einer der Männer roh am Zaum einer Stute zerrte, deren Unwille klar zu erkennen war. Wobei der Widerstand des Tieres im nächsten Moment bereits erlahmte, das Pferd sich ganz in sein Schicksal zu ergeben schien. Matt setzte es einen Huf vor den anderen, als es die Steigung erklomm als Teil des abendmüden Zuges und schließlich die Brücke über dem Einschnitt im Gelände überquerte.

Dort, in jenem Einschnitt, machte man einstweilen keine Anstalten, die Arbeit für den Abend einzustellen. Was auch immer der Grund dafür sein mochte. Vielleicht handelte es sich um einen Bereich der Trasse, der fertiggestellt werden musste, bevor die Arbeit am folgenden Morgen an einer anderen Stelle weitergehen konnte. Mit einem scharfen Ton trafen die Werkzeuge der Bahnarbeiter auf die mächtigen Gleisnägel, die man im Holz der Bohlen versenkte, um den Schienen festen Halt zu verleihen. Öllampen schienen die Szenerie in der Tiefe zu beleuchten. Was im Einzelnen dort vor sich ging, war für Wilhelm und seinen Begleiter noch unsichtbar.

Endlich begann der Strom von Menschen und Tieren abzuebben. Das war die Gelegenheit für die beiden Wanderer, sich selbst an den Aufstieg zur Rampe zu machen, den niedrigen Gebäuden entgegen, in denen sich irgendwo auch die Direktion der Baustelle verbergen musste. Mit einem Nicken gab Wilhelm seinem Gefährten ein Zeichen. Er wusste, dass er die steile Konstruktion nicht in derselben Geschwindigkeit bewältigen würde wie Jaroslaw. Nein, nicht nach diesem Tag.

Wiederum machte sein Gefährte Anstalten, ihm zur Unterstützung seinen Arm zu bieten. Doch wiederum, mit entschlossener Miene, wies Wilhelm ihn ab.

Mühsam sammelte er seine Kräfte, während er verfolgte, wie der Hilfskutscher die Brücke überquerte, die andere Seite erreichte. Erst dann machte er selbst sich an die Steigung, kämpfte sich humpelnd die Rampe empor, war gezwungen, für einen Augenblick vor dem brückenartigen Übergang Halt zu machen. Der Atem schien sich in seine Lunge zu bohren, als er den Fuß auf die schweren Schwellen setzte. Der Puls in seinen Ohren pochte. Wie der Huftritt der traurigen Lasttiere, den er noch immer zu hören glaubte.

Deutlich. *Überdeutlich*. Und schneller zugleich. Hektischer.

Und er stutzte. Stutzte, als er feststellte, dass das Geräusch nicht von vorne kam, von jenseits des Einschnitts und des Überwegs, wo man die Lastpferde nun in einen Verschlag führte. Sondern aus seinem Rücken.

Und im selben Moment, in dem er begriff, dass da *tatsächlich* etwas war, hektischer Hufschlag hinter ihm, das Poltern von Wagenrädern auf dem Straßenpflaster, jetzt auf dem festgestampften Kies der Rampe ...

»Beiseite!«

Ein hartes Kommando. Zugleich ein hohes Sirren, ein Geräusch, das Wilhelm vertraut war, das ihn zurückzucken ließ, unwillkürlich, im selben Augenblick, in dem die Schnur der Peitsche einen halben Zoll über seinem Scheitel die Luft zerschnitt.

Einen Atemzug, bevor alles zugleich zu geschehen schien.

Wilhelm taumelte. Und er wusste, dass er dem Rand der Brückenbohlen nahe war, wo es Meter in die Tiefe ging, auf die stählernen Stränge der Gleise, die soeben dort verlegt wurden. Ebenso wie er wusste, dass der Übergang so breit war, dass ein Gefährt – ein Wagen, eine Kutsche – einen Mann dort ohne große Mühe hätte passieren können. Einen Mann, dem beide Arme zur Verfügung standen, um die Balance zu halten, wenn er eilig einen Schritt zur Seite trat.

Grelle Lichter tanzten vor seinen Augen. Das grelle Licht der Öllampen bei den Arbeitern in der Tiefe. Grelles Licht, mit dem der Schmerz durch seine Schläfen fuhr, nachdem er den verletzten Arm in die Höhe gerissen hatte, unwillkürlich, um sich auf dem Überweg zu halten. Und gerade als er im Begriff war, sein Gleichgewicht wiederzufinden...

Da war ein dumpfes Krachen. Da war ein halb erstickter Schrei aus der Tiefe, warnend, erschrocken. Und im selben Lidschlag war da ein markerschütternder scheppernder, *klirrender* Laut. Ein Laut, der ihn zusammenfahren ließ, der sich fortsetzte und bei dem in seinem Kopf ein Bild aufblitzte – ein Bild, das er vor wenigen Sekunden kaum zur Kenntnis genommen hatte, als er den Fuß auf die Brücke gesetzt hatte: eine wuchtige, eiserne Wanne, in der sich schwere Gleisnägel türmten, doppelt daumendick im Durchmesser, sechs Zoll oder mehr noch in der Länge. Nägel von jener Art, die die Arbeiter in die hölzernen Schwellen trieben. Zu Hunderten hatten sie sich in dieser Wanne gestapelt, die ein halbes Dutzend Männer in die Tiefe zu lassen im Begriff gewesen waren, schwer in mächtige Taue und Ketten gestemmt, die tonnenschwere Last durch ein System von hölzernen Winden gehalten.

Winden, die gebrochen waren. Oder der Fuß eines Arbeiters, der ausgeglitten war im feuchten Erdreich. Die mächtige Wanne rutschte die Böschung hinab, überschlug sich. Unter ohrenbetäubendem Lärm regneten die Gleisnägel in die Tiefe.

Wilhelm fuhr herum. Und im selben Moment erschien die Kutsche vor ihm, ein monströser, schwankender Umriss, schwankend wie er selbst, dessen Füße eben wieder Halt gefunden hatten. Die scheppernden Laute hielten an, und er sah, wie die Zugpferde in Panik in die Höhe stiegen. Ein Brauner, ein kräftiges Tier, an seiner Seite im Geschirr ein Falbe, Schaum vor den Nüstern. Der Kutscher auf dem hohen Bock stieß Flüche aus, ebenso, wenn auch unsichtbar, ein Mensch auf den Polstern im Innern des Gefährts.

Und da schien die Zeit zu *gefrieren*, von einem Augenblick

zum anderen. Als bewegte sie sich nur noch ruckartig vorwärts, ein Bild um das andere. Mit kalter, tödlicher Bestimmtheit – wie ein Riss im blanken Eis.

Er machte einen Schritt auf die verängstigten Tiere zu. Er hob die Arme, breitete sie weit nach beiden Seiten aus.

Wilhelm nahm es in diesem Moment nicht zur Kenntnis, doch seit die Trümmer des Steinschlags auf ihn niedergestürzt waren, war er nicht mehr zu einer solchen Bewegung in der Lage gewesen. Der bloße Versuch hatte die Schmerzen durch seinen Körper schießen, ihn in eine halbe Ohnmacht sinken lassen, in tiefe Scham angesichts seiner Schwäche, sobald er wieder zum Atmen in der Lage gewesen war.

In diesem Moment war das ohne Bedeutung. Der Schmerz war ohne Bedeutung. Selbst beim ruhigsten Pferd war niemals auszuschließen, dass es unvermittelt erschrak vor allen möglichen und unmöglichen Dingen. Dingen, die der Reiter unter Umständen überhaupt nicht bemerkte, auf die er aber dennoch reagieren musste. Wenn er sicher genug im Sattel saß, konnte er das Pferd energisch am Außenzügel nehmen, versuchen, es in eine Kreisbahn zu lenken, falls ausreichend Platz war. Es laufen zu lassen, bis sich die schlimmste Angst des Tieres legte. *Aber hier ist kein Platz!* Und Wilhelm saß nicht im Sattel.

»Ruhig!« Seine Stimme war nicht laut. Doch er wusste um das feine Gehör der Tiere, selbst wenn sie halb wahnsinnig waren vor Angst. Und das waren sie. Noch immer trafen einzelne schwere Gleisnägel auf Metall und harten Boden.

»Ruhig!«, wiederholte er, hob die Arme ein weiteres Stück, spürte, dass der Braune seine Anwesenheit registriert hatte.

Und tatsächlich kam das Pferd zum Stehen. Unruhig verharrte es auf der Stelle, tänzelnd, und Wilhelms Herz überschlug sich, als sich die Bewegung auf den Falben übertrug.

Doch schon im nächsten Atemzug stiegen beide Tiere erneut in die Höhe, so dass die Vorderhufe in der Luft wirbelten, jetzt unmittelbar vor ihm.

Wilhelm bewegte sich keinen Zoll von der Stelle, die Arme erhoben, die Füße wie im Holz der Bohlen festgewachsen.

»Ruhig!« Es gab eine bestimmte Stimmlage, die die meisten Tiere zu beruhigen schien. Und Wilhelm wusste, dass er diese Stimmlage beherrschte, auch in Augenblicken, in denen die Furcht über ihm selbst zusammenschlug. Seine Hände näherten sich dem Geschirr des Braunen, hielten inne, bevor sie es berührten.

»Hört auf, an den Zügeln zu reißen!« Kurz und scharf, in einem ganz anderen Ton und an den Kutscher gerichtet, einen schemenhaften Umriss auf dem Bock. *Unwichtig!* Der Mann war unwichtig, solange er nicht alles noch schlimmer machte.

Vertrauen. Der Gedanke fuhr ihm durch den Kopf. *Was Vertrauen bedeutet: Niemand lernt das schneller als ein Mensch, der mit Pferden arbeitet.* Jene Worte, die Ferdinand von Hardenstein ihm mit auf den Weg gegeben hatte an jenem Tag, an dem er Wilhelm das Geheimnis seiner Herkunft enthüllt hatte. Worte, die sich sein Sohn zu Herzen genommen hatte. Wilhelm wusste, dass er eine besondere Verbindung eingegangen war mit jedem einzelnen der Pferde, die auf den Koppeln von Hohensandau herangewachsen waren und die er an den Sattel gewöhnt hatte. Eine Verbindung, die zwischen den anderen Knechten und den Tieren nicht bestand.

Doch diese beiden Pferde waren ihm fremd. Er hatte niemals mit ihnen gearbeitet. Und sie waren in blinder Panik. Der Braune war im Begriff zurückzuweichen. Das linke Hinterrad der Kutsche musste dem Rand der Schwellen bereits nahe sein. Wenn der Falbe sich der Bewegung anschloss, gefesselt im Geschirr: Es würde abgleiten, das kastenförmige Gefährt aus der Balance geraten und in die Tiefe ... die Tiefe ...

Eine Kutsche unter einem düsteren Himmel. Menschen und Tiere in Angst, ein Abgrund zu ihren Füßen und – grelles Licht. Grelles Licht der Öllampen – grelles Licht der Blitze.

Für einen Augenblick war er zu keinem Atemzug in der Lage. Es war, als wäre er wieder *dort*, dort auf der Alten Straße, dem gräflichen Gespann und den Männern der Eskorte voraus im Sattel seines Reittiers über dem engen Tal des Gebirgsstroms. – Menschen in einer Kutsche. Er allein in der Lage, ihr Schicksal zu wenden.

Was, wenn er in diesem Augenblick eine zweite, eine letzte Chance bekam? Was, wenn alles, was geschehen war, in Wahrheit auf diesen einen Augenblick zugelaufen war? Damit er sich bewährte. Nicht in der Hoffnung, dass er vor dem Angesicht seines Vaters Gnade fand. Nicht um sein eigenes Schicksal zu wenden.

Sondern einzig dafür: *Damit ich es besser mache.*

Er holte Atem. Seine Augen waren auf die Tiere gerichtet, auf den Braunen, auf den verängstigten Falben an dessen Seite im Geschirr.

Es ist nur eine kurze Strecke. Er sprach die Worte nicht aus. Ließ sie kaum in seinen Gedanken zu Worten werden, ließ eher das *Bild* in sein Bewusstsein treten, ohne die Tiere aus den Augen zu lassen, während er ein kleines Stück zur Seite trat. *Wenige Schritte. Eine winzige Strecke. – Und dann könnt ihr laufen, frei und ungehindert laufen. Könnt ihr davonlaufen vor dem, was euch in Angst versetzt.*

Er versuchte es deutlicher werden zu lassen: Die wenigen kurzen Schritte über die hölzernen Schwellen, wo die grellen Lichter in der Tiefe flackerten, der schmerzhafte Klang gespenstisch zwischen den Böschungen widerhallte. Dahinter aber die schnurgerade, offene Chaussee, eine endlose flache Ebene, üppiges Gras bis an den Horizont und Platz zum Laufen ... zum *Laufen*, bis in die Sicherheit ihrer Ställe. In der Provinzhauptstadt oder wo auch immer: *laufen*. Bis alles, was mit Furcht behaftet war, keine Bedeutung mehr hatte.

Ein Schritt. Dann der nächste. Nur so wenige.

Er streckte die Hand aus. Für einen Moment nur berührte sie die Flanke des Braunen, spürte die Hitze des Tieres, den Krampf, der die so sicheren Bewegungen lähmte.

Der Braune machte einen Schritt nach vorn. Und Wilhelm wich zurück bis an den äußersten Rand der Bohlen, gab ihm so viel Raum wie irgend möglich, während der Falbe sich der Bewegung anschloss. Für noch einen Schritt. Und den nächsten.

Knarrend setzten sich die Räder des Ungetüms in Bewegung. Zoll um Zoll, Meter um Meter, an Wilhelm vorüber, dem Rand des Einschnitts, der Fortsetzung der Chaussee entgegen, dem Platz zwischen den Baracken, wo die Arbeiter stehen geblieben waren und reglos die Szene auf der Brücke beobachtet hatten.

Sekundenlang hielten die Rosse unmittelbar auf diese Männer zu. Und sie wurden schneller, die Hufe trommelnd auf dem Kies der jenseitigen Rampe – um dann hart am Rande der Böschung scharf nach rechts zu biegen, so dass ein heftiges Schlingern durch die Kutsche ging, als das Pflaster der Chaussee von neuem einsetzte.

Der Kutscher war klug genug, die Finger von der Peitsche fernzuhalten, die Zügel hängen zu lassen, den Pferden alle Freiheit zu geben für ihre Flucht. Die Kutsche schwankte, schien selbst zu bocken wie ein gepanzertes Schlachtross, dem der Reiter die Zügel schießen ließ. Doch die Achsen hielten, und das Gefährt blieb auf den Rädern, machte die ruckartigen Bewegungen der Deichsel mit. Wer immer auf den Polstern im Innern reiste: Diese Kutschfahrt würde er noch lange im Gedächtnis behalten.

Wilhelm rührte sich nicht von der Stelle. Er sah, wie Männer zur Seite stoben, sich eilig in Sicherheit brachten, sah, wie das Gespann die Siedlung der Bahnarbeiter hinter sich ließ, die kastenförmigen Umrisse in der Düsternis undeutlicher wurden, sah, wie...

Sah er all das wirklich? Oder war er ganz woanders? Das Hämmern des Herzschlags in seinen Schläfen, das Hämmern der Hufe auf dem Pflaster der Chaussee, die sich schnurgerade fortsetzte ins Herz der Provinz. Der Rausch der Geschwindigkeit, in dem die Zugtiere dahinschossen, die sperrige Last im Gefolge, während ihre Angst verblasste, abgelöst wurde von der köstlichen Freiheit dieses ungehinderten Dahinstürmens. Als wäre die Verbindung noch immer da, er selbst ein Teil von ihnen in dieser Freiheit, dieser wilden, ungestümen Kraft. Einer Kraft, die er nie wieder spüren würde in der Ruine seines Körpers.

Da war ein Schatten.

»Freund Wilhelm!«

Mit hastigen Schritten eilte Jaroslaw auf ihn zu.

»Freund Wilhelm? Bist du in Ordnung?«

Und Wilhelm sah seinem Gefährten entgegen, wollte etwas erwidern, kam nicht mehr dazu, als er spürte, wie auf einen Schlag sämtliche Kraft seinen Körper zu verlassen schien. Er sackte zusammen, im selben Augenblick, in dem Jaroslaw heran war.

Sofort packte der Hilfskutscher zu, hielt ihn aufrecht.

»Wilhelm? Freund Wilhelm?«

Wilhelm? Bin ich das? Vielleicht war das das Widersinnigste in diesem Moment: dass die Frage beinahe einen Sinn zu ergeben schien.

Gut Hohensandau
Herbst 1866

Ein Rascheln. Ein Flüstern.

»Sie schläft?«

Das war Marthas Stimme, schon von der Tür her.

Theresa lag auf der Seite. Sie wandte ihren Freundinnen den Rücken zu. Die Decke hatte sie bis unter das Kinn gezogen, ihr Unterarm war angewinkelt, so dass er den größten Teil ihres Gesichts verbarg. Und außerdem war es beinahe dunkel. Die hölzernen Läden vor dem Fenster waren geschlossen, und das einzige Licht kam von einer trüben Öllampe auf dem Korridor. Unmöglich konnten Martha und Ilsa erkennen, ob ihre Augen geöffnet waren.

Und dennoch wollte Theresa kein Risiko eingehen. Fest kniff sie die Lider zusammen, zwang sich zu langsamen, gleichmäßigen Atemzügen.

»Eigentlich seltsam.« Von neuem war es Marthas Stimme. »Dass sie so lange schläft. Genau wie gestern. Und am Tag davor. Obwohl das Fieber jetzt doch fort ist und wir alle gleichzeitig zu Bett gehen.«

»Mit dem Unterschied, dass *du* die ganze Nacht durchschläfst«, versetzte Ilsa. »Während *sie* heute mindestens drei Mal geweckt worden ist und der Kleinen die Brust geben musste. Jedenfalls bin *ich* drei Mal davon wach geworden. –

Dabei könnte sie gar nichts Besseres tun, als sich gesund zu schlafen. Wenn er das nur zulassen würde, der kleine Quälgeist da drüben.«

Theresa musste sich zwingen, weiterhin reglos zu verharren, anstatt reflexartig den Kopf zu drehen. Sie wusste, dass ihre Freundinnen in diesem Moment schräg über das Lager hinweg nach der Wiege spähten.

Wenn sie noch lange reden... Der Gedanke huschte ihr durch den Kopf. Wenn sie das kleine Mädchen weckten mit ihrem Geflüster... Wenn Dorthe anfing zu weinen...

Dann kann ich nicht länger tun, als ob ich schlafe.

Und was dann geschehen würde, war klar. Die beiden würden ein Gespräch mit Theresa anknüpfen. Die Minuten würden dahinstreichen. Und dann würde die Glocke der Gutskapelle zur vollen Stunde schlagen. Mit fliegenden Röcken würden die beiden Mägde in die Küche hasten, um in aller Eile ihren Morgenimbiss einzunehmen und sich eben noch rechtzeitig am Zaun des Küchengartens einzufinden, wo die hagere Agathe die Pflichten für den Tag verteilte. Den ersten Tag, an dem die beiden wieder voll zur Verfügung standen, nachdem ihr Schützling sich auf dem Wege der Besserung befand.

Wenn Dorthe erwachte, war alle Mühe umsonst gewesen, aller Anschein, Theresa läge noch immer im Schlaf. Und ihr Plan wäre gescheitert, ohne dass sie auch nur die Chance bekommen hätte, ihn in die Tat umzusetzen.

»Aber Dorthe ist doch so ein wonniges Kind!«, hörte sie Marthas Stimme. »Ganz ruhig und friedlich und freundlich. Was denkst du? Wenn wir sie einfach mitnehmen würden den Tag über und ihr ein bisschen den Gutshof zeigen und... so? Das wäre doch bestimmt eine schöne Sache. Also... also für Dorthe natürlich, damit sie mal etwas anderes zu sehen bekommt. Und Theresa könnte schlafen, so lange wie sie will und ...«

Theresa stockte der Atem.

»Ach ja?« Das war Ilsa, in einem bissigen Tonfall. »Dann nur zu: Nimm sie mit, falls du durch ein Wunder Milch hast, wenn sie anfängt zu weinen!« Sie seufzte. Leiser setzte sie hinzu: »Ich glaube nicht, dass sie schon besonders viel mitbekommt, außer dass sie es immer schön warm hat und genug zu essen bei ihrer Mutter. – Joachim geben wir bei Frau Vera in Obhut, sobald die Sonne aufgeht. Aber die Kleine? Für sie kann nur Theresa selbst etwas tun. Indem sie gesund wird.«

»Aber sie ist doch jetzt gesund!«, fiel Martha ihr ins Wort, in einem Ton, aus dem Zuversicht sprach, zugleich aber in einer beträchtlichen Lautstärke. Theresa glaubte vor sich zu sehen, wie Ilsa ihrer gemeinsamen Freundin einen bösen Blick zuwarf und wie diese ihn nicht zur Kenntnis nahm. »Also beinahe jedenfalls«, fügte Martha hinzu. »Beinahe gesund.« Mit etwas leiserer Stimme, doch in ungeminderter Hoffnungsfreude. »Jetzt wird alles gut werden.«

Für mehrere Sekunden schwiegen alle beide. Und Theresa lauschte. Wenn sie die Kammer endgültig verließen, würden sie die Tür hinter sich schließen. Und das musste zu hören sein.

»Glaubst du das wirklich?« Das war wieder Ilsa. »*Alles gut? Mit zwei kleinen Kindern? Mit einem Vater zu diesen Kindern, der irgendwo in der Fremde ist, Hunderte von Meilen entfernt? Einem Vater, der es nicht wagen kann, jemals nach Hohensandau zurückzukehren?«* Sie schnaubte. »Wenn er denn wirklich wieder gesund wird, ganz gleich, was Frau Veras Cousine schreibt.«

Theresa presste die Lippen aufeinander. War das dieselbe Ilsa, die ihr aufmunternd zugesprochen hatte, wenn sie sich in der Verzweiflung des Fiebers verloren hatte? Dass seine Herrschaft seine übereilten Worte mit Sicherheit bald bereuen würde? Und falls das nicht der Fall sein sollte: dass Wilhelm mit all seinem Wissen über Pferde gewiss in Windeseile eine neue Stellung finden würde, eine bessere Stellung womöglich als auf Hohensandau? Dass er seine Familie würde zu sich holen können?

Wenn er denn wirklich wieder gesund wird.

»Und da denkst du, jetzt wird alles wieder gut?« Ilsa holte Luft. »Ja, es geht ihr besser. Aber warum sollte das am Rest etwas ändern? – Die Hälfte der Leute auf dem Hof hatte in den letzten Wochen nichts als diese verflixten Posten im Kopf, die seine Herrschaft unbedingt vergeben sollte. Aber die andere Hälfte? Das arme Mädchen selbst war vermutlich die Einzige, die nichts davon mitbekommen hat. Kaum bei sich seit dem Tag, an dem Wilhelm zurückkam und der Graf ihn davongejagt hat. Bis das Fieber sie gepackt und auf ihr Lager geworfen hat. Natürlich hat sie nichts davon mitbekommen. Von den Blicken.«

Schweigen. Doch Theresa glaubte zu spüren, wie die Augen ihrer Freundin einen Moment lang misstrauisch auf ihr verharrten. *Liegt sie tatsächlich noch im Schlaf?* Mit äußerster Konzentration gelang es ihr, ihren Atem unter Kontrolle zu halten, hin- und hergerissen angesichts der Zeit, die mit jeder einzelnen Minute davonlief. Doch worauf immer Ilsa hinauswollte: Es musste wichtig sein. Und eindeutig hatte Theresa nichts davon erfahren sollen, wenn sie wochenlang darüber geschwiegen hatte.

»Wie die Frauen sie angesehen haben«, murmelte Ilsa. »Die Frauen, deren Männer das Gespann der Gräfin begleitet haben. Männer, die *nicht* zurückgekehrt sind. Ganz gleich, was in den

Bergen genau geschehen ist. Ganz gleich, ob Wilhelm sich etwas hat zuschulden kommen lassen: Ein halbes Dutzend Frauen haben ihre Ehemänner verloren, mehr als ein halbes Dutzend Kinder ihre Väter.«

»Nicht ganz.« Diesmal klang Martha sehr vorsichtig. »Gerbert war nicht verheiratet. Wie viele Kinder es sind, weiß ich gerade nicht, aber es sind ... es sind nur eine Handvoll Frauen. Anna und die dicke Bertha, Rosamunda und ...«

»Ich weiß, welche Frauen es sind!« Scharf schnitt Ilsa ihr das Wort ab. »Und ich weiß nicht, wo du deine Augen hattest, aber ich habe beobachtet, wie sie Theresa angesehen haben, solange sie die Kammer noch verlassen konnte bis zur Geburt der Kleinen. Behaupte nicht, dass sich Anna nicht auch bei dir erkundigt hätte! Mich jedenfalls hat sie mehr als einmal gefragt, ob Theresas Fieber denn nicht endlich zurückgegangen ist. Nur dass sie sich ganz und gar nicht angehört hat, als ob sie jeden Abend für ihre Genesung betet.«

Theresa spürte, wie ihr Atem schneller ging. Sie lauschte, wusste, dass ihre Freundin noch nicht am Ende war.

Doch es war nicht Ilsa, die weitersprach.

»Weißt du ...« Das war Martha, jetzt ebenfalls leiser und dazu in einem nachdenklichen Tonfall, wie er nur selten zu hören war bei der lebenslustigen Dienstmagd. »Nein, mich hat keine von ihnen gefragt. Aber dass sie Theresa seltsam ansehen: Natürlich habe ich das mitbekommen, und ... Ich meine: Natürlich sind sie traurig. Und, wie sagt man: *verbittert*? Aber Bertha kenne ich, solange ich mich überhaupt erinnern kann, und sie und Rosamunda und die anderen: Das sind keine bösen Frauen. Sie wollen nicht, dass Theresa stirbt. Ganz bestimmt nicht. Höchstens ... Also, dass Wilhelm den Hof verlassen musste, das finden sie jetzt wahrscheinlich ...«

»Verstehe«, sagte Ilsa düster. »Weil sie ihre Männer verloren haben, ist es genau die richtige Strafe, wenn auch Theresa ihren Mann verliert?«

»So ungefähr.« Theresa konnte vor sich sehen, wie Martha zustimmend nickte. »Also ... nicht *ich* denke das natürlich. Aber sie werden das so sehen. Erst mal jedenfalls, solange sie selbst allein dastehen mit den Kindern. Solange sie nicht wissen, ob sie so schnell wieder jemanden finden oder ... oder überhaupt. – Wobei ich mich gestern wirklich lange mit den Mädchen im Hühnerstall unterhalten habe. Weil das ja jetzt meine neue Aufgabe ist, meine neue Verantwortung. Und ganz zufällig meinte da eins von ihnen, also ... Du weißt doch, dass der lahme Henning nun tatsächlich auf Hohensandau bleiben darf? Trotz der Sache mit den Kartoffeln? Herr Brandt war wirklich sehr zufrieden, wie er die Fischernetze geflickt hat. Und eigentlich war ja auch klar, dass das alles unmöglich Hennings Plan gewesen sein kann: Die sowieso schon versteckten Kartoffeln irgendwo anders zu verstecken, um sie dann der Armee zu verkaufen – so klug ist er einfach nicht. Das muss sich Jaroslaw ausgegrübelt haben, und der ist jetzt ja fort mit Wilhelm und kann nicht bestraft werden. Und dass die beiden die alte Kutsche mitgenommen haben, damit hatte Henning nichts zu tun. Was er jetzt aber tatsächlich ...«

»Martha ...«

»Er schnitzt an einem Schaukelpferd.«

Schweigen. Selbst Theresa stutzte. Und sie wusste, dass es Ilsa ganz genauso ging. Martha hatte einfach eine Art, dass man ihr zuhören *musste*. Dass man erfahren wollte, wie in ihren wirren Geschichten alles zusammenpasste.

»Er schnitzt an einem Schaukelpferd«, wiederholte die üppige Dienstmagd bedeutungsvoll. »Schließlich ist er ja Holzfäller.

Eigentlich. Und für wen schnitzt er das Schaukelpferd? Für Berthas kleinen Sohn. – Kannst du dich erinnern, dass Henning sich jemals für den Kleinen interessiert hätte? Wie denn auch? Er hat ja selbst genug zu tun mit seinen beiden Mädchen, seit seine Frau bei der Geburt der Jüngeren gestorben ist. Erst jetzt, wo Bertha plötzlich Witwe ist...« Mit gesenkter Stimme. »Und nicht nur Witwe, sondern auch klüger als Henning. – Ihr wird klar sein, dass sie die Kammer nicht behalten kann, in der sie mit ihrem Mann gewohnt hat. Während gleichzeitig Gerberts Schuppen oben am Waldrand beim Heidenstein immer noch leer steht, in dem er gewohnt hat als Vorarbeiter der Holzfäller. Also...« Einen Moment Schweigen, bevor sie sehr viel leiser fortfuhr. »Du weißt ja, dass ich mich immer mal ein wenig mit Herrn Brandt unterhalte, der ja als Verwalter von Hohensandau nun einen neuen Vorarbeiter bestimmen muss. Also habe ich Henning gestern dann einfach mal erwähnt. – Herr Brandt meinte, dass er noch keine Entscheidung getroffen habe, an wen er den Posten vergeben wolle. Und den Schuppen. Bei einem so großen Schuppen müsste es ja auf jeden Fall ein Mann sein, der eine Familie hat. – Du verstehst? Wenn Henning und Bertha jetzt also zusammen... Ich würde mich jedenfalls nicht wundern, wenn die beiden...«

Martha brach ab. Theresa ging davon aus, dass Ilsa ihr von neuem einen ihrer besonderen Blicke zugeworfen hatte. Und dieses Mal hatte Martha ihn aufgefangen. Wieder herrschte für mehrere Sekunden Schweigen.

Schließlich sprach wieder Martha, zögernd jetzt, mit veränderter Stimme. »Du denkst gar nicht so sehr an diese Frauen«, stellte sie fest. »Die Frauen, deren Männer bei der Eskorte gestorben sind. – Richtig?«

»Nein, das tue ich nicht.«

»Du denkst ...« Ein Atemzug. »Du denkst an den Brief? Du denkst an den Brief von der Armee? Du denkst, dass *sie* ...«

Sie? Theresa hielt den Atem an, lauschte. Und im selben Moment ...

»*Still!*« Das war Ilsas Stimme. Und wie in einer Reaktion auf das plötzliche Kommando begann Theresa wieder zu atmen, zu schnell allerdings, so dass sie einen fast lächerlichen Schnarchlaut von sich gab, jeden Augenblick darauf gefasst, dass ihre Freundinnen die Wahrheit doch noch durchschauten und sie zur Rede stellten.

Mehrere Sekunden lang geschah überhaupt nichts. Dann: »Wir sollten uns nun wirklich auf den Weg machen.« Wieder war es Ilsas Stimme, wobei der Unterton des Misstrauens jetzt unüberhörbar war. »Agathe muss vor allen anderen aufstehen, um sich einen Überblick zu verschaffen, welche Aufgaben den Tag über anstehen. Wir dürfen sie nicht warten lassen. Und je eher wir Theresa allein lassen, desto eher hat sie Gelegenheit, sich tief und ruhig gesund zu schlafen.«

»Aber sie schläft doch schon die ganze ...« Mit einem unterdrückten Laut brach Martha ab. Ein Rascheln, und im nächsten Moment leise Schritte. Schritte, die sich entfernten, bevor die Tür beinahe lautlos ins Schloss gezogen wurde.

Theresa hielt den Atem an.

Stille. Die beiden waren fort?

Sie verharrte zwischen den Decken, horchte in die Dunkelheit, die tiefer geworden war, nachdem ihre Freundinnen die Tür geschlossen hatten. Nur hatten sie sie tatsächlich von *außen* geschlossen? War da ein Laut in der Dunkelheit? In der Tat war da ein Geräusch – einem unterdrückten Schmatzen ähnlich, und Theresa wusste, dass es von ihrem kleinen Mädchen stammte, das herzhaft an seinem winzigen Daumen lutschte.

Doch war das alles? Waren da Atemzüge, ganz leise und vorsichtig, Atemzüge, die *nicht* von der kleinen Dorthe stammten? – *Unsinn!* Martha war überhaupt nicht in der Lage, so lange den Mund zu halten. Und Ilsa hatte mit Sicherheit Besseres zu tun, als darauf zu lauern, ob sie Theresa bei einer Täuschung ertappte, während gleichzeitig die Stunde nahte, zu der die Mägde ihre Arbeit aufnehmen mussten.

Ganz langsam begann sie sich zu regen, rieb sich die Augen, drehte sich auf den Rücken. Behäbig. Wie eine Frau, die soeben erst blinzelnd aus dem Schlummer erwachte. Sie gab lediglich acht, dass die Schlafdecke ihren Körper weiterhin bis über die Schultern hinweg verhüllte.

Ein schmaler Streifen hellen Morgenlichts fiel durch den Spalt in den Fensterläden. Die Schlafplätze ihrer beiden Freundinnen hoben sich aus dem Zwielicht, und nahe dem Kopfende ihres eigenen Lagers war die Wiege mit der kleinen Dorthe zu erkennen. Ansonsten war die Kammer menschenleer.

Theresa schlug die Decke zur Seite.

Der Plan.

Er war wie durch Zufall entstanden in der vergangenen Nacht: Sie hatte gespürt, wie Dorthe unruhig wurde, war aufgestanden, hatte das Mädchen in eine frische Windel gewickelt und es bei der Gelegenheit auch gleich an ihre Brust gelegt. Und währenddessen hatte sie festgestellt, dass auch ihre eigene Blase drückte. Sie war froh gewesen, dass sie Ilsa zumindest *das* hatte abringen können: dass sie nicht länger mit dem Bettgeschirr vorliebnehmen musste, sondern für einen Moment ins Freie schlüpfen konnte, wenn sie ein menschliches Bedürfnis verspürte.

Und in diesem Moment war ihr der Gedanke gekommen.

War eine ihrer Freundinnen ebenfalls wach geworden? Selbst

wenn das so war: Was sich in einer stockdunklen Kammer tat, konnte kein Mensch beobachten. Theresas Mieder und Unterkleid hatten unmittelbar neben ihrem Lager auf einem niedrigen Brett gelegen, das an der Wand befestigt war, seit Wochen unberührt. Rasch hatte sie das dünne leinene Kleid und das Mieder ergriffen und war aus dem Raum geschlüpft, durch den Korridor hinaus ins Freie, wo sie sich in der Dunkelheit so sorgfältig wie möglich angekleidet hatte, bevor sie zurück in die Finsternis des Schlafraums geschlichen war. Und von diesem Moment an hatte sie still auf der Seite gelegen, hatte gelauscht, wie ihre Freundinnen langsam erwachten. Wie der Morgen seinen gewohnten Lauf nahm, Ilsa den kleinen Joachim leise weckte, kurz verschwand, um ihn in Veras Obhut zu geben, dann zurückkehrte. Und die ganze Zeit hatte sie gebetet. Gebetet, dass die beiden die Kammer endlich verlassen würden. Bis zu diesem Augenblick.

Eilig ließ sie die Füße vom Lager gleiten, stand auf, musste einen Moment lang gegen den Schwindel kämpfen und war gezwungen, sich gegen die Wand zu stützen. Und wieder lauschte sie. Doch das Herrenhaus verfügte über das massive Mauerwerk der Befestigungsanlage, die es einmal gewesen war. Kein Laut war zu hören. Unmöglich zu sagen, ob die Mägde in diesem Moment noch beim Frühstück saßen oder Agathe sie bereits um sich sammelte, um die Aufgaben zu verteilen.

Mit einer raschen Bewegung schlüpfte sie nun auch in ihr Oberkleid, legte das Brusttuch um Hals und Schultern, stopfte ihr nachtwirres Haar unter die Haube. Sie beugte sich nach ihrem kleinen Mädchen in seiner Wiege, nur um festzustellen, wie recht Martha doch hatte: ein wonniges Kind, ruhig, friedlich und freundlich. Theresas Tochter war schon wach und lutschte noch immer an ihrem winzigen Daumen. Erwartungsvoll blickte sie ihrer Mutter entgegen, aus Augen von jenem Blau, das bei so vielen Säuglingen zu finden war. Noch ließ sich nicht sagen, ob sie einmal die Farbe des Winterhimmels annehmen würden, die Wilhelms Augen besaßen, oder das eher unauffällige Braun in Theresas Blick.

Einen Moment lang sog sie den vertrauten Duft des kleinen Mädchens ein, bevor sie es vorsichtig im Wickeltuch ablegte. Die Abfolge der Bewegungen war ihr in Fleisch und Blut übergegangen, nachdem sie Joachim monatelang vor der Brust getragen hatte. Ein sorgfältiger Knoten, und sie schlang das Tuch um ihren Hals, rückte es um Schultern und Nacken zurecht, bevor sie sich straffte, noch einmal tief Luft holte.

Drei Wochen, dachte sie. Drei Wochen seit der Geburt der Kleinen. Drei Wochen, die Theresa im Fieber auf ihrem Krankenlager zugebracht hatte. Drei Wochen lang hatte sie es zugelassen, dass ihre Aufgaben von anderen versehen werden mussten, während Ferdinand von Hardenstein sich in seiner Sorge um den Gutshof und die Strehlow'schen Werke die Nächte um die Ohren schlug.

Heute würde die Leuschenthalerin ihren Dienst wieder aufnehmen. Und was die Mägde anbetraf, sollten sie Blicke in ihre Richtung werfen, wie es ihnen nur gefiel. Blicke hatten noch niemanden getötet.

Ein letztes Mal verharrte Theresa. Dann öffnete sie die Tür der Kammer, die über Wochen hinweg ihr Krankenlager, ihre ganze Welt gewesen war.

Der Korridor zu den Gesindequartieren war leer. Dennoch bewegte sie sich so leise wie möglich. *Wie eine Gefangene*, dachte sie. *Auf der Flucht aus ihrem Kerker.* Nur um den Gedanken im nächsten Moment zu verscheuchen. Wenn sie auf der Flucht war, dann jedenfalls nicht auf dem Weg in die Freiheit, sondern um ihren Pflichten nachzukommen, wie der Herr über Hohensandau und alle Menschen auf dem Gutshof es von ihr erwarten konnten. Und sei es dazu notwendig, dass sie sich insgeheim davonschlich wie eine Verschwörerin, wie ein Dieb in der Nacht.

Ein Dutzend Schritte, und Theresa trat ins Freie. Ein herbstlicher Morgen empfing sie, und eilig zupfte sie die Decken um den Leib ihres kleinen Mädchens zurecht, schloss das Brusttuch enger um ihren eigenen Hals. Niemand war auf der freien Fläche bis hinüber zu den Futterscheunen zu sehen. Ebenso wenig rechter Hand, wo am Gemäuer des Herrenhauses entlang ein ausgetretener Pfad zum Vorplatz führte, wo Agathe die Mägde um sich versammeln würde, sobald die Frühstücksmahlzeit beendet war.

Sie strich mit den Fingern über den sonnengelben Putz des Mauerwerks und tastete sich vorsichtig bis hart an die Ecke des Gebäudes. Ihr war ein wenig schwindelig. Ein Zeichen ihrer Anspannung? Oder nicht mehr als eine Reaktion auf die ungewohnte kühle Luft im Freien? Ganz gleich, was es war. Ihr Plan: Konnte er wahrhaftig gelingen?

An der Ecke des Herrenhauses verharrte sie. Noch war sie vom Vorplatz aus unsichtbar. Sie lauschte.

Stimmen. Frauenstimmen. Und sie schienen sich zu nähern. Theresas Pulsschlag beschleunigte sich. Was die Frauen sprachen, war nicht zu verstehen, doch natürlich mussten es die Mägde sein. Die Dienstmägde des Gutes, die sich in diesem Augenblick am Zaun um den Küchengarten einfanden. Ein Stück entfernt schienen sie stehen zu bleiben, mussten die hölzerne Umfriedung nun erreicht haben, weiterhin außer Sichtweite.

Es war der Augenblick, in dem die Hausdame die Aufgaben

für den neuen Tag verteilte, eine Reihe von Frauen auswählte, die ihr im Herrenhaus zur Hand gehen würden, während sie die übrigen mit unterschiedlichen Arbeiten auf dem Gutshof betraute.

Auf diesen Augenblick zielte Theresas Plan. Ferdinand von Hardenstein konnte sich in seine Aufgaben stürzen, wie es ihm nur in den Sinn kam. Niemand konnte ihn daran hindern, ganz gleich in welchem Zustand er selbst sich befand. *Ich dagegen bin darauf angewiesen, dass Agathe mir meine Pflichten zuteilt. Jetzt*, dachte sie. *Nur ein paar Schritte entfernt.*

Und dennoch: In ebendiesem Augenblick zögerte sie.

Wie Agathe am Ende entscheiden würde, war nicht vorherzusehen. Zumindest aber würde sie Theresa zuhören. Sie würde bereit sein, sich selbst ein Bild zu machen, ob sie in der Lage war, ihre Pflichten wieder aufzunehmen, und sei es nur für einige Stunden an diesem ersten Tag.

Doch wie die übrigen Frauen mussten sich auch ihre beiden Freundinnen am Küchengarten eingefunden haben. Was würde geschehen, wenn sie plötzlich zu den Dienstmägden trat und verlangte, ebenfalls für eine der Arbeiten eingeteilt zu werden? Ilsa würde sie überhaupt nicht zu Wort kommen lassen.

Sie biss sich auf die Unterlippe. Die Hausdame hielt große Stücke auf Theresas pflichtbewusste Freundin. Wie oft kam es vor, dass Ilsa gleich als Allererste mit einer Aufgabe in den herrschaftlichen Gemächern betraut wurde, die sie dann auch gleich in Angriff nahm. Und Martha hatte künftig ohnehin ihre ganz eigenen Pflichten in den Hühnerställen, die sie aus Agathes Verfügungsgewalt ausnahmen, so dass auch sie nicht gezwungen war zu bleiben, bis sämtliche Arbeiten verteilt waren.

Wenn Theresa genau diesen Moment abpasste: den Moment, in dem die beiden bereits verschwunden waren, die

Hausdame aber noch die übrigen Aufgaben zuwies? Aber wenn sie um die Fassade lugte, ob ihre Freundinnen schon fort waren, und im selben Augenblick eine der beiden in ihre Richtung sah...

»*Das kannst du laut sagen!*«

Theresa fuhr herum.

»*Wobei zumindest der Most ein guter Jahrgang werden dürfte. Zum Anstich wissen wir Bescheid.*«

»*Aber auch nur, wenn der neue Verwalter es seinem Onkel gleichtut. Wenn er das Gesinde überhaupt einlädt am Abend, an dem der Anstich stattfindet.*«

Das waren zwei der Gutsknechte. Die männlichen Angehörigen des Gesindes waren im jenseitigen Flügel des Herrenhauses untergebracht, wo sich bis vor einigen Wochen auch Wilhelms Kammer befunden hatte. So dass sich die beiden Männer in diesem Moment von der rückwärtigen Seite des herrschaftlichen Gebäudes her näherten, aus Richtung der hinteren Koppeln. Nur wenige Schritte in Theresas Rücken gingen sie vorbei, und beide warfen lediglich einen verwunderten Blick auf die Gestalt, die sich gegen die Mauer des Herrenhauses drückte, ohne ihr Gespräch zu unterbrechen.

»*... wäre Brandt jedenfalls sehr dumm, wenn er das auf einmal anders machen würde.*« Der Sprecher hatte sich schon wieder abgewandt. »*Ganz gleich, was er nun für ein harter Hund sein mag. Schließlich ist der Anstich ein Ereignis, dem der gesamte Hof entgegenfiebert. Schon seit den Zeiten des Vaters seiner Herrschaft. Ein Verwalter, der das Gesinde dermaßen verärgert, wäre die längste Zeit Verwalter gewesen.*«

Das zumindest war zu hoffen, dachte Theresa, noch immer wie vom Donner gerührt.

Mit klopfendem Herzen sah sie den beiden Männern nach.

Auf dem Rücken trugen sie Körbe. Um ihre Hüften hatten sie lederne Schürzen geknotet. Sie mussten sich auf dem Weg in die gräflichen Rebhänge befinden, einem Fleckchen weit oben in den Bergen, nach Süden ausgerichtet und den ganzen Tag in der Sonne. Schon fast an den Eingängen zu den einstigen Erz- und Kohlengruben, die man vor Jahrzehnten versiegelt hatte. Es war der einzige Ort auf Hohensandau, an dem die Weinstöcke recht gedeihen wollten, die noch einmal empfindlicher gegen Frost und Nässe waren als die Äpfel, aus denen man auf dem Gutshof den Most gewann.

Auf Hohensandau begann der Arbeitstag. Wenn Theresa noch länger zögerte, würden sämtliche Aufgaben unter den Dienstmägden verteilt sein, und Agathe würde sich an ihre eigenen Pflichten in den Gemächern des Herrenhauses machen. Wo Theresa sich unmöglich auf die Suche nach ihr begeben konnte.

Sie fasste sich ein Herz, machte einen Schritt nach vorn ...

... und sah eben noch, wie die Hausdame im herrschaftlichen Gebäude verschwand, die ausladende Freitreppe empor, Ilsa an ihrer Seite.

Stille legte sich über den Platz an der Hofeinfahrt. Die freie Fläche war menschenleer.

Unbehaglich begann sich ihre kleine Tochter zu regen, und Theresa strich ihr über den Kopf, ohne es recht zu merken. Damit war alles umsonst gewesen. Wie sollte sie ihre Arbeit aufnehmen, wenn ihr überhaupt keine Arbeit zugewiesen worden war? Aber sie *konnte* jetzt nicht in die Kammer zurückkehren, sich auf ihr Lager betten und den Tag über gegen die Decke starren. Sie konnte nicht tun, als ob nichts gewesen wäre. Nicht allein, weil sie wusste, dass zumindest Ilsa an diesem Morgen misstrauisch geworden war. Dass sie am nächsten Tag schärfer aufpassen würde und es womöglich bemerken würde, wenn Theresa ihr Untergewand bereits angelegt hatte, sich unter ihren Decken lediglich schlafend stellte. Nein. Es war einfach nicht möglich. Sie *konnte* jetzt nicht umkehren.

Im selben Moment ließ eine Bewegung sie aufmerksam werden.

Sie war kaum richtig auszumachen jenseits des Küchengartens, hinter den Bohnenranken und den schützenden Zäunen, im Zwielicht unter den Bäumen des Lustgartens, die wenige Schritte hinter den Küchenbeeten aufragten. Bis sich etwas aus den Schatten löste und auf den Vorplatz trat. Eine Gestalt, und eine zweite folgte augenblicklich. Es waren zwei Mägde, und offenbar bemerkten sie nichts von Theresas Anwesenheit, lebhaft miteinander plaudernd, während sie einen mächtigen hölzernen Bottich schleppten. Einen Bottich, in dem sich ein Berg von Leinen türmte.

Die Wäsche. Theresas Herz überschlug sich. *Es muss Freitag sein.* Irgendwann in den eintönigen Wochen auf ihrem Lager hatte sie den Überblick über die Abfolge der Tage verloren. Die Wäsche auf Hohensandau gehorchte ihren eigenen Gesetzen: Am Morgen des Donnerstags gab man die Stoffe in der Waschküche in mächtige Kessel, wo man sie Stunden um Stunden mit Soda und Seife kochte, was die gröbsten Verschmutzungen aus dem Gewebe löste. Am folgenden Tag dann trugen die Mägde die Stücke hinaus in die Wiesen am Mühlenbach, um ihnen in schweißtreibender Arbeit mit Bleuel und Waschbrett zu Leibe zu rücken. Auf diese Weise entfernte man nicht allein die noch verbliebenen Verunreinigungen, sondern konnte im klaren Wasser zugleich die beißende Lauge auswaschen, die sich im Gewebe gesammelt hatte. Und auf der Stelle erkannte Theresa, dass es sich an diesem Freitag um die Große Wäsche handeln musste, die schweren leinenen Decken und Laken, die lediglich einmal im Monat der Prozedur unterzogen wurden. Es war eine Unternehmen, für das man jedes Paar Hände auf dem Gutshof brauchen konnte, so dass die Hausdame so viele Frauen wie nur möglich von ihren gewöhnlichen Aufgaben befreite und sie der Schar der Wäscherinnen zuwies.

Theresa dachte nicht länger nach. Mit raschen Schritten ging sie über den freien Platz, vorbei an der Umfriedung des Küchengartens, eine Hand dabei schützend um das kleine Mädchen in seinem Wickeltuch gelegt.

Die Waschküche war durch einen eher schmucklosen Nebeneingang des Herrenhauses zu erreichen, wo die Bäume des Lustgartens ein Stück vom herrschaftlichen Wohnbau Abstand hielten. Der Geruch nach Seife und Lauge schlug Theresa bereits entgegen, als sie sich der Lichtung näherte und die Stimmen der Frauen nun wieder zu vernehmen waren.

Denn natürlich standen sie noch im Freien. In der Waschküche selbst war einfach zu wenig Raum: Jeweils zwei der Dienstmägde konnten gemeinsam eintreten, um einen der klobigen Bottiche mit den klammen Bahnen des Leinens zu füllen und sich mit ihrer Last wieder nach draußen zu schieben. Die Nachfolgenden reihten sich vor den niedrigen Stufen des Zugangs auf. Theresa entdeckte dort mehrere Frauen, deren Gesichter ihr vertraut waren.

Anna stand vorn in der Reihe bereit, um als Nächste die Waschküche zu betreten. Dahinter warteten weitere Mägde. Am Ende hatte sich die kräftige Bertha eingereiht. – *Bertha*, dachte Theresa, als sie sich erinnerte, was sie aus Marthas Redeschwall erfahren hatte: *Bertha, die ein Auge auf den lahmen Henning geworfen hat. Und auf den Schuppen am Waldrand, am Heidenstein.* Bertha unterhielt sich mit der Frau unmittelbar vor ihr.

Das Laub der Bäume schuf ein verwirrendes Schattenspiel am Boden der Lichtung. Noch hatte keine der Mägde die Beobachterin entdeckt.

Ein letztes Mal zögerte Theresa. Wie würden die Frauen reagieren, mehrere unter ihnen, deren Ehemänner als Angehörige der Eskorte gestorben waren? Hatte es einen Sinn, sich darüber den Kopf zu zerbrechen?

Dorthe. Theresa hatte ihre kleine Tochter. Was auch immer einigen der Mägde durch den Kopf gehen mochte, wenn die Leuschenthalerin mit einem Mal vor ihnen stand: Die jüngste Bewohnerin des Gutshofs hatte noch keine von ihnen zu Gesicht bekommen. Welche Frau sollte in der Lage sein, beim Anblick dieses kleinen goldigen Mädchens finstere Gedanken zu hegen?

Theresa nahm all ihren Mut zusammen. *Blicke haben noch niemanden getötet.*

»Guten Morgen!«, sagte sie. Vorsichtig ließ sie ein Lächeln auf ihre Lippen treten.

Sämtliche Köpfe fuhren herum. Berthas Augen weiteten sich, ihr Mund klappte auf. Der Blick der Frau, mit der sie gesprochen hatte, begegnete Theresa, unsicher für einen Moment. Für den Bruchteil einer Sekunde schien er sich auf das kleine Mädchen zu richten, bevor sie so kurz wie möglich in Theresas Richtung nickte – und sich abwandte. Bevor *sie alle* sich abwandten, einen Moment lang nach etwas, nach jemandem zu suchen schienen, weiter vorne in ihrer Reihe.

Im selben Augenblick erschienen zwei Mägde im Eingang der Waschküche, die mühsam einen der schweren Bottiche ins Freie manövrierten, sich einen Weg suchten über den von Wurzelgeflecht durchzogenen Boden. Woraufhin die übrigen Frauen eilig einen Schritt zurückwichen, sichtlich erleichtert, dass es etwas gab, worauf sie ihre Aufmerksamkeit richten konnten, und das nicht Theresa mit ihrer kleinen Tochter war. Voran ging ein junges Mädchen, das erst seit dem Sommer zum Gesinde gehörte und mit dem Theresa noch keine nähere Bekanntschaft geschlossen hatte, und hinter ihr mit finsterer Miene Emma, die Näherin.

Der ausladende Wäschebottich versperrte Emma den Blick, was sie zwang, mit größerem Bedacht einen Fuß vor den anderen zu setzen. Jetzt hob sie den Kopf und blieb abrupt stehen. So plötzlich, dass ihre Begleiterin nichts davon mitbekam und einen weiteren Schritt nach vorn machte.

Theresa konnte nicht erkennen, was genau geschah. Ob die Bewegung Emma den Griff der hölzernen Wanne aus der Hand gerissen hatte. Oder ob sie ihn einfach losließ. Jedenfalls polterte der Bottich zu Boden, und die dampfenden Laken fielen in den Staub.

Die Näherin erstarrte. Sie hatte Theresa entdeckt mitsamt der kleinen Dorthe vor ihrer Brust. Blässe stand auf ihrem Gesicht, rote Flecken waren auf ihre Wangen getreten. Heftig hob sich ihre Brust, als sie Luft holte, zum Sprechen ansetzte und dann innehielt.

Mit einem Mal war es vollständig still. So still, dass das flüsternde Rascheln zu vernehmen war, mit dem eine kaum spürbare Morgenbrise durch das Herbstlaub strich.

»Emma?«, fragte Theresa unsicher.

Die Näherin schwieg. Sie sah Theresa an, und es war unmöglich, aus ihrer Miene etwas zu lesen.

Bis sich ihre Erstarrung unvermittelt löste. Hart schob sie das Kinn nach vorn, machte einen Schritt, einen zweiten, die Schultern durchgedrückt. Heftig wandte sie den Kopf ab, als sie an Theresa vorbeikam, während sie die im Staub verstreuten

Laken umrundete. Mit schnellen Schritten entfernte sie sich, ohne sich noch einmal umzusehen. An der Gutskapelle geriet sie aus dem Blick, dem Wiesengelände entgegen, wo der Mühlenbach zu seiner Schleife um den Gutshof ansetzte: dem Ort, an dem die Mägde die Wäsche reinigten.

»Was ...« Theresa begriff nicht. Reflexartig ging sie in die Knie, streckte die Hand nach dem klammen Leinen aus, um der jüngeren Magd behilflich zu sein, die Wäsche zurück in den Bottich zu sammeln, so gut das mit Dorthe vor der Brust möglich war. Da schob sich plötzlich Berthas kräftige Gestalt an ihr vorbei und griff mit einer ausholenden Bewegung nach den Laken. Damit versperrte sie gleichzeitig Theresa den Weg und nahm ihr jede Möglichkeit zu helfen.

»Bertha?«

Die stattliche Magd nahm sie gar nicht zur Kenntnis. Schon war das feuchte Leinen wieder im Bottich verstaut. Mit einem Nicken gab Bertha dem jungen Mädchen Anweisung, die Last wieder aufzunehmen.

»Bertha ...«, setzte Theresa noch einmal an. Ratlos drehte sie sich um zu den anderen Frauen. »Was ...«

Keine von ihnen antwortete. Keine sah auch nur in ihre Richtung. Soeben kamen zwei weitere Mägde aus der Tür ins Freie, Anna und eine Frau, die Theresa nur vom Sehen kannte. Hastig quetschten sie sich mit dem Bottich an ihr vorbei, entfernten sich ebenfalls eilig, Bertha und dem jüngeren Mädchen nach, der Gutskapelle, den Wiesen und dem Waschplatz entgegen. Die Nächsten unter den Wartenden betraten die Kammer, oder nein, nicht die Nächsten. Die Frau, mit der sich Bertha unterhalten hatte, als Theresa zu der Gruppe gestoßen war, huschte rasch an der Dienstmagd vorüber, die eigentlich an der Reihe gewesen wäre. Und so stand Theresa plötzlich nur noch mit dieser einen Frau allein vor dem Zugang der Waschküche.

Rosamunda.

Rosamunda, die einst im Melkstall so unglücklich von ihrem Schemel gestürzt war und deren Schulter Monate gebraucht hatte, um einigermaßen zu verheilen. Theresa wusste, dass sie ihr sogar heute noch Schmerzen bereitete, wenn das Wetter umschlug. Rosamunda, deren Aufgaben Theresa damals selbst übernommen hatte, jeden Augenblick ein wenig in Angst, wenn sie sich den massigen Kühen hatte nähern müssen. Rosamunda, deren Mann damals ebenfalls unter den Knechten gewesen war, die Wilhelm und die Kutsche der Gräfin begleitet hatten. Er war gestorben wie alle anderen.

»Rosamunda.« Theresa holte Atem. »Was hat das alles zu bedeuten? – Bitte, du musst mir glauben: Es tut mir wirklich unendlich leid. *Alles.* Was mit euren Männern geschehen ist. Und dass ihr und eure Kinder jetzt...« Hilflos: »Wenn ich irgendeiner von euch irgendwie helfen kann, dir oder Bertha oder Anna, dann müsst ihr es nur sagen, und ich werde tun, was immer ich kann, aber...« Sie atmete tief durch. »Emma? Was ist mit Emma los? Ihr Mann war doch gar nicht...« Sie schüttelte den Kopf.

Nein. Otto, Emmas Ehemann, hatte ganz eindeutig nicht zu den Knechten gehört, die Wilhelm und die Kutsche der Gräfin begleitet hatten. Er hatte sich schon gar nicht mehr auf dem Gutshof aufgehalten, als Thyra von Hardenstein mit ihrer Eskorte aufgebrochen war. Zwei Wochen zuvor bereits waren Schreiben aus der Provinzstadt eingetroffen, Schreiben des Militärs, an sämtliche Knechte gerichtet, die irgendwann einmal eine Ausbildung in den Kasernen erhalten hatten. Und zu *diesen* Männern hatte Otto gehört, der den Gutshof dann auch an der Seite seiner Gefährten verlassen hatte, um seinen Dienst anzutreten und den Weg über die Pässe gegen die Österreicher zu sichern.

Otto hatte die Gräfin und ihre Eskorte nicht begleitet unter Wilhelms Befehl. Also konnte er auch nicht an ihrer Seite gestorben sein.

Doch Rosamunda rührte sich nicht. Unverwandt starrte sie auf die Türöffnung, in die Waschküche, in der die dampfende Wäsche wartete. Theresa hatte kaum mehr als ihren Nacken im Blick, den Ansatz der aufgewölbten Narbe dort, die von ihrem Sturz herrührte. Theresa sah, wie sich ihre Haltung versteift hatte, sich jetzt um eine Winzigkeit veränderte, als die letzten beiden Mägde mit ihrem Bottich ins Freie kamen, ohne einer der Wartenden einen Blick zuzuwerfen.

Eilig stieg Rosamunda die beiden Stufen empor, die in die Waschküche führten. Als wollte sie vor Theresa davonlaufen, die ihr indessen auf den Fersen blieb, eine Sekunde innehalten musste, weil der durchdringende Geruch nach Soda und Kernseife ihr die Luft nahm.

Durch die Türöffnung fiel ein Streifen Licht in den fensterlosen Raum und auf den Stapel klammer Laken, der sich unter der Treppe türmte: Mehr als genug, um noch einen der bereitstehenden Bottiche zu füllen, die zwei Frauen mit etwas Mühe tragen konnten. Vielleicht war es sogar noch mehr.

Ein Bottich. Zwei Mägde. Theresa selbst und Rosamunda.

Wortlos ließ sich Rosamunda in die Hocke sinken und raffte einen Arm voll tropfender Wäsche an sich.

»Rosamunda!« Theresa hörte selbst, wie jetzt die Ungeduld in ihre Stimme trat. »Was ist los! Was im Himmel hat das alles zu bedeuten!«

Die Dienstmagd fuhr herum. Sie hielt die Wäsche vor der

Brust wie ein gerüsteter Ritter seinen stahlbeschlagenen Schild. Ihr Blick huschte zur Türöffnung, die hinaus ins Freie führte. Als schätzte sie die Entfernung ab. Den Fluchtweg. Schließlich ließ sie die Schultern sinken.

»Ich…«, begann sie. Theresa sah sie abwartend an.

Der Blick der Dienstmagd richtete sich auf Theresas Tochter. »Ein so hübsches kleines Mädchen«, flüsterte sie, und fast leiser noch fügte sie an: »Und ich bin froh, dass es dir besser geht. Dass es euch beiden gut geht, dir und…« Ein Nicken zu der kleinen Dorthe, doch dann ein knappes Kopfschütteln. »Aber ich kann nichts sagen, Theresa. *Bitte*. Ich *will* nichts sagen. Sprich mit Emma – wenn *sie* mit *dir* spricht.«

Und schon war sie an Theresa vorbei mit dem Arm voller Leinen hinaus ins Freie gehuscht, so schnell ihre Füße sie tragen konnten.

Wie betäubt sah Theresa ihr hinterher, bevor sie sich langsam umdrehte und sich daranmachte, das letzte Leinen im Bottich zu sammeln.

Es war ein schwerer Bottich, wie sie Minuten später feststellte, als sie umständlich eine Stufe, dann die nächste ins Freie hinabstieg. Wenn zwei der Mägde die Griffe an den Schmalseiten eines der ovalen Ungetüme nahmen, konnten sie es ohne größere Umstände anheben, solange es nicht übermäßig gefüllt war. So verteilte sich das Gewicht gleichmäßig auf beide Trägerinnen. Zugleich aber maß das hölzerne Oval bald einen Meter in der Breite. Für eine einzelne Frau war es nahezu unmöglich, die Arme so weit auszustrecken, dass sie die Finger um beide Griffe zugleich schließen konnte. Wenn diese Frau zudem ein kleines Kind balancierte in seinem Wickeltuch: Dann war es in der Tat unmöglich.

Was blieb Theresa also übrig? Schon lag die kleine Dorthe

inmitten der Wäsche und zappelte fröhlich. Theresa hatte ihr Brusttuch abgelegt, es doppelt gefaltet und schützend unter ihrer kleinen Tochter ausgebreitet, so dass sie mit den feuchten Laken nicht in Berührung kam. Deren eigentümlicher Geruch sie nicht zu stören schien. Wenn sie sich weiterhin so lebhaft bewegte, würde sie sich irgendwann aus Wickeltuch und Windeln frei strampeln, dachte Theresa. Sollte der Kleinen dann aber ein Malheur passieren, waren sie ohnehin bereits auf dem Weg zur großen Wäsche.

Der kühle Tau des Morgens lag über dem Gras, als Theresa die Gutskapelle passierte, sich einen schattigen, abschüssigen Pfad hinabtastete und schließlich unterhalb des Friedhofs das tiefer gelegene Wiesengelände erreichte. Und doch rann in dicken Tropfen Schweiß über ihre Stirn, als sie den aufgeschütteten Damm in Angriff nahm, der die Weiden und Koppeln vom flachen Gelände an den Ufern des Mühlenbachs trennte. Einem Gelände, das immer wieder von Überflutungen gefährdet war, wenn im Frühjahr der Schnee in den Bergen abschmolz. Auf der Dammkrone hielt sie mit einem Ächzen inne, kam zu Atem.

Wie von selbst fiel ihr Blick auf die Mägde, die sich am Ufer versammelt hatten. *Versammelt* im wahrsten Sinne des Wortes. Sie standen nah beieinander im äußersten Winkel der Waschbänke – ein abweisendes, abgeschlossenes Grüppchen, die Köpfe zusammengesteckt, hin und wieder über die Schulter blickend, als hielten sie nach Theresa Ausschau. Keine von ihnen machte Anstalten, ihr zu Hilfe zu kommen, als sie sich unter der Last des mächtigen Bottichs näherte.

Jeder Schritt bereitete Theresa Mühe. Und sie spürte ein Glühen auf ihrem Gesicht, der Hitze des Fiebers nicht unähnlich, die sie wochenlang gequält hatte. Nur dass sie wusste, dass es nicht das Fieber war. *Wut.* Mühsam unterdrückte, mühsam beherrschte Wut.

Wut, die sie dennoch sorgfältig unter Kontrolle hielt, zumal doch mehrere dieser Frauen ihre Männer verloren hatten, die Väter ihrer Kinder, und es niemanden gab, dem sie die Schuld dafür geben konnten. Niemanden als Theresas Ehemann. Und in dessen Abwesenheit Theresa selbst.

Sie war bereit, diesen Frauen ihren Verlust zugutezuhalten. Anna und Bertha, auch Rosamunda, die zudem den Anstand besessen hatte, Theresa Antwort zu geben. Jede dieser Frauen verdiente ihre Rücksicht.

Nicht aber die Näherin Emma, die mit alldem nichts zu tun hatte.

Sprich mit Emma.

Emma schien den Mittelpunkt der Gruppe zu bilden. Sie hielt den Kopf jetzt gesenkt, während eine der anderen Frauen – Anna – die Hand auf ihre Schultern legte und mit ihr zu sprechen schien. Einige der übrigen Mägde hatten sich im letzten Augenblick abgewandt, als sie festgestellt hatten, dass Theresa sich näherte. Rasch hatten sie sich mit den ersten Laken ans Ufer begeben.

Als ob sie etwas ahnten. Als ob sie nicht Zeuge werden wollten, wenn Theresa die Näherin stellte.

»Emma!«, sagte sie in einem scharfen Ton.

Die Näherin rührte sich nicht. Und auch die Frauen an ihrer Seite bewegten sich nicht vom Fleck. Jetzt aber hob Emma den Kopf, trat aus dem Schatten ihrer Begleiterinnen einen Schritt auf Theresa zu.

In diesem Moment fiel Theresas Blick auf das schmale bunte Band, mit dem Emma an diesem Tag ihren wohlgeformten Hals geschmückt hatte.

Nur dass es sich um kein *buntes* Band handelte, keinen der leuchtend farbenfrohen Streifen aus Samt und Seide, auf den Ton ihres Kleides abgestimmt. Und es war auch nicht das Band alleine, das Theresa stutzen ließ.

Das leinene Gewebe von Emmas Kleid war in einem gedeckten Ton gehalten, ohne jede Spur von all dem neckischen Schmuck und Zierrat, den sie mit solcher Freude auf ihre Gewänder applizierte, wann immer ein Streifen Litze oder Borte zurückblieb, nachdem sie für den herrschaftlichen Haushalt geschneidert hatte.

Gedeckte Farben, schlichter Schnitt. Und an dem schmalen schwarzen Band um ihren Hals war ein winziges silbernes Medaillon befestigt, wie Frauen es anlegten, wenn sie die Erinnerung an einen geliebten Menschen bewahren wollten. Ein winziges Allerheiligstes, das vielleicht eine Haarlocke dieses Menschen aufnehmen konnte oder ein klitzekleines Porträt.

Es kam wie ein Schlag, als Theresa klar wurde, wessen Porträt dieses Medaillon enthalten musste an seinem Band in der Farbe der Trauer.

Du denkst an den Brief? Das waren Marthas Worte gewesen, bei denen Ilsa sie scharf unterbrochen hatte. *Du denkst an den Brief von der Armee? Du denkst, dass sie ...*

Sie. – Emma.

An wen sonst auf dem Gutshof hätte die Armee ein Schreiben richten sollen? An wen sonst als an eine Frau, deren Ehemann dort seinen Dienst leistete?

»Oh mein Gott«, flüsterte Theresa.

In der Tat hatte Otto zu den Männern gehört, die in die Provinzstadt aufgebrochen waren, um ihren Dienst bei der Armee abzuleisten. Denn ganz wie sie hatte auch er einst am Rande der Nachbarprovinz die jahrelange Ausbildung auf sich genommen. Mit dem Unterschied, dass das Los am Tage der Musterung nicht auf Otto gefallen war, sondern auf Wilhelm.

Schon damals, als er so überraschend in Wilhelms Pflichten eingetreten war, hatte Theresa vermutet, dass auf irgendeine Weise Ferdinand von Hardenstein seine Hand im Spiel gehabt haben musste. Obwohl sie damals noch nichts davon geahnt hatte, dass Wilhelm der Sohn seiner Herrschaft war. Der Herr über den Gutshof musste Otto und seiner Ehefrau Vergünstigungen in Aussicht gestellt haben, damit die beiden sich auf seinen Plan einließen. Und tatsächlich hatte er sich dann auch in den Jahren, in denen ihr Ehemann in der Kaserne gewesen war, besonders um Emma und ihre kleine Tochter Anni bemüht. Die beiden Zimmer, die sie im Herrenhaus bewohnten, gehörten zu den freundlichsten im gesamten Gebäude.

Die Jahre der Ausbildung aber waren die eine Sache. Der Dienst auf dem Schlachtfeld bedeutete etwas ganz anderes. *Den Tod*, dachte Theresa und spürte, wie ihr schwindelig wurde. *Den Tod mit der Waffe in der Hand.*

»Emma…«, brachte sie hervor.

Doch die andere ließ sie nicht zu Wort kommen.

»*Mein Mann!*« Wie eine Schlange, die aus dem Gebüsch hervorschoss und die Zähne in das Fleisch ihres Opfers schlug. »*Mein Mann* ist tot! Und *dein Mann* lebt! Und *du* kommst hier an und…« Mühsam schien sie sich zu fassen, fuhr im nächsten Augenblick in ungezügelter Heftigkeit fort. »*Dein Mann* sollte tot sein, nicht der meine! *Wilhelm* sollte tot sein, der schon gar nicht mehr hätte hier sein dürfen, als die Eskorte aufgebrochen ist! Nur weil sich Otto geopfert hat, war er noch hier! Weil er sich damals geopfert hat, um Wilhelms Ausbildung an seiner Stelle abzuleisten! Damit Wilhelm bei dir bleiben konnte,

während Otto für Jahre von seiner Frau und seinem Kind fortgegangen ist!«

Theresa hatte den Bottich sinken lassen. Sie musste sich abstützen, tastete nach einem der unförmigen Gerüste, die für
die Bleiche bereitstanden. *Während Otto für Jahre von seiner Frau
und seinem Kind fortgegangen ist.* – Das stimmte nicht. Anni
war erst nach der Rückkehr ihres Vaters überhaupt zur Welt
gekommen, als der Gutsherr Otto die Stelle beim Milchvieh
verschafft hatte, die der Familie ein ruhiges Leben auf dem
Gutshof garantierte. Doch machte das einen Unterschied? *Jetzt*
war Otto tot, und Mutter und Kind waren ohne Vater und Ernährer.

»Und nun hat sich Otto ein zweites Mal geopfert!« Emmas
Stimme wurde lauter und lauter. »Nur deshalb hat dein Mann
die Chance bekommen, sich an die Spitze der Eskorte zu drän-
gen, wo er die Männer all dieser Frauen geopfert hat – und ihre
Herrschaft dazu! Dein Mann hat dem Grafen seine Gemahlin
und seinen Erben geraubt! Den Frauen ihre Ehemänner! Den
Kindern ihre Väter! Und mir und meiner kleinen Anni...
All das, während du... *du*...«

Theresa wurde übel. Das Gesicht der Näherin schien einen
wirbelnden Tanz aufzuführen im Kreis der Gesichter jener
Frauen, die an ihrer Seite standen. Es waren nicht alle Mägde,
die sich an diesem Morgen an der Waschbank versammelt
hatten. Rosamunda und einige der anderen hatten sich ihrer
Schuhe entledigt und standen bis zu den Knien in den Fluten
des Mühlenbachs, hielten den Saum der Laken umfasst und ließen die Stoffe im Wasser treiben. Sie wirkten versunken in den
Anblick des Gewebes, das in der Strömung auffächerte. Für die
beiden Frauen, die sich am Rande der Wiesen gegenüberstan-
den, schienen sie keinen Blick zu haben.

Während Mägde Theresa mit kaum anderen Blicken be-
dachten als Emma selbst es tat. *Anna*, fuhr ihr durch den Kopf.
*Anna, die sich bei Ilsa erkundigt hat, ob mein Fieber zurückgegangen
sei. Und die sich nicht so angehört hat, als betete sie für mein Wohlergehen.* Anna, deren Mann als Teil der Eskorte die Gräfin begleitet hatte.

Aber neben Anna und Emma standen auch Frauen, deren
Männer *nicht* Teil der Eskorte unter Wilhelms Befehl gewe-
sen und *nicht* an Thyras Seite gestorben waren. Und in deren
Augen doch derselbe Ausdruck stand.

Blicke hatten noch niemanden getötet?

Dorthe hatte zu weinen begonnen. Vielleicht hatten die
scharfen Worte der Näherin sie erschreckt, oder sie spürte die
Verzweiflung ihrer Mutter. Theresa bückte sich, wuchtete den
Bottich in die Höhe. Taumelnd, halb blind stolperte sie davon,
am Ufer entlang auf dem trügerischen Gelände.

Fort, nur fort.

Großendamm
Herbst 1866

Es gab keinen Zweifel mehr: Der Herbst war da mit seiner unfreundlichen Witterung. Jeder Muskel in Wilhelms Körper protestierte, als er sich aufsetzte, sich bemühte, die vom Schlaf verklebten Lider aufzuzwingen. Ein muffiger Geruch war in seiner Nase, seine Finger tasteten über den Boden, spürten nacktes Erdreich. Langsam begann er sich in der Gegenwart zurechtzufinden.

In der Deckung eines der Bretterverschläge von Großendamm hatten sie eine Stelle gefunden, die die Nacht über zumindest vor dem schneidenden Wind einen gewissen Schutz geboten hatte. Gegen Morgen aber waren Wolken aufgezogen, und das Plätschern des Regens...

Wilhelm stutzte. Ein makellos blauer Himmel spannte sich über dem Lager der Bahnarbeiter. Jaroslaw allerdings stand keine zwei Schritte entfernt. Mit versonnener Miene war er dabei, sein Wasser abzuschlagen.

»Oh, du bist erwacht, Freund Wilhelm?« Fürsorglich fügte er hinzu: »Geht es dir besser heute Morgen? Du hast geschlafen wie ein Toter?«

Erleichtert schloss er seinen Hosenlatz. Eher beiläufig wischte er die Hand in seinem Mantel ab, bevor er sie in eine der Taschen gleiten ließ, etwas zum Vorschein brachte.

»Brot?«

Überrascht zog Wilhelm die Augenbrauen hoch, schon im Begriff, die Hand auszustrecken, bevor er dann doch einen Moment lang zögerte, als ihm die vermissten Kartoffeln in den Sinn kamen – und erst mit sekundenkurzer Verzögerung der Umstand, dass der Hauptschuldige inzwischen feststand. Und dass es sich dabei keineswegs um Jaroslaw handelte.

»Ist heute früh verteilt worden, das Brot«, bemerkte sein Gefährte mit einer Miene, die keinen Hinweis gab, dass er womöglich etwas von Wilhelms Gedanken erraten hatte. »Als ich beim Abladen geholfen habe«, erklärte er. »Noch mehr Gleisnägel. Sind gestern Abend eingetroffen mit dem Zug von der Grenze, so weit die Schienen jetzt reichen. Wird da aber schon zu dunkel gewesen sein, um sie vom Wagen zu holen?«

Wilhelm biss sich auf die Zunge.

»Ja«, murmelte er. »Wahrscheinlich.«

Dankbar griff er nach dem Brotlaib, nahm die Feldflasche in Empfang, die Jaroslaw am Brunnen frisch gefüllt hatte.

Langsam kehrte die Erinnerung an den vergangenen Abend zurück: die Brücke über dem schluchtartigen Einschnitt im Gelände. Der ohrenbetäubende Lärm, mit dem die Gleisnägel in die Tiefe geregnet waren. Die Panik der verängstigten Tiere vor dem dunklen Umriss einer Kutsche: der Braune und der Falbe, die Wilhelm mit solcher Mühe hatte dazu bringen können, den Überweg aus Eisenbahnschwellen zu passieren, ohne dass sie in ihrer Angst das Gespann in den Abgrund gerissen hatten. – Wilhelms Schwäche, als alles vorbei gewesen war. Und die große Ernüchterung, die Erkenntnis, dass es nun zu spät gewesen war, um noch an diesem Abend bei den Bahnoffiziellen vorzusprechen.

»Die Eisenbahnbeamten haben sich in einem Haus gleich

hinter den Baracken eingerichtet.« Wilhelms Reisegefährte musste seine Gedanken gelesen haben. »In einem von den Häusern, die schon vor der Baustelle da waren. Da kann man sich melden, wenn man Arbeit sucht. – Also wenn sie selbst da sind. Jetzt sind sie noch nicht da, ich hab sie gefragt. Aber sie wissen, dass *wir* da sind. Also hier. Und dass wir warten.«

Wilhelm schloss für einen Moment die Augen. Er war sich nicht sicher, ob er sich auf Jaroslaws Aussagen einen Reim machen konnte. Doch wenn sein Gefährte tatsächlich Erkundigungen eingezogen hatte, dann war Verlass auf sein Wort. Wenn sie noch einmal warten mussten, dann war das ihr Schicksal.

Theresa, dachte er. *Die Kinder.* Wichtig war nur, dass sie Erfolg hatten, wenn sie der Eisenbahngesellschaft ihre Arbeitskraft anboten.

Mit steifen Fingern brach Wilhelm ein weiteres Stück aus dem Brotlaib. Er musste mehrere Tage alt sein, dem Geschmack nach zu urteilen.

»Melden sich jeden Tag Leute«, bemerkte Jaroslaw. »Weil sie eine Stelle suchen. Haben die Arbeiter mir erzählt. Haben allerdings keinen einzigen von ihnen eingestellt in den letzten Wochen. – Du musst das Brot nicht aufessen, Freund Wilhelm, wenn du keinen Hunger mehr hast?«

Der letzte Bissen wollte in Wilhelms Kehle stecken bleiben. Eilig nahm er einen Schluck Wasser. »Ich denke, ich bin satt«, murmelte er und reichte das Brot an seinen Gefährten zurück.

Der Rest würde kaum für heute Abend reichen, falls man ihnen auf der einzigen Arbeitsstelle, die im Umkreis von Hohensandau in Frage kam, die Tür vor der Nase zuschlug. Einem Hilfskutscher an einem Ort, an dem man Pferde einzig benötigte, damit sie Lasten über die Arbeitsfläche schleppten. Und einem Mann, der gezwungen war, das Brot aus der Hand zu legen, wenn er einen Becher an die Lippen führte. Weil sein linker Arm nutzlos war.

Wilhelms Körper schmerzte bei jedem Schritt, als sein Gefährte ihn an den Ziehbrunnen führte. Mit Eimern ließ sich das Wasser in einen hölzernen Trog schöpfen, was Jaroslaw bereits erledigt hatte. Wilhelm erhielt Gelegenheit, sich zu säubern und zu erfrischen.

Das Wasser war eisig, als er sein Gesicht eintauchte und begann, sich mit einem kleinen Messer die Bartstoppeln von den Wangen zu schaben. Zumindest aber half die Prozedur, überhaupt erst vollständig wach zu werden. Immer wieder konnte er jetzt beobachten, wie Männer den mit Binsen gedeckten Bau aus unverputztem Fachwerk betraten, den Jaroslaw ihm gezeigt hatte. Wie sie durch die niedrige Tür wieder ins Freie kamen, über der auf einer hölzernen Tafel ein Schriftzug angebracht war: *Neue Provincielle Eisenbahn-Societät.* Vorarbeiter, vermutete Wilhelm, die Instruktionen für einen Trupp auf dem Areal in Empfang nahmen. Ihre Mienen wirkten konzentriert, der Ausdruck auf ihren Gesichtern düster.

»Sind hinter ihren Plänen zurück«, ließ Jaroslaw unerwartet vernehmen. »Auch schon seit mehreren Wochen.«

Wilhelm war eben im Begriff gewesen, das Rasiermesser ein letztes Mal anzusetzen. Jetzt ließ er es sinken.

»Der Bau kommt nicht voran wie erwartet?«, fragte er überrascht. »Und trotzdem stellen sie niemanden ein, damit es schneller geht?«

»Das ist nicht so einfach, Freund Wilhelm. Arbeiter haben sie genug, aber...« Unvermittelt brach sein Gefährte ab. »Das ist er!«, flüsterte er und wies mit einer ruckartigen Kopfbewegung auf die freie Fläche an der Rückseite der Baracken.

Ein Mann war im Begriff, diese Fläche zu überqueren. Aus welcher Richtung er sich genähert hatte, konnte Wilhelm nicht erkennen, über sein Ziel aber konnte kein Zweifel bestehen: die Geschäftsräume der Eisenbahngesellschaft.

Kinn- und Backenbart des Unbekannten waren schneeweiß, ebenso vermutlich die Haare unter dem hohen Zylinder, der seine hagere Statur noch betonte. Sein Gehrock war von einem Schnitt, wie man ihn eher auf den Straßen der Hauptstadt erwartet hätte, und dasselbe galt für das frisch polierte Schuhwerk und den Spazierstock, den ein silbern glänzender Knauf schmückte. Jedenfalls führte er diesen Stock nicht deswegen bei sich, weil er sich jedes Mal hätte abstützen müssen, wenn er den Fuß auf den Boden setzte. Mit zielstrebigen Schritten strebte er den Räumen der Societät entgegen: Ein Mann, der eilig in seinen dringenden, höchst wichtigen Geschäften unterwegs war. *Geschäften der Eisenbahn*, dachte Wilhelm. *Der Mann, der über unser Schicksal entscheiden wird.*

»Das ist der Mann, der …«, setzte Jaroslaw von neuem an.

Doch in diesem Augenblick wurde die Tür des Gebäudes aufgerissen. Ein Mann mit Halbglatze, buschigem Schnauzbart, in Weste und Hemdsärmeln öffnete dem fein gekleideten Herrn weit die Tür. Tief verneigte er sich und schien etwas zu murmeln. Der Herr mit dem Zylinder nahm das augenscheinlich kaum zur Kenntnis und verschwand in den Räumen der Societät.

Der andere Mann sah ihm hinterher. Ein untergeordneter Beamter offenbar, der den beiden Wartenden nun mit herrischer Miene bedeutete, ihm zu folgen.

Hastig schloss Wilhelm den letzten Knopf seines Hemdes, so rasch ihm das mit einer Hand möglich war. Schon war er auf dem Weg zur Tür, Jaroslaw einen halben Schritt hinter ihm.

Sein Reisegefährte schien noch immer das Bedürfnis zu haben, ihm etwas mitzuteilen, doch natürlich hatte Wilhelm längst begriffen: der Herr mit dem Zylinder. Der Mann, auf den es ankam. Und sie hatten keine Zeit mehr. Wenn sie den Mann auch noch warten ließen, konnten sie genauso gut gleich umkehren.

Ein großer Raum tat sich vor ihnen auf. Die Arbeiter der Sozietät mussten die Innenwände des Gebäudes herausgebrochen und Wohnstube und Kammern des einstigen Bauernhauses zu einer einzigen Räumlichkeit vereint haben. Sämtliche Fenster standen offen. Offenbar sollte so viel Tageslicht wie möglich hineindringen, wurde doch auch hier hart gearbeitet, selbst wenn keine Hämmer, Hacken und Spaten geschwungen wurden, sondern Bleistifte, Schiefertafeln, fein gespitzte Schreibfedern. Mehr als ein halbes Dutzend Männer beugte sich geschäftig über eine Reihe von Pulten und Arbeitsflächen entlang der Wände: hager, mit schütterem Haar, einander auf eine beinahe lächerliche Weise ähnlich in ihren angegrauten Hemden und staubigen Westen. Karten, Skizzen, Pläne nahmen jeden Quadratzentimeter der Wandflächen ein, übersät von einem Gewirr handschriftlicher Markierungen.

Der Herr in seinem feinen Gehrock wandte den Gefährten den Rücken zu. Er hatte sich an einem der Schreibtische niedergelassen, der Tür genau gegenüber. Den Zylinder hatte er auf der Tischfläche abgelegt, den Gehstock gegen seinen Stuhl gelehnt. Über eine Reihe von Schriftstücken gebeugt murmelte er vor sich hin, schien hin und wieder eines der Papiere gegenzuzeichnen, bevor ihm einer seiner Beamten respektvoll ein neues Dokument reichte. Wilhelm und seinen Gefährten nahm er gar nicht zur Kenntnis.

Mitten im Raum stand der andere Mann, der Mann in

Hemdsärmeln, der dem feinen Herrn geöffnet hatte. Mit gebieterischer Miene sah er den Gefährten entgegen, die Hände auf dem Rücken verschränkt.

»Wir haben dreihundertzweiundzwanzig Arbeiter auf dieser Baustelle und werden die Hälfte von ihnen vor Ende der kommenden Woche entlassen.« Knapp, scharf und präzise. Ohne ein Wort der Begrüßung, ohne ein Wort der Erklärung. »Lader, Graber, Sandwerfer, Karrenschieber: Wenn ihr auf der Suche nach einer solchen Tätigkeit seid, einer ungelernten Tätigkeit, dann wird euch die Societät nicht beschäftigen. Wenn ihr keine polizeiärztliche Bescheinigung vorlegen könnt, wird euch die Societät nicht beschäftigen. Wenn ihr keine amtlich besiegelte Aufenthaltskarte vorlegen könnt, wird euch die Societät nicht beschäftigen. – Ist einer von euch gelernter Schlosser und hat einen Gesellenbrief vorzuweisen?«

Wilhelm befeuchtete seine Lippen. »Wir...«

»Ist einer von euch gelernter Pflasterer oder Steinhauer und hat einen Gesellenbrief vorzuweisen?«

Wilhelm schüttelte den Kopf, versuchte von neuem anzusetzen.

»Ist einer von euch geübter Steiger oder Schlepper mit wenigstens vierjähriger Erfahrung in dieser Tätigkeit und im Besitz von Dokumenten, die dies beweisen?«

Noch immer scharf und knapp und in einer Geschwindigkeit, die es den Gefährten unmöglich machte, eine Silbe einzuwerfen. Eine Silbe, die doch nur *nein* hätte lauten können. Zugleich aber in einem leiernden, beinahe rhythmischen Tonfall, die Pausen scheinbar willkürlich gesetzt. Ein Mann, der auswendig Gelerntes vortrug. *Und er spricht zwar in unsere Richtung,* dachte Wilhelm. *Und doch spricht er nicht mit uns.*

Jedes Wort des Mannes war in Wahrheit an seinen Vorgesetzten gerichtet, den feinen Herrn in seinem Arbeitsstuhl mit durchbrochener Lehne, der in seinen Unterlagen blätterte, eine Seite um die andere unwirsch beiseitelegte. Als ob er ihm beweisen wollte, wie zuverlässig er selbst seine Arbeit versah und keine Sekunde verschwendete, wenn eine arme Seele um eine Anstellung nachsuchte.

Selbst wenn wir tatsächlich Schlosser, Steiger oder Steinhauer wären, dachte Wilhelm. *Selbst wenn wir tatsächlich alle diese Dokumente vorlegen könnten: Er würde uns gar keine Gelegenheit geben.*

Davon abgesehen, dass sie eben nichts davon waren. Wie im Himmel sollten sie die Geschäftsträger der Sozietät überzeugen, ihnen beiden eine Chance zu geben? Ausgerechnet *ihnen*?

»Ist einer von euch ...«

»Wenn ich so drüber nachdenke, Freund Wilhelm ...«

Wilhelm drehte den Kopf.

Jaroslaw sprach. Und er sprach beinahe im Plauderton.

»Solche Papiere haben wir nicht. Und eine Ausbildung in einem dieser Berufe haben wir auch nicht. – Sieht fast so aus, als ob sie uns hier gar nicht gebrauchen könnten, oder?«

Wilhelm starrte ihn an. Hatte sein Gefährte den Verstand verloren? Wollte er den Mann auch noch gegen sie aufbringen? Worauf wollte er hinaus?

»... Ketten- oder Feinschmied, Seiler ...«

Der Beamte jedenfalls redete einfach weiter, ohne Jaroslaws Worte zur Kenntnis zu nehmen. Vermutlich weil es den Formalitäten widersprach, die Arbeitssuchenden schon jetzt vor die Tür zu setzen und nicht erst dann, wenn er mit seinem Sermon am Ende war. Mit monotoner Stimme fuhr er fort, all jene Gewerke aufzuzählen, auf die sich keiner der Gefährten verstand.

»... Zimmerer oder Haspelzieher ...«

»Ich meine...« Jaroslaw sah in Wilhelms Richtung. »*Natürlich* brauchen sie solche Gewerke auf ihrer Baustelle. Steiger oder Schlosser oder...«

»... Schmelzer oder Pocher...«

»Genau.« Jaroslaw nickte zustimmend. »Die Frage ist nur, ob sie *ausschließlich* solche Männer brauchen. Oder nicht auch welche, die sich wirklich auskennen. Also nicht in einer dieser Tätigkeiten, sondern *hier*. Hier, wo die Trasse gebaut wird, in den Sümpfen rund um Großendamm. Und am Damm natürlich, dem Damm von Großendamm. Männer, die Bescheid wissen über die *Stellen*.«

Stellen? Verständnislos sah Wilhelm seinen Gefährten an.

»Über jene Stellen, die zu dieser Jahreszeit beinahe aussehen wie fester, sicherer Boden.« In bekümmertem Tonfall: »Und die sich doch in einen aufgeweichten Morast verwandeln werden, sobald im kommenden Frühjahr die Schneeschmelze einsetzt und das Wasser aus den Bergen hier zusammenströmt.«

»... Gießer oder Former... oder...« Einen Moment lang schien die Stimme des Societätsbeamten zu schwanken, bevor sie sich im nächsten Moment wieder fing. »... erfahren in der Verhüttung oder...«

»Über solche Stellen können sie ja gar nicht Bescheid wissen«, führte Jaroslaw aus. »Ohne uns. Ohne Männer wie uns, die jeden Stein in der Gegend kennen. Praktisch als Einheimische.«

Jaroslaw warf Wilhelm einen Blick zu, der diesen geradezu zu einem zustimmenden Nicken zwang. Was im Himmel redete sein Gefährte da? Keinem von ihnen waren die Sümpfe in besonderer Weise vertraut, Stunden entfernt von Hohensandau. Und der Damm war keineswegs die wichtigste Verbindung durch den moorigen Landstrich. Der wichtigste Weg blieb die Chaussee. Auf dem Damm hielt man sich, wenn man die Strecke abkürzen wollte und die Witterung das zuließ. In der Trockenheit des Sommers, falls er denn wieder einmal ausgebessert worden war. In der Winterkälte, wenn Frost die unergründlichen Moorflächen überzog. Wenn dagegen die Schneeschmelze einsetzte, tat man gut daran, sich an den Lauf der Chaussee zu halten.

»Üble Stellen sind das da in den Sümpfen«, murmelte Jaroslaw. So vernehmlich allerdings, dass es auch noch für den feinen Herrn verständlich sein musste, über das Kratzen der Schreibfedern hinweg an den anderen Arbeitspulten. Dieser Herr hatte nun seit geraumer Weile kein Schriftstück mehr zur Seite gelegt. Er saß in seinem Stuhl, reglos aufrecht, den Gefährten den Rücken zugewandt.

»*Ziemlich* üble Stellen«, betonte Jaroslaw. »Wenn du dich an die Überflutungen im Jahre vierundfünfzig erinnerst, Freund Wilhelm. Oder an die noch viel schlimmeren ein paar Jahre später, als das Wasser den Damm unterspült hat. Als es ihn *davongerissen* hat. Als es die Aufschüttung *zerstört* hat mit seiner *vernichtenden Gewalt*. Wenn ich mir vorstelle, wie die wackeren Schlosser und Schmelzer und Steiger da jetzt ihre Gleise verlegen, ohne zu ahnen, dass sie auf Sand bauen, den die Leute aus Großendamm erst vor ein, zwei Jahren hingekippt ...«

»*Genug!*«

Ein scharrendes Geräusch. Eine heftige Bewegung. Ruckartig hatte sich der fein gekleidete Herr erhoben und seinen Stuhl beiseitegestoßen. Es klang wie ein Schuss, als sein Stock auf den Boden traf, den silbernen Knauf voran. Der Lehnstuhl selbst schien einen Moment lang zu kippeln, blieb dann aber auf den Füßen.

Die Beamten waren an ihren Pulten und Schreibtischen

erstarrt. Einen Augenblick lang hätte man hören können, wie ein einzelnes Blatt Papier sanft auf den Boden segelte. Dann, wie auf einen lautlosen Befehl, begannen sämtliche Schreibfedern von neuem über Pläne, Auflistungen, Rechnungsbücher zu kratzen.

»Verlasst diesen Raum!«

Wilhelm zuckte zusammen – doch im selben Moment begriff er, dass der Herr mit dem silberhellen Scheitel nicht die Gefährten angesprochen hatte. Sondern die Beamten der Sozietät.

»Konsul Rosenzweig?«, fragte der Mann in Hemdsärmeln, der seinen leiernden Vortrag mitten im Satz unterbrochen hatte. Nicht anders als Jaroslaw.

»Lasst uns allein! Alle! Und ich will die Zeichnungen und Berechnungen sehen, die über den Damm gefertigt wurden! Ihr bekommt Bescheid, wenn ihr wieder eintreten sollt. Verlasst diesen Raum!«

Eilig gehorchten die Männer und verschwanden durch die Tür ins Freie. Rosenzweig wartete ab, bis sie sich geschlossen hatte. Dann machte er drei rasche Schritte und baute sich vor Jaroslaw auf. Auch ohne seinen Zylinder überragte er dessen schlaksige Gestalt noch um einen halben Kopf. Eine Zornesfalte hatte sich auf seiner Stirn gebildet, die Haut unter dem silbrigen Haupthaar war gerötet. Ein Mann, mit dem man sich besser nicht auf ein Streitgespräch einließ.

Aus großen Augen sah ihm Jaroslaw entgegen.

Wilhelm biss die Zähne aufeinander. »Verzeiht«, murmelte er. »Wenn wir Euch bei Euren Aufgaben ...«

»Das habt Ihr!« Rosenzweig schnitt ihm das Wort ab. Doch es war Jaroslaw, den er dabei anfuhr. »Mich bei meinen Aufgaben gestört. Die umfassend sind in Angelegenheiten der Societät, ebenso wie meine Befugnisse. Und sehr eindeutig wird beides entscheidend berührt, wenn *vernichtende Gewalten* einen Damm davonreißen, über den eines Tages vollbesetzte Personenzüge hinwegrollen werden. – Ihr behauptet, aus dieser Gegend zu stammen? Wo kommt Ihr her? Könnt Ihr Dokumente beibringen, die Eure Herkunft beweisen?«

Wilhelm sah, wie sein Gefährte jetzt den Mund öffnete. Und aus irgendeinem Grund ahnte er, dass Jaroslaw irgendetwas sagen würde, was sie in nur noch größere Schwierigkeiten brachte. Selbst wenn es dem Hilfskutscher zu danken war, dass einer der wichtigsten Männer der Societät überhaupt auf sie aufmerksam geworden war.

»Wilhelm Leuschenthal«, sagte Wilhelm rasch. »Von Gut Hohensandau.«

Er sah, wie Jaroslaws Blick in seine Richtung schoss.

Doch es war ein Impuls gewesen. Seit Tagen hatten sie über irgendwelche Namen nachgegrübelt, mit denen sie sich in die Lohnlisten der Eisenbahngesellschaft würden eintragen können. Namen, die ihre wahre Identität verschleierten. *Wilhelm Statmann. Wilhelm Wernesdorf.* Doch Wilhelm spürte, dass der Mann, der ihm jetzt gegenüberstand, niemand war, den man anlog. Nicht ungestraft jedenfalls.

Konsul Rosenzweig war ein Mann, der Entschlossenheit mitbrachte, Härte womöglich. Eigenschaften, wie sie unerlässlich waren in seiner Position. Und doch war er ein Mann, der seine Verantwortung für die Trasse der *Neuen Provinciellen Eisenbahn* ernst zu nehmen schien – für die Züge, die auf dieser Trasse verkehren, und für die Menschen, die in diesen Zügen reisen würden.

Langsam löste sich Rosenzweigs Blick von Jaroslaw. Mit äußerster Aufmerksamkeit musterte er Wilhelm, als hätte er seine Anwesenheit soeben erst wirklich zur Kenntnis genommen. Sekundenlang schwieg er, während Wilhelm spürte, wie ein ungutes Gefühl in seinem Magen erwachte.

»Ihr habt meine Pferde scheu gemacht.« Der Blick des Mannes schien Wilhelm zu durchbohren.

Stille.

Wilhelm rührte sich nicht. Stumm starrte er Rosenzweig an. Dann blinzelte er. *Das ist der Mann! Das ist der Mann, der in der Kutsche saß.*

Das war er, der Satz, zu dem Jaroslaw drei Mal angesetzt hatte, ohne ihn ein einziges Mal zu vollenden.

Ganz langsam ging Wilhelms Blick zu seinem polnischen Gefährten. Er selbst war überhaupt nicht auf den Gedanken gekommen, das Ziel der Kutsche könne die Baustelle gewesen sein. Schließlich waren die Pferde über die Chaussee davongestürmt, der Provinzhauptstadt entgegen.

Fast unmerklich hob Jaroslaw die Schultern. *Hast du mich reden lassen, Freund Wilhelm?*

Wilhelm sah zurück zu Rosenzweig. »Wenn Ihr das glaubt«, sagte er ruhig. »Dass ich es war, der Eure Pferde in Unruhe versetzt hat, dann habt Ihr in Eurem Leben noch niemals mit Pferden zu tun gehabt.«

»Habe ich das?« Der Mann wandte den Blick nicht von ihm. »Was, wenn mich ganz andere Gründe zu meiner Einschätzung führen? Weil ich womöglich sehr genau hinsehe und mir dann meine Gedanken mache über das, was ich sehe? Wenn ich einen Mann sehe, der sich unter Einsatz seines Lebens durchgehenden Rossen in den Weg wirft. Und der den Eindruck macht, als ob er das nicht zum ersten Mal tut.«

Sein Blick heftete sich auf Wilhelms linken Arm, der sich verkrümmt gegen seine Hüfte presste. Und er gab sich keinerlei Mühe, diese Musterung zu verbergen. Weder Mitleid war aus seinem Blick zu lesen noch Hohn oder irgendeine andere Regung. Nichts als scharfe Aufmerksamkeit.

»Einen Mann, dem es dann auch wahrhaftig gelingt, die Tiere unter Kontrolle zu bringen«, fuhr Rosenzweig fort. »Woraus sich ergibt, dass er im Umgang mit Pferden offenbar beträchtliche Erfahrung besitzt. So dass ich mich zu fragen beginne, was ihn dann eigentlich hierher auf eine Gleisbaustelle führt auf der Suche nach einer Tätigkeit. Mitten in einer Gegend, deren Gestüte doch in einem einzigartigen Ruf stehen. Sturmberg, Stolzenfels. Und Hohensandau.«

Wilhelm schluckte. Er tat gut daran, auf der Hut zu sein vor diesem Mann. Rosenzweig war ein mehr als aufmerksamer Beobachter

»Ist es da ein Wunder, Wilhelm Leuschenthal?«, erkundigte sich der Vertreter der Societät. »Ist es da ein Wunder, wenn mir aufgeht, welch wahrhaft außergewöhnliches Zusammentreffen das Ganze doch darstellt? Dass sich ebenjener Mann zur eben rechten Zeit am eben rechten Ort befand: auf der Brücke, die mein Gespann an diesem Abend passieren musste auf dem Weg nach Großendamm? Und dass in genau dem Moment, in dem es jene Brücke erreichte, dieser wahrhaft ohrenbetäubende Lärm losbrach, mit dem – wie ich inzwischen erfahren habe – ein Behältnis voller Gleisnägel in die Tiefe kippte? So dass die Zugpferde erschrecken *mussten*, die Kutsche und ihr Insasse in Gefahr geraten *mussten*. Und er nun handeln *musste*, dieser Mann, der sich auf jener Brücke aufhielt ...« Eine Pause, so kurz, dass man sie hätte überhören können. »... durch reinen Zufall.«

Wilhelm konnte spüren, wie die Farbe aus seinen Wangen wich.

»Wenn Ihr das glaubt …« Er musste sich räuspern. »Wenn Ihr mir *das* zutraut, nur um der Aussicht auf irgendeine Arbeit willen …« Seine Stimme war heiser. »Wenn Ihr glaubt, ich würde zwei unschuldige Tiere zu Tode erschrecken und das Risiko eingehen, dass sie eine Kutsche in die Tiefe reißen, eine Kutsche mit Menschen an Bord … Dann kennt Ihr nicht allein die Pferde wenig. Sondern ebenso die Menschen.«

Noch immer tat sich nichts auf Rosenzweigs Miene. Einen, zwei Atemzüge lang. Bis sich der rechte Mundwinkel ganz leicht hob.

»Ein klein wenig verstehe ich möglicherweise von beiden«, murmelte der Vertreter der Societät. Und nun, tatsächlich, schien sich seine Haltung zu verändern. »Davon abgesehen, dass selbst unsere eigenen Beamten nichts davon wussten, dass ich an diesem Abend nach Großendamm kommen würde«, bemerkte er. »So dass es schon von daher schwierig geworden wäre, für den Augenblick meiner Ankunft etwas vorzubereiten.« Er schüttelte den Kopf. »Nein, die Sache ist eindeutig, Wilhelm Leuschenthal. Aus einem einzigen Grund habt Ihr Euch diesen Pferden in den Weg gestellt: weil Ihr das Leben Euch vollkommen unbekannter Menschen retten wolltet. Und das Leben der Pferde noch dazu, wie ich vermute. Ohne darauf hoffen zu können, in irgendeiner Weise dafür belohnt zu werden. Ganz gewiss nicht mit einer Arbeit auf der Gleisbaustelle, die ich Euch im Übrigen auch nicht anzubieten habe, weil wir auf der Suche nach Schlossern, Schmelzern und Pflasterern sind. Und nicht nach Helden und Samaritern.«

Schweigen.

Dann räusperte sich Jaroslaw. »Helden?«, erkundigte er sich. »Aber nein: *Natürlich* sind wir keine Helden. *Allerhöchstens* Männer, die das Herz am rechten Fleck haben?«

Wie ein Vorschlag zur Güte. Rosenzweig machte nicht den Eindruck, als dächte er darüber nach, auf ihn einzugehen.

»Brave und fleißige Männer jedenfalls«, stellte Jaroslaw fest. »Die sich *zufällig* besonders gut auskennen hier in den Sümpfen und ebenso jenseits davon, im Tal von Hohensandau. Also genau das Richtige für Euch, wenn Ihr zwar keine Helden oder Samariter sucht, dafür aber Männer, bei denen Ihr Euch darauf verlassen könnt, dass sie ...«

Rosenzweig gab ihm keine Gelegenheit zum Weiterreden. Er griff nach seinem Gehstock und bedeutete den Gefährten, ihm zu folgen, trat an seinen Schreibtisch, zu einer großformatigen Karte an der Wand. Sie zeigte das gesamte preußische Königreich, von den Provinzen im äußersten Westen bis in den hintersten Winkel ihrer eigenen Heimat.

»Ich *wünschte*, ich könnte etwas tun«, sagte er. »Für alle Beteiligten. – Für die Menschen in diesem Teil der Provinz, die seit Jahrzehnten einen Eisenbahnanschluss herbeisehnen. Für die Anleger unserer Societät, die fest an unsere Mission glauben. Für die Männer, die den Sommer hindurch an der Trasse gearbeitet haben und denen wir ihre Tätigkeit nun so kurz vor dem Winter werden nehmen müssen. Und für Euch, Wilhelm Leuschenthal, dem ich in der Tat zu danken habe für seinen Einsatz. Für Euch und Euren Gefährten.« Er schüttelte den Kopf. »Fragt mich nicht, warum ich Euch das alles erzähle«, murmelte er, sah Wilhelm dann aber noch einmal aufmerksam an, um schließlich zu nicken wie ein Mann, der eine bereits gewonnene Einschätzung bestätigt findet. Und der sich entschließt, ein durchaus erkanntes Risiko einzugehen.

»Von Anfang an war unser Projekt ein ehrgeiziges Unterfangen«, erklärte er. »Eine Bahnlinie, die nicht allein die entlegenen Provinzen enger an Berlin binden sollte, sondern die böhmischen Kronlande der Österreicher noch dazu, und das in einer Zeit, in der mit einem Krieg doch immer gerechnet werden musste. Und doch konnten wir die Anteilsscheine kaum schnell genug in den Druck geben, so eilig wurden sie uns aus den Händen gerissen: von jenen Investoren, die immer auf eine Möglichkeit sinnen, ihr ohnehin schon beträchtliches Vermögen zusätzlich zu mehren. Ebenso aber, und zu unserer Überraschung, von ganz einfachen Leuten. Von biederen Handwerkern und Angestellten, die nach einer Möglichkeit suchten, ihre Spargroschen zu investieren. So dass wir bald schon mit den Arbeiten beginnen konnten. Von der Hauptstadt wie von der Grenze her wachsen die Schienenstränge einander entgegen. Sobald sich die Lücke schließt und die *Neue Provincielle Eisenbahn* ihren Betrieb aufnehmen kann, ist mit märchenhaften Gewinnen zu rechnen.«

Mit dem Ende des Stocks wies er auf das Zentrum der Karte, zögerte kurz, bevor er besonders sorgfältig formulierte: »Und tatsächlich kommen wir *zufriedenstellend* mit dem Bau voran aus Richtung Berlin. Die Hochöfen an der Trasse schmieden wertvollen Stahl aus dem Erz, das in den Bergen gewonnen wird, welche die Strecke säumen. Und ausreichend Kohle für den Betrieb der Gießereien können wir auf dem schon bestehenden Streckennetz heranführen. Der Nachschub an Gleismaterial ist jederzeit gesichert.«

Er verstummte, und die Spitze seines Stocks bewegte sich weiter, wo sich der fette, durchgezogene Strich der Trasse in eine gestrichelte, vielfach gewundene Linie verwandelte, die den künftigen Verlauf darstellen musste. Eine Linie, die sich endlos dahinzuschlängeln schien. Weit unten rechts in der Kartendarstellung erst hielt Rosenzweig inne.

»Was allerdings anders aussieht in jenem Abschnitt, den wir

aus der Gegenrichtung vorantreiben, von der Grenze her«, murmelte er. »Jenem Abschnitt, an dessen vorläufigem Endpunkt wir uns hier, in Großendamm, befinden.« Er schüttelte den Kopf, wandte sich von der Karte ab. »Hier gibt es keine Gruben, die Erz fördern, aus dem wiederum Stahl für die Schienen gegossen werden könnte. Und keine schwere Steinkohle, die notwendig ist, um die Feuer zu unterhalten, damit der Guss gelingt. So müssten wir all das weiter entfernt beschaffen – nur dass das schwierig ist, solange die Verbindung eben noch nicht existiert. – Natürlich...« Er zögerte. »Natürlich ist es *immer* möglich, auf irgendeine Weise für Nachschub zu sorgen. Und sei es auf Karren und Fuhrwerken. Doch angesichts der Mengen an stählernen Schienen, die wir für Meilen um Meilen um Meilen der Trasse benötigen? Je mühseliger und umständlicher sich all das gestaltet, desto größer sind die Verzögerungen und desto stärker schnellen die Kosten in die Höhe.« Er seufzte. »Und höhere Kosten...«

»Höhere Kosten«, murmelte Wilhelm, »bedeuten weniger Gewinn. Und das wird keinen Eurer Anleger erfreuen, wenn sie am Ende des Jahres auf ihre Dividende warten, ihren Anteil am Gewinn. Und das wiederum...«

Rosenzweig zog eine Augenbraue hoch. »Ist es möglich, dass Euer Wissen hinausgeht über den Umgang mit Pferden, Wilhelm Leuschenthal?«

»Ja.« Wilhelm schüttelte den Kopf. »Nein«, murmelte er. »Aber ich... Ich habe darüber gelesen in...« Eine unbestimmte Handbewegung.

In mehr als einem Buch, dachte er. Seit die Gräfin ihm stapelweise Lektüre zur Welt der Fertigungsstätten und Fabriken aufgenötigt hatte, zu den Handelsbeziehungen in einer neuen Zeit. Und einer dieser Stapel ihn bis heute in seinen Satteltaschen begleitete, die anfangs sein Reittier getragen hatte, später dann Wilhelm selbst. Und die in diesem Moment Jaroslaw über der Schulter trug.

»Die Frage ist, wie Eure Anleger reagieren werden«, murmelte Wilhelm. »Wenn sie weniger Gewinn machen als erwartet. Ob sie dann Geduld haben oder ob sie beginnen, mitsamt ihren Einlagen die Societät zu verlassen. Denn dann stünde Euch noch weniger Geld zur Verfügung als zuvor, um neuen Stahl und neue Kohle zu erwerben, beides transportieren zu lassen. Oder die Arbeiter auf den Baustellen zu entlohnen. So dass Ihr noch vorsichtiger planen müsstet, noch langsamer vorankämt. Was sich dann wieder im folgenden Jahr auf die Gewinne und damit auf die Dividenden niederschlagen würde. Mit demselben Ergebnis, dem Verlust weiterer Anleger, bis sie am Ende ...«

»Am Ende«, unterbrach ihn Rosenzweig, »am Ende steht der Zusammenbruch. Wenn immer mehr Anleger in Zweifel kommen und schließlich ihr Vermögen abziehen, wird eine Gesellschaft irgendwann nicht länger ihre Verbindlichkeiten begleichen können. Mit der Konsequenz, dass diejenigen, die mit dem Verkauf ihrer Anteile nicht schnell genug waren, *alles* verlieren werden. Und aus irgendeinem Grund scheint es sich meist um ebenjene braven kleinen Angestellten und Familienväter zu handeln, die auf diese Weise alles verlieren. Und ...« Er holte Atem, schüttelte den Kopf. »Das konnten wir nicht zulassen.«

»Ihr?« Diesmal war es Wilhelm, der eine Augenbraue hochzog.

»Diejenigen, die ...« Ein kurzes Zögern. »Diejenigen, die die Societät begründet und von Beginn an besonders große Vermögen investiert haben. So wie ich selbst. – Solange *wir* die

Gesellschaft nicht verlassen, ist dies ein Zeichen an die kleineren Anleger, dass auch sie keinen Grund zur Sorge haben müssen. Nur dass es damit noch einmal wichtiger wurde, eine Lösung zu finden, zumal wir nun auch selbst unsere Existenz nicht verlieren wollten.« Ein Atemzug. »Und wir haben diesen Weg gefunden. – Wenn sich Kohle und Erz nicht auf dem gewohnten Wege beschaffen ließen, dann mussten wir in neue Richtungen denken. Es ist das Wesen dieser neuen Zeit, dass sich Entfernungen verändern, Wilhelm Leuschenthal. – Der Augenblick, in dem sich die Lücke in der Trasse schließen wird, mag noch in weiter Ferne liegen, und doch sind wir hier, vor den Toren von Großendamm, bereits an ein mächtiges, bestehendes Gleisnetz angeschlossen – auf der anderen Seite der Grenze, in den böhmischen Kronlanden der Österreicher. Und dort sind Kohle und Erz zur Genüge vorhanden. Nur dass es bis dahin als widersinniger Gedanke galt, die Rohstoffe für eine preußische Eisenbahn aus österreichischen Gruben zu fördern. Keine der beiden Seiten konnte daran ein Interesse haben, nachdem man einander doch gerade über die Spitzen der Bajonette hinweg belauerte. Preußischer Stahl für preußische Schienen. Und österreichischer Stahl ...« Ein Schnauben. »Dass wir nun andere Wege gingen, wird man mit Sicherheit nicht mit gesteigertem Vergnügen gesehen haben. Doch der Erfolg hat uns recht gegeben. Die Anleger haben ihr Geld dort gelassen, wo wir mit ihm wirtschaften konnten: auf den Konten der Societät. Die Zölle waren ein ärgerlicher Faktor, und doch: Damit konnte es weitergehen mit unserer Trasse.«

Rosenzweig schwieg. Doch Wilhelm spürte es. Spürte, dass der Mann noch nicht am Ende war. Und tatsächlich: »Bis der Krieg begann«, murmelte der Vertreter der Societät. »Und die Grenzen geschlossen wurden, der Nachschub zum Erliegen kam. Gestern Abend haben wir ein letztes Mal eine Ladung Gleisnägel erhalten.« Er lachte rau. »*Gleisnägel* – nur dass unser Vorrat an *Gleisen* erschöpft sein wird, bevor sie in die Schwellen versenkt werden können, und keine Hoffnung auf Nachschub besteht, selbst wenn der Krieg nun fast zu Ende ist. Am Königshof wird man es kaum erwarten können, den Österreichern die Kosten für den verlorenen Waffengang aufzubürden. Kosten, die sie auf irgendeine Weise werden aufbringen müssen – sei es durch höhere Zölle. Sei es durch Preise auf ihr Erz und ihre Kohle, die wir nicht werden bezahlen können, ohne jenen verhängnisvollen Kreislauf in Gang zu setzen, den ich geschildert habe. – *Darum*, Wilhelm Leuschenthal, einzig darum bin ich hergekommen. Um ein letztes Mal zu prüfen, welche Möglichkeiten uns überhaupt noch zu Gebote stehen, mit der Arbeit fortzufahren. Welchen Sinn es da noch hat, neue Männer anzuwerben, Schlosser und Schmelzer und Pocher. Ob wir uns überhaupt noch den Kopf zerbrechen müssen, ob der Damm von Großendamm eine Trasse wird tragen können – wenn sie am Ende niemals gebaut werden wird. – *Das* ist der Grund, aus dem es mir guten Gewissens nicht möglich ist, irgendjemanden einzustellen. Weil in diesen Tagen die Zukunft der Societät selbst in Frage steht.«

Mit jedem Satz war Rosenzweigs Tonfall bitterer geworden. Er schien sich am Schaft seines Gehstocks festzuklammern, nicht etwa zitternd und unsicher, sondern wütend beinahe.

Wilhelm sah zu Boden. Er glaubte die Gedanken des Mannes lesen zu können. Rosenzweig wusste um die Situation der Societät, besser als jeder andere vermutlich, nachdem er sich vor Ort überzeugt hatte. Was also konnte er tun, als sein eigenes Vermögen von den Konten der Gesellschaft abzuziehen, und zwar so schnell wie möglich, um zu retten, was zu retten war?

In dem Bewusstsein, dass eben das das Ende wäre, dachte Wilhelm. Der Zusammenbruch. All die kleineren Anleger, die biederen Handwerker, die kleinen Angestellten: Sie würden alles verlieren.

Wie sollte er entscheiden? *Er wartet*, dachte Wilhelm. *Die Zeit läuft ihm davon. Doch er wartet auf ein Wunder.*

Ganz langsam trat er an eines der Fenster, blickte hinaus auf die Siedlung, die niemals ein Dorf gewesen war und nun auch niemals ein Dorf sein würde. Unverwandt betrachtete er den mächtigen Schornstein, der inmitten der eilig errichteten Bretterverschläge der Societät in die Höhe ragte.

Er war sich nicht sicher, was die Gesellschaft hier produzierte. Große Ausmaße konnte der Betrieb nicht besitzen an einem Ort, an dem es nicht gelang, ausreichend Erz und Kohle heranzuführen, solange die Lücke in der Trasse nicht geschlossen war. Und umgekehrt würde diese Lücke nicht geschlossen werden, solange der Nachschub an Erz und Kohle ausblieb. Es war ein grausames Paradox dieser neuen Zeit. Und es schien nicht auflösbar.

Es ist das Wesen dieser neuen Zeit, dass sich Entfernungen verändern, Wilhelm Leuschenthal. Es war dieser Satz, den Rosenzweig in seiner bitteren Rede hatte fallen lassen. Dieser Satz, derselbe Satz, den Wilhelm schon einmal gehört hatte, wortwörtlich beinahe.

In Wohldenbach, dachte er. In der Fertigungshalle der Strehlow'schen Werke.

Entfernungen verändern sich in dieser neuen Zeit, Wilhelm Leuschenthal.

Streng hatte Friedrich Strehlow ihn angesehen. Der Vater der Gräfin.

»Und mit den Entfernungen verändert sich der Wert von Dingen«, flüsterte Wilhelm.

Kohle, dachte er. *Und Erz.* Erz – um Schienenstränge daraus zu gießen. Und Kohle – um die notwendigen Temperaturen in den Hochöfen zu erzeugen.

Jedes Kind auf Hohensandau kannte die Geschichten über die geheimnisvollen Schächte und Höhlen hoch in den Bergen, die den Gutshof überragten: *Minen. Stollen.* Vor Jahrzehnten hatte man sie aufgegeben, weil der Betrieb sich einfach nicht mehr gelohnt hatte, der Aufwand zu hoch gewesen war, das Erz und die Kohle an die Oberfläche zu schaffen. Für Wilhelm und seine Spielgefährten waren die verzweigten Tunnel unheimlich und aufregend gewesen, Orte, an denen sich womöglich Geister verbargen, die nur darauf lauerten, diejenigen Jungen und Mädchen zu bestrafen, die sich in ihr Reich vorwagten. So hatten sie gedacht als Kinder. Damals.

Wenn Ihr heute noch denkt wie zu Zeiten der Großväter …

Das Gesicht des alten Strehlow stand vor seinen Augen. Friedrich Strehlow, Inhaber der altehrwürdigen Porzellanwerke zu Wohldenbach – und jener Mann, der die Gegebenheiten auf den Hardensteinschen Ländereien geprüft hatte wie kein anderer Mensch in dieser neuen, veränderten Zeit. Erst dann hatte er dem Herrn des Gutes ein Angebot unterbreitet über den Kauf von Parzellen zum Bau einer Porzellanfabrik auf Hohensandau.

Gut möglich, dass der Betrieb jener Gruben sich in den Tagen der Großväter nicht lohnte. Wilhelm glaubte die Stimme des alten Mannes zu hören. *Genau das aber wird anders werden mit dem Bau der Eisenbahn, und noch einmal völlig anders, wenn sie erst ihren Betrieb aufnimmt. Wer immer das als Erster erkennt, wird ein Vermögen machen, wenn er beginnt, die Gruben auf seinem Grund und Boden auszubeuten.*

Erz. Und Kohle.

Natürlich war nicht die Societät die Eigentümerin des Bodens, auf dem sich die Eingänge zu den Gruben befanden. Sie hatte jene Flächen erworben, auf denen die künftige Trasse verlaufen würde, dazu kleinere Abschnitte wie hier in Großendamm, um Unterkünfte zu errichten für die Bahnarbeiter, Lager für ihr Material.

Doch Wilhelm wusste, wer in den Bergen Land besaß. *Minen und Stollen*, dachte er. *Vergessen seit Menschengedenken.*

Er drehte sich um. Rosenzweig schenkte ihm kaum noch Beachtung. Er schien die Anwesenheit der beiden Reisenden beinahe vergessen zu haben. Stumm musterte er die Kartendarstellung, noch immer unentschlossen, was er tun sollte. Und doch stand ein Ausdruck auf seinem Gesicht, als würde er bereits Abschied nehmen von dem unerhörten, ehrgeizigen Projekt, das sich die *Neue Provincielle Eisenbahn-Societät* auf die Fahnen geschrieben hatte.

Erz. Und Kohle.

Einen letzten Augenblick verharrte Wilhelm. »Konsul Rosenzweig?«

Gut Hohensandau

Herbst 1866

Theresas Atem ging keuchend.

Emma. Und Anna. Und die anderen Frauen. Die Gesichter standen vor ihren Augen und wollten nicht weichen.

Dein Mann, der dem Grafen seine Gemahlin und seinen Erben geraubt hat! Den Frauen ihre Ehemänner! Den Kindern ihre Väter! – *All das, während du ... du ...*

Fort, nur fort.

Theresa lief. Sie stolperte, schwankte, bekam keine Luft, war nicht in der Lage, auf das trügerische, aufgeweichte Gelände zu achten. Auf den Morast, der sich an ihre Fersen heftete. Scharfe Halme peitschten über ihre Waden, schnitten in ihre Haut, doch sie bemerkte es kaum. Ihr Blick flackerte. Der Mühlenbach war ein Wirbeln zu ihrer Rechten, das weite Gras der Wiesen in verschwommene Formen aufgelöst.

Bis die Last des schweren Bottichs sie zum Innehalten zwang. Die doppelte Last, die sie nicht länger zu tragen vermochte: das klamme Leinen und ihr kleines Mädchen dazu. Mit einem Ächzen setzte sie das Gewicht auf den Boden, musste sich für Sekunden auf den Rand der hölzernen Wanne stützen, unfähig, sich aufzurichten.

Die kleine Dorthe sah ihr entgegen. Sie hatte sich aus ihren Tüchern freigestrampelt, ihr Gesichtchen war vom Weinen gerötet. Theresa zitterte, als sie das kleine Mädchen aus dem Bottich nahm, es vorsichtig wieder in die Tücher und Decken hüllte und es an ihre Brust drückte. Minutenlang war sie sich nicht sicher, wer von ihnen wen hielt.

So wenig, wie sie mit Gewissheit sagen konnte, wie viel Zeit daraufhin verging. Wie in einem Traum betrachtete sie eine Weile später die Bahnen von Leinen, die sich in der Strömung des Mühlenbachs ausbreiteten wie in untotem Leben, während das Wasser die beißende Lauge davonspülte. *Gespenster*, dachte sie. Wie war es möglich, dass die Toten eine solche Macht besaßen auf Hohensandau? Irgendwann musste ihr genau derselbe Gedanke schon einmal durch den Kopf gegangen sein.

Die Toten, dachte sie. Leonor. Gräfin Thyra und die Knechte ihrer Eskorte. Und nun Otto. – Jedes Mal verspürte sie jetzt einen Stich im Herzen, wenn sie über die Schulter nach ihrer kleinen Tochter sah, die nun im Nest der Tücher und Decken im Gras lag, in sicherer Entfernung vom Ufer, aber doch nahe genug, dass ihre Mutter mit wenigen Schritten zu ihr eilen konnte.

Dorthe hatte aufgehört zu weinen, doch Theresa konnte sehen, wie sie sich unruhig regte. *Als wäre sie noch immer ein Teil von mir.* Und natürlich war sie das, Theresas kleines Mädchen.

Zugleich aber stellte sie fest, dass sie sich beinahe *schämte*, wenn sie sich nun um ihre Tochter sorgte, obwohl da doch noch ein anderes kleines Mädchen war, die kleine Anni, der nichts als ihre Mutter geblieben war. Obwohl da so viele andere Kinder waren, Kinder anderer Mütter, Annas, Berthas, Rosamundas Kinder, deren Väter gestorben waren. Anders als Wilhelm, der fort war und unerreichbar, aber doch am Leben.

Habe ich trotz allem viel zu sehr an mich gedacht, an meine eigenen Kinder?

Theresa hatte ihre Schuhe und Strümpfe abgestreift, die langen Röcke geschürzt und den Saum unter den Gürtel gestopft. Die Fluten des Wasserlaufs reichten bis an ihre Oberschenkel. Sie nahm es kaum wahr, doch sie wusste, dass die Wasser des Mühlenbachs kalt waren, gespeist von Quellen im Gebirge.

Die Bahnen des Leinens waren ihre Aufgabe: Betttücher, Tischlaken, einige von ihnen mit Stickereien versehen. Und Theresa war dankbar für diese Aufgabe, sowenig sie auch geeignet war, ihren Kopf von den wirbelnden Gedanken zu befreien. Jeden Zoll des Gewebes nach Verschmutzungen abzusuchen, den feuchten Stoff aneinanderzureiben, um die Verfärbungen zu lösen. Immer wieder nahm sie das Waschbrett zu Hilfe und stellte fest, dass sie das Leinen mit zunehmender Heftigkeit über die raue Oberfläche rieb, bis sie schließlich mit einem wortlosen Laut nach dem hölzernen Bleuel griff. Mit seinem kräftigen Stiel und dem flachen Blatt diente er dazu, mit aller Kraft auf das Leinen einzuschlagen, um auch die letzten Reste von Schmutz und Gallseife aus dem Gewebe zu pressen. Und nichts anderes tat Theresa, bis ihre Finger unter der ätzenden Lauge rau und rissig wurden und ihr Tränen in die Augen traten. Tränen, die doch nichts zu tun hatten mit ihren geröteten Fingern, deren Gelenke knotig anzuschwellen begannen, bis sie Mühe hatte, sie überhaupt noch zu bewegen.

Wie war es möglich, dass sie noch immer eine solche Wut empfand? Und doch noch nicht einmal sagen konnte, auf wen sich diese Wut nun richtete? Auf Wilhelm? Auf Emma oder gar auf Ferdinand von Hardenstein? *Auf Otto, weil er sich von den Österreichern hat erschießen lassen?*

Sie hatte längst begriffen, dass es ein Fehler gewesen war, sich aus der Kammer davonzuschleichen, um sich an ihre Pflichten zu begeben. Doch zugleich fragte sie sich, welchen Unterschied es bedeutet hätte, noch einige Wochen abzuwarten. Wären Emma und die anderen Frauen ihr dann anders begegnet? Mit auch nur einer Idee weniger Zorn, geringerer Bitterkeit? Hätte es Otto wieder lebendig gemacht und die Knechte der Eskorte? Oder gar Thyra von Hardenstein?

Sie konnte nichts anderes tun als ihre Pflicht. So wie die anderen Mägde, die ein Stück bachabwärts in dieselbe Arbeit vertieft waren. Mit dem Unterschied, dass die Frauen sich gemeinsam ihrer Aufgabe widmeten als Teil der großen Familie, die das Gesinde von Hohensandau ausmachte. Hin und wieder trug eine Brise Fetzen ihrer Gespräche an Theresas Ohren, doch wann immer sie einen Blick in Richtung der Frauen warf, wurden die Gesichter eilig abgewandt.

Die Sonne hatte sich vom Horizont gelöst, ihrem höchsten Punkt über den Giebeln des Gutshauses entgegen. Immer wieder stapfte Theresa ächzend ans Ufer, um eine weitere leinene Bahn zum Trocknen über das Gerüst zu hängen, das oberhalb der Wasserlinie aufragte. Wie ein Schafott.

Theresa wusste, dass die Hausdame irgendwann nach den Wäscherinnen sehen würde. Agathe nahm ihre Aufgaben ernst und pflegte sich mit eigenen Augen zu überzeugen, dass die Mägde ihren Arbeiten nachkamen, wie sie das angeordnet hatte. Der eigentlich entscheidende Moment würde in jenem Augenblick kommen, in dem die Hausdame sie hier draußen entdeckte. Mit kritischer Miene würde sie sich anhören, was Theresa vorzubringen hatte, würde sie von oben bis unten mustern und sie auffordern, in ihrer Arbeit fortzufahren — oder sich ohne jeden Umweg zurück in ihre Gemächer zu begeben.

Irgendwann verlangte Theresas kleines Mädchen nach Nahrung, und in aller Eile stieg sie aus dem Wasser, um die Kleine an ihre Brust zu legen. Anschließend bettete sie ihre Tochter wieder ins Gras und stellte den nunmehr leeren Bottich vorsichtig auf die Seite. Sein Schatten würde die kleine Dorthe vor der Sonne schützen, während Theresa in ihrer Arbeit fortfuhr und die Hitze des Tages weiter zunahm.

»Theresa!«

Sie schaute von dem Tischtuch auf, über das – sie hätte es schwören können – ein Fuhrwerk hinweggerollt sein musste.

Theresa blinzelte. Da stand eine Frauengestalt auf der Krone des Damms, der quer durch die Wiesen lief. Theresa hatte die Sonne im Rücken. Doch Schweiß brannte in ihren Augen. *Bertha?* Nein, die Gestalt war schmaler. Sie konnte die andere nicht mit Sicherheit erkennen. Lediglich die hochgeschürzten Röcke zeichneten sich deutlich vor dem helleren Hintergrund ab: eine der Mägde demnach. *Doch was will sie von mir?*

»Theresa! Komm schnell!«

Ganz langsam richtete Theresa sich auf. Auch die Stimme der Frau konnte sie keiner der Mägde zuordnen. Die Stimme eines Menschen veränderte sich, wenn er nicht in seiner gewohnten Tonlage sprach. Sondern in ganz anderer Weise: drängend, alarmierend, dass sich die Worte überschlugen.

»Was …«, setzte Theresa an, doch ihre eigene Stimme kam ihr nach dem wochenlangen Krankenlager schwach und kläglich vor.

»Theresa!«

Noch einmal, flehend beinahe. Die Frau machte Zeichen mit den Händen und schien bereits im Begriff, sich von der Dammkrone zu entfernen.

Zurück zum Herrenhaus? *Nein.* Die Unbekannte stand viel zu weit rechts. Sie konnte nicht vom herrschaftlichen Gebäude gekommen sein. Sie musste sich vom Wirtschaftshof aus genähert haben, nicht weit von der Sattelkammer und beinahe schon auf die Koppeln zu. Dort wo …

Dort wo die alte Vera die Kinder des Gesindes in ihrer Obhut hatte.

Eine Hand aus Eis griff nach Theresa. *Joachim!* Ihr kleiner Sohn!

Sie dachte keinen Moment länger nach. Sie hastete ans Ufer, riss ihre Tochter an sich, so dass das kleine Mädchen in ein überraschtes Weinen ausbrach, während Theresa bereits auf den Damm zuhielt, sich gleichzeitig mühte, das mit einem Knoten versehene Wickeltuch über ihren Kopf zu streifen, ohne langsamer zu werden.

Stolpernd, für einen Augenblick strauchelnd, als ihr linker Fuß auf dem feuchten Gras wegrutschte. Den Hang der Aufschüttung empor, der Atem stechend in ihren Lungen. Von der Frau, die sie so drängend alarmiert hatte, war schon nichts mehr zu sehen.

Joachim! Was konnte geschehen sein, dass man seine Mutter in einer solchen Hast herbeirief? Wovon hatte er ihr in den letzten Tagen erzählt?

Die Koppeln! Der Kleine sprach von kaum etwas anderem. Die Koppeln, auf denen sein Vater seinen Dienst versehen hatte. Die Koppeln, auf denen nun die anderen Knechte versuchten, die entstandene Lücke zu füllen und die Tiere mit dem Sattel vertraut zu machen. Es war eine anstrengende, eine *gefährliche* Aufgabe, die mehr als einer der Männer mit dem Leben bezahlt hatte in den vergangenen Jahren. Ilsas Liebster, schoss es Theresa durch den Kopf. Ilsas Liebster, der unter den Hufen der Tiere gestorben war.

»Oh mein Gott«, flüsterte sie, als sie den Damm hinabstolperte, ihre Füße über das trockenere Gelände auf der anderen

Seite flogen. Während die Ställe vor ihren Augen aufwuchsen, der Bau der Sattelkammer, die Zäune um die Weiden der Pferde. »Oh mein lieber Gott! Bitte lass ihm nichts geschehen sein!«

Die Koppeln. Die Tiere hinter den vordersten Gattern grasten friedlich vor sich hin. Einige der Knechte hatten sich am Durchgang versammelt, der zwischen den Zäunen hindurchführte. Und ihre Mienen...

Ihre Mienen wirkten ruhig und bedächtig. Erst jetzt für einen Moment verwundert, als sie aufblickten, verwirrt in Theresas Richtung sahen.

Theresas Blick jagte nach links, zum Seitenflügel des Herrenhauses, zum Altenteil der ehemaligen Zofe.

Die alte Vera saß auf der niedrigen Bank vor der Tür zu ihren Räumen, das Kinn auf die ineinander verschränkten Hände gestützt, die Hände auf den Knauf ihres Gehstocks. Als ob sie vor sich hin döste.

»Vera!« Theresa, atemlos. Es war das erste Mal in ihrem Leben, dass sie die ehrende Anrede wegließ, wenn sie sich an die gesetzte Dame wandte, die obendrein als einstige Gesellschafterin der alten Gräfin über ihr stand. *Frau* Vera.

Die alte Frau schreckte hoch. Sie musste tatsächlich eingenickt sein, während die Kinder zu ihren Füßen munter jene Faserbündel zerpflückten, die sie hätten zu Puppen binden sollen. Die ehemalige Zofe blinzelte, bevor sie überrascht die Lider öffnete.

»Die Leuschenthalerin«, murmelte sie, während ihr Blick auf Theresas kleines Mädchen fiel. *Das also ist das neue Kind.* Beinahe als ob sie die Worte ebenfalls aussprach. Das also war die jüngste Bewohnerin von Hohensandau, von deren Geburt jeder Mensch auf dem Gutshof gehört haben musste und die doch bis zu diesem Morgen außerhalb der Kammer der Mägde niemand zu Gesicht bekommen hatte. Doch noch bevor eine der Frauen ein weiteres Wort sagen konnte ...

»Mama?« Fragend.

Theresas kleiner Sohn neigte den Kopf etwas zur Seite. Im Schneidersitz saß er am Rande der Kinderschar, als wäre er es, der die Mädchen und Jungen bei ihrem Tun beaufsichtigte.

Joachim. Theresas Lippen formten seinen Namen.

»Soeben wollte ich meinem Wohlgefallen Ausdruck geben, Leuschenthalerin.« Auf ihren Stock gestützt erhob sich die einstige Zofe von ihrem Sitzplatz. »Angesichts des Umstands, Euch auf den Beinen zu sehen. Doch Ihr werdet mir die Bemerkung gestatten? Ihr seht ganz ausgesucht fürchterlich aus heute Morgen. – Der Physicus hat Euch ganz sicher die Erlaubnis erteilt, Euch zu erheben?« Misstrauisch. Dann offenbar ein Gedanke. Der Tonfall wechselte um eine Nuance. »Ist etwas mit dem Kind?« Ein Nicken zu der kleinen Dorthe in ihrem Wickeltuch.

»Nein.« Theresa schüttelte den Kopf. Verwirrt, unschlüssig. Sie sah zu der alten Frau, zu ihrem Sohn, zurück zu Vera. »Ja. Nein, der Kleinen fehlt nichts. – Mein Sohn, Joachim: Er war die ganze Zeit hier?«

»Seit Eure Freundin Ilsa ihn an diesem Morgen in meine Obhut gegeben hat«, bestätigte die alte Vera, nun sichtbar irritiert.

Wobei sie gerade eben eindeutig geschlafen hatte, ging Theresa durch den Kopf. *Er kann sonst wo gewesen sein, ohne dass sie etwas davon mitbekommen hätte.* Zugleich aber war unübersehbar, dass dem kleinen Jungen nichts fehlte. Er sah seine Mutter an, nun ebenfalls mit einem fast verwirrten Ausdruck auf dem Gesicht.

»Aber was sonst kann die Frau gewollt haben?«, murmelte Theresa.

»Die Frau?« Das war die einstige Zofe.

Theresa schüttelte den Kopf. »Nichts«, murmelte sie. »Bitte verzeiht, Frau Vera. Ich war für einen Augenblick in Sorge. Es ...« Ein erneutes Kopfschütteln. »Es ist alles in Ordnung.« Sie warf ein flüchtiges Lächeln in Richtung ihres Sohnes, und schon hatte sie sich abgewandt. Zurück auf den Wirtschaftshof, dachte sie. Vorbei an den Koppeln. Zurück zum Waschplatz, in die Wiesen am Mühlenbach.

Die Frau. Was hatte das alles zu bedeuten? Was hatte die Unbekannte von Theresa gewollt, wenn da doch so offensichtlich nichts gewesen war, das Anlass gegeben hätte, sie mit einer solchen Dringlichkeit herbeizurufen? Kein Grund, aus dem sie ihren Platz an der Waschbank so überstürzt hätte verlassen müssen?

Theresa lief hinab in die Wiesen. Dorthe hatte aufgehört zu weinen, und sie war froh darüber. Aller hektischen Eile zum Trotz: Die schaukelnde Bewegung schien das kleine Mädchen zu beruhigen, wenn Theresa es auf den Armen trug. Sie bewegte sich nicht mit derselben Hast wie auf dem Hinweg, stellte dennoch fest, wie ihre Schritte jetzt von neuem rascher wurden. *Unruhiger.*

Es waren drei Dinge, die Theresa wahrnahm, als sie die Dammkrone erreichte.

Der Waschplatz der Mägde hatte sich deutlich geleert. Vielleicht die Hälfte der Frauen war zurückgeblieben, beugte sich weiterhin über die Bahnen des Leinens, führte sie durch die Strömung, suchte mit Bleuel und Waschbrett den hartnäckigen Verschmutzungen beizukommen. Theresa konnte Rosamunda erkennen, ein paar Schritte entfernt auch Berthas kräftige Gestalt.

Zugleich allerdings entdeckte sie auch die übrigen Frauen, die Gruppe um Emma und Anna. Diese Gruppe hatte den Platz an den Waschbänken verlassen – und sich stattdessen *an Theresas Platz* am Ufer gesammelt. An den Gerüsten, an denen sie die Laken in die Sonne gehängt hatte.

Und schließlich fiel ihr Blick noch auf zwei weitere Gestalten, die ebenjenem Platz entgegenstrebten, aus Richtung der gräflichen Fischteiche: die hagere Agathe, auf ihrer morgendlichen Runde zweifellos, bei der sie die Mägde bei ihren Arbeiten aufsuchte – und Theresas Freundin Ilsa.

Theresa konnte spüren, wie sich in ihrer Kehle etwas zusammenzog. Sie konnte nicht sagen, was all das zu bedeuten hatte. Doch sie *wusste*, dass es nichts Gutes sein konnte.

Sie beschleunigte ihre Schritte. Fast gleichzeitig mit Agathe und ihrer Begleiterin kam sie am Waschplatz an, bei den Mägden, die sich dort drängten. Und einen Moment lang fing sie die feindseligen Blicke ein, die einige der Frauen in ihre Richtung warfen. Andere unter ihnen schlugen die Augen nieder, bevor sie Theresa den Weg freigaben.

Auch Ilsa sah ihr entgegen. Ihr Gesichtsausdruck war nicht recht einzuschätzen. Dass es kein freundlicher Ausdruck sein konnte, verstand sich von selbst, nachdem Theresa doch vor ihr stand, für ihr Tagewerk gekleidet, die Röcke geschürzt, die Ärmel bis über die Ellenbogen hochgeschoben, erhitzt vom hektischen Lauf zum Quartier der alten Zofe und wieder zurück an den Mühlenbach. Dutzende von Laken bleichten hier in der Sonne, befreit von Schmutz und bitterer Lauge im eisigen Wasser. Theresas Werk, unübersehbar. Das Werk einer Frau, die nicht einmal auf das Unkraut im Küchengarten einen Gedanken hätte verschwenden sollen, bis der Physicus sie für gesund erklärt hatte. Angespannt sah Theresa zu Agathe.

Jeder Mensch auf dem Gutshof wusste, wie ernst die Hausdame ihre Pflichten nahm. Sorgfältig schätzte sie die Fähigkeiten einer jeden unter den Mägden ab, bevor sie eine Aufgabe zuwies. Und ihre Rundgänge waren gefürchtet, bei denen sie aufmerksam prüfte, ob die Arbeiten auch wirklich mit der gebotenen Umsicht erledigt wurden.

Agathe war stehen geblieben – an den Gerüsten, die sich oberhalb von Theresas Waschplatz erhoben. An einem bestimmten dieser Gerüste, über dem eines der frisch gewaschenen Laken in der Sonne trocknete.

Und einen Moment lang war beim besten Willen nicht zu erkennen, was an diesem Laken ihre Aufmerksamkeit auf sich gezogen hatte. Das Leinen leuchtete in einem strahlenden Weiß, kein Anlass für die hagere Frau, einen Einwand zu erheben. Ohne jeden Ansatz einer Falte war der Stoff über das Gerüst gebreitet.

Bis ein Windstoß in das Gewebe fuhr und einen zerfransten, senkrechten Riss offenbarte, der nahezu über die gesamte Länge der Leinenbahn klaffte. Einen Riss, wie er zustande kommen mochte, wenn jemand ein Laken mit Waschbrett und Bleuel bearbeitete, außer sich vor Wut und jedes Maß vergessend.

Das Laken … Theresa erstarrte. Der Platz an der Waschbank schien sich um sie zu drehen. *Das ist unmöglich!*

Natürlich erinnerte sie sich, wie sie in blindem Zorn auf die Stoffe eingeschlagen hatte. Aber hätte sie es nicht bemerken *müssen*, wenn sie eines der Laken zerrissen hätte?

Unmöglich kann ich das getan haben. Im Gegenteil hätte sie schwören können, dass sie ein ganz anderes Stück über den Balken des Gerüsts geworfen hatte, das Tischtuch nämlich, an dem sie in jenem Moment gearbeitet hatte, als die Unbekannte nach ihr gerufen hatte. Ein Tuch mit blumenverziertem Saum, das über und über verschmutzt gewesen war, als wäre ein Fuhrwerk darüber hinweggerollt. Ein Tuch von sehr viel kleinerem Format als jenes Laken.

Und doch hing das zerrissene Laken dort, noch tropfend, bleichte in der Sonne. *Ich war nicht bei mir!* Es war die einzige Erklärung. Die einzige Erklärung, die einen Sinn ergab. *Ich bin nicht ansatzweise in der Lage, meinen Dienst zu verrichten!* Und dennoch hatte Theresa sich an die Arbeit begeben. Ohne dass die Hausdame ihr Anweisung erteilt hatte.

Was sollte sie tun? Was sollte sie noch tun als beten, dass Agathes Zorn wenigstens nur sie allein treffen würde und nicht ihre Freundinnen noch dazu, Ilsa womöglich, in die die hagere Frau doch ein besonderes Vertrauen setzte?

»Eine Magd, die ein ihr anvertrautes Laken beschädigt …« Die Hausdame sprach leise. »Ob nun mutwillig oder in reiner Fahrlässigkeit: Was würde ich tun mit einer solchen Frau?« Ein Zögern, dann ein Kopfschütteln. »Ich würde ihr aufgeben, dieses Laken zu ersetzen, wozu ihr Lohn vermutlich nicht reichen würde, ohne dass sie Not leiden müsste. So dass ich ihr die Möglichkeit eröffnen würde, den Wert des Lakens mit zusätzlichen Diensten abzuleisten. An den Sonntagen und am Abend. Wenn sie ihre übliche Tätigkeit, ihre gewöhnlichen Pflichten bereits verrichtet hat.«

Sie hielt inne und sah Theresa an. *Alle* Frauen sahen Theresa an. Konnte es reiner Zufall sein, dass es ausgerechnet Emma war, die ihr unmittelbar gegenüberstand, im Rücken der Hausdame? Triumph stand auf den Zügen der Näherin, ein Ausdruck der Genugtuung.

»Wie ich dagegen mit einer Dienstmagd verfahren sollte, die überhaupt nicht in der Lage ist, auch nur ihre üblichen Aufgaben wahrzunehmen ...« Agathe schien nun beinahe mit sich selbst zu sprechen. »Und der ich das Stück gar nicht anvertraut habe, das sie beschädigt hat ...« Sie schüttelte den Kopf. »Ich bin nicht zornig auf dich, Theresa. Es wäre nicht gut, wenn eine Hausdame den Mägden mit solchen Gefühlen begegnete. Oder ein Verwalter oder sonst jemand, der ein Amt auf einem Hof versieht. Und ich kenne dich gut genug, um zu wissen, dass du nichts aus einer bösen Absicht getan hast. Und doch bin ich mir nicht sicher, ob ich einer solchen Magd weiterhin vertrauen könnte. Wie ich sie überhaupt weiterhin ...«

»Ein erfreuliches Bild: wenn jemand weiß, was er tut.«

Eine schnarrende Stimme, wenn auch in einem ungewohnten, geradezu aufgeräumten Tonfall.

Langsam drehte Theresa sich um. Die alte Vera stand wenige Schritte hinter ihr. Auf ihren Stock gestützt begutachtete sie das hoffnungslos zerrissene Leinen. Theresa hatte noch niemals erlebt, dass die alte Frau die Waschbänke aufgesucht hatte. Woraus sich von selbst ergab, dass Vera ihr gefolgt sein musste. Dass sie so schnell nun ebenfalls hier war, sagte vermutlich eine Menge über Theresas eigenen Zustand.

»Jeder Mensch hat seinen Platz«, führte die alte Dame aus. »Es gibt die Welt der Herrschaften. Und es gibt die Welt all derer, die ihnen dienen. Kein Platz aber ist so gering, als dass sich dort nicht Gutes bewirken ließe. Solange ihn nur jemand innehat, der weiß, was er tut.«

»Frau Vera?«, erkundigte sich die Hausdame in einem hörbar irritierten, zugleich aber deutlich respektvollem Tonfall.

Es war erstaunlich, wie Vera das anstellte, ging Theresa durch den Kopf: dass die Leute ihr auf diese Weise begegneten, selbst Agathe in ihrer eigenen hervorgehobenen Position – weniger wie der ehemaligen Gesellschafterin der lange verstorbenen Gräfin, sondern eher wie der einstigen Herrin von Hohensandau selbst. Und sei es, dass die ehemalige Zofe Unerklärliches von sich gab. Der ausgefranste Riss klaffte im Gewebe des Lakens, unübersehbar. Wie irgendjemand auf den Gedanken verfallen sollte, dass Theresa damit etwas Gutes bewirkt haben sollte ...

»Womit ich keineswegs andeuten wollte, dass Ihr eine geringe oder gar unwichtige Tätigkeit verseht«, schob die alte Zofe in aller Eile nach, als wäre ihr die Unhöflichkeit ihrer Worte plötzlich aufgegangen. »Im Gegenteil: Ganz zweifellos ist Frau Agathe bewusst, wie glücklich sie sich schätzen darf, Euch zum Gesinde zu zählen – Emma.«

Schweigen. Die einstige Zofe nickte wie zu sich selbst, sichtlich zufrieden.

Die Hausdame dagegen runzelte die Stirn. Und auch Theresa selbst sah verwirrt in ihre Richtung: »Ich fürchte, Ihr versteht nicht, Frau Vera. Dieses Laken habe *ich* ...«

»Ihr?« Überrascht sah die Zofe sie an. »Nein, Leuschenthalerin.« Ein Kopfschütteln. »Das kann ich mir nicht vorstellen. Ihr seht doch, dass es sich um ein beschädigtes Laken handelt. Eines der Laken, die man der Näherin übergibt, die das Leinen dann besieht, ob sich für dieses Stück noch etwas tun lässt. – Und Ihr habt sehr klug und umsichtig gehandelt, Emma!« Sie sprach jetzt lauter und mit Blick in Richtung der Näherin. »Wie oft habe ich mit dem Mädchen schimpfen müssen, das in den Zeiten meiner seligen Herrschaft Eure Aufgaben versehen hat! Das sich sogleich mit Nadel und Faden über die Stücke hergemacht hat, wenn ein Riss entstanden war. Obwohl sich Stücke aus gutem Leinen doch verziehen und verformen unter einer Gewalt, die das Gewebe zum Reißen bringt, und erst im Anschluss an die Wäsche wieder ihre ursprüngliche

Gestalt annehmen, nachdem man sie sorgfältig in Form gehängt hat. Und man erst dann geschickt mit der Nadel...« Ein Kopfschütteln. »Doch das muss ich Euch nun nicht erzählen, Emma.« Mit skeptischer Miene trat sie näher an das zerrissene Laken heran: »Wobei ich Zweifel habe, dass an diesem Stück selbst Eure Künste noch irgendetwas retten können.«

»Ich...« Das war die Näherin. Doch sie verstummte auf der Stelle.

Die hagere Agathe trat langsam an die Seite der alten Zofe. Und die Falten auf ihrer Stirn vertieften sich, als sie den Schaden nun aus nächster Nähe in Augenschein nahm und die Finger über den ausgefransten Riss führte. Unvermittelt hielt sie inne und beugte sich noch einmal tiefer über das Gewebe.

»Tatsächlich«, murmelte sie, »hier ist der Rotweinfleck. Wenn man ganz genau hinsieht, sind die Umrisse immer noch zu erkennen, wie ein Schatten im Gewebe.« Die Hausdame richtete sich auf, trat zwei Schritte zurück. »Es ist im Frühjahr passiert, als die Pächter aus Stolzenfels und aus Sturmberg zu Gast waren. Seine Herrschaft schätzt es nicht sonderlich, die Jagdhunde mit in den Salon zu nehmen, doch auf Stolzenfels scheint das gang und gäbe zu sein, so dass er nicht zurückstehen mochte mit seinen eigenen Tieren. Denen der geschmückte Raum mit seinen Öllampen und livrierten Dienern aber nicht vertraut war, ebenso wenig wie die Gegenwart der fremden Hunde. Also suchten sie unter dem Tisch Zuflucht, unter dem Laken, das bis auf das Parkett hinabreichte. So lange jedenfalls, bis das Bellen der fremden Tiere sie aufschreckte.« Ein Kopfschütteln. »Mehrere Stücke des weißen Goldes sind zu Bruch gegangen, ebenso der Dekanter aus venezianischem Kristall, aus dem seine Herrschaft von dem Roten hatte kredenzen wollen, der an unseren Rebhängen reift. Dass sich nicht noch Schlimmeres ereignet hat, war einzig dem Laken zu verdanken, das sich an der Tischecke verfangen hatte.« Erneut ein Kopfschütteln.

Agathe wandte sich um und sah der Näherin in die Augen. »Du hattest bereits vermutet, Emma, dass du für dieses Laken nichts mehr würdest tun können. Doch offenbar hast du es noch nicht zerschnitten, um Leibwäsche daraus zu fertigen, wie du es angekündigt hattest.«

»Ich...« Die Näherin biss sich auf die Lippen, blickte dann auf. »Ich war in diesen Tagen im Begriff, mich an die Arbeit zu begeben, Frau Agathe. Doch wie Frau Vera eben erklärt hat, musste es zunächst gereinigt werden. Es muss sich in den Stapel verirrt haben, den die Leuschenthalerin an sich genommen hat.«

Die Hausdame nickte, sehr langsam und überlegt. »So sieht es aus«, bemerkte sie, die Worte auf eine Weise betonend, die sehr unterschiedliche Möglichkeiten zur Deutung ließ.

Dann aber wandte sie sich um. »Theresa?«

Theresa war den Vorgängen gefolgt. Mit zunehmendem Staunen. In zunehmender Verwirrung. Nie und nimmer hatte sich Emmas zerrissenes Laken in ihren Stapel verirrt! Theresa hatte jetzt keinen Zweifel mehr, dass sie das sehr viel kleinere Tischtuch über jenen Balken gehängt hatte, jenes mit dem blumenverzierten Saum. Die Näherin hatte dieses Tuch verschwinden lassen und stattdessen das beschädigte Laken aufgehängt – sie oder eine ihrer Verbündeten. Und jede der Frauen hier wusste es: Emma sowieso und die Mägde, die ihr zur Seite standen, doch die Hausdame ganz genauso. Ilsa musste es soeben begriffen haben, genau wie Theresa selbst, und die alte Vera, wie auch immer, wusste ebenfalls Bescheid. Und wenn sie nur erfasst hatte, dass eine von Emmas Spießgesellinnen Theresa von der Waschbank fortgelockt haben musste, damit die Übrigen den Tausch vornehmen konnten.

Alle wissen Bescheid. Und jede von uns weiß, dass auch die anderen wissen – und doch tun alle, als ob nichts gewesen wäre! Wie kann das sein?

Weil all das nichts daran ändert, dass Otto gestorben ist, dachte sie. *Genau wie Annas, Berthas, Rosamundas Ehemann.*

Was hätte die Hausdame tun können, das nicht alles noch schlimmer machte, indem sie mit dem Finger auf die Näherin zeigte, ihr ihre Verfehlungen offen ins Gesicht schleuderte? *Nichts kann sie tun.* Theresa würde damit leben müssen, dass es zumindest eine Frau auf Hohensandau gab, die ihr mit Hass begegnete und jederzeit den nächsten Versuch unternehmen konnte, ihr zu schaden. Und sie war sich nicht sicher, ob sie so würde leben können, wenn doch nicht sie allein in dieser Gefahr schwebte, sondern Joachim und die kleine Dorthe ganz genauso. Musste sie um ihre Kinder weniger in Sorge sein?

»Theresa?«, wiederholte die Hausdame.

Theresa neigte das Haupt. »Frau Agathe.«

Streng sah die hagere Frau sie an: »Nie wieder, Theresa Leuschenthal, wirst du dir einfach so irgendeine Arbeit suchen auf Hohensandau, ohne dass ich dir die ausdrückliche Anweisung erteilt habe. Geschieht das noch ein einziges Mal, werde ich bei seiner Herrschaft vorsprechen oder beim neuen Verwalter. In jede einzelne Magd auf diesem Hof muss ich blind mein Vertrauen setzen können. Eine Frau, der ich dieses Vertrauen nicht länger entgegenbringe, wird Hohensandau verlassen.«

Theresa nickte stumm. Ihr war klar, dass Agathe keine leere Drohung aussprach. Selbst Ferdinand von Hardenstein würde sich der Hausdame nicht in den Weg stellen, wenn eine Magd ihren Anweisungen fortgesetzt zuwiderhandelte. Ganz gleich, was er geschworen hatte.

Einige Sekunden lang herrschte Schweigen, während Agathe sie forschend betrachtete.

»Du scheinst dein Fieber überwunden zu haben, Theresa?«

»Ich... Ich denke schon. Ich war am Küchengarten heute Morgen. Ich wollte Euch fragen...«

»Das hättest du tun sollen.« Noch immer mit strenger Miene. »Doch das hast du nicht getan. Für heute. – Möchtest du mir *jetzt* eine Frage stellen?«

Theresa konnte spüren, wie ihr Herz bis in die Kehle schlug. »Wenn ich...«

»Frau Agathe?«

Theresa brach ab. Ilsa, ihre *Freundin*. Theresa war klar, was Ilsa von dem Streich halten musste, den sie ihr und Martha an diesem Morgen gespielt hatte. Wenn Ilsa jetzt dafür sorgte, dass Theresa noch einmal Wochen in der Gruft ihres Krankenlagers zubringen musste: War das etwas anderes als die gerechte Strafe?

Mit einem Nicken forderte die Hausdame Ilsa auf zu sprechen.

»Ihr wisst, wie es gegenwärtig um den Gutshof bestellt ist, Frau Agathe.« Ilsa holte Atem. »Die Ernte muss in die Scheunen. Und wir tun alles, damit wir sie unterbekommen, solange sich das Wetter hält. Und das wird uns auch gelingen. Währenddessen aber müssen andere Dinge zurückstehen, nun, da auf dem Hof mehr ein halbes Dutzend Knechte fehlen. Dinge, auf die noch immer niemand recht ein Auge haben kann.«

»Du denkst woran?« Aufmerksam sah Agathe sie an.

»Die Bohnen sind abgeerntet im Küchengarten«, erklärte Ilsa. »Irgendwann in den nächsten Tagen stehen vermutlich die Beerensträucher an, während die Spätkartoffeln noch Zeit haben dürften. Doch das sollte alles zu bewerkstelligen sein, wenn sich ein paar von den Mägden für einige Stunden an die Arbeit machen, sobald der Zeitpunkt gekommen ist. Die Schwierigkeit besteht darin, dass gegenwärtig einfach zu viel zu tun ist auf dem Hof. Zu viel, als dass irgendjemand jeden Tag prüfen könnte, ob es nun so weit ist. Eine Frau, die dann auch die anderen Aufgaben versehen könnte, die nunmehr anstehen. Die den Garten auf den Winter vorbereitet, Setzlinge in den Boden gibt, die Sträucher zurückschneidet.« Ein Atemzug. »Die das Unkraut entfernt, sobald es sich irgendwo zeigt. – Nicht bis auf den letzten Halm.« Mit Betonung angefügt. »Aber wenn jemand nach diesen Dingen sehen würde, und sei es für ein oder zwei Stunden am Tag, müsste nicht länger jede Einzelne von uns ständig daran denken. Wenn Theresa das tun würde: Es würde uns eine erhebliche Last von den Schultern nehmen.«

Theresa spürte, wie sich in ihrer Brust etwas löste. Sie mochte ihrer Freundin nicht in die Augen sehen.

Die Hausdame schien für einen Atemzug zu zögern. »Und sobald die Zeit für die Ernte gekommen wäre und sie Unterstützung brauchte, würde sie mir davon berichten«, murmelte sie. »So dass ich ihr einige der Frauen an die Seite geben könnte.« Sie wandte sich an Theresa. »Diesen Dienst würdest du für einige Stunden am Tag versehen. Keineswegs länger. Und unter gar keinen Umständen in der größten Kühle des Morgens, bis deine Krankheit vollständig fort ist. Wärst du dazu bereit?«

»Das wäre ich.« Sie schluckte. »Das *bin* ich. – Sobald ich den Rest des Leinens auf den Gerüsten habe, könnte ich ...«

»Ab morgen.« Auf der Stelle fiel die Hausdame ihr ins Wort. »Für heute wird Ilsa dir helfen, die verbliebenen Laken auf die Bleiche zu hängen. Bis Sonnenuntergang sollten sie getrocknet sein wie alle anderen auch.« Eine winzige Pause. »Ich bin mir sicher, dass es Emma und ihren Gefährtinnen keine Umstände bereiten wird, sie heute Abend von den Gerüsten zu nehmen, sie säuberlich zu glätten und in den Schränken zu verstauen.«

Zuckte die Näherin kurz zusammen bei der letzten Bemerkung? Theresa war sich nicht sicher. *Zumindest ist sie klug genug, den Mund zu halten.*

Mit einem letzten kurzen Nicken in Theresas Richtung wandte sich die Hausdame ab. Die übrigen Mägde schlossen sich ihr eilig an, damit Agathe nun *ihre* Arbeit inspizieren konnte.

Einzig Theresa und ihre Freundin blieben zurück, während die alte Vera sich nunmehr ebenfalls – grußlos – entfernte. Einen Moment lang stand Theresa kurz davor, die einstige Zofe noch einen Moment zurückzuhalten. Es war nun das zweite Mal innerhalb weniger Wochen, dass die alte Frau in letzter Sekunde eingegriffen und beim ersten Mal Wilhelms Leben und nun Theresa selbst gerettet hatte, die nicht nur auf dem Gutshof bleiben, sondern obendrein die Gelegenheit erhalten würde zu tun, was ihr so viel bedeutete.

Doch Theresa ahnte, wie die betagte Zofe reagieren würde, wenn sie den Versuch unternahm, ihr ihren Dank auszusprechen: Mit aller Entschiedenheit würde sie sich verwahren gegen den Gedanken, sie habe Theresa womöglich einen Gefallen erweisen wollen.

Auf ihren Stock gestützt stapfte die alte Dame davon. Nicht den anderen Frauen hinterher, sondern geradewegs über die Wiesen, zurück zu ihrem Altenteil, wo Theresas kleiner Sohn und seine Spielgefährten warteten.

Theresa konnte spüren, wie die unglaubliche Anspannung dieses Tages ganz langsam von ihr abfiel. Ihre Finger streichelten das Köpfchen ihres kleinen Mädchens, die freie Hand tastete nach dem Holz des Bleichgerüsts.

»Und?«, erkundigte sich eine unheilschwangere Stimme. »Bist du jetzt zufrieden?«

Ganz langsam drehte Theresa sich um. »Du weißt, dass ich es mir anders gewünscht hätte. Dass ich…«

»Ob ich das weiß?« Düster sah Ilsa sie an. »Natürlich weiß ich das, beim Allmächtigen! Und schlimmer noch: Ich hätte damit rechnen müssen, dass du trotzdem genau einen solchen Wahnsinn unternehmen würdest! Nur dass ich mir eingebildet habe, dass du dir wenigstens ein oder zwei Tage damit Zeit lassen würdest!«

»Du…« Noch immer fiel es Theresa schwer, den Blick ihrer Freundin zu erwidern. »Aber du verstehst es? Du verstehst, warum ich es tun musste? Ich musste wieder mit der Arbeit beginnen. Gerade wenn sie schon vor Dorthes Geburt ein Auge auf mich hatten, nicht Emma vielleicht, aber die anderen. Als ich schon damals meine Aufgaben kaum noch richtig versehen konnte. Während sie gerade erfahren hatten, was unter Wilhelms Führung mit ihren Männern geschehen war und sie trotzdem weiterarbeiten mussten. Und nun, nachdem ich wochenlang keine Hand gerührt habe, seit die Kleine zur Welt gekommen ist: Musste ich ihnen da nicht zeigen…«

»Du hättest ihnen zeigen können, was du nur willst!« Scharf fiel ihre Freundin ihr ins Wort. »Und nichts hättest du damit geändert! Und wenn du die ganze Wäsche allein erledigt hättest, um anschließend leblos zu Boden zu sinken in deiner Erschöpfung: Emma würde trotzdem die Faust nach dir schütteln. – Was glaubst du, warum ich unbedingt wollte, dass du noch abwartest, und sei es nur für einige Tage? Gemeinsam hätten wir überlegen können, wie du ihnen begegnest.«

Theresa senkte den Blick. »Aber wie hätte ich ihnen denn begegnen sollen? Wenn Emma doch recht hat? Wem soll sie die Schuld geben als Wilhelm?« Sie schüttelte den Kopf. »Kann ich da erwarten, dass sie mir mit einem Lächeln gegenübertritt? Kann ich ihr einen Vorwurf machen, dass sie bitter ist? Ihr Otto ist tot, ihr kleines Mädchen ohne einen Vater. Und Wilhelm ist am Leben.«

Ilsa musterte sie, neigte dann den Kopf zur Seite. »Natürlich«, murmelte sie. »Natürlich ist es kaum möglich, einer Frau einen Vorwurf zu machen, die gerade ihren Ehemann verloren hat. Emma und Anna haben allen Grund zur Bitterkeit. Und Bertha und Rosamunda im Übrigen ganz genauso. Die sehen aber offenbar keinen Anlass, dir einen Vorwurf zu machen, weil ihre Ehemänner bei einem Steinschlag getötet wurden und Wilhelm das nicht verhindern konnte. – Jedenfalls haben sie die ganze Zeit dort drüben an der Bleiche weitergemacht, während sich Emma und ihre Freundinnen hier um das beschädigte Laken versammelt haben. Ist dir das aufgefallen?«

Theresa blinzelte, sah über die Schulter. An der Arbeitsstelle der übrigen Mägde war die Hausdame noch immer dabei, die Arbeit zu prüfen. Sehr, sehr aufmerksam.

»Nein«, murmelte Theresa. »Ich meine: ja. Ich habe gesehen, dass Bertha und Rosamunda nicht dabei waren. Hier.«

Ihre Freundin nickte zustimmend, bevor sie in einem etwas veränderten Ton fortfuhr: »Und mit Sicherheit gibt es niemanden auf Hohensandau, dem Anni nicht leidtut, das arme Würmchen. Ebenso wie die anderen Kinder, die ihre Väter verloren haben und die diese Väter jetzt vermissen werden, genau wie Anni das tun wird.« Ein kurzes Innehalten. »Also sobald der Kleinen aufgeht, dass er tatsächlich nicht zurückkommt, so selten, wie er sich zuletzt bei seiner Familie hat sehen lassen, und wie oft er in der Schenke war.«

»Ilsa!« Abrupt fuhr Theresa auf.

Und ihr Entsetzen war echt. Obwohl doch jeder Mensch auf dem Gutshof nur zustimmend hätte nicken können. Schließlich war es ein offenes Geheimnis, dass Otto das Geld, das er bei der Aufsicht über das Milchvieh verdiente, vor allem in die Taverne im Nachbardorf getragen hatte.

Und trotzdem war er gerade im Krieg gestorben, dachte Theresa, als Soldat in der Schlacht gefallen, wo er am Ende für sie alle sein Leben aufs Spiel gesetzt hatte: für seine eigene Familie, genauso aber für alle anderen, die Frauen, die Unbewaffneten auf Hohensandau.

»Trotzdem«, murmelte sie. »Was Otto für uns alle getan hat ...«

Doch jetzt ließ ihre Freundin sie nicht mehr zu Wort kommen. »Emma und ihre Kleine haben zwei Zimmer im Herrenhaus für sich allein«, betonte Ilsa. »Die sie auch nach Ottos Tod weiterhin werden bewohnen dürfen, wie seine Herrschaft bereits verfügt hat, noch bevor er Brandt zum neuen Verwalter bestimmt hat. Sie werden dort ganz anders leben als du mit gleich zwei kleinen Kindern. Ganz anders auch als etliche andere Frauen auf dem Gutshof. – Was soll ich da sagen, Theresa? Ja, die kleine Anni tut mir leid. Doch Emma? Wer weiß? Wenn sie nicht so ein Geschrei machte, würde den anderen Frauen womöglich ganz schnell aufgehen, dass sie in Wahrheit besser dran ist als vorher – ohne ihren Trunkenbold von Ehemann. *Was*, wenn sie dieses Geschrei genau deswegen überhaupt nur veranstaltet? Die anderen Frauen, die wirklich um ihre Männer trauern, um die Väter ihrer Kinder: Was, wenn sie sonst mit dem Finger auf *sie* zeigen würden.« Eine Pause. »Anstatt auf *dich*.«

Stumm schüttelte Theresa den Kopf. War es möglich, dass Emma tatsächlich so dachte? Blieb ihr etwas anderes übrig, als ihrer Freundin recht zu geben?

Doch offenbar war Ilsa noch immer nicht fertig. »Und du erinnerst dich, was ich dir über den Leibdiener seiner Herrschaft erzählt habe?«, fragte sie. »Er nimmt die Korrespondenz in Empfang, die der Posthalter im Herrenhaus abliefert. Die Schreiben aus Wohldenbach legt er unberührt auf dem Schreibpult seiner Herrschaft ab, die übrigen Briefe öffnet er.«

»Also auch den Brief von der Armee«, murmelte Theresa, sah, wie ihre Freundin zustimmend nickte.

»Offensichtlich war aus der Adresse nur der Gutshof zu erkennen«, erklärte Ilsa. »Nicht aber Emma als Empfängerin. Sonst hätte er das Schreiben natürlich unversehrt übergeben.«

Möglich, dachte Theresa. Oder aber der Leibdiener war sehr viel neugieriger, als ihre Freundin das bisher hatte durchblicken lassen.

Ilsa schwieg für einen Moment. »Jedenfalls kann nicht die Rede davon sein, dass Otto bei den Kämpfen ums Leben gekommen ist«, sagte sie schließlich knapp. »Vielmehr ist er offenbar jener Krankheit erlegen, die derzeit im Lager des Kronprinzen umgeht. – Bestimmt entsinnst du dich, wie die Futterknechte aus der Provinzhauptstadt zurückkamen, eine Weile nachdem der Krieg begonnen hatte? Und was sie über diese Krankheit zu erzählen hatten? Was man zumindest in der Stadt davon erzählt?« Eine winzige Pause. »Dass diese Krankheit mit den Frauen zusammenhängt, die der Armee des Kronprinzen folgen. Und dass der Kronprinz gemeint hätte, wenn der Krieg einmal vorbei wäre, würde diese Krankheit und würden diese Frauen eine größere Zahl seiner Soldaten auf dem Gewissen haben als die Österreicher!«

Theresa öffnete den Mund, brachte aber kein Wort hervor. Genau diesen Moment suchte sich ihre kleine Tochter aus, um mit einem, Theresa hätte schwören können, *fragenden* Laut zu erwachen, um übergangslos in so verzweifeltes Weinen auszubrechen, dass noch die Frauen um Emma herum am Bachlauf es hören mussten.

Theresa kämpfte um ihre Worte und bemühte sich gleichzeitig, die kleine Dorthe zu beruhigen. Auf der Stelle traute sie Otto zu, dass er sich mit solchen Frauen eingelassen hatte. Doch um wie viel schlimmer musste das seinen Tod noch einmal für Emma machen? Nicht etwa als Witwe eines Kriegshelden, der sich für die Menschen auf dem Hof geopfert hatte, sondern als Witwe eines Mannes, der ...

Unvermittelt blickte sie auf. »Davon hast du doch niemandem sonst erzählt?«, fragte sie leise. »Davon wirst du doch niemandem erzählen?«

Ilsa zog die Brauen zusammen. Sekundenlang hielt sie inne, bevor sich ihre Haltung entspannte. »Verdient hätte Emma nichts anderes«, sagte sie ruhig, zögerte erneut einen Augenblick, bevor sie anfügte: »Aber du weißt, dass ich das nicht tun würde, und ich hätte auch dir nichts davon erzählt, wenn Emma selbst den Mund halten würde.« In einem veränderten Tonfall setzte sie hinzu: »Ich weiß, dass sie dir leidtut. Und natürlich hat sie Angst, dass irgendwie die Runde macht, wie Otto tatsächlich gestorben ist. Aber gibt ihr das das Recht, die Frauen gegen dich aufzustacheln?«

Diesmal, ohne zu zögern, schüttelte Theresa den Kopf.

»Wir wissen nicht, was kommen wird.« Ernst sah ihre Freundin sie an. »Mit Brandt als neuem Verwalter des Gutes. Mit seiner Herrschaft, wenn er tatsächlich an der Spitze der Strehlow'schen Werke die Nachfolge antritt. Und wir wissen nicht, was das bedeuten wird für Hohensandau. Und ich habe meine Zweifel, ob Emma heute irgendetwas gelernt hat. – Wilhelm wird nicht hier sein, um dich und eure Kinder zu beschützen, doch du sollst wissen, dass du ihr damit nicht ausgeliefert bist. Wenn sie nicht aufhört, dir zuzusetzen – dann wirst du eine Waffe haben. Dann wirst du zurückschlagen können.«

Theresa hatte zugehört. Doch diesmal erwiderte sie kein Wort. Wie war es möglich, dass sie sich noch immer so unglaublich erschöpft fühlte, so unendlich müde? Und dennoch: Hatte dieser Tag nicht bewiesen, dass trotz allem sehr viel mehr Kraft in ihr steckte, als sie für möglich gehalten hätte?

Zurückschlagen … Kann ich das?, dachte sie. *Will ich das?*

Ihr Blick ging zu den dunklen Hängen, die über dem Oberlauf des Flüsschens aufragten. Zu den höheren Gipfeln jenseits davon, blau über dem Horizont. Irgendwo dort war Wilhelm. Irgendwo auf der anderen Seite.

Sie würde kämpfen. So lange es nur etwas gab, das es wert war, dafür zu kämpfen: die Scherben ihrer kleinen Familie wieder aneinanderzufügen.

Im Bruchwald
Herbst 1866

Es war dunkel. Zwei Stunden waren vergangen, seit die Sonne
hinter den Gipfeln der westlichen Berge versunken war. Die
Dämmerung war hereingebrochen und dann die Dunkelheit.
Und mit der Dunkelheit war die Kälte gekommen.

Wilhelm zog den Stoff seines Mantels fester um die Schultern. Doch ihm war nur allzu klar, wie wenig das nützen
würde. Schritt für Schritt für Schritt: Mit jedem Mal entstand
ein widerwärtiger Laut, sobald er einen Fuß aus dem morasti-
gen Erdreich löste, ihn mühsam nach vorn setzte, den Vorgang
mit dem anderen Fuß wiederholte. Längst hatte die sumpfige
Brühe sein Schuhwerk durchnässt. Kalt und klamm zog sich
die Feuchtigkeit im Stoff seiner Hosen empor. Und noch hatte
er kaum die Hälfte seiner Wegstrecke hinter sich gebracht von
der Gleisbaustelle bei Großendamm – nach Hohensandau.

Wer die Wohnstatt der Grafen Hardenstein erreichen wollte,
dem standen eine Reihe von Möglichkeiten zur Verfügung. Die
meisten Reisenden würden natürlich die Landstraße wählen,
die sich allerdings zunächst durch ein halbes Dutzend Dörfer
wand, nachdem sie die Grenze der gräflichen Ländereien überschritten hatte. Erst ganz am Ende bog sie in die Einfahrt zum
Gutshof, der auf allen übrigen Seiten vom feuchten Gelände
an den Ufern des Mühlenbachs umgeben war, wo keine Straße

mehr weiterführte, ausgenommen in die Berge hinein. Und doch gab es andere Wege, die dem Gutshof entgegenführten. Wege, die kürzer waren, wenn man sie denn kannte. Und darüber hinaus gab es Routen, die *keine* Wege waren.

Eines der benachbarten Dörfer um das andere hatten die Grafen Hardenstein über Generationen hinweg ihrem Machtbereich einverleibt: nach Norden und Westen in das fruchtbare Herz der Provinz hinein, nach Süden in das Gebirge. Lediglich an den Gebieten im Osten hatten sie niemals ein gesteigertes Interesse gezeigt, einem unwirtlichen Fleckchen, an dem sich die Nässe zu Füßen eines mächtigen Ausläufers der Berge staute. Eben jener charakteristischen Hügelformation, auf die Wilhelm so oft seine Blicke gerichtet hatte: einstmals von den Koppeln auf dem Gutshof aus, zuletzt aber aus der Gegenrichtung während der langen Wanderung von der Grenze her.

Das feuchte Gelände zu Füßen dieser Formation war als *Bruchwald* bekannt. Wobei die Bezeichnung Wald eine Beschönigung darstellte: Verkrümmten Klauen gleich streckten Eichen- und Erlenstämme ihr Astwerk in den Nachthimmel, das Holz zu feucht und viel zu oft von Pilzen befallen, als dass es als Bauholz oder auch nur zur Feuerung hätte Verwendung finden können. Daher gab es auch keine Wege, die in den Bruchwald führten oder gar durch das morastige Gelände auf die andere Seite. Einfach weil es sich nicht gelohnt hätte, dieses Holz ins Freie zu schleppen, und dennoch ...

Zweihundert Schritte, dachte Wilhelm, als seine Finger sich um den armdicken Austrieb einer schief gewachsenen Erle legten, bevor er den nächsten, vorsichtigen Schritt nach vorn machte.

In diesen Tagen unterstand der Bruchwald dem königlichen Amtmann im nahe gelegenen Marktflecken. Hin und wieder sandte er Arbeiter an die unwirtliche Stätte, um aus dem Boden schwere Soden von Torf zu stechen. Einmal getrocknet verbreiteten sie einen heftigen Qualm und Gestank, wenn man die Flamme an die Plaggen legte, spendeten zugleich aber für lange Zeit eine behagliche Wärme, die vor allem der Gerste einen angenehm malzigen Geschmack verlieh. Doch das war auch so ziemlich alles, was man mit dem düsteren Winkel Landes anzufangen wusste. Ansonsten überließ die königliche Verwaltung das Gelände sich selbst bis an den Rand des Waldes, wo sich die mückenschwirrenden Lachen mit ihren ertrunkenen Bäumen unvermittelt in das feuchte Gelände am Hohensandauer Mühlenbach verwandelten.

Zweihundert Schritte: Das war die Entfernung vom Waldrand bis an das Ufer des Baches. Des Baches, der an dieser Stelle die Grenze bildete zwischen den Liegenschaften, die der königliche Amtmann verwaltete, und dem Besitz der Grafen Hardenstein, der an dieser Stelle nicht über den Komplex des herrschaftlichen Gebäudes mit seinen Wirtschaftsflächen hinausreichte.

Dies war die einzige Stelle, an der er sich dem Gutshof auf eine so geringe Distanz nähern konnte, ohne bis zu diesem Punkt einen Fuß auf das Land zu setzen, das von Alters her zum Besitz der Hardensteins gehörte. Und ohne sich der Gefahr auszusetzen, dass ihn jemand beobachtete – ausgenommen auf jenen letzten zweihundert Schritten. Falls er sich denn aus dem Dickicht ins Freie wagte, um dem Ort, der seine Heimat gewesen war, wahrhaftig nahe zu sein. Die einzige Route dorthin führte durch den Bruchwald mit seinen unwegsamen Sümpfen.

Wilhelm warf einen Blick in den Himmel. Der Mond war ein nahezu perfektes Rund in dieser Nacht. Geisterhaft schwebte er hinter den Spinnenfingern abgestorbener Bäume, warf sein Licht in bizarren Inseln von Licht und Schatten an den trügerischen Boden. Ein Muster, das es schwierig machte, die Entscheidung zu treffen, an welche Stellen Wilhelm den Fuß setzen konnte. Und doch konnte er noch über den geringsten dämmrigen Schimmer froh sein. In einer Neumondnacht hätte er es überhaupt nicht wagen können, einen Schritt in dieses Waldstück zu setzen.

Wilhelms Schulter pochte, als er die Finger von dem Austrieb löste. Doch der Schmerz war zu ertragen oder, nein: Die Schmerzen waren natürlich da, so wie sie jeden Moment seines Tages da waren. Zugleich aber war es, als ob sie keine Rolle spielten, keine Bedeutung hatten in dieser Nacht, der klammen Kälte zum Trotz, der neuerlichen Strapazen und Wilhelms Erschöpfung.

Ein berauschender Duft lag in der Luft unter den Eichen und Erlen des Waldstücks, der Duft nach reifen Beeren, die verwildert im feuchten Unterholz wuchsen.

Ein Gefühl war in Wilhelms Kopf, das beinahe einer leichten Trunkenheit ähnelte. Eine Hochgestimmtheit, die zum Übermut einlud, ja, zur Nachlässigkeit.

Nachlässigkeit aber durfte er sich in der unwegsamen Wildnis nicht erlauben, sooft ihm auch ein Lächeln über die Lippen huschte, wenn er an die Anderen dachte, die Bahnarbeiter in Großendamm, die an diesem Abend in ihren Baracken die Becher kreisen ließen. Konsul Rosenzweig persönlich hatte die Anweisung erteilt und eines der schweren Bierfässer freigegeben, die bei den Vorräten der Societät im Keller des einstigen Bauernhauses lagerten. Der griesgrämige Beamte mit den Hemdsärmeln hatte daraufhin das Gesicht verzogen, doch ohne zu zögern zwei seiner blassgesichtigen Kollegen herangewinkt, um das Gewünschte die Treppe emporzuschleppen.

Wilhelm selbst war vermutlich am meisten überrascht worden.

Erz. Und Kohle.

Noch während er Rosenzweig berichtet hatte, hatte er beobachten können, wie sich dessen Miene veränderte. *Minen? Stollen?* – Gewiss. Wilhelm hatte genickt. Wann genau man sie ins Gestein getrieben hatte, wusste er nicht zu sagen, aber seit den Zeiten des Großvaters seiner Herrschaft waren die Zugänge zu den Schächten versiegelt, in denen Eisenerz und Kohle lagerten. – *Steinkohle?* – Ja, Wilhelm war sich sicher, konnte sich nur zu gut an die Worte des alten Strehlow entsinnen. Ausdrücklich hatte er betont, dass es sich um Steinkohle handelte, in deren Hitze sich das Erz zu schwerem Stahl verhütten ließ.

Sekundenlang war Rosenzweig stumm geblieben. Dann aber, mit einem Ruck, hatte er sich seinem Schreibtisch zugewandt, sämtliche Karten und Pläne zu Boden gefegt, stattdessen andere Schriftstücke herangezogen, hektisch zu schreiben begonnen, seine Beamten in den Raum gerufen, befohlen, auf der Stelle ein Kabel an die Zentrale der Societät in der Hauptstadt zu senden. Und so war es weitergegangen. Tausend Einzelheiten hatte er von Wilhelm wissen wollen: Aus welchen Tiefen man das Erz gefördert hätte in jenen Tagen? Ob Aufzüge existierten in den Schächten, Einrichtungen zur Entwässerung der Gruben gar? Wer unter den Grundbesitzern in der Umgebung außerdem noch Anteil hätte an den Stollen in den Bergen? Stolzenfels? Sturmberg? Die königliche Amtsverwaltung selbst? Wilhelm hatte sich zu erinnern geglaubt, dass eines der nahe gelegenen Klöster durch eine Schenkung eines lange verstorbenen Hardenstein gewisse Rechte an den Minen besaß. Woraufhin der Vertreter der Societät die Augen verdreht hatte. An eventuelle Besitzer weiterer Gruben hatte sich Wilhelm indessen nicht entsinnen können.

So dass es dabei geblieben war: Kohle. Und Erz. Auf dem Grund und Boden der Grafen Hardenstein.

Eben war Rosenzweig im Begriff gewesen, eigenhändig ein Schreiben an den Herrn von Hohensandau aufzusetzen, in dem er für die kommenden Tage seinen Besuch avisierte, als ihm augenscheinlich noch etwas in den Sinn gekommen war.

Aufgeräumt hatte er dann den Befehl gegeben, das Fass aus dem Keller zu holen. Für den Rest des Tages werde die Arbeit auf der Baustelle ruhen; das hätten die Werktätigen sich verdient. Oder zumindest würden sie es sich demnächst verdienen, wenn es schließlich mehr als genug zu tun geben werde. – *Entlassungen?* Beileibe nicht! Davon könne nicht länger die Rede sein. Selbst wenn sich der Weiterbau der Trasse noch einmal verzögere, würden in Kürze ausreichend andere Arbeiten anfallen beim Bau der Gießerei, bei der Erkundung der Minenschächte. Und dann erst die zusätzlichen Steiger, Schlepper und Pocher, die in Dienst zu nehmen seien, je nachdem, wie man mit dem Grafen Hardenstein einig werde…

An dieser Stelle hatte sich Jaroslaw geräuspert auf die ihm eigene dezente Art. Also… Was bei alldem nun sie selbst anbeträfe, hatte er vorsichtig angemerkt, Wilhelm und ihn, die nun ja nicht allein Rosenzweigs Leben gerettet hätten, sondern die Trasse der *Neuen Provinciellen Eisenbahn-Societät* sogar noch dazu…

Der Vertreter der Gesellschaft hatte ihm lediglich einen finsteren Blick zugeworfen, um sich dann wortlos wieder seinem Schreibtisch und seinen Schriftstücken zuzuwenden.

Und sich nach wenigen Atemzügen schon wieder umzudrehen, Jaroslaw zwei Zettel in die Hand zu drücken. Die Societätsbeamten sollten zusammenrücken, sich neu auf ihre Unterkünfte verteilen! In der Remise gäbe es eine Kammer. Sie läge Tür an Tür mit seinem eigenen Quartier, wenn er auf der Baustelle weile. Während der Arbeitsstunden habe sich Wilhelm dort bitte zur Verfügung zu halten, falls Rosenzweig weitere Fragen habe. Über die künftige Natur ihrer Tätigkeit werde man dann beizeiten nachdenken. Bis dahin werde das hier reichen müssen.

Die beiden Zettel. Die Gefährten hatten sie angestarrt, während der Vertreter der Societät verstummt war und sich wieder seinen Aufgaben zugewandt hatte. Mit der unmissverständlichen Haltung eines Mannes, der kein weiteres Mal gestört zu werden wünschte.

Bei den Zetteln handelte es sich um Formulare. Einige Angaben waren vorgedruckt, die Societät etwa, die als Arbeitgeber in Erscheinung trat. An anderen Stellen blieb Platz für handschriftliche Eintragungen.

Wobei Rosenzweig nur einen Teil dieser Felder gefüllt hatte, beim Wochenlohn etwa mit Summen, bei denen Wilhelm ein Schwindel überfallen hatte. Während Jaroslaw lediglich ein gedämpftes Brummen von sich gegeben hatte, nachdem gleich auf den ersten Blick zu erkennen gewesen war, dass die Summen auf den beiden Scheinen nicht identisch waren. Andererseits wichen sie dann auch nicht himmelschreiend voneinander ab. Jedenfalls konnte kein Zweifel bestehen, dass der Zettel mit der höheren Summe Wilhelm zugedacht war, dessen Name oben auf dem Blatt vermerkt war, während auf dem anderen Zettel das betreffende Feld leer war. Jaroslaw hatte zwar ausführlich das Wort geführt gegenüber dem Vertreter der Societät, seinen Namen aber zu keinem Zeitpunkt verraten. Er würde ihn selbst einsetzen müssen.

Gleichzeitig war auf seinem Schriftstück allerdings eine Tätigkeit angegeben, die er auf der Baustelle versehen würde: *Pferdeknecht.* Ein Feld, das wiederum bei Wilhelm leer war. Unterzeichnet waren die Schreiben mit *Consul Balthasar Rosenzweig, Angeh. d. Direkt. d. N. P. E. S.* Das jedenfalls war unter dem vollständig unleserlichen Schnörkel am Ende der Seite in Druckschrift vermerkt.

Die Schriftstücke hatten die Gefährten schließlich in ihrer neuen Bleibe abgelegt, welcher der Ausdruck *Kammer* kaum gerecht wurde. Ihre Habseligkeiten hatten sich seltsam verloren ausgenommen in dem geräumigen Zimmer unter dem Dach der Remise.

Als sich die Arbeiter dann nach und nach zwischen den Baracken versammelt hatten, überrascht und erfreut über den freien Tag und mehr noch über das stattliche Bierfass, war Wilhelm zunächst gar nichts anderes übrig geblieben, als sich den Feiernden anzuschließen, so anstrengend es auf die Dauer auch gewesen war, immer neue Fragen zu beantworten. Viele der Männer hatten ihn am Vorabend schließlich beobachtet, wie er Rosenzweigs Kutschpferden den Weg über die Brücke gewiesen hatte.

Erst als die Sonne sich den Gipfeln im Westen entgegengesenkt hatte, war es ihm gelungen, sich zu entfernen. Unauffällig genug, wie er vermutete, so dass nicht einmal Jaroslaw etwas davon mitbekommen hatte.

Er hatte allein sein wollen, hatte nachdenken müssen. Und nein, nicht in den Wänden der noch unvertrauten Kammer. *Hohensandau.* – Das Gelände war ihm vertraut, und er hatte gewusst, dass der Gutshof innerhalb weniger Stunden erreichbar war. Und unerreichbar zugleich.

»Über die künftige Natur Eurer Tätigkeit werden wir beizeiten

nachdenken«, murmelte Wilhelm nun im Halbdunkel des Bruchwaldes, den Blick unschlüssig auf einen abgestorbenen Baum-
stamm gerichtet, der aus einer schlammigen Pfütze hervorsah.
Ohne zu zögern, hätte er nur wenige Monate zuvor den Schritt
auf den umgestürzten Riesen gewagt, um darüber hinwegzu-
balancieren, bis er wieder festen Grund erreichte. Vorsichtig
bewegte er sich nun stattdessen seitwärts und hielt Abstand von
der sumpfigen Lache.

Was, wenn Rosenzweig erwartete, dass Wilhelm ihn begleitete, wenn er Ferdinand von Hardenstein auf dem Gutshof
aufsuchte, um in Verhandlungen zu treten? Wilhelm würde
ihm die Wahrheit sagen müssen. Aus irgendeinem Grund war
er sich sicher, dass Balthasar Rosenzweig verstehen würde.

Er schob sich an einem Stamm vorbei, strich Eichenlaub beiseite, farblos in der unvollkommenen Dunkelheit – und unvermittelt blieb er stehen. Der Rand des Bruchwaldes, die freie
Fläche am Ufer des Mühlenbachs eine Wüstenei in Tönungen
von Grau unter dem Mondlicht.

Und dahinter eine dunkle Front aufragender Bäume: die
Riesen des Lustgartens von Hohensandau, an einigen Stellen
schärfere, geometrische Umrisse, ein breiter Giebel, zwielich-
ternd grau wie alles andere.

Wilhelm rührte sich nicht. *Hohensandau.* Er hätte nicht zu
sagen gewusst, warum er sich in dieser Nacht gerade hierher
auf den Weg gemacht hatte. Vielleicht, weil er sich selbst hatte
beweisen müssen, dass das, was geschehen war, Wirklichkeit
war. Dass er wahrhaftig wieder hier war oder beinahe hier,
dort auf Hohensandau. Er wusste, dass er den Bachlauf nicht
durchqueren würde. Wusste, dass er sich an das Urteil halten
würde, das sein Vater über ihn verhängt hatte, soweit es die
Besitztümer des Grafen Hardenstein betraf. Gut möglich, dass

es allein das Bedürfnis gewesen war, zumindest diesem *Ort* mitzuteilen, was er doch mit einer solchen Sehnsucht jener Frau hätte sagen wollen, die in diesem Augenblick irgendwo in jenem so nahen, so fernen Gebäude unter ihren Decken schlief, Wilhelms kleine Tochter an der Brust.

Ich bin wieder hier. Wir werden es meistern. Irgendwie. Gemeinsam.

Er wusste, dass es Wahnsinn war, doch schon hatte er sich aus den Schatten, dem Schutz des Bruchwaldes gelöst, trat hinaus auf den Streifen offenen Wiesengeländes, der bis an das Ufer des Mühlenbachs reichte. Kein Land der Grafen Hardenstein, nein, Teil der Ländereien, die der Amtmann im Auftrag der Krone verwaltete, und dennoch:

Man kann mich sehen! Wer immer in diesem Moment unter den Bäumen umherstreift im Lustgarten! Der Mond schien hell genug. Ein Reh hätte sich dem Auge des Jägers ausgeliefert im Büchsenlicht. Und völlig gleich, was Ferdinand von Hardenstein sich genau dabei gedacht hatte, als er das Urteil über Wilhelm in Worte gefasst hatte: Hatten die Menschen auf dem Vorplatz des Herrenhauses es anders verstehen können, als dass er das Todesurteil über den Pferdeknecht gesprochen hatte?

Warum kam ihm Justus Brandt in den Sinn? Wilhelm versuchte den Gedanken beiseitezudrängen. Als könnte schon der Name, die Vorstellung des Mannes in seinem Kopf seine finstere Gestalt heraufbeschwören, unsichtbar im Schatten der Bäume des Lustgartens.

Die Hälfte des offenen Streifens hatte er nun zurückgelegt. Der Wasserlauf war ein dunklerer Streifen zu Füßen der Bäume. Dort waren die helleren Stämme dreier Platanen, die ihre dunkle Borke im Sommer verloren. Die aufrechten Linien stellten eine charakteristische Landmarke dar. Dort, weiter links und noch heller, schimmerte der Marmor des Tempels durch das Laub, *ihres* Tempels, der Zufluchtsstätte, die Wilhelm für seine Ehefrau und sich gefunden hatte, und dort ...

Zwanzig Schritte trennten ihn vom Ufersaum des Mühlenbachs. Und da war eine Gestalt zwischen den Trümmern des Marmors. Eine Gestalt, die auf die Schatten des Bächleins in den Wiesen zutrat wie in einem Traum.

Sie trug ihr Kleid aus hellem Leinen. Um Hals und Schultern hatte sie das Wickeltuch gewunden, in dessen Schutz ein kleines Kind schlief. Und sie sah ihm entgegen. Wie auch immer sie hatte wissen können. Was auch immer sie zu dieser Stunde an diesen Ort geführt hatte.

»*Theresa*.«

Neun Jahre später: Erzberg
Frühjahr 1875

⁓◠

»Luisa!«

Die alte Frau zuckte hoch, Schwindel im Kopf.

Helles Vormittagslicht fiel in ihre Behausung. Blätter von Lungenkraut lagen vor ihr auf dem Tisch, bereit, zum Trocknen ausgebreitet zu werden.

War sie wahrhaftig über der Arbeit eingeschlummert, auf dem Holzstuhl vor dem Fenster? Ein kurzer, fast trotziger Gedanke: *Wer will mir das verdenken mit bald achtzig Sommern?*

Fäuste pochten gegen die Bretterwand ihrer Hütte.

»Luisa, verflucht!«

Das war eine Männerstimme. Das Holz der Tür dämpfte die Worte, doch im nächsten Moment wurde sie aufgestoßen, und Jakob stand im Raum, atemlos um Luft ringend, ein Ausschnitt des freundlichen Frühlingshimmels in seinem Rücken.

»Luisa, du ... Du musst mitkommen!«

Sie war schon auf den Beinen. *Jakob.* Sofort war die Erinnerung an jene ferne Nacht aufgeblitzt, in der er zum letzten Mal schwer atmend in ihre Hütte gestolpert war. Die Nacht des Unwetters, bald ein Jahrzehnt lag sie zurück, in der Luisa gleich zwei Kinder auf die Welt geholt hatte, zwei Kinder von zwei verschiedenen Elternpaaren. Und einer Mutter und einem Vater die Augen geschlossen hatte.

Doch daran durfte sie jetzt nicht denken. Mit einem Griff hatte sie ihr Säcklein zur Hand, ein größeres Säcklein als ehedem, mit einer größeren Zahl an Utensilien, an Kräutern, Tränken und Tinkturen. Der Hufschmied aus Teufelsjoch, an den sich die Menschen aus dem Dorf früher mit ihren Leiden gewandt hatten, hatte ebenfalls zu den Opfern jener Nacht gehört, die überall in den Bergen grausame Ernte gehalten hatte. Und seitdem suchten nicht allein die Schwangeren Luisas Hilfe, sondern Leute mit den unterschiedlichsten Gebrechen klopften an die Tür der windschiefen Behausung oberhalb von Erzberg. Wenn sie dazu noch in der Lage waren.

Jakobs Worte überschlugen sich, während sie den Hang hinabhasteten, den Häusern und Hütten des Dorfes entgegen, Luisa auf einen knotigen Stock gestützt, auf den sie im zerklüfteten, abschüssigen Gelände nicht länger verzichten konnte. Niemand habe etwas mitbekommen, versicherte Jakob ihr. Niemand etwas gehört. Nahezu das gesamte Dorf sei zur Heiligen Messe in der Kirche versammelt gewesen, deren Mauern dick waren, errichtet zu einer Zeit, als das Grenzland in Angst gelebt hatte vor den Überfällen der Taboriten. Erst als sie das Gotteshaus verlassen hätten und der männliche Teil der Messbesucher eben im Begriff gewesen sei, sich auf den Weg ins Wirtshaus zu machen... Erst da seien sie auf das Weinen und die Rufe aufmerksam geworden, die von der Mauer um den Kirchhof ertönten. Dort, wo der zerklüftete Fels nahezu senkrecht in die Tiefe ging.

»Wir... Wir haben ihn geborgen«, stammelte Jakob. »Er atmet. Und wie durch ein Wunder hat er nichts als ein paar Schrammen. Aber es ist... Es ist, als ob er *schläft*. Seine Augen sind geschlossen, und er will sie nicht öffnen. Wir haben alles versucht, aber er... Beim Heiligen Valentin, er will einfach nicht wieder aufwachen!«

Wer? Wer will nicht wieder aufwachen? Mehrfach schon hatte Luisa versucht, ihn zu unterbrechen, jedes Mal vergeblich. Inzwischen hatte sie gar keinen Atem mehr, um Fragen zu stellen. Mit jedem Schritt wurde sie langsamer.

Und zumindest *das* bemerkte Jakob. Immer wieder blieb er stehen, mit einem Ausdruck auf dem Gesicht, aus dem weit mehr sprach als bloße Ungeduld. Aus dem pure *Angst* zu lesen war. Er hielt inne, damit Luisa zu ihm aufschließen konnte, während er um Fassung rang, der Strom von Worten aus seinem Mund sich fortsetzte, stolpernd, sich überschlagend, immer wieder hektisch von neuem ansetzend. *Als ob er schläft! Wie kann das sein? Als ob er einfach nur schläft!* Bis sie die Dorfstraße erreichten, dann das Kirchlein selbst und den bescheidenen Bau umrundeten.

Wie eine steinerne Kanzel thronte der Kirchhof hoch über dem Tal des Gebirgsflusses, umgeben von einer brusthohen weiß gekalkten Mauer. Ein Stück entfernt von der Umfriedung drängten sich die Dorfbewohner in einer dichten Traube auf einer kleinen Grasfläche. Sie bildete eine Insel inmitten der mit Blumen und Perlenkränzen geschmückten Grabstätten, in denen man die Menschen von Erzberg seit Jahrhunderten zur Ruhe bettete im Schatten ihres kleinen Gotteshauses.

Soeben sah eine der Frauen sich suchend über die Schulter um. Schlagartig hellte ihre Miene sich auf, als sie Jakob entdeckte mit der alten Kräuterfrau im Gefolge. Hastig scheuchte sie die Leute auseinander.

Der Körper eines Jungen wurde sichtbar. Flach lag er auf dem Rücken am Boden, reglos.

»Karl«, flüsterte Luisa, und mit einem Mal begriff sie, was Jakob in diesem Maße aufgewühlt hatte. *Sein eigener Sohn!*

Der Junge war blass wie der Tod. Minna, seine Mutter, kauerte an seiner Seite, strich ihm über die Stirn, sprach halblaut auf ihn ein. Luisa sah die Schrammen, von denen sein Vater gesprochen hatte. In Wahrheit waren es mehr als Schrammen: Karls Sonntagshemd war über der Brust zerrissen, die Haut darunter aufgeschürft und blutverschmiert. Und dennoch war dies keine Verletzung, die das Leben eines kräftigen Jungen von zwölf oder dreizehn Jahren in Gefahr bringen würde, solange nicht der Wundbrand nach ihm griff. Noch viel weniger konnte sie allerdings für seinen Zustand verantwortlich sein, wenn er sich die Blessuren doch eben erst zugezogen hatte.

Mit Jakobs Hilfe ließ sich die alte Frau an der Seite des Verletzten nieder, legte die Hand auf seine Brust. Der Atem ging langsam und gleichmäßig wie der eines Schlafenden. Allerdings zeigte er keine Reaktion, auch dann nicht, als sie – unauffällig, so dass seine Mutter nichts davon mitbekam – durch das Hemd in seine Haut kniff.

Luisa zögerte. Was geschehen sein musste, war offensichtlich: Karl war von der Mauer in die Tiefe gestürzt – wenn auch nicht die gesamte Strecke auf die Trümmer hinab, die seit der Nacht des Unwetters den Grund der Talsenke füllten. Nach einem Sturz aus einer solchen Höhe wäre er mit Sicherheit nicht mehr am Leben gewesen. Die Männer hatten ihn geborgen. Das musste einige Minuten in Anspruch genommen haben. Dann war Jakob zu Luisas Hütte geeilt, den steilen Hang empor, und anschließend hatten sie sich gemeinsam auf den Rückweg gemacht, Luisa selbst auf ihren Stock gestützt. Eine halbe Stunde im Ganzen? Gewiss nicht viel weniger.

Das war kein gutes Zeichen. Sie biss sich auf die Lippen. Natürlich geschah es immer mal wieder, dass sie gerufen wurde, weil sich irgendjemand im Dorf den Kopf angeschlagen und die Besinnung verloren hatte. Bei der Arbeit in der Enge der

Stollen kam das sogar recht häufig vor. In der Regel war der Verletzte allerdings schon wieder bei Bewusstsein, wenn man ihn im Förderkorb an die Oberfläche schaffte. Viel mehr als ein schmerzender Schädel blieb dann meist auch nicht zurück. Ein wenig Übelkeit vielleicht, einige Tage lang.

Wenn es sich um nicht mehr handelt als um eine bloße Prellung des Schädels, dachte sie. Um einen Schlag, der das Hirn einmal kräftig durchschüttelte und den Verletzten für Augenblicke in eine Ohnmacht sandte, für einige Minuten vielleicht. Eine halbe Stunde dagegen lag beinahe jenseits der Grenze, wenn sie auf einen harmlosen Ausgang rechnen wollte.

Unter beständigem Gemurmel waren die Dorfbewohner wieder ein Stück näher gerückt. Einzig Jakob sagte kein Wort, während Minna weiterhin leise auf ihren Jungen einredete. Wie eine verwirrte heidnische Priesterin, dachte Luisa. Eine verrückte Gesundbeterin, die davon überzeugt war, dass die Macht ihres monotonen Singsangs der Seele befehlen könnte, in den Körper zurückzukehren.

Sie verscheuchte den Gedanken, legte die Hand auf die Stirn des Jungen. Seine Haut war kühl, doch das Wundfieber würde sich ohnehin nicht mit einer solchen Plötzlichkeit einstellen, wenn es im Gehirn zu entzündlichen Prozessen kam. Den Gedanken an die Kälte des nahenden Todes hielt sie bewusst auf Abstand, während sie überlegte, welche Möglichkeiten ihr zu Gebote standen, um die Schwere der Verletzung einzuschätzen.

Die Männer hatten Karl im prallen Sonnenlicht abgelegt. Und das war weder gut für den Jungen noch für den Versuch, der der alten Frau vorschwebte. Ein dunklerer Ort wäre günstiger gewesen, doch solange sie keine Gewissheit hatte, was dem Bewusstlosen fehlte, war es ausgeschlossen, ihn noch einmal zu bewegen.

Hoffen wir, dass es auch hier möglich ist. Mit der Sonne als Helfer.

Sie löste die Hand von der Stirn des Verletzten, ein kleines Stück nur, so dass ihre Handfläche die geschlossenen Lider beschattete. Dann hob sie die freie Hand. Mit Daumen und Zeigefinger zog sie Ober- und Unterlid des linken Auges vorsichtig auseinander, bis die Pupille sichtbar wurde. Mehrere Sekunden blieb sie so, bevor sie die schattenspendende Hand ruckartig zur Seite nahm.

Erleichtert stieß sie den Atem aus. Die Pupille reagierte, zog sich zusammen, genauso auf dem anderen Auge, als sie den Vorgang dort wiederholte.

Er kann nicht allzu weit fort sein.

Und noch während sie ihn betrachtete, glaubte sie etwas wahrzunehmen, war sich im nächsten Moment sicher: Die Lider des Jungen flatterten, ganz ohne ihr Zutun dieses Mal. Ein kurzes Zucken ging über sein Gesicht. Die rechte Hand schien sich zu regen.

»Er kommt zu sich!« Aus Jakobs Flüstern sprach alle Erleichterung der Welt.

Luisa nickte knapp. Dennoch war der Verletzte beunruhigend lange ohne Bewusstsein gewesen. »Gebt ihm einen Augenblick Zeit«, sagte sie leise. »Kannst du mich verstehen?«, wandte sie sich mit gedämpfter Stimme an Karl und ließ ihre Handfläche sachte über seine Schläfe gleiten. »Tut es weh, wenn ich dich hier berühre oder ...« Ihre Finger strichen über den Hinterkopf. »Oder hier?« Die andere Kopfseite.

Sein Schmerzenslaut war fast schon Antwort genug.

»Bitte ... Aufhören!« Seine Stimme klang heiser, doch sie war deutlich zu verstehen.

Erleichtert nahm Luisa die Finger fort, streckte ihren schmerzenden Rücken, bevor sie nach dem Säcklein mit ihren Tränken und Utensilien griff. Nach all ihren Erfahrungen gab es nur ein einziges Mittel, das zuverlässig Hilfe versprach gegen die Nachwehen eines angeschlagenen Schädels: ein wenig Ruhe an einem schattigen Ort. Doch vom Öl des Tausendgüldenkrauts ging ein dermaßen eigentümlicher Geruch aus, dass es oftmals überhaupt nicht notwendig war, etwas über eine besonders heilsame Substanz zu murmeln, während sie die Tinktur auftrug. Sobald ihnen die Ausdünstungen in die Nase stiegen, waren die Verletzten ganz von selbst überzeugt, dass es sich um ein außergewöhnlich machtvolles Heilmittel handeln musste. Und das war meist schon das Wichtigste. Jedenfalls konnte es die Sache nicht schlimmer machen.

»Er ist gefallen?«, fragte sie, ohne Karl dabei aus den Augen zu lassen. Sie konnte erkennen, wie der Junge die Lider nun fest zusammenkniff. Der Widerwille gegen helles Licht war auch bei leichteren Erschütterungen des Schädels ein gewohntes Bild.

»Er ist nicht gefallen!«, zischte Minna. »Er wurde *gestoßen*!«

Erst jetzt blickte Luisa auf. Und wie von selbst folgte ihr Blick der Richtung, in die die Mutter des Jungen mit eisiger Miene den Kopf wandte.

Frida stand ein Stück entfernt von den übrigen Bewohnern des Dorfes, nur wenige Schritte von der Mauer, die den Gottesacker umgab. Unverwandt erwiderte sie Minnas anklagenden Blick. Kam es Luisa nur so vor, oder hielten ihre Nachbarn in der Menschentraube bewusst von ihr Abstand?

Sie sieht schlecht aus, fuhr der alten Frau durch den Kopf. Josephs Witwe wirkte älter als die dreißig Jahre, die sie inzwischen zählte. Tiefe Schatten lagen unter ihren Augen, und ihre Haut war von einer Blässe, die Unruhe in Luisa aufsteigen ließ. *Sie sollte im Bett liegen! Sie sollte überhaupt nicht hier sein!* Doch

Frida begegnete dem Blick der Mutter des Verletzten mit der ganzen Entschlossenheit einer Frau, die ebenfalls Mutter war und gerade Zeugin wurde, wie jemand ihre Kinder bedrängte. Denn es war eindeutig, dass Minnas scharfe Worte nicht Frida selbst galten.

Die beiden Kinder standen ein Stück hinter ihr. Die Ziehgeschwister, die in jener verhängnisvollen Nacht auf die Welt gekommen waren und nun gemeinsam in Fridas Obhut heranwuchsen, unter allen Härten, die das in den vergangenen Jahren für eine Frau bedeutet hatte, die schon Mühe gehabt hätte, sich allein nach Josephs Tod durchzubringen. Der Junge, den man im Dorf als Josephs Sohn kannte. Und das Mädchen, das Luisa mit ihrer Klinge aus dem Leib der Unbekannten geschnitten hatte, wie man in Erzberg munkelte. Um nicht selten mit gesenkter Stimme anzufügen, dass die alte Frau das zweifellos nicht recht überlegt hatte. Denn so hatte das Mädchen schließlich überlebt, was womöglich überhaupt nicht der Wille des Allmächtigen gewesen sei. Mit der Folge, dass Frida gezwungen war, noch einen zusätzlichen Hals zu stopfen, worüber sie sich allerdings zu keinem Zeitpunkt beklagt hatte. Und als Christenmensch konnte man es durchaus mit einem gewissen Respekt betrachten, dass sie sich der mutterlosen Kleinen angenommen hatte, beinahe als wäre auch dieses Mädchen ihr eigenes Kind.

Die Kinder drückten sich gegen die Mauer, als hätten sie alles getan, um noch weiter zurückweichen zu können. Frida hatte sich vor ihnen postiert wie die Anführerin einer Kriegerschar, die ihre bedrängten Gefolgsleute mit dem eigenen Leib vor dem Ansturm der feindlichen Streitmacht schützte. Die Kinder ... Es war wie jedes Mal: Die Ähnlichkeit verschlug Luisa den Atem. Als wären sie wahrhaftig Bruder und Schwester.

Ihre Haare waren dunkel, dunkel wie Fridas Haar, dunkel wie Josephs Schopf gewesen war. Und ebenso das Haar der Fremden, dachte Luisa, der unbekannten Frau, deren Leben sie in jener Nacht nicht hatte retten können und deren Körper nun nur wenige Schritte von hier in einem namenlosen Grab ruhte. Da waren die gleichen stolz geschwungenen Brauen, da war die gleiche hohe Partie der Wangen, da waren die gleichen eher schmalen Lippen. Im Gesicht des Mädchens besaßen sie einen entschlosseneren Zug. Die Tränen, die über die Wangen strömten, konnten daran nichts ändern. Das Gesicht des Jungen dagegen blieb reglos, wenn auch bleich wie der Tod. Seine Finger lagen auf der Knopfleiste seines verschmutzten Sonntagshemds, und er schien sich große Mühe zu geben, eine möglichst würdevolle Miene zur Schau zu tragen. Lediglich das nervöse Flackern in seinen Augen strafte den Ausdruck Lügen.

»Das...« Das Mädchen setzte zum Sprechen an: Sophie. Mit Bedacht hatte Frida sich damals für einen Namen entschieden, der weder in ihrer eigenen noch in Josephs Familie vorkam. »Das ist nicht wahr!«, widersprach sie der Mutter des Verletzten. »Es war ein Unfall! Ja, sie haben sich gestritten, oben auf der Mauer, aber in dem Moment hat Roger Euren Sohn überhaupt nicht angerührt! Es tut mir leid, dass Karl sich verletzt hat, aber er ... er hat einen ungeschickten Schritt gemacht, das war alles! Roger hat ihn nicht gestoßen!«

»Mein Sohn macht keine ungeschickten Schritte!«, schnappte Minna. »Mein Sohn ist auf das Dach unserer Hütte geklettert und über den First spaziert, als er keine fünf Sommer zählte! Wie ein Seiltänzer auf der Kirmes! – Die Leute sind zusammengelaufen, weil sie Sorge hatten, dass er sich verletzen könnte – doch am Ende ist er über die Dachschräge auf den Boden gerutscht, als wäre es die selbstverständlichste Sache der Welt!

Er hat sich vor den Leuten verbeugt, als wäre er tatsächlich ein Gaukler auf der Kurzweil.« Etwas leiser fügte sie hinzu: »Bis sein Vater hinzukam und ihm den Allerwertesten versohlt hat, weil er uns alle in Angst versetzt hatte. Mein Sohn *fällt* nicht von einer Mauer!«, zischte sie. »Willst du behaupten, dass ich lüge?«

Luisas Blick ging hin und her zwischen der Frau und dem Mädchen. Nein, mit Sicherheit erzählte Minna keine Lügen. Davon abgesehen, dass Luisa damals selbst in der Menge gestanden und die Kunststücke des Jungen hatte verfolgen können, genau wie die anschließende Tracht Prügel. Nur musste das bedeuten, dass umgekehrt das Mädchen log? Bestand nicht gerade darin der Kitzel, wenn eine Menschenmenge die Darbietung eines Seiltänzers verfolgte: dass selbst einem Menschen, der sich ein Leben lang in dieser Kunst geübt hatte, ein ungeschickter Schritt zum Verhängnis werden konnte? Und sei es auf einer meterbreiten Mauerkrone?

Sophie war verstummt. Ihre Lippen zitterten. Kein Mensch im Dorf beging den Fehler, sich ohne Not auf ein Wortgefecht mit Minna einzulassen und ihren Zorn auf sich zu lenken. Was sollte ihr da ein Mädchen entgegensetzen, das keine zehn Jahre zählte?

Luisa hatte sich wieder darauf besonnen, was zu tun sie im Begriff gewesen war. Vorsichtig benetzte sie die Schläfen des Verletzten mit dem Öl des Tausendgüldenkrauts, und augenblicklich begann sich das herbe Aroma über der Rasenfläche auszubreiten. Als sie die Hände zurückzog, schien die schmerzhafte Anspannung auf den Zügen des Verletzten bereits nachzulassen.

Frida dagegen stand stocksteif da. Sie hatte Sophie reden lassen, und das war nur richtig. Irgendwann mussten die Kinder schließlich lernen, für sich selbst einzustehen. Doch wenn Minnas Zorn mit einer solchen Gewalt auf das Mädchen niederging ... Sie fuhr sich über die Lippen.

»Auch ich stand damals unter den Leuten, die gesehen haben, wie Karl seine Kunststücke aufgeführt hat«, sagte sie ruhig. »Und weder mir noch Sophie würde es in den Sinn kommen, dir eine Lüge zu unterstellen, Minna. Doch was sich heute zugetragen hat, das haben nur die Kinder selbst gesehen. Wir beide, du und ich: Wir waren in der Kirche, so wie alle anderen. Wie willst du wissen, ob Karl nicht heute tatsächlich ...«

Doch die andere schnitt ihr das Wort ab. »Mein Sohn *fällt* nicht von einer Mauer!«, wiederholte sie scharf, und ganz kurz hatte Luisa das Gefühl, als versuchte Karl selbst etwas einzuwerfen.

Aber seine Mutter ließ auch ihn nicht zu Wort kommen. Ihr Blick richtete sich auf die Ziehgeschwister. »Noch viel weniger aber, als dass er von einer Mauer fällt, ist es denkbar, dass mein Sohn sich von einer Mauer hat *stoßen* lassen von einem Jungen, dem er zwei Jahre und einen halben Kopf voraus hat! – Wenn denn nicht Tücke im Spiel war. Wer weiß?«, setzte sie mit gesenkter Stimme hinzu. »Vielleicht sagst du ja wirklich die Wahrheit, Sophie? Vielleicht hat dein Ziehbruder meinen Sohn ja tatsächlich nicht gestoßen? Was aber hast *du* getan, während Karls ganze Aufmerksamkeit auf den Zwist der beiden gerichtet war? Ob du wohl die ganze Zeit brav danebengestanden hast, als würde dich das Ganze überhaupt nicht betreffen? Wo doch jeder hier weiß, wie innig ihr miteinander verbunden seid, du und dein Ziehbruder. – Oder ob du dich womöglich insgeheim genähert hast.« Kaum mehr als ein Flüstern jetzt. »Lautlos und vorsichtig. Im Rücken meines Sohnes. Und was dann geschehen ist ...« Ein Atemzug. Unvermittelt hielt sie inne.

Ein Raunen erhob sich unter den Menschen von Erzberg.

Luisa kniff die Lider zusammen. Minna schwieg. Doch das bedeutete keinen Unterschied. Wie von selbst musste sich das Geschehen in den Köpfen der Zuhörer fortsetzen: Wie die schmächtige Gestalt des Mädchens mit einem Mal nach vorne schoss, dem Jungen einen Stoß versetzte, der arglose Karl vollständig überrascht wurde. Wie er das Gleichgewicht verlor – und entsetzt mit den Armen rudernd in der Tiefe verschwand.

Frida fuhr auf. »Das ist doch …«

»*Ist* das Unsinn?«, zischte Minna. »Dann lass den Dorfrat entscheiden, ob es Unsinn ist. Den Rat der Menschen von Erzberg unter dem Vorsitz des Schichtmeisters. Wenn es jemandem zukommt, ein solches Vergehen …«

Unvermittelt brach sie ab.

Scheinbar beruhigend hatte Jakob die Hand auf ihre Schulter gelegt. Luisa war als Einzige nahe genug, um zu erkennen, welchen Druck seine Finger tatsächlich ausübten.

»Es trifft zu, dass wir unsere Streitigkeiten selbst entscheiden dürfen hier in Erzberg.«

Seine Stimme war leise, doch das Gemurmel, das sich bei Minnas Verdächtigungen erhoben hatte, verstummte sofort. Jakobs Wort hatte Gewicht, auch wenn die Dorfbewohner ihn niemals in aller Form zu ihrem Schichtmeister bestimmt hatten. Frida selbst hatte ihn gebeten, das Amt zu übernehmen, bis ihr Sohn sein sechzehntes Jahr erreichte und Josephs Nachfolge antreten konnte. Und Jakob hatte diese Aufgabe jedenfalls nicht schlechter versehen als irgendeiner seiner Vorgänger bis zu diesem Tag.

»Eben das ist ein Teil der Freiheit der Berge, die unsere Vorfahren in langen Jahren erkämpft haben«, erklärte er. »In einem Streit mit dem Eigentümer der Mine müssen wir den Amtmann in Altwasser um ein Urteil bitten. Wenn aber zwei Männer aus Erzberg untereinander in Streit geraten, so steht es ihnen frei, stattdessen den Dorfrat um eine Entscheidung anzurufen. Genauso wie das natürlich auch zwei Frauen möglich ist.« Etwas leiser, allerdings mit einem deutlichen Blick zu Minna und Frida. »Aber wenn *Kinder* sich streiten?« Er musterte einige der Umstehenden. »Du, Herwart? Du, Florian? Gibt es irgendeinen unter euch, der sich niemals geprügelt hätte, als er zehn oder zwölf Jahre alt war? Und ist da niemals eine Beule zurückgeblieben oder eine blutige Nase? Eine ernsthaftere Verletzung kann ich hier jedenfalls nicht entdecken, nun, da der Junge wieder unter uns ist.«

Mit fragend hochgezogenen Brauen sah er Luisa an.

Sie zögerte einen Moment. Nach kurzem Überlegen nickte sie.

»Und ich danke allen Heiligen, dass es so ist«, fügte Jakob leiser an, bevor er die Stimme wieder hob, an die Umstehenden gerichtet. »Eine Prügelei unter Jungen also. – Und damit soll sich nun der Dorfrat beschäftigen?«, fragte er. »Oder dann doch gleich der Amtmann?« Sein Tonfall veränderte sich: »Oder wollen wir es nicht besser den Kindern überlassen, ihre kindische Streiterei auf ihre Weise auszutragen? Genau wie sie das heute Morgen getan haben. Worüber auch immer sie sich in die Haare geraten sind: Der Sieger scheint mir eindeutig feststehen. Und ich gehe doch davon aus, dass alle Beteiligten mit dieser Entscheidung werden leben können.«

Alle Beteiligten, dachte Luisa. Unmissverständlicher hätte er nicht klarmachen können, wen er als Beteiligte betrachtete. Und wen nicht. Und wen er als Unterlegenen ansah im Streit der beiden Jungen – seinen eigenen Sohn nämlich ... Nein, das konnte am allerwenigsten im Zweifel stehen.

Eine Reaktion der Dorfbewohner wartete Jakob gar nicht mehr ab. Stattdessen drehte er sich um, nicht etwa zu seiner Ehefrau, sondern zu Karl selbst, der nun wirklich bedauernswert aussah mit seinem blassen Gesicht und den zerschundenen Rippen. Ganz gleich, wie es zugegangen sein mochte, dass er an die Blessuren gelangt war. Sieger jedenfalls sahen anders aus.

Der Junge hatte die Vorgänge verfolgt und sich mühsam aufgesetzt. Minna stützte ihm den Rücken, nicht ohne ihrem Ehemann finstere Blicke zuzuwerfen.

Karl fuhr sich mit der Zunge über die Lippen. Einen Moment lang rechnete Luisa fest damit, dass er seinem Vater widersprechen würde. Aber dann brachte er doch nicht mehr als ein Nicken zustande, eine kaum angedeutete Bewegung, die allerdings ausreichte, dass eine Leidensmiene auf sein Gesicht trat, seine Hand den schmerzenden Schädel betastete. Stumm schlug er den Blick zu Boden.

»Wie ich vermutet hatte.« Jakob nickte knapp, hielt einen Augenblick inne, sah dann fragend an Frida vorbei die Ziehgeschwister an. Nicht so sehr Sophie, sondern vor allem den Jungen, Roger.

Roger, dachte Luisa. Den neugeborenen Jungen hatte Frida ganz bewusst auf den Namen von Josephs lange verstorbenem Vater taufen lassen. Um von Anfang an klarzustellen, dass dieses Kind ein Teil der langen Reihe von Anführern der Dorfbewohner war. *Josephs Sohn.* Niemand in Erzberg hatte Anlass, daran zu zweifeln.

Doch Luisa runzelte die Stirn. Erwartungsvoll sah Jakob den Jungen an – aber Roger rührte sich nicht. Erkannte er nicht, dass sich ihm gerade ein Weg öffnete, ungeschoren aus der Sache herauszukommen, wenn doch schon Karl sein Einverständnis gegeben hatte, der bei dem Streit der beiden schließlich zu Schaden gekommen war? Wie konnte dann derjenige, der diese Prügelei angezettelt hatte...

Sie stutzte. In diesem Moment kam ihr zu Bewusstsein, wie wenig eine Prügelei überhaupt zu Roger passte.

Seit zwei Jahren fuhr er in die Stollen ein, als Laufbursche, als Helfer an den Lüftungsklappen, wie alle Jungen seines Alters. Wobei sich die Bergleute in seinem Fall einen besonderen Spaß daraus machten, ihren künftigen Schichtmeister wie einen Handlanger von einem Ende der Minen ans andere zu jagen, nicht anders, als sie das vor langer Zeit auch mit Joseph getan hatten, wie Luisa sich erinnerte. Mit dem Unterschied allerdings, dass sich Joseph zur Wehr gesetzt und seine Fäuste hatte sprechen lassen, wie man das bei einem Jungen aus den Bergen hatte erwarten können.

Nicht so Roger.

Nachdenklich betrachtete sie den Jungen. Nicht dass er feige gewesen wäre, nein, das Gegenteil war der Fall. Kaum dass er einige Wochen seine Arbeit unter Tage aufgenommen hatte, als ein plötzlicher Wassereinbruch die Männer gezwungen hatte, einen abgelegenen Teil der Stollen fluchtartig zu räumen. Lediglich die Grubenpferde waren zurückgeblieben, deren Aufgabe darin bestand, das aus dem Stein geschlagene Erz an die Fördereinrichtung im Hauptschacht zu schleppen. Doch Pferde ließen sich ersetzen. Und eben das musste der Junge anders gesehen haben. Niemand hatte ihn zurückhalten können, als er hüfttief im Wasser watend in den beinahe abgeschnittenen Teil der Stollen zurückgekehrt war und die Tiere vollzählig in Sicherheit gebracht hatte. Angst schien er jedenfalls nicht zu kennen, wenn er sich etwas in den Kopf gesetzt hatte.

Doch eine Prügelei? Nein, Roger war anders als die anderen

Jungen im Dorf, er war ruhiger und ernsthafter. Ob ihm selbst bewusst war, wie sehr er sich von den anderen unterschied? Doch wie hätte ihm bewusst sein können, dass er nicht der war, der er zu sein glaubte und für den ihn alle Menschen des Dorfes hielten: Josephs Sohn, und damit ihr künftiger Schichtmeister? Wie hätte ihm bewusst sein können, dass er an einem Ort lebte, an den er nicht gehörte?

Jakob hatte dem Jungen Zeit gegeben. Fragend sah er nun erneut in dessen Richtung.

Luisa konnte erkennen, wie Roger die Zähne zusammenbiss. Sein Gesicht hatte dieselbe Farbe wie die frisch gekalkte Mauer in seinem Rücken. Und noch immer schwieg er.

Ihr Blick ging zu Sophie. Täuschte sie sich, oder war sie enger an den Jungen gerückt, der wie ein Bruder für sie war? Unruhig zupfte sie am Ärmel ihres Kleides, eines verschossenen, fadenscheinigen Etwas, das einmal Frida gehört hatte. Als wollte *sie* auf Jakobs Aufforderung antworten.

Ja, ihre Lippen bewegten sich. Sie kämpfte um Worte. Luisa spürte einen Stich, als unvermittelt Josephs Gesicht vor ihre Augen trat. Der leibliche Vater des Mädchens, wie er bis zum letzten Atemzug den lähmenden Schmerzen widerstanden hatte, bis er und Frida und Luisa selbst zu jenem Beschluss gelangt waren, der aus Roger den Sohn des Oberhaupts der Menschen von Erzberg gemacht hatte – und aus diesem Mädchen die Tochter einer toten Fremden.

»Und das erwartet ihr jetzt ernsthaft?« Plötzlich brach es aus Sophie hervor. »Dass Roger tut, als ob nichts gewesen wäre? Das könnt ihr nicht von ihm verlangen! – Nichts als eine kindische Rauferei?« Heftig holte sie Atem. »Wie könnt ihr das nur denken? So ist Roger nicht, und das solltet ihr wissen!« Sie hielt inne, schien nach Worten zu suchen, die Fäuste zornig geballt, zornig angesichts der eigenen Unfähigkeit, diese Worte zu finden. Auf eine Weise, die zu einem Kind nicht passen wollte. »Er hat versucht, mich zu verteidigen!«, stieß sie schließlich hervor. »Nicht anders, als es jeder von euch getan hätte, wenn seiner Schwester Unrecht geschieht, seiner Frau, seiner Mutter oder Tochter. Und wie es der Schichtmeister für jeden Einzelnen von uns tun würde! Wie Roger es tun wird, wenn er einmal unser Schichtmeister ist! – Er ...«

Sie streckte die Hand aus, wies auf Karl, der jetzt versuchte, auf die Beine zu kommen. Sanft, aber bestimmt hielt Luisa ihn auf dem Gras zurück.

»Er ...« Mühsam holte das Mädchen Atem. »Er hat gesagt, ich wäre ... Ich wäre kaum besser als ein ... ein ...« Sophie brach ab, versuchte neu anzusetzen. »Kaum besser als ein ...«

Luisa konnte erkennen, wie Jakob unwillig die Brauen zusammenzog. Er hatte versucht, den Kindern eine Brücke zu bauen. Nur weigerten sie sich, sie zu betreten. Und schon begann sich die Aufmerksamkeit stattdessen wieder ganz auf ihn zu richten. Was immer Karl gesagt hatte: Es musste das Mädchen dermaßen getroffen haben, dass es nun nicht in der Lage war, die Worte zu wiederholen. Und Jakob versah gegenwärtig eben nicht nur die Aufgaben des Dorfoberhaupts. Er war außerdem der Vater des Jungen.

Düster wandte er sich an den Verletzten. »Sohn?« Nur das eine Wort.

Karl blickte auf, und seine Unruhe war mit Händen zu greifen. Wie er im Moment aussah, hätte er sich vermutlich lieber ein zweites Mal von der Mauer gestürzt, als der Aufforderung seines Vaters nachzukommen.

Doch Jakobs Blick blieb unerbittlich. *Ich warte.*

»Was soll ich schon gesagt haben?«, brummte Karl schließlich störrisch. Und sichtbar unbehaglich. »Sie wohnt in Erzberg, als ob sie zu uns gehört, aber niemand hier hat ihre Mutter gekannt. Sie kann sonst was gewesen sein. Und ihren Vater kennt erst recht niemand. Wie nennt man wohl ein Kind, bei dem man den Vater nicht kennt?«

Luisa spürte, wie ihr der Atem in der Kehle stockte.

Unbarmherzig blieb Jakobs Blick auf seinen Sohn gerichtet. Obwohl er die Antwort kannte. Obwohl jeder von ihnen die Antwort kannte.

Karl senkte den Blick. »Man nennt es halt einen Bastard.«

Das Geräusch, das dieses Mal unter den Bewohnern von Erzberg erwachte, war mit *Raunen* nicht mehr zu beschreiben. Köpfe wurden zusammengesteckt, Flüstern ging von Mund zu Mund. Doch die Worte, die gewechselt wurden, waren nicht das Entscheidende. Luisa sah die Mienen der Leute. Sie sah, wie eine Frau ihre Nachbarin mit dem Ellenbogen anstieß, sah ein kaum wahrnehmbares Nicken in einer der hinteren Reihen. Ein zustimmendes Nicken, selbst wenn es vielleicht nicht völlig bewusst geschah.

Ebenso allerdings war auch empörtes Zischen zu hören, wandten sich finstere Blicke in Richtung von Jakobs Sohn. Denn nein, niemand hier hätte das Wort offen ausgesprochen, mit dem Karl Fridas Ziehtochter bedacht hatte. Und die Empörung war kein bloßes Schauspiel. Doch das sagte nichts darüber aus, was die Leute *dachten*.

Sophie hatte sich nicht von der Stelle gerührt, hatte kurz nur zu Karl geblickt, der noch immer auf den Boden starrte, unfähig, ihr in die Augen zu sehen. Geschweige denn seinem Vater. Es waren die Menschen aus dem Dorf, von denen Sophie den Blick nicht lösen konnte. Die Menschen, mit denen sie Tag für Tag zusammenlebte.

Sie kämpfte mit den Tränen. Bestürzt hatte Frida sich zu den Kindern umgewandt, doch in diesem Moment schien das Mädchen aus seiner Erstarrung zu erwachen. Stolpernd wich es zurück.

Jakobs Gesicht hatte eine Färbung angenommen, wie sie sonst nur bei den Männern zu sehen war, die eben aus der Grube zurückkehrten, geschwärzt vom Staub der Stollen. Es gab Dinge, die man in Erzberg am besten unter sich ausmachte. Wie eine Prügelei unter Kindern, die die Erwachsenen nichts anging. Und es gab andere Dinge: Wenn jemand es wagte, die Ehre einer Frau des Dorfes in Zweifel zu ziehen. Und sei diese Frau ein neunjähriges Mädchen.

Finster richtete sich sein Blick auf seinen Sohn. Nein, jetzt hätte Luisa wahrhaftig nicht in Karls Haut stecken wollen. In seiner Haut, die nun endgültig seine Sache war nach dem, was sie gehört hatte. Natürlich würde sie nach seinen Schrammen sehen, später am Tag allerdings, das musste reichen. So lange konnte der Junge auch warten, bis sie ihm etwas verabreichte, das die Schmerzen in seinem Schädel dann wirklich dämpfte. Mit einem Ächzen war sie auf den Beinen. Ihre Blicke suchten nach dem Mädchen.

Sophie tastete sich rückwärts an der Mauer des Kirchhofs entlang, hob abwehrend die Hände, als Roger Anstalten machte, sich ihr anzuschließen. Frida war weiter entfernt, näher am Zentrum der freien Fläche, näher an den Menschen, die sich indessen aber wieder dem verletzten Karl zugewandt hatten. Jetzt, wo die junge Frau für sich allein stand, wurde Luisa klar, wie schwach sie heute tatsächlich auf den Beinen war. Schon der Gang zur Messe musste eine Strapaze dargestellt haben. Über den offenen Kirchhof hinweg versuchte sie mit unsicheren Schritten, den Kindern zu folgen.

Luisa fluchte lautlos. *Bastard.* Warum nur hatte Jakob seinen Sohn gezwungen, das Wort vor aller Ohren auszusprechen? Wer musste besser wissen als ein Bergmann, wie gefährlich es sein konnte, Dinge einfach so beim Namen zu nennen? Selbst das Wort *Tod* nahm unter Tage kein Mensch in den Mund. Gerade, wenn es um jemanden ging, dem die Grube zum Verhängnis geworden war, im Sturzwasser, das zuweilen in die Minen brach, im Schlagwetter, wenn tückisches Gasgemisch in die Stollen drang, unsichtbar, und sich unvermittelt entzündete. Nichts davon kam jemals zur Sprache bei der Arbeit unter Tage. Wer in der Tiefe ums Leben kam, war schlicht *im Berg geblieben.*

Weil diese Dinge gefährlich waren. Wer etwas aussprach, verlieh ihm Wirklichkeit, rief es überhaupt erst herbei im schlimmsten Fall. Und wenn das einmal geschehen war, konnte es sich als unmöglich erweisen, den Geist zurück in die Flasche zu zwingen.

Voller Unruhe verfolgte sie, wie Frida die Kinder einzuholen versuchte, quer über den ältesten Teil des Gottesackers, auf dem sich abseits der Raseninsel verfallene und halb vergessene Grabstellen verbargen, unsichtbar zwischen vertrocknetem Kraut und wuchernden Halmen.

»Sophie!« Frida zuckte zusammen, blieb hektisch atmend stehen, ihr Gesicht verzog sich vor Schmerzen. Sie musste den Fuß ungeschickt aufgesetzt haben.

Luisa packte den Griff ihres knotigen Stocks fester. Was sollte sie tun, wenn Frida strauchelte? Sie selbst brauchte erst gar keinen Versuch zu unternehmen, die unebene Fläche zu betreten, so schwer es ihr auch fiel, das Schwinden ihrer eigenen Kräfte zu akzeptieren.

»Sophie!« Frida schwankte. »Du weißt, dass dieses Wort nichts zu bedeuten hat! Das Wort, das Karl gesagt hat. Du weißt, dass dieses Wort eine Lüge ist!« Ihre Stimme war heiser. »Du gehörst zu mir! Zu Roger und mir, und eine bessere Familie gibt es nicht in Erzberg. Und auf nichts anderes kommt es ...«

»Das gehöre ich nicht!« Sophie blieb stehen, fuhr herum, was Roger endlich die Gelegenheit gab, sie einzuholen. Er schien etwas zu murmeln, streckte beruhigend die Hand nach ihr aus, doch sie wurde beiseitegestoßen. Die Stimme des Mädchens überschlug sich, an Frida gerichtet: »Du bist nicht meine Mutter!«

Luisa konnte nicht erkennen, wie Josephs Witwe reagierte. Ihr selbst schnürten die Worte die Kehle zusammen. Was war all die Jahre hindurch die große Angst gewesen, die Frida und sie geteilt hatten? Dass jemand kommen könnte, ein Büttel des Amtmanns, ein Abgesandter der Familie der toten Fremden, der irgendwie erfahren hatte, was sich in jener Nacht des Unheils zugetragen hatte? Dass er Anspruch erheben könnte auf das Kind der Toten – und dass sie ihm Sophie würden ausliefern müssen? Denn wie anders hätte sich Frida entscheiden können, wenn die grausame Scharade irgendeinen Sinn haben sollte, die sie seit Jahren vor den Bewohnern von Erzberg aufführten? Sophie war es, die sie der Familie der Unbekannten übergeben würde, sollte jener Tag kommen. Der Tag, den die beiden Frauen fürchteten, die als Einzige die Wahrheit kannten. Der Tag, an dem man Frida ihre Tochter entreißen würde. Doch dass das Mädchen selbst nun diese Worte in den Mund nahm ...

Und dennoch *ist* sie Fridas Tochter. Luisas Lippen bewegten sich stumm. *Sie ist das Kind, das Frida zur Welt gebracht hat. Und zugleich ist sie eine Fremde, was die Menschen von Erzberg anbetrifft. Jemand, der nicht hierhergehört.*

Sie holte tief Atem. »Sophie!«

Aber auf sie schien das Mädchen überhaupt nicht zu achten. Binnen kurzem hatte es am Rande des Kirchhofs den Schutz einiger alter Bäume erreicht. Roger blieb an der Seite seiner Ziehschwester, sie unternahm keinen Versuch mehr, ihn zurückzustoßen. Von ihrer ersten Stunde an waren die beiden Kinder unzertrennlich gewesen. Karl hätte wissen müssen, worauf er sich einließ, wenn er es wagte, das Mädchen auf diese Weise anzugehen.

Frida war es jetzt gelungen, den Pfad im Schatten der Mauer zu erreichen. Hier gab es keine Hindernisse mehr, die ihr den Weg versperrten, und doch blieb sie genau in diesem Augenblick unschlüssig stehen, und Luisa nutzte die Gelegenheit, sich an ihre Seite zu begeben – in einem weiten Bogen um das trügerische Gelände herum. Doch was war es, das Frida zögern ließ?

Unvermittelt begriff Luisa, wohin sich das Mädchen zurückgezogen hatte: Dort, im Schatten der Bäume, lag die Reihe Gräber, in denen die Menschen von Erzberg jene Reisenden beisetzten, denen die alte Straße zum Verhängnis geworden war. Es war der einzige Ort, an dem das Mädchen jener Frau nahe sein konnte, die es für seine Mutter hielt.

Frida wirbelte herum, als Luisas Schatten in ihrem Augenwinkel sichtbar wurde. Im nächsten Moment entspannte sie sich, als sie sah, wer an ihre Seite getreten war.

»Was soll ich ihr nur sagen, Luisa?«, flüsterte sie. »Was soll ich ihr nur sagen, das keine Lüge ...« Sie unterbrach sich mitten im Satz und schluckte schwer. »... das keine *neue* Lüge ist?«, vollendete sie. »Ich sehe doch, was die Leute denken, selbst wenn sie es nicht aussprechen. Und Sophie ist kein dummes Kind. Sie sieht es so gut wie ich.« Erschöpft holte sie Atem. »Und nun hat Karl es tatsächlich ausgesprochen. – Roger ist der Sohn von Joseph«, sagte sie leise. »Dem Sohn des alten Roger. Sophie aber ist ein Nichts, ohne einen Menschen in Erzberg, der auch nur einen Tropfen Blut mit ihr gemein hat.«

Der Blick, mit dem sie Luisa bedachte, war beschwörend. Fast abergläubisch vermieden es die beiden Frauen, die Wahrheit sogar untereinander ausdrücklich beim Namen zu nennen.

Als wenn auch wir versuchen zu verhindern, dass das Ausgesprochene Wirklichkeit gewinnt, dachte Luisa.

»Ohne Vater«, murmelte Frida mit bitterer Stimme. »Ohne Mutter. Und doch wächst sie Seite an Seite mit Roger auf, um, wer weiß, eines Tages ...« Sie schüttelte den Kopf und setzte leiser hinzu: »Minna hat Jakob vier Töchter geboren«, wisperte sie. »*Vier*, Luisa, bevor Karl zur Welt gekommen ist! Und alle haben überlebt. Und alle sind sie älter als Roger, doch was glaubst du, wie gerne Minna es sehen würde, wenn er irgendwann eine von ihnen zur Frau nehmen würde und sie selbst zur Großmutter des nächsten ...« Ein Innehalten. »Nein, des übernächsten Schichtmeisters von Erzberg machen würde? – Und viele Frauen im Dorf denken so. Viele Familien. Und dazwischen Sophie, die ein Nichts ist für sie, und doch ist Roger ständig an ihrer Seite zu finden. Und sie ist doch ... Sie ist doch meine Tochter, sie ...«

Erschrocken verstummte Frida, sah ängstlich in Richtung der beiden Kinder. Doch die Kinder waren zu weit entfernt. Weder Roger noch das Mädchen konnten etwas von den Worten mitbekommen haben. Sophie kauerte zwischen den mit einem schlichten Kreuz und einem Bibelspruch geschmückten Steinen, von Tränen geschüttelt. Ungeschickt versuchte ihr Ziehbruder sie zu trösten.

Luisa legte die Hand auf Fridas Schulter. »Sie ist deine Tochter«, sagte sie sanft. »Nach allem, worauf es ankommt. Du hast ihr alles gegeben, was eine Mutter ihrer Tochter nur geben kann, nachdem du sie bei dir behalten konntest – und Roger dazu. Aber war genau das nicht schon mehr, als wir in jener Nacht hatten hoffen können? Es ist niemals jemand erschienen wegen des Kutschunglücks. Niemand, der Fragen gestellt hat in Erzberg – anders als in Teufelsjoch oder Schönfels.« Sie zögerte. »Wobei sie auch dort nicht allzu hartnäckig nachgefragt haben, wie es scheint. Weil der Amtmann offenbar bereits einen Bericht in der Hand hielt. Von wem auch immer er diesen Bericht bekommen hat.«

Frida sah sie an, und Luisa stellte fest, dass auch in ihren Augen Tränen standen. »Ich konnte sie bei mir behalten«, flüsterte sie. »Und das verdanke ich auch dir. Wenn du mir nicht den Weg gezeigt hättest... Wenn du mich nicht unterstützt und verkündet hättest, dass ich Joseph in jener Nacht einen Sohn geboren hätte, das künftige Oberhaupt des Dorfes...«

»Das war das Beste, was wir tun konnten«, murmelte Luisa. »Nur so konnten wir sichergehen, dass die Leute euch ausreichend unterstützen würden: dich, die Mutter von Josephs Sohn und Erben. Und die Kinder dazu. *Beide* Kinder. Was wäre ihnen auch anderes übrig geblieben?«

»Wenig wäre ihnen übrig geblieben«, stimmte Frida leise zu. »Und gerade deswegen können sie kaum begeistert gewesen sein, dass sie nicht allein Roger und mir helfen mussten, sondern Sophie noch dazu. Und noch immer bleibt ihnen kaum etwas anderes übrig.« Ein schwerer Atemzug. »Weil wir noch immer auf ihre Hilfe angewiesen sind, obwohl doch Roger bereits in die Stollen fährt. Aber jetzt, da ich nicht länger...« Sie brach ab.

Beide Frauen schwiegen. Die Jahre, die auf die Nacht des

Unwetters gefolgt waren, hatten sich als harte Jahre erwiesen, härter noch als erwartet. Am Ende hatte Frida tatsächlich selbst in die Schächte einfahren müssen, ganz wie Luisa es bereits befürchtet hatte, selbst wenn es kaum mehr als ein karges Zubrot gewesen war, das sie auf diese Weise hatte nach Hause bringen können. Und dennoch war es noch einmal schlimmer gekommen. Schon nach dem zweiten Winter hatte Frida zu husten begonnen wie mancher Bergmann nach einem ganzen Jahrzehnt unter Tage. Ausgeschlossen, dass sie die Arbeit in der Tiefe fortsetzte. Und ihr Zustand verschlechterte sich weiter, obwohl sie seit Monaten nicht mehr in die erstickende Enge des Berges fuhr.

Konnten sie die Augen länger vor der Wahrheit verschließen? Wenn Frida zum Sprechen ansetzte, klang ihre Stimme belegt. Manches Mal hatte sie Mühe, überhaupt ein verständliches Wort hervorzubringen. Am Morgen fiel es ihr beständig schwerer, sich von ihrem Lager zu erheben, und immer häufiger gab es Tage wie den heutigen, an denen jeder einzelne Schritt die junge Frau zu erschöpfen schien. Ihre Haut war blass, doch wenn der Husten sie schüttelte, nahm ihr Gesicht eine ungesunde Röte an. Es gab keinen Zweifel mehr, dass es sich um die Krankheit handelte, die Bergmannskrankheit.

Seitdem begegneten die beiden Frauen einander vor allem dann, wenn Luisa vernehmlich an der Tür von Fridas Hütte klopfte und darauf bestand, die Leidende einer Inspektion zu unterziehen und ihr einen Trank einzuflößen, der ihre Beschwerden zumindest für eine Weile lindern konnte. Sosehr sich die jüngere Frau auch dagegen wehrte. Schließlich war ihnen beiden klar, dass Frida sie nicht für ihre Mühe würde entlohnen können. Wobei die alte Frau ohnehin keine Gegenleistung akzeptiert hätte, nein, nicht von Frida.

Denn sie spricht die Wahrheit, dachte Luisa. *Ich hatte Teil an der Entscheidung, die sie in diese Situation gebracht hat. Zum Guten wie zum Schlechten. Und damit habe ich auch Teil an der Verantwortung.*

Sie spürte Fridas Blick auf sich. Noch nie hatten ihre Züge so schmal gewirkt. Schwer stützte sie sich gegen eines der steinernen Monumente, die aus dem Boden des Kirchhofs in die Höhe ragten, Erinnerungen an Menschen, deren Leiber längst zu Staub zerfallen waren.

Als wäre diese Geste selbst ein Zeichen, dachte Luisa und hatte Mühe, ihr Erschauern nicht sichtbar werden zu lassen. Frida war eine tapfere Frau, eine starke Frau, die über Jahre hinweg sich selbst und die beiden Kinder vor dem Elend bewahrt hatte – und nun erkennen musste, dass ihr die Zeit davonlief und die Kinder noch immer nicht mehr als *Kinder* waren, ihre Zukunft so ungewiss wie jemals zuvor. *Und sie weiß genau, dass sie nicht mehr lange da sein wird, um ihnen zur Seite zu stehen.*

»Du weißt, dass du um Roger nicht in Sorge sein musst«, sagte Luisa sanft. »Er wird ein ganz anderer Schichtmeister werden, als Joseph es war, doch er wird seinen Weg gehen.«

Frida sah sie an, nickte. Sie hatte die Hand auf die Brust gelegt, die Finger zur Faust geschlossen. Als wollte sie ihrem Herzen, ihrer Lunge befehlen, weiterhin ihren Dienst zu verrichten. Für die Kinder, alles für die Kinder.

»Das weiß ich«, sagte sie leise. »Wer immer seine Eltern waren: Es kann für die Leute im Dorf nur von Vorteil sein, wenn sie einmal einen Schichtmeister bekommen, der über einen anderen Weg nachdenkt, als mit dem Kopf durch die Wand zu brechen. So wie Jakob es heute schon tut. Jakob wird Roger beistehen, wenn er sein Amt einmal antritt. – Doch was werden sie für das Mädchen tun können? Was wird Roger für seine Schwes...« Sie brach ab. »Was wird er für Sophie tun können?«

»Deine Tochter ist stark«, entgegnete Luisa ernst. »Möglich, dass Roger nach jener Frau in ihren feinen Kleidern kommt, jener Frau, die wir nicht kannten. Oder nach seinem Vater, von dem wir überhaupt nichts wissen. Da ist eine ...« Sie zögerte. »Da ist eine *Ritterlichkeit* in dem Jungen, wie ich sie selten erlebt habe. Er konnte es einfach nicht zulassen, dass Karl seine Ziehschwester ungestraft beleidigte. – Und doch ist Sophie die Stärkere der beiden. Sophie war es, die es gewagt hat, sich Minna entgegenzustellen, hier und heute, vor aller Augen. Sie ist stark, Frida. Stark, wie du es bist. Stark, wie Joseph es war.«

»Und doch wird ihr das nichts nützen, wenn sie für die Menschen im Dorf doch niemals eine der ihren sein kann«, flüsterte die junge Frau. »Bin ich stark, Luisa? War Joseph stark? Weder bei ihm noch bei mir stand es jemals in Frage, dass wir nach Erzberg gehören. – Doch Sophie? Was nützt es ihr, wenn sie Josephs und meine Stärke hat und doch nicht Josephs und meine Tochter sein kann? Die Menschen im Dorf haben einander, und Roger ist einer von ihnen. Er wird in ein paar Jahren ihr Schichtmeister sein. Aber was wird Sophie dann sein? Was wird Sophie haben? – Sie wird nichts haben.«

Stille senkte sich über den Rand des Kirchhofs. Sophie saß im Schatten der Bäume am Boden, im Kreis der namenlosen Grabsteine, die Arme um den Körper geschlungen. Noch immer versuchte Roger hilflos, seine Ziehschwester auf andere Gedanken zu bringen. Sophie weinte. Sie weinte ohne einen Laut oder doch so leise, dass kein Geräusch an die Ohren der alten Frau und ihrer Begleiterin drang.

»Du weißt, dass das nicht die Wahrheit ist«, sagte Luisa schließlich. »Es stimmt nicht, dass Sophie ... dass das Kind der Fremden nichts hat. – Es mag sein, dass es sich um nichts *von Wert* handelt, wie man ihn für gewöhnlich bemessen würde.

So kostbar das weiße Gold einmal gewesen sein mag, bevor es zerbrochen ist in derselben Nacht, in der die Frau starb, der es gehörte. Und doch hat diese Frau mehr hinterlassen als das Kind, das ich aus ihrem Leib geschnitten habe.« Leiser setzte sie hinzu: »Da sind noch immer die Scherben. Die Scherben des Porzellans, die Jakob und Joseph an der Unglücksstelle bergen konnten und die jeder andere Mensch im Dorf vermutlich längst vergessen hat, sogar Jakob selbst. Ich ausgenommen, Frida. Ich, die ich sie an mich nahm in jener Nacht, wie es dein Wunsch war. Ich habe sie unter meinem Lager verwahrt. Bis heute habe ich sie nicht wieder hervorgeholt.«

»Die Scherben«, flüsterte Frida.

Luisa beobachtete, wie sie sich die Arme um den Körper schlang. Und plötzlich erschien es unglaublich, wie nicht jeder Mensch auf Anhieb erkennen sollte, dass die beiden, Frida und Sophie, Mutter und Tochter waren.

»Sie darf sie niemals zu sehen bekommen«, flüsterte Frida. »Bitte, Luisa, du … Du musst es mir versprechen!« Sie sah die Ältere an. »*Sie ist doch meine Tochter!*« Es war weniger als ein Flüstern und doch wie in einem verzweifelten Fieber hervorgestoßen. »Und Roger ist mein Sohn. – Sie wissen von der Frau. Sie wissen, was in jener Nacht geschehen ist. Dass die Frau auf Reisen war. Dass ihre Begleiter verschüttet wurden und sie selbst eben lange genug gelebt hat, bis du ihr Kind – Sophie – aus ihrem Leib holen konntest. Doch das ist alles. Die Fremde war ohne Besinnung, niemand konnte mit ihr sprechen. Kein Name, keine Herkunft, nichts, das es über sie zu erfahren gäbe, nur dass sie herkam, dass sie starb und dass ihr Kind daraufhin eine von uns wurde. Und solange da nichts ist, nichts, worüber sie Fragen stellen könnte, nichts als eine alte Geschichte … Solange da nichts ist, das sich sehen und berühren lässt …« Frida rang um Worte, musste neu ansetzen. In beschwörendem Tonfall: »Sie gehört hierher, Luisa! Sophie gehört hierher, weil da einfach nichts anderes ist, keine Verbindung zu dieser Frau. Solange da nichts anderes ist, ist Erzberg ihr Zuhause. Solange gehört sie zu mir, gehört sie hierher und an keinen anderen Ort der Welt.«

»Ist das so?«, fragte Luisa ruhig. »Es mag sein, dass sie trotz allem hierhergehört. Und doch weiß sie für den Augenblick nur, was sie *nicht* ist. *Nicht* deine Tochter, mit keinem Menschen im Dorf im Blute verwandt.«

Fridas Finger schlossen sich zu Fäusten, so dass die Knöchel weiß hervortraten. Aber sie schwieg.

»Du hast beschlossen, dass Roger dein Sohn sein soll«, sagte Luisa leise. »Aber dir musste klar sein, was das zugleich bedeutete: dass Sophie damit nicht deine Tochter sein kann. Dass sie damit zur Tochter der Fremden wurde, selbst wenn du sie einstweilen bei dir behalten konntest. Die Tochter der Fremden aber hat nicht *nichts*. Nichts ist zu wenig, als dass ein Mensch damit leben könnte. Die Tochter der Fremden hat die Scherben. Sie besitzt etwas, das ihre Mutter ihr hinterlassen hat.«

Luisa sah, wie sich das Gesicht der jüngeren Frau verzerrte. Wie sehr hätte sie sich gewünscht, Frida den Schritt ersparen zu können, den sie über so viele Jahre von sich gewiesen hatte. *Solange sie überhaupt noch bei ihren Kindern sein kann*, dachte die alte Frau.

Wie oft aber hatte sie allein an Frida gedacht, angefangen in der Nacht des Unwetters? Genau das war es, was sie nicht länger tun durfte. *Sophie*, dachte sie. Wie würde das Leben des Mädchens unter den Menschen im Dorf aussehen, wenn seine Mutter nicht länger da war, um es zu beschützen? Dass Luisa selbst dauerhaft an Fridas Stelle treten konnte, das war angesichts ihres vorgerückten Alters ausgeschlossen. Sie betrachtete die jüngere Frau.

»Sophie ist neun Jahre alt«, sagte Luisa leise. »Sie wird kaum im Morgengrauen davonlaufen, ganz gleich, ob sie die Scherben nun zu sehen bekommt. Wenn du ihr diese Scherben aber auslieferst – dann wird sie etwas haben, das einzig und allein ihr gehört. Und eben das wird sie noch einmal stärker machen, stärker, als sie jetzt schon ist. Stark genug, um ein Leben in Erzberg zu bestehen, wenn das Dorf denn tatsächlich der Ort ist, an den sie gehört. – Lass sie stark sein, Frida! Lass sie stark sein, indem sie *nicht* deine Tochter ist! Wenn ein Mensch ein Leben lang nichts hat ...«

Sie hielt inne. Über die unebene Rasenfläche hinweg sah sie zu den beiden Kindern. Der Junge hatte den Arm um Sophie gelegt, die ihr Gesicht nun an seiner Schulter barg. *Es ist nicht wahr, dass sie nichts hat*. Beinahe mit Gewalt meldete sich der Gedanke in Luisas Kopf.

Doch entschlossen wischte sie ihn beiseite.

»Wenn ein Mensch sein Leben lang nichts hat, dann ist es eine Menge, wenn er mit einem Mal tatsächlich etwas hat. Und seien es Scherben.«

Vier Jahre später: Gut Hohensandau
Sommer 1879

~~~

»Ich kann Euch sehen!«

Vier Worte nur, knapp, scharf und hart. Wie Pfeilschüsse, meisterhaft gezielt, Zentimeter an Theresas Schläfe vorbei, dass sie vor sich zu sehen glaubte, wie sich die Spitzen in die Wand in ihrem Rücken bohrten, in eine der Anrichten, einen der Schränke dort, die Schäfte zitternd stecken blieben.

Sie war erstarrt. Und sie verharrte reglos.

Wie ein Beutetier, dachte Sie. Wenn der Jäger es gesichtet hat. In Panik versucht es, wieder mit der Umgebung zu verschmelzen.

Im nächsten Moment verscheuchte sie den Gedanken. Da war kein verborgener Schütze, der nach ihrer Kehle zielte und angespannt darauf harrte, dass ihr der nächste, letzte, tödliche Fehler unterlief. Es fühlte sich nur so an.

Sie balancierte ein hohes Tässchen in der Hand. Die hauchdünne Wandung aus schimmerndem Porzellan war mit roten und goldenen Ranken geschmückt, die sich fantasievoll umeinander schlangen, und auf der feinen Untertasse wiederholte sich dieses Muster. Theresa hatte sich vollkommen darauf konzentriert, beides unbeschadet an ein kleines rundes Tischlein zu tragen, wo auf einer schneeweißen Damastdecke bereits das Gegenstück wartete, in Blau und Silber gehalten.

Sie hatte nicht gezittert. Peinlich genau war sie jeder Anweisung gefolgt. Sicher und ruhig hatte sie einen Schritt vor den anderen gesetzt, mit der Andeutung eines Lächelns sogar. Aber *unsichtbar*?

Vernehmlich stieß sie den Atem aus. Stumm – und jetzt ohne Lächeln – stellte sie das Gedeck auf dem Tischlein ab.

»Und jetzt kann ich Euch nicht nur sehen«, bemerkte die schnarrende Stimme der alten Vera. »Jetzt kann ich Euch auch noch hören. Ja, ich behaupte, dass ich Euch sogar *riechen* kann. – Was sich vermutlich niemals vollständig wird vermeiden lassen.« Aus dem Mund der betagten Dame klang der Satz wie ein Zugeständnis. »Jede Herrschaft wird erwarten, dass von den Angehörigen ihres Hauspersonals ein Duft ausgeht, der die Nase nicht beleidigt. – Allerdings riecht Ihr anders als die anderen Mägde.«

Die einstige Zofe thronte auf einem gepolsterten Lehnstuhl. Aufmerksam hatte sie die Manöver der jüngeren Frau verfolgt. Nun reckte sie sich ein Stück nach vorn, und Theresa konnte beobachten, wie sie die Nase in Falten legte. *Wie ein sehr, sehr altes Kaninchen.* Sie hatte Mühe, keine Miene zu verziehen bei dem Gedanken.

Doch noch immer lag der Blick der alten Frau voller Ungnade auf ihr, sichtlich in Erwartung einer Antwort.

»Die ... die anderen Mägde verwenden eine Essenz, die Emma die Näherin ihnen anmischt«, erklärte Theresa. »Eine Lavendelessenz. Was Ihr dagegen an mir riecht, habe ich selbst angemischt, mit Kräutern, die im Küchengarten gedeihen. Lavendel allein duftet etwas ... schwer. Also habe ich den Duft mit etwas Minze abgestimmt und sogar ein wenig Melisse ...«

»Ein Aufguss von Melisse wirkt wohltuend bei einer Überspannung der Nerven.« Die alte Frau nickte beifällig, schien

dann einen Moment lang mit nachdenklicher Miene innezuhalten. »Und was die Minze anbetrifft, so duftet sie frisch
und freundlich. Grundsätzlich ist wenig gegen sie einzuwenden.« Sofort wieder mit strengerer Miene: »Wenn man es nicht
übertreibt mit dieser Note.«

»Nein.« Theresa schüttelte den Kopf, froh, dass es ihr gelungen war, die ältere Frau auf andere Gedanken zu bringen. »Das
würde ich niemals ...«

»Kühlende Frische ...« Veras Blick ging an ihr vorbei. Versonnen schien sie mit sich selbst zu sprechen. »Und die lin-
dernde Ruhe der freundlichen Melisse. Was wäre das für eine
Wohltat für meinen leidenden Kopf bei all dem Lärm, der in
diesen Tagen herrscht.«

Theresa starrte sie an, einen Moment lang sprachlos. *Lärm.*
Der Wind musste schon äußerst ungünstig stehen, damit auf
dem Gutshof überhaupt ein Geräusch aus Richtung des Mühlenbachs zu vernehmen war, wo die Strehlow von Hardenstein'sche
Porzellanfabrik vor einigen Jahren ihren Betrieb aufgenommen
hatte.

Was ihr den Atem verschlug, war allerdings die Tatsache,
dass die ehemalige Zofe es in den Bereich des Möglichen rückte,
selbst irgendeine Form von Duft aufzutragen, und sei es zu me-
dizinischen Zwecken. Dass die alte Dame sich obendrein für
einen Duft interessierte, den sie, Theresa, angemischt hatte.

Doch eilig fasste sie sich. »Zufällig habe ich bereits eine größere Menge der Abmischung vorbereitet«, versicherte Theresa. »Viel zu viel für mich allein im Grunde. Ich würde mich
freuen, wenn ich Euch ein wenig davon in ein Fläschchen füllen dürfte. – Wobei ich schon überlegt hatte, noch ein wenig
Rosenöl dazuzugeben. Auch Rosenduft soll beruhigend wir-
ken. Und wohltuend bei Druck auf den Schläfen.«

Veras winzige Äuglein verengten sich misstrauisch. »Das mag zutreffen. Solange jedenfalls, wie es sich nicht etwa um wilde Rosen handelt, die keine Grenzen kennen und deren Unruhe die geplagten Nerven zusätzlich reizt, sondern um gepflegte Gewächse, die die aufmerksame Hand des Gärtners in ihre Schranken weist.«

Theresa gab sich alle Mühe, dem Blick der alten Dame standzuhalten. »Gewiss«, sagte sie rasch. »Genau an solche Pflanzen hatte auch ich gedacht. An Blumen wie die ebenmäßigen Rosen, die der Gärtner seiner Herrschaft in den neuen Rabatten pflegt. In der Einfahrt vor dem Herrenhaus, am Rande des Lustgartens.«

»Ein schreckliches Wort.« Ein tiefes Seufzen. »Jenes letzte Wort, das Ihr nanntet«, fügte die alte Frau erklärend hinzu. »Doch jene Rosen erscheinen in der Tat wie anständige, saubere Gewächse.« Und noch während Theresa sich vorzustellen versuchte, wie man anständige von unanständigen Rosen unterscheiden sollte: »Ich werde mit dem Gärtner reden, dass er Euch ausreichend Blütenblätter für Euer Vorhaben zur Verfügung stellt«, verkündete Vera ihren Beschluss. »Wäre Euch damit gedient?«

»Das ...« Theresa tat, was sie konnte, um die alte Frau nicht schon wieder anzustarren. »Das wäre mit Sicherheit eine große Hilfe.«

»Groß oder klein: Wo ich Euch nur eine Hilfe sein kann.« In einem geradezu aufgeräumten Tonfall für Veras Verhältnisse.

Doch schon war die Atempause vorüber. Schwer stützte sich die einstige Zofe auf den Knauf ihres Gehstocks und erhob sich von dem Polsterstuhl. Theresa trat einen halben Schritt auf sie zu: ein stummes Angebot, der alten Dame behilflich zu sein. Und in diesem Augenblick veränderte sich Veras Gesichtsausdruck. Mit strengem Blick hielt sie Theresa auf Abstand.

»Ich benötige keine Hilfe, Leuschenthalerin. Und eben das muss eine Angehörige des Hauspersonals auf der Stelle erkennen. Genau das nämlich unterscheidet sie von einer gewöhnlichen Magd, die im Küchengarten ihren Dienst versieht.« Sie rümpfte die Nase. »Oder gar in den Ställen unter dem blökenden Vieh. – Eine Hausangestellte weiß sofort, wenn ihre Herrschaft einen Wunsch hegt, ganz gleich, wie diskret dieses Ansinnen auch zum Ausdruck kommt. Nicht mit lauten Rufen und Aufforderungen nämlich, sondern mit einer bloßen Andeutung, einer Geste vielleicht, einer Veränderung in ihrem Mienenspiel.«

Sie sah die Jüngere an, ohne eine Miene zu verziehen, wobei… Theresa stutzte. Oder womöglich doch?, fuhr ihr durch den Kopf. Um eine Winzigkeit nur, rund um die Mund- und Augenwinkel? Was, wenn genau *das* eines dieser ominösen Zeichen sein sollte? Theresa konnte schlicht nicht einschätzen, was die betagte Dame für deutlich hielt.

Vera selbst befreite sie aus der Bedrängnis. »Solange ihr aber keine derartige Aufforderung zuteilwird, ist eine Hausangestellte unsichtbar«, erklärte sie. »Sie sieht nichts und sie hört nichts. Und sei es, dass ihre Herrschaft Gäste empfängt, um mit ihnen vertrauliche Gespräche zu führen: Sie wird nichts davon mitbekommen. Und doch steht sie bereit, auf die geringste Andeutung eines Wunsches zu reagieren. Und je höher ihre Position in der Rangfolge der Domestiken angesiedelt ist, desto selbstverständlicher wird sie sich auf diese Fähigkeit verstehen. Wenn Ihr eine solche Position anstrebt…«

»Ich…« Theresa straffte sich, und die alte Frau schwieg sofort, schien sie misstrauisch zu beäugen.

Mit einem Mal hatte Theresa ein äußerst unangenehmes Gefühl im Bauch.

»Ich bin mir nicht ganz sicher, Frau Vera«, begann sie vorsichtig. »Ich bin mir nicht ganz sicher, ob Ihr ...«

Nein! Sie verstummte. *Ich bin mir nicht ganz sicher* hatte sie schon vor Wochen ausprobiert. Ganz gleich, was Vera redete: Sie selbst schien beschlossen zu haben, keinerlei Andeutungen zur Kenntnis zu nehmen, wie unmissverständlich sie auch ausfielen.

Schwer holte Theresa Atem. »Ich bin Euch wirklich dankbar, Frau Vera«, sagte sie ruhig. »Für alles, was Ihr für mich getan habt in den letzten Jahren. Angefangen mit der Geburt der kleinen Dorthe. Meiner Tochter, die ...«

Ein griesgrämiges Verziehen der Mundwinkel. »Mir ist bekannt, auf welchen Namen Eure Tochter hört. *Wenn* sie denn hört.«

»Meiner Tochter, die es auch Euch zu verdanken hat, dass sie am Leben ist. Wenn nicht *irgendjemand* einen der Knechte losgeschickt hätte, um den Physicus aus der Provinzhauptstadt zu holen: Wer weiß, ob eine von uns die Nacht der Entbindung überstanden hätte. Ob ich das Fieber überstanden hätte, das mich im Anschluss gepackt hat, wenn nicht *irgendjemand* auf seine Herrschaft eingewirkt hätte, den Mediziner anzuweisen, mich ein zweites Mal in der Kammer aufzusuchen und mir das Pulver aus Chinarinde zu bringen, nach einer Rezeptur, die sonst den Reichen und Mächtigen vorbehalten ist.«

»Die Zeiten, in denen sich der Physicus einzig um die Herrschaften bemüht hat, sind jedenfalls Vergangenheit«, brummte Vera. »Graf Ferdinand selbst hat verkündet, dass er dem Gesinde ebenso zur Verfügung stehen soll. Ich dürfte also in seinem Sinne gehandelt haben. Und die Rechnung, die der Mediziner ihm vorgelegt hat, hat er ohne Zögern beglichen.«

War bei den letzten Worten ein Anflug von Triumph in den Augen der alten Dame aufgeblitzt? Theresa war sich nicht ganz sicher. Gleichzeitig aber hatte sie selbst jetzt Sicherheit gewonnen. Nein, sie würde sich nicht bei jedem Satz von der alten Frau unterbrechen lassen.

»Und dass Ihr mit der Hausdame gesprochen habt, als Martha sich mit Herrn Brandt vermählte: Das ist mir auch nicht entgangen«, zählte sie auf. »Als Ilsa kurz darauf den Hof verlassen hat, um ihre neue Stellung auf Sturmberg anzutreten. So dass meine Kinder und ich mit einem Mal eine Kammer für uns allein hatten, in der bis dahin ausreichend Raum für *drei* Mägde gewesen war und für Joachim und Dorthe noch dazu, so klein die beiden damals auch noch waren. Und dass mein Sohn jetzt einen Posten auf der Koppel bekommen hat, wie er sich das immer gewünscht hat ...«

»Dort kann er weniger Schaden anrichten als anderswo.«

»Das muss auch irgendwie mit Euch zu tun haben. – Wirklich, Frau Vera: Ich bin Euch dankbar für alles. Auch für das, was Ihr jetzt versucht, für mich zu tun, seit Ihr mich gebeten habt, Euch hierherzubegleiten, in die Gemächer der Herrschaften. Wie Ihr mich in all den Dingen unterweist, die von einer Frau erwartet werden, die Zugang zu diesen Gemächern erhält: wie sie die Betten aufzuschlagen hat. Wie sie unterhaltsam mit ihrer Herrin zu plaudern hat, um ihr die Zeit zu vertreiben ... Nach welchen Regeln sie die Flakons auf dem Toilettentischchen in die richtige Reihenfolge sortieren muss, nach der Größe und der Färbung der Duftwässerchen. Oder wie sie die Chocolat kredenzt in den Tässchen aus weißem Gold.« *Und zwar am besten unsichtbar*, dachte sie. »Aber ...« Sie brach ab.

Die alte Frau schob das Kinn nach vorn. »Ich höre?«

Theresa holte Atem. Was sollte sie sagen? Dass sie bis heute keine Erklärung hatte, warum sich die betagte Dame eine solche Mühe mit ihr gab, während sie ihr gleichzeitig das Gefühl vermittelte, dass sie Theresa als ihre persönliche Heimsuchung ansah mit ihrer schrecklichen Begriffsstutzigkeit? Und bei alldem keine Gelegenheit ausließ, über deren grässliche Kinder zu jammern, die sie so fürchterlich verzogen hätte?

Nein, dachte Theresa. Damit konnte sie leben. Natürlich hätte Vera dergleichen niemals zugegeben, doch längst hatte sie erkannt, dass die alte Dame ihre Gesellschaft in Wahrheit außerordentlich schätzte. Ihre Begleitung, wenn die einstige Zofe eine Ausfahrt unternahm und Theresa neben ihr in den Einspänner stieg, um das Zugpferd zu lenken. Ihre Gegenwart, wenn sie gemeinsam einen Abend im Konzertsaal der Provinzhauptstadt besuchten mit Gesang und Klaviermusik, Theresa stets an der Seite der alten Frau. Als Gesellschafterin der einstigen Gesellschafterin der lang verstorbenen Mutter seiner Herrschaft.

Ganz zweifellos waren diese Dinge verwirrend. Und doch waren sie gut, so wie sie waren, auch für Theresa selbst.

Wären nur nicht die Sonntage gewesen, dachte sie. Die Tage, an denen die Arbeit auf dem Gutshof ruhte und die doch gleichzeitig jene Tage waren, an denen sie sich vorkam wie bei der Ausbildung in einer Kaserne des preußischen Militärs. Oder auf dem Gefängnishof. Es waren jene Tage, an denen Vera sie auf ihre künftigen Aufgaben vorbereitete – so wie die alte Dame sich diese Aufgaben vorstellte.

»Wirklich«, wiederholte Theresa. »Ich bin Euch dankbar für Eure Unterstützung, Frau Vera. Doch diese Ansprüche... Die Ansprüche, die an eine Frau gestellt werden, die eine solche Position versieht: Ich kann mir einfach nicht vorstellen, dass ich ihnen jemals werde genügen können, ganz gleich, welche Mühe ich mir gebe. – Eine Position als Hausmädchen«, murmelte sie. »Oder gar als Zofe wie Ihr in Eurer Zeit.«

Vera musterte sie aus schmalen Augen. »Als Zofe? Ich behaupte, dass auf ganz Hohensandau kein einziger Mensch lebt, der weniger als Zofe geeignet wäre, als das bei Euch der Fall ist.« Ein kurzes Zögern. »Wobei: der lahme Henning möglicherweise, wenn wir ihm eine Haube umbinden würden.«

Sie stieß ein Geräusch aus: Nein, es *konnte* kein amüsierter Laut sein. Das hätte vorausgesetzt, dass die alte Frau in der Lage gewesen wäre, sich zu amüsieren.

Doch was immer es gewesen war: Im nächsten Moment war es schon wieder verschwunden. Vera schüttelte langsam den Kopf. »Wobei sich diese Frage ohnehin nicht stellt«, murmelte sie. »Die Frage nach einer Zofe. Was sollten wir uns Gedanken machen, ob Ihr nun geeignet seid für eine solche Tätigkeit, Ihr oder irgendjemand anders…« Ein neues Kopfschütteln, dann noch leiser: »Auf einem Hof, auf dem es im Augenblick gar keine Herrin gibt, der diese Zofe zu Diensten sein könnte.«

Theresa senkte den Blick. Sie wusste, wie viel Hohensandau der alten Frau bedeutete, mehr als jedem anderen Menschen vermutlich, seine Herrschaft ausgenommen. Dabei war sie selbst gar nicht hier geboren, sondern irgendwann an der Seite ihrer eigenen, lange verstorbenen Herrin auf das Gut der Hardensteins gekommen. Und trotzdem: *Dass die Dinge sind, wie sie sind*, dachte Theresa. *Dass sie am Ende ohne Hoffnung sind*: Der alten Frau schien es einen fast körperlichen Schmerz zu bereiten.

Dass es *im Augenblick* keine Herrin gab, war schließlich kaum der richtige Ausdruck. Seit mehr als dreizehn Jahren war Thyra von Hardenstein nicht mehr am Leben. Und seine Herrschaft war ein alter Mann, der sich in seinen Gemächern vergraben hatte, nur wenige Türen von den beiden Frauen entfernt. An einem jeden Freitag wurde Herr Brandt dort vorgelassen, mit dem er die Angelegenheiten des Gestüts und des Gutshofs besprach. Und an einem jeden Montag wurde Frau Brigitta vorstellig, in deren Händen die Fertigung des weißen Goldes lag, seit zu beiden Ufern des Mühlenbachs die Schlote und Fabrikationshallen der Porzellanwerke aus dem Boden gewachsen waren.

In welchem Maße Hohensandau sich doch gewandelt hatte, dachte Theresa. Wie viel sich verändert hatte, seit die Fabrik ihre Produktion aufgenommen hatte. Vom Gutshof aus war sie nach wie vor nur über den Weg durch die vorderen Koppeln und das Waldstück jenseits von ihnen zu erreichen. Mit einer gepflasterten Straße dagegen war sie an den Bahnhof in Großendamm gebunden, von wo aus man das neuartige Porzellan in ferne Lande lieferte. Hauptsächlich in Österreichische Lande einstweilen, war der Schienenstrang doch nach wie vor einzig in jener Richtung an das System der Gleise angeschlossen. Und an der gepflasterten Straße wiederum war in den letzten Jahren eine Siedlung für die fleißigen Arbeiter, Handwerker, Angestellten entstanden, die in den Porzellanwerken ihrer Tätigkeit nachgingen.

Die Fabrikationshallen des weißen Goldes erhoben sich kaum eine halbe preußische Meile entfernt vom Wirtschaftshof des Gutes und unmittelbar dahinter auch schon die Gießereien und Schmieden von Großendamm mit ihren mechanischen Hämmern und Öfen für das Erz aus den Gruben oberhalb von Hohensandau. Erz, aus dem sie schweren Stahl gewannen für neue und immer neue zischende, dampfende, pochende, rasselnde Maschinen, die ihren beißenden Qualm in den Himmel entließen. Es war, als würde man eine andere, eine neue Welt betreten

Und zugleich, dachte Theresa, hatte sich am Ende überhaupt nichts verändert. Denn alles, die Porzellanfabrik wie der Gutshof, hing am Lebensfaden eines einzigen Mannes. Eines Mannes, der keinen Erben besaß und auch nie wieder einen Erben besitzen würde. Das Grafenhaus war im Begriff zu erlöschen. Noch nicht *im Augenblick*, dachte sie. Aber dieser Augenblick würde kommen, und jedem Menschen auf dem Hof, jedem Menschen in der Fabrik vor den Toren von Hohensandau war das bewusst. Was dann geschehen würde, stand in den Sternen. Für das Leben aber das sie heute auf dem Hof der Hardensteins kannten, würde es das Ende bedeuten.

So oder so: Für eine Zofe bestand kein Bedarf auf Gut Hohensandau. Weder zu diesem Zeitpunkt noch würde jemals wieder dieser Bedarf bestehen. Und natürlich musste Vera das bewusst sein, für die ganz andere Gründe eine Rolle spielten, wenn sie sich bemühte, Theresa eine Stellung im Herrenhaus zu beschaffen.

Wenn sie einander doch beinahe jeden Tag sahen: Konnte ihr es da entgehen, wie es um die jüngere Frau bestellt war?

Bis heute verrichtete Theresa ihre Tätigkeit im Küchengarten. Und bis heute war das lediglich für einige wenige Stunden am Tag möglich, weil ihre Kräfte mehr ganz einfach nicht zuließen. Und bis heute, dachte sie, musste sie sich bei der Arbeit unter freiem Himmel vor jedem Regenschauer hüten.

Weil da irgendetwas mit ihr geschehen sein musste in den Tagen von Dorthes Geburt. Weil die Krankheit nach der Gabe der Chinarinde ihren Körper zwar verlassen, sie aber dennoch niemals wieder vollständig zu ihrer alten Kraft zurückgefunden hatte. Vor jeder Nässe, Kühle und Erschöpfung musste sie sich in Acht nehmen, wenn sie verhindern wollte, dass das Fieber sie von neuem anflog und sie für Tage auf ihr Lager niederwarf.

Die meiste Zeit stand sie inzwischen Vera bei, wenn man der alten Frau die Kinder des Gesindes anvertraute. Was der ehemaligen Zofe dann wieder jede Gelegenheit eröffnete, Theresa mit allem wohlmeinenden Nachdruck auf eine Aufgabe vorzubereiten, bei der sie sich nicht mit jedem Tag von neuem der unfreundlichen Witterung würde aussetzen müssen. Und sei das noch so offensichtlich sinnlos, wenn doch niemals wieder eine Frau in den Räumen leben würde, in denen sie sich in diesem Augenblick aufhielten, den Gemächern der Herrin über Hohensandau. Eine Frau, die dienstbare Geister benötigte, die sie jeden Tag umsorgten.

»*Niemals.*«

Theresa zuckte zusammen.

Streng sah die alte Frau sie an. »Niemals dürft Ihr so etwas denken, Leuschenthalerin!«

»Aber ...« Theresa musste sich räuspern. »Ich habe doch überhaupt nichts gesagt!«

»Aber Ihr habt etwas *gedacht*. Ihr habt daran gedacht, dass es mit Hohensandau zu Ende gehen könnte. Und davon kann überhaupt nicht die Rede sein. – Seit Menschengedenken ist dieses Haus das Heim der Grafen Hardenstein. Sieben Jahrhunderte lang hat es Herrschaften gegeben, die mit ihrer Familie hier gelebt haben. Und sieben Jahrhunderte lang gab es Menschen, die ihnen zu Diensten waren. Und nichts, aber auch gar nichts hat sich heute daran geändert. Diese Gemächer sind die Gemächer der Herrin über Hohensandau und werden immer die Gemächer der Herrin sein. Unsere Pflicht als Bedienstete besteht darin, unsere Aufgaben so gut zu versehen, wie wir nur können. Und zwar an jener Stelle, an der wir sie am besten versehen können. Wir erfüllen unsere Pflicht und reichen anschließend die Fackel an jene weiter, die nach uns kommen, nicht anders als die Herrschaften es tun an dem Platz, an den ihre Geburt sie gestellt hat. – Nur darauf kommt es an. Nicht was ich mir wünsche. Nicht was Ihr Euch wünscht. Ja nicht einmal, was seine Herrschaft sich möglicherweise wünschen mag. Sondern auf Hohensandau, das lange vor unser aller Geburt existiert hat und nach unserem Tode weiterhin existieren wird. Und das mehr ist als er oder Ihr oder ich.«

»Aber ...«

Doch Vera sagte kein Wort mehr, sie nickte lediglich stumm. Wies in den Raum hinein, in die Flucht der Gemächer der Gutsherrin. Und Theresa war es, als sähe sie sie in diesem Moment zum ersten Mal.

Helle Stofftapeten schmückten die Wände, stilsicher abgestimmt auf Büffets und Anrichten aus kostbaren dunklen Hölzern. Geheimnisvoll schimmernde Vasen zierten Tische und Fensterbänke, und wenn der Abend hereinbrach, tauchten mit Bedacht platzierte Lampenschirme die weitläufigen Gemächer in ihr sanftes Licht und schufen eine geradezu heimelige Atomsphäre. Und überall war Porzellan, das weiße Gold. Hier thronte ein delikat geschwungener Kerzenhalter, dort gab die verspielte Rahmung eines Spiegels dem Betrachter das Gefühl, beim Blick in das polierte Glas ein Gemälde zu studieren. Alles hier atmete die Gegenwart Thyras von Hardenstein, der letzten Bewohnerin dieser Gemächer. Bis hin zu den Rosen. Schlanken, üppig roten Rosen, *anständigen* Rosen, die die Gräfin besonders geliebt hatte und die des Sommers jeden Tag ersetzt werden konnten in ihren hohen Vasen, seit der Gärtner sie in den Rabatten zog.

Es fühlte sich an, als hätte die letzte Herrin von Hohensandau den Raum nur für einen Moment verlassen, um sich vielleicht bei einem der Hausmädchen wegen einer Kleinigkeit zu erkundigen. Als müsste sie jeden Augenblick zurückkehren. *Doch das wird nicht geschehen*, dachte Theresa fröstelnd.

Als Leonor gestorben war, hatte Ferdinand von Hardenstein den Schuppen niederreißen lassen, in dem sie seinen Sohn zur Welt gebracht hatte und ihrer Krankheit erlegen war.

Nach Thyras Tod dagegen war die Zeit stehen geblieben auf Hohensandau. Als hätte der Gutsherr die Uhren anhalten lassen, die Zeiger auf dem genauen Zeitpunkt in jener Nacht, als Thyras Körper von den Geröllmassen eines Berges begraben worden war. Streng hatte Ferdinand von Hardenstein verboten, irgendetwas in diesen Räumen zu verändern, die er nachts zuweilen aufsuchte, wie man im Gesinde tuschelte. Flüsternd hielt er dann in diesen Räumen Zwiesprache mit der zweiten Frau, die er geliebt hatte. Der zweiten Frau, die der Tod ihm entrissen hatte, weil sie sein Kind trug.

Denn diese Räume waren bis heute bewohnt – vom Geist einer Frau, die seit dreizehn Jahren nicht mehr am Leben war.

Nein, dachte Theresa. *Ihre Herrschaft braucht keine Zofe mehr. Und doch kommen die Hausmädchen jeden Tag hierher, befreien die Anrichten vom Staub, öffnen die Fenster, nehmen ihre Gewänder aus den Schränken und hängen sie in den Luftzug, um zu verhindern, dass sie einen dumpfen Geruch annehmen. – Unsichtbar. Als wären auch sie nichts als Geister. Als wären wir alle schon Gespenster.*

Theresa trat zum Fenster, das auf den Platz an der Gutseinfahrt hinausging. In der Mitte der Fensterbank war ein feines, golddurchwirktes Deckchen ausgebreitet, das eine zierliche Figur in Szene setzte, eine Tänzerin in den ausladenden Röcken vergangener Zeiten. Den rechten Fuß setzte die Figur unter dem Rocksaum schelmisch nach vorn und gab damit den Blick auf einen porzellanweißen Knöchel frei. Denn auch sie war aus jenem Material gefertigt wie so vieles in diesem Zimmer, aus weißem Gold. Und wie magisch wurde Theresas Blick angezogen von der zierlichen Gestalt: Konnte es ein Zufall sein, dass das Figürchen so sehr der Frau ähnelte, die in diesen Räumen gelebt hatte? Es handelte sich um ein uraltes Stück, gefertigt in den Strehlow'schen Werken zu Wohldenbach, seinen Formen nach im vergangenen Jahrhundert. Thyra selbst kam als Vorbild also nicht in Frage – vielleicht aber eine Großmutter oder Urahnin der verstorbenen Gräfin?

»Eine Spieluhr.«

Theresa zuckte zurück. Wie ein Schatten war Vera an ihre Seite getreten und hielt dabei respektvollen Abstand von der anmutigen porzellanweißen Gestalt. »Ich bin nur selten hier zu Gast gewesen, nachdem ihre Herrschaft, die Gräfin Thyra, in diesen Gemächern Einzug gehalten hatte«, sagte sie leise. »Es war nur angemessen, dass sie ihre eigenen Gesellschafterinnen vorzog, die ihr aus Wohldenbach vertraut waren. Doch ich weiß, dass sie dieses Stück besonders liebte.«

Fast ehrfürchtig trat sie einen Schritt näher, streckte ihre altersfleckigen Finger nach der Spieluhr aus.

Theresa kannte Spieluhren. Immer wieder hatte sie die Stücke bewundert, wenn Händler und Schausteller im Herbst im Marktflecken Einzug hielten, an den Tagen der Kurzweil. Allerdings waren es weit gröbere Stücke gewesen, wie klobige Truhen und selbstverständlich nicht aus weißem Gold gefertigt. Und dennoch pflegte sich die Menge staunend zu versammeln, wenn sich einer der Koffer wie von Zauberhand öffnete und sich vielleicht ein buntes Puppenkarussell in Bewegung setzte, während eine Melodie erklang.

Natürlich wusste Theresa, dass die Apparaturen über einen

fein gearbeiteten Mechanismus verfügten, mit dem sich ein Federwerk spannen ließ, das sich in ihrem Innern verbarg. Wenn der Schausteller es freigab, setzte er damit einen komplizierten Ablauf in Gang, der die Walzen des Musikwerks zum Klingen brachte. Aber ein Wunder blieb es doch.

Die alte Frau hantierte mit konzentrierter Miene an der Rückseite der Porzellangestalt, bevor sie zurück an Theresas Seite trat.

Mit einem leichten Ruck setzte sich die Tänzerin in Bewegung. Eben noch war sie von vorne zu sehen gewesen, doch schon wandte sie den Betrachterinnen ihre linke Seite zu, den Arm elegant in die Höhe gestreckt bis in die schmalen, porzellanweißen Fingerspitzen. Einige Zentimeter weiter, und der Rücken der Figur kam in den Blick. Die Schöße des gebauschten Rocks lagen in täuschend lebensechten Falten, und doch waren auch sie aus weißem Gold geformt, ebenso die eng geschnürte Taille. *Atemberaubend eng*, dachte Theresa. *Im wahrsten Sinne des Wortes.* Die zierliche Gestalt drehte sich weiter, zeigte nun von neuem ihre Vorderseite, den Knöchel neckend unter dem Saum ins Freie geschoben, bevor sie sich weiter im Kreis drehte.

Und über all dem war eine Folge leiser Klänge zu vernehmen: wie zwergenhaft feine Hämmer, die auf die hauchzarte Wölbung winziger Glocken schlugen. Eine fröhliche kleine Melodie, die an ihr Ende zu kommen schien, übergangslos von neuem ansetzte, wieder und wieder und wieder.

»Eine Komposition von Wolfgang Amadé Mozart«, erklärte Vera. »Aus einer seiner Opern, der *Zauberflöte*. Eine so unschuldige kleine Melodie und ein so fürchterlich frivoler Text dazu. Gottlob kann die Spieluhr den Gesang nicht wiedergeben.«

Theresa nickte stumm. Sie selbst ertappte sich bei dem Gedanken, ob womöglich genau das einmal möglich sein würde, vielleicht sehr bald schon. In dieser Zeit machten doch ständig neue Erfindungen von sich reden. Warum also nicht eine Apparatur, die auch die Worte eines Liedes wiedergeben konnte, an die sich Theresa in diesem Moment nur in Bruchstücken erinnern konnte – *Mädchen* und *Weibchen* und ... *sanfte Täubchen?* Wenn die Melodie auf dem Gutshof erklang, wurde sie in aller Regel gepfiffen, von den jungen Burschen bei der Heuernte, am liebsten natürlich um die Mittagszeit, wenn die Mägde ihnen den Imbiss hinaus aufs Feld brachten und ihnen zuweilen den Gefallen taten, kichernd zu erröten.

»Ja, es ist eine hübsche Melodie«, sagte die alte Frau leise. »Selbst wenn sie von den Walzen ertönt, die sich im Sockel der Spieluhr verbergen. Und doch ist dieser Klang kaum mehr als ein schwaches Echo dessen, was ein Orchester vermag, das eine solche Komposition mit Leben erfüllt. – Vor vielen Jahren hatte ich die Ehre, meine Herrschaft in die Königliche Oper in Berlin zu begleiten, das damals neu gebaute Haus in der Straße unter den Linden. Das Orchester ...« Jetzt klang ihre Stimme beinahe ehrfürchtig. »Ihr könnt Euch keine Vorstellung machen, wenn Ihr so etwas nicht selbst erlebt habt, Leuschenthalerin: Dutzende von Musikern, die die Partitur mit ihren jeweiligen Instrumenten vom Blatt spielen, jeder einzelne von ihnen ein Virtuose in seiner Kunst, und doch kommt alles auf einen einzigen Mann an, sobald die Darbietung anhebt: auf den *maestro*, den Kapellmeister, der die Aufführung leitet, dem Orchester zugewandt, dem er fortwährend Zeichen gibt, wie die Musiker ihr Spiel zu gestalten haben. Ihre Einsätze. Die Geschwindigkeit des Vortrags. An welcher Stelle welches Instrument in den Vordergrund tritt oder sich zurücknehmen muss. Er selbst spielt keines der Instrumente, und doch liegt es einzig in seiner Hand, die Oboen, die Streicher, die Zimbeln, Hörner, Pauken in einer Weise aufeinander abzustimmen, dass sie sich zu einem einzigen harmonischen Klang ergänzen. Die Präzision und Umsicht dieses einen Mannes ...« Sie hielt inne. »Sie ist es, die eine Folge von Tintenklecksen auf dem Papier in ein Zusammenspiel von Tönen verwandelt, das den Ohren wohlgefällig ist. In ein erhabenes Erlebnis, wo sonst nichts gewesen wäre als eine wahre Kakophonie von Klängen.« Sie betrachtete Theresa eingehend. »Und eben dasselbe, Leuschenthalerin, gilt für das Gesinde eines großen Herrenhauses.«

Theresa blinzelte. »Was?«

Vera verdrehte ungeduldig die Augen. »So wie der Kapellmeister das Spiel der Oboen und der Hörner eines Orchesters aufeinander abstimmt, muss auch auf dem Gutshof jemand Sorge tragen, dass die Domestiken ihre Arbeit verrichten, wie sie von ihnen erwartet wird.« Vera sprach nun betont langsam und deutlich. Als erklärte sie einem Kind etwas. »Die Köchin etwa ist auf die Unterstützung nicht allein der Mägde, sondern obendrein vieler anderer Menschen angewiesen, selbst wenn sie seiner Herrschaft lediglich eine Hühnersuppe bereiten möchte. Der Küchenjunge erhält Anweisung, den Ofen zu befeuern. Und währenddessen muss eine der Mägde den Stall mit dem Geflügel aufsuchen und Eure Freundin Martha um ein Huhn bitten. Ihr selbst werdet vielleicht aus dem Küchengarten Lauch und Möhren und Sellerie herbeiholen, dazu Liebstöckel zum Verfeinern, je nachdem, nach welchem Rezept die Köchin zu verfahren gedenkt. – Sind überhaupt alle Zutaten im Garten vorhanden? Wie sollte die Köchin das wissen? Es ist nicht ihre Aufgabe, es zu wissen. Sie bereitet das Essen lediglich aus seinen Bestandteilen zu.«

»Dann wäre die Köchin ...«

Die alte Frau hob die Hand. »Nein, die Köchin ist nicht unser Kapellmeister. Gleichzeitig nämlich muss im Speisezimmer der Tisch seiner Herrschaft für eine Suppenmahlzeit eingedeckt werden. Und der Leibdiener muss sich erkundigen, ob seine Herrschaft die Mahlzeit denn zum gewohnten Zeitpunkt einzunehmen wünscht. Weiterhin ist peinlich genau zu prüfen, ob das Tischgedeck auch keinen Fleck aufweist, und das wiederum ist weder die Aufgabe des Leibdieners, noch ist es die Pflicht des Serviermädchens. – Jeder Einzelne, der daran Anteil hat, wenn seine Herrschaft eine Hühnersuppe einnimmt, kennt natürlich seine Aufgabe. Und doch ist eine ordnende Hand notwendig, die darauf achtgibt, dass alle diese Aufgaben zuverlässig erledigt werden. Dass ausreichend trockenes Holz für den Ofen vorhanden ist. – Dass der Liebstöckel auch tatsächlich frisch geschnitten wird.«

Vor der letzten Bemerkung machte sie eine winzige Pause und warf einen kurzen Seitenblick auf die jüngere Frau. Einen Blick, dem Theresa standhielt, wenn auch mit etwas Mühe, als ihr der unauffällige Schrank in den Sinn kam, fast unsichtbar im hintersten Winkel der an die Küche grenzenden Speisekammer. Jener Schrank, in dem sie einen kleinen Vorrat der gebräuchlichsten Zutaten verwahrte, um zumindest nicht im schlimmsten Unwetter für ein einzelnes Sträußchen Liebstöckel hinaus ins Freie hasten zu müssen.

»Vor allem aber …« Die alte Frau holte Atem. »Vor allem aber muss sorgfältig darauf geachtet werden, dass jeder Handgriff in der vorgeschriebenen Reihenfolge vorgenommen wird. Nicht auszudenken, wenn der Fleck auf dem Tischläufer erst auffällt, nachdem der Suppenteller und der Tischschmuck bereits an Ort und Stelle stehen. – Tausend Entscheidungen, die mit jedem Tag zu treffen sind und die nur jemand treffen kann, der zu jeder Zeit sämtliche Tätigkeiten des Hauspersonals im Blick hat. Welche Tischdecke ist nicht mehr präsentabel für die Tafel seiner Herrschaft? Was ist zu tun, wenn ein Angehöriger des Personals durch eine Erkrankung ausfällt? All diese Entscheidungen kann nur ein einziger Mensch in einem herrschaftlichen Haushalt treffen: die Hausdame. Die Aufgabe, die im Konzerthaus der Kapellmeister versieht: Auf Hohensandau kommt sie der Hausdame zu.«

Der Hausdame. *Agathe.* Theresa konnte spüren, wie sich eine Gänsehaut auf ihrem Rücken aufrichtete. Sie hatte niemals eine andere Frau gekannt, die auf Hohensandau diese Position innegehabt hatte. Die hagere, stets korrekte Agathe war einfach immer da gewesen, von Theresas erstem Tag auf dem Gutshof an. Eine Angehörige des Gesindes, wie Vera sie sich nur erträumen konnte: unsichtbar. Unsichtbar allerdings nicht allein für die Herrschaften, sondern für die übrigen Beschäftigten auf dem Gutshof ganz genauso. Immer wieder war es vorgekommen, dass Theresa sich bei ihren Aufgaben im Küchengarten allein geglaubt hatte – bis die Hausdame urplötzlich das Wort an sie gerichtet hatte, zwei Schritte hinter ihr an der Pforte im Zaun stehend. Und sie wusste, dass es nicht ihr allein so ergangen war. Auch Frauen, die im Herrenhaus selbst ihren Dienst versahen, wussten von derartigen Erlebnissen zu berichten: Wie sie eben im Begriff gewesen waren, eine der schweren Vasen wieder an ihren Platz zu stellen, als Agathe sie plötzlich angesprochen hatte, um sie zu loben für ihre Umsicht oder auch zu tadeln, wenn sie nicht zuvor jedes mit bloßem Auge kaum sichtbare Stäubchen entfernt hatten.

Niemand hatte eine rechte Erklärung besessen, wie die Hausdame das anstellte: so sehr mit der Umgebung zu verschmelzen, dass man sie ebenso wenig wahrnahm wie ein Stück des erlesenen Mobiliars in den herrschaftlichen Gemächern. Seit den einzelnen Mägden feste Aufgaben zukamen und keine Notwendigkeit für die morgendlichen Versammlungen am Zaun des Küchengartens mehr bestand, hatten die Frauen sich daran gewöhnt, dass sie die Hausdame nur dann zu sehen bekamen, wenn diese wie aus dem Nichts auftauchte und sie unvermittelt ansprach.

So dass es auch niemandem aufgefallen war, als das *nicht* mehr geschehen war. Tagelang.

Tatsächlich hatte es bis zum Sonntag gedauert, bis zum Gottesdienst in der Gutskapelle. Erst als Agathes Platz dort überraschend leer geblieben war, hatten die Frauen in den Bänken zu tuscheln begonnen. Gab es eine unter ihnen, die die Hausdame in den vergangenen Tagen überhaupt zu Gesicht bekommen hatte? Und eben als der Pfarrer die Stufen zur Kanzel erstiegen hatte, um das Wort an die Gemeinde zu richten, hatten die Mägde die Andachtsstätte eilig unter den erstaunten Blicken des Gottesmannes verlassen. Sie hatten sich zu Agathes Kammer begeben, die ein Stück abgesondert von den Unterkünften der übrigen Bediensteten in der ersten Etage des Herrenhauses lag. Und noch bevor sie die Tür dieser Kammer geöffnet hatten, war ihnen bereits der Geruch entgegengeschlagen. Vor mehreren Nächten bereits, hatte der Physicus am Ende festgestellt, musste die hagere Frau im Schlaf gestorben sein.

All das hatte sich zu Beginn des Frühjahrs zugetragen. Sie hatten Agathe auf dem Gutsfriedhof zur Ruhe gebettet, und seitdem gab es auf Hohensandau keine Hausdame mehr. Vera hatte recht: Sehr deutlich war mittlerweile zu spüren, dass unter den Hausbediensteten die ordnende Hand fehlte. Dass im fein geschmiedeten Räderwerk der Abläufe im Herrenhaus nicht länger ein Rädchen in das andere griff. Als wäre

Sand in die Walzen einer Spieluhr geraten. Als bemühte sich ein Orchester, seine Partitur vom Blatt zu spielen, obwohl der Kapellmeister seinen Taktstock aus der Hand gelegt hatte. Wo es keine Hausdame gab ...

Keine Hausdame mehr.

Erst in diesem Moment kam Theresa zu Bewusstsein, dass die alte Frau verstummt war, eine ganze Weile bereits, nachdem sie sich zuvor so ausführlich über die Pflichten und Aufgaben einer Hausdame ausgelassen hatte: einer Frau, die *nicht* bei Wind und Wetter unter freiem Himmel ihre Pflichten verrichten musste. Einer Frau, deren Position als einzige in einem herrschaftlichen Haushalt noch *über* derjenigen einer herrschaftlichen Zofe angesiedelt war.

Nachdenklich schien der Blick der alten Frau auf der Spieluhr zu verharren. Oder nein. Er ging über die zierliche Figur hinweg aus dem Fenster, wo soeben Herr Brandt den Vorplatz des Herrenhauses überquerte, mit gravitätischen Schritten, seinen breitkrempigen großen Hut auf dem Kopf wie ein Zeichen seiner Würde als Verwalter des Gutes. Julian, der älteste seiner Söhne, suchte, ihm zu folgen mit einer ganz ähnlichen Kopfbedeckung – in entsprechend verkleinertem Format.

»*Das* ist es?« Theresa starrte die betagte Dame an. »Das ist es, was Ihr die ganze Zeit im Hinterkopf habt? Für *mich*? Keine Zofe, kein Hausmädchen? Die *Hausdame*?«

Vera rührte sich nicht. »Mir war nicht klar, dass es so kleine große Hüte gibt«, murmelte sie nachdenklich. »Ob ihn die Näherin eigens für den Jungen angefertigt hat?«

»*Frau Vera!*«

Mit einem Seufzen wandte sich die einstige Zofe zu ihr um, neigte den Kopf etwas zur Seite. »Ob es das ist, woran ich gedacht habe bezüglich Eurer Zukunft auf Hohensandau? Die

Hausdame? – Sehr offensichtlich ist das der Fall. Und zweifellos werdet Ihr die Aufgabe anders versehen, als Frau Agathe das getan hat, deren zurückhaltende Art sich zwar durchaus für eine Angehörige des Hauspersonals schickte, nur eben weniger für die Hausdame selbst, die sich eher nicht durch Unsichtbarkeit auszeichnen sollte. Wo bei Euch nun keine Gefahr besteht, wie wir gerade festgestellt haben.«

»Aber ...«

»Im Gegenteil sollte eine Hausdame ständig sichtbar sein«, führte die einstige Zofe aus. »Am besten überall zugleich. Die Domestiken müssen sie schließlich erst einmal bemerken, damit sie ihre Fragen an sie richten können, wenn sie sich in ihrer Tätigkeit unsicher sind. Davon abgesehen, dass ihre stete Anwesenheit natürlich auch eine disziplinierende Wirkung haben dürfte. Umso eifriger wird das Personal seinen Pflichten nachkommen.«

Theresa starrte sie an. »Die Leute sollen *Angst* vor mir haben?«

»So würde ich es nun nicht ausdrücken«, sagte Vera. »Bei seiner Herrschaft ist die Personalie jedenfalls auf offene Ohren gestoßen. Und nicht anders bei unserem Herrn Brandt.« Ein Nicken zum Fenster. »Herrn Brandt, der sehr genau weiß, welchem Umstand er es verdankt, dass der Graf ihm auf dem Hof freie Hand lässt: dass er keinerlei Einwände erhebt, wenn Ferdinand von Hardenstein dann tatsächlich einmal einen Wunsch äußert.«

Theresa tastete nach der Fensterlaibung. »Ihr ... Ihr habt bereits ...«

»Ich werde kaum die Einfalt besitzen, Leuschenthalerin, meine Sonntage zu verschwenden – und Eure dazu –, ohne mich rückzuversichern, dass mein Einsatz auch zu etwas führt.

In den Monaten seit Frau Agathes Tod habe ich Euch mit sämtlichen Tätigkeiten vertraut gemacht, die das Personal im Herrenhaus zu versehen hat. Wie sich gezeigt hat, seid Ihr vollständig ungeeignet, irgendeine dieser Tätigkeiten auszuüben, und Ihr werdet kaum behaupten können, dass ich besonders sparsam gewesen wäre mit meinem Tadel. So dass Ihr nunmehr nicht nur wisst, was die Hausbediensteten im Einzelnen zu tun haben, sondern auch in einzigartiger Weise orientiert seid, welche Fehler ihnen für gewöhnlich unterlaufen. Seit siebenhundert Jahren gibt es Herrschaften auf Hohensandau. Seit siebenhundert Jahren gibt es Domestiken, die ihnen dienen. Aber dass es in all diesen Jahren jemals eine Hausdame gab, die besser vorbereitet war auf ihre Aufgaben ...« Durchaus mit einer gewissen Selbstzufriedenheit: »Das wage ich zu bezweifeln.«

Zwei Jahre später: Großendamm
Sommer 1881

Ein Aufblitzen von Licht ließ Wilhelm zusammenzucken.

Ein funkelnder Stern stieg in den Spätsommernachmittags-himmel hinter den Fenstern der Remise. Ein Zischen und Splittern war in der Luft, das sich in einen stetig anschwellen-den, *heulenden* Laut verwandelte, der sich höher schraubte und höher.

Ein ohrenbetäubender Knall ließ das Gebäude erbeben. Und *das* war der Augenblick, in dem auch Jaroslaw stutzte.

»Sind wir zu spät?« Der einstige Hilfskutscher reckte den Hals in Richtung Fenster und spähte ins Freie. »Sie wollten um Mitternacht anfangen, bin ich mir sicher?« Er kratzte sich am Hinterkopf. »Da täusche ich mich nicht, Freund Wilhelm?«

Wilhelm warf einen letzten Blick auf die mit Skizzen und Notizen übersäten Seiten auf seinem Schreibtisch: Kalkula-tionen über Lieferungen nach Altwasser, wo man in diesen Monaten den Bau einer Secundäreisenbahn vorbereitete, einer Nebenstrecke in die Berge hinein. Dann schüttelte er den Kopf und legte die Schreibfeder beiseite. Langsam öffnete und schloss er die linke Hand, verzog das Gesicht, als der Schmerz durch seinen Arm schoss, wie es immer noch hin und wieder vorkam, wenn er zu lange in einer verkrampften Haltung über Plänen und Schriftstücken verharrt hatte. An diesem Tag zumindest würde er zu keiner seriösen Einschätzung mehr gelangen. In den kommenden Tagen allerdings genauso wenig, solange ihm so viel an Wissen fehlte, das sich nur vor Ort gewinnen ließ.

Er schloss die Augen, lauschte. Der Bahnhof von Großendamm erhob sich auf der anderen Seite der Gleise und zu Füßen der Gießerei, jenseits der Verwaltungsgebäude der *Neuen Provinciellen Eisenbahn-Societät,* jenseits der Barackenunterkünfte der Arbeiter. Ein Stück entfernt also, und doch musste sich dort bereits eine beträchtliche Volksmenge versammelt haben. Die ehrfürchtigen *Ohs* und *Ahs* waren deutlich zu hören. Da kein weiterer Leuchtkörper folgte, verstummten sie nach und nach und wurden abgelöst von jener unbestimmten Geräuschkulisse, die die Anwesenheit vieler, *sehr* vieler wartender Menschen mit sich brachte.

Ein Test, dachte Wilhelm. Der Sprengmeister hatte eine einzelne funkensprühende Rakete in den Himmel steigen lassen zur Vorbereitung auf das Spektakel, das für Mitternacht angekündigt war.

»Täuschst du dich nicht, Freund Jaroslaw«, bestätigte er lächelnd und warf einen Blick auf den schlaksigen Polen, mit dem er sich den Raum in der Remise teilte.

Jaroslaw hatte sich schon wieder jener Tätigkeit zugewandt, der er sich im Augenblick eigentlich widmete. Voller Aufmerksamkeit betrachtete er sein Gesicht im Spiegel, der die Wohnstatt der beiden Männer schmückte. Mit dem Rasiermesser in seiner Rechten beschrieb er eine nicht unelegante kreisende Bewegung. Dann, mit der Kunstfertigkeit eines geübten Artisten, zog er die Klinge in einer einzigen fließenden Bewegung von der Wange über den Hals bis zum Schlüsselbein hinab und befreite die Haut von den tagealten Stoppeln.

Mit welchen Worten genau hatte er einmal seiner Begeisterung für die Provinz Ausdruck gegeben? *Das Essen ist gut und die Frauen sind schön.* Was das Essen anbetraf, hätte Jaroslaw sich vermutlich von morgens bis abends mit seinen geliebten Mehlklößen vollgestopft in der Garküche, hätten die Pflichten seiner Tätigkeit ihn nicht daran gehindert. Und bezüglich der Frauen bestand im Augenblick ganz offenbar auch kein Grund zur Klage, wenn Wilhelm beobachtete, mit welcher Umsicht Jaroslaw auch den letzten unsichtbaren Bartstoppel entfernte.

Schicksalsgefährten, dachte er. Es gab Augenblicke, in denen er Mühe hatte, sich an eine Zeit zu erinnern, in denen er noch nicht sein Quartier mit diesem schlaksigen ehemaligen polnischen Hilfskutscher geteilt hatte. Für Großendamm jedenfalls mussten es traurige Tage gewesen sein. Auch den Lastpferden ging es besser, seit Jaroslaw seinen Dienst auf der Gleisbaustelle aufgenommen hatte. Nachdenklich betrachtete Wilhelm seinen Gefährten. Manches Mal hätte er selbst sich etwas mehr von Jaroslaws unbekümmerter, zuversichtlicher Art gewünscht.

Er wandte den Blick ab, um ihn aus dem Fenster zu richten, wo sich nun auch die ersten Gruppen von Arbeitern auf den Weg zum Bahnhof begaben, der Feierstätte entgegen, die Hemden frisch gewaschen und gestärkt, ganz dem Anlass angemessen.

Fünfzehn Jahre. Wilhelm spürte, dass er lächelte. Wie anders alles gekommen war, auf welch verschlungenen Pfaden die Dinge ihren Weg genommen hatten. Konnte er sich wirklich noch vorstellen, dass die Societät kurz vor dem Konkurs gestanden hatte, als er nach Großendamm gekommen war? Es waren bewegte Zeiten gewesen. Dem Sieg über die Österreicher war ein Sieg über die Franzosen gefolgt, und heute waren all die kleinen Staaten im Herzen des Kontinents unter einer Krone geeint, und überall im Land waren daraufhin neue Unternehmen aus dem Boden geschossen. Und jedes einzelne von ihnen hatte Bedarf an Stahl und Kohle, weit mehr, als die bestehenden Gruben hatten liefern können. Ausgenommen die wiederentdeckten Lager in Hohensandau, dachte Wilhelm. Der Bau der Trasse selbst war bei alldem weit langsamer vorangekommen als erhofft und erwartet. Die Gewinne aus dem Abbau in den Stollen und der Verhüttung in den Gießereien von Großendamm aber hatten die Verluste mehr als auffangen können. Balthasar Rosenzweig war nach wie vor ein reicher Mann, noch reicher vermutlich als an jenem Tag, an dem Wilhelm ihm zum ersten Mal begegnet war, und mit Sicherheit bedeutend einflussreicher.

Vor allem aber war er ein Mann, der keines seiner Versprechen vergaß.

Fünfzehn Jahre. Schnell hatte der Vertreter der Societät erkannt, dass er in diesem Wilhelm Leuschenthal einen Mitarbeiter gewonnen hatte, der weit mehr zu bieten hatte als jene eine Idee, die bereits aufgegebenen Minen von neuem in Betrieb zu nehmen. Einen Mann nämlich, der in der Lage war, die kompliziertesten Transaktionen und Geschäftsvorgänge der Societät auf einen Blick zu erfassen. Wäre Wilhelm nicht jedes Mal mit besonderer Sorgfalt vorgegangen und hätte er nicht jede einzelne Berechnung sechs oder sieben Mal geprüft, was dann doch wieder eine gewisse Zeit in Anspruch nahm... *Ihr würdet mir Angst machen*, hatte Rosenzweig ihm mehr als einmal versichert.

Natürlich verfolgte der Vertreter der Societät bei alldem seine eigenen Pläne. Ein Mann mit Wilhelms Fähigkeiten: Musste ein solcher Mann seine Chancen nicht nutzen? Welche Möglichkeiten ihm an der Zentrale der Societät in Berlin offenständen! Welch ein mehr als angemessenes Gehalt er dort zu erwarten hätte, anstatt in einer einstigen Remise in Großendamm zu versauern!

Worauf ihm Wilhelm erklärt hatte, dass er seinen Arbeitsort mit Bedacht gewählt habe. Und auf ihre Vereinbarung verwiesen hatte, die ihn ausschließlich zu einer Tätigkeit eben in Großendamm verpflichtete, und zwar solange an der Gleisbaustelle gearbeitet wurde.

Fünfzehn Jahre, dachte er. Länger als er jemals hätte hoffen können. Stunden nur entfernt von Hohensandau, wo seine Ehefrau lebte, seine Kinder herangewachsen waren. Fünfzehn Jahre, die ihm erschienen waren wie eine unaussprechliche, unverdiente Gnade.

Bis heute. Bis zu jenem Tag, an dem sich die Lücke in der Trasse schließen würde.

Während die Arbeiter aus Großendamm einen komplett neuen Damm durch die Sümpfe aufgeschüttet und anschließend den komplizierten Brückenschlag über den Hohensandauer Mühlenbach bewältigt hatten, war das jenseitige blinde Ende der Trasse näher und näher gerückt. Jenes Ende, das man von Berlin heranführte. Und in dieser Nacht nun war der Augenblick gekommen. Honoratioren aus der gesamten Umgegend hatten sich am Bahnhof versammelt, einfaches Volk dazu. Sogar der Kronprinz selbst hatte sich angesagt, der mit dem ersten Zug aus Berlin die Provinz mit seinem Besuch beehren würde, um feierlich den letzten Nagel in das Gleisbett zu schlagen. Menschen drängten sich an den Bahnsteigen, freudige Erwartung auf den Gesichtern an diesem ersten Tag einer neuen Zeit, in der nun alles anders werden, der abgelegene Landstrich endgültig Anteil haben würde an den Segnungen der neuen Epoche.

Ausgenommen bei Wilhelm Leuschenthal. Für ihn fühlte es sich nicht nach einem Anfang an. Sondern nach einem Ende.

★ ★ ★

»Du...« Wilhelm holte Atem. »Du weißt, dass wir das nicht tun müssen. Du weißt, dass ich längst schon jede Möglichkeit habe...«

Theresa sah zu ihm auf. Ihre Wange lag an seiner Brust. Sie hatten sich an ihrem geheimen Ort auf warme Decken gebettet. Ihrem neuen geheimen Ort, der sich außerhalb des Gutsbezirks befand, der dem Herrn über Hohensandau unterstand: am Waldrand, hoch in den Ausläufern der Berge und nicht weit vom Heidenstein. Das Herrenhaus mit einem Teil der Koppeln war ein dunkler Umriss in der Tiefe, dahinter ragten die Schlote der Strehlow von Hardenstein'schen Werke auf und, fast am Horizont, Großendamm mit seinen Gießereien und dem neu errichteten Bahnhof, in dieser Nacht im Glanz von tausend Lichtern.

»Dass wir das nicht tun müssen?« Ganz kurz glomm ein mutwilliger Funke in ihren Augen auf. »Willst du mir sagen, dass wir sie seit Jahren ohne Not auf uns nehmen, diese schrecklichen Anstrengungen – mein Ehemann?«

Er musste lächeln. Seine Finger strichen über ihre bloße Schulter, zogen die Decke ein Stück höher, als er die Kälte ihrer Haut spürte und sofort in Sorge war. Theresa war es, die darauf bestand, dass sie sich hier im Freien trafen, wenn die Witterung es irgend zuließ, statt in einem der Gasthäuser, die in den vergangenen Jahren in Großendamm entstanden waren.

Seine Miene wurde ernster. »Du weißt, wovon ich rede«, sagte er leise. »Als ich... Als seine Herrschaft mich vom

Hof gewiesen hat, war er überzeugt davon, dass ich niemals eine Arbeit finden würde, von der eine ganze Familie leben könnte. – Wir beide«, fügte er an. »Dass wir beide gemeinsam niemals genug verdienen würden, dass wir ...«

Sie legte ihm den Finger auf die Lippen. Und er verstand sie, verstand, dass sie nicht darüber sprechen wollte. Wie so oft, dachte er. So oft in den vergangenen Jahren. Weil sie doch so genau wussten, was der eine, die andere von ihnen sagen würde. Warum nicht möglich war, was nicht möglich sein *konnte*.

Aber wir müssen darüber sprechen, dachte er. *Heute. Weil ich ab morgen nicht länger auf meinen Vertrag werde beharren können, der mich an Großendamm bindet. Heute Nacht noch müssen wir darüber sprechen.*

Seine Lippen berührten ihre Fingerspitze.

»Wir könnten ein Häuschen haben«, sagte er. »Vielleicht ja sogar irgendwo in der Nähe. So dass uns Martha jederzeit besuchen könnte und ihr euch weiterhin sehen würdet. Wir könnten eine Wohnung in Berlin haben. Rosenzweig würde mich am liebsten überall zugleich haben, aber wenn er die Wahl hätte, würde er mich in der Hauptstadt festbinden, denke ich. Dorthe würde natürlich mit uns kommen, Joachim auch, wenn er sich nicht zu groß fühlt, um ...«

»Wenn es in der Allee unter den Linden kein Gestüt gibt, kann ich mir beim besten Willen nicht vorstellen, dass unser Sohn nach Berlin geht.« Theresas Stimme war leise, nicht mehr als ein winziges Flackern der Erheiterung klang heraus. »Und er *ist* groß. Sehr groß, Wilhelm. Er ist siebzehn Jahre alt, und wenn du ihn fragen würdest ...« Sie verstummte.

Wilhelm nickte knapp. Als Joachim sein zwölftes Jahr erreicht hatte, hatten seine Eltern ihn eingeweiht, dass sein Vater nur wenige Meilen entfernt in Großendamm lebte. Und mehrfach hatten Vater und Sohn einander seither gesehen. Wilhelm war sich nicht sicher, was er von diesen Begegnungen erwartet hatte, doch sie waren *anders* gewesen, auf jeden Fall anders. *Er lebt für die Pferde*, dachte Wilhelm. *So wie ich einmal für die Pferde gelebt habe. Aber was kann er anderes in mir sehen als einen Mann, der stattdessen für seine Rechnungsbücher und Kalkulationen lebt. Der froh sein kann, dass sein Arm am Ende gut genug verheilt ist, dass er unter Anstrengung wieder in den Sattel steigen kann.* Und was Joachim auf dem Gutshof über seinen Vater zu hören bekam, wusste der Himmel. Über den Mann, durch dessen Schuld die Knechte und die Gemahlin seiner Herrschaft gestorben waren. Dass diese Herrschaft, Ferdinand von Hardenstein, sein Großvater war, ahnte der Junge nicht.

Wilhelm schüttelte den Kopf. »Er ist beinahe ein erwachsener Mann«, murmelte er. »Er könnte schon eine Liebste haben. Er muss seine eigenen Entscheidungen treffen.«

Ganz kurz hob Theresa ihre Wange von seiner Brust. »Es gibt da …« Auch sie schüttelte den Kopf, bevor sie ihn wieder ablegte. »Anni«, sagte sie leise. »Die Tochter von Emma der Näherin. – Für Joachim sind einstweilen die Pferde wichtiger, denke ich, doch sie verbringt Stunden am Zaun um die Koppel, um ihn zu beobachten. Und sowenig es eigentlich meine Sache ist, ist es doch …« Ein Atemzug. »Emma.«

Wilhelm presste die Lippen aufeinander. *Emma.* Nach und nach hatte Theresa das Vertrauen der übrigen Mägde zurückgewonnen. Eben dafür aber, wie es schien, begegnete die Näherin ihr mit noch größerer Feindseligkeit als unmittelbar nach dem Tod ihres Ehemanns. *Weil es jetzt Emma ist, die alleine dasteht, abgesondert von den anderen Frauen,* dachte er. Dass Theresa in die Position der Hausdame aufgerückt war, musste sie nur noch mehr empören, doch was wollte sie ausrichten gegen die Frau an der Spitze der Bediensteten? Der Jüngste der Pferdeknechte dagegen... Er verstand Theresas Sorge.

»Dorthe dagegen ist noch ein Kind«, murmelte Theresa. »Und seit sie mich zum ersten Mal nach Großendamm begleiten durfte, bist du der Mittelpunkt ihrer Welt. Sie würde dir nicht allein nach Berlin, sondern bis nach Amerika folgen.« Sie gab einen kleinen amüsierten Laut von sich. »Und wenn sie schwimmen müsste.« Sie hielt inne. Doch als sie weitersprach, war ihre Stimme vollständig verändert. »Doch wir *können* nicht, Wilhelm. Es ist nicht möglich. Selbst wenn da nichts anderes wäre... Da ist doch *er*. Seine Herrschaft, dein Vater. – Am Anfang dachte ich, er würde nie wieder ein Wort mit mir sprechen, würde selbst den Kindern aus dem Weg gehen, aber nach so vielen Jahren... Ich bin immer noch *Ihr*, immer noch die Leuschenthalerin, aber ich weiß Dinge über ihn, Dinge, die er mir selbst erzählt hat, damals. Dinge, von denen kein anderer Mensch weiß, du allein ausgenommen. Und das hat er nicht vergessen. – Früher gab es noch den Leibdiener, der sich um ihn sorgte, aber seitdem der Mann nach Sturmfels gewechselt ist, gemeinsam mit Ilsa, als ihr dort die Stellung als Hausdame angeboten wurde und die beiden sich einige Monate später vermählt haben...« Wieder schüttelte sie den Kopf. »Seitdem hat er Brandt, von dem er vermutlich nicht viel mehr hält als einer von uns. Und er hat Frau Brigitta, auf die er sicherlich große Stücke hält. Sie ist immerhin die Leiterin der Porzellanfabrik, aber sie ist ihm doch nicht...« Ein Atemzug. »Nahe. – Er hat nur mich. Weil er dich nicht hat. Und ich habe ihm zu danken, dass ich bleiben durfte und unsere Kinder dazu, als er dich vom Hof wies. Das hätte er nicht tun müssen.«

»*Das hat er nicht*...« Für einen Moment fuhr Wilhelm auf, senkte dann den Blick. »Das hat er nicht aus Freundlichkeit getan. Aus Mitleid, aus ...« *Aus Liebe*. »Oder aus Zuneigung«, sagte er. »Und doch aus genau diesen Gründen. Oder vielleicht wusste er es selbst nicht zu sagen, weiß es bis heute nicht. Und er musste davon ausgehen, dass ihr auf ihn angewiesen sein würdet. Er konnte nicht wissen, dass ich eine Anstellung finden würde. Er *kann* es nicht wissen. Bis heute nicht.« Wilhelm zögerte. »Rosenzweig hat mir sein Wort gegeben, dass er von ihm nicht erfahren wird, dass ich in Großendamm bin. Und wenn ich einen Menschen kenne, dem sein Wort heilig ist ...«

»Fast könnte er ein Hardenstein sein«, murmelte Theresa. »Oder ein Leuschenthal.« Dann, mit einem Kopfschütteln: »Und der einzige Mensch, dem ich auf Hohensandau davon erzählt habe, ist Martha. Wenn irgendwelche Gerüchte auf dem Hof die Runde machen würden, wäre sie die Erste, die davon erfährt. – Ein paar Mal haben Leute behauptet, sie hätten *Jaroslaw* gesehen.«

Wilhelm nickte knapp. Der Unterschied zwischen Jaroslaw und ihm bestand darin, dass Wilhelm es vermied, die Remise zu verlassen. *Jedenfalls bei Tageslicht.*

»Brandt jedenfalls weiß von nichts«, sagte Theresa. »Martha ist sich sicher, dass er ihr davon erzählen würde – bevor er seiner Herrschaft davon erzählt.«

Für einige Sekunden schwiegen sie alle beide. Dann löste sie sich von seiner Brust und setzte sich auf. »Du weißt, dass es einen Weg gibt, Wilhelm. Einen einzigen Weg. – Es sind fünfzehn Jahre vergangen. *Fünfzehn* Jahre. Natürlich hat er nichts *vergessen*. Und ob er in der Lage ist zu *vergeben*, er, der sich selbst nichts vergeben kann: Das weiß ich nicht. Aber in einem bin ich mir sicher: Wenn du auf den Gutshof kämst ... Möglicherweise würde er dich nicht vorlassen, aber wir beide wissen, dass es eine unsinnige Vorstellung ist, dass er Befehl geben würde, die Hand an dich zu legen. – Und wenn er es täte, würde ihm niemand gehorchen. Weil diese Zeiten heute lange vorbei sind. Weil sie vielleicht schon vorbei waren...« Sie hielt kurz inne und fügte dann hinzu: »Irgendwann vor unserer Geburt. – Was wäre das Schlimmste, das passieren kann? Ich kann mir nicht vorstellen, dass er mich und die Kinder *jetzt* vom Hof weisen würde, doch selbst wenn das geschehen würde: Dann würde *er* etwas verlieren.« Sie holte Luft. »Wilhelm, wenn du mir zumindest erlauben würdest, mit ihm zu reden...«

Wilhelm stand auf. Er konnte nicht mehr untätig am Boden sitzen. Zu ihren Füßen waren die Umrisse von Hohensandau, irgendwo in der Ferne Großendamm. Er wusste, dass der Festplatz am Bahnhof viel zu weit entfernt war. Dass es unmöglich war, von dort irgendwelche Geräusche zu hören. Und trotzdem war da etwas, wie ein fernes Lachen in der Dunkelheit. Es war kein freundliches Lachen.

»Er hat mich verbannt«, sagte er knapp. »Und es war klar, dass ich verstanden habe. – Ich habe sein Vertrauen enttäuscht, und das kann ich nicht wiedergutmachen, indem ich... indem ich ihn *bitte*, das Urteil aufzuheben. Das ist unmöglich. Es ist eine Frage des Vertrauens. Es ist eine Frage...«

»Eine Frage der *Ehre*?« In einem Tonfall, der ihn zusammenzucken ließ. Und dann war sie ebenfalls auf den Beinen, ihr Gesicht zwei Handbreit vor seinen Augen. »Eurer dummen, einfältigen Adelsehre, eurer dummen, einfältigen Adelspflicht, selbst wenn ihr nicht einmal von Adel seid? So dass du nicht einmal *versuchen* kannst, ihn um Vergebung zu bitten? Oder es auch nur mich versuchen lässt? Genau wie er, der doch genau wissen muss, dass wir irgendwie in Verbindung stehen. Der mich doch einfach *fragen* könnte, wie es dir ergeht, und...«

Es war ausreichend Licht am Himmel. Er konnte sehen, wie

es in ihren Augen glitzerte. Doch er wusste, dass es vor allen Dingen Tränen der Wut waren.

»Ich ...« Erschrocken schüttelte er den Kopf. Noch einmal. »Ich *kann* nicht«, sagte er. »Und was immer wir täten, es könnte ...« Er holte Atem. »*Ihr seid sein Sohn, Wilhelm*«, flüsterte er. »*Er hat niemanden. Niemanden, der seinem Herzen so nahe ist – wie Ihr. Ihr müsst für ihn da sein. Ihr dürft ihn nicht im Stich lassen, ganz gleich, was geschieht.* – Ich sollte schwören. Ihr schwören, Thyra. Und ich habe geschworen. Ich habe geschworen, mich seiner anzunehmen, und kann doch nicht für ihn da sein. Nur du kannst für ihn da sein, und wie könnten wir ...« Er brach ab.

Sie sahen einander an. Silhouetten in der Dunkelheit, sekundenlang, bevor in der Ferne plötzlich etwas aufblitzte. In einem Regen von Funken stiegen Bahnen von Licht in den Nachthimmel.

»Wir können nichts tun«, flüsterte Wilhelm. »Die Lücke in der Trasse ist geschlossen, die Baustelle ist aufgelöst. Doch die Gesellschaft lässt an so vielen Strecken bauen, hat sich in so viele Projekte eingekauft: Rosenzweig wird mich in Berlin brauchen und sonst wo, als Erstes wohl in Altwasser. – Ich werde zurückkommen, und wir werden uns sehen, aber wie oft ...« Eine heftige Kopfbewegung. »Während du hierbleiben musst. Weil *er* hierbleiben wird, nicht mehr fortgeht, und was dann ...«

Ihr Blick war auf das Schauspiel am Horizont gerichtet: funkelnde Sterne in tausend Farben. Ein erhebendes, majestätisches Bild. Sie gab einen Laut von sich, der sich anhörte wie ein Stoßseufzer.

»Das war es, was ich dir erzählen wollte«, murmelte sie. »Es ist nicht so, dass er überhaupt nicht mehr fortgeht oder gar keinen Menschen mehr empfängt. So selten das auch geschieht. Aber letzte Woche hat sich ein Besucher angesagt, ein Offizier, denke ich. Jemand, der den Kronprinzen in seinem Gefolge begleitet und der ihn in den nächsten Tagen aufsuchen will. Und anschließend wird seine Herrschaft offenbar *ihn* begleiten, vielleicht für ein paar Tage nur, ich weiß es nicht – aber nach Berlin. In die Hauptstadt.«

Nach Berlin? Wilhelm nahm die Worte kaum richtig wahr, während seine Augen auf den funkelnden Bahnen von Licht lagen, irgendetwas in seinem Hinterkopf dennoch erstaunte Fragen stellte. Was wollte sein Vater in der Hauptstadt? Schon vor dem Tod der Gräfin war er jahrelang nicht dort gewesen.

»Gottleben«, murmelte Theresa. »So heißt er. General Johann von Gottleben.«

Wilhelm nickte stumm. Dann, mit Sekunden Verzögerung: *»Gottleben?«*

Doch jetzt war es Theresa, die nicht antwortete, den Blick auf die leuchtenden Fackeln am Nachthimmel gerichtet , die hier in farbige Sterne zerbarsten, dort kometengleich der Erde entgegensanken.

»Gottleben«, murmelte Wilhelm. Oberst Johann von Gottleben, den sein Vater an der Kriegsakademie unterrichtet hatte, genau wie den Kronprinzen selbst. Ein Name aus einer fernen Vergangenheit, von den Pfaden des Gebirges, der verzweifelten Reise mit der Kutsche der Gräfin.

»Wilhelm?« Leise.

Gottleben. Konnte das ein Zufall sein?

»Wilhelm!« Sehr viel lauter. »Mein Gott! Die Scheunen!«

Und im selben Moment sah er es selbst. Eine der schillernden Raketen, nichts anderes konnte es gewesen sein: *Flammen!* Flammen, die aus dem strohgedeckten Dach der Futterscheune schlugen, noch während sie hinsahen auf die Sattelkammer übergriffen und weiter ... weiter ...

»Mein Gott!« Brachte er überhaupt ein Wort hervor? Kam nur ein Krächzen? »Mein Gott, die Pferdeställe!«

★ ★ ★

Um ihn her war Rauch, waren stiebende Funken. Waren Flüche, Schmerzensschreie, war das panische Wiehern gefangener Tiere.

Der Atem stach in Wilhelms Lungen, ließ ihn husten, ließ es für Sekunden schwarz vor seinen Augen werden. Doch nein, es war nicht dunkel. Die Flammen selbst gaben Licht genug, und doch hatte er einen Moment lang Mühe, sich zu orientieren.

Auf dem Platz vor dem Herrenhaus hatte sich Theresa von ihm getrennt, war hinab in die Wiesen gehastet, wo sich bereits mehrere ihrer Mägde versammelt hatten. Ob einzig auf der Flucht vor den Flammen oder schon im Bemühen, Wasser heranzuschaffen, um die Brände zu bekämpfen, war nicht zu erkennen gewesen.

Rechts von ihm waren jetzt mehrere hölzerne Gebäude auszumachen, die bereits in vollem Brand standen. Die Futterscheune, der Kornspeicher, dazu ein dritter Bau, den er sekundenlang nicht einordnen konnte. *Fünfzehn Jahre.* Natürlich hatte sich Hohensandau in der langen Zeit verändert, in der er keinen Fuß auf den Gutshof gesetzt hatte. Links von ihm ragte die Fassade des Herrenhauses in die Höhe, Schritte entfernt der schmale Zugang, der auf den Korridor mit den Quartieren der Frauen führte. Zwanzig Meter betrug der Abstand zu den brennenden Wirtschaftsgebäuden, zu weit, als dass unmittelbare Gefahr bestanden hätte. Er dankte dem Himmel, dass in dieser Nacht nicht mehr als eine leichte Brise wehte.

Ein Stück vor ihm der niedrigere Bau der Sattelkammer. Mehrere Gestalten bemühten sich dort, schon brennendes Gebälk vom Dach zu reißen, zu retten, was zu retten war. Auf der Stelle erkannte er, dass es keinen Sinn mehr hatte.

Weiter! Die Koppeln, die Ställe. Das gepeinigte Wiehern verstärkte sich, als er die Ecke des Herrenhauses umrundete und quer über den Hof der Umriss des Stallgebäudes zu erkennen war. Unterhalb des Dachs drang Qualm aus den Ritzen hervor, dahinter ein unbestimmter, unheilverkündender Widerschein. Offene Flammen waren nicht zu sehen.

Geduckt huschte Wilhelm auf das verschlossene Tor zu, fluchte auf die Knechte, die sich an der Sattelkammer abmühten, statt als Erstes die Tiere zu befreien. Der Qualm wurde dichter, als er den Weg zu den Koppeln passierte. Bis ein Windstoß dunklen Rauch auf den freien Platz blies, so dass er nicht mehr die Hand vor Augen sehen konnte. Keuchend rang er um Atem, war sich einen Moment lang nicht mehr sicher, ob er sich in die richtige Richtung bewegte.

Ein dumpfer Zusammenstoß. Und im nächsten Moment hatte der Qualm sich verzogen. Ein aufgerissenes Augenpaar starrte ihn an aus einem rußverschmierten Gesicht.

»Wilhelm?«

Der lahme Henning. Er war in den vergangenen Jahren nicht hübscher geworden.

»Das Stalltor!«, brachte Wilhelm hervor. »Warum sind überhaupt Tiere im Stall? Es ist September!«

»Es sind nicht...« Henning blieb humpelnd an Wilhelms Seite, als sie auf den hölzernen Bau zuhielten. »Es sind keine Tiere vom Gestüt. Es sind Stuten aus Stolzenfels. Sie sind für einige Wochen hier, damit der Hengst, der den Preis auf dem Herbstmarkt ...«

Wilhelm nickte grimmig. Er verstand. Natürlich mussten die Stuten von den übrigen Tieren getrennt gehalten werden, bis man sie dem Hengst zuführte. Aber das hätte ebenso gut auf den Koppeln geschehen können!

»Das Tor ...« In diesem Moment kamen sie an dem ächzenden Gebäude an. »Ich habe schon versucht zu öffnen«, keuchte Henning. »Die Flügel blockieren.«

Die Schulter voran warf sich Wilhelm gegen das Holz, wusste bereits, dass er nichts als Schmerzen ernten würde. Mühsam rang er um Atem. »Der hintere Zugang ...«

Der Gutsknecht stierte ihn an. »Es gibt seit mehr als zehn Jahren keinen hinteren Zugang mehr.«

Wilhelm fluchte, im selben Moment, in dem er schemenhafte Gestalten auf den Koppeln sichtete, die sich bemühten, mehrere Tiere aus der Gefahrenzone zu treiben. Und es war richtig, dass sie das taten. Ein Pferd, das vollends in Panik geriet, konnte sich in *jede* Richtung wenden, auch mitten in die Flammen hinein, die es doch so sehr ängstigten. Aber die Stuten im Stallgebäude waren dem Tode geweiht, wenn sie ihnen keinen Ausweg zeigten. Ganz gleich, von welchem Hof sie stammten.

»Kommt her!«, brüllte er zu den Männern auf der Koppel hinüber. »Bringt Äxte und Seile mit!«

»Seile?« Das war Henning.

Wilhelm antwortete nicht. Aus dem Augenwinkel sah er, wie die Männer näher kamen, zuckte zusammen, als er die Gestalt erkannte, die nach wie vor eher an einen zu schnell in die Höhe geschossenen Jungen denken ließ als an einen erwachsenen Mann.

Joachim.

Doch Joachim hielt sich im Hintergrund, während sich mehrere der anderen Männer um Wilhelm drängten, Männer, mit denen er auf der Koppel gearbeitet hatte, und die ihn jahrelang als ihren Anführer akzeptiert hatten, obwohl er auf dem Papier gar keine hervorgehobene Position bekleidet hatte.

»Das Tor ist blockiert«, presste er hervor. Der Schmerz in seiner frisch verletzten Schulter pulsierte im Rhythmus seiner Atemzüge. »Wenn wir es nicht öffnen können, müssen wir an einer anderen Seite einen Ausgang schaffen. Und wenn uns das nicht gelingt, müssen wir das Stallgebäude selbst niederreißen.«

»Wenn das Dach herunterstürzt, könnte es die Tiere erschlagen.« Einer der Männer.

»Wenn wir gar nichts tun, sterben sie auf jeden Fall!«, blaffte Wilhelm. »Und der Bau ist so oder so nicht zu retten.«

»Wartet!« Das war Henning, der mit einer raschen Bewegung nach der Axt griff, die einer der Männer mitgebracht hatte.

Henning, dachte Wilhelm. Henning, Gerberts Schuppen übernommen hatte oben am Heidenstein. Und Gerberts Posten als Anführer der Holzfäller.

»Was hast du vor?« Er war an Hennings Seite, als dieser an der Seitenwand des Gebäudes entlanghumpelte, während das verängstigte Wiehern der gefangenen Tiere seine Kehle zusammenschnürte.

»Wir haben letztes Jahr einen Teil der Außenwand erneuert.« Henning blieb stehen, schien Maß zu nehmen. »Allerdings nicht so viel, wie nötig gewesen wäre. Wir werden nächstes Jahr wieder ranmüssen, habe ich gedacht, gleich nebenan. — Wenn das Holz irgendwo nachgibt, dann dort.« Er stellte sich seitlich zur Wand des Gebäudes, stemmte die Beine fest in den Boden. »Die Ständer des Baus sind zu nahe beieinander. Da bekommst du im Leben kein Pferd durch. Aber wenn du es hinkriegst, die Blockade am Tor wegzuräumen ...«

Wilhelm nickte mit aufeinandergebissenen Zähnen – und im selben Moment traf die Axt auf die Holzwand.

Mit einer Reihe knapper, konzentrierter Hiebe gelang es Henning, eine Bresche zu schlagen. Sie war eben breit genug, dass Wilhelm sich hindurchzwängen konnte. Da waren Hitze und Enge und Qualm und Dunkelheit. Da waren die schweren Körper der Stuten, die sich in ihrer Panik hin und her drängten. Sie waren in einem Maß in ihrer Angst gefangen, dass er keinen Versuch unternahm, eine Verbindung mit ihnen einzugehen.

Der Qualm brannte in seinen Augen, als er den schweren Balken ertastete, der sich an den Torflügeln verklemmt hatte. Ächzend brachte er die Schulter unter das Holz, sammelte seine Kräfte, versuchte sich aufzurichten.

Kein Fluch. Ein stöhnender Laut kam über seine Lippen, als der Schmerz durch seine Schulter fuhr. In seinem Mund war der Geschmack von Blut. Er musste sich auf die Zunge gebissen haben. Der Balken hatte sich um keinen Zoll bewegt.

Da war keine Luft, als er versuchte, zu Atem zu kommen. Hatte er Kraft für einen zweiten Versuch? Der Rückweg zur Bresche ... Er wusste, dass er es nicht schaffen würde.

Eben noch rechtzeitig duckte er sich zur Seite, als unmittelbar hinter ihm eine der Stuten in die Höhe stieg, die Hufe gegen das Holz trommelten, das Pferd in der Dunkelheit wieder unsichtbar wurde.

Ich werde es nicht schaffen.

»Auf drei!«

Wilhelms Herz überschlug sich. Ein Schatten an seiner Seite – doch er erkannte die Stimme sofort.

»Und eins!«, zählte Joachim. »Und zwei!« Wilhelms Schulter presste sich unter das Holz. »Und …«

Etwas explodierte vor seinen Augen. Wilhelm stolperte, stolperte ins Freie, sein Sohn an seiner Seite, und im selben Moment galoppierten die Pferde hinaus, dass die Männer zurückwichen, die sie von außen unterstützt hatten. Luft, Wilhelm spürte die Kühle, doch sie wollte nicht in seine Lungen dringen, während Henning und Joachim besorgt auf ihn einredeten.

Und schließlich, ganz langsam, begann sich der Schleier vor seinen Augen zu verziehen, wurde die Kulisse der brennenden Gebäude wieder sichtbar. Mehr als die Hälfte der Bauten auf dem Wirtschaftshof stand in lodernden Flammen.

Da war eine Gestalt, die sich vom Herrenhaus aus näherte und auf die Gruppe an den Ställen zuhielt, einen breitkrempigen Hut auf dem Kopf. *Brandt? Justus Brandt?*

Nein, es konnte nicht Brandt sein. Die Gestalt wirkte schmaler, nicht gebeugt und gebrechlich zwar, doch es war die Gestalt eines alten Mannes, die sich aus den grauen Schwaden des Rauchs schälte.

Zwei Schritte vor ihm blieb Ferdinand von Hardenstein stehen. Beißender Rauch war in Wilhelms Augen gedrungen, und doch … Deutlich sah er, wie der Herr über Hohensandau ihn musterte. Keine Regung war auf seinem Gesicht unter dem streng geschnittenen, nunmehr schneeweißen Bart zu erkennen.

Eine Ewigkeit, wie es schien, musterte der alte Mann seinen Sohn. Seinen Sohn, der den Mund öffnen wollte. *Vergib mir – Vater. Es tut mir leid. Es tut mir so unendlich leid. So sehr wünschte ich mir, ich hätte mehr tun können.*

Doch in Wahrheit war es vielleicht nicht mehr als ein Augenblick.

Ferdinand von Hardenstein wandte sich ab. Er hatte kein Wort gesprochen.

Ein Jahr später: Sophie. Erzberg
Winter 1882

Das erste Stück weißen Goldes, das ich mit eigener Hand geschaffen hatte und auf das ich wahrhaft stolz sein konnte – dieses Stück legte ich meiner Mutter ins Grab.

Wobei das nicht die volle Wahrheit ist. Und zwar in keinerlei Hinsicht. Weder war diese Frau tatsächlich meine Mutter, noch war es weißes Gold, das ich ihr in die Erde gab.

Die Frau, die wir an jenem blassen Wintertag auf dem Kirchhof von Erzberg in den Boden legten, hieß Frida, und der Name ihres Ehemanns war Joseph gewesen. Joseph, der Schichtmeister des Dorfes, den ich nicht mehr kennengelernt hatte, weil er in der Nacht meiner Geburt gestorben war. Frida war es, die mich aufgezogen hatte – an der Seite ihres Jungen, Roger, der tatsächlich der Sohn der beiden war, in derselben Nacht zur Welt gekommen wie ich. Und der nun, an jenem Tag an Fridas Grab, an meiner Seite stand. Roger, mein Ziehbruder. Frida, meine Ziehmutter. Mein Bruder. Meine Mutter.

Und was nun jenes Stück anbetraf, das ich meiner Mutter ins Grab legte: Natürlich handelte es sich dabei nicht wirklich um weißes Gold. Wer wäre jemals auf den Gedanken verfallen, Porzellan zu brennen – in Erzberg? Weder gab es geeignete Öfen, noch standen die notwendigen Ausgangsstoffe zur Verfügung. Abgesehen davon gab es auch niemanden im Dorf, der auch nur den Schimmer einer Ahnung besaß, wie das weiße Gold überhaupt zu fertigen war. Mich selbst eingeschlossen. Mich, ein Mädchen von sechzehn Jahren.

Und dennoch gab es einen großen Unterschied zwischen mir und allen anderen Menschen in Erzberg.

Denn ich hatte die Scherben.

Die Scherben waren ein Erbe meiner Mutter, meiner wirklichen Mutter, einer fremden Reisenden, die bei meiner Geburt gestorben war, grausam verletzt nach einem Unglück in den Bergen. Die Scherben aus weißem Gold waren das Einzige, was man in jener schrecklichen Nacht von ihrem Besitz hatte bergen können, bevor ein gewaltiger Felssturz die Überreste ihrer Kutsche und die Körper ihrer Reisegefährten unter sich begraben hatte. Über Jahre hinweg allerdings hatte Frida mir mein Erbe vorenthalten. Bis zu jenem Sommer, in dem ich mein zehntes Jahr erreichte und sie das Geheimnis endlich lüftete, mir die Stücke übergab – und ich vor Wut zu toben begann, wie eine Neunjährige nur toben konnte.

Weil das Kind, das ich damals war, nicht verstand. Weil ich nicht begreifen konnte, wie sie diese Stücke so lange vor mir hatte verbergen können. Weil es so wenig passte zu der Art und Weise, wie sie mir ansonsten begegnete, mich umsorgte, wo sie nur konnte. Eine meiner ältesten Erinnerungen bestand darin, wie sie in meinem fünften oder sechsten Jahr nächtelang an meinem Lager wachte, als ein schwerer Ausbruch der Pocken Erzberg heimsuchte, noch vor dem königlichen Dekret einige Jahre später, das sämtliche Familien zur Impfung ihrer Kinder zwang und das sonderbarerweise seinen Weg bis nach Erzberg fand. Und Roger wiederum ließ keine Gelegenheit aus, mich als mein ritterlicher großer Bruder in Schutz zu nehmen, obwohl er in jener Nacht des Unwetters doch eine Stunde *nach* mir zur Welt gekommen war, wie wir beide sehr genau wussten. Meine Mutter. Mein Bruder. Beide taten sie alles, damit ich mich wahrhaftig als Tochter, als Schwester fühlen konnte.

Doch gerade dann: Musste es Frida nicht klar sein, welch eine Bedeutung die Stücke für mich haben würden? Sie waren mein einziges Erbe von der Frau, die mich zur Welt gebracht hatte. Konnte ihr entgehen, dass nicht allein diese Frau für die Menschen im Dorf eine Fremde gewesen war, sondern ich, ihre Tochter, ganz genauso? In Erzberg, wo jeder mit jedem verwandt war und alle ein Blut miteinander teilten, ich, die Tochter der Fremden, einzig ausgenommen. Immer wieder, beabsichtigt oder unbeabsichtigt, ließen die Menschen mich das spüren. Und ich selbst: Ich fühlte es mit jedem Augenblick. Wie wichtig mussten mir da die Scherben sein! Wie hatte Frida sie so lange vor mir verstecken können!

Ganz allmählich erst, als ich heranwuchs, stellte sich eine Ahnung ein, was der Grund für ihre Entscheidung gewesen sein musste.

Liebe. Weil sie mich liebte, tatsächlich wie ihr eigenes Kind. Tatsächlich so, wie sie Roger liebte. Weil sie in Sorge gewesen war, dass eine Erinnerung an meine wirkliche Mutter mich traurig machen, mir nur noch mehr zu Bewusstsein bringen würde, dass ich eine Fremde war unter den Menschen von Erzberg und nicht wirklich zu ihnen gehörte. Und wie hätte eine Mutter ihre Tochter traurig sehen wollen? Je stärker ihre Krankheit von ihr Besitz ergriff, desto klarer konnte ich das erkennen. Wenn sie mühsam um Atem rang, während ich an ihrer Seite saß und versuchte, ihr Leiden zu lindern. Sie war eine Mutter, die ihre Tochter liebte. Und ich eine Tochter, die sich bemühte, ihr dieselbe Liebe zurückzugeben, so gut das möglich war. Und die stumm war vor Trauer, als Frida eines Morgens einfach nicht wieder aus dem Schlaf erwachte, gleichzeitig beinahe dankbar, dass sie nicht länger hatte leiden müssen. Die Frau, deren Körper wir an diesem blassen Wintertag der Erde anvertrauten im Schatten des Erzberger Kirchleins: Diese Frau war meine Mutter gewesen, in allem, worauf es ankam.

Und dennoch waren da die Scherben.

Vom ersten Tag an bewunderte ich diese Scherben. Und mit Sicherheit hätte ich das auch getan, wenn sie nicht diese einzigartige Bedeutung besessen hätten als Vermächtnis jener unbekannten Frau. So aber konnte ich die Augen kaum lösen vom reinen Weiß der Keramik, während meine Finger die überirdische Glätte der Oberfläche streichelten. Und mehr als alles andere faszinierten mich schon damals die verschlungenen Ranken des geheimnisvollen Dekors in einem unnachahmlich tiefen Blau.

Wobei es ganz am Anfang das strahlende Weiß der Stücke selbst war, das mir die größten Rätsel aufgab. War es möglich, dass in diesen schimmernden Scherben ein winziges Licht verborgen war? Eine ganze mondlose Nacht lang zog ich mich in eine stille Kammer zurück in der Behausung, die der Schichtmeister von Erzberg und seine Sippe von alters her bewohnten. Und mit klopfendem Herzen starrte ich auf die Stücke. Doch da war nichts als Dunkelheit, seidig glatte Finsternis inmitten der Schwärze ringsum. So dass mir klar wurde, dass es sich um ein geheimes Bündnis handeln musste. Ein Bündnis, das das Porzellan mit der Sonne einging, wenn ich eines der Stücke in meiner Hand hielt und die Strahlen in einem bestimmten Winkel auf die Oberfläche trafen, so dass sie das hauchfeine Material beinahe zu durchdringen schienen.

Gleichzeitig war ich allerdings vorsichtig, meinen Schatz überhaupt dem Tageslicht auszusetzen. Schließlich sollte ihn niemand sonst zu sehen bekommen. Frida nun ganz gewiss nicht, damit sie ihn mir womöglich wieder abnehmen konnte, und nein, nicht einmal Roger, mein Bruder, mit dem ich sonst doch alles teilte, was Geschwister nur teilen konnten. Der wie ein Leibwächter jedem meiner Schritte gefolgt wäre, wenn ich ihn nicht daran gehindert hätte. Am Tag trug ich die Kostbarkeiten in einer leinenen Tasche bei mir. Ich hatte sie mit Fetzen von Stoff gepolstert, um zu verhindern, dass die empfindlichen Scherben noch weiter zerbrachen. In der Nacht hütete ich sie eifersüchtig unter meinem Kissen.

Argwöhnisch verwahrte ich meinen Schatz. Hin und wieder nur holte ich ihn hervor und ließ meine Finger über die weichen Wölbungen streichen, die sich an einzelnen Stücken andeuteten, bis an die schmerzhafte Schärfe der Bruchkanten. Es war eindeutig, dass es sich um Teile eines Tafelgeschirrs handelte, wie es in den Häusern reicher Herrschaften zu finden sein musste. Um Scherben von Tellern und becherartigen Gefäßen mit dem Ansatz eines Henkels hier und da. Dazu gab es noch ein einzelnes leicht geschwungenes, dabei aber röhrenartiges Stück, den Ausguss einer Kanne, wie ich vermutete, aus der man aromatische Getränke in ein Tässchen gab, Tee oder bitteren Kaffee, Genüsse aus fernen Landen, von denen ich nur aus Erzählungen wusste. In Erzberg waren sie unbekannt.

Keine zwei Stücke ließen sich aneinanderfügen. Hunderte von Malen muss ich jede nur mögliche Kombination erprobt haben. Und was das verwirrende Rankenmotiv des Dekors anbetraf, so war es auf keinem der Relikte vollständig zu erkennen, obwohl sich doch Abschnitte davon an anderer Stelle zu wiederholen schienen, teils spiegelverkehrt. Denn auch das gehörte dazu: die Faszination, die dieses Motiv auf mich ausübte, so dass ich begann, es nachzuzeichnen, tausendfach. Dass ich versuchte, die verlorenen Abschnitte zu ergänzen, nachgrübelte, auf welche Weise sie einen Sinn ergeben konnten. Oder dass ich aus den vorhandenen Formen neue, ähnliche Figuren erschuf mit dem Griffel auf meiner Schreibtafel aus der Dorfschule und oft genug auch schlicht mit der Fingerspitze, im Winter im Schnee, im Sommer im warmen, weichen Sand, wo ich sie eilig verwischte, sobald sich jemand näherte.

Und dabei wäre es geblieben, dachte ich, als mein Blick über die Bewohner von Erzberg glitt, die sich an diesem Tag am Grab meiner Mutter um Roger und mich versammelt hatten. Bis ich eine Gestalt inmitten der Trauernden entdeckte. Eine Gestalt, dürr wie ein Bündel vertrockneter Zweige und schwer auf einen Stock gestützt, und doch blitzte es kurz auf in den aufmerksamen alten Augen, als unsere Blicke einander begegneten. *Luisa.* Die alte Frau stand hoch in den Achtzigern. Längst war sie so in sich zusammengesunken, dass nahezu alle Anwesenden sie deutlich überragten. Einst hatten ihre Aufgaben in Erzberg darin bestanden, den Schwangeren in den Stunden der Geburt beizustehen, doch diese Pflichten hatte sie nun schon vor einer Weile an eine der jüngeren Frauen abgetreten. Dennoch bestanden die Gebärenden im Dorf weiterhin fast abergläubisch auf ihrer Anwesenheit, wenn ihre Stunde heranrückte.

Für mich war Luisa etwas ganz anderes. Für mich war sie sehr viel mehr. Denn ihr vor allen anderen Menschen war es zuzuschreiben, dass es nicht bei der andächtigen Bewunderung der Scherben des Porzellans, bei versonnenen Linien im weichen Sand geblieben war. In Wahrheit nämlich hatte ich mehr als diese Scherben. Ich hatte eine Verbündete. Ich hatte Luisa.

Es muss noch im selben Sommer gewesen sein, in dem mir Frida die Scherben übergeben hatte. Ich hatte mich mit meinem Schatz auf eine der oberen Weiden zurückgezogen – der Weiden, auf denen einst das Vieh des Dorfes gegrast hatte. Fast jeder Mann in Erzberg stieg in diesen Tagen in die Stollen hinab; brachte doch einzig die Arbeit im Berg ausreichend Münzen ein, um die Familie durch die harten Winter zu bringen. Und hingen doch daran die uralten Freiheiten der Menschen von Erzberg. Nur einige der Frauen trieben noch zum Nebenerwerb die Tiere auf die Bergweiden. Den Abschnitt, an den ich mich begeben hatte, um das weiße Gold im Nachmittagslicht zu bewundern, suchte seit Jahren niemand mehr auf.

Ausgenommen Luisa. An sie hatte ich an diesem Tag überhaupt nicht gedacht, obwohl ich doch wusste, dass die alte Frau an allen möglichen und unmöglichen Orten zu finden war, wenn sie Zutaten für ihre Tinkturen und Tränke suchte.

»Es könnten Disteln sein.«

Ich zuckte zusammen, drehte mich ruckartig um. Um ein Haar hätte ich die Scherbe fallen gelassen, die ich soeben voller Faszination betrachtet hatte: die Wölbung eines Bechers oder einer Tasse, eine der wenigen, an denen ein Teil des Bodens erhalten war, vor allem aber ein großer Abschnitt des Dekors: ein zur linken Seite offener Bogen, aus dessen Ende Ranken hervorsprossen, gezahntes Blattwerk, das sich in verwirrenden Formen ineinander-, umeinanderschlang.

»Der Form nach könnten es Disteln sein.« Mit einem Nicken wies die alte Frau auf die Ranken – und zwar nicht etwa auf die Ranken, die die Porzellanscherbe schmückten, sondern auf eine grobe Skizze, die ich an einer vom Gras freien Stelle in den Sand gezeichnet hatte, ohne es recht zu merken.

In einem ersten Impuls wollte ich meine Zeichnung eilig verwischen, doch im selben Augenblick wurde mir klar, dass es dafür natürlich zu spät war.

»Wobei Disteln keine Ranken bilden.« Skeptisch betrachtete Luisa mein Werk, warf erst dann einen Blick auf die Scherbe in meiner Hand. Dass die Formen auf dem weißen Gold meine Vorlage waren, war nun unübersehbar. »Ausgenommen natürlich dort, wo man sie zur Zierde anbringt. Als Stuckatur oder gar mühsam aus dem Stein getrieben wie in der Kirche in Altwasser.« Nachdenklich fügte sie hinzu: »Wobei es sich dort gar nicht um Disteln handeln soll, wie mir eine der Schwestern vom Klosterspital einmal berichtete, sondern um eine Pflanze mit Namen Akanthus, die hier bei uns nicht heimisch ist.« Auf den Stock gestützt zuckte sie mit den Achseln. »Vielleicht ist es dieselbe Pflanze, die auch als Dekor auf deinen Scherben zu sehen ist.«

»Dann …« Ich spürte, wie mir der Puls bis in die Kehle schlug. »Dann kennt Ihr solche Dekore?«

»Nicht genau diese Formen.« Sie antwortete ohne zu zögern. »Nicht genau dieses Ornament. Doch in jüngerer Zeit sind sie nicht allein an der Kirche zu finden, sondern überall. Zumal …« Sie schüttelte den Kopf. »Zumal an Orten, an denen man sie nicht unbedingt erwarten würde. Sie schmücken einen Spiegel in einem Salon, in dem ein Friseur seine Dienste anbietet. Und genauso zieren sie draußen auf der Straße sein Ladenschild. Die Mode einer neuen Zeit, denke ich. Zumindest in den Städten. Bis sie nach Erzberg gelangt, wird es vermutlich eine Weile dauern.« Leiser setzte sie hinzu: »Wobei ich nicht recht wüsste, wo man solche Verzierungen anbringen sollte hier im Dorf.«

Stumm blickte ich auf meine Zeichnung. Dann: »Ich war noch niemals in Altwasser«, sagte ich. »Noch niemals in der Stadt.« Dann besann ich mich. »Die Scherben stammen von … ihr«, erklärte ich eilig, nur um vor dem letzten Wort beinahe abzubrechen. »Von meiner Mutter.« Wie seltsam das Wort sich anhörte. »Von der Fremden, die ...«

»Ich weiß.« Die Andeutung eines Lächelns trat auf die faltigen Züge. »Ich habe dich auf die Welt geholt, Sophie.«

»Ich ...« Diesmal verstummte ich tatsächlich. Sekundenlang war ich zu keinem Wort mehr fähig. Doch *natürlich*. Natürlich hatte ich gewusst, dass diese alte Frau mich aus dem Leib meiner Mutter geholt hatte, die bereits an der Schwelle des Todes gestanden hatte oder, wer weiß, jenseits davon. Und doch war mir bis zu diesem Augenblick nicht wirklich klar gewesen, was das bedeutete.

»Ihr habt sie gekannt«, brachte ich schließlich über die Lippen, nur um erneut für mehrere Atemzüge innezuhalten. »Ihr habt sie begleitet, als sie verletzt nach Erzberg kam. Ihr habt sie gepflegt, habt mit ihr gesproch...«

Ein entschiedenes Kopfschütteln. »Nichts davon habe ich getan«, sagte sie bedauernd. »Nichts davon hätte noch irgendjemand für sie tun können, bei der Heiligen Margareta von Antiochia. Man hat sie hergebracht in tiefer Besinnungslosigkeit, und nicht mehr ihr, sondern einzig dem Kind in ihrem Leib konnte ich helfen.« Sie holte tief Atem. »Einzig dir konnte ich helfen.«

Wieder blickte ich wortlos zu Boden, auf die verworrenen Formen des Rankwerks, die ich mit eigener Hand gezeichnet hatte. Als wären sie auf einen Schlag noch undurchschaubarer geworden, unerklärlicher, unauflösbar und hoffnungslos verknotet. Sekundenlang war eine Hoffnung in mir aufgekeimt: dass ich tatsächlich auf jemanden gestoßen sein könnte, der diese Frau, meine Mutter, gekannt, in den letzten Stunden ihres Lebens mit ihr gesprochen hatte. Doch nein, niemals würde ich einem solchen Menschen begegnen.

»Aber Ihr ...«, begann ich mit rauer Stimme. »Ihr habt sie gesehen. Ihr wisst, wie sie aussah. – Ist da ... Könnt Ihr sehen, ob ich ihr irgendwie ... ähnlich bin?«

Erst an dieser Stelle blickte ich wieder auf, und nur ganz kurz glaubte ich etwas zu sehen: als ob sie kurz die Augen zusammenkniff.

»Du ...« Sie zögerte und sah mich dann an. »Sie war nicht sehr groß. Und sie war schmal, die Wölbung ihrer Schwangerschaft ausgenommen. Schmal, wie auch du es bist und es vermutlich bleiben wirst, wenn du zu einer Frau heranwächst.« Noch einmal zögerte sie. »Und auch ihr Haar war dunkel wie das deine.«

Klein und schmal und dunkel. Das war mehr, als ich je zuvor über sie erfahren hatte. Aus irgendeinem Grund hatte ich meiner Mutter – Frida – solche Fragen niemals gestellt. *Klein und schmal und dunkel.* Heftig begann mein Herz zu schlagen, obwohl doch die meisten Menschen, die ich kannte, eher dunkle Haare hatten. Selbst Roger hatte dunkle Haare, und damals, in dem Sommer, in dem wir unser zehntes Jahr erreichten, war er nicht größer als ich. Und trotzdem: klein und schmal und dunkel.

»Wenn es nur irgendwie möglich wäre ...« Schwer holte ich Atem. »Wenn es nur irgendwie möglich wäre, mehr über sie zu erfahren. In Altwasser oder ... irgendwo. Müsste man nicht ...«

»Du hast etwas von ihr.« Sanft und doch sehr nachdrücklich unterbrach mich die alte Frau, veränderte den Griff um ihren Stock. »Du hast etwas von ihr«, wiederholte sie und betonte jedes einzelne Wort dabei. »Du hast etwas, das über die Gestalt deines Körpers und die Farbe deiner Haare weit hinausgeht. Du hast etwas, das ihr gehört hat: die Scherben. Und du musst sie lange betrachtet haben, wenn ich sehe, wie du die Ranken zu zeichnen verstehst. Beinahe sind sie dir besser gelungen, eleganter und lebendiger als auf der Scherbe selbst.«

»Ich ...« Skeptisch betrachtete ich mein Werk. »Mit Sicherheit ist es einfacher, sie in den Sand zu zeichnen, als auf ein Stück vom weißen Gold. – Wenn man einen Fehler macht, kann man die Stelle verwischen und ihn korrigieren. Wer eine solche Form auf Porzellan malen will ...«

Ich sprach nicht weiter. Plötzlich war es, als betrachtete ich die Scherbe in meiner Hand zum ersten Mal. Ja, was würde das bedeuten? Wenn man die Ranken *nicht* in den weichen Sand zeichnete? Oder mit dem Griffel auf eine Schiefertafel. Sondern auf Porzellan, auf weißes Gold?

»Man wird die Farbe mit einem Pinsel auftragen«, murmelte ich und zögerte kurz. »Aber ob das geschieht, bevor man das Stück in den Ofen gibt?« Ein Blick zu der alten Frau. »Würde die Farbe nicht zu Asche verbrennen in der Hitze, die nötig sein muss, um eine so glatte Oberfläche zu erschaffen?« Vorsichtig strich ich mit dem Finger über die Scherbe. Keine Andeutung einer Erhebung war zu spüren, wo die Ranken in einem tiefen Blau auf dem reinen Weiß verliefen. »Aber wenn man sie stattdessen hinterher auftragen würde, wenn das Stück bereits gebrannt ist: Würde sie dann nicht verwischen, sich auflösen, wenn sie mit Wasser in Berührung kommt?«

Als ich die Stücke zum ersten Mal in der Hand gehalten hatte, hatte ich tatsächlich eine ganze Weile lang fast abergläubisch gezögert, um dann den Finger anzufeuchten und ganz vorsichtig über das Dekor zu streichen. Obwohl mir klar gewesen war, dass das Unsinn war. Diese Scherben hatten die Nacht des Unwetters überstanden, die Nacht, in der ich zur Welt gekommen war. Hagel, Sturm und Regen hatten sie überstanden. Zumindest als das, was sie jetzt waren: als Scherben. Wie hätte ich die Ranken da einfach so verwischen können – mit einem Finger voll Spucke?

Immer neue Fragen kamen mir in den Sinn, nun, als ich mich mit Luisa über die Scherben beugte. Um was für Farben mochte es sich handeln? Wie wurden sie zubereitet? Woraus überhaupt bestand das weiße Gold, bevor es im Brand seine feste Form gewann, hart wie Stein? Unmöglich konnte es sich um gewöhnlichen dunklen Ton handeln, denn das strahlende Weiß war nicht etwa eine Glasur, sondern die Farbe der Keramik selbst. An den Bruchkanten war das deutlich zu erkennen.

Mehrere Minuten mussten vergangen sein, als mir plötzlich klar wurde, dass Luisa zuletzt kein Wort mehr gesagt hatte. Rasch blickte ich auf.

Sie betrachtete mich. Ihr Blick wanderte von mir zu der Scherbe in meiner Hand und weiter zu meiner halb bewussten Skizze im weichen Sand.

»Wenn du dir nicht sicher bist«, sagte sie schließlich. »Nicht sicher, wie es ist, solche Formen auf ein Gefäß aufzutragen, anstatt sie in den Sand zu zeichnen: Dann solltest du es vielleicht einmal probieren?«

Ich starrte sie an. »Warum ...«

»Deine Mutter wird diese Muster kaum mit eigener Hand geschaffen haben.« Das war eine Feststellung. »Doch müssen diese Porzellangefäße nicht eine große Bedeutung für sie besessen haben, wenn sie sie auf einer so gefahrvollen Reise bei sich haben wollte? – Und auf der Wölbung einer Tasse muss sich das Motiv ganz anders ausnehmen als hier auf dem ebenen Boden. Womöglich wäre das sogar ein Weg herauszufinden, wie es vollständig ausgesehen hat: wenn du selbst solche Gefäße fertigen würdest, um die Formen dort aufzutragen. Natürlich nicht auf Porzellan.« Noch etwas bestimmter. »Weißes Gold wird irgendwo in den Städten gefertigt, denke ich, wo die notwendigen Materialien und Brennöfen zur Verfügung stehen, in denen sich eine geeignete Hitze erzeugen lässt. In Manufakturen in Sachsen vermutlich oder sonst wo jenseits der Grenze. Soweit es heute noch richtige Grenzen gibt innerhalb des Kaiserreichs.« Ein Kopfschütteln. »Doch Florians Vater war Töpfer, bevor er anfing, wie alle anderen im Dorf in die Stollen zu fahren. Und seine Werkstatt im Hof des Anwesens gibt es immer noch. Hin und wieder fertigt Florian dort für den eigenen Gebrauch oder wenn jemand ihn um etwas bittet …« Die alte Frau hob die Schultern. »Wenn Du ihn nicht selbst fragen magst, kann ich mit ihm reden. Seine Mutter war die Schwester deines … Die Schwester von Josephs Vater. Wenn du den Wunsch hättest, dich im Umgang mit Ton zu erproben: Er wird es dir nicht verweigern.«

»Wenn ich …« Ich starrte auf das Muster, flüchtige Linien, rasch in den Sand geworfen. Schon waren sie halb von der Brise verweht, die oberhalb am Hang erwachte, wie häufig zu dieser Zeit des Nachmittags. »Es wäre kein weißes Gold«, murmelte ich. »Doch Ton lässt sich glasieren, so dass die Oberfläche eine andere Farbe annimmt. Womöglich auch eine sehr viel hellere Farbe, so dass die Stücke dem Porzellan ähnlich wären. Und es muss möglich sein, den Werkstoff sehr dünn zu formen mit den richtigen Erden, und am Ende …«

Meine Gedanken überschlugen sich und mit den Gedanken meine Worte. Die alte Frau sah mich unverwandt an, bis ein seltsam *zufriedener* Ausdruck auf ihrem Gesicht erschien. Als hätte sich etwas bestätigt, das sie erwartet oder erhofft hatte, sowenig ich begreifen konnte, was all das zu bedeuten hatte.

Am folgenden Tag machten wir uns auf den Weg zu Florians Hütte am Ausgang des Dorfes. Gemeinsam, ich selbst mit pochendem Herzen, den Beutel mit meinen Kostbarkeiten schützend an meine Brust gedrückt, Luisa dagegen sichtlich – und vor allem hörbar – guter Dinge, während sie berichtete, was Florians Vater früher alles hergestellt hatte: einen Topf von einer Größe, dass man eine ganze Pute darin braten konnte. Dass ich Florian die Scherben würde zeigen müssen, war ihre Bedingung gewesen. Wie sonst sollten wir ihn davon überzeugen, welch große Rolle es für mich spielte, dass ich seine Werkstatt nutzen konnte?

Und dann war es gekommen, wie sie vorhergesagt hatte: Florian und seine Frau nahmen uns freundlich auf. Jeder Mensch im Dorf nahm Luisa freundlich auf. Immerhin hatte sie nahezu jeden einzelnen Bewohner Erzbergs eigenhändig auf die Welt geholt. Und Florian erhob keinerlei Einwände, als ich stockend mein Anliegen vorbrachte. Ganz im Gegenteil nahm er die Scherben vorsichtig in die Hand, betrachtete eine nach der anderen fast ehrfürchtig. Er merkte lediglich an, dass ich in seinem bescheidenen Töpferofen natürlich nichts irgendwie Vergleichbares würde schaffen können mit der beschränkten Auswahl der Erden und Farben, die uns zur Verfügung standen. Wo immer aber er eine Hilfe sein könne, wolle er gerne tun, was er könne. Schon morgen? Warum nicht schon morgen, wenn ich denn warten könnte, bis er von seiner Schicht zurückkehrte. Bis dahin möge ich meiner Mutter – das hatte er tatsächlich gesagt: meiner *Mutter* – doch bitte seine Grüße ausrichten.

Und so hatte es begonnen. Florian machte von Anfang an klar, dass ich nicht in eine Lehre gehen würde bei ihm. Allerdings nicht etwa aus den Gründen, vor denen ich mich gefürchtet hatte, ohne es doch Luisa gegenüber auszusprechen: dass ich die Tochter einer Fremden und zu all diesem Unglück eben ohnehin ein Mädchen war, das überhaupt keinen Lehrberuf ergreifen konnte. Nein, seine Gedanken waren schon ganz bei der Aufgabe, die nunmehr vor uns lag – und da sei eine Lehre schon deswegen unmöglich, weil er schließlich selbst kein Töpfer sei und damit auch keine Töpfer ausbilden könne. Außerdem: Gebranntem Ton ein Aussehen zu verleihen, das auch nur irgendeine Ähnlichkeit mit weißem Gold aufweise, daran seien die Menschen seit Jahrhunderten gescheitert. Zumindest aber könne er mich unterweisen, wie ich mit dem vorhandenen Werkstoff umzugehen habe. Und die Arbeit an der Töpferscheibe lasse sich mit ein wenig Fleiß und Übung erlernen, solange ich mich nicht allzu ungeschickt anstelle. Was allerdings den Gebrauch des Ofens anbetreffe ...

Für einen Augenblick verstummte er und schob den Ärmel seines Hemdes zurück, so dass auf der Innenseite seines linken Unterarms ein etwa doppelt münzgroßer Fleck narbig verwucherter Haut zum Vorschein kam. Diese Verletzung habe er sich zugezogen, als er etwa in meinem Alter gewesen sei. Sein Vater habe damals lediglich bemerkt, dass dies ein zwar schmerzhafter, zugleich aber wirkungsvoller Weg sei, einen gebührenden Respekt für die Gluthitze des Brennvorgangs zu entwickeln und andere, schwerere Verletzungen künftig zu vermeiden.

Es vergingen nur wenige Wochen, bis mein eigener linker Unterarm an nahezu derselben Stelle eine ganz ähnliche schwärende Verletzung aufwies. Und es war nicht so, dass Florian mich nicht gewarnt hätte: Das Brenngut musste abkühlen, bevor man den Ofen öffnete. Dennoch war die schwere Klappe aus Eisenguss weiterhin glühend heiß, wenn man die gebrannten Stücke hervorholte.

Wochenlang brannte die Wunde in vernichtendem Schmerz, und zugleich geschah doch eben das, wovon schon Florians Vater gesprochen hatte: Der Vorfall lehrte mich Demut vor der

Glut des Brandes. Wobei das Mal dennoch rascher verblasste als die Verletzung an Florians Unterarm. Nachdrücklich nämlich bestand Luisa darauf, die Blessur jeden Tag zu besehen und Tinkturen aus der Auswahl ihrer Kräuter und Salben aufzutragen.

Denn es war seltsam. Ich war darauf gefasst gewesen, der alten Frau fortan nicht häufiger zu begegnen als in den Jahren zuvor, wann immer wir einander eben über den Weg liefen zwischen den Hütten und Häusern des Dorfes. Auf irgendeine Weise aber schien Luisa ihr Weg von nun an immer wieder in die Behausung von Florians Familie zu führen. Hin und wieder vielleicht nur zu einem Plausch mit der Frau meines Lehrmeisters, der es mir untersagte, ihn als Lehrmeister zu bezeichnen. Weit öfter aber hörte ich über das Fauchen des Ofens hinweg bereits die Geräusche ihrer Schritte, dazu das Klacken ihres Stocks, wenn sie ohne alle Umwege direkt den Hof und die Werkstatt ansteuerte. Weil sie irgendein Anliegen an mich hatte, wie sie erklärte, eine Salbe, die ich doch bitte meinem Bruder übergeben möge für seine schmerzende Schulter, die er sich in den Stollen angeschlagen hatte. Eine Salbe, die sie allerdings ebenso gut unserer Mutter hätte übergeben können, die inzwischen Mühe hatte, auch nur unsere vier Wände zu verlassen, sich aber mit Sicherheit über ein Gespräch mit Luisa gefreut hätte.

Und ganz genauso kam es vor, dass sie mir ein Tiegelchen von einer ganz bestimmten Form schilderte, das ich ihr doch bitte anfertigen möge, nun, da ich diese Fähigkeit inzwischen doch sicherlich erlernt hätte. Eine Glasur nicht allein auf der Außen-, sondern zusätzlich auf der Innenseite: Sei das wohl möglich? Ach, ich hätte eine Vorrichtung entwickelt, mit der ich das ungebrannte Gefäß vollständig in die Glasur tauchen konnte, anstatt sie mühsam mit dem Pinsel aufzutragen? Das sei gut. Das sei sogar *sehr* gut. In diesem Fall werde sie mit Sicherheit demnächst noch einmal vorbeikommen. Die Blätter des Wegerichs vertrockneten viel zu rasch in ihren leinenen Säcklein, beim Heiligen Florian von Lorch.

Ganz nebenbei erkundigte ich mich daraufhin bei meinem Lehrmeister, ob die alte Frau in der Vergangenheit denn häufiger derartige Wünsche an ihn gerichtet hätte. Woraufhin er mich ansah, Verwirrung im Blick. Luisa? Nein, so was sei niemals vorgekommen.

Und damit gab es keinen Zweifel mehr: Aus irgendeinem Grund schien die alte Frau meine Fortschritte sehr genau zu verfolgen. Die Töpferscheibe stelle mich vor keine größeren Schwierigkeiten? Die bescheidene Auswahl der Farben habe mich nicht enttäuscht? Einmal, als sie meinen Arm mit einem frischen Verband versah, wollte sie wissen, ob mich denn selbst diese schmerzhafte Verletzung nicht kuriert hätte von meinen Experimenten. – *Kuriert*? Erst als ich sie bereits sekundenlang voller Verwirrung angestarrt hatte, trat mit einem Mal wieder dieser seltsam *zufriedene* Ausdruck auf die verknitterten Züge, dieser Ausdruck, den ich dort schon einmal gesehen hatte. Erst in diesem Moment wurde mir klar, dass das Ganze ja ursprünglich *ihre* Idee gewesen war.

Und es war eine gute Idee gewesen. Denn hier gehörte ich hin. Florian verhielt sich freundlich, dabei aber immer zurückhaltend. So wenig er es jemals ausgesprochen hätte, blieb ich doch auch für ihn eine Fremde, wenn auch eine Fremde, die den Umgang mit dem Ton genauso schätzte wie er selbst. An den Vormittagen besuchte ich den Unterricht in der Dorfschule, und natürlich vernachlässigte ich auch meine Pflichten in unserer Hütte nicht, die angesichts von Fridas Krankheit mehr und mehr an mich übergingen. Meine Pflichten, für unsere Mutter selbst zu sorgen, die mit jedem Jahr stärker auf meine Unterstützung angewiesen war, während Roger seinen Dienst in den Stollen versah, wo er nun zu einem vollgültigen Bergmann aufgestiegen war und sich darauf vorbereiten konnte, sein Amt als Schichtmeister anzutreten. Wenn er aber nach dem Ende seiner Schicht nach Hause kam und wir beide von den Abenteuern unseres Tages berichteten, konnte ich beobachten, wie Frida uns mit einem Lächeln lauschte, ihrer Müdigkeit und Schwäche zum Trotz.

Doch jede freie Minute verbrachte ich nun in der Werkstatt, in der Brennstube. Und es war ein Abenteuer, mit jedem Tag wieder: die Arbeit mit den formbaren Erden, die in einem Gewölbe unter der Werkstatt feucht gehalten wurden, die Brennvorgänge mit den komplizierten Manövern, mit denen die Hitze des Ofens reguliert werden musste, damit der Prozess gelang. Die Gefahren der Glut schreckten mich nicht länger, nachdem ich schmerzhaft meine Lektion gelernt hatte. Wie eine Tänzerin bewegte ich mich in der Enge der Werkstatt mit ihren tausend Gerätschaften. Einzig an einer Herausforderung drohte ich immer wieder zu scheitern: an der notwendigen *Geduld*, wenn der knisternde Ofen wer weiß was anstellte mit meinen Werkstücken, die in seinem Innern gefangen waren. Ja, ich hatte Möglichkeiten, die Flamme vorsichtig zu zügeln. Doch Florian hatte mir streng untersagt, den Brand zu unterbrechen und die Klappe zu öffnen, bevor das empfindliche Brenngut abgekühlt war. Der plötzliche Wechsel der Temperatur hätte es auf der Stelle zerspringen lassen und womöglich selbst dem Ofen Schaden zugefügt.

Natürlich gab es Enttäuschungen, gab es Stücke, an denen ich tagelang gearbeitet hatte, im Bemühen, der Masse eine absolut gleichmäßige Beschaffenheit zu verleihen, um sie noch ein wenig dünner zu formen, noch ähnlicher dem weißen Gold … Stücke, denen ich entgegenfieberte, wenn ich den Brennofen öffnete, hineinsah – und mein Blick auf *Scherben* fiel.

Doch ich ließ nicht zu, dass mich meine Misserfolge entmutigten. Es war eine ganz bewusste Entscheidung, mich nicht unterkriegen zu lassen. Und wie oft kam der Augenblick, dass die Ofenklappe mit einem ohrenbetäubenden Quietschen aufglitt und mein Werkstück *gelungen* war, von einer Ebenmäßigkeit und Glätte, wie ein Töpfer sie sich nur erträumen konnte. Dass ich mein Werk mit klopfendem Herzen hervorholen konnte, um es auf der Werkfläche zu platzieren, mich reckte, um es von allen Seiten zu betrachten. Endlich, endlich konnte ich mich daranbegeben, dem Stück ein Dekor, ein Muster zu geben, das Rankenmuster der so vertrauten Scherben weißen Goldes vor Augen. Im Lauf der Zeit verstand ich es dabei, die Formen immer wieder fein zu variieren, wenn ich etwa den Verlauf der Ranken ganz sachte verschob, so dass die einander überschneidenden Gewächse an einer bestimmten Stelle den Umriss eines Herzens zu bilden schienen, wenn man ganz genau hinsah. Immer auf eine Weise allerdings, dass der Zauber der Originale weiterhin spürbar blieb.

Wobei ich im Verlauf der Jahre mutiger wurde. Schließlich entwarf ich eine Reihe von Dekoren, bei denen ich den mächtigen geschwungenen Bogen, der nur auf einer einzigen meiner Scherben überhaupt vollständig zu erkennen war, zur rechten Seite öffnete, anstatt zur linken. Allerdings nur, um kurz darauf ein weiteres Mal an der eigentlichen Herausforderung kläglich zu scheitern: das vollständige Motiv nachzubilden, wie es auf dem weißen Gold geleuchtet haben musste, bevor es in Scherben gebrochen war.

Auf der Wölbung eines tönernen Gefäßes müsse es sich ganz anders ausnehmen als auf einer Zeichnung im Sand, hatte Luisa einst gesagt. Und wie so oft hatte sie auch damit recht gehabt. Doch wie *hatte* es nun ausgesehen? Ich war mir so sicher, dass es eine Symmetrie geben musste in diesem Motiv! Bestimmte Details von jener einen großen Scherbe fanden sich an einer Reihe der kleineren Überreste spiegelverkehrt wieder. Wann immer ich aber auf meinen Werkstücken versuchte, das Motiv *im Ganzen* zu spiegeln, die nach außen geöffneten Bögen im Zentrum der Darstellung gleichsam Rücken an Rücken zu setzen: Da fehlte etwas. Das Herz des Motivs war nicht vorhanden. Ich wusste nicht, warum ich mir da so sicher war. Weil ich nun schon so lange mit diesen Formen gearbeitet hatte und einen bestimmten Blick für sie gewonnen hatte? Hunderte von Malen nahm ich mir jene große Scherbe vor. Schien dort, an der Innenseite des Bogens nicht eine angedeutete, waagerechte Linie anzusetzen? Doch wohin führte diese Linie? Verzweigte auch sie sich in tausend Ranken? Musste ich die beiden Bögen schlicht miteinander verbinden an jener Stelle, an welcher sie einander am nächsten waren, wenn ich sie Rücken an Rücken stellte?

Zu plump. Tausendfach flüsterte ich mir diese Worte zu. Wie eine Anklage, die ich gegen mich selbst richtete. *Zu simpel.* Ich wusste, dass es nicht so sein konnte. Etwas fehlte.

Niemals würde ich vollständig meiner Trauer Herr werden. Ich spürte es. Niemals, *niemals* würde ich herausfinden, wie das vollständige Motiv ausgesehen hatte, das sie so sehr geliebt hatte, die Frau, in deren Leib ich herangewachsen war. Und doch war das Motiv, waren die Ranken bei alldem nicht die größte Herausforderung.

Denn da war die Glasur. Da waren die Farben. Florian konnte

mir nicht erklären, was die tönernen Gefäße so anders, um so vieles gröber erscheinen ließ als die Scherben des weißen Goldes mit ihrer leuchtenden Farbigkeit. Wie hätte er dazu auch in der Lage sein sollen? Er hatte nie mit Porzellan gearbeitet. Natürlich spielte die rötliche, bräunliche, gräuliche Färbung des Ausgangsmaterials eine Rolle, seine körnige Beschaffenheit, auf der die Glasur nicht als ebenmäßige Fläche haften wollte. Die einzige Möglichkeit, die unansehnliche Farbe des Tons zu überdecken, bestand obendrein in jenen nicht weniger plumpen, dunklen Farben, die mir eben zur Verfügung standen, und die immer wieder vage ineinander verlaufen wollten. Sollten meine Ranken klar erkennbar sein, konnte ich nicht mit diesen Farben arbeiten. Dann blieb mir nichts anderes, als die Formen vor dem Brand so fein wie möglich in den weichen Ton zu graben, zu ritzen, zu prägen, was mich aber gleichzeitig zwang, die Wand des Gefäßes in einer Dicke auszuformen, auf die ich sonst hätte verzichten können. Am Ende hatte ich meine Ranken, mein Dekor, doch wie anders wirkte es in dieser düsteren, dumpfen Farbigkeit.

Und ich wusste doch, dass mehr möglich sein musste! Es gab Gefäße, selbst in Erzberg, die zwar bei weitem nicht an das weiße Gold heranreichten, aber doch um so vieles heller und freundlicher wirkten als alles, was ich in der Werkstatt erzeugen konnte. Jakob etwa besaß eine feine Vase, schimmernd hell, auf der eine Windmühle in einem leuchtenden Blau dargestellt war, das dem Blau meiner Ranken zum Verwechseln ähnlich war. Genauer gesagt, besaß ausgerechnet seine Frau Minna das Stück, die offenbar nicht anders konnte, als mir mit finsteren Blicken zu begegnen, wann immer ich die Behausung ihrer Familie betrat. Natürlich war mir klar, dass sie die Tochter der Fremden immer mit Skepsis betrachtet haben musste, nicht anders als jeder andere Mensch in Erzberg. Seit Roger und ich aber einmal mit ihrem Sohn Karl aneinandergeraten waren, zuckte Feindseligkeit in ihrem Blick auf, sobald sie mich zu Gesicht bekam: eine Feindseligkeit, die bei anderen Frauen im Dorf nicht da war. Wie hätte sie auch ahnen können, dass ausgerechnet Karl mir mit zunehmender Aufmerksamkeit begegnete, während wir heranwuchsen? Dass er mich abpasste, wenn ich unterwegs in die Werkstatt war, um mich das letzte Stück des Weges zu eskortieren, zumindest an jenen Tagen, an denen nicht mein Bruder diese Aufgabe übernahm. Die beiden gingen einander aus dem Weg, doch Karl wusste natürlich, wann Roger die gegenläufige Schicht in den Stollen versah und keine Gefahr bestand, dass sie einander begegneten.

Karl. Wie war es möglich, dass ich überhaupt einen Gedanken für ihn fand, wenn die wachsende Sorge um Frida und die Spur des weißen Goldes meine Tage doch vollständig ausfüllten? Und dennoch war es so. Längst hatte er sich undeutlich murmelnd für die Worte entschuldigt, die er mir damals an den Kopf geworfen hatte, für jenes *eine* verletzende Wort an der Mauer des Kirchhofs. Und er war nicht unrecht auf seine Weise. Da war ein Ausdruck in seinen Augen, dass ich oft gar nicht anders konnte, als ihn irgendwie aufzumuntern. Nicht dass der Ausdruck dann verschwunden wäre. Er wurde lediglich… irgendwie anders. Er gefiel mir besser so. Und Karl war eben anders mit seiner zupackenden, wenn auch manchmal etwas kurzentschlossenen Art. Anders, als ich es von zu Hause kannte, aus dem Haus des Schichtmeisters, wo Roger sich beim Dorflehrer Bücher auslieh, um sie nach dem Ende seiner Schicht zu studieren. Mein Bruder war kein Feigling. Er war das genaue Gegenteil. Und doch wäre er niemals auf die Idee gekommen, eine Schwierigkeit, ein Hindernis, eine Gefahr oder Herausforderung zu unterschätzen. Sehr genau sah er sich die ganze Sache an, bevor er eine Entscheidung traf. Für Karl dagegen schienen Gefahren überhaupt nicht zu existieren. Vermutlich gab es überhaupt nichts auf der Welt, wovor er Angst hatte, seinen Vater ausgenommen und etwas stärker noch seine Mutter. Und eben das konnte sich tatsächlich als Problem erweisen, falls ich Karls Einladung annahm, die er stockend hervorbrachte in jenem Herbst, der dem Jahr vorausging, in dem ich mein sechzehntes Jahr erreichen würde: Ob ich ihn denn im Frühjahr begleiten würde, wenn man auf der Kirchweih zum Tanz aufspielte. *Ich*, die Tochter der Fremden, hatte ich bei mir gedacht. Minnas Stammhalter, ihren einzigen Sohn.

Noch waren Monate Zeit bis dahin, und noch hatte ich keine Entscheidung getroffen. Doch ich achtete darauf, dass Karl nicht zu Hause war und möglichst auch Minna nicht, wenn ich Jakob aufsuchte, um die schimmernde Vase zu bewundern und zu hoffen, dass sie mir ihre Geheimnisse preisgeben würde, wenn ich sie nur intensiv genug studierte. Wenn ich Jakob die immer selben Fragen stellte, auf die er mir doch nur sagen konnte, dass es sich um ein Erbstück aus den Zeiten von Minnas Großvater handelte. Dass es nach dessen Worten aus den Niederlanden stammte und dass man in der Glasur mit metallischen Beimischungen gearbeitet hätte. Möglicherweise mit Zinn, möglicherweise mit Blei. Schon da sei er sich nicht sicher, ob seine Erinnerung ihn nicht täusche.

Zinn ... Mit Zinn konnte Florian nicht dienen. Mehrfach hatte ich ihn an die Stellen begleitet, an die geschützten Bereiche am Ufer des Bergstroms unterhalb von Erzberg, an denen er das tonige Gemisch zu Tage förderte, das anschließend mühsam für die Verarbeitung aufbereitet werden musste. Zinn war auf diese Weise nicht zu gewinnen, und in den Schächten von Erzberg wurde nach Eisenerz gegraben, das in den Hochöfen in einem komplizierten Prozess zu Stahl verhüttet wurde. Lagerstätten von Zinn dagegen gab es in unserem Teil des Gebirges nicht. Ob es in der Stadt möglich sei, an das Metall zu kommen ... Karl wäre auf der Stelle bereit gewesen, sich an seinem freien Tag dorthin auf den Weg zu machen, wenn ich ihn darum gebeten hätte. Er hätte mich den Satz überhaupt nicht zu Ende sprechen lassen. Mein ritterlicher Roger wiederum hätte das Für und Wider ausführlich gegeneinander abgewogen und wäre sodann mit absoluter Sicherheit ebenfalls aufgebrochen. Nur hatte ich Zweifel, ob einer von beiden genügend Münzen besaß, um das kostbare Metall zu erwerben. Ich selbst war in meinem ganzen Leben noch nicht in der Stadt gewesen, und davon abgesehen besaß ich solche Summen nun am allerwenigsten. Einige Bewohner des Dorfes hatten meine Arbeiten inzwischen schätzen gelernt, die ich am Sonntag nach der Messe vor der Kirche anbot, doch die wenigsten von ihnen revanchierten sich mit klingender Münze. Über ihre kleinen Gaben konnte ich dennoch froh sein, zumal im Heim des künftigen Schichtmeisters von Erzberg, seiner Mutter und seiner Schwester immer noch zeitweilig Hunger herrschte.

Es geschah in diesem Winter, dem kältesten, an den ich mich erinnern konnte und dessen Ende meine Mutter nicht mehr erleben würde. Meine Gedanken waren ganz bei ihr, die sich nun seit mehreren Wochen nur noch für sehr kurze Zeit von ihrem Lager erheben konnte, zugleich aber in der Nacht nicht in der Lage war, sich entspannt in ihren Kissen niederzulegen. Ich wollte nicht zuhören, wenn sie mit schwacher Stimme zu erzählen begann. Wollte nicht hören, dass es ganz genau so bei Joseph gewesen war, der einzig in einer halb sitzenden Position noch mühsam hatte Atem holen können in der Nacht seines Todes, der Nacht von Rogers und meiner Geburt. Während ich mich in der Werkstatt über meine Arbeit beugte, sehnte ich den Frühling herbei, stellte mir vor, wie Roger und ich den schweren Stuhl des Schichtmeisters für Frida ins Freie schleppen würden, völlig gleichgültig, ob sie auf diesem Stuhl nun Platz nehmen durfte nach den Gebräuchen des Dorfes. Wenn sie auf diese Weise einfach nur an der milden Luft sitzen könnte… Doch als ich wieder einmal an diesen Punkt gelangt war an einem klirrend kalten Tag, dennoch von Schweiß bedeckt bei meiner Arbeit wenige Schritte vom Brennofen entfernt, hörte ich bereits die vertrauten schleppenden Schritte, die sich über den Innenhof von Florians Behausung näherten. Das Klacken des Stocks auf dem gefrorenen Boden, vorsichtig. Luisa, die ich seit mehreren Tagen nicht gesehen hatte, was ungewöhnlich war, nachdem sie sich zuletzt so sehr um meine Mutter gesorgt hatte.

Als ich mich umwandte, war ihre gebeugte Gestalt im Zugang der Werkstatt bereits zu sehen. Sie stützte sich auf den Griff ihres Gehstocks und trug einen leinenen Beutel über der Schulter, der sich erheblich beulte.

»Luisa!« Schon war ich bei ihr, bereit, ihr die Last abzunehmen.

Doch mit einer Geste hielt sie mich zurück.

Mir blieb nichts anderes, als den einzigen Stuhl heranzuziehen, der in dem zugestellten Raum existierte, einen Schemel, den ich unter dem Arbeitstisch verschwinden lassen konnte, damit er nicht zusätzlichen Platz einnahm. Mit einem Nicken wies ich auf die Sitzgelegenheit.

Doch Luisa machte keine Anstalten, sich niederzulassen. Mit einem Ächzen wuchtete sie die Tasche eigenhändig von der

Schulter, so dass sie mit einem dumpfen Laut auf dem Tisch zu liegen kam, wenige Zoll neben dem becherartigen Werkstück, dem ich gerade Form gegeben hatte.

Mühsam kam sie zu Atem. »Ich werde zu alt für solche Geschichten, beim Heiligen Christophorus.«

Ich blinzelte. Luisa hatte für jeden Anlass einen Heiligen oder eine Heilige, deren Unterstützung sie heraufbeschwören konnte. Von mindestens der Hälfte hatte ich noch niemals gehört. Der Heilige Christophorus allerdings war der Schutzpatron der Wanderer. Der *Reisenden*.

»Wo im Himmel kommst du her, Luisa?«, murmelte ich, warf einen letzten Blick auf ihren Beutel, bevor ich mich ganz der alten Frau zuwandte. »Ich habe ... warmen Apfelwein«, sagte ich rasch, griff blind nach dem Gefäß. Noch war das Getränk kalt, doch ich hatte einen Becher geformt, dessen Wände stark genug waren, dass er der Hitze der Ofenplatte standhielt.

»Alt...wasser.« Luisa nahm mir den Becher aus der Hand, bevor ich mich auch nur einen Schritt auf den Ofen zubewegen konnte. Dankbar setzte sie ihn an die Lippen. »Und ich sage dir: Der Amtmann lässt die Alte Straße ganz bewusst verkommen.« Zwischen zwei Schlucken. »Wenn wir keine Möglichkeit mehr haben, nach Altwasser zu gelangen, hat er keine Scherereien mehr mit uns und muss sich nur noch um die Stadt selbst den Kopf zerbrechen mit ihren feinen Herrschaften, ihrem Gaswerk, ihrer *Eisenbahn*.«

»Das ...« Ich fuhr mir über die Lippen. »Das mag sein. Doch was hast du in Altwasser ...«

Überraschend flink beugte sich die alte Frau nach vorn und griff nach ihrem Beutel.

»Zinn.« Ein schweres, längliches Paket lag in ihrer Hand, der Inhalt in Bahnen von Leinen gewickelt. »Es ist bereits fein zermahlen. Wie du es zu einer Glasur bereiten musst, ist auf dem Zettel beschrieben ...« Sie kniff ein Auge zusammen und linste in die Tasche, während ich sie stumm anstarrte. »Irgendwo in der Tasche muss ein Zettel liegen, von beiden Seiten beschrieben. Wenn du etwas nicht verstehst, kannst du auch mich fragen. Der Mann musste es mir so lange erklären, bis selbst ich es verstanden habe.«

»Der Mann?«

»Der Mann, bei dem ich es eingetauscht habe, das Zinn und ...« Ein neuer flinker Griff in den Beutel, und sie zog ein kleineres Säcklein hervor. »Schmalte«, erklärte sie. »Aus dem Königreich Sachsen.« Ein Kopfnicken zum Ausgang der Werkstatt. Ich fühlte mich zu betäubt, um zu beurteilen, ob in der bewussten Richtung tatsächlich die sächsische Grenze lag. »Dort versteht man verschiedene Erze auf eine komplizierte Weise zu rösten, bis ein Pulver entsteht. Ein Pulver, das sodann mit Quarzsand und Pottasche vermischt und zu einem Glas gebrannt wird, das man wiederum zu einem Pulver zerstößt. Der Schmalte.«

»Du ...« Nur mühsam bekam ich einige Worte heraus. »Offensichtlich hast du dich kundig gemacht, aber ...«

»Aus diesem Pulver wird von alters her die blaue Farbe angemischt, wie du sie auch auf deinen Scherben findest. Das ...« Sie tastete im leinenen Beutel umher und brachte nun tatsächlich ein doppelt gefaltetes, eng beschriebenes Blatt Papier zum Vorschein. »Das Kobalt- oder Koboldblau.« Mit gesenkter Stimme: »Kobolde, die Unterirdischen in jenem Teil des Gebirges. – Auf dem weißen Gold trägt man die Farbe *unter* der Glasur auf, die in der Hitze des Brandes wie Glas wird. Es ist allerdings eine Hitze, die dein tönernes Werkstück unweigerlich zerstören würde. Du wirst dein Motiv also auf die eben ausreichend getrocknete Zinnglasur auftragen, bevor du beides gemeinsam in der gewohnten Hitze deines Brennofens versiegelst.«

Ich spürte Schwindel. »Aber wie hast du ...«, setzte ich an.

»*Eingetauscht*?«

»Nelken.«

Ich starrte sie wortlos an.

Endlich tat sie mir den Gefallen, sich auf dem Schemel niederzulassen. »Es sind seltsame Dinge, an die Menschen ihr Herz hängen«, murmelte sie, schien dem Satz einen Augenblick lang nachzulauschen. »Ohne Zweifel ist weißes Gold hübsch anzusehen. Ebenso aber auch das schillernde Gefieder eines Eisvogels oder ein Tautropfen, schimmernd im Morgenlicht. Einige dieser Dinge kann man festhalten und weitergeben. Andere nicht. Für einige dieser Dinge sind Menschen bereit, eine große Zahl ihrer Münzen hinzugeben. Für andere nicht.« Ein Kopfschütteln. »Wobei es offenbar gar nicht so sehr darauf ankommt, ob sie überhaupt hübsch sind. Wenn sie selten sind, reicht das schon aus.«

»Aber Nelken sind ...«

»Eine besondere Art von Nelken«, präzisierte sie. »Diejenigen mit den blattlosen Stielen und den großen Blüten in einem hellen Rosa.«

»Aber von diesen Blumen sind die Wiesen oberhalb von Teufelsjoch voll – die Wiesen, die zu trocken sind, um als Weide zu dienen. – Und diese Nelken sind eine solche Menge an Zinn wert?« Ich widerstand der Versuchung, das Paket prüfend anzuheben. Fast schämte ich mich dafür, doch irgendetwas in meinem Kopf versuchte bereits abzuschätzen, wie viele Stücke ich mit dem Inhalt dieses Pakets mit einer Glasur würde versehen können. »Eine solche Menge an Zinn und das Kobaltblau dazu – für ein paar Nelken?«

»Und für ein Tischservice aus weißem Gold der Gegenwert eines guten Fuhrwerks samt Zugpferden.« Luisa hob die Schultern. »Ich sage es doch: Es ist seltsam. – Und *du* weißt, dass die Wiesen voll sind mit diesen Nelken.« Ein strenger Blick. »Und ich weiß es. Aber die Leute in Altwasser wissen das nicht – gewisse Kaufleute dort, die immer bereit sind, sich auf einen Handel einzulassen, wenn sie auf etwas stoßen, für das ihnen irgendwelche reichen Herrschaften noch ganz andere Summen zahlen werden, solange sie nur daran glauben, dass es wahrhaft selten ist. Ich wollte diesem Mann zuerst ein ganzes Dutzend Pflanzen mitbringen, habe dann aber nur drei mitgenommen. Drei sind wertvoller als ein ganzes Dutzend, denke ich.« Ein Schulterzucken. »Mehr hätte ich bedauerlicherweise nicht entdeckt, meiner stundenlangen Suche zum Trotz. – Die Herausforderung bestand einzig darin, zunächst einmal herauszufinden, was einen solchen Wert besitzen könnte für solche Leute. Deshalb war ich letzten Monat in der Stadt.«

Ich spürte einen Schwindel. »Du warst *zwei Mal* in Altwasser? Letzten Monat schon einmal und jetzt schon wieder? Nur um mir das Zinn für die Glasur und die Farbe …«

»Nein.«

Ich verstummte sofort. Ganz kurz glitt mein Blick zu dem kleineren Säckchen. Ein Pulver, das verdünnt und angemischt, mit dünnem Pinsel aufgetragen, ein solch atemberaubend tiefes Blau ergeben sollte: Welche Farbe musste da erst dieses Pulver selbst aufweisen?

»Beim ersten Mal hatte ich einige der Tiegelchen im Gepäck, die du für meine Kräuter angefertigt hast«, erklärte die alte Frau. »Diejenigen, die außen wie innen mit einer Glasur versehen sind. Und mit diesen Tiegelchen habe ich die Eigner von Wirtsstuben und Kaffeehäusern aufgesucht, um ihnen die

Gefäße zu präsentieren. Und siehe da: Auf der Stelle haben sich einige von ihnen interessiert gezeigt, solche Stücke zu erwerben, wenn es denn möglich wäre, sie in Form von Tassen und Bechern herzustellen. Vorausgesetzt, du wärst in der Lage, sie mit einem Dekor und einem Schriftzug zu versehen, der auf ihre Taverne oder ihr Kaffeehaus hinweist. – Was keine Schwierigkeit für dich darstellt, wie ich ihnen guten Gewissens versichern konnte und wie die Tiegelchen ja nun bewiesen. Wenn dir weder *Wegerich* noch *Beinwell* Schwierigkeiten bereitet, warum sollte das dann bei *Zum Goldenen Hirschen* der Fall sein? Du müsstest eben etwas kleiner schreiben, damit der gesamte Schriftzug Platz hat.«

Ich nickte. Stumm und noch immer schwindlig im Kopf. Aber zustimmend.

Doch die alte Frau war noch nicht fertig. »Mehrere andere dieser Herren waren indessen zwar voll des Lobes über die Qualität deiner Arbeit – doch am Ende blieben es eben doch Tonbecher von eher unansehnlicher Farbe, wie sie mir bedauernd mitteilten. Und der Ruf ihres Hauses lasse es nicht zu, dass sie ihren Gästen solche Becher auf den Tisch stellten. Eben deshalb seien sie gezwungen, in weißes Gold zu investieren oder in Steinzeug zumindest, das sie kaum weniger koste. Was dazu führe, dass sie ihren Gästen höhere Preise abverlangen müssten für eine Tasse heißen Kaffees oder einen Becher Wein. So dass dann wiederum nur Herrschaften aus gesellschaftlichen Kreisen ihre Stuben aufsuchten, die etwas anderes als Gefäße von Porzellan oder Steinzeug niemals akzeptieren würden, um ihren Trunk aus ihnen einzunehmen. Ein Teufelskreis, wie die Inhaber jener wohlsituierten Häuser in Altwasser klagten. Und sie waren es natürlich, an die ich *eigentlich* gedacht hatte.«

Ich starrte sie an.

Die alte Frau hob die Schultern. »Diesen Herren habe ich dann zugesagt, dass du ihnen Tassen und Becher fertigen könntest, deren Qualität Porzellan und Steinzeug kaum nachstehe. Allerdings zu einem Bruchteil des Preises, den sie für Tassen und Becher aus Porzellan und Steinzeug bezahlen müssten.«

Diesmal war ich wahrhaft zu keinem Wort in der Lage. Luisa hatte *was* getan? Sie hatte *Bestellungen* angenommen? Bestellungen für Stücke, die ich noch gar nicht gefertigt hatte? Dass ich sie günstiger würde fertigen und anbieten können als Porzellan und feines Steinzeug, das war keine Frage. Doch noch hatte ich überhaupt keine Gelegenheit erhalten, die Fertigung solchen Tischgeschirrs mit Zinnglasur und Kobaltblau überhaupt zu erproben!

Dann aber veränderte sich etwas. »Ich weiß, dass all das sehr schnell kommt«, sagte Luisa leise. »Und dass du selbst es niemals gewagt hättest, diesen Schritt zu gehen, der langen Jahre zum Trotz, die du nun mit Ton gearbeitet hast. Doch die Dinge werden sich ändern.« Ihr Blick ging zur Tür, ganz kurz nur, bevor sie sich wieder mir zuwandte. »Sehr bald schon.«

Ihr Tonfall, mehr noch der Ausdruck auf ihrem Gesicht jagte einen Schauer über meinen Rücken, als wäre die Wärme des Brennofens unvermittelt erloschen.

Denn auf der Stelle wusste ich, dass sie von Frida sprach. Jeden Tag hatte die alte Frau nach ihr gesehen. Wenn sie sich nicht gerade auf die Wanderung nach Altwasser begeben hatte, wie mir jetzt klar war. Wer konnte besser wissen, wie es um meine Mutter bestellt war?

»Ich weiß, was du glaubst, Sophie.« Ernst betrachtete sie mich. »Dass man dich als eine Fremde betrachtet in Erzberg, weil du die Tochter der Fremden bist. Und doch waren die Menschen im Ort – ihre Familien – selbst einmal Fremde, als sie vor vielen

Jahren herkamen, verlockt von den Verheißungen der Bergfreiheit, die der König all jenen in Aussicht gestellt hatte, die es auf sich nehmen würden, Tag für Tag in die ewige Nacht der Stollen zu kriechen.« Leise setzte sie hinzu: »Auch wenn sie das inzwischen alle längst vergessen haben. – So oder so aber hat ihr Schichtmeister dich in der Nacht deiner Geburt an Kindes statt in seine Familie aufgenommen. Und diese Entscheidung muss jedem von ihnen heilig sein. Frida, wie du weißt, war sie nicht allein heilig. Sie hat diese Verantwortung mit aller Liebe getragen. Mit aller Liebe, die sie für dich empfindet.«

Ich antwortete nicht. Was sie sagte, war nur die Wahrheit.

Sie seufzte. »Und es kann keine Frage sein, dass dein Bruder dieselbe Verantwortung verspürt«, fuhr sie fort. »Dass er dieselbe ...« Sie hielt inne, schüttelte den Kopf. »Und mehr als das«, murmelte sie, hob kurz die Hand, als ich etwas einwerfen wollte. »Und meine Augen mögen nicht länger jene Schärfe besitzen wie ehedem, doch noch bin ich in der Lage, eine Nelkenart von der anderen zu unterscheiden, ebenso wie ich die Art, in der man dir für gewöhnlich Blicke zuwirft im Dorf, von jener Art unterscheiden kann, in der Jakobs und Minnas Sohn das tut.«

Ich konnte spüren, wie augenblicklich ein brennendes Rot auf meine Wangen trat. Ein Rot, das Luisa nicht zu sehen schien. Wenn sie es sah, dann nahm sie es nicht zur Kenntnis.

»Und all das ist gut«, murmelte sie. »Und dennoch wirst du bald dein sechzehntes Jahr erreichen, das Alter, in dem man dich nicht länger als Kind betrachten wird, als Mündel der Familie des Schichtmeisters. Ganz gleich, ob Frida dann noch da sein wird.« Sie hielt inne. »Mit Sicherheit werden die Leute dich nicht aus dem Dorf jagen«, setzte sie von neuem an. »Wie es nun auch kommen sollte. Doch von jenem Augenblick an werden die Männer des Dorfrats versuchen, stärkeren Einfluss zu nehmen auf alles, was du tust. Welcher Arbeit du nachgehst und selbst, ob du dich vermählst.« Eine kurze Pause. »Und mit wem. – Das Oberhaupt dieser Männer wird dann dein Bruder sein, doch umso stärker werden sie sich bemühen, auf ihn einzureden. Und Roger ist ein erstaunlicher junger Mann, aber er bleibt doch fünfzehn oder sechzehn Jahre alt. Wenn jemand ihn überzeugen würde, dass doch all das nur zu deinem Besten geschieht...« Sie schüttelte den Kopf. »Ich sehe nur einen Weg, auf dem du verhindern könntest, dass es zu alldem kommt: indem du nicht länger auf irgendwelche Hilfe angewiesen bist, auf die Hilfe des Dorfes, ja selbst auf Rogers Unterstützung. Indem du ebenso viele Münzen nach Hause bringst wie die Männer, die in die Stollen steigen, oder sogar mehr. Und das halte ich für möglich, Sophie. Ich habe gesehen, was du gelernt hast, seit du diese Werkstatt zum ersten Mal betreten hast. Und ich habe eine Vorstellung davon, was es den Wirten in Altwasser wert wäre, wenn es dir gelingt, dein ganz eigenes weißes Gold zu fertigen. – Nur auf diese Weise hättest du wirklich die Wahl. Die Wahl, was du tun willst, was immer das auch sein mag. Weder Roger noch der Dorfrat würden darüber entscheiden, sondern einzig du allein. Und das ist es, was ich mir für dich wünsche, und sei versichert: Nicht ich allein, sondern ebenso...« Sie atmete tief durch. »Frida...«

Sie sprach nicht weiter. Doch sie hatte genug gesagt. Mir war klar, dass sie mit meiner Mutter gesprochen hatte, mehr als einmal. Mit Frida, die nun zu schwach war, um auf diese Weise ihren Gedanken Form zu geben.

Doch wie hatte Frida jedes einzelne Gefäß bewundert, das ich ihr mit nach Hause gebracht hatte, jede einzelne kleine Figur, die ich in meinem Übermut aus einem Rest von Ton geformt hatte: einen Bergmann, staubbedeckt, auf dem Rückweg von seiner Schicht. Eine gebeugte Gestalt, auf ihren Stock gestützt, die auf der Stelle als Luisa zu erkennen war. Eine füllige Frauenfigur, die Hände vorwurfsvoll in die Hüften gestemmt, die unverkennbar Minnas Züge aufwies. Und doch war da immer noch mehr gewesen als Bewunderung, mehr als Neugier, wenn ich von meinen Arbeiten am vergangenen Tag berichtete. War da eine *Hoffnung* gewesen? Eine Hoffnung, dass das, was ich tat, eines Tages mehr sein könnte als ein absonderliches Experiment auf der Spur der Frau, die mich zur Welt gebracht hatte? Dass es eine Zukunft für mich sein könnte?

Wenn es mir gelang, mein eigenes weißes Gold zu erschaffen, nach dem die Gastwirte in Altwasser verlangten: Dann würde meine Mutter in Frieden die Augen schließen können.

Und so war es gekommen. Jede Minute, die ich nicht angstvoll an Fridas Lager Wache hielt, verbrachte ich von nun an in der Werkstatt. Akribisch befolgte ich die Anweisungen der winzigen Schrift auf Luisas Zettel, wenn ich die Glasur zubereitete, das geheimnisvoll leuchtende Kobaltblau, das als Pulver zunächst einen wenig spektakulären Eindruck machte, mir aber den Atem verschlug, wenn ich es zu einer Farbe bereitete und mit feinem Pinsel auf die eben erstarrte Glasur auftrug.

Natürlich war das Ergebnis kein Porzellan, doch es war ihm so unglaublich nahe, und zumal die Ranken des Dekors, die ich mit einem frischeren, leichteren Strich ausführte, als es in den so exakten Formen auf meinen Scherben geschehen war: Für jeden Menschen musste es schwer sein, seine eigene Arbeit mit angemessenem Abstand zu betrachten, doch ich konnte wahrhaft stolz sein auf dieses Werk, das ich mit eigener Hand geschaffen hatte.

Das erste Stück, bei dem das tatsächlich der Fall war, war ein simpler Becher, die Wandung schlicht und gerade, der äußerste Rand nur leicht nach außen umgeschlagen, um das Trinken zu erleichtern, wenn man das Gefäß an die Lippen setzte. Vor allem die Hitze des Ofens war bis zuletzt ein Hindernis gewesen. Zu sehr schwankte sie mit dem verwendeten Feuerholz, ja selbst mit der Witterung draußen im Freien. Bei diesem Stück aber war alles perfekt gelungen. Die Glasur zeigte nicht die geringste Unebenheit, und wenn die Wandung auch nicht jene beinahe durchscheinende Beschaffenheit aufwies wie das Porzellan, ergaben sich doch faszinierende Effekte, wenn die Sonne auf dem reinen, leicht elfenbeinfarbenen Weiß spielte. Mit leichter Hand hatte ich das Motiv aufgebracht, den Bogen, aus dem die Ranken entsprossen, zur linken Seite hin geöffnet, und die Darstellung zwei Mal nebeneinander aufgebracht, so dass sie rings um den Becher reichte.

Ich wusste, dass ich niemals etwas erschaffen würde, das schöner war und ebenmäßiger. Nein, nicht auf einer Glasur von Zinn, die das körnige Tonmaterial verdeckte. Und diesen Becher machte ich Frida zum Geschenk für die stärkenden Tränke, die Luisa ihr braute, und die das Einzige waren, was sie noch zu sich nehmen konnte. Ich sah die Bewunderung in ihren Augen, wenn ich das Stück an ihre Lippen führte, bevor ihr Blick sich verschleierte, wenn die Substanzen, die Luisa in die Flüssigkeit gegeben hatte, ihr die Schwäche nahmen und sie dem Schlummer entgegentreiben ließen. Einen letzten Schluck des Tranks ließ sie dabei immer im Becher zurück, falls sie in der Nacht erwachen sollte. An jenem Morgen allerdings, an dem wir sie fanden, einen Ausdruck der Ruhe auf ihren Zügen, wie wir ihn dort seit langer Zeit nicht gesehen hatten, ja, ein halbes Lächeln: An diesem Morgen stellten wir fest, dass sie ihn bis zum letzten Tropfen geleert hatte.

Dieser Becher war es, den ich ihr an diesem Wintertag an die Seite legte, bevor wir den Schrein über ihr verschlossen, um ihn in den Boden zu senken. Stumm lauschte ich den Worten, die der Pfarrer sprach. Dass der Mensch in seinem Leben wie Gras sei, wie eine Blume auf dem Felde. *Wenn der Wind darüber geht, so ist sie nimmer da, und ihre Stätte kennt sie nicht mehr.*

Meine Mutter war tot. Meine Mütter: Beide waren sie nun nicht mehr am Leben. Kannte *ich* meine Stätte? In diesem Moment hatte ich keinen Gedanken an all die Stücke, die ich in ganzen Serien gefertigt hatte, nachdem jener Becher für Frida entstanden war. Stücke, die ganz nach den Vorstellungen jener Herren gestaltet worden waren, mit denen Luisa in Erzberg Verbindungen geknüpft hatte, für den *Goldenen Hirschen* oder wie die Häuser heißen mochten. An Jakob und Florian, die sich angeboten hatten, diese Stücke an die Auftraggeber auszuliefern. Und an den Ausdruck in den Gesichtern der beiden, als sie zurückgekommen waren und mir den Beutel mit den Münzen übergeben hatten, die jene Männer ihnen ausgezahlt hatten, wie Luisa es mit ihnen vereinbart hatte. Samt den Aufträgen für neue, größere Posten meines eigenen weißen Goldes, die man nun eilig anforderte, nachdem man die ersten Stücke gesehen hatte.

Nein, in diesem Moment hatte ich an nichts davon einen Gedanken.

Die Bewohner von Erzberg traten an Roger und mich heran, um sich von uns zu verabschieden. Das Gesicht meines Bruders hatte die Farbe von Porzellan, als die Menschen des Dorfes ihm ihr Beileid aussprachen, sein Körper war reglos, als bestünde er nicht aus atmendem Fleisch, sondern wahrhaftig aus weißem Gold.

Einer nach dem anderen traten die Menschen zu uns: Luisa.

Florian und seine Frau. Jakob und seine Töchter und nun mein Karl, und da war dieser traurige Ausdruck in seinem Gesicht, und in diesem Moment hatte ich keine Worte, um ihn verschwinden zu lassen. Ich sah, wie er sich zu mir beugte, etwas näher als die Übrigen.

»Es ...« Er schluckte. »Es tut mir so unendlich leid, Sophie, aber ... Du wirst nicht allein sein.« Undeutlich. »Ich verspreche dir: Solange ich da bin, wirst du niemals ...«

Irgendetwas lenkte mich ab. *Minna.*

Seine Mutter stand unmittelbar hinter ihm, rechts von mir, von wo sich die Reihe der Trauergäste näherte. Sie hatte den Mund bereits geöffnet, um ebenfalls Worte der Anteilnahme zu sprechen. Denn natürlich wusste sie, was sich gehörte.

Allerdings nicht in diesem Moment. Ihre Miene erstarrte. Sie sagte kein Wort, doch ganz deutlich war es zu sehen. Konnte sie irgendetwas verstanden haben von dem, was ihr Sohn gemurmelt hatte? Doch hatte ich nicht selbst Mühe gehabt, alles zu verstehen? War ihr lediglich aufgefallen, wie er sich zu mir beugte, deutlicher als die anderen Menschen und vielleicht tatsächlich etwas näher, als es statthaft war?

Jetzt war er verstummt. Er musste bemerkt haben, dass in meinem Gesicht etwas vorging. Seine Hand – die rechte Hand – ein Stück gehoben, als wäre er im Begriff gewesen, sie tröstend auf meine Schulter zu legen.

Das wäre nun mit Sicherheit nicht statthaft gewesen. Nichts als ein knapper Händedruck, ein angedeutetes Neigen des Kopfes wäre statthaft gewesen.

»*Danke.*« Etwas griff nach seiner Hand. Mein Blick zuckte herum. Roger, der Karls Finger gepackt hielt, als wollte er sie ihm brechen. Dem höflichen, freundlichen Wort zum Trotz, das sich weder höflich noch freundlich anhörte. Sein Gesicht blieb ohne Farbe, aber seine Augen schienen Karl zu durchbohren. »*Danke, Karl.*« Mehr nicht, bevor er die Hand losließ.

Einen Moment lang rührte mein Verehrer sich nicht. Doch sein Blick konnte es mit dem meines Bruders aufnehmen. Ein Atemzug noch, bevor Karl sich stumm abwandte, Minna an seine Stelle rückte, mir die Hand drückte, so kurz wie nur irgend möglich. Wortlos.

Mit pochendem Herzen sah ich ihm hinterher, über das Grab meiner Mutter hinweg. Er wandte sich nicht um, entfernte sich zwischen die Häuser des Dorfes, doch ich wusste, dass es nicht allein mein Blick war, der aufmerksam jedem seiner Schritte folgte.

Roger. Was war das eben gewesen zwischen ihm und Karl? Eine Herausforderung? Eine Kampfansage? – Ich wusste nicht, um welchen der beiden ich mir die größeren Sorgen machen musste, wenn sie beschlossen, aufeinander loszugehen. Zum zweiten Mal.

Mein Blick glitt zu Luisa, die sich an die Seite des Pfarrers gesellt hatte, vielleicht in der Hoffnung, ihm den Namen irgendeines Heiligen zu entlocken, den sie noch nicht kannte. Sie nickte mir zu, kaum merklich. Natürlich war ihr nicht entgangen, was geschehen war.

Nur auf diese Weise hättest du wirklich die Wahl, Sophie. Der Satz ging mir durch den Kopf wie ein verwehtes Echo. *Die Wahl, was du tun willst, was immer das auch sein mag.*

Vielleicht war es die Anwesenheit des Pfarrers an ihrer Seite, die meine Lippen einen ganz anderen Satz formen ließ, lautlos. *Und ihre Stätte kennet sie nicht mehr.*

Einige Monate später: Altwasser
Frühjahr 1883

Kaum dass er in Großendamm in den Zug gestiegen war, hatte Wilhelm eine Unruhe überfallen. Eine Unruhe, die sich verstärkte, während der Zug nach Westen rollte.

Es war nicht das erste Mal, dass er Großendamm verließ, seit Balthasar Rosenzweig neue und immer neue Pflichten auf seine Schultern legte. Es war nicht das erste Mal, dass er von Theresa hatte Abschied nehmen müssen. Und sowenig zu leugnen war, dass diese Abschiede jedes Mal schwerer wurden, der Gedanke, dass sie für unbestimmte Zeit getrennt sein würden wie in jenem schrecklichen Jahr, dem Jahr, in dem die Gräfin gestorben, Wilhelm verletzt und dann vom Gutshof verbannt worden war ... Sowenig all das zu leugnen war: *Das ist es nicht allein*, dachte Wilhelm. Es musste das Ziel der Reise sein. Es musste Altwasser sein.

Wilhelm hätte nicht darauf bestanden, doch es war Teil der Gepflogenheiten der *Neuen Provinciellen Eisenbahn-Gesellschaft*, dass ihre Vertreter eines der Wagenabteile für sich allein hatten, wenn sie für die Gesellschaft auf Reisen gingen. Damit aber hatte er auch keine Gelegenheit, sich im Gespräch mit einem Reisegefährten abzulenken. Er hatte die Seiten mit seinen Kalkulationen aus dem Gepäck geholt, aber festgestellt, dass das Stampfen der stählernen Räder ihm das Arbeiten unmöglich machte. Er hatte nach einem Roman gegriffen, den er im Koffer verwahrte, der Geschichte über einen Häuptling der Apachen in Nordamerika, hatte der Erzählung aber genauso wenig folgen können.

Immer wieder hatte er nach draußen geschaut, auf die Landschaft zu Füßen der Berge, auf der Suche... nach einer Erinnerung, irgendeiner Landmarke? Unsinn, wenn er doch kaum in der Lage war, sich an Begebenheiten aus den Tagen seiner Reise zu entsinnen, fieberglühend und allein auf dem Weg zurück nach Hohensandau.

Ein tiefes Hornsignal ertönte vom Führerstand der Dampflokomotive, als sie in Altwasser einrollten. Wilhelm stieg ins Freie, sobald der Zug zum Halten kam, und ließ den Blick über das Bahnhofsgebäude schweifen, die Giebel von Bürgerhäusern jenseits davon. Nichts hier fühlte sich vertraut an. Die Bergriesen selbst, die über dem Städtchen aufragten: Es hätten irgendwelche Berge sein können an irgendeinem Ort der Welt.

Langsam schritt er über das Pflaster der Straßen, jeden Augenblick darauf gefasst, dass mit einem Mal eine Erinnerung aufblitzen würde, eine Erinnerung, die er fürchtete. *Die Berge. Die Kutsche und ihre Eskorte. Die Stücke weißen Goldes auf dem Dach. Die Begegnung mit Gottleben. Und Gräfin Thyra, immer wieder Thyra, ihr Körper schwer von der Last des ungeborenen Kindes. Die Bilder und Geräusche des Unwetters auf der Alten Straße.* Er kämpfte darum, seine Gedanken auf irgendetwas anderes zu richten und war doch nicht in der Lage dazu.

Altwasser war ein wohlhabendes Städtchen, und sein Wohlstand stammte aus den Schätzen der Gruben, der Minen und Stollen, nicht anders als das in Großendamm der Fall war. Mit dem Unterschied allerdings, dass Altwasser über Jahrhunderte hinweg gewachsen war. Die Schlote der Erzhütten waren ein Teil des Ortsbildes, solange die Bewohner zurückdenken konnten.

Er hatte wahrhaftig mit dem Gedanken gespielt, die Nonnen in ihrem Klosterspital aufzusuchen. Voller Furcht, eben damit eine Erinnerung auszulösen, aber doch aus dem Bedürfnis heraus, ihnen für alles zu danken, was sie in jenen ersten Tagen für ihn getan hatten. Am Ende hatte er beschlossen, auf der Bank eine Anweisung zu veranlassen. Die frommen Frauen würden eine Summe erhalten, die ihnen helfen würde, ihre Arbeit fortzusetzen – ohne dass er ihnen gegenübertreten oder einen Schritt in ihr Domizil setzen musste.

Das Gasthaus, in dem er die Nacht verbringen würde, erhob sich unmittelbar am Markplatz des Städtchens. Am folgenden Morgen würde er dort mit Investoren aus der Provinz zusammentreffen, die sich zum Bau ihrer Secundäreisenbahn in die Berge hinein zusammengetan hatten. Es war nicht das erste Mal, dass die Societät sich an einem solchen Projekt vor Ort beteiligte. Einen Moment lang blieb er vor dem *Goldenen Hirschen* stehen. Das Gasthaus machte einen guten Eindruck.

Im Innern bemühte man sich auf der Stelle um ihn, als er seinen Namen nannte. Wolle er sich sogleich auf sein Zimmer begeben, um vor der Abendmahlzeit ein wenig zu ruhen? Mit Vergnügen werde der Page sein Gepäck nach oben bringen. In der Stube werde allerdings eben Gebäck und Kaffee gereicht. Der Streuselkuchen aus dem Städtchen sei weit über die Grenzen der Provinz hinaus bekannt.

Wilhelm bezweifelte, dass Streuselkuchen in der Lage sein würde, ihm irgendetwas von seiner Ruhelosigkeit zu nehmen. Doch ihm war bereits klar, dass er in dieser Nacht kein Auge schließen würde. Um nichts in der Welt wollte er jetzt schon das Zimmer aufsuchen, um rastlos auf und ab zu gehen und gegen die Decke zu starren.

Das Serviermädchen wies ihm einen Platz an einem niedrigen Tisch am Fenster zu, war dann verschwunden und kam nach kurzer Zeit wieder zurück, um auf dem Spitzendeckchen einen Teller abzusetzen, auf dem mehr Streusel als Kuchen zu erkennen waren, dazu ein feines Tässchen mit verschlungenem Dekor. Mit einem Lächeln bat sie Wilhelm, sofort nach ihr zu rufen, falls er denn noch einen Wunsch habe. Was er versprach.

Wilhelm warf einen kurzen Blick hinaus auf den Markt des seltsam unvertrauten Städtchens, bevor er die Hand nach dem Kaffee ausstreckte und...

Das Tässchen war von einem Weiß, dass selbst er, dem das weiße Gold in seinem Leben auf so vielfältige Weise vertraut geworden war, sich einen Atemzug lang täuschen ließ. Doch nein, es handelte sich nicht um Porzellan. Die Wandung war um eine Idee kräftiger ausgeformt, ohne dass das Gefäß selbst irgendetwas Kräftiges oder Schweres besessen hätte. Es war perfekt in seinen Formen, und das Muster...

Da war ein Bogen, eine zur linken Seite geöffnete rankenartige Form, aus der eine Reihe von Trieben hervorspross, sich spielerisch umeinanderschlang. Und als er das Tässchen drehte, war da ein zweiter Bogen, einer Spiegelung gleich, zur rechten Seite geöffnet, die Triebe in gleicher Weise verteilt, auch sie gespiegelt, und dazwischen... Weiß. Leuchtendes Weiß an jener Stelle, an der sich ein S hätte befinden müssen, das ursprüngliche, in sich verschlungene, von einem Pfeil durchbohrte S der Strehlows, das hier so deutlich... fehlte. Das unübersehbar fehlte. Es fehlte in der verschwenderischen Pracht der Ranken, die nicht etwa eine *Ähnlichkeit* aufwiesen mit jenen Formen, die sich in sein Gedächtnis gegraben hatten, sondern die diese

Formen *waren*: Da war das H. Die beiden nach außen geöffneten Bögen mit all den Details ihres Schmucks, nur die waagerechte Linie ausgenommen, die die Bögen hätte verbinden müssen.

Ein Traum, eine Vision: weißes Gold, erschwinglich für einfache Menschen. Der Traum der Strehlows, der Traum der Gräfin, der Gemahlin seines Vaters, Thyra, die gestorben war mit ihrem Kind, dem Kind der Strehlows und der Hardensteins. Ganz in der Nähe, in den Bergen, auf der Alten Straße. Das Erbe dieses Kindes: In diesem Moment hielt Wilhelm es in den Händen.

Noch ein Atemzug, dann begann seine Hand zu zittern, und der winzige, feine Henkel entglitt seinen Fingern. Klirrend schlug das Tässchen auf der Tischfläche auf.

»Wo habt Ihr das her?« Wilhelms Stimme war ein Flüstern, doch der Klang zerbrechender Keramik hatte mehrere Gäste im *Goldenen Hirschen* aufschauen lassen.

»*Wo — habt — Ihr — das — her?*«

Gut Hohensandau
Frühjahr 1883

»Könnt Ihr Euch das vorstellen?« Die alte Vera spitzte die Lippen und führte ein feines Tässchen an den Mund. »Rosamunda wollte wissen, ob seine Herrschaft wohl beabsichtige, seine Tätigkeit an der Kriegsakademie wieder aufzunehmen, nachdem er nun zum dritten Mal in der Hauptstadt weile binnen weniger Monate. – Nur ein Gedanke, wie sie mir versicherte, der ihr zufällig gekommen sei. Ich hatte bereits überlegt, ihr diesen Gedanken zu bestätigen. Wenn die Geschichte dann auf dem Hof die Runde macht, wüssten wir zumindest, woher sie stammt.«

Die alte Dame gab einen Laut von sich... Inzwischen war sich Theresa beinahe sicher, dass es sich tatsächlich um ein Kichern handeln musste. Wiederholt hatte sie in den vergangenen Wochen beobachtet, wie die einstige Zofe ein flaches metallenes Fläschchen aus den Falten ihres Kostüms hervorsuchte, aus dem sie ein großzügig bemessenes Schlückchen in ihren Tee gab, bevor sie es sorgfältig wieder verstaute.

Theresa hatte gewisse Vermutungen, was dieses Fläschchen enthalten musste. Allerdings hatte sie bis heute nicht nachgefragt. An Gelegenheiten hätte es ihr jedenfalls nicht gemangelt. Schließlich hatte die betagte Kammerzofe es sich zur Gewohnheit gemacht, die neue Hausdame des Gutshofs aufzusuchen, wenn diese am Vormittag an den Plänen für den Einsatz des Hauspersonals arbeitete oder Listen all der Dinge erstellte, die der Haushalt aus dem Marktflecken benötigte. Wenn sie sich zumindest *bemühte*, all diese Aufgaben zu erledigen in dem kleinen Raum, der ihr für ihre Arbeiten im Zwischengeschoss unter dem herrschaftlichen Salon zur Verfügung stand.

»Welch sonderbare Vorstellung, dass seine Herrschaft heute mit der Eisenbahn reist.« Vera schien inzwischen eher zu sich selbst zu sprechen. »Am Morgen noch auf Hohensandau, am Abend bereits in Potsdam an der königlichen Tafel. Welch eine Ersparnis an Zeit natürlich, die zweifellos kostbar ist für Herrschaften wie den Grafen oder General von Gottleben. Welch ein schockierender Gedanke aber zugleich, dass Reisende von einer solchen Bedeutung sich einen Eisenbahnzug *teilen* müssen mit dem Pöbel aus den Hinterhöfen der Städte, mit Knechten vom Bauernhof, selbst wenn sich dieses Gelichter in der Dritten Klasse drängt. Wenn man sich ausmalt, dass eine solche Gemeinschaft einst gemeinsam eine Kutsche bestiegen hätte...«

Eine Kutsche. Theresa schüttelte den Kopf. Am Vortag war ein Schreiben von Wilhelm eingetroffen, aus Altwasser. Kaum mehr als eine Notiz, was als solches schon ungewöhnlich war bei ihrem Ehemann. Und sie wurde nicht recht schlau daraus. Es ging um weißes Gold in diesem Schreiben, um Gräfin Thyras Kutsche und darum, dass er die Begegnung mit den Investoren auf einen späteren Zeitpunkt verschoben habe, weil er sich auf den Weg in die Berge habe machen müssen. In jene Berge, die sie niemals mit eigenen Augen gesehen hatte, sondern nur in den Bildern ihres gespenstischen Traums, als die Soldaten unter dem Befehl Johanns von Gottleben Wilhelm aus den Trümmern niedergestürzten Gesteins geborgen hatten. Jenes Mannes, an dessen Seite Ferdinand von Hardenstein in diesem Moment in der Hauptstadt weilte.

Ihre Finger strichen über ihren Unterarm, spürten die Gänsehaut im selben Moment, als eine plötzliche Unruhe über sie kam, ein Erschauern. Ebenjenes Gefühl, das ihr *Sehen*, ihr plötzliches *Wissen* ankündigte, jene so unerwünschte Gabe.

Doch warum gerade jetzt? Dass Gottleben ebenjener Offizier gewesen war, dessen Männer Wilhelm aus den Trümmern geborgen hatten, hatte Wilhelm ihr bereits vor Monaten berichtet, in der Nacht des Brandes. Die Erkenntnis, das verunsichernde Zusammentreffen: All das war gespenstisch, aber es war nicht neu.

Das ist es nicht. Es ist etwas anderes.

Sie war wie gelähmt. Bis sie ein Klopfen von der Tür her aus der Starre riss. Mit etwas heiserer Stimme bat sie einzutreten.

Es war ein junger Mann in Uniform – der Uniform des Telegraphenamtes, das vor einigen Jahren in Großendamm geöffnet hatte. Fast jeden Tag gelangten seitdem eilige Kabel nach Hohensandau. In aller Regel betrafen sie das Gestüt oder Geschäfte mit der Ernte von den herrschaftlichen Feldern, wenn sie nicht ohnehin Transaktionen der Strehlow von Hardenstein'schen Werke zum Gegenstand hatten. An den Montagen kam es sogar vor, dass sie einen kleinen Zettel von Frau Brigitta vorfand, die sich eben in den Gemächern des Gutsherrn befand und der gerade noch in den Sinn gekommen war, dass ein dringendes Kabel an einen Händler zu veranlassen war. Ob Theresa wohl dafür sorgen könne, dass die Nachricht sich auf den Weg machte? Knappe und verbindliche Anweisungen – in der vertrauten dunkelvioletten Frauenschrift. Eine

Fülle von Vorgängen lief über den Tisch der Hausdame, die die Nachrichten weiterreichte und das Entsprechende veranlasste.

Der junge Mann streckte ihr das Kuvert mit dem Telegramm entgegen. Sie nahm es an sich, bedankte sich und wartete ab, bis er die Tür wieder geschlossen hatte.

»Auch eine der Segnungen dieser neuen Zeit«, bemerkte die alte Vera über ihre Teetasse hinweg. »Jene schwindelerregend schnelle Übermittlung von Nachrichten. Wenn sie auch…«

Theresa hatte den Umschlag geöffnet. Sie las. Las ein zweites Mal. Begann zum dritten Mal.

»Frau Theresa?« Vera, mit einem Mal besorgt. »Leuschenthalerin? – Ist alles…«

Theresa nickte, schüttelte den Kopf. Nickte erneut. Sie ließ das Kärtchen sinken.

»Die Nachricht stammt von seiner Herrschaft. Aus Berlin.«

Interessiert: »Er kehrt nach Hohensandau zurück?«

Theresa schüttelte den Kopf. Noch einmal. »Nein«, murmelte sie. »Der Kronprinz hat seine Ratgeber um sich versammelt wegen eines möglichen Bündnisses mit den Italienern – und den Österreichern. Er wird noch in der Hauptstadt bleiben. Aber wir sollen trotzdem alles vorbereiten auf Hohensandau.«

Schwer holte sie Atem. »Für die Ankunft seiner Gemahlin.«

DRAMATIS PERSONAE

Auf Hohensandau

Graf Ferdinand von Hardenstein, Herr von Hohensandau

Gräfin Thyra von Hardenstein, geborene Strehlow, seine Frau

Eleonora »Leonor« Leuschenthal, verstorbene Geliebte des Grafen

Wilhelm Leuschenthal, unehelicher Sohn des Grafen, Knecht auf der Pferdekoppel

Theresa Leuschenthal, Wilhelms Ehefrau, Magd auf Hohensandau

Joachim Leuschenthal, Wilhelms und Theresas kleiner Sohn

Dorthe Leuschenthal, Wilhelms und Theresas kleine Tochter

Frau Vera, einstige Zofe der Mutter des Grafen

Martha, Theresas Freundin, Magd auf Hohensandau

Ilsa, Theresas Freundin, Magd auf Hohensandau

Der Gutsverwalter

Justus Brandt, Neffe des Gutsverwalters

Julian Brandt, Brandts ältester Sohn

Agathe, Hausdame auf Hohensandau

Otto, Knecht auf Hohensandau

Emma die Näherin, Ottos Ehefrau, Magd auf Hohensandau

Anni, Ottos und Emmas kleine Tochter

Gerbert, Vorarbeiter der Holzfäller auf Hohensandau

Jaroslaw, Hilfskutscher auf Hohensandau

Der lahme Henning, Knecht auf Hohensandau

Anna, Magd auf Hohensandau

Bertha, Magd auf Hohensandau
Rosamunda, Magd auf Hohensandau

★

In Erzberg

Joseph, Schichtmeister in Erzberg
Frida, Josephs Ehefrau
Sophie, Josephs und Fridas kleine Tochter
Luisa, alte Hebamme und Kräuterfrau in Erzberg
Jakob, Bergarbeiter in Erzberg
Minna, Jakobs Ehefrau
Karl, Jakobs und Minnas kleiner Sohn
Florian, Bergarbeiter und Töpfer in Erzberg
Roger von Hardenstein, Graf Ferdinands und Gräfin Thyras
  kleiner Sohn

★

Friedrich Strehlow, Vater Gräfin Thyras, Inhaber der Strehlow'-
  schen Porzellanfabrik
Brigitta, Leiterin der Fertigung in der Porzellanfabrik
Oberst Johann von Gottleben, einstiger Schüler der Grafen an
  der Kriegsakademie
Balthasar Rosenzweig, Vertreter der Neuen Provinciellen
  Eisenbahn-Societät

DANKSAGUNG

Nicht anders als jene Geschichte, die Sophie uns zu erzählen hat, müssen auch die Worte zu ihrer Entstehung *vor* dem Anfang beginnen.

Wie es sich für eine Erzählung über das weiße Gold gehört, die so stark eine Geschichte der Frauen ist, haben auch Frauen an ihrer Wiege gestanden – die Goldfrauen vom Goldmann-Verlag. Grusche Juncker, Claudia Negele und Barbara Heinzius ist es an einem hitzedurchglühten Sommertag gelungen, im Autor dieser Zeilen die Faszination für Porzellan zu wecken. Noch vor diesem Autor ist diese Geschichte also ihnen zu danken.

Mein besonderer Dank gilt meinem Agenten Thomas Montasser, der angesichts meiner frei flottierenden Tag- und Nachtrhythmen wirklich immer ein offenes Ohr hatte und mich, vorahnend schon, ausgerechnet durch den Nymphenburger Schlosspark gejagt hat, um dem motus animi continuus wieder Schwung zu geben.

Die Faszination für das Porzellan hat viele Gesichter. Das Museum Schloss Fürstenberg hat uns Gelegenheit zu einem wirklich spannenden Besuch gegeben. Ein besonderer Dank an dieser Stelle an meinen Freund Stefan Kursawe und seine Frau Conny, die den Besuch mit uns vorbereitet und uns so wertvolle Unterstützung bei den Film- und Fotoaufnahmen gegeben haben.

Meine Betaleser haben mich bei unserem Abenteuer in unschlagbarer Weise begleitet. Ich danke Matthias Fedrowitz, Diana Sanz, Vero Pirnack, Christian Hesse, Waltraud Rother und Carola Ormuz-Morgat Wagner und ganz besonders Antje Krickel: Ja, ich weiß. Die atmen immer noch ziemlich viel in der Geschichte, aber ich kenne eine Menge Leute, die atmen seit Jahren nicht mehr. Alle tot. Passt schon.

Eine große Freude war es für mich, dass ich mit meiner lieben Lektorin Katharina Naumann arbeiten durfte. Ausflüge von der Schattenwelt der Objektbeziehung bis in die Tiefen der polnischen Seele: Das war einzigartig.

Diese Geschichte wäre nicht möglich gewesen ohne meine Frau Katja. Ich danke Dir, dass sie möglich geworden ist.

Wilhelm Leuschenthals Lektüre (nicht ganz wörtlich) zitiert nach Müller, Friedrich: Handbuch des Kassen- und Rechnungswesens für Herrschafts- und Rittergutsverwaltungen in den deutschen Bundesstaaten unter besonderer Berücksichtigung der in denselben bestehenden allgemeinen Staatsrechnungs-Grundsätze, Nördlingen 1846.

Dieses Buch ist Maddy zugeeignet, einem der unsichtbaren guten Geister unseres Hauses.

Am Rande der Lüneburger Heide im November 2019,

Florian Busch

Autor

Florian Busch ist das Pseudonym des Autors Stephan M. Rother. Er wurde 1968 in Wittingen geboren und studierte Geschichte, Kunstgeschichte und Philologie in Göttingen. Fünfzehn Jahre war er als »Magister Rother« mit historischen Bühnenprogrammen unterwegs. Unter dem Namen Benjamin Monferat hat er die erfolgreichen Romane »Welt in Flammen« und »Der Turm der Welt« veröffentlicht. Seit dem frühen Tod seiner Frau lebt er zurückgezogen in Bad Bodenteich.

Florian Busch im Goldmann Verlag:
Die Porzellan-Erbin. Unruhige Zeiten. Roman
Die Porzellan-Erbin. Gefährliche Jahre. Roman

(📖 Beide auch als E-Book erhältlich)